ଦିଗବିଜୟୀ ଗଜପତି

(ବିଜୟ ବାହୁଡ଼ା)

ଦିଗବିଜୟୀ ଗଜପତି

(ବିଜୟ ବାହୁଡ଼ା)

ଇନ୍ଦ୍ରମଣି ଜେନା

ବ୍ଲାକ୍ ଇଗଲ୍ ବୁକ୍ସ

ଭୁବନେଶ୍ୱର, ଓଡ଼ିଶା

BLACK EAGLE BOOKS

Dublin, USA

ଦିଗବିଜୟୀ ଗଜପତି (ବିଜୟ ବାହୁଡ଼ା) / ଇନ୍ଦ୍ରମଣି ଜେନା

ବ୍ଲାକ୍ ଇଗଲ୍ ବୁକ୍‌ସ : ଭୁବନେଶ୍ୱର, ଓଡ଼ିଶା ● ଡବ୍ଲିନ୍, ଯୁକ୍ତରାଷ୍ଟ୍ର ଆମେରିକା

 BLACK EAGLE BOOKS

USA address:
7464 Wisdom Lane
Dublin, OH 43016

India address:
E/312, Trident Galaxy, Kalinga Nagar,
Bhubaneswar-751003, Odisha, India

E-mail: info@blackeaglebooks.org
Website: www.blackeaglebooks.org

First International Edition Published by
BLACK EAGLE BOOKS, 2023

DIGBIJAYEE GAJAPATI (BIJAY BAHUDA)
by **Indramani Jena**
Samaroh, 128, Dumuduma (A),
Khandagiri, Bhubaneswar-751030, Odisha,
Cell: +919438007509

Cover & Interior Design: Ezy's Publication

ISBN- 978-1-64560-366-5 (Paperback)

Printed in the United States of America

ଉତ୍ସର୍ଗ

'ବିଜୟ-ବାହୁଡ଼ା' ଓଡ଼ିଆ ଶବ୍ଦଟି ଏକାଦଶ ଶତାଦୀରେ ଓଡ଼ିଶା ନୃପତିଙ୍କର ସାତବାହନ ଉପରେ ବିଜୟର ନାମକରଣ। ପୁନରାୟ ବିଜୟ ବାହୁଡ଼ା (ବିଜୟୱାଡ଼ା) ଗଜପତି କପିଲେନ୍ଦ୍ରଙ୍କ ଅଧୀନକୁ ଆସିଛି ଚାଲୁକ୍ୟ ବଂଶରୁ ପଞ୍ଚଦଶ ଶତାଦୀରେ। ପୂର୍ବଘାଟ ପର୍ବତମାଳାର 'ଭୁରିମି' ନାମକ ସ୍ଥାନୀୟ ଗ୍ରାମପୁଞ୍ଜରେ ଗଜପତି ଗଡ଼ ପ୍ରତିଷ୍ଠା କରିଥିଲେ। ଗଜପତି କପିଲେନ୍ଦ୍ରଙ୍କ ଅମଳରେ ସେଠିକାର ଦେବମନ୍ଦିର ପୂଜକ-ବ୍ରାହ୍ମଣମାନଙ୍କ ହସ୍ତରେ ନ୍ୟସ୍ତ କରିଥିଲେ। ପୌରାଣିକ ତଥ୍ୟ ଭିତ୍ତିରେ ପୂର୍ବଘାଟ ପର୍ବତମାଳାର ଆଗରେ ଇନ୍ଦ୍ରକିଳାଦି ପାହାଡ଼ରେ ଏହି ସ୍ଥାନରେ ମହାଭାରତ ଯୁଗରେ ପାଣ୍ଡୁପୁତ୍ର ଅର୍ଜୁନ ତପ ବଳରେ ପାଶୁପତ ଅସ୍ତ୍ର ପ୍ରାପ୍ତ ହୋଇଥିଲେ।

ସମ୍ଭବତଃ ସମୟ ସ୍ରୋତରେଏହି ସ୍ଥାନଟି ଗଜପତି ଶ୍ରେଷ୍ଠ କପିଲେନ୍ଦ୍ର ଶ୍ରୀଜଗନ୍ନାଥଙ୍କ ଭକ୍ତିପୂତ ଜୀବନର ଅନ୍ତିମ-ବାହୁଡ଼ା କ୍ଷେତ୍ର ଭାବରେ ନିର୍ଣିତ ହୋଇଥିଲା।

ପଞ୍ଚଦଶ ଶତାଦୀର ଭାରତର ଶକ୍ତିମନ୍ତ ସେଇ ଦୁଃସାହସୀ ଦିଗ୍‌ବିଜୟୀ ସର୍ବଶ୍ରେଷ୍ଠ ହିନ୍ଦୁରାଜା, ସମର ପ୍ରାଙ୍ଗଣର ଧୂମକେତୁ, ଯିଏ ଘୋଷଣା କରିଥିଲେ 'ଓଡ଼ିଶା ଆମର ରାଷ୍ଟ୍ର, ଓଡ଼ିଆ ଆମର ରାଷ୍ଟ୍ରଭାଷା ଆଉ ଜଗନ୍ନାଥ ଆମର ରାଷ୍ଟ୍ରଦେବତା' ସେଇ ବୀରପୁଙ୍ଗବ ଗଜପତି କପିଲେନ୍ଦ୍ରଦେବଙ୍କୁ ଏହି ପୁସ୍ତକଟି ଉତ୍ସର୍ଗୀକୃତ।

— ଲେଖକ

ଏହି ପୁସ୍ତକଟିର ସ୍ବରୂପ ପାଇଁ ଲେଖକ କୃତଜ୍ଞତା ଜ୍ଞାପନ କରନ୍ତି–
ପ୍ରଫେସର ନାରାୟଣ ସାହୁ
ଡ. ଭାସ୍କର ମିଶ୍ର
ଡ. ଯଦବ ଚରଣ ନାୟକ
ସୁନାରାମ ସିଂ (ଚିତ୍ରକଳା)
ହେମନ୍ତ କୁମାର ମଲ୍ଲିକ

ମୁଖବନ୍ଧ

ଆଜିକାର ଓଡ଼ିଶା ମାନଚିତ୍ରକୁ ପୁରାତନ ଖାରବେଳ, ଚୋଡ଼ଗଙ୍ଗଦେବ ଏବଂ ଲାଙ୍ଗୁଲା ନରସିଂହଦେବଙ୍କ ଶାସିତ ଗଙ୍ଗାରୁ ଗୋଦାବରୀ ଏବଂ ଅମରକଣ୍ଟକରୁ କଳିଙ୍ଗ ସାଗର ବ୍ୟାପୀ କଳିଙ୍ଗ ସହିତ ମେଳକଲେ, ଓଡ଼ିଶା ସବୁ ଦିଗରୁ କୀଟଦଷ୍ଟ ହେବା ପରି ଦୃଷ୍ଟିଗୋଚର ହୁଏ। ଓଡ଼ିଶା ଇତିହାସର ଶେଷ ଦିଗ୍‌ବିଜୟୀ ବୀର ସମ୍ରାଟ୍‌ କପିଲେନ୍ଦ୍ର ଦେବ ଓଡ଼ିଶାର ସୀମା ଗଙ୍ଗାରୁ ଗୋଦାବରୀ ଟପି ଆହୁରି ଦକ୍ଷିଣକୁ କୃଷ୍ଣାନଦୀ ପାର ହୋଇ କାବେରୀ ନଦୀ ଏବଂ ଦକ୍ଷିଣତମ କନ୍ୟାକୁମାରୀ ଅନ୍ତର୍ଭୁକ୍ତ କରିପାରିଥିଲେ।

ଏହି ଦିଗ୍‌ବିଜୟୀ ବୀର ସମ୍ରାଟମାନେ ସମୃଦ୍ଧ ରାଜ୍ୟରେ ସାମରିକ ଶକ୍ତିର ଅଭ୍ୟୁଦୟ ଘଟାଇ ସମସାମୟିକ ଯୁଦ୍ଧରତ ପଡୋଶୀ ରାଜ୍ୟ ସମ୍ମୁଖରେ ବୀରଦର୍ପରେ ତିଷ୍ଠି ରହିଥିଲେ। ଓଡ଼ିଶା ଦୀର୍ଘଦିନ ଧରି ନିଜ ଅଭ୍ୟନ୍ତରରେ ବିଦେଶୀ ସଂସ୍କୃତିକୁ ପ୍ରବେଶ କରିବାର ପଥରୁଦ୍ଧ କରିପାରିଥିଲା। ଏହା ଆମ ରାଜ୍ୟର ବୀରତ୍ୱ, ଆମ ରାଜାଙ୍କର କରାମତି ଆଉ ଓଡ଼ିଆ ସୈନ୍ୟବାହିନୀର କୌଶଳ ବୋଲି ଗର୍ବରେ ମଥା ଆମର ଟେକି ହୋଇଯାଏ।

କିନ୍ତୁ ଇତିହାସ ପୃଷ୍ଠାରେ ଏହି ଗୌରବମୟ ସମୟର ବର୍ଣ୍ଣନା ସଂକ୍ଷେପ ଏବଂ ସମସାମୟିକ ସାମାଜିକ, ଭୌଗୋଳିକ ଏବଂ ସାଂସ୍କୃତିକ ତଥ୍ୟ ଦେଖିବାକୁ ମିଳେନାହିଁ। ସାଧାରଣ ଲୋକ ଚିନ୍ତା କରିପାରିବନି, କେଉଁ ପରିବେଶରେ ଆମ ଉତ୍କଳୀୟ ଜୀବନଧାରା ପ୍ରତିପାଳିତ ହେଉଥିଲା।

ଏହି 'ବିଜୟ ବାହୁଡ଼ା' ଐତିହାସିକ ଗଳ୍ପ ପୁସ୍ତକରେ ଲେଖକ ଡାକ୍ତର ଇନ୍ଦ୍ରମଣି

ଜେନା କପିଲେନ୍ଦ୍ରଦେବଙ୍କ ଦିଗ୍‌ବିଜୟ ବିଷୟରେ ପୁଙ୍ଖାନୁପୁଙ୍ଖ ତଥ୍ୟଭିତ୍ତିକ ବିବରଣୀ ସହିତ ସମାଜର ଚାଲିଚଳଣ, ଭୌଗୋଳିକ ସ୍ଥିତି ଏବଂ ଓଡ଼ିଆ ଅସ୍ମିତା ବିଷୟରେ ସବିଶେଷ ବର୍ଣ୍ଣନା ପ୍ରଦାନ କରିଛନ୍ତି ।

ଏହି ପୁସ୍ତକଟି ବାସ୍ତବିକ ଇତିହାସର ସମସ୍ତ ତଥ୍ୟ ଏବଂ ସମ୍ଭାବନାକୁ ପାଥେୟ କରି ଓଡ଼ିଆ ଜୀବନଧାରାକୁ ଜଣେ ସାମରିକ ଗଜପତିଙ୍କ ଜୀବନୀ ଭାବରେ ଉପସ୍ଥାପନ କରିଛନ୍ତି । ଆଠ ଶହ ବର୍ଷ ପୂର୍ବର ‘ଓଡ଼ିଶା ରାଷ୍ଟ୍ର’ ଗଠନ ଦେଶର ଏବଂ ଜାତିର ଗୌରବ ଭାବରେ ଉତ୍‌ଥାପନ କରିଛନ୍ତି । ଇତିହାସର ପ୍ରଚ୍ଛନ୍ନ ପୃଷ୍ଠଭୂମି ଉପରେ ଏହି ଉପନ୍ୟାସଟି ରଚନା ହୋଇଥିଲେ ମଧ୍ୟ ସ୍ଥଳ ବିଶେଷରେ ଏହା ଗଜପତି ମଉଡ଼ମଣି ଶ୍ରୀ ଶ୍ରୀ ଶ୍ରୀ କପିଲେନ୍ଦ୍ରଦେବଙ୍କ ନିଜ କଥା ଭାବରେ ଉପସ୍ଥାପିତ । ନିଜ ଜୀବନର ସାୟାହ୍ନରେ ସେହି ସହସ୍ର ଗଜଶକ୍ତିର ଆବାହକ ଗଜପତି କିପରି ବ୍ୟସ୍ତ ବିବ୍ରତ ହୋଇ ଜୀବନର ଶେଷ ଦୁଇମାସ ଅତିବାହିତ କରିଛନ୍ତି, ତାହା ହିଁ ଏହି ପୁସ୍ତକଟିର ବିଷୟବସ୍ତୁ ।

ଲେଖକଙ୍କର ‘ନିଶାର୍ଦ୍ଧ ଶାଳଭଞ୍ଜିକା’ ଉପନ୍ୟାସ ପରି ଏଥିରେ କପିଲେନ୍ଦ୍ରଙ୍କୁ ଜୀବନଦାନ କରାଯାଇ ଯେପରି ବଳିଷ୍ଠ ବିଷୟବସ୍ତୁ ଉପସ୍ଥାପନା କରାଯାଇଛି, ତାହା ବାସ୍ତବିକ ବହୁ ଶ୍ରମ ଏବଂ ସମ୍ଭାବନାର ସନ୍ନିଶ୍ରୟରେ ପରିପୁଷ୍ଟ । ଏହା ପାଠକକୁ ପଞ୍ଚଦଶ ଶତାବ୍ଦୀକୁ ଘେନିଯାଇ ସମସାମୟିକ ସମାଜ ଆଉ ସାମରିକତା, ପରାକ୍ରମୀ ଓଡ଼ିଆ ଜାତିର ମାନସିକତା ଆଉ ଅହମିକାର ମୂଲ୍ୟବୋଧ ଉପସ୍ଥାପନ କରୁଛି । ଉପନ୍ୟାସଟିର ପରିବେଷଣ ଶୈଳୀ ଅତି ଜୀବନ୍ତ ଏବଂ ମାର୍ଜିତ । ଏଥିରେ ପୂରିରହିଛି ଦେଶପ୍ରେମ, ଦିଗ୍‌ବିଜୟ, ଆଉ ଓଡ଼ିଶାର ବଡ଼ଠାକୁର ଶ୍ରୀଜଗନ୍ନାଥଙ୍କର ଆଜ୍ଞାବହତା । ଜଗନ୍ନାଥଙ୍କର ଆଦେଶ ହେଉଛି ଗଜପତିଙ୍କର ଶିରୋଧାର୍ଯ୍ୟ । ପୃଥିବୀ ପ୍ରଳୟ ହୋଇଯାଉ, ଗଜପତି କଦାପି ଚକାଢୋଳା ପାଖରୁ ଦୂରେଇ ଯିବେନି, ବଡ଼ଠାକୁରଙ୍କର ସ୍ୱପ୍ନାଦେଶ ସବୁଠାରୁ ଊର୍ଦ୍ଧ୍ୱରେ ।

ଦିନ ସରି ଆସିଛି ଗଜପତି କପିଲେନ୍ଦ୍ରଦେବଙ୍କର । ବଡ଼ ସ୍ୱାଭିମାନୀ ସମ୍ରାଟ । ଶାସନକାଳ ତାଙ୍କର ଶତାବ୍ଦୀର ଏକତୃତୀୟାଂଶ ପ୍ରାୟ । ଏହି ତେତ୍ରିଶ ବର୍ଷ ମଧ୍ୟରୁ ୨୫ ବର୍ଷ କଟିଯାଇଛି ଦିଗ୍‌ବିଜୟରେ, ଯୁଦ୍ଧ କ୍ଷେତ୍ରରେ । ଅସାଧ୍ୟ ସାଧନ କରିଛନ୍ତି ଗଜପତି ମଉଡ଼ମଣି । କେବଳ ସୀମା ବୃଦ୍ଧିରେ ନୁହେଁ, ରାଜ୍ୟର ଭାଷା-ସଂସ୍କୃତି, ମାନ ସମ୍ମାନ ଏବଂ ଅର୍ଥନୀତିରେ । ତାଙ୍କର ଲମ୍ବା ଉପାଧି ‘ଶ୍ରୀ ଶ୍ରୀ ଶ୍ରୀ (୧୦୮ ଶ୍ରୀ) ଗଜପତି ଗୌଡ଼େଶ୍ୱର ନବକୋଟି କର୍ଣ୍ଣଟ କଳବର୍ଗେଶ୍ୱର ବୀରାଧିବୀରବର” କେବଳ ତାଙ୍କର ଆତ୍ମସମ୍ମାନ ସୂଚିତ କରେନି, ଏହା ଓଡ଼ିଶା ରାଷ୍ଟ୍ରର ପରାକ୍ରମ ଏବଂ ସଂହତିର ପରିଚୟ ପ୍ରଦାନ କରେ ।

ଲେଖକଙ୍କର ବର୍ଣ୍ଣନା ଅନୁସାରେ ପାରିବାରିକ କାରଣ ଯେ ଗଜପତି ଶାସନରେ ବିଭ୍ରାଟ ସୃଷ୍ଟି କରିବ ଏବଂ ରାଜ୍ୟକୁ ବିପଦର ଆଶଙ୍କାରେ ଉପନୀତ କରିବ, ତାହା ହିଁ ଏହି ଉପନ୍ୟାସରେ ସାବ୍ୟସ୍ତ କରାଯାଇଛି। ଗଜପତି ଜୀବନରେ ପରାସ୍ତ ହୋଇନାହାନ୍ତି, ଜୀବନରେ ଅଗ୍ରାଧିକାର ଦିଅନ୍ତି ପ୍ରଭୁ ଜଗନ୍ନାଥଙ୍କୁ। ସେଇ ଅଗ୍ରାଧିକାରରେ କିପରି ସେ ଶରବ୍ୟ ହୋଇ ଦକ୍ଷିଣ ସୀମାକୁ ଚାଲିଯାଇଛନ୍ତି ଆଉ କାଳର କରାଳ କବଳରେ ରାଜଧାନୀ ଠାରୁ ବହୁ ଦୂରରେ ଜୀବନ ହରାଇଛନ୍ତି।

ଲେଖକଙ୍କର ବିଷୟଟିର ଉପସ୍ଥାପନ ନୂତନ ଶୈଲୀର। ତଥ୍ୟ ଅନୁସାରେ ବୟସ୍କ ଗଜପତି ରାଜଧାନୀ କଟକ ଛାଡ଼ି ଦକ୍ଷିଣ ସୀମାକୁ ଗସ୍ତ କରିଛନ୍ତି। ଏହା କୌଣସି ପ୍ରଶାସନିକ ଅବା ସାମରିକ ଅଭିସନ୍ଧିଗତ। ନିଜ ସାଥିରେ ଛଅଜଣ ଅମାତ୍ୟ ବା ମହାପାତ୍ରଙ୍କୁ ନେଇଚାଲନ୍ତି। ସମ୍ଭବତଃ ବୟସର ଚାପରେ ଅବା ଗୃହକନ୍ଦଳ କାରଣରୁ ସେ ସାମାନ୍ୟ ମାନସିକ ଭାରସାମ୍ୟ ହରାଇଛନ୍ତି। ଅନ୍ୟୂନ ତିନି ଚାରି ସପ୍ତାହର ଗସ୍ତକାଳ। କୃଷ୍ଣାକୂଳ ବିଜୟବାହୁଡ଼ା (ବିଜୟୱାଡ଼ା)ରେ ପହଞ୍ଚିବାର ଅଳ୍ପଦିନରେ ମୃତ୍ୟୁର ତାଣ୍ଡବ।

ଗଜପତିଙ୍କର ଦୀର୍ଘ ଅଶୀ ବର୍ଷ ପରମାୟୁର ଏବଂ ତେତ୍ରିଶ ବର୍ଷ ଗଜପତି ରାଜ୍ୟଶାସନ କାଳ ମଧ୍ୟରୁ ଏହି ସ୍ୱଚ୍ଛଦକ୍ଷିଣାୟନ ଗସ୍ତକାଳ ହିଁ 'ବିଜୟ ବାହୁଡ଼ା' ପୁସ୍ତକର ସମୟ ଅବଧି। ସେହି ସମୟ ମଧ୍ୟରେ ଲେଖକ ଓଡ଼ିଶାର ଦକ୍ଷିଣ ଦୁର୍ଗଗୁଡ଼ିକର ସ୍ଥାନ ନିରୂପଣ କରି ଗଜପତିଙ୍କର ଗମନ ପଥ ସମ୍ବନ୍ଧୀୟ ଭୌଗୋଳିକ, ଐତିହାସିକ ତଥା ସାମାଜିକ ତଥ୍ୟ ସଂଗ୍ରହ ଏବଂ ସମନ୍ୱୟ କରି ରାଜଧାନୀ କଟକରୁ କୃଷ୍ଣାନଦୀତଟ ବିଜୟବାହୁଡ଼ା ପର୍ଯ୍ୟନ୍ତ ପ୍ରତିଟି ଦୁର୍ଗର ବିବରଣୀ ଏବଂ ସମସାମୟିକ ରାଜନୈତିକ ପରିବେଶ ବିଷୟରେ ନିଭୁଲ ଚିତ୍ର ପ୍ରଦାନ କରିଛନ୍ତି। ନିଜର ସାମରିକତାର ନିଦର୍ଶନ ସ୍ୱରୂପ ପ୍ରତି ଦୁର୍ଗରେ ଆବାସୀ ପାଇକ ସେନାଙ୍କୁ ଯୁଦ୍ଧକୌଶଳ ଏବଂ ଜୀବନମୃତ୍ୟୁ ସଂଗ୍ରାମର ପ୍ରଶିକ୍ଷଣ ପ୍ରଦାନ କରିଚାଲିଛନ୍ତି। ବୟସର ଅନ୍ତିମ ପାହିରେ ବି ଓଡ଼ିଶାର ସାମରିକତାରେ ବିନ୍ଦୁଏ ବି ଅଭାବ ରହିବ, ଏହା ଗଜପତି କପିଲେନ୍ଦ୍ରଙ୍କର ସ୍ୱଭାବବିରୁଦ୍ଧ।

ଲେଖକ ଗଜପତିଙ୍କୁ କେବଳ ସାମରିକତାରେ ନିବିଷ୍ଟ କରି ରଖିନାହାନ୍ତି; ବରଂ ପ୍ରତିଟି ଦୁର୍ଗରେ ତାଙ୍କର ଭାଷା, ସଂସ୍କୃତି, ଓଡ଼ିଆ ସ୍ୱାଭିମାନ, ଓଡ଼ିଆ ସାମରିକତା ଏବଂ ଓଡ଼ିଶା ରାଷ୍ଟ୍ର ଗଠନ ବିଷୟରେ ସବିଶେଷ ଆଲୋଚନା ପାଠକ ସମ୍ମୁଖରେ ଉପସ୍ଥାପନା କରିଛନ୍ତି।

ପ୍ରଭୁ ଜଗନ୍ନାଥଙ୍କର ପରମ ଭକ୍ତ ଭାବରେ ଗଜପତି ନିଜକୁ ସର୍ବଦା ସମର୍ପିତ କରନ୍ତି। ପ୍ରଭୁ ଶ୍ରୀଜଗନ୍ନାଥଙ୍କର ପ୍ରଦତ୍ତ ସ୍ୱପ୍ନାଦେଶକୁ ବିଧ୍ୱବଦ୍ଧ ଭାବରେ ପାଳନ

କରିବାରେ ସେ ତିଳେ ମାତ୍ର ଅବହେଳା ପ୍ରଦର୍ଶନ କରନ୍ତିନାହିଁ। ଏହିପରି ଗୋଟିଏ ଘଟଣାରୁ ତାଙ୍କର ପାରିବାରିକ ଅଶାନ୍ତି ସୃଷ୍ଟି ହୋଇ ତାହା ସେମିତି ସମାହିତ ହେଲା ପଛେ ସେ କାହାରି କଥାକୁ କର୍ଣ୍ଣପାତ କରିନାହାନ୍ତି।

ଲେଖକ ଗଜପତିଙ୍କର ଏହି ଦୃଢ଼ମତବାଦକୁ ଶ୍ରୀଜଗନ୍ନାଥ ଭକ୍ତି ଭାବରେ ଅଭିହିତ କରି ତାଙ୍କୁ ଜଣେ ପରମ ଭକ୍ତ ଭାବରେ ଏହି ଉପନ୍ୟାସରେ ଦର୍ଶାଇଛନ୍ତି। କପିଲେନ୍ଦ୍ରଙ୍କ ପରି ଜଣେ ସ୍ୱାଭିମାନୀ ଦିଗ୍‌ବିଜୟୀ ଗଜପତିଙ୍କୁ ନିକଟରୁ ଅଧ୍ୟୟନ କରିବା ପାଇଁ ପାଠକ ଏହି ଉପନ୍ୟାସଟିକୁ ପଢ଼ିବା ସମୀଚୀନ ହେବ।

ପ୍ରଫେସର ନାରାୟଣ ସାହୁ
ପ୍ରାକ୍ତନ ଓଡ଼ିଆ ଭାଷା ସାହିତ୍ୟ ବିଭାଗ
ଉତ୍କଳ ବିଶ୍ୱବିଦ୍ୟାଳୟ, ବାଣୀବିହାର, ଭୁବନେଶ୍ୱର, ଓଡ଼ିଶା

ଉପକ୍ରମ

ବୀରପ୍ରସୁ ବସୁନ୍ଧରା କାଳେ କାଳେ ବୀରତ୍ୱର ଗାରିମା ଦେଖ୍ୱାଆସିଛି। ଧରାବକ୍ଷରେ କେଉଁଠି ଶୂନ୍ୟରୁ ବୀରତ୍ୱ ଉଦ୍‌ଭାସିତ ହୋଇଛି ତ କେଉଁଠି ଅପାରଗ ରାଇଜରେ ଅସିଚାଳନା କରି ବୀର ଦୁନିଆରେ ଉଦାହରଣ ସୃଷ୍ଟିକରିଛନ୍ତି। ଏହିଭଳି ଇତିହାସରେ ଗୋଟିଏ ଅଧ୍ୟାୟ ଘଟିଛି ଏଇ ଓଡ଼ିଶାରେ। ତିରିଶ ବର୍ଷର ଦୁର୍ଦ୍ଧର୍ଷ ସାମରିକ ଶକ୍ତିର ପ୍ରେୟ୍ସାହକ ବୀରଶ୍ରେଷ୍ଠ କପିଲେନ୍ଦ୍ରଦେବ ଗଜପତିଙ୍କ ଶାସନକାଳରେ। ଯେଉଁ ଉକ୍କଳ ଦିନେ ଚତୁଷ୍ପାର୍ଶ୍ୱରୁ ପଡୋଶୀ ଯବନ ତଥା ହିନ୍ଦୁ ରାଜ୍ୟଦ୍ୱାରା ସଙ୍କୁଚିତ ହୋଇ ଆସୁଥିଲା, ସବୁ ପୁଣି ବିସ୍ତୀର୍ଣ୍ଣ ଓଡ଼ିଶାର ପ୍ରସାରିତ ଭୂଗୋଳ ମଧ୍ୟରେ ମିଶିଗଲା କରଦ ରାଜ୍ୟ ଭାବରେ। ସେଇ ଗଜପତି ଦିଗ୍‌ବିଜୟରେ ନିଜର ଶାସନକାଳ ବିନିଯୋଗ କଲେ ମଧ୍ୟ ସମାଜ, ସଂସ୍କୃତି, ଭାଷା-ସାହିତ୍ୟ ଆଉ ଓଡ଼ିଶା ରାଷ୍ଟ୍ର ପ୍ରତି ତାଙ୍କର ଅବଦାନ ଅତୁଳ ବୋଲି ଆକଳନ କରାଯାଏ। ଅନେକ ଗବେଷକ ତାଙ୍କ ଅମଳକୁ ସୁବର୍ଣ୍ଣଯୁଗ ଭାବରେ ଅଭିହିତ କରିଥାଆନ୍ତି।

ଓଡ଼ିଶା ଇତିହାସରେ ଗଙ୍ଗବଂଶର ରାଜୁତିକାଳରେ ରାଜ୍ୟର ସଂହତି ଏବଂ ଶାସନ ବହୁ ଉଚ୍ଚରେ ରହିଥିଲା। ଏହା ଖ୍ରୀଷ୍ଟାବ୍ଦ ୧୦୭୫ ରୁ ୧୪୩୪ ମଧ୍ୟରେ। ଏହି ସମୟରେ ମନ୍ଦିରପ୍ରେମୀ ଗଙ୍ଗରାଜା ମାନେ ପୁରୀର ଜଗନ୍ନାଥ ମନ୍ଦିର, କୋଣାର୍କର ସୂର୍ଯ୍ୟମନ୍ଦିର ନିର୍ମାଣ କରିଥିଲେ। କିନ୍ତୁ ସମୟକ୍ରମେ ବଂଶପରମ୍ପରାର କ୍ଷୟ ଘଟିଛି, ଏହା ପ୍ରତିଟି ରାଜବଂଶର ବଂଶାନୁଚରିତର ଇତିବୃଭ। ଗଙ୍ଗବଂଶର ନରସିଂହ (ଲାଙ୍ଗୁଲା ନରସିଂହଦେବ) ପ୍ରବୃଦ୍ଧିବଶତଃ ଆକ୍ରମଣଶୀଳ ହୋଇ ରହିଥିଲେ ଉକ୍କଳ ଏବଂ ଶ୍ରୀମନ୍ଦିରର ରତ୍ନଭଣ୍ଡାର ଉପରେ ଲୋଲୁପଦୃଷ୍ଟି ରଖୁ ବାରମ୍ବାର ଲୁଣ୍ଠନରତ ବଙ୍ଗଲାର ଇଲିଆସ୍ ସାହି ସୁଲତାନ ଉପରେ। ସେହି ଗଙ୍ଗବଂଶ ଜନ୍ମ ଦେଇଥିଲା

ଜଣେ ବଂଶଧରଙ୍କୁ ଯାହାର ସମୟ କେବଳ ସୁରା ଏବଂ ସାକିରେ ନିର୍ବାହିତ ହେଲା। ସେଇ ଗଙ୍ଗରାଜ ନିଜର ସମ୍ମାନଜନକ ନାମ ହରାଇ ଇତିହାସରେ 'ମତ୍ତ ଭାନୁଦେବ' ବୋଲି ପରିଚିତ ହେଲେ। ସମସାମୟିକ ସୀମାନ୍ତରକ୍ଷଣର ସତର୍କତା ଏବଂ ସାମରିକତାରେ ବ୍ୟତିକ୍ରମ ଘଟିବାରୁ କଳିଙ୍ଗ ରାଜ୍ୟର ସୀମା ବିପନ୍ନ ହେଲା। ଓଡ଼ିଶାର ସଜାଗ ପାତ୍ର, ମନ୍ତ୍ରୀ, ପୁରୀ ଶ୍ରୀଜଗନ୍ନାଥ ମନ୍ଦିରର ସେବକମାନେ ଯେତେବେଳେ ଅନୁଭବ କଲେ ଗଙ୍ଗରାଜ ମତ୍ତ ଭାନୁଦେବ ଓଡ଼ିଶାର ଦକ୍ଷିଣ ସୀମା ରାଜମହେନ୍ଦ୍ରୀରୁ ସୀମାଚଳ ବା ସୀମାଦ୍ରି ପର୍ଯ୍ୟନ୍ତ ଜବରଦସ୍ତ ଅଧିକାର କରି ରହିଥିବା ବୀରଭଦ୍ର ରେଡ଼ିଙ୍କ ସହ ଦୀର୍ଘଦିନର ନିଷ୍ଫଳ. ଯୁଦ୍ଧରେ ବ୍ୟସ୍ତ ରହି ମାସ ମାସ ଧରି ରାଜଧାନୀ କଟକରେ ଅନୁପସ୍ଥିତ ରହିଛନ୍ତି। ରାଜ୍ୟ ସେ ସମୟରେ ଉତ୍ତରରୁ ବଙ୍ଗଳା ନବାବ ଆଉ ଜଉନପୁର ସର୍କି ସୁଲତାନଙ୍କର ଆକ୍ରମଣର ଶରବ୍ୟ ହେବାକୁ ଯାଉଛି। ବିଜାତୀୟ ଆକ୍ରମଣକାରୀଙ୍କର ମୁଖ୍ୟ ଆକର୍ଷଣ ଥିଲା ଓଡ଼ିଶା ରାଜ୍ୟ, ଶ୍ରୀମନ୍ଦିରର ରତ୍ନଭଣ୍ଡାର ଏବଂ ଉତ୍କଳୀୟ ରଣକୌଶଳୀ ଗଜସମ୍ପଦ।

ରାଜ୍ୟ ସେତେବେଳେ ଆବଶ୍ୟକ କରୁଥିଲା ଜଣେ ଶକ୍ତିଶାଳୀ ଶାସକ, ବିରାଟ ସାମରିକ ସଂଗଠକ ଏବଂ ଦକ୍ଷ ପ୍ରଶାସକ। ଅନେକ ରାଜ୍ୟ ଶାସନ ସହିତ ସଂପୃକ୍ତ ରାଜ୍ୟାନୁରକ୍ତ ବ୍ୟକ୍ତିତ୍ୱ ରାଜ୍ୟରେ ଶାସନ ପରିବର୍ତ୍ତନର ନିତାନ୍ତ ଆବଶ୍ୟକତା ଉପଲବ୍ଧ କଲେ। ସେମାନେ ନିର୍ଦ୍ଦିଷ୍ଟ ଭାବରେ ଓଡ଼ିଆ ପାଇକବାହିନୀର ଜଣେ ଆଗଧାଡ଼ିର ସର୍ବଗୁଣସମ୍ପନ୍ନ ଅଧିକାରୀଙ୍କୁ ହିଁ ଠାବ କରି ପାରିଥିଲେ। ସେହି ଗୁଣବନ୍ତ ବ୍ୟକ୍ତିତ୍ୱ ହେଉଛନ୍ତି ଅଶ୍ୱାରୋହୀ ସେନାପତି କପିଲେନ୍ଦ୍ର। ନିଜ ବ୍ୟକ୍ତିତ୍ୱର ଆକର୍ଷଣ ବଳରେ ସିଏ ବି ଗଙ୍ଗରାଜ ମତ୍ତ ଭାନୁଦେବଙ୍କର ସୁପୁତ୍ର ଭାବରେ ମାଦଳା ପାଞ୍ଜିରେ ଦେଖିବାକୁ ମିଳେ।

ବାହ୍ୟ ଶତ୍ରୁ ଆକ୍ରମଣ ଆଶଙ୍କା ସହିତ ଗଙ୍ଗରାଜଙ୍କ ଅନୁପସ୍ଥିତିରେ ରାଜ୍ୟର ବହୁ ସାମନ୍ତରାଜା ବିମୁଖ ହୋଇ ଅରାଜକତା ସୃଷ୍ଟି କରୁଥିବା ସମୟରେ ରାଜ୍ୟର ସାମୂହିକ ସ୍ୱାର୍ଥରକ୍ଷାକାରୀ ଅଦୃଶ୍ୟ ଶକ୍ତି ଅନୁଭବ କଲେ କି ଓଡ଼ିଶାର ରାଜଗାଦି ପାଇଁ ଭାନୁଦେବ ଅନୁପଯୁକ୍ତ ଏବଂ ରଣଦକ୍ଷ କପିଲେନ୍ଦ୍ର ହିଁ ଉପଯୁକ୍ତ। କୃତ୍ତିବାସ କଟକ (ଏକାମ୍ର ଲିଙ୍ଗରାଜ ମନ୍ଦିରରେ) କପିଲେନ୍ଦ୍ରଙ୍କୁ ଗାଦିସ୍ଥାନ କରାଇଥିଲେ। ସେଇ କ୍ଷଣଟି ଓଡ଼ିଶା ରାଜ୍ୟ, ଓଡ଼ିଆ ଭାଷା ଏବଂ ଓଡ଼ିଆ ସଂସ୍କୃତି ପାଇଁ ଇତିହାସରେ ଥିଲା ଗୋଟିଏ ବ୍ରାହ୍ମମୁହୂର୍ତ୍ତ। ସେଇ ଘଡ଼ିସନ୍ଧି ସୃଷ୍ଟିକଲା ଭାରତର ସାମରିକ ଆକାଶରେ ଏକ ଧୂମକେତୁ ଯାହାର ଦେଦୀପ୍ୟମାନ ଅତ୍ୟୁଜ୍ଜ୍ୱଳ ଆଲୋକ ସମସାମୟିକ ବର୍ଦ୍ଧିଷ୍ଣୁ ବିଜାତୀୟ ନିଷ୍ଠୁର ନୃପତିମାନଙ୍କର ଦମନକାରୀ ଅବତାର।

ସମସାମୟିକ ଭାରତବର୍ଷରେ ବିଜାତୀୟ ଯବନମାନେ ହିନ୍ଦୁ ରାଜ୍ୟଗୁଡ଼ିକୁ ଦଖଲ କରି ମନ୍ଦିର ବିଧ୍ୱଂସୀ, ଧର୍ମାନ୍ତରୀକରଣ ଏବଂ ମୂଲମାଟିର ସଂସ୍କୃତିର ଅପଚୟ ଆଦିର ମୂଲମନ୍ତ୍ର ସହ ବିସ୍ତାର ଲାଭ କରୁଥିଲେ। ଏଗୁଡ଼ିକ ସହିତ ସେମାନଙ୍କର ଚିରାଚରିତ ପ୍ରଜା ପ୍ରପୀଡ଼ନ, ନାରୀ ଅସମ୍ମାନ, ଗୋବ୍ରାହ୍ମଣ ଦୁରାଚାର ପ୍ରତି ଭାରତୀୟଙ୍କ ମାନସିକତାରେ ଭୟ ସଞ୍ଚାର କରିଥିଲା। ମୁଷ୍ଟିମେୟ ହିନ୍ଦୁ ରାଜ୍ୟ ଓଡ଼ିଶା, ବିଜୟନଗର ଏବଂ ରାଜପୁତାନାରେ ଦୃଷ୍ଟିଗୋଚର ହେଉଥିଲେ ହେଁ ପ୍ରତିରକ୍ଷା ସେଇ ରାଜ୍ୟ ଗୁଡ଼ିକର ଅଭିପ୍ରାୟ ଥିଲା। ଆକ୍ରମଣକୁ ପ୍ରତିରୋଧ ପାଇଁ କେବଳ ଅପେକ୍ଷମାଣ ହୋଇ ରହିଥିଲେ। କପିଲେନ୍ଦ୍ର କିନ୍ତୁ ଯବନ ଶକ୍ତି ବିରୁଦ୍ଧରେ ଖଡ୍ଗ ଉତ୍ତୋଲନ କରି ଅନୁଧାବନ କରୁଥିଲେ।

କପିଲେନ୍ଦ୍ର ସିଂହାସନ ଆରୋହଣ କରିବା ପରେ ଅନେକ ଆଭ୍ୟନ୍ତରୀଣ ସମସ୍ୟାର ସମ୍ମୁଖୀନ ହୋଇଛନ୍ତି, ଅନ୍ତତଃ ଦଶକଟିଏ ଲାଗିଛି ରାଜ୍ୟର ଅଭ୍ୟନ୍ତରକୁ ଆୟତ୍ତ କରିବାକୁ। ରାଜ୍ୟର ସମ୍ବଳ ଆଧାରରେ ପୁନରୁଦ୍ଧାର ଓ ପୁନର୍ଜୀବିତ କରିଛନ୍ତି ଓଡ଼ିଆ ସମର ବାହିନୀ। ମାନବସମ୍ବଳ ଏବଂ ସାମରିକ ଉପାଦାନ ଗଡ଼ିକର ସଦୁପଯୋଗ କରି ଗଠନ କରିଛନ୍ତି ଗଜପତି ଓଡ଼ିଆ ବାହିନୀ।

ଜୀବନର ତିନି ଦଶକ ବିନିଯୋଗ କରିଛନ୍ତି ରଣପ୍ରାଙ୍ଗଣରେ। ଗଙ୍ଗାରୁ ଗୋଦାବରୀ; କଳିଙ୍ଗ ସାଗରରୁ ଅମରକଣ୍ଟକ ବ୍ୟାପ୍ତ କଳିଙ୍ଗ–ଉତ୍କଳ ଦେଶର ସୀମାକ୍ଷୟକୁ ଭରଣା କରିବା ଲକ୍ଷ୍ୟରେ ବଙ୍ଗ, ଆନ୍ଧ୍ର ଏବଂ ତେଲେଙ୍ଗାନା ରାଜ୍ୟଗୁଡ଼ିକର ଅନୁପ୍ରବେଶକାରୀମାନଙ୍କୁ ଅଧ୍ୟୟନ କରି ସୁଯୋଗ ଅପେକ୍ଷାରେ ରହିଛନ୍ତି। ବୀରମାନଙ୍କ ଭାଗ୍ୟକୁ ପରିପୂର୍ଣ୍ଣ କରିଥାଏ ସମୟ ଏବଂ ସୁଯୋଗ। ତାହା ସବୁବେଳେ କପିଲେନ୍ଦ୍ରଙ୍କୁ ସହାୟ ହୋଇଛି ଏବଂ ଠିକ୍ ସମୟରେ ସୁଯୋଗର ସଦୁପଯୋଗ କରିଛନ୍ତି ତ୍ରିପୁର ଗଜପତି।

ଓଡ଼ିଆ ସାମ୍ରାଜ୍ୟ ନିଜ ମୂଲ ସୀମାରୁ ବିସ୍ତାରିତ ହୋଇଛି; ଗଙ୍ଗାରୁ ଗୋଦାବରୀ ନୁହେଁ, ଗଙ୍ଗାରୁ କୃଷ୍ଣାବେଣୀଠାରୁ ବି ଅଧିକ; ଗଙ୍ଗାରୁ କାବେରୀରୁ ବି ବଳି ଗଙ୍ଗାରୁ ଭାରତର ଦକ୍ଷିଣ ସୀମା କନ୍ୟାକୁମାରୀ ପର୍ଯ୍ୟନ୍ତ। ବିଶାଲ ଓଡ଼ିଶା, ବିସ୍ତାରିତ ଓଡ଼ିଶା, ସ୍ଫର୍ଦ୍ଧିତ ଓଡ଼ିଶା, କମ୍ପିତ ଓଡ଼ିଶା। ଓଡ଼ିଶାର ଗଜବାହିନୀ କୁଦି ପଡ଼ିଛି ସମଗ୍ର ଭାରତବର୍ଷରେ, ପଲଟଣ କରିଚାଲିଛି ସମଗ୍ର ଦାକ୍ଷିଣାତ୍ୟରେ।

୧୪୬୪ ମସିହାର ଓଡ଼ିଶା ଗଙ୍ଗାରୁ ସେତୁବନ୍ଧ – ମହୋଦଧିରୁ ପଶ୍ଚିମତମ ବାହାମନି ରାଜଧାନୀ ବିଦର ପର୍ଯ୍ୟନ୍ତ ବିସ୍ତୃତ। ଇତିହାସ ପୃଷ୍ଠାରେ ଚରମ ସୀମା ଧାରଣ କରି ଉତ୍ଫୁଲ୍ଲିତ ଓଡ଼ିଶା ରାଷ୍ଟ୍ର। ଏହାର ସଫଳ ନାୟକ, ବଳିଷ୍ଠ ଜନନାୟକ,

ପରିମାର୍ଜିତ ସଂସ୍କୃତିର ପରିପୋଷକ ଏବଂ ବିଚକ୍ଷଣ ସାମରିକ ଓ ସାମାଜିକ ପରିଚାଳକ ହେଉଛନ୍ତି ଗଜପତି କପିଲେନ୍ଦ୍ରଦେବ।

କିନ୍ତୁ ବିଡ଼ମ୍ବନା। ଭାରତର ଇତିହାସ ତାଙ୍କୁ ଯଥାଯୋଗ୍ୟ ସ୍ଥାନ ଦେଇନି, ଭାରତ ଇତିହାସ ଯାହା କିଛି ଘଟଣାବଳୀ ନେଇ କଲେବର ସୃଷ୍ଟି କରିଛି, ଅନ୍ୟୂନ ଶହେ ବର୍ଷର ଗଜପତି ବଂଶକୁ ଉପେକ୍ଷା କରିଛି। ତିରିଶ ବର୍ଷ ଯେଉଁ ଗଜପତି କପିଲେନ୍ଦ୍ର ଦେଶରେ ଗଜବାହିନୀର ପଲଟଣ କରି ବିଜାତୀୟ ହିନ୍ଦୁସଭ୍ୟତା ବିଧ୍ୱଂସୀ ଶାସକମାନଙ୍କୁ ପରାଜିତ କରିଥିଲେ, ତାଙ୍କର ପ୍ରତିପଉଶୀଳ ପୁତ୍ର ପୁରୁଷୋତ୍ତମଦେବ ତିନି ଦଶକ ବଲବଉର ଥିଲେ ଏବଂ ସମ୍ଭ୍ରାନ୍ତ ସର୍ବଗୁଣସମ୍ପନ୍ନ ପୌତ୍ର ଚାରିଦଶକ ଗଜପତି ଦଣ୍ଡଧାରୀ ପ୍ରତାପରୁଦ୍ରଦେବ ବିଶାଳ ଓଡ଼ିଶା ରାଷ୍ଟ୍ରର ନାୟକ ଭାରତ ଇତିହାସରେ ଉପଯୁକ୍ତ ସ୍ଥାନ ପାଇନାହାନ୍ତି। ଇତିହାସର ଦୂରଦୃଷ୍ଟି ସଂକୁଚିତ, କଟକ ଗୋପୀନାଥପୁର ମନ୍ଦିର ଲିପି, ରାଜମହେନ୍ଦ୍ରୀ ରଘୁଦେବପୁର ତାମ୍ର ଫଳକ, ୱାରାଙ୍ଗଲ୍‌ର ପ୍ରସ୍ତର ଲିପି, ଅସଂଖ୍ୟ ମନ୍ଦିର ଲିପି ସହଜପାଠ୍ୟ ହେଲେହେଁ ଗଜପତି ସାମ୍ରାଜ୍ୟ ଭାରତ ଇତିହାସରେ ଉପେକ୍ଷିତ।

ସେହି ଗଜପତି ବଂଶର ପ୍ରତିଷ୍ଠାତା କପିଲେନ୍ଦ୍ରଦେବଙ୍କର କିଛି ସମ୍ମିଳିତ ତଥ୍ୟ ବିଶ୍ଳେଷଣ କରି ତାଙ୍କର ଜୀବନର କାହାଣୀ ଧାରାରେ ଏହି ଉପନ୍ୟାସଟି ରଚିତ। ସମୟ ଓ ସୁଯୋଗ ତାଙ୍କୁ ପ୍ରଶସ୍ତ କରିଛି ସତ, ମାତ୍ର ଜୀବନର ସାୟାହ୍ନରେ କିଞ୍ଚିତା ଦୁଃସମୟ ତାଙ୍କୁ ବ୍ୟଥିତ କରିଛି। ସେଇ ଅନ୍ତିମ ଦୁଇମାସର ଭାବନା ଓ ଶୋଚନାର ସମାବେଶରେ ଏହି ଗଜପତି ମଉଡ଼ମଣି ଉପନ୍ୟାସଟି ରୂପ ନେଇଛି।

ସମାରୋହ, ୧୨୮, ଡ଼ୁମୁଡ଼ୁମା(କ)

ବସନ୍ତ ପଞ୍ଚମୀ
ଖଣ୍ଡଗିରି, ଭୁବନେଶ୍ୱର–୩୦

ତା ୨୬.୦୧.୨୦୨୩
ମୋ – ୯୪୩୮୦୦୨୫୦୯

ଅମୃତବେଳାରେ ଓଡ଼ିଶାର ନବୋଦୟ

ଓଡ଼ିଶାରେ ସୋମବଂଶୀ କେଶରୀ ରାଜାମାନଙ୍କର ଶାସନ ଅନ୍ତେ ସୁବର୍ଣ କେଶରୀଙ୍କଠାରୁ ଗଙ୍ଗବଂଶୀ ଚୋଡ଼ଗଙ୍ଗଦେବ ଓଡ଼ିଶା ବିଜୟ କରି ଗଙ୍ଗବଂଶର ଶାସନ ଆରମ୍ଭ କରିଥିଲେ। ଗଙ୍ଗବଂଶ ଶାସନ ଆନୁମାନିକ ୩୨୦ ବର୍ଷ ମଧ୍ୟରେ ଭାରତବର୍ଷରେ ବିଦେଶୀ ଆକ୍ରମଣ ଏବଂ ରାଜ୍ୟ ଦଖଲ ଦେଶର ହିନ୍ଦୁ ରାଜ୍ୟଗୁଡ଼ିକୁ ବିପନ୍ନ କରିଥିଲା। ବହୁ ରାଜ୍ୟ ଅଣହିନ୍ଦୁ ଶାସିତ ରାଜ୍ୟରେ ପରିଣତ ହେବା ସହିତ ଦିଲ୍ଲୀର ରାଜଗାଦି ପୁନଃ ପୁନଃ ଦେଶକୁ ଆକ୍ରମଣ କରୁଥିବା ଆଫଗାନ, ତୁର୍କୀ ବା ମଧ୍ୟ-ଏସିଆର ମୁସଲମାନ ଶକ୍ତି ଦ୍ୱାରା ସଂଘଟିତ ହେଉଥିଲା। ଗଙ୍ଗବଂଶୀ ଶାସନରେ ଓଡ଼ିଶା ସାମରିକ, ସାଂସ୍କୃତିକ, ସାମାଜିକ ଏବଂ ଅର୍ଥନୈତିକ ଦୃଷ୍ଟିକୋଣରୁ ଯାହା ହାସଲ କରିଥିଲା, ଶେଷବେଳକୁ ବହୁ ବିପଦର ସମ୍ମୁଖୀନ ହୋଇଥିଲା।

ଗଙ୍ଗବଂଶ ଶାସନକାଳରେ ଓଡ଼ିଶାର ସୀମା ଇତିହାସ ପୃଷ୍ଠାରେ ଖ୍ରୀଷ୍ଟପୂର୍ବ ପ୍ରଥମ ଶତାବ୍ଦୀ ଚେଦି ବଂଶ ମହାମେଘବାହନ ଖାରବେଳଙ୍କର ଗଙ୍ଗାରୁ ଗୋଦାବରୀ ଏବଂ କଳିଙ୍ଗ ସାଗରରୁ ଅମରକଣ୍ଟକ ପର୍ଯ୍ୟନ୍ତ ହାସଲ କରାଯାଇ ପାରିଥିଲା। ଗଙ୍ଗବଂଶର ଶକ୍ତିଶାଳୀ ରାଜା ଚୋଲଗଙ୍ଗଦେବ ସାମରିକ ଶକ୍ତି ସହିତ ପୁରୀ ଶ୍ରୀମନ୍ଦିର ତୋଲାଇ ନିଜର ପରିଚୟ ସୃଷ୍ଟି କରିଛନ୍ତି। ଜଣେ ଖ୍ୟାତନାମା ପ୍ରତାପୀ ଗଙ୍ଗବଂଶୀ ରାଜା ଭାବରେ ଲାଙ୍ଗୁଳା ନରସିଂହଦେବଙ୍କର କୋଣାର୍କ ମନ୍ଦିର ତାଙ୍କୁ ଅମର କରିଛି, କିନ୍ତୁ ତାଙ୍କର ଆଉ ଗୋଟିଏ ବିଶେଷତ୍ୱ ହେଉଛି ସିଏ ବିଦେଶୀ ଯବନ ଶାସକମାନଙ୍କ ପାଖରେ ପ୍ରତିରକ୍ଷା ବା ଆତ୍ମରକ୍ଷା ଶୈଳୀ ତ ପରର କଥା, ସେମାନଙ୍କ ଉପରେ ଆକ୍ରମଣ କରିବା ଆରମ୍ଭ କରିଦେଉଥିଲେ। ଏଭଳି ଚିନ୍ତାଧାରା କ୍ୱଚିତ୍ ଶାସକଙ୍କ ପାଖରେ ଦେଖିବାକୁ ମିଳେ। ସେ ରାଜ୍ୟର ଉତ୍ତର ସୀମାନ୍ତରେ ଲଖନୌତି ଅଧିକାର କରି ନିଜ

ସାମରିକ ଶକ୍ତିର ପରିଚୟ ଦେଇଛନ୍ତି ଆଉ ବିଜୟସ୍ତମ୍ଭ ଭାବରେ କୋଣାର୍କ ମନ୍ଦିର ତୋଳି ଯୁଗ ଯୁଗକୁ ନିଜର ସମ୍ମାନ ସୁବର୍ଣ୍ଣ ଅକ୍ଷରରେ ଲିପିବଦ୍ଧ କରିଯାଇଛନ୍ତି ।

ଦୀର୍ଘ ତିନି ଶତାବ୍ଦୀରୁ ଊର୍ଦ୍ଧ୍ୱ ଗଙ୍ଗାଶାସନ ମଧ୍ୟରେ ଓଡ଼ିଶାର ସାମରିକତା କ୍ଷେତ୍ରରେ ଉତ୍ଥାନ ଏବଂ ପତନ ଦେଖାଦେଇଛି । କିନ୍ତୁ ସାରା ଭାରତବର୍ଷର ପ୍ରତିଟି ହିନ୍ଦୁରାଜ୍ୟ ପରି ଓଡ଼ିଶା ଉପରେ ଉତ୍ତର ଦିଗରୁ ବଙ୍ଗ ଦଖଲ କରି ଘର କରିଥିବା ଆଫଗାନ ଶାସକମାନେ ତୁହାକୁ ତୁହା ଓଡ଼ିଶା ଆକ୍ରମଣ ଏବଂ ଶ୍ରୀମନ୍ଦିର ଲୁଣ୍ଠନ କାର୍ଯ୍ୟରେ ଲିପ୍ତ ରହିଛନ୍ତି । ସେହି ଆକ୍ରମଣକୁ ପ୍ରତିହତ କରି ଓଡ଼ିଶାକୁ ଏକ ଶାନ୍ତିର ରାଜ୍ୟ ଭାବରେ ରଖିବା ଗଙ୍ଗାରାଜମାନଙ୍କ ପାଇଁ ପ୍ରାଥମିକ ଦାୟିତ୍ୱ ହୋଇଛି ।

ପ୍ରଭୁ ଜଗନ୍ନାଥଙ୍କୁ ପୁରୀ ଶ୍ରୀମନ୍ଦିରରେ ସ୍ଥାପନ କରି ହିନ୍ଦୁଧର୍ମର ଆଦିଶଙ୍କରାଚାର୍ଯ୍ୟ, ରାମାନୁଜ ଆଦି ଧର୍ମଗୁରୁ ମାନଙ୍କ ପରାମର୍ଶରେ ଜୀବନ୍ତ ପ୍ରତିମା ଭାବରେ ଲୀଳାଖେଳାର ପର୍ବ ପାଳନ କରି କେବଳ ଓଡ଼ିଶା କାହିଁକି ସମଗ୍ର ଦେଶର ହିନ୍ଦୁ ପରମ୍ପରା ଆଉ ଭକ୍ତିର ପ୍ଲାବନ ସୃଷ୍ଟି କରି ବୋଧହୁଏ ଯବନମାନଙ୍କ ପାଇଁ ଆକର୍ଷଣର ଗୋଟିଏ କ୍ଷେତ୍ର ଗଠନ କରିଛନ୍ତି । ପ୍ରତିମା ବିଧ୍ୱଂସୀ ଏବଂ ରତ୍ନଭଣ୍ଡାର ଲୁଣ୍ଠନ କରିବା ପାଇଁ ବ୍ରତୀ ଏହି ଯବନଶକ୍ତିକୁ ପ୍ରତିରୋଧ କରିବା ଏବଂ ଶ୍ରୀମନ୍ଦିରକୁ ଅକ୍ଷୁଣ୍ଣ ରଖିବା ଶାସକ ନୃପତିଙ୍କର ପ୍ରାଥମିକ ଦାୟିତ୍ୱ ଭାବରେ ପରିଗଣିତ ହୋଇଛି ।

ଶାସନ କ୍ଷେତ୍ରରେ ଶକ୍ତି ବିନ୍ୟାସରେ ଟିକିଏ ବିଭ୍ରାଟ ଘଟିଲେ, ଆଭ୍ୟନ୍ତରୀଣ ଅବା ବାହ୍ୟ ଶକ୍ତି ଆତ୍ମପ୍ରକାଶ କରିଥାଏ । ସେହିଭଳି ଗୋଟିଏ ଘଟଣା ଘଟିଛି ଗଙ୍ଗବଂଶର ଅନ୍ତ ବେଳକୁ । ଆମ ଅଭିଜ୍ଞ ଓଡ଼ିଆ ଭାଷାରେ କଥାରେ ଅଛି ବଂଶନାଶ ବେଳକୁ ଘୋଡ଼ାମୁହାଁ ପୁଅ ଜନ୍ମନିଏ । ଅସମର୍ଥ ଏବଂ ବିକାରଗ୍ରସ୍ତ ମାନସିକତାରେ ପୂର୍ବପୁରୁଷ ପରି ଦଣ୍ଡାୟମାନ ହୋଇ ନପାରି ରାଜନୈତିକ ବଳୟରୁ ବିଲୟ ହୁଏ । ସେମିତି ଘଟିଛି ଗଙ୍ଗବଂଶ ଶେଷ ଗଙ୍ଗାରାଜଙ୍କ ବେଳକୁ ।

ଶେଷ ଗଙ୍ଗାରାଜ ନିଜର ବ୍ୟକ୍ତିଗତ ଦୁର୍ବଳତା ବଳରେ ନିଜର କର୍ତ୍ତବ୍ୟରୁ ଭ୍ରାନ୍ତ ହୋଇଛନ୍ତି । ନିଜର ସାମରିକ ନେତୃତ୍ୱର ଅପଚୟ ଘଟିଛି ଏବଂ ପ୍ରଶାସନ ବହୁ ତଳକୁ ଖସିଯାଇଛି । ନିଜର ବ୍ୟକ୍ତିଗତ ପ୍ରକୃତି ଆଉ ପ୍ରବୃତ୍ତି କିପରି ଥିବ, ତାଙ୍କୁ ଇତିହାସରେ ବିଭିନ୍ନ କାବ୍ୟ ରଚନାରେ ‘ମଉ’ ବା ‘କଜ୍ଜଳ’ ଶବ୍ଦରେ ସମ୍ବୋଧ୍ୱତ କରାଯାଇଛି । ଶେଷ ଗଙ୍ଗାରାଜ ଆଜି ଇତିହାସ ପୃଷ୍ଠାରେ ‘ଚତୁର୍ଥ ଭାନୁଦେବ’ ପରିବର୍ତ୍ତେ ‘ନିଃଶଙ୍କ ଭାନୁଦେବ’ ବା ‘ମଉ ଭାନୁଦେବ’ ଭାବରେ ସୁପରିଚିତ । ସେଥିରୁ ତାଙ୍କର ପ୍ରଶାସନ, ସାମାଜିକ ଓ ସାଂସ୍କୃତିକ ମନୋଭାବର ସୂଚନା ସହିତ ସାମରିକ ସଂଗଠନ କିପରି ରହିଥିବ ଅନୁମେୟ ।

ଏହାର ଫଳ ସ୍ୱରୂପ ଦକ୍ଷିଣ ସୀମାରେ ଓଡ଼ିଶା ହରାଇଛି ଗୋଦାବରୀ ତଟ ରାଜମହେନ୍ଦ୍ରୀ ବା କଳିଙ୍ଗ ଦଣ୍ଡପାଟର ସମସ୍ତ ଅଞ୍ଚଳ, ବିଶାଖାପାଟଣା ପର୍ଯ୍ୟନ୍ତ ସମୁଦ୍ର ଉପକୂଳ। ରେଡ଼ି ପ୍ରଶାସକ ବି ସୀମାଚଳ ଦଖଲ କରି ଆହୁରି ଉତ୍ତରକୁ ଅଗ୍ରସର ହେବାର ଆଶଙ୍କା ସୃଷ୍ଟି କରିଛି।

ଉତ୍ତର ସୀମା ବା କିପରି ଶାନ୍ତ ରହିପାରିବ ? ବଙ୍ଗର ପ୍ରତିଷ୍ଠିତ ଆଫଗାନ ବିଜାତୀୟ ପ୍ରଶାସକ ଗୋଡ଼ ଟେକି ବସିଛି, ଓଡ଼ିଶାର ରାଜା ଦକ୍ଷିଣ ଗସ୍ତ କଲେ ଅତର୍କିତ ଆକ୍ରମଣ କରିବ ଅବା ଶ୍ରୀମନ୍ଦିରର ରନ୍ଭଣ୍ଡାର ଲୁଣ୍ଠନ କରିବ। ବଙ୍ଗର ପ୍ରତିଷ୍ଠିତ ଯବନ ଶାସକ ପରି ଉତ୍ତର ପ୍ରଦେଶ ଜୌନପୁରର ସ୍ୱାଧୀନ ମୁସଲମାନ ଶାସକ ଓଡ଼ିଶା ପ୍ରତି କୌଣସି କାରଣରୁ ଆକୃଷ୍ଟ। ରାଜ୍ୟ ଦଖଲ କରିବା ହେଉ ବା ଓଡ଼ିଶାର କଳାହାତୀ ହାସଲ କରିବା ହେଉ, ତୁହାକୁ ତୁହା ରଣ ହୁଙ୍କାର ଦେବାରେ ଲାଗିଛି।

ଗଙ୍ଗରାଜ ରାଜକାର୍ଯ୍ୟ କରିବାରେ ସମ୍ପୂର୍ଣ୍ଣ ବିଫଳ ହୋଇଥିଲେ ସତ, କିନ୍ତୁ ରାଜ୍ୟ ଦକ୍ଷିଣ ସୀମା ପୁନରୁଦ୍ଧାର କରିବାକୁ ସୀମାଦ୍ରି ଗଡ଼ରେ ଅବା ଗୁଡ଼ାରି କଟକରେ ମାସ ମାସ ବସିରହି ରେଡ଼ି ପ୍ରଶାସକ ବିରୁଦ୍ଧରେ ଏକ ଶୀତଳ ଯୁଦ୍ଧ ଲଢୁଥିଲେ।

ଏହି ସମୟରେ ଓଡ଼ିଶାର ରାଜନୈତିକ ଆକାଶରେ ଏକ ଶୂନ୍ୟ ଶକ୍ତି ବଳୟ ସୃଷ୍ଟି ହୋଇଛି। ଯେମିତି ଭିତରଟା ଫମ୍ପା ଆଉ ଉତ୍ତରର ବଙ୍ଗ, ଜଉନପୁର, ଦକ୍ଷିଣର ରେଡ଼ି ଆଉ ବିଜୟନଗର, ପଶ୍ଚିମର ମାଲଣ୍ଵା ଆଉ ବାହାମନି ଚାପ ପକାଉଛନ୍ତି ରାଜଧାନୀ କଟକ ଅକ୍ତିଆର କରିବାକୁ। ରାଜନୈତିକ ସମୀକରଣରେ ରାଜ୍ୟର ସକ୍ରିୟ ପରାମର୍ଶଦାତାମାନେ ଖୋଜିବୁଲୁଥିଲେ ଜଣେ ବଳିଷ୍ଠ ସେନାପତିଙ୍କୁ, ଯିଏ କି ସମସାମୟିକ ପରିସ୍ଥିତିରେ ରାଜ୍ୟକୁ ରକ୍ଷା କରିପାରିବେ।

ଏହି ଘଡ଼ିସନ୍ଧିରେ ଉତ୍କଳର ତିମିରାବୃତ ଆକାଶରେ କାଳିମା ଦୂରକରି ଆବିର୍ଭୂତ ହେଲେ ଶକ୍ତିମାନ ସୂର୍ଯ୍ୟଦେବ। ଶିଥିଳ ହୋଇ ପଡ଼ିଥିବା ପାଇକ ରକ୍ତରେ ଭରିଦେଲେ ଅସୀମ ଉଷ୍ଣତା। ଉତ୍କଳର ଧରାପୃଷ୍ଠ ସବୁଜିମାରେ ଭରି ଉଠିଲା। ଏହି ଉତ୍ତାପର ତେଜ ଏତେ ଅଧିକ ଯେ, ଏହା ଉତ୍କଳର ସୀମା ବାହାରକୁ ଉଚ୍ଛୁଳି ପଡ଼ିଲା। ଅକଳ୍ପନୀୟ ଶକ୍ତି ଓ କୌଶଳର ସଫଳତମ ପ୍ରୟୋଗ ବଳରେ ବସୁନ୍ଧରା ବୀରଭୋଗ୍ୟା ପାଲଟିଗଲା। ଚିର ବସନ୍ତ ବୋହିଲା ଉତ୍କଳ ଭୂଇଁରେ, ରାଜ୍ୟ ହୋଇଗଲା 'ଓଡ଼ିଶା ରାଷ୍ଟ', ଆମର ଭାଷା ହୋଇଗଲା 'ଓଡ଼ିଆ ଭାଷା', ଆମର ସମ୍ରାଟ ହୋଇଲେ 'ଗଜପତି', ଗଜପତିଙ୍କର ପ୍ରଚଳିତ ସ୍ୱର୍ଣ୍ଣମୁଦ୍ରା ହେଲା 'ଗଜପତି' ('ପାଗୋଡ଼ା') କବି ଓ ପଣ୍ଡିତମାନେ ଭାଷାଜଗତକୁ ସମୃଦ୍ଧ କଲେ ଓଡ଼ିଆ ମହାଭାରତରେ, ଶ୍ରୀମନ୍ଦିର ବିଭୂଷିତ ହେଲା

ନୃତ୍ୟରେ, ଜୟଦେବଙ୍କ ଗୀତଗୋବିନ୍ଦରେ, ତ୍ରିମୂର୍ତ୍ତିଙ୍କର ରନ୍ ଅଳଙ୍କାର ଆଭୂଷଣରେ ଆଉ ବହୁବିଧ ରୀତିନୀତିରେ ଚମକିଲା ଓଡ଼ିଶା।

ସିଏ ସୂର୍ଯ୍ୟବଂଶୀ ଗଜପତି ମଉଡ଼ମଣି ଶ୍ରୀଶ୍ରୀଶ୍ରୀ ଗଜପତି ଗୌଡ଼େଶ୍ୱର ନବକୋଟି କର୍ଣ୍ଣାଟକଳବର୍ଗେଶ୍ୱର ବୀରାଧୀବୀରବର କପିଲେନ୍ଦ୍ରଦେବ। ରାଜ୍ୟାଭିଷେକ– ୨୯ ଜୁନ୍ ୧୪୩୫, ବୁଧବାର (କୃଭିବାସ ମନ୍ଦିର, ଭୁବନେଶ୍ୱର); କପିଲାଧ ପ୍ରଚଳନ – ଶାକ ୧୩୫୭; ତିରୋଧାନ –ଫେବ୍ରୁଆରୀ, ୧୪୬୭ ମାଘମାସ (କୃଷ୍ଣାନଦୀ କୂଳ, ବିଜୟବାହୁଡ଼ା)।

ଶ୍ରୀଜଗନ୍ନାଥ ଓଡ଼ିଶାର ପ୍ରଭୁ ଓ ଶାସକ, ଗଜପତି ତାଙ୍କର ରାଉତ, ତଦ୍ଭାବଧାରକ। ପ୍ରଭୁଙ୍କର ଆଦେଶ (ସ୍ୱପ୍ନାଦେଶ) ଗଜପତିଙ୍କର ଆଶିଷ। ଏହା ଅଲଂଘନୀୟ। ଏପରି ସ୍ୱପ୍ନାଦେଶ ଗଜପତିଙ୍କୁ ଜ୍ୟେଷ୍ଠପୁତ୍ରଙ୍କୁ ବାଦ୍‌ଦେଇ ଇତର ପୁତ୍ରକୁ ଉତ୍ତରାଧିକାରୀ ଭାବରେ ସିଂହାସନରେ ବସାଇବାକୁ ବାଧ୍ୟ କରିଛି। ଏହା ଗଜପତିଙ୍କୁ ଜୀବନର ସାୟାହ୍ନରେ ଅସୀମ ଯନ୍ତ୍ରଣାରେ ଭରିଦେଇଛି। ଜ୍ୟେଷ୍ଠପୁତ୍ର ଆଢ଼େଇ ହୋଇ ଯାଇଛନ୍ତି, ସେନାପତିମାନେ ବିଶୃଙ୍ଖଳ ହୋଇପଡ଼ିଛନ୍ତି, ସେଇ ସନ୍ତପ୍ତ ହୃଦୟରେ ବୃଦ୍ଧ ଗଜପତି ଛଅଜଣ ମହାପାତ୍ରଙ୍କ ସାନ୍ନିଧ୍ୟରେ ଦକ୍ଷିଣ ସୀମା ରକ୍ଷା କରିବାକୁ ପାଦ କାଢ଼ିଛନ୍ତି।

ମନରେ ଭରି ରହିଛି ଦୀର୍ଘ ତିରିଶ ବର୍ଷ କୃତିର ଆବେଗ। କିନ୍ତୁ ତାଙ୍କ ଅଜାଣତରେ ଅନ୍ତକ ତାଙ୍କୁ ଅପେକ୍ଷାରତ କୃଷ୍ଣାନଦୀ ତଟରେ। ଗଜପତି ମଉଡ଼ମଣି ନିଜ ଶରୀରର ସମସ୍ତ ସ୍ୱର୍ଷ ଓ ରନ୍ନାଳଙ୍କାର ଜଗନ୍ନାଥଙ୍କୁ ଉତ୍ସର୍ଗ କରି ଇହଧାମ ତ୍ୟାଗ କରିଛନ୍ତି।

ଓଡ଼ିଶା ଇତିହାସରେ ବୀରପୁତ୍ର ତାଲିକାରେ ଖାରବେଳଙ୍କ ପରେ କପିଲେନ୍ଦ୍ରଙ୍କ ସ୍ଥାନ ଆସେ, ଏମିତି ଦେଶାମ୍ବୋଧ ଏବଂ ଉତ୍ସର୍ଗୀକୃତ ଜୀବନ ଦେଖିବାକୁ ବିରଳ। ଆଉ ଗୋଟିଏ ଏଭଳି ପୁତ୍ର ଯେ ଓଡ଼ିଶା ମାତା ଲାଭ କରିପାରିବ, ତାହା ଚିନ୍ତା କରାଯାଇ ନପାରେ।

ସୂଚୀ

ଏହି ଉପନ୍ୟାସର ଚରିତ୍ରବିନ୍ୟାସ –

ଗଜପତି– କପିଳେନ୍ଦ୍ରଦେବ; ପାଟରାଣୀ– ରୂପାମ୍ବିକା; ଆଦୃତା ରାଣୀ– ପାର୍ବତୀ, ରାଜପୁତ୍ର– ହମ୍ବୀର କୁମାର; ଆଦୃତ ପୁତ୍ର– ପୁରୁଷୋତ୍ତମ,

ମହାପାତ୍ରଗଣ –

ମୁଖ୍ୟମନ୍ତ୍ରୀ	– କାଶୀନାଥ ମହାପାତ୍ର;
ପ୍ରତିରକ୍ଷା ମହାପାତ୍ର	– ଗୋପୀନାଥ ମହାପାତ୍ର
ଅନ୍ତରଙ୍ଗ ମହାପାତ୍ର	– ଉଚ୍ଛବ ବୈରାଗଞ୍ଜନ;
ସନ୍ଧିବିଗ୍ରହ ମହାପାତ୍ର	– ତ୍ରିବିକ୍ରମ ସମରେଶ ଓ ମୁକୁଟ ବାହୁବଲେନ୍ଦ୍ର;
ପୁରୋହିତ ମହାପାତ୍ର	– ସୁଦର୍ଶନ ରଥଶର୍ମା;
ପ୍ରତିରକ୍ଷା ମହାପାତ୍ର	– ଭୀମ ଭୁଜବଲ;
ପ୍ରଶାସନିକ ମହାପାତ୍ର	– ଦିଗ୍‌ବିଜୟ ପଟ୍ଟନାୟକ
ରାଜଗୁରୁ ମହାପାତ୍ର	– ଶଙ୍କର ଆଚାର୍ଯ୍ୟ
ରାଜ ପୁରୋହିତ	– ଲକ୍ଷ୍ମଣ ମହାପାତ୍ର

ପରିଚ୍ଛାଗଣ –

ଜଳେଶ୍ୱର ନରେନ୍ଦ୍ର ମହାପାତ୍ର (ଗୌଡ଼)

ରଘୁଦେବ ନରେନ୍ଦ୍ର ମହାପାତ୍ର (ରାଜମହେନ୍ଦ୍ରୀ)

ଗଣଦେବ ରାଉତରାୟ (କୋଣ୍ଡଭିଡ଼ୁ)

ଦକ୍ଷିଣେଶ୍ୱର କୁମାର ମହାପାତ୍ର (ଚନ୍ଦ୍ରଗିରି, ବିଜୟନଗର)

ତୁମ୍ମା ଭୂପାଳ (ଉଦୟଗିରି, ବିଜୟନଗର)

ସୀମାଦ୍ରି ଦୁର୍ଗ ପରିଚାଳକ – ସୁଦର୍ଶନ ଦକ୍ଷିଣକବାଟ

କଳିଙ୍ଗନଗର ପୋତାଧ୍ୟକ୍ଷ – ବିରୂପାକ୍ଷ ଗଜେନ୍ଦ୍ର

କୋଲେରୁ ଗଜପତି ଦୁର୍ଗ ପରିଚାଳକ – ରନ୍ନାକର ଗୁମାନସିଂହ

ଅନ୍ୟାନ୍ୟ ଚରିତ୍ର –

ଅମାତ୍ୟ ନାରାୟଣ ମହାପାତ୍ର (ଗୋପୀନାଥ ମହାପାତ୍ରଙ୍କର ଭ୍ରାତା)

ଡଗରା – ଧରଣୀ ଉତ୍ତରକବାଟ

ଜୀବନର ସାୟାହ୍ନରେ
ଗଜପତି ବିଚଳିତ କାହିଁକି ?

ଜୀବନର ଶେଷ କିୟଦଂଶ ଆୟୁ ବାନପ୍ରସ୍ଥ ଭାବରେ ବିତାଇବାକୁ ଶାସ୍ତ୍ର ସୂଚନା ଦିଏ । କିନ୍ତୁ ବ୍ୟତିକ୍ରମ ଘଟିଥିଲା ଶକ୍ତିମାନ ଦିଗବିଜୟୀ ଶ୍ରୀଶ୍ରୀଶ୍ରୀ...ଗଜପତି ଗୌଡ଼େଶ୍ୱର ନବକୋଟି କର୍ଣ୍ଣାଟ କଳବର୍ଗେଶ୍ୱର କପିଲେନ୍ଦ୍ରଦେବଙ୍କ ୮୦ ବର୍ଷ ବୟସରେ । ନିଜର ଅର୍ଜିତ ବିଶାଳ ଆୟତନ ଓଡ଼ିଶାର ସୀମା ଗଙ୍ଗାରୁ ଗୋଦାବରୀ ଟପି ସେତୁବନ୍ଧ ସ୍ପର୍ଶ କରୁଛି, ଓଡ଼ିଆ ଜନ ଜୀବନର ମାନ ବଢ଼ି ଓଡ଼ିଆ ମଣ୍ଡଳ ଗଜପତି ସାମ୍ରାଜ୍ୟ ସୁଖ ସମ୍ପଦରେ ଜାଜୁଲ୍ୟମାନ । ଚତୁଷ୍ପାର୍ଶ୍ୱର ପଡ଼ୋଶୀମାନେ ହତୋସାହରେ ମୁଣ୍ଡ ନୁଆଁଇ ଗଜପତିଙ୍କର ଗଜଗଣନା କରିବା ଅଭ୍ୟାସ ଛାଡ଼ି ଦେଲେଣି । କାହିଁ ଗଜପତି ମଉଡ଼ମଣି, ତାଙ୍କର ରାଜ୍ୟ ସୀମା ସ୍ପର୍ଶ କରିବାକୁ ଆସ୍ପର୍ଦ୍ଧା । କାହାର ଆସିବ !

ଦୀର୍ଘ ବତିଶ ବରଷ ଶାସନରେ ଦିନେ କପିଲେନ୍ଦ୍ର କାହାରି କଥା ମନରେ ଧରି ନାହାନ୍ତି । ଜଗନ୍ନାଥଙ୍କ ପାଖରେ ସମର୍ପଣ କରିଦେଇଛନ୍ତି ନିଜର ସମସ୍ତ କାମନା, ଭାବନା ଆଉ ଗୋଟିଏ ପ୍ରତିଜ୍ଞା, ଓଡ଼ିଶା ମାଟିର ପାଦେ ଜମି କାହାକୁ ଅଧିକାର କରିବାକୁ ଦେବେନାହିଁ । ସିଏ ଜଗନ୍ନାଥଙ୍କ କୃପା ଲୋଡ଼ନ୍ତି, ଦୃଷ୍ଟିକୁ ଆସୁଥିବା ସମସ୍ତ ସ୍ୱର୍ଣ୍ଣପ୍ରସୂ କଳିଙ୍ଗସାଗର ଉପକୂଳ ଓଡ଼ିଶା ଶାସନକୁ ଆଣି ବିଶାଳାୟତନ ସବୁଜ ଓଡ଼ିଶା ଗଢ଼ିବେ, ଭାଷା ଆଉ ସଂସ୍କୃତିର ଉଦାହରଣ ସୃଷ୍ଟି କରିବେ ।

କିନ୍ତୁ ଆଜି ଦିନରେ କଅଣ କଅଣ ଘଟିଚାଲିଛି ?

କେହି ବିଶ୍ୱାସ କରୁନାହାନ୍ତି, ମହାପ୍ରଭୁ ଜଗନ୍ନାଥ ସପନାଇଛନ୍ତି ତାଙ୍କର ଆଦୃତା ରାଣୀ ପାର୍ବତୀଙ୍କୁ । ତାଙ୍କ ଅନ୍ତେ ପାର୍ବତୀଙ୍କ ଗର୍ଭରୁ ଜାତ ସାନପୁଅ

ପୁରୁଷୋତ୍ତମକୁ ଗଜପତି ରାଜଗାଦି ଦେବାକୁ। ଶ୍ରୀମନ୍ଦିରରେ କେହି ଏ କଥା ଗ୍ରହଣ କରିପାରୁ ନାହାନ୍ତି। କାହା ପାଟିରୁ ବାହାରୁଛି, ନିଜେ ଗଜପତି କପିଳେନ୍ଦ୍ର ସେଇମତେ ଗଜପତି ମୁକୁଟ ପାଇଥିଲେ ନା। ସେମିତି ଉତ୍ତରାଧିକାରୀ ବସେଇ ଦେଇଯିବେ। କୁଆଡ଼େ ଗଲା ଆମର ବୀର ପୁଙ୍ଗବ ହମ୍ଭୀରଦେବ? ରାଜକୁମାର ହୋଇ ପିତାଙ୍କ ଅନୁପସ୍ଥିତିରେ ବି ଜୟ କରିଚାଲିଲେ ସମଗ୍ର ଦାକ୍ଷିଣାତ୍ୟ। କପିଳେନ୍ଦ୍ରଙ୍କ ସୁଯୋଗ୍ୟ ସନ୍ତାନ! ପୁଣି ଜଗନ୍ନାଥ ତାଙ୍କୁ ରାଜ୍ୟର ରକ୍ଷକ ହେବାକୁ ମନା କରି ଦାସୀପୁତ୍ରକୁ ଅର୍ପଣ କରିବାକୁ ସ୍ୱପ୍ନାଦେଶ ଦେବେ!

କପିଳେନ୍ଦ୍ର ନିଜପାଇଁ ସେଇ ଜଗନ୍ନାଥଙ୍କ ନାମ ନେଇ ଶେଷ ଗଙ୍ଗରାଜ ମଉଭାନୁକୁ ପରକରି ସିଏ ବଞ୍ଚି ଥାଉ ଥାଉ ସାମରିକ ଦକ୍ଷଭାବରେ ଓଡ଼ିଶା ଶାସନ ଅକ୍ତିଆର କରିନେଲେ। ମଉଭାନୁ ବି ବହୁବର୍ଷ ଗୁଢ଼ାରି କଟକରେ ବଞ୍ଚି ରହି କପିଳାନ୍ଧ ଆଉ କପିଳେନ୍ଦ୍ରଙ୍କ ଶାସନ ଦେଖୁଛନ୍ତି। ଯେତିକି ଦୁଃଖ ଆଉ ଅନୁଶୋଚନାରେ ତାଙ୍କର ଶେଷ ଜୀବନ କଟିଲା, ଛିଟିକାଏ ତ କପିଳେନ୍ଦ୍ର ଭୋଗିବେ। ବିଶାଲ ଗଙ୍ଗବଂଶ ଏମିତି ନିରାଶିଆ ହୋଇ ନିଃଶେଷ ହୋଇଗଲା?

ଗଲାଣି ତ ସେ କଥା ଅନେକ ଦିନରୁ।

ସେଇ ଛିଟିକାଏ ଦୁଃଖ ଅନୁଶୋଚନା ଆଉ ଅନୁତାପ ଡେରିରେ ହେଲେ ବି ଆଜି ଘେରି ଯାଇଛି କପିଳେନ୍ଦ୍ରଙ୍କୁ। ଅନୁତପ୍ତ ହେଉଛନ୍ତି ସତରେ ସିଏ ଜ୍ୟେଷ୍ଠ ରାଜକୁମାରଙ୍କୁ ତାଙ୍କ ପ୍ରାପ୍ୟରୁ ବଞ୍ଚିତ କରିଛନ୍ତି। ସତରେ ରାମଚନ୍ଦ୍ର ରାଜା ନହୋଇ ଭରତ ମୁଣ୍ଡରେ ରାଜମୁକୁଟ। କିଏ କାହିଁକି ମନ୍ତୁରା ସାଜିଲା କଟକ ବାରବାଟୀ ରାଜପ୍ରାସାଦରେ, ସେଇ ଜଗାକାଳିଆଙ୍କୁ ଜଣା। ଓଡ଼ିଶା ଭାଗ୍ୟରେ ଏଇ ନିଷ୍ଠୁର ନିଷ୍ଠୁରିତା ଗୋଟିଏ ଉଲ୍କା। ରାମାୟଣର ଦଶରଥ ରାଜାଙ୍କ ଘରର କୈକେୟୀଙ୍କୁ କଦାପି କପିଳେନ୍ଦ୍ରଙ୍କ ଦାସୀ ରାଣୀ ପାର୍ବତୀଙ୍କ ସହିତ ତୁଳନା କରାଯାଇ ନପାରେ। ଜଗନ୍ନାଥ ଭକ୍ତ ସେଇ ବ୍ରାହ୍ମଣୀ ଦେଖିବାକୁ ଯେତିକି ସୁନ୍ଦର, କପିଳେନ୍ଦ୍ର ନିଜ ସାମରିକ ଜୀବନରେ ବହୁତ ଅୟସ କରିଛନ୍ତି ତାଙ୍କୁ ନେଇ। ପାଟରାଣୀ ଆଉ କେତେ ରାଣୀଙ୍କ ଚକ୍ଷୁଶୂଲ ହୋଇଛି ରାଜାଙ୍କର ଏମିତି ଦାସୀ ପ୍ରୀତିରେ। ସୌନ୍ଦର୍ଯ୍ୟରେ ଆମ୍ଭହରା ହୋଇନାହାନ୍ତି ପାର୍ବତୀ। ତାଙ୍କର ପୋଇଲୀ କେବଳ ପାର୍ବତୀଙ୍କୁ ସୁଶୋଭିତ କରେନି, ପ୍ରତିଟି ବାର୍ତ୍ତାଲାପର ସଂଯୋଜନା କରିଥାଏ ବି। ଏମିତି ପୁଅ ପୁରୁଷୋତ୍ତମ ଜନ୍ମ ହେବା ଦିନଠାରୁ ତାକୁ ଉତ୍ତରାଧିକାରୀ କରିବାକୁ ଗଜପତିଙ୍କୁ ଏକ ପ୍ରକାର ପ୍ରତିଶ୍ରୁତିବଦ୍ଧ କରାଇ ନେଇଛନ୍ତି କୈକେୟୀ ଦଳ।

ଦୁନିଆ ଅନେଇଛି। ବହୁ ପୁତ୍ର କଳିଙ୍ଗ ରାଜକୁମାର ଭାବରେ ପିତାଙ୍କ

ରାଜଗାଦିକୁ ଚାହିଁ ରହିଛନ୍ତି। ଜଗତ ଚାହେଁ ସାମାଜର ନିୟମ ଅନୁସାରେ ହମ୍ଭୀରା
ରାଜକୁମାର ଉତ୍ତର ଦାୟିତ୍ୱ ସମ୍ଭାଳିବେ। ବିଗତ ଦଶନ୍ଧିରେ ନିଜର ସାମର୍ଥ୍ୟ ପ୍ରତିପାଦନ
କରିଛନ୍ତି ଦାକ୍ଷିଣାତ୍ୟ ସମରରେ। ମାତ୍ର ପରିଶେଷରେ ଏକଛତ୍ର ଶାସକ ମାନସିକତା
ସ୍ୱରୂପ ଅଭୁତ ନିଷ୍ପତ୍ତି ନେଇଛନ୍ତି ପିତୃଦେବ। ଯେନତେନ ପ୍ରକାରେଣ ପୁରୁଷୋତ୍ତମ ହିଁ
ତାଙ୍କ ଅନ୍ତେ ଗଜପତି ସମ୍ରାଟ ହେବାର ପକ୍ଷପାତୀ ନିଷ୍ପତ୍ତି ନେଇଛନ୍ତି ଗଜପତି
କପିଲେନ୍ଦ୍ର। ନ ଥାଉ ପଛେ କୌଣସି ଯୁଦ୍ଧରେ ଅବତୀର୍ଣ୍ଣ ହେବାର ଅଭିଜ୍ଞତା। ଅବା
କୌଣସି କାମରେ ଦକ୍ଷତା। ପୁରୁଷୋତ୍ତମଙ୍କୁ ଜଗନ୍ନାଥ ସହାୟ ନିଶ୍ଚୟ। ଜଗନ୍ନାଥଙ୍କ
ନାମକରଣ ହୋଇଛି ତାଙ୍କର !

ହମ୍ଭୀରାଦେବ ଏହାକୁ ରାମାୟଣର ରାମଚନ୍ଦ୍ରଙ୍କ ପରି ସରଳରେ ନେଇ
ନାହାନ୍ତି। ପ୍ରକାଶ୍ୟରେ ପ୍ରତିବାଦ କରିଛନ୍ତି ଏପରି ନିଷ୍ପତ୍ତିର। ରାଜକୁମାରଙ୍କୁ ଏହା
ବିରାଟ ଅପମାନ, ଅପମାନ ତାଙ୍କର ମାତୃଭୂମି ଓଡ଼ିଶାକୁ। କାହିଁକି ସେ ପିତାଙ୍କର
ତ୍ୟାଜ୍ୟପୁତ୍ର ହେଲେ ? ବୁଝିବାକୁ ସକ୍ଷମ ହେଲେନି। ମା ପାଟରାଣୀ ବି ଭେଟି ପାରିଲେନି
ହମ୍ଭୀରାଙ୍କୁ। ସ୍ତ୍ରୀ   ନିରବ ରହିଲେ ସ୍ୱାମୀଙ୍କର ଏମିତି ରାଜନୀତି ଆଉ କୂଟନୀତିର
କପଟପଶାରେ। ଆଉ ହମ୍ଭୀର କୁମାରଙ୍କ ସୁପୁତ୍ର ଦକ୍ଷିଣେଶ୍ୱର କୁମାର। ଏବେ ସ୍ଥାନିତ
ହୋଇଛି କୋଣ୍ଡଭିଡୁ ପରିଚ୍ଛା ଭାବରେ।

ଗଜପତି କପିଲେନ୍ଦ୍ରଙ୍କ ପାଦତଳୁ ମାତୃଭୂମିର ମାଟି ଖସିବାର ଅନୁଭବ କଲେ।
ମାଟି ନୁହେଁ ତ ନିଜର ଜ୍ୟେଷ୍ଟ ପୁଥ। ଗଢ଼ି ତୋଳିଛନ୍ତି ବିସ୍ତୃତ ଓଡ଼ିଶା। ଦକ୍ଷିଣର
ଦୁଇଗୁଣ ଆୟତନ ପାଇ ତିନି ଗୁଣ ହୋଇଯାଇଛି ମଉଭାନୁ ଶେଷଗଙ୍ଗାରାଜଙ୍କ କ୍ଷୟିଷ୍ଣୁ
ଓଡ଼ିଶା। ଭାରସାମ୍ୟ ହରାଇବାକୁ ବସିଛନ୍ତି ଗଜପତି। ଟଳମଳ ହେବା ବେଳକୁ ପାଖରେ
ଅଛନ୍ତି ଗଜପତିଙ୍କର ଦାୟିତ୍ୱରେ ରହିଥିବା ଅନ୍ତରଙ୍ଗ ମହାପାତ୍ର।

ଓଡ଼ିଶା ରାଇଜର ଶାସନ କ୍ଷେତ୍ରରେ ଯେତିକି ପାତ୍ର ମନ୍ତ୍ରୀ ଅଛନ୍ତି ସବୁଠାରୁ
ମହାରାଜଙ୍କର ପାଖରେ ଥାଆନ୍ତି ଜଣେ ଅତି ନିଜର। କପିଲେନ୍ଦ୍ର ନିଜକୁ ଗଜପତି
ଭାବରେ ପ୍ରତିଷ୍ଠିତ କରିବା ବେଳରୁ ତାଙ୍କର ଅତି ନିଜର ହୋଇଯାଇଛନ୍ତି ଗଜପତିଙ୍କର
ବ୍ୟକ୍ତିଗତ ସଚିବ ଅନ୍ତରଙ୍ଗ ମହାପାତ୍ର। ସମ୍ପୂର୍ଣ୍ଣନାମ ତାଙ୍କର ଉଚ୍ଛବ ବୈରୀଗଞ୍ଜନ।
ପିତାମହ କି ପ୍ରପିତାମହଙ୍କ କାଳରୁ ନିଜ ପରିବାରଟି ହୋଇ ପାରିଛନ୍ତି ଓଡ଼ିଆ ରାଜାଙ୍କ
ଏକାନ୍ତ ନିଜର। ବୃତ୍ତିରେ ଅନ୍ତରଙ୍ଗ ମହାପାତ୍ର।

ଉଚ୍ଛବ ଲକ୍ଷ୍ୟ କରନ୍ତି, ଗଜପତି ସ୍ଥିର ନାହାନ୍ତି। ବିଷଣ୍ଣ ଆଉ ଭାରାକ୍ରାନ୍ତ ବଦନ।
ବାରବାଟୀ ରାଜପ୍ରାସାଦରେ ଶାନ୍ତିରେ ଜୀବନ କାଟୁନାହାନ୍ତି।

ଗଜପତିଙ୍କୁ ହାତରେ ଧରିନେଇ ପାଖରେ ଥିବା ଆରାମ ଚଉକିରେ ବସାଇ

ଦେଇଛନ୍ତି । ଗଜପତିଙ୍କ ପାଟିରୁ ଭାଷା ବାହାରୁନି ।

"ସମୟ ଆସିଗଲା ଉଚ୍ଛବ, ସମୟ ଆସିଗଲା ।" ଏମିତି ଧୀର କଣ୍ଠରେ କହୁଛନ୍ତି ଗଜପତି ଗୌଡ଼େଶ୍ୱର । "ସମୟ ଆସିଗଲା ପାପର ପ୍ରାୟଶ୍ଚିତ କରିବାକୁ । ଆଉ କେଇ ଦିନ ଓଡ଼ିଶା ପାଣି ପବନ ?"

ଉଚ୍ଛବ ବୈରୀଗଞ୍ଜିନ ଗଜପତିଙ୍କ ଅନ୍ତରଙ୍ଗ ମହାପାତ୍ର କେବଳ ନୁହନ୍ତି, ତାଙ୍କର ବଂଶ ପରିଚୟ ହେଉଛି ସିଏ ତିନି ପୁରୁଷରୁ କଳିଙ୍ଗ-ଓଡ଼ିଶାର ନୃପତିଙ୍କର ପରିବାର ତଥା ଦେଶ ଶାସନର ଜୀବନ୍ତ ପ୍ରତ୍ୟକ୍ଷଦର୍ଶୀ ହୋଇଛନ୍ତି । ବାପା ଆଉ ଜେଜେବାପା ବି ଗଙ୍ଗରାଜାଙ୍କ ଅନ୍ତରଙ୍ଗ ମହାପାତ୍ର ଥିଲେ ଆଉ ପ୍ରବହମାନ ରାଜ୍ୟ ଶାସନ ସହ ପରିଚିତ ଥିଲେ । ବୟସରେ ଗଜପତିଙ୍କର ସମସାମୟିକ ହୋଇଥିବାରୁ ଉଚ୍ଛବ ବୈରୀଗଞ୍ଜିନ ଗଜପତି ଗୌଡ଼େଶ୍ୱରଙ୍କର ଅନ୍ତରର କଥା ଜାଣିବାକୁ ସମର୍ଥ ।

ଅନ୍ତରଙ୍ଗ ମହାପାତ୍ର ଅନୁଭବ କରନ୍ତି । ଦିନ କେଇଟାରେ ବାରବାଟୀ କଟକର ଉଆସରେ ବିଶାଳ ଭୂମିକମ୍ପ ଆସି ରାଜ ପରିବାରକୁ ଛାରଖାର କରିଦେଇଛି । ସୃଷ୍ଟିରେ ଅସମ୍ଭବ ଦିଗ ସାମନାକୁ ଆସିଲେ, ଫଳ ହୁଏ ବିପର୍ଯ୍ୟୟ । ସେଇ ବିପର୍ଯ୍ୟୟରେ କ୍ଷତବିକ୍ଷତ ହୋଇଥିବା ଓଡ଼ିଶାର ଅନନ୍ୟ ନରପତି କପିଳେନ୍ଦ୍ରଦେବ ଛଟପଟ ହେଉଛନ୍ତି । ମାନସିକତାର ମହାପ୍ରଳୟ ମଧ୍ୟଭାଗରେ ଗଜପତି । ନିଜ ବାହୁରେ ବଳ ଥିବା ବେଳ କଟିଗଲା ରଣଭୂମିର ସେନାପତି ଭାବରେ ଆଉ ଦିଗବିଜୟର କଲ୍ଲୋଲ ମଧ୍ୟରେ । ଆଜି ବାନପ୍ରସ୍ଥ ଜୀବନକାଳରେ ସିଏ ଅଶାନ୍ତି ସମୟ ନେଇ ଭାରାକ୍ରାନ୍ତ ।

କିଏ ଜାଣିଥିଲା, ରାଜବଂଶରୁ ଉଦ୍ଭବ ନହେଲେ ବି ଦିନେ କପିଳ ରାଉତ ନିଜ ବାହୁ ବଳରେ ଅସାଧ୍ୟ ସାଧନ କରିପାରିବ ? ସମଗ୍ର ଭାରତବର୍ଷ ଯେତେବେଳେ ବିଦେଶାଗତ ଯବନ ଶକ୍ତିର କବଳିତ ନିଜ ରାଜ୍ୟ କଳିଙ୍ଗ, ଉତ୍କଳ ଅବା ଓଡ଼ିଶାର ଦୋଦୁଲ୍ୟମାନ ସୀମା ଭିତରର ଶେଷ ଗଙ୍ଗରାଜ ନିଷ୍ଫଳ ଯୁଦ୍ଧରେ ଲିପ୍ତ ହୋଇ ଥାଇ ନଥିବା ରାଜା ପରି, ଓଡ଼ିଶାର ତଦାନୀନ୍ତନ ପାତ୍ର, ମହାପାତ୍ର, ପ୍ରଶାସକ ଅନୁଭବ କରନ୍ତି ମାତୃଭୂମିର ଶକ୍ତିହୀନତା, ନେତୃତ୍ୱ ବିହୀନେ ଅରାଜକତା, ସଞ୍ଚରିତ ଶକ୍ତିର ଏକତ୍ରୀକରଣ ଓ ପ୍ରୟୋଗର ଅଭାବ । କ୍ଷୀଣ ହୋଇ ନିର୍ବାପିତ ସ୍ତରରେ ପହଞ୍ଚ ଗଲାଣି ଗଙ୍ଗଶକ୍ତି । ସେ ସମୟରେ ଦୃଷ୍ଟିରେ ଆସୁଥିବା ଏକମାତ୍ର ସେନାଧ୍ୟକ୍ଷ ନିଜର ସେନାବିନ୍ୟାସ ଓ ଯୁଦ୍ଧ ପରିଚାଳନାରେ ଦକ୍ଷତା ପ୍ରଦର୍ଶନ କରିଥିବା କପିଲେନ୍ଦ୍ର ରାଉତ ଗୋଟିଏ ଜଳନ୍ତା ଦୀପ ପରି ବୋଧ ହୁଅନ୍ତି ଓଡ଼ିଶାର ପ୍ରଶାସନିକ ଦିଗଦ୍ରଷ୍ଟାମାନଙ୍କୁ । ଓଡ଼ିଶାରେ ଅଦୃଶ୍ୟ ଶକ୍ତି ଓଡ଼ିଆ ଜୀବନ ପାଇଁ ଯେତିକି ଅନୁରକ୍ତ, ଅନେକ ଗୁଣରେ ଓଡ଼ିଆ ପ୍ରାଣର ପ୍ରତୀକ ଜଗନ୍ନାଥଙ୍କୁ ପ୍ରତିମାଧ୍ୱଂସୀ ଲୁଣ୍ଠନକାରୀ ଯବନମାନଙ୍କ ପରାଭବରୁ

ମୁକ୍ତ କରିବାକୁ ସଦାଚିନ୍ତିତ। କହିପାରନ୍ତି ଏହା ଓଡ଼ିଆ ମାନସିକତା ଅବା ଅନୁଭୂତ ଜଗନ୍ନାଥଶକ୍ତି।

ଦକ୍ଷିଣ ସୀମାରେ ଜଳଜଳ ହୋଇ ରେଡ଼ିବଂଶଠାରୁ ପରାଜୟ ମୁଖରେ ପଡ଼ିଥିବା ମଉ ଭାନୁଦେବ ଦୀର୍ଘ ଦିନ ହେବ ଓଡ଼ିଆ ମାନସପଟରେ ଯାତନାର କାରଣ ହୋଇଛନ୍ତି। ଓଡ଼ିଶାର ପାଇକ ଆଜି ନିଜର ଏକତା ଆଉ ଏକାଗ୍ରତା ହରାଇଛି, ଆପ୍ରାଣ ଲଢ଼ି ଜୀବନ ମୂର୍ଚ୍ଛିବାର ଉନ୍ମାଦ ହରାଇଛି। ଭାନୁଦେବଙ୍କ ଜୀବନବ୍ୟାପୀ ସାମରିକ ଅବଧାରଣା ସବୁବେଳେ ଲକ୍ଷ୍ୟହୀନ କରି ପକାଇଛି ପାଇକ ବାହିନୀକୁ। ଦିଗହରା ହୋଇ ପଡ଼ିଛନ୍ତି ପାଇକମାନେ। ବିଷାଦରେ ମର୍ମାହତ। ଶୀତଳ ଯୁଦ୍ଧକୁ ଆଦରିବାରେ କଳିଙ୍ଗ ପାଇକ ପସନ୍ଦ କରେନି, ଜିଅ ବା ମର ଫଳାଫଳ ଜାଣନ୍ତା ହେବାର ମାନସିକତା ରଖିଛି ଓଡ଼ିଆ ପଦାତିକ! ଏମିତି ସ୍ନାୟୁ ଓଡ଼ିଆ ସାମରିକ ବାହିନୀ ମଉଭାନୁଦେବଙ୍କ ଦକ୍ଷିଣ ଶିବିରରେ। ରକ୍ତର ଉଷ୍ମତା ଖସୁଛି। ପାଇକର ଶକ୍ତ ଶରୀର ଆଦେଶ ବିହୀନ ଭୀରୁ ଗଙ୍ଗରାଜଙ୍କ ପାଇଁ ଆଜି ଲଜ୍ଜିତ, ଜର୍ଜରିତ।

ଏତିକିବେଳେ ଓଡ଼ିଶାରେ ସମସ୍ତଙ୍କ ଦୃଷ୍ଟି ପଡେ ସେନାପତି କପିଲେନ୍ଦ୍ରଙ୍କ ଉପରେ। ଜଣେ ଉଚ୍ଚାଭିଳାଷୀ ସାମରିକ ବିଶେଷଜ୍ଞ। ମୁଣ୍ଡ ଟେକି ସାହସିକତାର ସଂକେତ ଦେଉଥିବା ବୀର କପିଲେନ୍ଦ୍ର। ଓଡ଼ିଶାର ରାଜଗାଦି, ରାଜଶକ୍ତି ଆଉ ପ୍ରଶାସନ ବିଷୟରେ ଦୃଢ଼ ଧାରଣା ଅର୍ଜନ କରିଥିବା ଗଙ୍ଗରାଜ ମଉଭାନୁଦେବଙ୍କ ଅତ୍ୟନ୍ତ ବିଶ୍ୱସ୍ତ। ନିଜେ ଅନୁତପ୍ତ ହେଉଛନ୍ତି ତାଙ୍କ ବିହୁନେ ଗଙ୍ଗରାଜ କାହିଁକି ଏକ ନିଷ୍ଫଳ ଯୁଦ୍ଧରେ ମାସ ମାସ ଧରି ରାଇଜକୁ ଅନ୍ଧକାର ଓ ଅନିଶ୍ଚିତତା ଭିତରେ ରଖିଛନ୍ତି? କାହିଁକି ସୀମାନ୍ତରେ ପ୍ରହେଲିକା ସୃଷ୍ଟି କରୁଛନ୍ତି?

ଜଣେ ସମର୍ଥ ମହାପାତ୍ର ଗୁପ୍ତରେ ପ୍ରସ୍ତାବ ଦିଅନ୍ତି କପିଲେନ୍ଦ୍ରଙ୍କୁ। ମୃତବତ୍ ଗଙ୍ଗ ଶାସନର ଭାବିଷ୍ୟତ କଅଣ? ଆହ୍ୱାନ ଦିଅନ୍ତି ତାଙ୍କୁ, "ନିଜର ମତ ରଖ ବୀର କପିଲେନ୍ଦ୍ର। ଓଡ଼ିଶାର ପାତ୍ର ମନ୍ତ୍ରୀ ଚାହାନ୍ତି ଜୀବନ୍ତ ଓଡ଼ିଆ ସମର, ଓଡ଼ିଶା ଶାସନ। ଚାହାନ୍ତିନି ରାଜଶକ୍ତି ହୀନବଳ ହୋଇ ବହୁ ମାସ ସୀମାରେ ଛପିଯିବ। ଶତ୍ରୁପାଖରେ ଶରଣ ପଶିବ। ଶରଣ ପଶିଲେ କଅଣ କେବେ ଶତ୍ରୁ ସୀମା ଛାଡ଼ି ଚାଲିଯିବ?"

ଜଣ ଜଣ କରି ଅନେକ ରାଜପରିଷଦ ପାତ୍ର ମନ୍ତ୍ରୀ ବି ସେମିତି ପ୍ରସ୍ତାବର ପ୍ରୋତ୍ସାହନ ଦିଅନ୍ତି ସେନାପତି କପିଲେନ୍ଦ୍ରଙ୍କୁ। ଗଙ୍ଗରାଜ ନିଷ୍ତବ୍ଧ। ହଜିଯାଉଛନ୍ତି ଦକ୍ଷିଣ ସୀମାନ୍ତ କର୍ଣ୍ଣାଟ ବିଜୟନଗରମ୍ ଶକ୍ତିରେ ବିନିଯୁକ୍ତ ରାଜମହେନ୍ଦ୍ରୀ ରେଡ଼ି ପ୍ରଶାସକଙ୍କ ଚକ୍ରାନ୍ତରେ। ଆଶା ହରାଇଲାଣି ରାଜ୍ୟ, ଘୋର ସନ୍ଦେହ ଆସୁଛି ରାଜ୍ୟର ନୃପତି ମଉ ଭାନୁଦେବ ସସଂରାରେ ଲେଉଟି ଆସିପାରିବେ ତ ଦକ୍ଷିଣରୁ? ଆହୁରି ଅଭ୍ୟନ୍ତରକୁ

ଧସେଇ ପଶିଯିବେନି ତ ରେଡି ପ୍ରଶାସକ ରାଜମହେନ୍ଦ୍ରୀର ? ବିନା ରକ୍ତପାତରେ ଧ୍ଵସ୍ତୁଛି ଓଡ଼ିଶାର ଦକ୍ଷିଣ ସୀମା।

ପରଦିନ ଦକ୍ଷିଣ ସୀମାର ଡଗର କିଛି ନିରାଶାର ବାଣୀ ଦିଏ ସାମରିକ ପରିଷଦରେ। ସୀମାଦ୍ରିକୁ ଦଖଲ କରିନେଲା ରାଜମହେନ୍ଦ୍ରୀର ଭୀମା ରେଡି। ବିଶାଖାପାଟଣା ସମ୍ପୂର୍ଣ୍ଣ ବିଜୟନଗରମ୍ କରାୟତ। ସବୁ ମହାପାତ୍ର, ପାତ୍ର, ପ୍ରଶାସକ, ଜଗନ୍ନାଥ ମନ୍ଦିରର ସୁରକ୍ଷା ମୁଖ୍ୟ ସଂକଟ ସମୟରେ ଉପନୀତ। ଆସନ୍ତା ଦିନ ପାଇଁ କଅଣ କରାଯିବ ସେହି ଆଲୋଚନାରେ ବ୍ୟସ୍ତ। ଶାସନର ଦାୟିତ୍ଵରେ ରହିଥିବା କପିଲେନ୍ଦ୍ର ବି ଉପସ୍ଥିତ। ଏକ ମୁଖରେ ପ୍ରସ୍ତାବ ଆସିଲା, ଆସନ୍ତା କାଲିଠାରୁ ଓଡ଼ିଶାର ରାଜଗାଦି ଲାଭ କରିବେ ସେନାପତି କପିଲେନ୍ଦ୍ର ରାଉତରାୟ।

କିନ୍ତୁ କପିଲ ହଠାତ ଶଙ୍କାନ୍ଵିତ ହୋଇପଡ଼ିଲେ। କିଛି ସମୟ ନିରବ ରହି ଧୀର ସ୍ଵରରେ କହି ଉଠିଲେ, "ନା, ଅସମ୍ଭବ। କପିଲେନ୍ଦ୍ର ଗଙ୍ଗ ସେନାପତି। ତା ରକ୍ତରେ ଗଙ୍ଗାରାଜଙ୍କର ସୁରକ୍ଷାର ଉଷ୍ଣତା ରହିଛି। ସିଏ ଘର ଢିଙ୍କି କୁମ୍ଭୀର ହୋଇ ପାରିବ ନାହିଁ।"

କପିଲେନ୍ଦ୍ର ପ୍ରସ୍ତାବର ସପକ୍ଷରେ ନଥିଲେ। ଚିନ୍ତା କରିଥିଲେ, ଏହା କଅଣ ଏତେ ସରଳ ? ରାଇଜର ଅନେକ ସାମନ୍ତ ରାଜା ଗଙ୍ଗ ସପକ୍ଷରେ। ଖୁବ୍ କମ୍ ସମୟରେ ନୂତନ ରାଜଶକ୍ତିକୁ ପରାହତ କରିବାର ଆଶଙ୍କା ରହିଛି। ଏକ ସମୟରେ ବିଦ୍ରୋହ ଘୋଷଣା କରି କଟକ ଅଧିକାର କରିନେବେ ଅବା ବିଚ୍ଛିନ୍ନ ହୋଇଯିବେ।

ସେନାଧ୍ୟକ୍ଷ କପିଲେନ୍ଦ୍ର ଚିନ୍ତାମଗ୍ନ, "ଏ ସମସ୍ୟା ସମାଧାନ ନକରି ମୋତେ ରାଜଗାଦିରେ ବସାଇଲେ କଅଣ ଫଳ ମିଳିବ ? ଜଣେ ସେନାଧ୍ୟକ୍ଷ ଭାବରେ ରାଜ୍ୟଲାଭ କେତେ ସମୀଚୀନ, ମୋ ପାଇଁ ଘୋର ଚିନ୍ତାର ବିଷୟ।"

କାଲବିଲମ୍ବ ନକରି ଉତ୍କଳର ମୁଖ୍ୟ ମହାପାତ୍ର କହି ଉଠିଲେ, "ଏବେ ମଉଭାନୁଦେବ ଆସିବାର ସମ୍ଭାବନା କମ୍। ନ ଆସିଲେ ଯାହା ଘଟିବ, ଏବେ ସେଇଆ ହେବ। ତେଣୁ ଆମେ ସ୍ଥିର କରୁଛୁ କଟକ କି ପୁରୀ ବ୍ୟତିରେକ କୌଣସି ସ୍ଥାନରେ ଗୁପ୍ତରେ କପିଲେନ୍ଦ୍ର ନିଜକୁ ରାଜ୍ୟର ରାଜା ବୋଲି ଘୋଷଣା କରି ନିଜ ଶକ୍ତିର ପରିଚୟ ଦିଅନ୍ତୁ। ବଙ୍ଗାଲାର ଅନୁପ୍ରବେଶ ବନ୍ଦ ହୋଇଯିବ। ତା ସହିତ ଜଉନପୁର ସ୍ଵାଧୀନ ଯବନ ନବାବ ବି ଉତ୍କଳ ଆକ୍ରମଣ ପାଇଁ ପ୍ରସ୍ତୁତ ହେଉଛି। ସେ ବି ଚୁପ ହୋଇଯିବ।"

ମୁଖ୍ୟ ମହାପାତ୍ର କହିଚାଲିଲେ, "କାଲବିଲମ୍ବ ନକରି ଚଳନ୍ତି ଶାକ ୧୩୪୭ ଶ୍ରାବଣ ମାସ କକଡ଼ା ଦ୍ଵିତୀୟା ଶୁକ୍ଳ ଚତୁର୍ଥୀ (ଆଜି କହିବାକୁ ଗଲେ, ୨୯-୦୬-

୧୪୩୫ ମସିହା) ବୁଧବାର ଦିନ ଏକାମ୍ର କୃଭିବାସ ମନ୍ଦିରରେ ସମସ୍ତ ରାଜଶକ୍ତି ଆଉ ଗୁପ୍ତଚର ଆଢୁଆଳରେ ସିଂହାସନ ଆରୋହଣ ପର୍ବ ସମ୍ପାଦିତ ହେବ। ସେନାଧ୍ୟକ୍ଷ ନିଜର ଆଭ୍ୟନ୍ତରୀଣ ସେନାମାନଙ୍କୁ ନିରାପତ୍ତା ପାଇଁ ଆବଶ୍ୟକ ସ୍ଥାନ ଗୁଡ଼ିକରେ ସ୍ଥାନିତ କରିବେ। ଏହି ରାଜକାର୍ଯ୍ୟ ଅତ୍ୟନ୍ତ ଗୋପନୀୟ ଭାବରେ ସମ୍ପନ୍ନ କରାଯିବ।”

କପିଲେନ୍ଦ୍ର ପ୍ରସ୍ତାବିତ ଗୁପ୍ତ କାର୍ଯ୍ୟସୂଚୀ ପାଇଁ ଟିକିଏ ସନ୍ଦିଗ୍ଧ ଦେଖାଯାଉଥିଲେ, କିନ୍ତୁ ତାଙ୍କର ଆଗ୍ରହ ସହଜରେ ପରିଦୃଷ୍ଟ ହେଉଥିଲା। ନିଜର ସ୍ୱାର୍ଥ ପାଇଁ ଯେତିକି ନୁହେଁ, ଓଡ଼ିଆ ମର୍ଯ୍ୟାଦାହାନୀ ଆଉ ଜଳ ଜଳ ହୋଇ ଦେଖାଯାଉଥିବା ଉତ୍କଳ ରାଜ୍ୟର ଦୁର୍ଗତି ତାଙ୍କୁ ବ୍ୟାଧ କରୁଥିଲା ରାଜଗାଦି ଉପରେ ବସି ରାଜ୍ୟ ଆଉ ପ୍ରଜାମାନଙ୍କ ସମନ୍ୱୟରେ ନିଜର ପ୍ରାଣପ୍ରିୟ ରାଜ୍ୟକୁ ରକ୍ଷା କରିବାକୁ। ଉତ୍କଳୀୟ କଳା ଭାସ୍କର୍ଯ୍ୟ ଆଉ ପ୍ରଭୁ ଶ୍ରୀଜଗନ୍ନାଥଙ୍କୁ ବିଧ୍ୱଂସୀ କବଳରୁ ବଞ୍ଚାଇବାକୁ ପ୍ରତିରକ୍ଷା ଅନିବାର୍ଯ୍ୟ।

ସିଏ ଅନୁମାନ କରିପାରୁଥିଲେ ଏମିତି ଗୁପ୍ତରେ ସିଂହାସନ ଲାଭକଲେ, ଗଙ୍ଗବଂଶ କି ସେମାନଙ୍କର ବଂଶଜମାନେ କ୍ଷମା ଦେବେନି। ରାଜା ମଉଭାନୁଦେବ ତାଙ୍କ ସେନା ପରିଚାଳନାରେ ଖୁସି ହୋଇ ତାଙ୍କୁ ସୁପୁତ୍ର ଭାବରେ ବିବେଚନା କରନ୍ତି। ଏହାର ମାନେ ନୁହେଁ ଯେ ତାଙ୍କୁ ନିଜେ କାହିଁକି ପିତା ବୋଲି ଗ୍ରହଣ କରିବେ? ଦକ୍ଷ ସେନାପତି ହିସାବରେ ରାଜାଙ୍କୁ ସେ ଶାନ୍ତିରେ ଗ୍ରହଣ କରିପାରି ନାହାନ୍ତି। ଗଙ୍ଗବଂଶ ବଙ୍ଗଦେଶକୁ ଆକ୍ରମଣ କରି ଛାରଖାର କରିଦେଇଥିଲା। ଲାଙ୍ଗୁଲା ନୃପତି ତାଙ୍କୁ ଓଡ଼ିଶାରେ ପଶିବାକୁ ଅନୁମତି ଦେଇ ନଥିଲା। ବରଂ ଜିତାପଟ ହୋଇ ଲଖନୌତି ଆଉ ଚମ୍ପାରୁ ପ୍ରଚୁର ଧନ ଲାଭ କରିଥିଲେ। କିନ୍ତୁ ମଉ ଭାନୁଦେବ ସାଜିଲେ ଗଙ୍ଗବଂଶର ଅକାଳକୁଷ୍ମାଣ୍ଡ। ନା ନୈତିକତା ନା ସାମରିକତା। ଜଣେ ସ୍ତ୍ରୈଣ ଉତ୍କଳ ନୃପତି କଅଣ ବା କରିପାରେ?

ଏମିତି ଗୁପ୍ତରେ ରାଜସିଂହାସନ ଲାଭକଲେ କପିଲେନ୍ଦ୍ର। ପ୍ରଜା, ରାଜ୍ୟ, ଗୋ-ବ୍ରାହ୍ମଣ ସେବା ବ୍ରତ ନେଲେ ସିଏ।

ମଉ ଭାନୁଦେବ ଆଉ ବାରବାଟୀ ଫେରିଲେନି। କିନ୍ତୁ ତାଙ୍କର ନିକଟ ସମ୍ପର୍କୀୟ ତିନି ସାମନ୍ତ ରାଜା କପିଲେନ୍ଦ୍ରଙ୍କ ବଇରି ସାଜିଲେ। ଖେମୁଣ୍ଡି, ନନ୍ଦପୁର ଆଉ ସୀମାଚଳ ସନ୍ନିକଟ ଓଡ଼ାଢିର। ଏମାନେ ମଉଭାନୁ ଓ ତାଙ୍କ ପୂର୍ବପୁରୁଷ ମାନଙ୍କର ରକ୍ତଗତ ସମ୍ପର୍କ। ଯେତେଦୂର ଏମାନେ ମଉଭାନୁଙ୍କ ପ୍ରତି ସମ୍ବେଦନଶୀଲ ଥିଲେ, ତାଠାରୁ ଅଧିକ ଆଶାୟୀ ଥିଲେ ରାଜଗାଦି ଦୋଦୁଲ୍ୟମାନ ଥିବାରୁ ନିଜେ କିପରି ଉତ୍କଳର ରାଜସିଂହାସନ ପ୍ରାପ୍ତ କରିବେ। ତାଙ୍କର ଲାଲସା ବଳବତ୍ତର ଥିଲା, ମଉଭାନୁଙ୍କର କୌଣସି ଉତ୍ତରାଧିକାରୀ ଦେଖାଯାଉ ନଥିଲେ। ସେଥିରେ କପିଲେନ୍ଦ୍ର ଯବନିକା ପକାଇଛନ୍ତି।

ସମର୍ଥନ ତ ଦୂରର କଥା, ସେମାନେ କୌଣସି ରାଜସ୍ୱ ଦେବେନି ଏବଂ ସର୍ବଦା କପିଲେନ୍ଦ୍ରଙ୍କୁ ବିରୋଧ କରିବେ। ଓଡ଼ିଶାର ପ୍ରଜାମାନଙ୍କୁ କପିଲେନ୍ଦ୍ରଙ୍କ କୌଶଳରେ ସିଂହାସନ ଲାଭ କରିଥିବା ପ୍ରସଙ୍ଗ ଉନ୍ମୋଚନ କରି ଏହା ଜଗନ୍ନାଥଙ୍କ ସମର୍ଥକ ରାଜା ମଉ ଭାନୁଦେବଙ୍କ ପ୍ରତି କେବଳ ବିଶ୍ୱାସଘାତକତା ନୁହେଁ, ପୁରୁଷୋଉମଙ୍କୁ କୁଠାରାଘାତ ବୋଲି ଜଣାଇଦେବେ।

କପିଲେନ୍ଦ୍ର ଅନୁଭବ କଲେ, ତାଙ୍କ ପାଦତଳର ଓଡ଼ିଶା ମାଟି ଯେମିତି ଥରୁଛି। ଜଗନ୍ନାଥ ତାଙ୍କୁ କଟମଟ କରି ଅନାଉଛନ୍ତି। ହତଚମଟ କରି ସ୍ୱଚ୍ଛ ପାଣିକୁ ଗୋଳିଆ କରୁଛନ୍ତି ସିଏ।

ଗତିହୀନ ଏହି ଚିନ୍ତା। ଉଦ୍ଧବ ମହାପାତ୍ରଙ୍କର ଅଟକି ଗଲା ଯେତେବେଳେ ଗଜପତିଙ୍କର ମୁଖ ନିସୃତ ଦିପଦ ମନକୁ ଆସିଲା। ସତରେ ତ କପିଲେନ୍ଦ୍ର କଳିଙ୍ଗ ନୃପତି ଭାବରେ ଘୋଷିତ ହେବାର ପରେ ପରେ ନିଜେ କେତେ ଭୀତତ୍ରସ୍ତ ହୋଇ ପଡ଼ିଥିଲେ। କିନ୍ତୁ ମାନସିକତାରେ ସାହସ ବଳିଷ୍ଠ ସୂର୍ଯ୍ୟ ଭାବରେ ଉଦୟ ହେଲେ।

ମନରେ ସାହସ ଆସିଲା। କପିଲେନ୍ଦ୍ର କଦାପି କଳିଙ୍ଗ-ଉତ୍କଳକୁ କ୍ଷୁଣ୍ଣ ହେବାକୁ ଦେବେନି। ମା ଆଉ ମାଟି ପାଇଁ କାମ କଲେ ନିଶ୍ଚୟ ସହାୟ ହେବେ ଓଡ଼ିଶା ଜନନୀ। ସେଇ ଦେବୀଙ୍କ ଆଶୀର୍ବାଦ ନେଇ ଓଡ଼ିଶା ଗଢ଼ି ଉଠିବ। ସବୁ ପ୍ରତିବନ୍ଧ ତୁଟିଯିବ। ନିଶ୍ୱାସରେ ଦମ୍ ଆସିଲା କପିଲେନ୍ଦ୍ରଙ୍କର।

କଳା ବାଦଲ ପରି ତିନି ଚାରି ଗଙ୍ଗ-ସାମନ୍ତ ପରିବାର ଉଡ଼ିଗଲେ। ନ ଦିଅନ୍ତୁ ଏଇ ତିନି ଦକ୍ଷିଣ ଦିଗର ସାମନ୍ତ ରାଜା। ବ୍ୟକ୍ତିଗତ ଭାବରେ କାହାର ଶକ୍ତି ନାହିଁ ଏଇ କଳିଙ୍ଗ ସେନାର ସେନାପତିକୁ ନିଜ ଜନ୍ମମାଟିରେ କିଏ ହରାଇଦେବେ। କ୍ଷତ୍ରିୟ ବଂଶର ଦାୟାଦ ସେ। ନିଜ ଘର ରାଜବଂଶ ଆଉ ରାଜକାର୍ଯ୍ୟରେ ଧୁରୀଣ। ଗୋପନରେ ସିଂହାସନ ଲାଭ ନିଶ୍ଚୟ ପୁରୀ ପରି ଗୁଜବ ପ୍ରବଣ ଅଞ୍ଚଳରେ କିଛି ନା କିଛି ସାଧାରଣ ପରିହାସ ସୃଷ୍ଟି କରିଛି। ହାତୀ ସୁନାକଳସ ଢାଲି ତାଙ୍କୁ ରାଜା କରିଛି ଆଉ କାଶିଆ ହେଉଛନ୍ତି ଅନ୍ତରଙ୍ଗ ବନ୍ଧୁ। ଲୋକକଥା ସତ୍ୟ ନ ହୋଇପାରେ।

ଯାହା କୁହନ୍ତୁ, କପିଲେନ୍ଦ୍ରଙ୍କୁ ଆଦରର ରାଜା ବୋଲି ସ୍ୱୀକାର କରୁଛନ୍ତି। ନିଶ୍ଚୟ ମନ୍ଦିରରେ ଅନେକ ଗଙ୍ଗ ସମର୍ଥକ ଅଛନ୍ତି। ସେଥିପାଇଁ ଈର୍ଷା ପରାୟଣ କଥା କୁହାଳିଆ ଗଙ୍ଗଭକ୍ତମାନେ ତାଙ୍କ ଭାଗ୍ୟ ନେଇ ବେଶ୍ ଚର୍ଚ୍ଚା କରୁଛନ୍ତି। ନାଗ ସାପ ମୁଣ୍ଡ ଉପରେ ଫଣା ଟେକି ରହୁ ଅବା କପିଲକୁ ଭାନୁଦେବଙ୍କ ପୋଷ୍ୟପୁତ୍ର କୁହନ୍ତୁ ଏହା ତାଙ୍କର ନୂତନ ଭାଗ୍ୟୋଦୟ ବୋଲି ଚିତ୍ରଣ କରାଯାଇଛି।

କପିଲେନ୍ଦ୍ର ମାନସିକ ଭାରସାମ୍ୟ ହରାଉଥିବା ଉପଲବ୍ଧି କରିଛନ୍ତି। ନିଜର ଶାରୀରିକ ଶକ୍ତି ବିଷୟରେ କିଛି ଚିନ୍ତା କରିବା ପୂର୍ବରୁ କହିଲେ, "ଭଲ ହୋଇଛି, ମୋର ବ୍ୟକ୍ତିଗତ ପରିଚୟ ଲୁପ୍ତ ରହିଛି। ଆଉ ଗୋଟିଏ କଥା ରହିଛି ମୋ ସହିତ କାଶିଆ ଏହି ଗୁଜବଗୁଡ଼ିକରେ ବଳିଷ୍ଠ ଭାବରେ ଯୋଡ଼ା ଯାଇଛି। ଲୁକ୍କାୟିତ ହୋଇ ରହିଯାଇଛି କିପରି ରାଜ୍ୟ ପ୍ରଶାସନର ମୁଖ୍ୟ ଅମାତ୍ୟ କାଶୀନାଥ ମହାପାତ୍ର ଆପ୍ରାଣ ଚେଷ୍ଟା କରିଛନ୍ତି କପିଲେନ୍ଦ୍ରଦେବ ନାମକ ଜଣକୁ ଓଡ଼ିଶାର ନୃପତି ବେଶରେ ଦେଖିବାକୁ। ସେଇ ମୁଖ୍ୟ ଅମାତ୍ୟ କାଶୀନାଥ ମହାପାତ୍ର ହିଁ ଗୁଜବର କାଶିଆ!"

ଜଗନ୍ନାଥଙ୍କ ମୂର୍ତ୍ତି ସାମନାରେ ନତଜାନୁ କପିଲେନ୍ଦ୍ର। ପ୍ରଭୁ ମୋତେ ସତ୍ ସାହାସ ଦିଅନ୍ତୁ। ପ୍ରତିଜ୍ଞା କରୁଛି ତୁମ ସାନ୍ନିଧ୍ୟରେ ମୁଁ ମୋର ସମସ୍ତ ଲକ୍ଷ୍ୟ ହାସଲ କରିବି। ତୁମ ସହିତ ବିଶାଳ ଓଡ଼ିଶା ରାଇଜ ହେବ ମୋର ପରମ ଲକ୍ଷ୍ୟ। ଓଡ଼ିଶା ସାଧନ କରିବ ସର୍ବାଙ୍ଗୀନ ଉନ୍ନତି। ଧନ, ଜନ, ଅର୍ଥ ଆଉ ମାନରେ ବିକାଶ।

ଦେଖିବାକୁ ମିଳିଲା ୩୩ ବର୍ଷ ଶାସନରେ ବିଶାଳ ଓଡ଼ିଶା। କପିଲେନ୍ଦ୍ର ଦେବଙ୍କ ସାମରିକ ବଳର ପ୍ରତୀକ ଗଙ୍ଗାରୁ ସେତୁବନ୍ଧ ଯାଏ ଲମ୍ୱିଯାଇଥିବା କଳିଙ୍ଗ ଉତ୍କଳ ରାଜ୍ୟ ଯାହାକୁ ମାନ୍ୟତା ଦେଲେ ଓଡ଼ିଶା ରାଷ୍ଟ୍ର ଭାବରେ। ଓଡ଼ିଶା ଛଡ଼ା ଆଉ କୌଣସି ନାମ ରହିବନି ଏଠାରେ। ଦେଶୀୟ ଭାବରେ ରାଜର ବ୍ୟାପ୍ତ ବିଶାଳ ହାତୀ ସମ୍ପଦର ଉପଯୋଗ କରି ଗଢ଼ିଥିଲେ ବିଶାଳ ଗଜବାହିନୀ। ତଦାନୀନ୍ତନ ଭାରତବର୍ଷରେ ଶକ୍ତିରେ ଅଦ୍ୱିତୀୟ। ଓଡ଼ିଶାର ଭାଷା ଓଡ଼ିଆ, ରାଜଦରବାର ଓ ରାଜ୍ୟ ସହ ସମ୍ପୃକ୍ତ ସବୁଠାରେ ଦେଶ ମାତୃକାର ଭାଷା ହିଁ ବିଦ୍ୟମାନ ହେବ। ସତକୁ ସତ ସୃଷ୍ଟି ହୋଇଛି ଓଡ଼ିଆ ସାହିତ୍ୟାକାଶରେ ଧ୍ରୁବତାରା। ସାରଳା ମହାଭାରତ।

ଦୁନିଆର ସମସ୍ତ ଲକ୍ଷ୍ୟ ହାସଲ କରିଛନ୍ତି ଗଜପତି କପିଲେନ୍ଦ୍ର। ସମରକ୍ଷେତ୍ରରେ ଅପ୍ରତିଦ୍ୱନ୍ଦ୍ୱୀ ଗଜପତି ଗୌଡେଶ୍ୱର....।

ଜୀବନର ସାୟାହ୍ନରେ ନିଜକୁ ଅସହାୟ ମଣୁଛନ୍ତି ଗଜପତି ଗୋଡ଼େଶ୍ୱର। ପରିବାରକୁ ବିଶ୍ୱାସର ମନ୍ଦିର ବୋଲି ମଣି ଯେଉଁ କପିଲେନ୍ଦ୍ର ନିଜର ବଂଶଧର ମାନଙ୍କୁ ପରିବର୍ଦ୍ଧିତ ଓଡ଼ିଶାର ଉପାନ୍ତ ଗଡ଼ଗୁଡ଼ିକରେ ପରିଚ୍ଛା ବା ତତ୍ତ୍ୱାବଧାରକ ଭାବରେ ନିଯୁକ୍ତ କରିଥିଲେ, ପୁଅ ନାତି ଯେଉଁମାନଙ୍କ ପାଇଁ ବିଶାଳ ସାମରିକ ଠାଟ ଜଗାଇଥିଲେ, ସେମାନେ ଆଜି ତାଙ୍କର ଧର୍ମଗତ ନିଷ୍ଠିକୁ ମାନ୍ୟ ନକରି ପରିବାର ଭିତରେ ଯୁଦ୍ଧ ଘୋଷଣା କରିଛନ୍ତି। ସ୍ୱୟଂ ଜଗନ୍ନାଥ ଯେଉଁ ନିଷ୍ଠି ଦେଇଛନ୍ତି, ତାହା ବି ଗ୍ରହଣୀୟ ହେଉନି ନିଜ ପରିବାରରେ।

ସ୍ୱୟଂ ଜଗନ୍ନାଥଙ୍କ ଚୟନରେ କିଏ ତାଙ୍କ ଅନ୍ତେ ଗଜପତି ସିଂହାସନ ଲଭିବ, ତାହାର ମାନ୍ୟ ହେଉନି ରାଜପୁତ୍ର ମାନଙ୍କ ଦ୍ୱାରା ।

ବିଷଣ୍ଣ ଗଜପତି । ପୁଣି ଓଡ଼ିଶାର ଦକ୍ଷିଣ ସୀମାରେ ବିଜୟନଗରର ସୀମା ଉଲ୍ଲଙ୍ଘନ ଗୁପ୍ତଚର ସମ୍ୱାଦ । ବ୍ୟତିବ୍ୟସ୍ତ ଗଜପତି ।

ଘରେ ପଛେ ଯାହା ଘଟୁ, ବିଶାଳ ଓଡ଼ିଶାର କୁଶାଗ୍ର ପରିମିତ ଜମି ହରାଇବାକୁ ଦେବନାହିଁ କପିଳେନ୍ଦ୍ର ରାଉତ !

ଜଗନ୍ନାଥ କାହିଁକି କପଟ ଖଟିଲେ ଏହି ବିଷୟରେ ଶୋଚନା କରି କିଂକର୍ଭ୍ୟବିମୂଢ ବୃଦ୍ଧ ଗଜପତି । ଦେବଦୃଷ୍ଟି ନିଶ୍ଚୟ ମାନବିକ ଭବିଷ୍ୟତ ଚେତନା ଠାରୁ ସୁପରିକଳ୍ପିତ । କେଉଁ ରାଜପୁତ୍ର ଦାୟାଦ, ତାହା ଯଦି ସ୍ୱୟଂ ଓଡ଼ିଶାର ଗଜପତିଙ୍କର ପରମ ଆରାଧ୍ୟ ଶ୍ରୀଜଗନ୍ନାଥ ମନୋନୟନ କରିଛନ୍ତି, ତାଠାରୁ ସୁନ୍ଦର ଚୟନ କିଏ ବା କରିବ ?

ଦ୍ୱନ୍ଦ୍ୱରେ ଛଟପଟ ଗଜପତି । ରାଜ୍ୟଭାର ସହିତ ପାରିବାରିକ ଅଶାନ୍ତି, ସାମାଜିକ କୁହା । ସମସ୍ତ ସାମରିକ ଶକ୍ତି କ୍ଷୁବ୍ଧ ମନେ ହେଉଛି ତାଙ୍କର । ଦୁର୍ଘଟଣା ଆସୁଛି ।

“କରିବି କଅଣ ?”

କପିଳେନ୍ଦ୍ରଦେବ

ପାରୁନି ଆଉ ହେ ଜଗନ୍ନାଥ !

ବୟସର ତାଡ଼ନାରେ ଥର ଥର ହାତରେ ଗଜପତି କପାଳରେ ହାତ ଦେଇ ଭାବୁଛନ୍ତି । ସତରେ କ'ଣ ହମଭୀରା ଗାଦି ନପାଇଲେ ବାପା ବିରୁଦ୍ଧରେ ଯାଇପାରିବ ? ତା'ର ବି ଗଜପତି ସାମ୍ରାଜ୍ୟରେ ସମ୍ପୂର୍ଣ୍ଣ ସ୍ୱାର୍ଥ ସନ୍ନିହିତ ରହିଛି । ନିଜେ ସମଗ୍ର ଦକ୍ଷିଣାଞ୍ଚଳର ସର୍ବେସର୍ବା ଶାସକ । ପୁଅ ତାହାର ଦକ୍ଷିଣ କପିଲେଶ୍ୱର ମହାପାତ୍ର କେବଳ ଦକ୍ଷିଣ ଭାରତର ଶକ୍ତିଶାଳୀ କୋଣ୍ଡାଭିଡ଼ୁ ଗଡ଼ର ପରିଚ୍ଛା ଭାବରେ ପ୍ରତିଷ୍ଠିତ ହୋଇଛି, ତା ନୁହେଁ । ସେ ଅନେକ ଶିବ ଆଉ ବିଷ୍ଣୁମନ୍ଦିରର ରକ୍ଷଣାବେକ୍ଷଣା ଭାର ନେଇ ବିଜୟନଗର ରାଜ୍ୟର ଓଡ଼ିଶା ବିରୋଧୀ ଧର୍ମାନ୍ଧତାକୁ ପ୍ରତିହତ କରୁଛି । ସୈନ୍ୟ ପରିଚାଳନାରେ ଏତେ ସିଦ୍ଧହସ୍ତ ଯେ, ତାର ପରିସର ଭିତରେ କେହି ବଳପୂର୍ବକ ସୀମା ଲଂଘନ କାର୍ଯ୍ୟ କରିବାକୁ ସାହସ କରି ପାରିବେ ନାହିଁ ।

ନିଜେ ଗାଦି ନପାଇଲେ କ'ଣ ବଡ଼ପୁଅ ମୋର ଅବହେଳିତ ହୋଇଯିବ ? ତାହାର ବୁଝିବା ଦରକାର । ବାପା କାହିଁକି ଏମିତି ଅଭୁତ ନିର୍ଣ୍ଣୟ ନେଉଛନ୍ତି । ଜ୍ୟେଷ୍ଠପୁତ୍ର ଏବଂ ସମସ୍ତ ରାଜପୁତ୍ରଙ୍କୁ ଉପେକ୍ଷା କରି କାହିଁକି ପୁରୁଷୋତ୍ତମକୁ ଉତ୍ତରାଧିକାରୀ ଭାବରେ ମନୋନୟନ କରୁଛନ୍ତି ?

ମନେପଡ଼େ ସବୁ ଘଟଣାଚକ୍ର ଗଜପତିଙ୍କୁ । ଧାନକଟା ସରିଯିବାକୁ ବସିଲାଣି । ଶୀତ ରାଜୁତି କରିବା ଆରମ୍ଭ କରୁଛି । କେତେ ଦିନରୁ ଶ୍ରୀମନ୍ଦିରରେ ନବବ୍ୟଞ୍ଜନ ଲାଗିଲାଣି । ପୂର୍ବରୁ ନିର୍ଦ୍ଧିଷ୍ଟ ହୋଇଥିଲା ଶ୍ରୀମନ୍ଦିରରେ । ଗଜପତି ଶକାବ୍ଦ ୧୩୮୯ (୧୪୬୬ ମସିହା ଡିସେମ୍ବର ୧୪ ତାରିଖ) ପୌଷ ମାସରେ ଗୋଟିଏ ଜରୁରୀ

ଧର୍ମକାର୍ଯ୍ୟରେ ବାରବାଟୀ କଟକରୁ ସପରିବାରେ ପୁରୁଷୋତମ ପୁରୀ ମନ୍ଦିର ଦର୍ଶନାଭିମୁଖୀ ଗସ୍ତ ରହିଛି। ଏଇଟା ବିଗତ ପାଞ୍ଚଥର ପରି ଦିଗ୍‌ବିଜୟ ଆଉ ସମ୍ମାନ ଲାଭ ବିଷୟକ ଜଗନ୍ନାଥଙ୍କୁ ବିଜୟ ବାର୍ତ୍ତା ପ୍ରଦାନ କରିବାପାଇଁ ଉଦ୍ଦିଷ୍ଟ ନୁହେଁ। ମାତ୍ର ଠାକୁରଙ୍କର ଗୋଟିଏ ବିଷୟରେ ମତାମତ ପାଇଁ ଉଦ୍ଦିଷ୍ଟ। ପୁରୁଷୋତମ ଜଗନ୍ନାଥଙ୍କ ମତ। ସତରେ ସିଏ ଚାହାନ୍ତି କାହାକୁ ଗଜପତି ଉତ୍ତରାଧିକାରୀ ଭାବରେ!

ପୁରୁଷୋତମ ଶ୍ରୀଜଗନ୍ନାଥ ନିଦା ବିଷ୍ଣୁ। ସିଏ ନିର୍ବିବାଦ ପିଣ୍ଡ। ଓଡ଼ିଆ ଜାତି ସଦାସର୍ବଦା ମାନିଛି ତାଙ୍କ ନିଷ୍ପତ୍ତିକୁ। ସେ ରାଜା-ପ୍ରଜା, ଧନୀ-ନିର୍ଦ୍ଧନ ମଧ୍ୟରେ ପ୍ରଭେଦ ନରଖି ଯେ କୌଣସି ସମସ୍ୟାର ନିଷ୍ପତ୍ତ ସମାଧାନ କରିଦିଅନ୍ତି ବୋଲି ଅତୁଟ ବିଶ୍ୱାସ ରହିଛି ସମସ୍ତଙ୍କର। ଏହି କଳିଙ୍ଗ ସାମ୍ରାଜ୍ୟର କୌଣସି ଗାଁର ନ୍ୟାୟନିଶାପରେ ଯିଏ ତାଙ୍କର ନାମ ଉଚ୍ଚାରଣ କରି କୌଣସି ସାକ୍ଷ୍ୟ ଦିଏ, ତାହା ପରେ ଆଉ କୌଣସି ପ୍ରମାଣଭିତ୍ତିକ ତଥ୍ୟ ଲୋଡ଼ା ହୁଏନାହିଁ। ଉଦାହରଣ ହୋଇ ରହିଛି ଅନେକ ଘଟଣା।

ସେଇ ଜଗନ୍ନାଥ ଗଙ୍ଗନୃପତି ବନାମ ଜୟଦେବ ପଦ୍ମାବତୀ ମତଭେଦରେ ଗୀତଗୋବିନ୍ଦ ଆଉ ଶ୍ରୀଗୀତଗୋବିନ୍ଦ ମଧ୍ୟରୁ କେଉଁଟି ଉକ୍ରୁଷ୍ଟ ତାହା ମନୋନୀତ କରିବାର ଉଦାହରଣ ସୃଷ୍ଟି କରିଛନ୍ତି। ସେମିତି ଗୋଟିଏ ପ୍ରସ୍ତାବ ଆଣି ଆସିଛନ୍ତି ଓଡ଼ିଆ ସାମ୍ରାଜ୍ୟର ସର୍ବୋଚ୍ଚ କର୍ତ୍ତା ଶ୍ରୀ ଶ୍ରୀ (୧୦୮ଶ୍ରୀ) ଗଜପତି ଗୌଡ଼େଶ୍ୱର ନବକୋଟି କର୍ଣ୍ଣାଟ କଳବର୍ଗେଶ୍ୱର କପିଲେନ୍ଦ୍ରଦେବ। ସମୟ ଚାହିଁଛି ଆଜିର ବିଶ୍ୱରେ ଏକ ନିର୍ଣ୍ଣାୟକ ସିଦ୍ଧାନ୍ତର ନିରାବରଣ! ଖାଲି ଗଜପତି ପରିବାରର ଭବିଷ୍ୟତ ଏହା ଉପରେ ନିର୍ଭର କରେନି, ଚତୁର୍ଦ୍ଦିଗରେ ଯବନ ଘେରା ଓଡ଼ିଶା ରାଇଜର କୌଣସି ଅନ୍ତର୍ଦ୍ୱନ୍ଦ୍ୱ ବାହାରକୁ ଦୃଷ୍ଟିଗୋଚର ହେବା ଆତ୍ମଘାତକ ହେବ।

ଦୋହରାଇ ହୁଏ ଗଜପତିଙ୍କ ମନରେ। କେଉଁ କାରଣରୁ ତାଙ୍କ ମନରେ ଯୁବରାଜଙ୍କ ସାତସାନ ପୁରୁଷୋତମଙ୍କୁ ରାଜଗାଦି ଲାଭ କରିବାର ସୁଯୋଗ ଦେବାକୁ ସିଏ ଚିନ୍ତା କରୁଛନ୍ତି? ହେଲେ ଯୁବରାଜ ହମ୍ବୀରା କେବେ ବି ଗାଦି ପାଇଁ ଦାବି କରି ନାହାନ୍ତି। ସେଥିପାଇଁ କଅଣ ଦାବିଦାର ପୁରୁଷୋତମଙ୍କ ମା ନିଜର ମତଲବ ପୂରଣ କରି ପାରିବେ? ନିଶ୍ଚୟ ଏ ବୟସରେ ସେବାଶୁଶ୍ରୂଷା କରିବାରେ ନିଜକୁ ସମ୍ପୂର୍ଣ୍ଣ ଭାବରେ ବ୍ୟୟ କରିଛନ୍ତି। କେତେ ସାଥୀ, ପୋଇଲୀ ମହାରାଜାଙ୍କ ଯନ୍ ନିଅନ୍ତି। ଏ ବୟସରେ ମୋର କଅଣ ମତିଭ୍ରମ ହେଉଛି?

ତୁହାଇ ତୁହାଇ କାନକୁ ଶୁଭୁଛି ସେଇ ସେଇ କଥା। ମୋ ପୁରୁଷୋତମ ହିଁ ତୁମ ଅନ୍ତେ ଓଡ଼ିଶାର ଦ୍ୱିତୀୟ ଗଜପତି ହେବ। ସବୁ ମାନବ ସୁଲଭ ଗୁଣ ପୁରୁଷୋତମର

ଆଉ ସବୁ ବଦଗୁଣ ହମଭୀରାର କହି କହି ମୋର କାନକୁ ମନକୁ ବିଷାକ୍ତ କରିଦେଇଛ ବାରବାଟୀ ରାଜନବରରେ। ପାର୍ବତୀଦେବୀଙ୍କୁ ଏ ବିଷୟରେ କିଛି କହିବା ଅପେକ୍ଷା, ତା'ର ଯେଉଁ ଶ୍ୟାମଳୀ ସହଚରୀ ସିଏ ରାମାୟଣର ମନ୍ଥରାଠାରୁ ବି ଖର ବୁଦ୍ଧିର। କଅଁଳ କଥା କହି କହି ସେ ମୋତେ ସତ୍ୟ ଆଉ ମୋ ଯୋଗ୍ୟ ପୁଅଠାରୁ ବିଚ୍ଛିନ୍ନ କରିଦେବାରେ ସମର୍ଥ ହୋଇଛି।

ମନେ ପଡ଼ିଯାଉଛି କପିଲେନ୍ଦ୍ରଙ୍କର, ଗତଥର ଜଗନ୍ନାଥ ମନ୍ଦିର ଦର୍ଶନ ଦିନର କଥା।

ତାଙ୍କୁ ଏକ ଲୟରେ ସମସ୍ତେ ଚାହିଁଛନ୍ତି। ରାଜାଙ୍କ ଥାଟ ଆସିଗଲା। ସମସ୍ତେ ଏକମୁହାଁ ହୋଇ ମନ୍ଦିର ପାଖକୁ ଧାଇଁଛନ୍ତି। ମହାମହିମ ଗଜପତି କପିଲେନ୍ଦ୍ର ଓଡ଼ିଶାରୁ ଗୋଡ଼ ଟେକି ବାହାର ରାଜ୍ୟକୁ ଗଲେ ନିଶ୍ଚୟ ଜଗନ୍ନାଥଙ୍କ ସମ୍ମତି ନେଇଯିବେ ଆଉ ବାହାର ରାଜ୍ୟରୁ ଓଡ଼ିଶା ଫେରିଲେ ଅନୁମତି ନେଇ ରାଜ୍ୟରେ ପଶିବେ। ଜଗନ୍ନାଥଙ୍କ ଅଜାଣତରେ କୌଣସି ରାଜକାର୍ଯ୍ୟ କେବେ ସମ୍ଭବ ନୁହେଁ। ଯେଉଁଥର ଗୌଡ଼ ରାଜ୍ୟ ବିଜୟଯାତ୍ରାରୁ ଫେରିଲେ, ଏଇ ପୁରୁଷୋତ୍ତମ ମନ୍ଦିରରେ ନିଜର ଗୌଡ଼େଶ୍ୱର ବୋଲି ଉପାଧି ଘେନିଲେ, ମନ୍ଦିର କାନ୍ଥରେ ଖୋଦିତ ହେଲା। ସେମିତି କର୍ଣ୍ଣାଟ, କଳବର୍ଗୀ ଆଉ କେତେ କେତେ ବିଜୟ, ଅନେକ ଉପାଧି, ଆଉ ମନ୍ଦିରରେ ଶିଳାଲିଖନ।

କିନ୍ତୁ ଏବେ ତ ଦିଗ୍‌ବିଜୟର ଧାରା ସମାପ୍ତ ହୋଇଛି। ଏଥର ବିଜେତା ସୈନ୍ୟ ସେନାପତି ସମରାର୍ଥୀ ବଦଲରେ କାହିଁକି ସାରା ପରିବାର ଆଣି ଜଗନ୍ନାଥଙ୍କୁ କାହିଁକି ଆସିଛନ୍ତି ?

ନିଜର ବୟସ କଳୁଛନ୍ତି ଗଜପତି।

ଦେଖିଲେ, ବୟସ ୮୦ ଟପିଗଲାଣି। ବଡପୁଅ ହମଭୀରାଦେବଙ୍କୁ ୫୨, ସାନ ପୁଅ ପୁରୁଷୋତ୍ତମକୁ ୪୫ ବର୍ଷ। ଏମିତିକି ହାମଭୀରାଦେବଙ୍କ ପୁତ୍ର ଗଜପତି କପିଲେନ୍ଦ୍ର ଦେବଙ୍କ ନାତି କପିଲେଶ୍ୱରକୁ ୨୪ ବର୍ଷ।

ପାଟରାଣୀ ଆଉ ଦୁଇ ରାଜପୁତ୍ର ଏକ ଧାଡ଼ିରେ ଚାଲିଛନ୍ତି। ଗଲାବେଳକୁ ଗଜପତିଙ୍କ କୃତ ମନ୍ଦିରର ଚାରିପାଖରେ ନବନିର୍ମିତ କୁରୁମ ପାଚେରି ଆଉ ମେଘନାଦ ପାଚେରି ସମସ୍ତଙ୍କ ଆଖିରେ ପଡୁଛି। ପାଟଦେଇଙ୍କ ଆଗେ ଆଗେ ଧାଉଁଛନ୍ତି ସାନରାଣୀ ପାର୍ବତୀ ଦେଇ।

ମହାରାଜ ଜଗନ୍ନାଥଙ୍କୁ ସ୍ମରଣ କରି ଆଗକୁ ଚାଲିଛନ୍ତି। ପାଖରେ ଦୁଇପୁଅ ହମଭୀରାକୁମାର ଆଉ ପୁରୁଷୋତ୍ତମ। ଆଉ କେତେ ପୁଅନାତି ବି ଚାଲିଛନ୍ତି ଦେବଦର୍ଶନ ନିମିତ୍ତ। ମନେହୁଏ ସ୍ୱୟଂ ଗଜପତି କପିଲେନ୍ଦ୍ରଙ୍କୁ ଓ ପରିବାରକୁ ଜଗନ୍ନାଥ ଡକାଇଛନ୍ତି। କିଛି ନିଷ୍ପତ୍ତି ଶୁଣାଇବାକୁ। ଦଶବର୍ଷ ବିତିଗଲା ପଛେ ଗଜପତି ପରିବାରର ଦାୟାଦ

କିଏ ହେବ ସ୍ପଷ୍ଟ ହୋଇପାରୁନି। ମୁକ୍ତି ପାଇ ପାରୁ ନାହାଁନ୍ତି ସ୍ୱୟଂ ଗଜପତି ଓଡ଼ିଶା ଶାସନ ଓ ସମର ବିଭାଗରୁ। ବାନପ୍ରସ୍ଥ ଜୀବନରେ ବି ସଂଘର୍ଷକୁ ସାମନା କରିବାକୁ ବାଧ୍ୟ ହେଉଛନ୍ତି।

ଓଡ଼ିଶାର ଲୋକ ଜାଣିଛନ୍ତି ବୁଢ଼ା ହୋଇଗଲେଣି କପିଲେନ୍ଦ୍ର ଗଜପତି। ଜୀବନରେ ସୂର୍ଯ୍ୟବଂଶ ଓ ଗଜପତି ଭାବରେ ରାଜ୍ୟ ପ୍ରତିଷ୍ଠା କରି ଏବେ ବାନପ୍ରସ୍ଥ ପାଇଁ ଇଚ୍ଛୁକ। କିନ୍ତୁ କେତେ ବର୍ଷର ବିଳମ୍ବ ଘଟିଛି। ଉତ୍ତରାଧିକାରୀ ସମସ୍ୟା ଘାରିଛି ଗଜପତି କୁଳକୁ। କାନରେ ପଡ଼ିଲାଣି ସମସ୍ତଙ୍କର। ବୃହତ୍ କ୍ଷତ୍ରିୟ ସେନାପତି ତାଙ୍କର ଜ୍ୟେଷ୍ଠପୁତ୍ର ହମଭୀରାଦେବ। ଦାକ୍ଷିଣାତ୍ୟରେ ବାହାମନି ମୁସଲମାନ୍ ରାଜ୍ୟରେ ସମର ତାଣ୍ଡବ ଘଟାଇ ଓଡ଼ିଶାର ସୀମା ସରହଦକୁ ବହକାଇ ନେଇଥିଲେ। ଦକ୍ଷିଣ ସୀମାରେ ରାଜମହେନ୍ଦ୍ରୀରୁ ଆରମ୍ଭ କରି ସେତୁବନ୍ଧ ଯାଏ ଓଡ଼ିଆ ରାଜପୁତ୍ର ହାମଭୀରାଦେବ ନାମଟି ପ୍ରତି ରାଜା ଓ ସେନାପତିଙ୍କ ନିଦ ହଜାଇ ଦେଉଥିଲା। ଓଡ଼ିଶାର ରାଜଗାଦି ତାଙ୍କ ପାଖକୁ ଯିବ ଆଉ ରାଜ୍ୟ ଓ ପ୍ରଜାମାନେ ଧନ ଆଉ ମାନରେ ପରିତୃପ୍ତ ହେବେ। କପିଲେନ୍ଦ୍ରଙ୍କ ପ୍ରତିଷ୍ଠିତ ଓଡ଼ିଶା ସାମ୍ରାଜ୍ୟ। ସାମରିକତାରେ, ଭାଷା ଆଉ ସଂସ୍କୃତିରେ, କୃଷି ଉତ୍ପାଦନରେ ସବୁ ଦିଗରେ ଓଡ଼ିଶାର ଭବିଷ୍ୟତ ଆଶା ଉଜ୍ଜ୍ୱଳ ରହିବ।

ମନକୁ ମନ ଚମକି ଉଠନ୍ତି ଗଜପତି କପିଲେନ୍ଦ୍ର।

ସତକୁ ସତ ନିଜେ କ'ଣ ଏତେ ସ୍ୱେଚ୍ଛାଚାରୀ?

ଅଭିଭାବକ ଭାବରେ କପିଲେନ୍ଦ୍ର ଜୀବନର ଏହି ମୂଳ ନିଷ୍ପତ୍ତି କାହିଁକି ଗୋପନ ରଖୁଛନ୍ତି ଲୋକ ବୁଝିପାରୁ ନାହାନ୍ତି। ଦୁନିଆରେ ଯଦି ଜଣେ କିଏ ଥାଏ, କାହାକୁ ନମାନି ନିଜ କଥା ବଜାୟ ରଖିବାକୁ ଚାହିବ, ସିଏ ହିଁ କପିଲେନ୍ଦ୍ର। ତାଙ୍କୁ ବା କିଏ ଉପଦେଶ ଦେବ, ନା ସିଏ କାହା ଉପଦେଶ ଶୁଣିବେ? ଓଡ଼ିଶା ରାଇଜର ଶାସନରେ କାର୍ଯ୍ୟଭାର ଅଧିକାରୀ ଭାବରେ ଅନେକ ମନ୍ତ୍ରୀ ବା ମହାପାତ୍ର ଅଛନ୍ତି। ଏମାନେ ସବୁ ବିଭିନ୍ନ କାର୍ଯ୍ୟର ସମ୍ପାଦକ। କିନ୍ତୁ କିଏ ରାଜାଙ୍କୁ ସଦୁପଦେଶ ଦେବ? ସେଥିପାଇଁ ବିଦ୍ୟାନାସୀ କଟକରେ ରାଜଗୃହ ନିକଟରେ ଷୋଳ ବରିଷ୍ଠ ପାତ୍ର ରାଜ କର୍ମଚାରୀ ଭାବରେ ନିବାସ କରନ୍ତି। ସେମାନେ ଓଡ଼ିଶାର ନୃପତିଙ୍କର କୌଣସି ସନ୍ଦେହ ବା ସମସ୍ୟା ଦେଖାଦେଲେ, ମିଳିତ ଭାବରେ ରାଜାଙ୍କୁ ଉପଦେଶ ଦେବାକୁ ନିମନ୍ତ୍ରିତ ହୁଅନ୍ତି। କିନ୍ତୁ ଗଜପତି କପିଲେନ୍ଦ୍ର ପରାକ୍ରମୀ। ତାଙ୍କର କାର୍ଯ୍ୟ ସମ୍ପାଦନରେ ନିଜେ ସ୍ୱୟଂ ନିଷ୍ପତ୍ତି ନିଅନ୍ତି। ପୁଣି ସମାଜ ଆଉ ପ୍ରାକୃତିକ ନିୟମ ରହିଛି। ବାପ ଅନ୍ତେ ବଡ଼ପୁଅର ଗାଦି। ଏଇଟା ଜାଣି ଜାଣି ବି ନିୟମର ସଂଶୋଧନ ଚାହାନ୍ତି ଗଜପତି!

ସତରେ ଗଜପତି କ'ଣ କାହାର ଉପଦେଶ ଶୁଣନ୍ତିନି?

ଏଇଟାତ ଗୋଟିଏ ବିରାଟ ପ୍ରଶ୍ନବାଚୀ। ଏତେ ଶକ୍ତିଶାଳୀ ନୃପତି ନିଜ ବାହୁବଳରେ ଓଡ଼ିଶା ପ୍ରତିଷ୍ଠା କରିଛନ୍ତି। ଓଡ଼ିଶା ରାଜପ୍ରଶାସନ ଜଣେ କେବଳ କାଶୀନାଥ ମହାପାତ୍ର କିଛି ମୁହଁ ଖୋଲି ଗଜପତି କପିଲେନ୍ଦ୍ରଙ୍କୁ କିଛି କହିପାରନ୍ତି। ତଥାପି କେବଳ ରାଜ୍ୟର ସମସ୍ୟା ବିଷୟରେ। ରାଜାଙ୍କ ପରିବାର କି ବ୍ୟକ୍ତିଗତ ସମସ୍ୟା ବିଷୟରେ ନୁହେଁ। ମଜାରେ ଲୋକ ତାଙ୍କୁ ଏକନାୟକତନ୍ତ୍ରୀ ଓଡ଼ିଆ ସମ୍ରାଟ ବୋଲି ଧରିନିଅନ୍ତି। ବଚନରେ ଦରିଦ୍ର ନୁହନ୍ତି, ସାଧ୍ୟ ଅସୀମ। ଭାଷା କି ବାକ୍ୟରେ ଅସମ୍ଭବ ବୋଲି ଭାବ ନଥାଏ। ଲୋକ ଜାଣନ୍ତି ସିଏ ବର୍ଷା ନହେଲେ ଇନ୍ଦ୍ରଙ୍କୁ ବି ଚିଠି ଲେଖି ପାରନ୍ତି। ତାଙ୍କ କଥା କିଏ ଟାଳିବ? ସେ ଘରେ ପୁଣି ନିଷ୍ପତ୍ତି ହୋଇନି ଜ୍ୟେଷ୍ଠ ରାଜପୁତ୍ର ରାଜା ହେବେ କି ନା!

ବିଷଣ୍ଣ ହୋଇ ଉଠନ୍ତି ଗଜପତି। ପୁଣି ମନକୁ ଆସେ ସେଦିନର ମନ୍ଦିରର କଥା।

ଗୁଆଘିଅ ପରି ଚିକ୍କଣ ଓଡ଼ିଶୀ ପାଟ ଧୋତି ଓ କାନ୍ଧରେ ଦୋସଡା ପରିହିତ ନିଜେ। ସିଂହଦ୍ୱାରରୁ ମୁଖ୍ୟ ମନ୍ଦିର ଆଡ଼କୁ ଯିବା ବାଟରେ ଦକ୍ଷିଣ ପାଖରେ ହମ୍ଭୀରା ଓ ବାମ ପଟେ ପୁରୁଷୋତ୍ତମ। ଆଉ ଯେତେ ରାଜପୁତ୍ର ସବୁ ପଛକୁ ପଛ ଚାଲିଛନ୍ତି। ମେଘନାଦ ଅତିକ୍ରମ କରି ବୋହି ଆସୁଛି କଳିଙ୍ଗସାଗରର ଗୋଟିଏ କ୍ଷୁଦ୍ର ଘୂର୍ଣ୍ଣିବାୟୁ। ନାଆଁକୁ ଖଣ୍ଡିଆଭୂତ। କାନ୍ଧରୁ ତାଙ୍କର ଖସି ଉଡ଼ିଯାଉଛି ଉତ୍ତରୀୟ ଦକ୍ଷିଣ ପାର୍ଶ୍ୱକୁ। ହମ୍ଭୀରାଦେବ ନିଶ୍ଚଳ। ଦେଖୁଛନ୍ତି, କିନ୍ତୁ ସ୍ପର୍ଶ କରୁ ନାହାଁନ୍ତି ସେଇଟିକୁ। ବାମରୁ ଧାଇଁଗଲେ ପୁରୁଷୋତ୍ତମ। ଗଜପତିଙ୍କ ପଛରେ ଯାଇ ଆଦରରେ ଉତ୍ତରୀୟଟିକୁ ଧରିନେଲେ। ଝାଡ଼ିଝୁଡ଼ି ପିତାଙ୍କ କାନ୍ଧରେ ରଖିଦେଲେ।

ଗଜପତିଙ୍କର ମୁଖ ଗମ୍ଭୀର ହୋଇଗଲା। କାହିଁକି କେଜାଣି ମୁହଁ ବୁଲିଗଲା ହାମଭୀରା ଆଡ଼କୁ। ଆଢ଼ ଆଖିରେ ନିମିଷେ ଚାହିଁଦେଲେ। ସାମାନ୍ୟ ବିରକ୍ତିକର ଅନୁଭୂତି।

ମନକୁ ସ୍ୱତଃ ଆସିଗଲା, ଜଗନ୍ନାଥ ପ୍ରତ୍ୟକ୍ଷ ଦେବତା। ଅତୀତର ଦୀର୍ଘତମ ଅନ୍ଧକାର ଯୁଗରୁ ବସିଛନ୍ତି। ସେ ଯାହା ସପନାଇଥିଲେ ଆଜି ହଁ ପ୍ରକଟ କରିଦେଲେ। ନିକିତି ତଉଲ ପୁରୁଷୋତ୍ତମଙ୍କ ଆଡ଼କୁ ଗଲା।

ପଛରେ ଆସୁଥିବା ପାତ୍ର ମନ୍ତ୍ରୀ ବୁଝି ପାରିଲେନି ଉତ୍ତରୀୟ ଉଡ଼ିଯିବାର ରହସ୍ୟ। ଭାବରୁ ଗଜପତିଙ୍କର ଭକ୍ତିଭାବରେ ବିମୂଢ଼ ହୋଇପଡିଲେ। ଗଜପତି ଏବେ ଜଗନ୍ନାଥ ଭକ୍ତିରେ ପାଗଳ। ହାତ ଦୁଇଟି ଟେକି ଜଗନ୍ନାଥଙ୍କୁ ନିଜକୁ ସମର୍ପଣ କରିଦେଇଛନ୍ତି। ଏଇଟା ତାଙ୍କର ପ୍ରଥମ ସର୍ବସ୍ୱ ସମର୍ପଣ। ଛଅ ବର୍ଷ ଆଗରୁ ବହୁ ସଂଖ୍ୟକ ହାତୀ

ପୃଷ୍ଠରେ ବୋହି ଆଣିଥିବା ଧନସମ୍ପତ୍ତି ଠାକୁରଙ୍କର ସୁନାବେଶ ପ୍ରବର୍ତ୍ତନ କରିଛନ୍ତି । ନିଜକୁ ଶ୍ରେଷ୍ଠ ସେବକ କପିଲେନ୍ଦ୍ର ରାଉତ ବୋଲି ଘୋଷଣା କରିଛନ୍ତି । ଆଜି କିନ୍ତୁ ନିଜକୁ ସମ୍ପୂର୍ଣ୍ଣ ଭାବରେ ସମର୍ପଣ କରିଛନ୍ତି ।

ପାତ୍ର ମନ୍ତ୍ରୀଙ୍କ ଜୟଜୟକାର ସ୍ମୃତି ବଢ଼ାଇ ଦେଉଛି ଗଜପତିଙ୍କୁ ।

ସେ ଦିନଗୁଡ଼ିକର କଥା ମନେ ପଡୁଛି ଗଜପତିଙ୍କର, "ଗାଦିକୁ ଆସିବା ବର୍ଷର କଥା । ଏଇ ମନ୍ଦିରରେ କେତେ ଆଶାନେଇ ଦିନେ ପାଦ ଦେଇଥିଲି । ଶାସନର କେତେ ଅବାସ୍ତବ ନିୟମ ହଟାଇବାର ନିଷ୍ପତ୍ତି ନେଲି । ମନ୍ଦିରରେ ନିଜେ ଘୋଷଣା କରାଇଲି । ଆଜିଠାରୁ ଓଡ଼ିଶାରେ ଲୁଣ ଆଉ କଉଡ଼ି ଉପରୁ କର ପ୍ରତ୍ୟାହାର କରାଗଲା । ଜଣ ଜଣ କରି ଉପସ୍ଥିତ ଥିବା କହ୍ନେଇ ସାନ୍ତରା, ଗୋପୀନାଥ ମଙ୍ଗରାଜ, ବେଲେଶ୍ୱର ପ୍ରହରାଜ ଆଦି ବଢ଼େଇ ଦେଇ ଜୟଗାନ କରିବା ଶବ୍ଦ ବି କାନକୁ ଶୁଭୁଚି ଆଜି ।"

ଆଉ ଗୋଟିଏ ଦିନ ଶାସନର ୧୫ ବର୍ଷରେ । ଦକ୍ଷିଣର ମଲ୍ଲିକାର୍ଜୁନକୋଣ୍ଡ ଅଧିକାର । ତାହା ବି ଶ୍ରୀଶୈଲ ନାମଧେୟ । ନଅଟି ଦୁର୍ଗ ବି ଓଡ଼ିଶା ସମର ବାହିନୀ ଅକ୍ତିଆର କରିନେଲେ । ନିଜ ଜୀବନକୁ ଏଇ ଜଗନ୍ନାଥଙ୍କ କବଚ ମଧ୍ୟରେ ରଖି ବିନା ରକ୍ତପାତରେ । ସେଇ ଜଗନ୍ନାଥଙ୍କୁ ଭେଟି ଦେଇଥିଲି 'ପୁଣ୍ଡରିକା ଗୋପ ଶାଢ଼ି' । ପୁଣି ମନ୍ଦିରକୁ କ୍ରିୟାଶୀଳ କରିବାକୁ ଓ ପ୍ରଭୁଙ୍କ ମାନସପଟକୁ ଉଲ୍ଲସିତ କରିବାକୁ ଖଣ୍ଡିଥିଲି ସ୍ୱର୍ଗର ଅପସରୀମାନଙ୍କୁ । ଦେବଦାସୀ ଭାବରେ । ଏଇଟା ସେଇ ସାଲର କଥା । ମନ୍ଦିରରେ ନିନାଦିତ ହୋଇଥିଲା ଗଜପତିଙ୍କର ବିଶାଳ ଉପାଧୀ । ୧୦୮ଟି ଶ୍ରୀ ଶ୍ରୀ ସହିତ ନବକୋଟି କର୍ଣ୍ଣାଟ କଳବର୍ଗେଶ୍ୱର ଉପାଧିର ନୂତନ ସଂଯୋଗ । ଆହୁରି ବି ଗୌଡେଶ୍ୱର ଉପାଧିର ସମ୍ମିଶ୍ରଣ । ଗଜପତି ଗୌଡେଶ୍ୱର ନବକୋଟି କର୍ଣ୍ଣାଟ କଳବର୍ଗେଶ୍ୱର । ପ୍ରତ୍ୟହ ରାଜଦଣ୍ଡ ଧାରଣ ପୂର୍ବରୁ ପ୍ରତିହାରୀ ଉଚ୍ଚ ସ୍ୱରରେ ଗାନ କରିଥାଏ ଶହେ ଆଠ ଶ୍ରୀ ସହିତ ଉପାଧି ଶବ୍ଦରାଜି ।

ମନେ ପଡ଼ିଯାଉଛି ପର ଦଶକର କଥା । ଦକ୍ଷିଣ ରାଇଜରେ ସ୍ମୃତି ବଢ଼ିବା ସହ ଅଜସ୍ର ବିଜୟ ଲବ୍ଧ ଧନରତ୍ନ ଲାଭ । ସେଦିନ ୧୬ଟି ହାତୀ ପିଠିରେ ଭାର ହୋଇ ଆସୁଥିବା ସେଇ ଧନରତ୍ନକୁ ଶ୍ରୀମନ୍ଦିରର ରତ୍ନଭଣ୍ଡାରକୁ ଉତ୍ସର୍ଗ କରାଗଲା । ଦାକ୍ଷିଣାତ୍ୟ ବିଜୟ କପିଲେନ୍ଦ୍ରଦେବର ବିଜୟ ନୁହେଁ, ଓଡ଼ିଶା ସମର ବାହିନୀର ବି ନୁହେଁ । ସେଇ ଏକକ କଳାକାର ଶ୍ରୀଜଗନ୍ନାଥଙ୍କର । ଆହୁରି ୧୩୮ ପ୍ରକାର ସ୍ୱର୍ଣ୍ଣ ଅଳଙ୍କାର ଗଢ଼ି ତୋଲାଇ ଶ୍ରୀବିଗ୍ରହମାନଙ୍କୁ ବଡ଼ ଏକାଦଶୀରେ ମନୋମୁଗ୍ଧକର ବେଶରେ ରଚା ଯାଇଥିଲା । ସୁନା ବେଶର ଅୟମାରମ୍ଭ । ଏଇଟା ପ୍ରଭୁଙ୍କର ବିଭବ ନୁହେଁ, ଓଡ଼ିଶାର ଧନାଢ୍ୟତା ଆଉ ଓଡ଼ିଆ ମାନସିକତା ।

ଆଖିରୁ ଧାର ଧାର ଲୁହ ବୋହିଚାଲିଛି। କାରଣ କେହି ବୁଝି ପାରୁନାହାନ୍ତି। ପଣ୍ଡା ପଢ଼ିଆରୀ, ପାତ୍ର, ମହାପାତ୍ର ସବୁ କପିଲେନ୍ଦ୍ରଙ୍କର ଏମିତି ସମ୍ବେଦନଶୀଲ ରୂପରେ ଆଶ୍ଚର୍ଯ୍ୟ। ଦୀର୍ଘ ସାମରିକ ଜୀବନରେ ଅନେକ ଯୁଦ୍ଧରେ ସେନାପତି ହୋଇଥିବା କର୍କଶ ଗଜପତି ଏମିତି ଭକ୍ତିଭାବରେ ମୋହିତ ହୋଇଯିବେ, କାହାର କଳ୍ପନାରେ ଆସୁନି। କୁଢ଼ କୁଢ଼ ମୃତ ବାହାମନି ସୈନ୍ୟଙ୍କୁ ଦେଖି ତାଙ୍କର ହୃଦୟ ତରଳି ନଥିଲା। ସିଏ ଅଶୋକ ବର୍ଦ୍ଧନ ମୌର୍ଯ୍ୟଙ୍କ ପରି କେବେ ବି ସମ୍ବେଦନଶୀଲ ହୋଇ ପାରି ନାହାନ୍ତି। ଆଜି ତେବେ ଏତେ ଅଶ୍ରୁଳ କାହିଁକି ? କିଛି ତାଙ୍କ ମାନସପଟରେ ଦ୍ୱନ୍ଦ୍ୱରତ। କୌଣସି ସମାଧାନର ବାଟ ଖୋଜିବାକୁ ଶ୍ରୀମନ୍ଦିର ଆସି ପ୍ରଭୁଙ୍କ ଉପରେ ଲଦି ଦେଉଛନ୍ତି !

ମନେ ପଡ଼ି ଯାଉଛି ଜଗନ୍ନାଥଙ୍କ ପାଇଁ ଗଲା ସନର ଘୋଷଣା, "ମୋର ସମସ୍ତ ଅଳଙ୍କାର ଆଜିଠାରୁ ପ୍ରଭୁଙ୍କର। ମନକୁ ଆସିଯାଇଛି, ପ୍ରକାଶ କରିଛନ୍ତି ବି, ବିଲୀନ ହେବି ମୁଁ ଏଇ ପଦାରବିନ୍ଦରେ !"

ପ୍ରକୃତିସ୍ଥ ହେଉଛନ୍ତି ଗଜପତି।

ମନ୍ଦିରରେ ଠାକୁର ଦର୍ଶନ ପାଇଁ କାମନା। ମନଟା କାହିଁକି ଦୁଃଖରେ ଭରିଗଲା। ଜଗନ୍ନାଥ ନିରବ ରହିଲେ। ନିଷ୍ପତ୍ତି ବିଷୟରେ କିଛି ବି ଆଭାସ ଦେଲେନି। ଆଗରୁ ଦେଖିଥିବା ସ୍ୱପ୍ନଟି କଅଣ ତାଙ୍କ ସତ ସ୍ୱପ୍ନ ନୁହେଁ ? ସ୍ୱପ୍ନର ଭାଷ୍ୟ କଅଣ ସଠିକ ଭାବରେ ବିଶ୍ଳେଷିତ ନୁହେଁ ? ସେ କଅଣ ସ୍ୱୟଂ ସ୍ୱପ୍ନ ନଦେଖି ଆଉ କାହାର ସ୍ୱପ୍ନ ଧାର ନେଇ ଜଗନ୍ନାଥଙ୍କ ନାମରେ ରାଜଗାଦି ଉତ୍ତରାଧିକାରୀ ନିର୍ଣ୍ଣୟ କରିଛନ୍ତି ?

ଜୀବନର ବାର୍ଦ୍ଧକ୍ୟରେ ତାଙ୍କର ସହଚରୀ ହୋଇଛନ୍ତି ସମର୍ଥା ପାର୍ବତୀ। ସବୁଠାରୁ ବିଶ୍ୱା ରକ୍ଷିତା ରାଣୀ କପିଲେନ୍ଦ୍ରଙ୍କର। ବ୍ରାହ୍ମଣ କୁଳରେ ଜନ୍ମ ପାର୍ବତୀଦେବୀଙ୍କର। ବୁଦ୍ଧି ବଳରେ ରାଜାଙ୍କ ସହଚରୀ। ଗଜପତିଙ୍କ ନିକଟ ଉପଦେଷ୍ଟା। ଜବାନ ବୟସରେ କାହା ଉପଦେଶକୁ ଆବଶ୍ୟକ ମଣି ନଥିବା କପିଲେନ୍ଦ୍ର ଏବେ ବି ଯଦି କିଛି ଶୁଣନ୍ତି, ସେଇ ପାର୍ବତୀଙ୍କୁ। ଦୀର୍ଘ ଜୀବନରେ ପାର୍ବତୀ ରାଣୀ ଦେଇଛନ୍ତି ଅନେକ ଉପଦେଶ। ସବୁଠାରୁ ମହତ୍ ହୋଇଛି ତାଙ୍କ ଗର୍ଭରୁ ଜାତ ପୁତ୍ର ପୁରୁଷୋତ୍ତମ। ଜନ୍ମ ବେଳରୁ ପାର୍ବତୀ ଗୋପନରେ କହି ଦେଇଛନ୍ତି, ଠାକୁରଙ୍କ ଅନୁଗ୍ରହରୁ ଜନ୍ମିତ ପୁତ୍ର ନାମ ପୁରୁଷୋତ୍ତମ। ସିଏ ନିଶ୍ଚୟ ତାର ନାମର ଯଥାର୍ଥତା ପ୍ରତିପାଦନ କରିବ ! କିଏ କହିବ, ସିଏ ଠାକୁରଙ୍କ କୃପାରୁ ଦ୍ୱିତୀୟ ଗଜପତି ନ ହେବ ବା କାହିଁକି ?

ଗଲାଣି ତ ଦୂର ଅତୀତ ଜୀବନ କଥା। କପିଲେନ୍ଦ୍ରଙ୍କର ପାର୍ବତୀ ଦେବୀଙ୍କ ସହିତ ସମ୍ବନ୍ଧ। ତାଙ୍କର ମାନସିକତାକୁ ପରିବାରର କୌଣସି ମନ୍ତୁରା ସଂକ୍ରମିତ

କରିଦେଇଛି ? ପାର୍ବତୀ ଅତି ସୁନ୍ଦରୀ। କେଉଁ ପରିସ୍ଥିତିରେ କିଏ ଆସି ପାର୍ବତୀଙ୍କୁ ଶକ୍ତି ଠୁଲ କରୁଥିବା ଗଙ୍ଗ ସେନାପତି କପିଲ ରାଉତଙ୍କ ବେକରେ ବାନ୍ଧିଦେଲା, ମନେ ପକାଇବା କଠିନ। ବ୍ରାହ୍ମଣୀ ଝିଅ, ଏତେ ସହଜରେ ଶକ୍ତିମାନ କ୍ଷତ୍ରିୟ ସେନାପତି ଗ୍ରହଣ କରିପାରି ନଥିଲେ। ରାଜ୍ୟର ସୁରକ୍ଷା ଦାୟିତ୍ୱ ବହୁତ ବେଶୀ ଥିଲା। ପୁଣି ଓଡ଼ିଆ ପାଇକ ସମରବାହିନୀରେ ଛକାପଞ୍ଚ ଅବସ୍ଥାକୁ ଆସିଗଲାଣି। ତିନି ପୁରୁଷରେ ଧାନ ବାଲୁଙ୍ଗା। ଏଇ ମତେ ଚାଲିଛି ସମର ବାହିନୀ ଓଡ଼ିଶାର। ଯାହା ତିନି ପୁରୁଷ ଆଗରୁ ଲାଙ୍ଗୁଡ଼ା ନରସିଂହଦେବ ଦେଖାଇ ଦେଇଗଲେ, ତିନି ପୁରୁଷରେ ସେଇ ସାମରିକ ମାନସିକତା ଓହ୍ଲାଇଗଲା ପାଇକ ମନରୁ! ପ୍ରାଣ ମୂର୍ଚ୍ଛିବା ଯେବେ ପଦାତିକମାନେ ଭୁଲି ଯାଆନ୍ତି, ସମର ବାହିନୀ ଦୁର୍ବଳ ହୋଇପଡ଼େ। ଏହି ଅକୁହା କଥା ସେନାପତି କପିଲ ରାଉତଙ୍କୁ ଘାରିଛି। କାହାକୁ ଏ ବିଷୟରେ ମୁଣ୍ଡ ଖେଳାଇବାକୁ ନ ଦେଇ ନିଜେ ସମାଧାନ ପନ୍ଥା ଖୋଜୁଛନ୍ତି।

ସେଇ ବ୍ୟସ୍ତତା ଭିତରେ କେହି ଜଣେ ଯୋଗାଣିଆ ସେନାପତିଙ୍କୁ କାନରେ କହି ଗଲାଣି। ଦୁନିଆର ସମସ୍ତ ସୌନ୍ଦର୍ଯ୍ୟ ବହନ କରିଛି ଜଣେ ଓଡ଼ିଆ ତରୁଣୀ। ଏହି ସୁନ୍ଦରୀକୁ କେତେବେଳେ କିଏ ଅପହରଣ କରିନେଇ ପାରନ୍ତି। ତରୁଣୀକୁ ଟିକିଏ ସେନାପତିଙ୍କର ସୁରକ୍ଷା କବଚ ମିଲୁ। ସେଇ ବ୍ୟସ୍ତତା ଭିତରେ ସେନାପତି ଅନିଚ୍ଛା ସତ୍ତ୍ୱେ ପାର୍ବତୀକୁ ଅନ୍ୟମନସ୍କ ଭାବରେ ବାପାମାଆଙ୍କ ପାଖରେ ଗେହ୍ଲା ଝିଅ ରୂପରେ ଦେଖିପାରିଛନ୍ତି। ଏମିତି ରୂପର ପାର୍ବତୀ, ସେନାପତିଙ୍କ ଜାତିଗତ ଭାବନା ମନରୁ ଉଭେଇ ଯାଇଛି। ବିବାହିତ ଆଉ ଘରେ ଧର୍ମପନ୍ନୀ ସହିତ ବାଲୁତ ହମଭାରା ଅଛନ୍ତି, ଭୁଲିଗଲେ ସେନାପତି।

ରାଜାମାନଙ୍କର ରାଜପ୍ରାସାଦ ଅଭ୍ୟନ୍ତରରେ ବାଲ୍ୟକାଲରୁ ରାଜପୁତ୍ରମାନଙ୍କ ମଧ୍ୟରୁ ପାଟରାଣୀଙ୍କ ପୁତ୍ର ରାଜକୁମାର ଭାବରେ ଆଶାୟୀ ହୁଏ। ସେନାପତି କପିଲ ରାଉତଙ୍କର ଏକାମ୍ର କୂଢିବାସ ମନ୍ଦିରରେ ଅଜ୍ଞାତ-ସିଂହାସନ ଆରୋହଣ ସହିତ ନିଜ ପରିବାରରେ ସଂଘଟିତ ହୋଇଛି ଗୋଟିଏ ବିସ୍ଫୋରଣ। ବାରବାଟୀର ଦାୟିତ୍ୱରେ ରହିଥିବା ଗୋପୀନାଥ ମହାପାତ୍ର ଅଳ୍ପ କେଇ ମାସ ପରେ ଆମନ୍ତ୍ରଣ କରିଛନ୍ତି ଛଦ୍ମ ପରିଚୟର ଓଡ଼ିଶାର ନୃପତି ଭାବରେ ପ୍ରତିଷ୍ଠିତ କପିଲେନ୍ଦ୍ରଙ୍କୁ। ନିଜ ସେନାପତି ବସା ପରିତ୍ୟାଗ କରି ରାଜପ୍ରାସାଦକୁ ସାଦର ନିମନ୍ତ୍ରଣ। ଆସିବାର ସୌଭାଗ୍ୟ ଉପଭୋଗ କରିବା ବେଲକୁ ରାଉତ ପରିବାରର ଯେତିକି ଆନନ୍ଦ ଉଲ୍ଲାସ ଆସିଛ; ଧର୍ମପନ୍ନୀ ନିଜ ଉଆସ ଆଦରିବା ବେଲକୁ ଦ୍ୱିତୀୟ ନିବାସରୁ ପାର୍ବତୀ ଅଧିକାର କରି ସାରିଛନ୍ତି ପାଟରାଣୀ ନିବାସ।

ଜ୍ୟେଷ୍ଠପୁତ୍ର ହମଭୀରାଙ୍କୁ ପଚିଶ ବର୍ଷ ହେବାବେଳକୁ ପିତାଶ୍ରୀ ରାଜା ହୋଇଛନ୍ତି। କିନ୍ତୁ ତା ପୂର୍ବରୁ ପିତାଙ୍କର ଲକ୍ଷ୍ୟ ହାସଲ କରିଛନ୍ତି ହମଭୀରା। ବୀରତ୍ଵର ଉଦାହରଣ ହୋଇପାରିଛନ୍ତି। ନିଜଠାରୁ ଶକ୍ତିଶାଳୀ ଓଡ଼ିଆ ବୀରପୁତ୍ରଟିଏ ଗଢ଼ିବାର ଆଶା ନେଇ ସଫଲ ହୋଇଛନ୍ତି ସେନାପତି କପିଲ ରାଉତ। ସେଇ ହମଭୀରା ସାଜିଛନ୍ତି ପିତାଙ୍କର ମୁଖ୍ୟ କାର୍ଯ୍ୟଦାର। ଓଡ଼ିଶାର ଅଜଣା ଶୁଭଚିନ୍ତକ ଆଉ ଅମାତ୍ୟ-ପ୍ରଶାସକ ମାନେ ଯେତେବେଳେ ପିତାଶ୍ରୀଙ୍କୁ ଓଡ଼ିଶାର ରାଜମୁକୁଟ ପିନ୍ଧାଇବାକୁ ପରାମର୍ଶ ଦେଇଛନ୍ତି, ସେତିକିବେଳେ ହମଭୀରା ଜଣେ ସାଧାରଣ ଅଶ୍ୱାରୋହୀ ସୈନିକ।

ବହୁ ସମୟରେ ରାଜ୍ୟର ଗୁପ୍ତ କାମରେ ଅଶ୍ୱାରୋହୀ ଭାବରେ ଦୂର ରାଜ୍ୟକୁ ଯିବାରେ ଆନନ୍ଦ ନିଅନ୍ତି ହମଭୀରା। ନିଜ କର୍ମ ଆଉ ନିଜର କୃତିତ୍ଵ ଉପରେ ଭରସା ରହିଛି ତାଙ୍କର। ସିଏ ଭକ୍ତିଭାବରେ ଏତେ ମଜ୍ଜିଯିବା କେହି ଦେଖ୍‌ନାହାନ୍ତି। ନା ଠାକୁରଙ୍କୁ ଅବଜ୍ଞା କରିବାର କେହି ଦେଖ୍‌ଛି। ଠାକୁର ତାଙ୍କୁ ଅସାଧ୍ୟ ସାଧନ କରିବାର ଶକ୍ତି ଦେଇଛନ୍ତି, ସେଇଥିପାଇଁ ସିଏ ଠାକୁରଙ୍କ ପାଖରେ କୃତଜ୍ଞ। ଆଉ ଅଧିକ ଆଶା କରନ୍ତିନି ସିଏ। ଏମିତି ଜୀବନଟା କଟିଯାଇଛି, ଅସାଧ୍ୟ ସାଧନ କରି କେବଳ ଓଡ଼ିଶାର ଗୌରବ ଆଣି ନାହାନ୍ତି, କେବେ ସେତୁବନ୍ଧ ସ୍ପର୍ଶ କରି ନଥିବା ଓଡ଼ିଶା ରାଇଜକୁ ତିନି ରାଜ୍ୟସୀମା ଜୟ କରି ସିଏ ବହୁ ଦୂରକୁ ଘୁଞ୍ଚାଇ ନେଇଛନ୍ତି। କପିଲେନ୍ଦ୍ରଙ୍କ ଅମଲର ଓଡ଼ିଶା ଗଜପତି ସାମ୍ରାଜ୍ୟ। ଗଙ୍ଗାରୁ ଗୋଦାବରୀ ନୁହେଁ, ଗଙ୍ଗାରୁ ସେତୁବନ୍ଧ। ପରିପୂରକ ଭାବରେ ଗୋଟିଏ ସବୁଜ ରାଇଜର ପଣ ସ୍ୱରୂପ ଧନଧାନ୍ୟ, ଶିକ୍ଷା ଓ ସଂସ୍କୃତି, ଭାଷା ଓ ଜୀବନ ଧାରଣ କରିବାର ମାନ ବହୁ ପରିମାଣରେ ଭାରତରେ ଏକ ଆକର୍ଷଣୀୟ ସ୍ତରକୁ ଚାଲିଗଲା। ଭାରତର ସର୍ବ ବୃହତ୍‌ ହିନ୍ଦୁ ରାଜ୍ୟ ଭାବରେ ଗର୍ବ କରିବାର କରାମତି ଓ ଶକ୍ତି। ଦେଶର ପ୍ରଧାନ ଅକ୍ଷତ ରାଜ୍ୟ ଯବନ କବଲରୁ। ରାଜ୍ୟର ସମସ୍ତ ସୀମାରେ ବିଦେଶୀ ପଦଧ୍ଵନି ଆଜି ଶଢ଼ ହଜିଯାଇଛି। ଗଜପତି ସେନା ଯବନ ରାଜାଙ୍କ ଉପରେ କୁଦିପଡ଼ୁଛନ୍ତି।

ଏହି ଦିଗ୍‌ବିଜୟୀ ବୀରଙ୍କର ମାନସିକତାକୁ କୁଠାରାଘାତ କରିବ କିଏ ? ଏତେ କାଳ ଓଡ଼ିଶା ରାଷ୍ଟ୍ର ଜନକ କପିଲେନ୍ଦ୍ରଦେବଙ୍କୁ ଉପଦେଶ ଦେବାର ଅଧିକାର କାହାରି ନାହିଁ। କାହାର ଏମିତି ବିରୋଧ କରିବାର ଚିନ୍ତାଧାରା ଆସିବ ବା କାହିଁକି ? ହଁ ବଡ଼ପୁଅ ହମଭୀରାକୁ ଉପେକ୍ଷା କରି ସାନକୁ ରାଜଗାଦିରେ ବସାଇବାର ମାନସିକତା କେମିତି ଲୋକାଦୃତ ହେବ, ତାହା କେବଳ ଜଗନ୍ନାଥଙ୍କ ଦ୍ଵାରା ସମ୍ଭବ। ଚିନ୍ତା କରିଚାଲିଛନ୍ତି କପିଲେନ୍ଦ୍ର। ଜଗନ୍ନାଥ ହିଁ ବୁଦ୍ଧି ବତାଇବେ।

ବିକଳ୍ପ ପାଇଁ ବି ଚିନ୍ତିତ ଗଜପତି। ଯଦି ପୁରୁଷୋତ୍ତମ ଗାଦି ନ ପାଆନ୍ତି,

ପରିବାରରେ ବଞ୍ଚିବା କଷ୍ଟକର ହେବ । କାହାକୁ ଶାସନ ହସ୍ତାନ୍ତର କରିବେ, ସେ ଚିନ୍ତାରେ ଦଶବର୍ଷ ଗତ ହୋଇଗଲାଣି । ଏହି ଉପାୟ ନିଶ୍ଚୟ ଫଳବତୀ ହେବ । ଜଗନ୍ନାଥ ସ୍ୱପ୍ନରେ କହିଛନ୍ତି, ଏ ଧ୍ରୁବବାଣୀକୁ କିଏ ପ୍ରତିବାଦ କରିବ ? ସବୁଥିରେ ନିର୍ଣ୍ଣାୟକ ହୋଇପାରନ୍ତି ସେଇ କଳାଠାକୁର । କାହାରି ସ୍ୱର ନାହିଁ, ଜଗନ୍ନାଥଙ୍କ ବିରୁଦ୍ଧରେ ଯିବ ।

"ନା, ପାର୍ବତୀକୁ କାଲି ରାତିରେ ଚରମ ପ୍ରତିଶ୍ରୁତି ଦେଇସାରିଛି । ପୁରୁଷୋତ୍ତମ ହେବ ମୋ ଅନ୍ତେ ଗଜପତି !!! ପୁରୁଷୋତ୍ତମ ଓଡ଼ିଶାର ଦ୍ୱିତୀୟ ଗଜପତି ।"

ଏହି ଘୋଷଣା ଜଗନ୍ନାଥ ମନ୍ଦିରରେ ହିଁ ଘୋଷିତ ହେଲା ।

ଶ୍ରୋତାମାନେ କ୍ଷଣିକ ପାଇଁ ସ୍ତବ୍ଧ ହୋଇଗଲେ । ଆହା, ହମ୍‌ବୀରାଦେବ ! ବିଚରା ହମ୍‌ବୀରା ।

"ଆଉ ପାରୁନି ମୁହିଁ ସହାୟ ହୁଅ ହେ ଜଗନ୍ନାଥ !"

"ଦ୍ୱନ୍ଦ୍ୱ ମୁଖକୁ ଠେଲି ଦେଉନି ତ ମୁଁ ମୋର ନବନିର୍ମିତ ଓଡ଼ିଶା ସାମ୍ରାଜ୍ୟକୁ !"

ଛାଡ଼ିଲି ତୋ ଭରସା, ହେ ଜଗନ୍ନାଥ ! ! !

ଜୀବନବ୍ୟାପୀ ଦିଗ୍‌ବିଜୟ କରି ଓଡ଼ିଶାର ଆୟତନ ଅନ୍ତତଃ ତିନିଗୁଣ କରିବା ପରେ, ଜୀବନର ସାୟାହ୍ନରେ ଗଜପତି କପିଲେନ୍ଦ୍ର ଏକ ପାରିବାରିକ ତଥା ବ୍ୟକ୍ତିଗତ ସମସ୍ୟାରେ ଜ୍ୟେଷ୍ଠ ପରିବର୍ତ୍ତେ କନିଷ୍ଠ ରାଜପୁତ୍ରଙ୍କୁ ରାଜଗାଦି ଅର୍ପଣ କରିବା ସମ୍ଭବରେ ଏବଂ ଏହା ଜଗନ୍ନାଥଙ୍କ ସ୍ୱପ୍ନବାଞ୍ଛା ଭାବରେ ବ୍ୟକ୍ତ କରିବାରେ ତଦାନୀନ୍ତନ ଓଡ଼ିଶା ସ୍ତବ୍ଧ ହୋଇଗଲା। ଯେଉଁ ଗଜପତି ଜଗନ୍ନାଥଙ୍କର କପିଲ ରାଉତ, ଯେଉଁ ଗଜପତି ଓଡ଼ିଶା ମାଆର ବିଶିଷ୍ଟ ସନ୍ତାନ, ଯେଉଁ ଗଜପତି ଓଡ଼ିଆ ଭାଷା ଆଉ ସଂସ୍କୃତିର ତତ୍ତ୍ୱାବଧାରକ, ସିଏ ପୁଣି ସାଧାରଣ ନ୍ୟାୟର ବ୍ୟତିକ୍ରମ କରିବେ, ନିଜ ମନ ଆନ୍ଦୋଲିତ ହେଲା। ବୃଦ୍ଧ ବୟସରେ ପାରିବାରିକ ସମସ୍ୟାରେ ଜଡ଼ିତ ହୋଇ ବାରବାଟୀ ଛାଡ଼ି ଦକ୍ଷିଣ ସୀମା କୃଷ୍ଣାନଦୀ କୂଲକୁ ଗମନ କରିବେ। ସୁଦୂର କାବେରୀ ନଦୀ ତଟସ୍ଥ ଓଡ଼ିଶା ଅଧିକୃତ ଅଞ୍ଚଲ ପୁନରାୟ ସାଲୁଭା ନରସିଂହା ନିଜ ରାଜ୍ୟକୁ ଲେଉଟାଇ ନେଉଛି, ଏହି ଖବର ଅସହ୍ୟ ହେଉଛି ଗଜପତିଙ୍କର। କାବେରୀ କୂଲରେ ବିଜୟନଗରର ରୂପ୍ ରହିଥିବା ସେନାଙ୍କର ଗୁଞ୍ଜରଣ ଶୁଭିଲାଣି।

ମନ ଛାଡ଼ିଗଲାଣି ରାଜ୍ୟ ଶାସନରୁ। ଆଉ କଅଣ ବଳ ବୟସ ଅଛି ଯେ ସେ ରାଜ୍ୟ ଜୟକରିବାକୁ ବାହାରିବେ ? ମନରେ ଗ୍ଲାନି ରହିଛି ଉତ୍ତରାଧିକାରୀ ମନୋନୟନରେ। କରିବେ କଅଣ ? ସମ୍ଭବ ହୋଇପାରିନାହିଁ ଗତ ଦଶନ୍ଧିରେ।

“ମୋର ନିଷ୍ଠିକୁ ଜଗନ୍ନାଥ ସାହା ହେଲେନି !” ଭାବି ଚାଲିଛନ୍ତି ଗଜପତି।

“ଏହାର ପ୍ରଥମ ସ୍ତାବକ ମୋର ଜ୍ୟେଷ୍ଠପୁତ୍ର ହମଭୀରା ହିଁ ଘୋଷଣା ଶୁଣିବା

ମାତ୍ରକେ ରାଜପ୍ରାସାଦ ପରିତ୍ୟାଗ କରିଦେଲା। ପାଟରାଣୀ ମୂର୍ଚ୍ଛାଗଲେ। ସମଗ୍ର ଦାକ୍ଷିଣାତ୍ୟ ଗାଏ ହମ୍ଭୀର କୁମାର ଗାଥା। ଏହି ଦୁଃଖରୁ ମୋତେ ବୋଧହୁଏ ସମଗ୍ର ଓଡ଼ିଶା ସେଇ ଗୋଟିଏ ପ୍ରଶ୍ନ ପଚାରୁଛି। ପ୍ରକାଶ୍ୟରେ ମୁହଁ ନଖୋଲିଲେ ବି ମୋତେ ଲାଗେ ଯେପରି ଓଡ଼ିଶାବାସୀ ମୋତେ ଜବାବ ମାଗନ୍ତି, "କାହା ବୁଦ୍ଧିରେ ମୁଁ ପୁରୁଷୋତ୍ତମକୁ ରାଜଗାଦି ସମର୍ପଣ କରୁଛି। ବଡ଼ପୁଅ ଥାଉ ଥାଉ ସାନପୁଅକୁ!" ବିବେକ ମୋତେ କହୁଛି, ଉତ୍ତର ରକ୍ଷାବାକୁ, 'ଜଗନ୍ନାଥ ପରା କହିଛନ୍ତି, ସପନାଇଛନ୍ତି!

ସେଇଟା ହିଁ ମୋର ମାଜିକ୍ ଦଣ୍ଡା। ଜଗନ୍ନାଥଙ୍କ ନାମ ଉଚ୍ଚାରଣ କଲେ, ସମସ୍ତ ସମସ୍ୟା ସମାଧାନ ହୁଏ। ତା ପରେ କାହା ମୁଖରୁ ଶବ୍ଦ ସ୍ପୁରିବ ନାହିଁ। ସମସ୍ତେ ଜଗନ୍ନାଥଙ୍କୁ ମନପ୍ରାଣରେ ଗ୍ରହଣ କରିନେବେ।

"ରାଜ୍ୟ ଓ ପରିବାର ପାଇଁ ଜୀବନର ସମସ୍ତ ଅସମ୍ଭବ କୃତିତ୍ୱ ହାସଲ କରି ମୋର ମଥା ଯେତିକି ଉଚ୍ଚ ହୋଇଛି, ସବୁଠାରୁ ଆଦର୍ଶ ହୋଇଛି ମୋତେ ନିଜକୁ ପୁରୁଷୋତ୍ତମଙ୍କର ରାଉତ ବା ସେବକ ଭାବରେ ପ୍ରତିଷ୍ଠିତ କରି। ଧନଧାନ୍ୟ, ବିଜିତ ସମ୍ପଦ ଭଗବାନ ପୁରୁଷୋତ୍ତମଙ୍କ ପାଇଁ ପ୍ରଦାନ ଗୁରୁତ୍ୱର ପ୍ରଶ୍ନ ବହନ କରେନି, କିନ୍ତୁ ଆଦର୍ଶ ପ୍ରତିପାଦନ କରିବାରେ ପ୍ରଭୁଙ୍କ ସମ୍ମତି କାହିଁକି ଲୋକମାନେ ଗ୍ରହଣ କରନ୍ତିନି ? ଏ ବିଷୟରେ ଭକ୍ତିଭାବ ସମସ୍ତ ଗ୍ଲାନିକୁ ଦୂର କରିଦେବ।"

ପ୍ରମାଦ ଗଣନ୍ତି ମନରେ, ଗୋଟିଏ ଦୋଷୀ ପରି ମର୍ମଭେଦୀ ଯନ୍ତ୍ରଣାରେ ଛଟପଟ ହୋଇ ଦ୍ୱିଧାଗ୍ରସ୍ତ ମନରେ ଚିନ୍ତାକରନ୍ତି, "ମୋର ପୁରୁଷୋତ୍ତମକୁ ଉତ୍ତରାଧିକାରୀ ବାଛିବାରେ ଭ୍ରମ ହୋଇଗଲା କି ? ମୁଁ କଅଣ ଅନ୍ଧ ହୋଇଗଲି ଜ୍ୟେଷ୍ଠପୁତ୍ର ହମ୍ଭୀରାଦେବ ପ୍ରତି ?"

କାହିଁକି ଗଜପତି ରାଜ୍ୟରେ ଏ ବିଶୃଙ୍ଖଳା ? ପୁରୁଷୋତ୍ତମ ହାମ୍ଭୀରା କୁମାରଙ୍କ ଠାରୁ ବିଶିଷ୍ଟ ଜଗନ୍ନାଥ ଭକ୍ତ। ପୁରୁଷୋତ୍ତମଦେବ ଧୀର, ଶାନ୍ତ, ଧୀମନ୍ତ ଆଉ ଆଦର୍ଶବାନ। ମୁଁ ଏହି କାରଣରୁ ପୁରୁଷୋତ୍ତମଦେବକୁ ଜଗନ୍ନାଥଙ୍କର ରାଉତ ହେବାର ସୌଭାଗ୍ୟ ଦେବାକୁ ଇଚ୍ଛୁକ। ଏଥିରେ ସମସ୍ତେ ସ୍ୱଖ୍ୟ ହେବାର କାରଣ କଅଣ ଅଛି ? ଜଗନ୍ନାଥଙ୍କର ଇଚ୍ଛାର କଅଣ ମୂଲ୍ୟନାହିଁ ? ତା ନହେଲେ ପ୍ରଭୁ ଜଗନ୍ନାଥ କଅଣ ସ୍ୱପ୍ନାଦେଶ ଦେଇଥାଆନ୍ତେ ?

ଅଦ୍ୟାବଧି ବତିଶ ବର୍ଷ ଭିତରେ ହମ୍ଭୀରା କଅଣ ଗଜପତିତ୍ୱର ସ୍ୱାଦ ଚାଖ୍ନି ? କୁମାର କପିଳେଶ୍ୱରଦେବ, ହାମ୍ଭୀରାଦେବର ପୁତ୍ର। ସିଏ କଅଣ କୋଣ୍ଡଭିଟୁ ପରି ବିଶାଳ ଗଡ଼ର ପରିଚ୍ଛା ହୋଇନି ? ମାତ୍ର ସବୁ ସାଧନା ପରେ ଓଡ଼ିଶା ଶାସନ, ଓଡ଼ିଆ ପ୍ରସାର, ଜଗନ୍ନାଥ ଧର୍ମର ବିସ୍ତୃତି ପାଇଁ ମୋର ପୁରୁଷୋତ୍ତମ ଦେବକୁ ସ୍ୱୀକୃତି କଅଣ ଗୋଟିଏ ପକ୍ଷପାତୀ ପ୍ରୟାସ ?

କିନ୍ତୁ ନ୍ୟାୟରୁ ବଞ୍ଚିତ ହୋଇଛି ମୁଁ ଜଗନ୍ନାଥ। ମୋର ଘର ଭିତରର ସମସ୍ୟା ଯାହା ମୋ ପାଇଁ ଆମ୍ଘାତୀ ବ୍ୟବସ୍ଥା ଭାବରେ ଦଣ୍ଡାୟମାନ ହୋଇଛି। ମୋର ସବୁଠାରୁ ଦୁର୍ବଳତା – ନିଜର ମାତୃଭୂମିର ଆୟତନ ଆଉ ମୁଁ ସୂଚ୍ୟଗ୍ର ମେଦିନୀ ପଡ଼ୋଶୀ ରାଜ୍ୟରେ ମିଳେଇ ଯିବାକୁ ଦେଇନି କି ଦେବିନି!

ଆଜିଠାରୁ ହମ୍ଭୀରା ବାରବାଟୀରୁ ଅନ୍ତର୍ଦ୍ଧାନ ହୋଇଯାଇଛି। ମନରେ ମୋର ଘୋର ସନ୍ଦେହ, ସିଏ ଦାକ୍ଷିଣାତ୍ୟର ବାଦଶାହ – ରେଡି ହୁଅନ୍ତୁ କି ବାହାମନି, ଉଦୟଗିରି ହେଉ କି ବିଜୟନଗର, ସବୁଠାରେ ତା'ର କର୍ତ୍ତୃତ୍ୱ ରହିଛି। ଆଜିର ଓଡ଼ିଶା ସାମ୍ରାଜ୍ୟ ଦାକ୍ଷିଣାତ୍ୟର ଭାରସାମ୍ୟରେ ଦଣ୍ଡାୟମାନ। ଟିକିଏ ଠେକ ହୁଗୁଲିଗଲେ, ଆଖୁପିଛୁଲାକେ ଧରାଶାୟୀ ହୋଇଯିବ। ମୋର ସାରା ଜୀବନର ଅଧ୍ୱବସାୟ ପାଣିରେ ପଡ଼ିଯିବ। ଜାଣିଛି ଅତିଲମ୍ୱ ଗଙ୍ଗାରୁ କନ୍ୟାକୁମାରୀ ଆୟତନର ଓଡ଼ିଶା ଶାସନ ପାଇଁ କଷ୍ଟ, ସୀମାରକ୍ଷା ନିମିତ୍ତ କଷ୍ଟ ଆଉ ଏହାକୁ ବଜାୟ ରଖିବାକୁ ସମସ୍ତ ଲମ୍ୱ-ପ୍ରସ୍ତରେ ଗଜଦଳର ଲମ୍ୱ। ସୈନ୍ୟଚାଳନା ଅବଶ୍ୟମ୍ଭାବୀ। ଗଜ ଦଳର ପଲଟଣ ସୀମାନ୍ତକୁ ଶାନ୍ତ ରଖିପାରିବ।

ପୁଣି କେତେଜଣ ଯେ ଓଡ଼ିଆ ପରିଚ୍ଛା ପ୍ରଶାସକ। ଓଡ଼ିଆ ପ୍ରଶାସନିକ କ୍ଷମତା ଗଜପତି ଚାହିଁଥିବାତକ ଦେଖିବାକୁ ମିଳିବ। ମୁଣ୍ଡ ବୁଲାଇଲେ ଯେମିତି ଗଙ୍ଗାରାଜାମାନଙ୍କ ଅମଳରେ ଅର୍ଥ ପ୍ରତିବଦଳରେ ସେନାପତିମାନେ ବି ଯୁଦ୍ଧ ନକରି ମୁହଁ ବୁଲାଇ ଫେରି ଆସିବାର ଉଦାହରଣ ରହିଛି। ଓଡ଼ିଆ ପାଇକମାନେ ଜୀବନମୂର୍ଚ୍ଛ ଜିତାପଟ ହୁଅନ୍ତି। କିନ୍ତୁ ସେମାନଙ୍କୁ ଯୁଦ୍ଧ କରିବାର ସରଞ୍ଜାମ ଓ ବୀରବାଜା ଦେଲେ ସିନା ହେବ। ଏତିକି କରିବାକୁ ଅନ୍ତତଃ ମୋ ଗାଦିଲାଭର ଦଶ ବର୍ଷ କଟିଗଲା। ଉତ୍କଳ ରାଜ୍ୟର ସମତଳ ଅଞ୍ଚଳର ଅନତିଦୂରରେ ରହିଥିବା ପର୍ବତଗୁଡ଼ିକର ପାଦଦେଶ ଗାଁ ଗୁଡ଼ିକରେ କାଳ କାଳର ଯୋଦ୍ଧାକୁଳଗୁଡ଼ିକ ଜନ୍ମ ନିଅନ୍ତି। ହୋଇପାରେ ମହାଭାରତ କି କଳିଙ୍ଗ ଯୁଦ୍ଧ ଅବା କୁମାରୀଗିରି ଅଇର ରାଜାଙ୍କ କଳିଙ୍ଗାଧିପତିଙ୍କର ଦୁର୍ଦ୍ଧର୍ଷ କଳିଙ୍ଗସେନା। ସମସ୍ତେ ଏହି ବୀରଭୂମିର ସନ୍ତାନ। ବୀରପ୍ରସୂ ଓଡ଼ିଶା ରାଷ୍ଟ୍ର।

ଏମାନଙ୍କର ମଥା ଅବନତ ହୋଇଯାଏ ଦେଶମାତୃକାକୁ ରକ୍ଷା କରିବାକୁ। କେବଳ ଏହି ବଳବାନ କଳିଙ୍ଗ ସିଂହମାନଙ୍କୁ ଏକତ୍ରିତ କରି ଶତ୍ରୁ ସାମନାରେ ଠିଆକରିଦେଲେ, ହେଲା। ଏମିତି କରାଇପାରିଥିଲେ ଦକ୍ଷିଣ ସୀମାରୁ ଓଡ଼ିଶା ଧରିଥିବା ପ୍ରଥମ ଗଙ୍ଗାରାଜ ଚୋଡଗଙ୍ଗ। ତିନି ପୁରୁଷ ଲାଙ୍ଗୁଳାଙ୍କ ପାଖ ପର୍ଯ୍ୟନ୍ତ ଗଲା। ତା ପରେ ବୀରବାଜା ଅଭାବରୁ ନେତୃତ୍ୱର ଅବହେଳାରୁ ବୀରତ୍ୱର ପାହି ଖସିଗଲା। ଲାଙ୍ଗୁଳା ନରସିଂହଙ୍କ ବାହିନୀପତି ଉପାଧ୍ୱ କେତେ ଉସାହିତ କରୁଥିଲା କ୍ଷତ୍ରିୟ ଆଉ ଅଣକ୍ଷେତ୍ରିୟ ସେନାପତିମାନଙ୍କୁ! ଉତ୍କଳର କ୍ଷତ୍ରିୟକରଣ ଘଟିଲା। ରାଜ୍ୟରେ

ନାୟକମାନେ ନାନା ଉପାଧ୍ୱରେ ସୈନ୍ୟବାହିନୀରେ ବଳ ଯୁଟାଇଲେ। କଳିଙ୍ଗ ଶିଲାଶିଳ୍ପୀମାନଙ୍କର କୋଣାର୍କ ପରି ବିଜୟ ସ୍ତମ୍ଭ ନିର୍ମାଣ ଭାରତରେ ବିରଳ। ସତରେ ଶିଲାଶିଳ୍ପୀମାନେ ବି ପାଇକମାନଙ୍କ କାର୍ଯ୍ୟକୁଶଳତାକୁ ଟାଲ ଦେଉଥିଲେ ମନ୍ଦିର ନିର୍ମାଣରେ। ଓଡ଼ିଶାର ସବୁ ବିରାଟ ମନ୍ଦିର ମୂଳରେ ହିଁ ଗଙ୍ଗବଂଶ!

ଜଗନ୍ନାଥଙ୍କର ଆଶୀର୍ବାଦ ରହିଛି ଓଡ଼ିଶା ପାଇଁ। ରାଜ୍ୟଟି ପ୍ରାକୃତିକ ପ୍ରତିବନ୍ଧକରେ ଭରା ବାହାର ଶତ୍ରୁମାନଙ୍କ ପାଇଁ। ପାହାଡ, ଜଙ୍ଗଲ ଭରା ଏହାର ସ୍ଥଲସୀମା। ଅବଶିଷ୍ଟ ମହୋଦଧ୍ୱ। ପୁଣି ଯୁଦ୍ଧର ପ୍ରଧାନ ଆୟୁଧ କୃଷ୍ଣକାୟ କଳିଙ୍ଗ ହସ୍ତୀ ଶତ୍ରୁର ନିଦ ହଜାଇଦିଏ। ଏମିତି ରାଇଜକୁ ବି ଯବନ ଆସିବାକୁ କେତେ ଉପକ୍ରମ କରିଥିଲେ ଗଙ୍ଗଶାସନରେ। କେବେ ଆକ୍ରମଣକାରୀ ନିଜ ସମ୍ରାଟଙ୍କ ମୃତ୍ୟୁ କାରଣରୁ ଓଡ଼ିଶା ଆକ୍ରମଣ କରି ନପାରି ବାଟ ହୁଡ଼ି ଫେରିଯାଆନ୍ତି। କେବେ ବା କେଇପୁଞ୍ଜା ପ୍ରଶିକ୍ଷିତ କଳିଙ୍ଗ ହାତୀ ଦାବିକରି ହାସଲ କରନ୍ତି ଓ ମୁହଁ ଲେଉଟାଇ ପଳାନ୍ତି। କିନ୍ତୁ ବିଗତ ଦୁଇଶହ ବର୍ଷ ଧରି ସେଇ ବଙ୍ଗଲା ଯବନମାନେ ଆଖିତରାଟି ଅନାଇଁଛନ୍ତି ଓଡ଼ିଶାକୁ। ଓଡ଼ିଶା ନୃପତି ଦକ୍ଷିଣକୁ ଗୋଡ଼ ଟେକିଲେ ମାନ୍ଦାରନ୍ ଚପି ପୁରୀ ରନ୍ଭଣ୍ଡାର ପର୍ଯ୍ୟନ୍ତ ଆସିବାକୁ ଉଦ୍ୟମ କରୁଛନ୍ତି। ଆଖି ତାଙ୍କର ସେଇ ରନ୍ଭଣ୍ଡାର ଉପରେ। ଟିକିଏ ସୁଯୋଗ ଅପେକ୍ଷାରେ।

ଏହି ଭୟ କେତେଥର ଦକା ସୃଷ୍ଟି କଲାଣି ଗଜପତିଙ୍କ ମନରେ। ପୁଣି ସମସ୍ତଙ୍କ ଜାଣତରେ ପର୍ଯ୍ୟାପ୍ତ ସମ୍ପଦି ଆଣି ରନ୍ଭଣ୍ଡାର ଭରିଛନ୍ତି ନିଜେ। ଏଇଟା କଣ ଯବନ ଜାଣି ପାରିବେନି? ଦ୍ୱନ୍ଦ୍ୱରେ ଗଜପତି। ଭାବନ୍ତି, ଜଗନ୍ନାଥଙ୍କ ମନ୍ଦିରକୁ ମେଘନାଦ ପାଚେରି ସୀନା କରାଇଲି, କିନ୍ତୁ ଜଗନ୍ନାଥଙ୍କ ସୁନାବେଶ ନିଶ୍ଚୟ ଦିନେ ବିପତ୍ତି ଆଣିବ, ଏହି ଭୟ ଗଜପତିଙ୍କ ମନରୁ ଲିଭିବନାହିଁ।

“ଲୁଟେଇ ଛପେଇ ରନ୍ଭଣ୍ଡାର ଭରିଥିଲେ ବୋଧେ ଯବନମାନେ ଜାଣି ପାରି ନଥାଆନ୍ତେ। ଏ ଭୟକୁ ଗଜପତି କପିଲେନ୍ଦ୍ର ପ୍ରଶ୍ରୟ ଦିଏନି। ଆମ ଓଡ଼ିଶାରେ ଆମେ ଚୋରକୁ ଡରି ଖପରାରେ ଖାଇବୁ? ନା, ଅସମ୍ଭବ ଏଇଟା ଓଡ଼ିଆ ଚରିତରେ। ସେଇ ଯବନକୁ ଆକ୍ରମଣ କରି ବିତାଡ଼ିତ କରିବୁ ଏଇ ମାଟିରୁ, ଏମିତି କି ପଡ଼ୋଶୀ ରାଇଜରୁ। ଯୁଗେ ଯୁଗେ ଓଡ଼ିଶା ଯବନମୁକ୍ତ ହୋଇ ରହୁ।” ଗଜପତିଙ୍କର ଛାତିର ହୃତ୍ସ୍ପନ୍ଦନ ଟିକିଏ ଉପଶମ ହେଲା।

ବୃଦ୍ଧ ଗଜପତିଙ୍କ ପାଖରେ ଆସି ଅନ୍ତରଙ୍ଗ ଉଦ୍ଧବ ପହଞ୍ଚିଗଲେଣି।

ବ୍ୟସ୍ତ ହୋଇ ଗଜପତି ପଚାରୁଛନ୍ତି, “ହେ ଉଦ୍ଧବ, ଆମର ବାରବାଟୀ ଛାଡ଼ିବା ସମୟ ଆଉ କେତେ ବାକି ଅଛି?”

“ଯାନବାହନ ସବୁ ପ୍ରସ୍ତୁତ ହୋଇ ରହିଛି। ଦୁଇ ଘଡ଼ି ପରେ ଆମର ଶୁଭଯାତ୍ରା ଯୋଗ ରହିଛି। ଆବଶ୍ୟକମତେ ଆପଣଙ୍କ ସହିତ ମୋ ସମେତ ଛଅ ଜଣ ମହାପାତ୍ର ଦକ୍ଷିଣକୁ ଗସ୍ତ କରିବେ। ଆପଣଙ୍କ ଘୋଡ଼ାଗାଡ଼ିକୁ ଅନୁସରଣ କରିବେ ଅଶ୍ୱାରୋହୀ ମହାପାତ୍ରମାନେ। ଅଳ୍ପ ଦୂରର ଅନ୍ତରରେ ମଣିମା ଚାହିଁଲେ କିଞ୍ଚିଟା ବିଶ୍ରାମ ନେଇ ପାରିବେ। ଆମର ଗମନପଥରେ ଓଡ଼ିଶା ସମର ବାହିନୀ ପ୍ରସ୍ତୁତ କରି ରଖିଛି ବିଶ୍ରାମ ନିବାସ। ସଂଧ୍ୟା ହେବାକୁ ଦୁଇଘଡ଼ି ବାକି ଥିବ, ଆମର ରାତ୍ରୀ ବିଶ୍ରାମଗଡ଼ ଆସିବ। ବିଶ୍ରାମ ସହିତ ମଣିମା ମହାପାତ୍ରମାନଙ୍କୁ ନିଜ ଆସନ୍ତା ପରିକଳ୍ପନାକୁ ବ୍ୟକ୍ତ କରିବାର ଅବକାଶ ପାଇବେ।” ଏମିତି ଧୀର ଆଉ ଗମ୍ଭୀର ସ୍ୱରରେ ଅନ୍ତରଙ୍ଗ ମହାପାତ୍ର ଉଚ୍ଚବ ପ୍ରକାଶ କଲେ।

ପୁଣି ଗଜପତିଙ୍କର ନିର୍ନିମେଷ ଦୃଷ୍ଟିର ଉତ୍କଣ୍ଠା ଦୂରକରିବାକୁ କହିବା ଆରମ୍ଭ କଲେ, “ମୁଁ ଆପଣଙ୍କ ସେବା ଆଉ ଦୈନନ୍ଦିନ ଆବଶ୍ୟକତା ଅନୁସାରେ ମାତ୍ର ଛଅଜଣ ମହାପାତ୍ର ବାଛି ପ୍ରସ୍ତୁତ କରିରଖିଛି। ଆମ ସାଥିରେ ରହିବେ ସନ୍ଧିବିଗ୍ରହ ମହାପାତ୍ର ସମରେଶ ବାହୁବଳେନ୍ଦ୍ର। ସମର ଆଉ ସନ୍ଧିର ପରାମର୍ଶଦାତା। ସିଏ ଓଡ଼ିଶା ସାମ୍ରାଜ୍ୟର ସନ୍ଧିବିଗ୍ରହକ ସଂଗଠନର ମୁଖ୍ୟ। ତାଙ୍କ ପାଖରେ କେବଳ ଓଡ଼ିଶା ଓ ପଡ଼ୋଶୀ ରାଜ୍ୟ ସୀମାବିବାଦ ଓ ପାରସ୍ପରିକ ସମ୍ପର୍କ ସହିତ ସମଗ୍ର ଭାରତବର୍ଷର ଆଭ୍ୟନ୍ତରୀଣ କୂଟନୀତି ଆଉ ସମରପ୍ରବଣତାର ଅଧ୍ୟୟନ ଓ ଅଭିଜ୍ଞତା ରହିଛି। ଆଜି ଆମର ଓଡ଼ିଶା ଆଉ ବିଜୟନଗର ଭିତରେ ରହିଥିବା ଗୁପ୍ତନୀତି ଯଦି ଖିଲାପ ହେଉଥିବ ଅବା ଆମ ଗଜପତି ପରିବାରର ଆଭ୍ୟନ୍ତରୀଣ କନ୍ଦଳର ଫଳ ସ୍ୱରୂପ ଆମ ଭିତରୁ କିଏ କିୟା ସ୍ୱୟଂ ଆଜିର ବିଜୟନଗର ଅଧିପତି ଲାଭ ଉଠାଇବାକୁ ଚେଷ୍ଟା କରୁଥିବେ, ଏହାର ତଦନ୍ତ ଆଉ ପ୍ରତିକାର କରିବାର ଦାୟିତ୍ୱ ରହିବ ଆମ ସନ୍ଧିବିଗ୍ରହ ମହାପାତ୍ରଙ୍କ ହାତରେ।

ନଶୁଣିଲା ପରି ମନେହେଲା ଗଜପତି। ପୁଣି ଆଉ କଣ କହିବେ ବୋଲି ଅନ୍ତରଙ୍ଗ ଉଚ୍ଚବ ମୁହଁକୁ ଚାହିଁଲେ। ଅନ୍ୟମନସ୍କ କାହିଁକି ଗଜପତି?

ପ୍ରତିରକ୍ଷା ବାବତରେ ମହାପାତ୍ର ବି ପ୍ରସ୍ତୁତ ଅଛନ୍ତି ଆମ ସାଥିରେ ଯିବାକୁ। ଭୀମ ଭୁଜବଳ ଓଡ଼ିଶାର ପ୍ରତିରକ୍ଷା ବିଭାଗର ମୁଖ୍ୟ। ଆଜି ଦିନରେ ଓଡ଼ିଶାର ଉତ୍ତର ସୀମାର ବଂଗଳା ଆଉ ବିହାର କରୁଣ ମନେହୁଏ। ପଶ୍ଚିମର ମଧ୍ୟଦେଶ ବି ସେମିତି ଶାନ୍ତ ଅଛି। ବିଗତ ଦଶନ୍ଧିରେ ଓଡ଼ିଶାର ନିୟମିତ ଦାକ୍ଷିଣାତ୍ୟ ବିଜୟ ସମ୍ବାଦ ସାରା ଦେଶରେ ଚହଳ ସୃଷ୍ଟି କରିଛି। ଓଡ଼ିଶା ନିଜର ଶକ୍ତିର ପରିଚୟ ଦେଇଛି ଏବଂ ଭାରତବର୍ଷ କାହିଁକି ସାରା ବିଶ୍ୱରେ ସର୍ବ ବୃହତ୍ ସାମରିକ ଶକ୍ତି ଭାବରେ ଆକଳିତ। ଗଜପତି ଦକ୍ଷିଣ ଭାରତରୁ ଯଦି ଗୋଡ଼ କାଢ଼ି ଉତ୍ତରକୁ ଓଡ଼ିଶା ସାମରିକ ବାହିନୀର

ଗଜଶକ୍ତିକୁ ପଲଟଣ କରିଦେବେ, ଦିଲ୍ଲୀ ବାରାଣାସୀର ସବୁ ଯବନ ଆତ୍ମରକ୍ଷା ପାଇଁ ନିଜ ଦେଶକୁ ବାହୁଡ଼ି ଯିବେ। ତାହା ବି ଭୀମ ଭୁଜବଳଙ୍କ ଭବିଷ୍ୟ ଆକଳନ।

ଭୁଜବଳ ମଣିମାଙ୍କ ସବୁ ଆଦେଶ ସମନ୍ୱୟ କରି ଦକ୍ଷିଣରେ ଓଡ଼ିଶା ସାମ୍ରାଜ୍ୟର ପରିଚ୍ଛା ଓ ସାମନ୍ତରାଜାମାନଙ୍କର ଦେୟ ଆଉ ସେମାନଙ୍କୁ ପ୍ରତିରକ୍ଷା ବାବତ ଆମର ସାମରିକ ବ୍ୟୟର ଆପେକ୍ଷିକ ଆକଳନ କରି ପ୍ରତି ଗଣ୍ଡ ରାଜ୍ୟରେ ବିବରଣୀ ପ୍ରଦାନ କରିବେ।” ଏହା କହିସାରି ଅନ୍ତରଙ୍ଗ ଉଦ୍ଧବ ମହାପାତ୍ର ଗଜପତିଙ୍କ ମନର ଭାଷା ଜାଣିବାକୁ ତାଙ୍କୁ ଚାହିଁଲେ।

ଗଜପତି ଶୁଣିଲେ କି ଅନ୍ୟମନସ୍କ ଅଛନ୍ତି, ଅନ୍ତରଙ୍ଗ ଜାଣି ପାରିଲେନି। ଗଜପତି ଜାଣିଶୁଣି ନିରବ ରହୁଛନ୍ତି କି ଅନ୍ୟମନସ୍କ ରହୁଛନ୍ତି ଏ ବିଷୟରେ ତାଙ୍କର ସଂଶୟ ଆସିଲା।

ପଚାରିଲେ ଅନ୍ତରଙ୍ଗ ଉଦ୍ଧବ, “ମଣିମା, ମୋର ଦୋଷଥିଲେ କ୍ଷମା କରିବେ। ଆମେ ସନ୍ଧିବିଗ୍ରହ ଆଉ ପ୍ରତିରକ୍ଷା ମହାପାତ୍ରଙ୍କୁ ଆମ ଦାକ୍ଷିଣାତ୍ୟ ପର୍ଯ୍ୟବେକ୍ଷଣ ନିମନ୍ତେ ଅନ୍ତର୍ଭୁକ୍ତ କରିବା କି ନାହିଁ ?”

ଗଜପତି ଅବିଳମ୍ବେ ଉତ୍ତର ଦେଲେ, “ସେମାନେ ତୁମ କଥା ମୁତାବକ ଆମ ସହିତ ଯିବେ।”

ଆଶ୍ୱସ୍ତ ହେଲେ ଉଦ୍ଧବ। ବୁଝିଲେ ଗଜପତି ଶୁଣୁଛନ୍ତି। ନଶୁଣିଲା ପରି ମନେ ହେଉଛନ୍ତି।

କହି ଚାଲିଲେ ସିଏ, “ଆମ ସାଥିରେ ବି ଯିବେ ଆଉ ଜଣେ ସନ୍ଧିବିଗ୍ରହ ମହାପାତ୍ର। ନାମ ତାଙ୍କର ଦ୍ୱାର-ରକ୍ଷକ ତ୍ରିବିକ୍ରମ ମୁକୁଟ। ତାଙ୍କର ପଦବୀ ହେଉଛି ଥାଉ-ଦ୍ୱାର ପରିକ୍ଷା। ଦେବ ମନ୍ଦିର ଓ ଭକ୍ତି ଭାବର ସକଳ ନିର୍ଣ୍ଣୟ ରହିଛି ତାଙ୍କ ପାଖରେ। ଦେବଭକ୍ତ ପ୍ରଜା ପରିଗଣନାରେ ଓଡ଼ିଶା ସବୁବେଳେ ଆଗରେ। ଯେଉଁ ଦେଶ ଦେବାଦେବୀ ଆଉ ଈଶ୍ୱରୀୟ ଶକ୍ତିର ପୂଜକ, ତାହାର ବିପରୀତ କଥାରେ ଗୁପ୍ତରେ କୁତ୍ସା ରଚନା କରୁଛି ଦକ୍ଷିଣର ବିଜୟନଗର ପ୍ରଶାସନ। ଆଜି ଜଗନ୍ନାଥ ଆଶ୍ରିତ ଓଡ଼ିଶା ନାମରେ କଳଙ୍କ ଲଗାଉଛି ସାଲୁଭା ନରସିଂହ। ତାମିଲ ରାଜ୍ୟରେ ତିରସ୍କାର ଭାଷାରେ ‘ଗଲାଭାଇ ଓଡ଼ିଯ଼ାର’। ରାଜ୍ୟ ଅଧିକାର ପରେ ବର୍ଷ ବର୍ଷ ଧରି ମନ୍ଦିରଗୁଡ଼ିକର ମରାମତି ହେଉନି, ଠାକୁର ଅପୂଜା ରହୁଛନ୍ତି। ଏମିତି କହି ସାଲୁଭା ନରସିଂହର ଦଲାଲମାନେ ତାମିଲନାଡୁରେ “ଗଲାଭାଇ ଓଡ଼ିଯ଼ାର’ ନାମରେ ଓଡ଼ିଶା ଶାସନର ଅପବାଦ କରି ବିଜୟନଗରର ଖ୍ୟାତି ବଢ଼ାଉଛନ୍ତି। ଓଡ଼ିଶାରୁ ସଂସ୍କାର ନିମନ୍ତେ ଜଣେ ମହାପାତ୍ର ସେଇ ଅଞ୍ଚଳରେ ପରିଚ୍ଛାଙ୍କର ଉପଦେଷ୍ଟା ହୋଇ ରହିଲେ, ଗଲାଭାଇ

ବୋଲି ଯେଉଁ ସଂକୀର୍ଣ୍ଣତାର ଆଶ୍ରୟ ନେଇ ବିଜୟନଗର ଓଡ଼ିଶାର ସ୍ୱାର୍ଥ ବିରୁଦ୍ଧରେ ଯାଉଛି, ତାହାର ପ୍ରତିକାର ହୋଇ ପାରିବ ।"

ତଥାପି ଗଜପତି ଶୁଣି ନଶୁଣିଲା ପରି ବସିଛନ୍ତି ।

କଥା ପୁଣି ଆରମ୍ଭ କରନ୍ତି ଅନ୍ତରଙ୍ଗ । "ଆମ ସାଥିରେ ବି ଦୁଇଜଣ ପୂଜକ ମହାପାତ୍ର ପୁରୁଷୋତ୍ତମ କ୍ଷେତ୍ରୁ ଯିବେ ।"

ଶୁଣି ଚମକି ଉଠିଲେ ଗଜପତି । ଯେମିତି ସିଏ ମନେମନେ ଖୋଜି ବୁଲୁଥିଲେ ବଡ଼ଠାକୁରଙ୍କ ସହାୟ । ତାଙ୍କର ଏହି ପ୍ରାପ୍ତ ବୟସରେ ଭଗବତ ଭକ୍ତିର ନିଦର୍ଶନ ସ୍ୱରୂପ ପୁରୁଷୋତ୍ତମଙ୍କ ସାନ୍ନିଧ୍ୟ ନିତାନ୍ତ କାମ୍ୟ । ଏଥିନେଇ ଅନ୍ତରଙ୍ଗ ଉଚ୍ଚବଙ୍କ ଆଡ଼କୁ ଚାହିଁ ରହିଲେ । ମୁଖଭଙ୍ଗୀ ମଣିମାଙ୍କର ବଦଳିଗଲା । ବାଆଁ କାନ ଡାଆଁ କାନ ବୁଲାଇଥିଲେ ଅନ୍ତରଙ୍ଗ ଆଡ଼କୁ ।

କଥା କହି ଚାଲିଲେ ଅନ୍ତରଙ୍ଗ, "ସେଇ ଦୁଇଜଣ ହେଲେ ଜଣେ ପୁରୋହିତ ମହାପାତ୍ର ଆଉ ଜଣେ ରାଜଗୁରୁ ମହାପାତ୍ର । ସେମାନେ ଗଜପତିଙ୍କର ପ୍ରତିଟି ଗଡ଼ରେ ରହିଥିବା ପୁରୁଷୋତ୍ତମ ମନ୍ଦିରରେ ଗଜପତିଙ୍କ ରହଣି ସମୟରେ ମଣିମାଙ୍କ ତରଫରୁ ବିଶେଷ ପୂଜା ଅନୁଷ୍ଠାନ ସମାପନ କରିବେ । ରହିବା ଦିନଟିଏ ବା ଅଧିକ ହେଉ, ସନ୍ନିକଟ ପୁରୁଷୋତ୍ତମ ପୂଜା ପାଇବେ । ଯେଉଁ ପୁରୋହିତ ମହାପାତ୍ର ଯିବେ, ସିଏ ହେଉଛନ୍ତି ସୁଦର୍ଶନ ରଥଶର୍ମା । ପୂଜା କର୍ମରେ ଜଗନ୍ନାଥ ମନ୍ଦିରରେ ଓଡ଼ିଶାର ଜଣେ ବିଶିଷ୍ଟ ପୁରୋହିତ । ପୁରୁଷୋତ୍ତମ ମନ୍ଦିରରେ ନିଜ ପାଲିରେ ପୂଜା ସମ୍ପନ୍ନ କରି ପୌରହିତ୍ୟର ନିଦର୍ଶନ ସୃଷ୍ଟି କରିଛନ୍ତି । ସିଏ ଆଗ୍ରହର ସହିତ ପ୍ରସ୍ତୁତ ଅଛନ୍ତି ।

ମଣିମାଙ୍କ ଆଦେଶ ଶିରୋଧାର୍ଯ୍ୟ । ନିର୍ଦ୍ଧାର୍ଯ୍ୟ କାଲରେ ସବୁ ଓଡ଼ିଶା ଗଡ଼ରେ ଜଗନ୍ନାଥ ମନ୍ଦିର ତୋଲି ପୂଜା ଓ ରଥଯାତ୍ରା ପ୍ରଚଳନ ସୁରାଛରୂପେ ସଂଗଠିତ ହେଉଛି ।

ଆଉ ରାଜଗୁରୁ ମହାପାତ୍ର ଆପଣଙ୍କ ପାଖେପାଖେ ରହିବା କଥା । କୌଣସିଟି ଧର୍ମ ସମ୍ବନ୍ଧୀୟ ସଂଶୟ ଦୂରକରିବାକୁ ଆମ ଭିତରେ ରହିବେ । ଏମିତି ଆମ ଭିତରେ କ୍ଷୁଦ୍ର ଓଡ଼ିଶାଟିର ରହିଥିବେ ବୋଲି ମୋତେ ବୋଧହେଉଛି । ମଣିମା ଏହା ବାଦ୍ ଯଦି ଆଉ କିଛି ଆଦେଶ ଦିଅନ୍ତି, ଅନ୍ତରଙ୍ଗ ଅବିଲମ୍ବେ ପାଳନ କରିବାକୁ ଅପେକ୍ଷା କରିଛି ।"

ଗଜପତି ପାଟି ଖୋଲିଲେନି । କିନ୍ତୁ ମୁଣ୍ଡ ହଲାଇ ସମର୍ଥନ କରିବା ଠାର ଦେଲେ । ଆଉ ବି ମୁଖଭଙ୍ଗୀର ପୂର୍ଣ୍ଣତା ପରିପ୍ରକାଶ ଅନ୍ତରଙ୍ଗ ଉଚ୍ଚବକୁ ଆନନ୍ଦ ଦେଲା । ଆଉ କାହାକୁ ଧଦିବାକୁ ଆବଶ୍ୟକ ପଡ଼ିଲାନି । ଗଜପତି ସନ୍ତୁଷ୍ଟ ।

କିନ୍ତୁ ଏହି ମାନସିକ ପୂର୍ଣ୍ଣତାକୁ ଅନୁସରଣ କରୁଥିଲା ଗଜପତିଙ୍କର ମାନିସକ ଆବେଗ । ମୂଲ ଓଡ଼ିଶା ଗୋଟିଏ ଅନିର୍ଦିଷ୍ଟ ପରିସ୍ଥିତିରେ ସିଏ ଛାଡ଼ିଯାଉଛନ୍ତି । ଓଡ଼ିଆ

ମାନସିକତାର ମହାମେରୁ ପ୍ରଭୁ ଜଗନ୍ନାଥଙ୍କର ଚକାଡ଼ୋଲାର ଦୃଷ୍ଟିମଣ୍ଡଳରୁ ଅପସାରିତ ହେଉଛନ୍ତି । ଆତ୍ମୀୟସ୍ୱଜନ ଆଉ ଘରଦ୍ୱାର ମନ ଭିତରେ ବାନ୍ଧିଥିବା ଚିରସ୍ଥାୟୀ ବସା ଅପେକ୍ଷା ମାନସିକ ଆଧ୍ୟାତ୍ମିକ କୋଠରୀରେ ଅଲିଭା ଦୀପପରି ଜଳିଚାଲିଥିବା ଜଗନ୍ନାଥ ଭକ୍ତି ଯେ ଆହତ ହେଉଛି, ଏହା ସହଜରେ ବାରି ହୋଇ ପଡୁଛି । ଗଜପତି ଜୀବନର ଅଷ୍ଟମ ଦଶକର ଶେଷ ଭାଗରେ ଭବିଷ୍ୟତକୁ କେତେ ଆଶାଜନକ ଦେଖିପାରୁଛନ୍ତି, ତାଙ୍କୁ ଜଣା । ଜୀବନ ସ୍ୱପ୍ନଭରା । କିଏ କାହିଁକି ଅନ୍ତ ବିଷୟ ଚିନ୍ତା କରିବ ?

ଏଇ ବୟସରେ ଭୁଲାମନ ତାଙ୍କର ସମ୍ୱେଦନଶୀଲ ହୋଇପଡିଛି । କଥାକଥାକେ କୋହ ଆଉ ଆଖିରୁ ଲୁହ ଛାଡୁନି । ମନରେ କୋହ ସମ୍ୱରଣ କରନ୍ତି ଗଜପତି ମଉଡମଣି । ପୁରୀରେ ପୁରୁଷୋତ୍ତମ ଜଗନ୍ନାଥଙ୍କୁ ଛାଡ଼ି ସିଏ ଯିବେ ଦକ୍ଷିଣକୁ । ମନରେ ଛାଡ଼ି ପାରୁନାହାନ୍ତି ଭରସା ସେଇ ବଡ଼ ଠାକୁରଙ୍କର । ସାଙ୍ଗରେ ଯାଉଥିବା ଦୁଇଜଣ ଆଧ୍ୟାତ୍ମିକ ମହାପାତ୍ର ତାଙ୍କୁ ସତତ ସେଇ ଚକାଡ଼ୋଲାର ସ୍ମରଣ କରାଇବେ ।

"କିପରି ଛାଡ଼ିବି ତୁମ ଭରସା ହେ ଜଗନ୍ନାଥ ! କାହିଁକି ଆଜି ମନରେ ଆଶଙ୍କା ଉପଜେ ହେ ମହାପ୍ରଭୁ ! ଦୂର ଦିଶେ ଦାକ୍ଷିଣାତ୍ୟ । ଏ ନୟନ ଯୁଗଳ ଫେରି ପାରିବ ତ ପୁନରାୟ ତୁମର ମୁଗ୍ଧରୂପ ଦର୍ଶନ କରିବାକୁ ? ହେ ନୟନପଥୋଗାମୀ ପ୍ରଭୁ ତୁମେ !"

କିନ୍ତୁ ଅନ୍ତରଙ୍ଗ ଉଦ୍ଧବଙ୍କ ମନରେ ଆସିଲା କିଛି ସମବେଦନା । ମଉଡମଣି ଗଜପତି ଏହି ବୟସରେ ଓଡ଼ିଶା ସାମ୍ରାଜ୍ୟର ଅର୍ଜିତ ଉଜ୍ଜ୍ୱଳ ଦକ୍ଷିଣ ସୀମାର ତତ୍ତ୍ୱାବଧାନ କରିବାକୁ ଯାଉଛନ୍ତି, ମନରେ ଆଶୁଛି ଅନେକ ଭୟ, କରୁଣା ଆଉ କୋହ । ଏହି ମହାପ୍ରାଣ କଣ ମୂଳ ମାତୃଭୂମି ଠାରୁ ଦୂରରେ ବିପଦ ବରଣ କରିବାର ସମ୍ଭାବନା ଅଛି କି ? ତାଙ୍କୁ ପଦେ କହି ନିବର୍ତ୍ତାଇବି ନାହିଁ କାହିଁକି ? ଗଜପତି ନ ଯାଆନ୍ତୁ ଦକ୍ଷିଣକୁ ।

"ନାଁ, ଅସମ୍ଭବ । ଇୟେ ଆଉ କିଏ ନୁହନ୍ତି ଯେ ନିବୃତ ହେବେ । ତଥାପି ପଦଟିଏ କହିବି ।" ଏମିତି ଅନ୍ତରଙ୍ଗ ମହାପାତ୍ରଙ୍କ ମନରେ ସାହାସ ଆସିଛି ।

ମୁଖ ଖୋଲିଛନ୍ତି ଅନ୍ତରଙ୍ଗ ଉଦ୍ଧବ, "ମଣିମା, କ୍ଷମା କରିବେ, ଆପଣଙ୍କର ଏହି ସମୟରେ ବାରବାଟୀ କଟକରେ ରହିବା ଆବଶ୍ୟକ ରହିଛି । ମୁଁ ଦୁଇଜଣ ମହାସେନାପତିଙ୍କ ସହିତ କୋଣ୍ଡାଭିଡୁ ଯାଇ ସେଠି ଅବସ୍ଥିତ ପରିଳ୍ଛା ଦକ୍ଷିଣ କପିଲେଶ୍ୱର ମହାପାତ୍ରଙ୍କ ସହିତ ସୈନ୍ୟ ପରିଚାଳନା କରାଇ କାବେରୀ କୂଳକୁ ଶତ୍ରୁମୁକ୍ତ କରିପାରିବି । ଦକ୍ଷିଣ ସୀମାରେ ଆମର ଯେତିକି ଗଜବଳ ଆଉ ପଦାତିକ ଅଛନ୍ତି, ସମଗ୍ର ଦକ୍ଷିଣାତ୍ୟରେ ବି ନଥିବେ । ତେବେ ତିନି ଚାରି ଗଡର ସାମଗ୍ରିକ ଶକ୍ତି ବାହାମନି, ବିଜୟନଗର ଆଉ କିଛି କ୍ଷୁଦ୍ର ରାଜ୍ୟଗୁଡିକୁ ପରାହତ କରିବାର ଅବକାଶ ରହିବନି ।"

ଗର୍ଜି ଉଠିଲେ ଗଜପତି ।

"କଅଣ କହୁଛ ତୁମେ ଅନ୍ତରଙ୍ଗ ମହାପାତ୍ର ! କାହିଁକି ଭାବୁଛ ଏ କପିଲେନ୍ଦ୍ର ଅସମର୍ଥ ! ଜୀବନରେ ଅଳସ କରି କେବେ ଚୁପ୍ ହୋଇ ବସିଯାଇନି ସେନାପତି କପିଲେନ୍ଦ୍ର, ଗଜପତି କପିଲେନ୍ଦ୍ର। ଯାହାର ଉପସ୍ଥିତି ପ୍ରତିଟି ଯୁଦ୍ଧର ସାମୁଖ୍ୟରେ, ସେ ଆଜି କିପରି ପଛଘୁଞ୍ଚା ଦେବ ? ବୟସ କେବେ ରାଜାର ମାନସିକତାକୁ ବୃଦ୍ଧ କରିଦିଏନି। ତୁମେ ଆଜିର ଥାଟ ସମ୍ପୂର୍ଣ୍ଣ କର, ମୁଁ ଏବେ ଦକ୍ଷିଣ ଗସ୍ତ ପାଇଁ ପ୍ରସ୍ତୁତ।"

ଅନ୍ତରଙ୍ଗ ମହାପାତ୍ର ଉଚ୍ଛବଙ୍କର ମନ ପୂରିଗଲା। ଗଜପତି ଗସ୍ତକାଳରେ ସମସ୍ତ ସୁବିଧା ରହିପାରିଲା। ସେ ନିଜେ ଆନ୍ତରିକ ଭାବରେ ଦକ୍ଷିଣ ସୀମା ଗସ୍ତ କରିବାକୁ ଆଗ୍ରହୀ। ସିଏ ଅଦ୍ୱିତୀୟ। ତାଙ୍କ ପାଇଁ କେହି ପ୍ରତିନିଧୀତ୍ୱ କରିପାରିବେନି।

ଉଚ୍ଛବ ଅଳ୍ପ କେଇ ଘଡ଼ି ମଧ୍ୟରେ ବାରବାଟୀ ଗଡ଼ ଛାଡ଼ିବାର ଆୟୋଜନରେ ବ୍ୟସ୍ତ ରହିଲେ।

ବାରବାଟୀ ଦୁର୍ଗର ଅଭ୍ୟନ୍ତର

ଜନ୍ମଭୂମିର ମଧୁର ପରଶ

ଓଡ଼ିଶା ମାଆ ଯେଉଁ କେତେଜଣ ଦେଶମାତୃକାପ୍ରେମୀ ପୁତ୍ର ପ୍ରସବ କରିଛନ୍ତି, ସେମାନଙ୍କର ରୁଧିରର ଉଷ୍ମତା ଆଉ ମନର ଭାବାବେଗ କ୍ରମରେ ସଜାଇଲେ, ଖାରବେଳ ଓ କପିଲେନ୍ଦ୍ର ସର୍ବୋଚ୍ଚ ସ୍ଥାନରେ ଏକକୁ ଆରେକ ବଳିପଡ଼ିବେ। ସେଇ କପିଲେନ୍ଦ୍ର ଜୀବନର ଶେଷ ପର୍ଯ୍ୟାୟରେ ପରିସ୍ଥିତିକ୍ରମେ ବାରବାଟୀ ଦୁର୍ଗରୁ ପ୍ରସ୍ଥାନ କରୁଛନ୍ତି। ଶରୀର ଏଇ ବୟସରେ ଜନ୍ମମାଟି ଛାଡ଼ିବାକୁ ନାରାଜ। ପୁଣି ମଣିଷ ମନଟି ପକ୍ଷୀପରି ଚଳନକ୍ଷମ ହେଲେ ହେଁ, କପିଲେନ୍ଦ୍ର ଅନୁଭବ କରନ୍ତି, ବାରବାଟୀ ଓ ପୁରୀର ଶ୍ରୀଜଗନ୍ନାଥଙ୍କୁ ପରିତ୍ୟାଗ କରି ଅନର୍ଦ୍ଧିଷ୍ଟ କାଳ ଓଡ଼ିଶା ବାହାରେ ଜୀବନ ନିର୍ବାହ କରିବା ତାଙ୍କ ପକ୍ଷେ କଦାପି ସମ୍ଭବ ନୁହେଁ। କାଳର ତାଡ଼ନାରେ ସିଏ ଆଜି ଓଡ଼ିଆ ସାମ୍ରାଜ୍ୟର ସମ୍ରାଟ ନୁହନ୍ତି, ସିଏ ସମୟର ଦାସ ଭାବରେ ମା, ମାଟି ଆଉ ସଂସ୍କୃତିକୁ ଛାଡ଼ି ଚାଲିଯିବାକୁ ବାଧ୍ୟ ହେଉଛନ୍ତି। ମନର ଆକାଶରେ ଭବିଷ୍ୟତ ଚତୁର୍ଦିଗ ଅନ୍ଧକାରାଚ୍ଛନ୍ନ ଦିଶୁଛି ତାଙ୍କୁ। ମନ ବି ଚିନ୍ତାରୁଦ୍ଧ ହେଉଛି।

ଥରଥର ହାତ। ଫଣଫଣ ମୁହଁ।

ରାଣୀମାନଙ୍କୁ ବାରଣ କରାଯାଇଛି, ସେମାନେ ବିଦାୟ ସମୟରେ ଗଜପତିଙ୍କୁ ଦେଖାକରି ପାରିବେନାହିଁ। ପାରିବାରିକ କାରଣ ଆଉ ଶୋକାକୁଳ ପରିସ୍ଥିତିକୁ ଦୂର କରିବାକୁ ସ୍ୱୟଂ ଗଜପତି ଏପରି କଠୋର ଆଦେଶ ଦେଇଛନ୍ତି।

କିନ୍ତୁ ନିରବରେ ବସି ରହିଛନ୍ତି ତକ୍ତା ଉପରେ। ସମ୍ପୂର୍ଣ୍ଣ ନୀରବରେ କଅଣ ଚିନ୍ତା କରିଚାଲିଛନ୍ତି।

ନିଜ ଚିନ୍ତାରେ ଦୋଦୁଲ୍ୟମାନ । ସମୟ ତାଙ୍କୁ ନୂତନ ପରିବେଶରେ ଉପସ୍ଥାପିତ କରିଛି, ସିଏ ଅଛ ମୁହୂର୍ତ୍ତରେ ଯେ ରାଜଧାନୀ କଟକ ଛାଡ଼ି କୃଷ୍ଣାକୂଳ ବିଜୟବାହୁଡ଼ା ବା ବିଜୟଯାତ୍ରା ଗସ୍ତ କରୁଛନ୍ତି, ଏହା ତାଙ୍କର ମନପ୍ରାଣ ସହଜରେ ଗ୍ରହଣ କରୁନାହିଁ । ଆଗକୁ ଚାହିଁଲେ, କୃଷ୍ଣାକୂଳ ମାନସଦୃଷ୍ଟିରେ ଦେଖାପଡ଼ୁଛି, କିନ୍ତୁ ଆଉ ଫେରି ଏହି ନଅରକୁ ଆସିବେ, କାହିଁକି କୁହେଲିକାମୟ ମନେ ହେଉଛି । ମନ ଅନ୍ତରରେ ଆବେଗର ସ୍ରୋତ ଏତେ ଖରଗତିରେ ପ୍ରବାହିତ ହେଉଛି, ସେ ସନ୍ଦିହାନ, ପୁନରାୟ ସ୍ୱଦେଶରେ ଫେରି ଆସିବାର ସମ୍ଭାବନା ତାଙ୍କୁ ସ୍ୱଷ୍ଟ ଭାବରେ ପ୍ରତୀୟମାନ ହେଉନାହିଁ ।

“ସତରେ କଅଣ ମୁଁ ଏଥର ବାରବାଟୀ ଛାଡ଼ି ଦାକ୍ଷିଣାତ୍ୟ ଗଲେ, ମୋର ପୁନରାୟ ଲେଉଟି ଆସିବାରେ କିଛି ଅନ୍ତରାୟ ରହିଛି ?” ଏହି ଚିନ୍ତା ଘାରୁଛି ଗଜପତିଙ୍କୁ ? ମନଟା କାହିଁକି ଘର ଧରୁନି । ବିଚଳିତ ଲାଗୁଛି ଏହିଥର ଦକ୍ଷିଣକୁ ଗସ୍ତ କଲାବେଲେ । ପୂର୍ବରୁ ଅନ୍ୟୂନ କୋଡ଼ିଏ ଥରରୁ ଅଧିକ ସିଏ ବାରବାଟୀ ଛାଡ଼ି ଦକ୍ଷିଣକୁ ଯାଇଥିବେ, ପୁଣି ରଣକ୍ଷେତ୍ରକୁ ଯାଇଥିବେ । ଏପରି ଦୁଶ୍ଚିନ୍ତା କେବେ ଆସିନଥିଲା ।

ବିପଦସଙ୍କୁଳ ବିଜୟନଗର କିମ୍ବା ବାହାମନି ସହିତ ସମର ଚାଲିଥିବା ବେଲେ ଦ୍ରୁତ ଗତିରେ ଅଶ୍ୱପୃଷ୍ଠରେ ଗମନ କରିଥିବେ । ସେତେବେଲେ ଭୟ, ଆଶଙ୍କା ଏବଂ ଆତଙ୍କର ବାତାବରଣ ରହିଥିଲା । ସବୁ ସତ୍ତ୍ୱେ ଗଜପତି କପିଲେନ୍ଦ୍ରଙ୍କ ପାଖରେ ଦୂରତା କେବେ ପ୍ରତିବନ୍ଧକ ନଥିଲା । ରାଜ୍ୟର ଯେଉଁ ଯେଉଁ କୋଣରେ ବିପଦର କିୟଦଂଶ ଭୟ ରହିଥିଲା, ସେଠାରେ ଗଜପତି ସେନା କୁଦି ପଡ଼ୁଥିଲେ । ଗଜପତିଙ୍କର ସୁଦୂର ବିଧାନାସୀ କଟକର ବାରବାଟୀରୁ ସେଠାରେ ଆବିର୍ଭାବ ଘଟୁଥିଲା । ପାଇକମାନେ ଉସ୍ସାହିତ ହୋଇ ରଣତତ୍ପର ହୋଇ ଉଠୁଥିଲେ ।

ବର୍ଷତମାମ ଓଡ଼ିଆ ସମରବିତ୍‌ମାନେ ପଡ଼ୋଶୀ ତଥା ସମୃଦ୍ଧ ରାଜ୍ୟଗୁଡ଼ିକର ସାମରିକ ଶକ୍ତିର ଆକଲନ କରି ରଣକୌଶଲ ନିର୍ଣ୍ଣୟ କରୁଥିଲେ । ଗଜପତିଙ୍କ ନିର୍ଦ୍ଦେଶରେ ଓଡ଼ିଆ ଆଟ ନିଜର ପାରମ୍ପରିକ ପଦ୍ଧତିରେ ଶତ୍ରୁ ଉପରକୁ କୁଦି ପଡ଼ୁଥିଲା । ଏ ସବୁର ମୂଲରେ ରହିଥିଲେ ଗଜପତି କପିଲେନ୍ଦ୍ର ଏବଂ ତାଙ୍କର ବ୍ୟକ୍ତିଗତ ଗୁପ୍ତଚର ବାହିନୀ । ଏସବୁ ସାମରିକ କ୍ଷେତ୍ର ପ୍ରସ୍ତୁତ କରିବାରେ ଗଜପତି କପିଲେନ୍ଦ୍ର ଆଗ୍ରହୀ ଥିଲେ ଏବଂ ତାଙ୍କର ଓଡ଼ିଶା ପାଇକବାହିନୀରେ ବୁନିଆଦି ବହୁ ପରିମାଣରେ ସଂଶ୍ଲିଷ୍ଟ କରିବାରେ ମୁଖ୍ୟ ଭୂମିକା ନିର୍ବାହ କରୁଥିଲା ।

ଆଜି କିନ୍ତୁ ଗଜପତିଙ୍କର ମନୋଭାବରେ ଏମିତି ଅଭୂତପୂର୍ବ ଆଶଙ୍କା କାହିଁକି ସୃଷ୍ଟି ହେଉଛି ? ଆଜିର ପ୍ରସଙ୍ଗ ତାଙ୍କୁ ଦକ୍ଷିଣାୟନ ପାଇଁ କାହିଁକି ନିରୁତ୍ସାହିତ କରୁଛି, ସେ ନିଜେ ବି ବୁଝିପାରୁନାହାନ୍ତି । ପୂର୍ବରୁ ସାମାନ୍ୟ ଖବର ପାଇଲେ ନଦୀନାଲ ପାହାଡ଼

ପର୍ବତ ଅତିକ୍ରମ କରି ଅବିଳମ୍ବେ କୌଣସି ଭୌଗୋଳିକ ପରିବେଶରେ ଦଣ୍ଡାୟମାନ ହୋଇପାରୁଥିଲେ ।

ଆଜିର ଅହେତୁକ ଜନ୍ମମାଟିର ଆକର୍ଷଣ କାହିଁକି ତାଙ୍କୁ ବାଧା ଦେଉଛି ? ସିଏ ନିଜେ ବୁଝିପାରୁନାହାନ୍ତି ଏହି ମାଟି କାହିଁକି ଏବେ ତାଙ୍କୁ ସମ୍ବେଦନଶୀଲ କରିପକାଇଛି । ମନରେ ସୃଷ୍ଟି ହେଉଛି ଚିରବିଦାୟର କରୁଣ ଚିତ୍ର ଏବଂ ସମଗ୍ର ଇତିହାସ ପରିକ୍ରମା କରୁଛି ତାଙ୍କର ସ୍ମରଣ କକ୍ଷରେ । ଏହି ମାଟିର ବାସ୍ନା, ଏହି ପାଣି ପବନ ଆଉ ସଂସ୍କୃତି ସବୁ ମୁହୁର୍ମୁହୁଃ ସୃଷ୍ଟି କରୁଛନ୍ତି ଆକର୍ଷଣ । ସତରେ କଅଣ ସେ ଛାଡ଼ି ଯାଉଛନ୍ତି ଚିର କାଳକୁ ?

ମାତୃଭୂମିରେ ଷଡ଼ରତୁର କ୍ରୀଡ଼ା ତାଙ୍କ ମନରେ ତୋଲୁଛି ବସନ୍ତର ଅପୂର୍ବ ଶୋଭା ଏବଂ ଓଡ଼ିଶାରେ ଆମ୍ବକ ରତୁର ଆଦର । ବରଷାରେ ଭିଜିଯାଉଥିବା ସବୁଜ ବନାନୀ ତାଙ୍କ ମନଗହନରେ ପ୍ରାକୃତିକ ଆହ୍ଲାଦନା ସୃଷ୍ଟି କରୁଛି । ହେମନ୍ତ ରତୁର ହଲଦିଆ ଶସ୍ୟଭରା ଧାନକ୍ଷେତ ମନରେ ଆଣୁଛି ପ୍ରାଚୁର୍ଯ୍ୟର ଆଶ୍ୱସ୍ତି । ନିଜର ମାଟିକୁ ସିଏ ରକ୍ତ ବଦଳରେ ଶସ୍ୟଶ୍ୟାମଳା କରିପାରିଛନ୍ତି ବାହୁବଳରେ । ସେହି ପୁଷ୍ଟ ଜନ୍ମମାଟିକୁ ସବୁଦିନ ପାଇଁ ଛାଡ଼ି ଚାଲିଯିବାର ଆଶଙ୍କା ତାଙ୍କ ମନର ନିଭୃତ କୋଣରେ ପ୍ରତିରକ୍ଷାମ୍ଲକ କରିପକାଉଛି । ଆଖି କୋଣରେ ଲୋତକ ଉଛୁଳି ଉଠୁଛି ।

“ନା, ମୁଁ ମୋ ଜନ୍ମମାଟି ଚିରକାଳ ପାଇଁ ଛାଡ଼ି ଯାଇପାରିବିନି !” ଏମିତି କୋହ ଆସୁଛି ଶଙ୍କାକୁଳ ସନ୍ଦେହୀ ମନର କୌଣସି ସମ୍ଭାବନାରେ । ଏଇ ଓଡ଼ିଶା ରାଷ୍ଟ୍ରକୁ ଭକ୍ତିଭାବପୂର୍ଣ୍ଣ କରିବାକୁ ପ୍ରଭୁ ଶ୍ରୀଜଗନ୍ନାଥ କେତେ ଇଙ୍ଗିତ ଦେଇଛନ୍ତି । ତାଙ୍କ ଲୀଳା କେତେଗୁଣରେ କେତେ ଆଦରରେ ଏବେ ବିବର୍ଦ୍ଧିତ ହୋଇଛି । ନିଦାଘ ଗ୍ରୀଷ୍ମ ପ୍ରବାହରେ ପ୍ରଭୁ ଚାପ ଖେଲୁଛନ୍ତି ନରେନ୍ଦ୍ରରେ । ପ୍ରଭୁ ଜଗନ୍ନାଥ ପ୍ରତି ଓଡ଼ିଆର ଆଦର୍ଶ ଏବଂ ତାଙ୍କର ଲୀଳା ସାମାଜିକ ଭାବରେ ପ୍ରତି ଓଡ଼ିଆକୁ ସ୍ୱତନ୍ତ୍ର ଭାବରେ ଜୀବନ ନିର୍ବାହ କରିବାକୁ ପ୍ରବର୍ଦ୍ଧନା ଦିଅନ୍ତି । ଭକ୍ତିପୂତ ଓଡ଼ିଆ ପ୍ରାଣ ନିନାଦିତ ହୋଇ ଉଠେ ପ୍ରଭୁଙ୍କର ଦୈନନ୍ଦିନ ଲୀଳାଖେଳାରେ । ଅସୀମ କାଳରୁ ଓଡ଼ିଆ ମାନସିକତାରେ ସମର୍ପଣ ଭାବ ସୃଷ୍ଟି କରି ଏହି ଜାତିର ବିଶେଷତ୍ୱ ଗଢ଼ି ତୋଳିଛନ୍ତି ସେଇ ଅନନ୍ତ ଶକ୍ତି ।

“ସେଇ ଜଗନ୍ନାଥ ପ୍ରଭୁଙ୍କ ପାଖରୁ ଚିରକାଳ ପାଇଁ ବିଦାୟ ନେଇ ମୋ ଶରୀରକୁ ଦକ୍ଷିଣ ସୀମାକୁ ମୁଁ ବୋହିନେବାକୁ ଇଚ୍ଛା ହେଉନି, ମୋର ମନପ୍ରାଣ ଏହିଠାରେ ରହିଯିବ ।” ଏମିତି ଅଜଣା ଶିହରଣରେ କାକୁସ୍ଥ ହୋଇପଡ଼ୁଛନ୍ତି ଗଜପତି ମଉଡ଼ମଣି । ଦୀର୍ଘ ତିରିଶ ବର୍ଷରୁ ଉର୍ଦ୍ଧ୍ୱ ହେଇଗଲାଣି ଛେରା ପହଁରା । କେବେ ବର୍ଷଟିଏ ବି ବାଦ ପଡ଼ିନି । ଗୁଣ୍ଠିଚା ଯାତ୍ରାରେ ରଥରେ ପ୍ରଭୁଙ୍କ ସେବା । ସେଇ ଭକ୍ତିଭାବ ମନରେ ଯେଉଁ

ବାରବାଟୀ ଦୁର୍ଗ ଫାଟକ

ଗଭୀର ନିଷ୍ଠା ଏବଂ ଆକର୍ଷଣ ସୃଷ୍ଟି କରିଛି, ତାଙ୍କୁ କିପରି ଭୁଲିପାରିବେ କପିଲେନ୍ଦ୍ର! ରଥଯାତ୍ରାର ଘଣ୍ଟଧ୍ୱନୀ ମନରେ ତାଙ୍କର ତୋଳିଦେଉଛି ପ୍ରକୃତିର ଶୂନ୍ୟତା ପାଖରେ ସମର୍ପଣ। ଦୁନିଆକୁ ଜୀବଦାନର ସୌଭାଗ୍ୟ ପାଇ ସେଇ ଶୂନ୍ୟ ଶକ୍ତି ପାଖରେ ନିଜକୁ ଉତ୍ସର୍ଗ। ଓଡ଼ିଶା ରାଷ୍ଟ୍ରର ଭାଗ୍ୟର ଉଦୟ ଘଟିଛି ପ୍ରଭୁଙ୍କର ଲୀଳାଭୂମି ଭାବରେ। ଗଜପତି ତାଙ୍କର ସେବକ, ରାଉତ। ସେହି ରାଉତ କିପରି ଛାଡ଼ି ଚାଲିଯିବ ବହୁଦୂରକୁ ଯେଉଁଠୁ ଫେରିବାର ଅନ୍ତରାୟ ହେବ କାଳ!

ଅଜଣା କୌଣସି ଦୁର୍ଯୋଗ ତାଙ୍କ ଭବିଷ୍ୟତକୁ ପ୍ରତିରୋଧ କରୁଛି। ଆଶା କରିପାରୁ ନାହାନ୍ତି ପୁନରାୟ ବାରବାଟୀକୁ ଫେରି ପାରିବେ ବୋଲି। ଏଇ ମାଟିକୁ ଛାଡ଼ି ଯିବାକୁ ଆଦୌ ଆନ୍ତରିକତା ନାହିଁ।

କିଛି ସମୟ ବ୍ୟବଧାନରେ ଶୁଣିଲେ ତାଙ୍କର ପ୍ରିୟ ଅମାତ୍ୟ ଗୋପୀନାଥ ମହାପାତ୍ର ତାଙ୍କର ଦର୍ଶନାର୍ଥୀ। ଅନ୍ତରଙ୍ଗ ଉଚ୍ଛବ ବୈରାଗଞ୍ଜନ ତତ୍‍କ୍ଷଣାତ ଅମାତ୍ୟଙ୍କୁ ଯଥାମାନ୍ୟ ସ୍ୱାଗତ କରି ଗଜପତିଙ୍କ ପାଖକୁ ପାଛୋଟି ଆସିଲେ।

ଗୋପୀନାଥ ମହାପାତ୍ର ଗଜପତିଙ୍କୁ ଯଥାମାନ୍ୟ କରି ତାଙ୍କ ବିଷଣ୍ଣ ବଦନକୁ ଚାହିଁ କହିଲେ, "ମଣିମା ଆଜି ମୁଁ ଦୁନିଆର ଗୋଟିଏ ବିଚିତ୍ର ଦୃଶ୍ୟ ଦେଖୁଛି। ଯାହା ଆଖିରେ ଅଶ୍ରୁ ନାହିଁ ବୋଲି ଜଗତ ଜାଣିଛି, ତା ମୁହଁରେ ଆଜି ଲୋତକର ଧାର।

ଜୀବନ ଯାହାର ରଣଭୂମିରେ ବିତିଛି, ରୁଧିର ତାହାର ଅଶ୍ରୁ। ତରବାରି ଯାହାର ନ୍ୟୁନତମ ଅସ୍ତ୍ର, ହୃଦୟରେ ଯାର କୋପାନଳ ତାହାର ନେତ୍ରରେ ଅଶ୍ରୁ ଶୋଭାପାଏନା।"

ନିରବ ରହିଗଲେ ଗଜପତି। କିଛି ବି ଉତ୍ତର ଦେବାକୁ ପ୍ରସ୍ତୁତ ନୁହନ୍ତି।

ପୁନରାୟ କହି କହିବା ଆରମ୍ଭକଲେ ଅମାତ୍ୟ ଗୋପୀନାଥ, "ଆମ ପାଗା ଗୋପୀନାଥପୁର ଜଗନ୍ନାଥ ମନ୍ଦିରରେ ମଣିମାଙ୍କ ଦାକ୍ଷିଣାତ୍ୟ ଗସ୍ତ ସଫଳ ହେବାପାଇଁ ପୂଜାଧ୍ୱଜା ଚାଲିଛି। ଗଜପତି ବହୁଦିନ ପରେ ଦୂର ଗସ୍ତ କରୁଛନ୍ତି, ତାଙ୍କର ସୁସ୍ଥ ଦକ୍ଷିଣାୟନ ପାଇଁ ଜଗନ୍ନାଥଙ୍କ ପାଖରେ ସମସ୍ତେ ପ୍ରାର୍ଥନା କରିଛନ୍ତି।"

କିନ୍ତୁ କପିଲେନ୍ଦ୍ର ମୁହଁ ଖୋଲିଲେ। କହିଲେ, "ଆମ ପିଢ଼ିର ସମସ୍ତ କାର୍ଯ୍ୟ ସମ୍ଭବତଃ ସରିଯାଉଛି। ମୁଁ ନିଜର ଭାର ହସ୍ତାନ୍ତର ପଦ୍ଧତିରେ ଅସୀମ ସମସ୍ୟାର ସମ୍ମୁଖୀନ ହେବାକୁ ବସିଲିଣି। ଓଡ଼ିଶା ରାଷ୍ଟ୍ରର ମୁଖ୍ୟ ସ୍ୱୟଂ ପ୍ରଭୁ ଶ୍ରୀଜଗନ୍ନାଥ। ତାଙ୍କର ଇଙ୍ଗିତରେ ଓଡ଼ିଶାର ଗଜପତି ମନୋନୀତ ହୁଅନ୍ତି। ଏହି ଭକ୍ତିର ଅନ୍ତ ଘଟିଛି ମୋ ପରିବାରରେ ଏବଂ ଆମ ରାଜ୍ୟର ମାନସିକତାରେ।"

"ବିଚିତ୍ର ରାଜବଂଶର ଉତ୍ତରାଧିକାରୀ ନିର୍ଣ୍ଣୟ। ଯେ ପର୍ଯ୍ୟନ୍ତ ମଣିଷ ମନରେ ଲୋଭ ରହିଥିବ, ରାଜଗାଦି ଲୋଭୀମାନଙ୍କ ହାତକୁ ଯିବ। ପ୍ରକୃତ ପ୍ରଥା ବା ଅନୁସୃତ ପ୍ରଣାଳୀ ଧ୍ୱସ ପାଇଯିବ। ଜଗନ୍ନାଥ ଓଡ଼ିଶା ରାଷ୍ଟ୍ରର ନାୟକ। ତାଙ୍କର ସ୍ୱପ୍ନାଦେଶ କିଏ ବା ଅମାନ୍ୟ କରିବ ?" କହିଚାଲିଛନ୍ତି ଅମାତ୍ୟ ଗୋପୀନାଥ ମହାପାତ୍ର।

"ବହୁତ କଷ୍ଟକର ରାଜାଘରେ ଉତ୍ତରାଧିକାରୀ ନିର୍ଣ୍ଣୟ। କଅଣ ଘଟୁଛି ଆମ ସମୟରେ ରାଜପୁତାନାର ମେୱାର ରାଜ୍ୟରେ ଆମ ଓଡ଼ିଶା ଗୁପ୍ତଚର ଖବର ଦେଇଛି କାଲି ରାତିରେ। ମେୱାରରେ ଭାଇ ବା ପୁଅ ଗାଦିସୀନ ଭାଇ ବା ବାପାଙ୍କୁ ଅକାଳରେ ଆତତାୟୀ ଭାବରେ ଗୁପ୍ତହତ୍ୟା କରି ରାଜଗାଦି ଲାଭ କରିବା।

"ମୁ ଶୁଣିଛି ରାଜପୁତାନାର ମେୱାର ଆଉ ଚିତୋର ଗଡ଼ ବିଷୟରେ। ଜାଣିଛି ସେମାନେ ବି ବିଜାତୀୟ ଶାସକଙ୍କ ଉପରେ କୁଦିପଡନ୍ତି। ସେମାନେ ବି ମାଲୱା ସୁଲତାନଙ୍କୁ ଧୂଲି ଚଟାଇପାରୁଛନ୍ତି।" କଥାର ପ୍ରସଙ୍ଗ ବଦଲାଇଲେ ଗଜପତି।

ଅମାତ୍ୟ ଗୋପୀନାଥ ବିସ୍ତାରିତ ନୟନରେ ବଖାଣିବା ଆରମ୍ଭ କଲେ, "ମଣିମା ଜାଣିଛନ୍ତି, ଇତିହାସ ବଡ଼ ବିଚିତ୍ର। ଦୁନିଆରେ ଜଣେ ଦ୍ୱିତୀୟ କପିଲେନ୍ଦ୍ର ବି ଦେଖିବାକୁ ମିଳନ୍ତି ମୂଳ କପିଲେନ୍ଦ୍ର ଓଡ଼ିଶା ରାଷ୍ଟ୍ରେ ଥାଇ !"

ଆଶ୍ଚର୍ଯ୍ୟଜନକ ଖବର ଦେଲେ ଅମାତ୍ୟ ଗୋପୀନାଥ ମହାପାତ୍ର। କିଛି ଗଜପତିଙ୍କ ମୁଖରୁ ଶୁଣିବା ପୂର୍ବରୁ କହିଚାଲିଲେ ଗୋପୀନାଥ, ଓଡ଼ିଶାର ଗଜପତି ଶାସନଭାର ଗ୍ରହଣ କଲେ କପିଲାଭ ଅୟମାରମ୍ଭରେ (୧୪୩୪ ସାଲ)। ସେହି ବର୍ଷରେ

ମେଢ଼ାରର ଦାୟିତ୍ୱ ନେଲେ ରଣା କୁମ୍ଭ (ରଣା କୁମ୍ଭକର୍ଣ୍ଣ)। ସେଠାରେ ରଣ କୁମ୍ଭ ଆତ୍ମରକ୍ଷା ଅବା ଆକ୍ରମଣ କରିଛନ୍ତି ବିଦେଶୀ ଶାସକଙ୍କ ବିରୁଦ୍ଧରେ। ଗୁଜରାଟ ଆଉ ମାଲୱା ବିପକ୍ଷରେ ଏବଂ କୃତକାର୍ଯ୍ୟ ହୋଇଛନ୍ତି।

"ଆଉ ଛାମୁ ଦୁଇଟି ସୁଲତାନ ନୁହେଁ, ନିଜର ସମସାମୟିକ ବଙ୍ଗର ଇଲିୟାସ୍ ସାହି ସୁଲତାନ, ଜଉନ୍‌ପୁର ସୁଲତାନ, ବାହାମନି ସୁଲତାନ ଓ ମାଲୱା ସୁଲତାନଙ୍କ ପାଖରେ ପ୍ରତିରକ୍ଷା ପାଇଁ ନୁହେଁ ସେମାନଙ୍କୁ ପ୍ରତ୍ୟକ୍ଷ ଆକ୍ରମଣ କରି ଗଙ୍ଗାରାଜ ଲାଙ୍ଗୁଲା ନରସିଂହଙ୍କର ଭାବମୂର୍ତ୍ତି ପ୍ରଲମ୍ବିତ କରିଛନ୍ତି। ବିଶାଳ ରାଜ୍ୟ ଶାସନକରୁଥିବା ମୁସଲମାନମାନଙ୍କୁ ଏମିତି ଆକ୍ରମଣ କରିଛନ୍ତି, ସେମାନେ ସ୍ମରଣଶକ୍ତି ଥିବା ଯାଏ ଓଡ଼ିଶା ଆକ୍ରମଣ ମନରେ ନଧରିବେ।

"ଆଉ ଛାମୁ, ଏତିକି ସାମଞ୍ଜସ୍ୟ ନୁହେଁ, ରଣା କୁମ୍ଭ ସତେ କି ମଣିମାଙ୍କର ଯମଜ ଭ୍ରାତା! ସିଏ ବି ସଙ୍ଗୀତ ନୃତ୍ୟ ପ୍ରିୟ ଆଉ ତାଙ୍କର ଧାର୍ମିକ ବିଶ୍ୱାସ ଜଣେ ଦେବ ପ୍ରତିମା ନିମିଥ। ଛାମୁ ଯେପରି କହନ୍ତି ନିଜେ ଜଗନ୍ନାଥଙ୍କ ରାଉତ, ସେପରି ରଣା କୁମ୍ଭ ବି କହନ୍ତି ସେ ଏକଲିଙ୍ଗଜୀଙ୍କର ଦିୱାନ।"

ଗଜପତି ତାଙ୍କର ଜଣେ ସମଦଶା ସମ୍ପନ୍ନ ରଣା ଅଛନ୍ତି ବୋଲି ଆଶ୍ୱସ୍ତ ହେଲେ। ତଥାପି ରଣା ବି ତାଙ୍କ ପରି ଉତ୍ତରାଧିକାରୀ ମନୋନୀତ କରିବାରେ ବିଫଳ ହେଉଥିବା ବୋଲି ସନ୍ଦେହ ପ୍ରକଟ କରିଛନ୍ତି। କଅଣ ବା ଓଡ଼ିଶା ଇତିହାସରେ ଘଟିବାକୁ ଯାଉଛି, ନାରାୟଣଙ୍କୁ ଗୋଚର ବୋଲି ଆସ୍ତିସୂଚକ ଭାବି ଦୀର୍ଘ ନିଶ୍ୱାସ ନେଲେ। ଏବେ ଗଜପତି ଏବଂ ଅମାତ୍ୟ ଗୋପୀନାଥ ମହାପାତ୍ର କିଛି ଗୋପନୀୟ କଥା ହେବା ପରେ ଗଜପତି ନିଜେ ଦକ୍ଷିଣପଥରେ ଯାତ୍ରା କରିବାର ଯାହା କିଛି ଦୈନନ୍ଦିନ ଘଟୁଛି ସେ ସବୁ କର୍ଣ୍ଣ ପାତି ଶୁଣିନେବା ବିଧେୟ ବୋଲି ଆଶାସଞ୍ଚାର କରୁଛନ୍ତି।

ଦକ୍ଷିଣମୁହାଁ ଗଜପତି ବାହିନୀ

ପରଦିନ ଭୋଅର। କୁହୁଡ଼ିଆ ଶୀତୁଆ ସକାଳ। ସୂର୍ଯ୍ୟୋଦୟ ଦୃଶ୍ୟମାନ ନ ହେଲେ ବି ଫରଚା ବେଳରୁ ବାହାରିଲାଣି ଗଜପତିଙ୍କର ଦକ୍ଷିଣ ଥାଟ। କଟକ ବାରବାଟୀ ଛାଡ଼ିବା ପରେ ଏକାମ୍ର ସନ୍ନିକଟ ରାସ୍ତା। ଦକ୍ଷିଣକୁ ଗତିକଲେ ଏକାମ୍ର, କୃତ୍ତିବାସ ମହାଦେବଙ୍କର ମନ୍ଦିର, ଆହୁରି ଦକ୍ଷିଣକୁ ଅନେକ ଦୂରରେ ମହୋଦଧି ଏବଂ ଶ୍ରୀଜଗନ୍ନାଥ ମନ୍ଦିର।

ଏହି ରାସ୍ତାରୁ ତାଙ୍କର ଗତିପଥ ପଶ୍ଚିମକୁ ଏବଂ ତା ପରେ ଦକ୍ଷିଣକୁ। ଏହିଠାରୁ କୃତ୍ତିବାସ ମହାଦେବଙ୍କୁ ଯୋଡ଼ହସ୍ତରେ ପ୍ରଣିପାତ କରିଦେଲେ ଗଜପତି। ଗତକାଲି ପରି ସ୍ମୃତିଚାରଣ ହେଉଛି ତାଙ୍କର। ଦିନେ ସମସ୍ତଙ୍କ ଦୃଷ୍ଟିର ଅନ୍ତରାଲରେ କଟକ ସହରର ଗୋପୀନାଥ ମହାପାତ୍ର ଆଉ ପୁରୀର କାଶୀନାଥ ମହାପାତ୍ର ଅନେକ କେତେ ମାନ୍ୟଗଣ୍ୟ ପାତ୍ରମନ୍ତ୍ରୀଙ୍କ ସମାବେଶରେ ଏହି କୃତ୍ତିବାସ ମନ୍ଦିର ବେଢ଼ା ମଧ୍ୟରେ କପିଲେନ୍ଦ୍ରଙ୍କୁ ଓଡ଼ିଶାର ରାଜଗାଦିରେ ବସାଇ ନିରବ ଦର୍ଶକ ହୋଇଯାଇଥିଲେ। ଏକଥା ତ ପ୍ରଘଟ ହେଲାଣି, ସେମାନେ ଜାଣିଥିଲେ ସେନାଧ୍ୟକ୍ଷ ଭାବରେ କୌଣସି ବିପଦ ଆସିଲେ ତାହା ନିର୍ଦ୍ଦ୍ୱନ୍ଦ୍ୱରେ ସମାହିତ ହେବ। ତାହା ହିଁ ଘଟିଲା। ଶେଷ ଗଙ୍ଗରାଜ ନିଜ ନିଷ୍ଫଳ ଦକ୍ଷିଣ ରାଜମହେନ୍ଦ୍ରୀ ସୀମା ଉଦ୍ଧାର କାର୍ଯ୍ୟରୁ ଆଉ ବାରବାଟୀ ଫେରିଲେ ନାହିଁ, ଗୁଡ଼ାରି କଟକ ଠାରେ ଆତ୍ମଗୋପନ କରି ରହିଗଲେ।

କାଲି ପରି ଲାଗୁଛି, ବତ୍ରିଶ ବର୍ଷ ଆଖି ପିଛୁଲାକେ ଅନ୍ତର୍ଦ୍ଧାନ ହୋଇଗଲା। କିନ୍ତୁ ଏକାମ୍ର ସ୍ମରଣକୁ ଆସିଲେ ସବୁବେଳେ ସେହି ଗୋପନ ସିଂହାସନ ଆରୋହଣ ବିଷୟ ମନରେ ଅଗ୍ରାଧିକାର ପାଇଥାଏ, ହୃଦୟ ପୁଲକିତ ହୁଏ।

ଏହି ଦୂରରୁ ପରମ ଆରାଧ୍ୟ ଶ୍ରୀ ଜଗନ୍ନାଥଙ୍କୁ କରପତ୍ର ଯୋଡ଼ି ପ୍ରଣାମକଲେ ଗଜପତି। ନିଜେ ମହାନଦୀର ବନ୍ୟା ସ୍ରୋତପରି ସମୟର ପ୍ଲାବନରେ ଭାସିଯାଉଥିବା ପରି ମନେକରି ଆଉ ଥରେ ସେଇ ଚକ୍ରତୀର୍ଥ ବାଲିରେ ପାଦଦେବାର ସୌଭାଗ୍ୟ ଲାଭ କରିପାରିବାରେ ସନ୍ଦିହାନ ହୋଇପଡ଼ିଲେ। ମନରେ ସୁଦୃଶ୍ୟ ହୋଇ ଉଠିଲା ଚକାଆଖି। କିନ୍ତୁ ସେଇ ଆଖି ଦୁଇଟି ପୂର୍ବବତ୍ ନିର୍ନିମେଷ ଦୃଷ୍ଟିରେ ଦେଖୁନାହାନ୍ତି, ଚାହିଁଛନ୍ତି ସହାନୁଭୂତିରେ ଦୟା ଓ ଅନୁକମ୍ପା ଭରା ଦୃଷ୍ଟିରେ।

ଗଜପତି କପିଲେନ୍ଦ୍ର ନିଜର ଭକ୍ତି ବଳରେ ଶ୍ରୀଜଗନ୍ନାଥଙ୍କର ପରମଭକ୍ତ ହେବାର ମାନସିକତା ରଖିଛନ୍ତି। ସିଏ କେତେଜଣ ଗଙ୍ଗ ନୃପତିମାନଙ୍କ ପରି ଶ୍ରୀଜଗନ୍ନାଥଙ୍କୁ ଓଡ଼ିଶାର ସର୍ବମୟ କର୍ତ୍ତା ଭାବରେ ଦର୍ଶାଇ ନିଜକୁ ଜଣେ ରାଉତ, ପରମ ସେବକ ଭାବରେ ଅଭିହିତ କରିଛନ୍ତି। ସେହି ଠାକୁର ମହାରାଜାଙ୍କର ସମସ୍ତ ବିଧିବିଧାନ ତ ଓଡ଼ିଶା ଶାସନର ପ୍ରାଥମିକତା, ତାଙ୍କର ସମସ୍ତ ଆଦେଶ, ସ୍ୱପ୍ନାଦେଶ ଅଲଙ୍ଘନୀୟ।

ଦି'ଧାର ଲୋତକ ଝରି ପଡ଼ିଲା ପ୍ରଭୁ କାହିଁକି ସହାସ୍ୟ ବଦନରେ ତାଙ୍କୁ ନଚାହିଁ ସମ୍ବେଦନଶୀଲ ହୋଇଛନ୍ତି? ମନର ଚିନ୍ତା ସୃତାଖିଅ ପରି ଅଲିଆ ହେବାକୁ ଲାଗିଲା। ଅନେକ ସମୟ ମଗ୍ନ ରହିଥିବା ସେହି ଭାବନା ତାଙ୍କର ଅଶ୍ୱଚାଳିତ ଯାନଟି ଖଣ୍ଡଗିରି ସନ୍ନିକଟ ପାହାଡ଼ିଆ କ୍ରମୋଚ ପଥରେ ଗତି ହ୍ରାସ ହେବା ଦ୍ୱାରା ଅସ୍ୱସ୍ତ ହେବାକୁ ଲାଗିଲା। ନିରବ ହୋଇ ଚତୁଷ୍ପାର୍ଶ୍ୱସ୍ଥ ବନାନୀକୁ ଚାହିଁ ଚାହିଁ ଗଜପତି ଅନତିଦୂରରେ ପାଇକମାଳ ଅତିକ୍ରମ କରିଚାଲିଛନ୍ତି।

ମାଳ ମାଳ ଖୋରଧା ପ୍ରଗଣାର ବସତି। ତାଙ୍କ ବିଶାଳ ଗଜପତି ବାହିନୀର ମେରୁଦଣ୍ଡ। ସାମୟିକ ଭାବରେ ଅଶ୍ୱଚାଳକକୁ ଆଦେଶ ଦେଲେ ନିମିଷେମାତ୍ର ଏଠାରେ ଯାନଟି ଅଟକାଅ। ତାପରେ ଭୂମିରେ ପଦାର୍ପଣ କଲେ ଗଜପତି।

ନିଜେ ହାତରେ ମୁଠାଏ ମାଟି ଆଣି ନିଜ ମସ୍ତକରେ ସ୍ପର୍ଶ କରାଇ କହିଲେ, ଏହି ମାଟି, ଏହି ସ୍ଥାନର ପାଣି ପବନ ବୃକ୍ଷଲତା ଓଡ଼ିଶା ରାଷ୍ଟ୍ରର ରକ୍ତଧାରକୁ ସମୃଦ୍ଧ କରୁଛି। ଗଜପତିଙ୍କର ଭାବନା ଆସିଲା, "ସେଇ ସମୃଦ୍ଧିରେ ଅତୀତ, ବର୍ତ୍ତମାନ ଓ ଭବିଷ୍ୟତ ଆମକୁ ଦିଗ୍‍ବିଜୟୀ କରିପାରିଛି। ମୁଁ ଗର୍ବ କରେ, ଏହି ପଦାତିକ ଓ ସୈନିକ ବସ୍ତିର ଜଣେ ଅଧିବାସୀ ବୋଲି ମନେକରେ। ପ୍ରତିଟି ସମରରେ ଅନୁଭବ କରେ ଏଠିକାର ଜନରାଶିକୁ ମୁଁ ଆକର୍ଷିତ କରି ରଣପ୍ରାଙ୍ଗଣକୁ ଟାଣି ଆଣିପାରୁଛି। ବିଜୟର ଧ୍ୱଜା ଧାରଣ କରନ୍ତି ଏହି ପଦାତିକ, ଏହି ପାଇକ। ବିଜୟ ସେମାନଙ୍କର ରୁଧିରର ଉଷ୍ଣତା ଏବଂ ମାନସିକ ଉନ୍ମାଦନାର ପ୍ରତୀକ। ସେମାନେ ନିର୍ଭୟ, ମୃତ୍ୟୁଞ୍ଜୟ ସଞ୍ଜୀବନୀ ମନ୍ତ୍ରରେ ସଂକଳ୍ପିତ। ଜଣେ ପାଇକ କେବେ ଜୀବନ ହରାଏନାହିଁ। ଧର୍ମକ୍ଷେତ୍ର

ସମରପ୍ରାଙ୍ଗଣରେ ଗୋଟିଏ ଜୀବନ ହରାଇଲେ, ସେହି ପାଇକ ବସ୍ତିରୁ ଧାଇଁ ଆସନ୍ତି ଅସଂଖ୍ୟ ତରୁଣ ଯୋଦ୍ଧା। ଜୀବନ ଏଠାରେ ପାଣି ଫୋଟକା ନୁହେଁ, ସମୟ ଜଳସ୍ରୋତରେ ସହସ୍ର ପାଣି ଫୋଟକା ଓ ସହସ୍ର ଜୀବନର ଉସ୍ଥ। ସ୍ରୋତର ଶକ୍ତି ହିଁ ସାମରିକତା।

"ବୀରଭୋଗ୍ୟା ବସୁନ୍ଧରା! ଏହି ବୀରପ୍ରସୂ ପାଇକମାଳ ଗଜପତି ବାହିନୀର ସର୍ବାଙ୍ଗ ପରିପୁଷ୍ଟ କରି ଦେଶରେ ସାମର୍ଥ୍ୟର ଲାଲ ବିଜୟୀ ଧ୍ୱଜା ଉଚ୍ଚ କରି ରଖିପାରିଛି। ପାଇକ ନାମ ଶୁଣିଲେ ଶତ୍ରୁ ଶିବିରରେ ଆତଙ୍କ ସୃଷ୍ଟି ହୁଏ। ଅତି ହିଂସ୍ର ଡିଆଁ ବାଘ ହୋଇପାରେ ଆଗୁଆଣି ଥାଟର ଢେଙ୍କୁଆ ଦଳ ଅବା ଲକ୍ଷ୍ୟସିଦ୍ଧ ହୋଇପାରନ୍ତି ଧାନୁକି ଧନୁର୍ଦ୍ଧାରୀମାନେ।"

ଗଜପତି ଏଠାରେ ଭୂମିସ୍ପର୍ଶ କରି ଉତ୍‌ଫୁଲ୍ଲିତ ହେଲେ। ଆହ୍ଲାଦିତ ହୋଇଗଲା ମନପ୍ରାଣ ତାଙ୍କର। ବିଷଣ୍ଣ ମନରୁ ପ୍ରଶାନ୍ତିର ଅଙ୍କୁରୋଦ୍‌ଗମ ହେଲା। କ୍ଷଣିକ ଭାବରେ

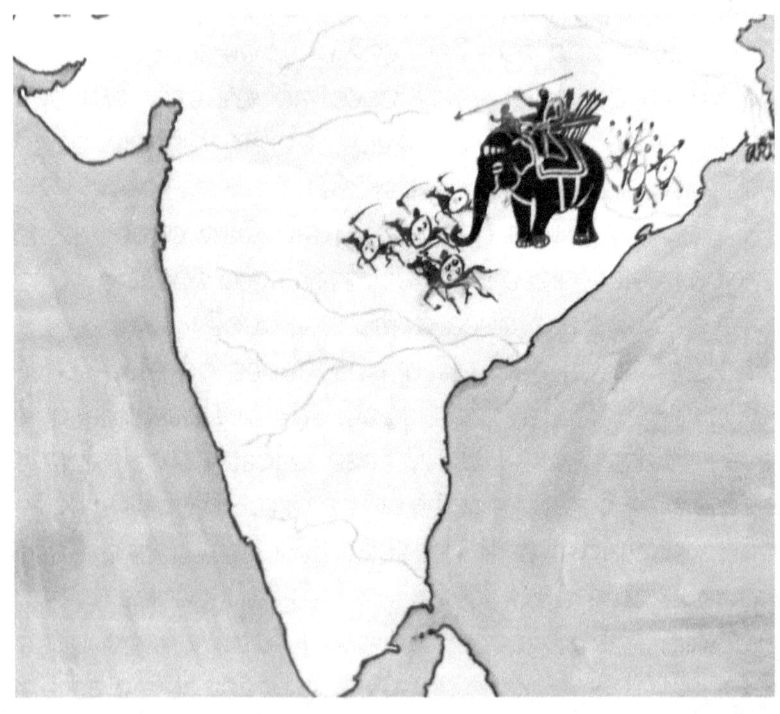

ଯୁଦ୍ଧକାଳରେ ଗଜପତିଙ୍କର ଦକ୍ଷିଣାୟନ

ପାସୋରି ପକାଇଲେ ନିଜର ଗୃହକନ୍ଦଲ। ଜୀବନରେ ବିଶାଳ ଚଳନ୍ତି ଶକ୍ତିର ଧାରକ ହେବାରେ ସମର୍ଥ କରିଥିବା ଭୂମି ତାଙ୍କୁ ଅପୂର୍ବ ଆନନ୍ଦ ପ୍ରଦାନ କଲା।

ପୁନରାୟ ଉପବିଷ୍ଟ ହେଲେ ନିଜ ଅଶ୍ୱଚାଳିତ ଯାନରେ। ଚିଲିକା ଆଡ଼କୁ ମୁହାଁଇ ଚାଲନ୍ତି ବରୁଣେଇ ଅତିକ୍ରମ କରି। ସନ୍ନିକଟରେ ଅନ୍ତରଙ୍ଗ ଉଦ୍ଧବ ମହାପାତ୍ର। ଘୋଡ଼ାସୱାର ଆଗରେ ବସି ଘୋଡ଼ାଦୁଇଟିକୁ କହିଚାଲିଛନ୍ତି, ବେଲକୁ କାନରେ ବି କହି କହି ଚାଲିଛନ୍ତି। ଧୀରେ ଚାଲୋ, ରାଜାଙ୍କୁ ଆରାମରେ ନେଇ ଚାଲୋ। ଡିପ ଖାଲ ଦେଖି ଚାଲ। ରାସ୍ତାର ବାଧା ରାଜାଙ୍କୁ ନ ଆସୁ। ରାଜା ନିଦରେ ଶୋଇ ନାହାନ୍ତି। କିନ୍ତୁ ସୁପ୍ତବତ୍ ନିରବ। ନୂଆ କିଛି ଚିନ୍ତା କରୁଥିବା ଜଣାଯାଉଛି। ରାସ୍ତା ଗଜପତିଙ୍କ ପାଇଁ ଏଗୁଡ଼ିକ କିଛି ନୂଆ ନୁହେଁ, ବୃକ୍ଷଲତା ମୋଡ଼ ବାଙ୍କ ସବୁ ଦେଖି ଦେଖି ପୁରୁଣା ହୋଇଯାଇଛି।

ପଛରେ ଆସୁଛନ୍ତି ପଛୁଆଣୀ ଦଳ। ଅନେକଗୁଡ଼ିଏ ହାତୀ ଆଉ ପଦାତିକ। ଅନେକ ଦୂରରେ ଅଛନ୍ତି ସେମାନେ। ଡଗରାକୁ ଅନୁସରଣ କରି କିଛି ଦୂରତ୍ୱରେ ଅନୁଗମନ କରନ୍ତି ଗଜପତି ଦଳକୁ।

ବାରବାଟୀ ଦୁର୍ଗରୁ ପ୍ରସ୍ଥାନ ବେଳେ ଗୋଟିଏ ପଦ ଶୁଣାଇ ଦିଆଯାଇଛି ଯାତ୍ରାର ଗନ୍ତବ୍ୟ ସ୍ଥଳ ବିଷୟରେ – ତୁରିତ ଛତ୍ରଗଡ଼, ତାପରେ କଳିଙ୍ଗାପାଟଣା। ଗଜପତିଙ୍କ ସହିତ ସାମରିକ ଆଉ ସୁରକ୍ଷା ସହଯାତ୍ରୀମାନେ କଳିଙ୍ଗାପାଟଣା ଗଡ଼ ପର୍ଯ୍ୟନ୍ତ ଯିବାର ନିଷ୍ପତ୍ତି। ସେମାନେ ଅଧିକ ତଥ୍ୟ ଜାଣିବା ଅନାବଶ୍ୟକ ହୁଏ।

ପାଞ୍ଚଜଣ ମହାପାତ୍ର ରାଜାଙ୍କ ପାଖେ ପାଖେ ଅଶ୍ୱ ଉପରେ ବସି ଅଶ୍ୱଚାଳିତ ଯାନର ଗତି ସହିତ ତାଲ ମିଳାଇ ଯାଉଛନ୍ତି। ସମସ୍ତେ ଧବଳ ପୋଷାକରେ ଆଚ୍ଛାଦିତ। ଓଡ଼ିଶାରେ ଅମାତ୍ୟମାନେ ହିଁ ମହାପାତ୍ର। ଗଜପତିଙ୍କର ବ୍ୟକ୍ତିଗତ ମହାପାତ୍ର ହିଁ ଅନ୍ତରଙ୍ଗ ମହାପାତ୍ର। ଆଜି ସେହି ଅନ୍ତରଙ୍ଗ ହେଉଛନ୍ତି ଉଦ୍ଧବ ବୈରୀଗଞ୍ଜନ ମହାପାତ୍ର। ଅନ୍ୟ ପାଞ୍ଚଜଣ ହେଉଛନ୍ତି ସନ୍ଧିବିଗ୍ରହ ମହାପାତ୍ର; ପ୍ରଶାସନିକ, ପୁରୋହିତ ଆଉ ରାଜଗୁରୁ ମହାପାତ୍ର। ଦକ୍ଷିଣରେ ଗୋଦାବରୀ ଉତ୍ତରର ସମସ୍ତ ଓଡ଼ିଶା ରାଜ୍ୟ ସମ୍ପୂର୍ଣ୍ଣ ଓଡ଼ିଶା ଶାସନାଧୀନ। ଓଡ଼ିଶାର ପରିଚ୍ଛାମାନେ ଖଜଣା ଅସୁଲ କରନ୍ତି। ଗୋଦାବରୀର ଦକ୍ଷିଣ ଦିଗରେ ଅଧିକୃତ କୃଷ୍ଣା ଓ କାବେରୀର ଉଭୟ ଉତ୍ତର ଓ ଦକ୍ଷିଣ ଦିଗର ରାଜ୍ୟଗୁଡ଼ିକ ଶକ୍ତ ଓଡ଼ିଆ ସାମରିକତା ଆଚ୍ଛନ୍ନ ଗଡ଼ଗୁଡ଼ିକ ଦ୍ୱାରା ପରିଚାଳିତ। ଏଗୁଡ଼ିକର ଓଡ଼ିଶା ରାଜକୋଷକୁ ଦେୟ ନିର୍ଦ୍ଦିଷ୍ଟ ବାର୍ଷିକ ମୁଦ୍ରାରେ ମୂଲ୍ୟାୟିତ। ଏହି ଦୁଇପ୍ରକାର ରାଜ୍ୟର ସାମୟିକ ପ୍ରଶାସନ, ହସ୍ତାନ୍ତର ଓ ଲୋକସମ୍ପର୍କ ନିମିତ୍ତ ଏତେ ସଂଖ୍ୟକ ଓଡ଼ିଶାର ମନ୍ତ୍ରୀ ବା ମହାପାତ୍ର ସହିତ ଯାତ୍ରା କରନ୍ତି ଗଜପତି।

ରାସ୍ତାରେ ଅନ୍ତରଙ୍ଗ ମହାପାତ୍ର ଗଜପତିଙ୍କ ସହିତ କିଛିଟା ସାନ୍ତ୍ୱନାମୂଳକ

ବାର୍ତ୍ତାଲାପ କରି ତାଙ୍କ କାନରେ କିଛି କହି କହି ଚାଲିଛନ୍ତି । ଗମ୍ଭୀର ଗଜପତିଙ୍କ ବଦନ କେତେବେଳେ ଦୁଃଖରେ ଫୁଲିଉଠୁଛି । ବେଳେବେଳେ ଫୁଲିଯାଇଥିବା ଆଖିରୁ କେଇ ଟୋପା ଲୁହ ଝରି ପୁଣି ଶୁଖିଯାଉଛି । ଦିନ ଦୁଇଟାରେ ଗଜପତି ଦଶବର୍ଷର ଅଧିକ ବାର୍ଦ୍ଧକ୍ୟ ଆଦରିନେବା ପରି ବୋଧ ହେଉଛି ।

ଅନେକ ସମୟପରେ ଚିଲିକାକୂଳର ବନ୍ଦର ବସ୍ତି ପାଖରେ ପହଞ୍ଚିଗଲେଣି । ଏଠି ରହିଛି ଓଡ଼ିଶାର ଗୋଟିଏ ପୁରାତନ ଅଶ୍ୱଶାଳ । ରାସ୍ତାରେ ଯିବାବେଳେ ଦୀର୍ଘ ଯାତ୍ରାରେ ଅବଶ ଘୋଡ଼ା ଓ ହାତୀମାନଙ୍କୁ ଏଠି ଖାଦ୍ୟ ମିଳିବାର ପ୍ରୟୋଜନ ରହିଛି । ଏହି ସମୟରେ ଗୋଟିଏ ପ୍ରଶ୍ନ ପଚାରିବାକୁ ଉହୁଙ୍କି ପଡିଛନ୍ତି ଅନ୍ତରଙ୍ଗ ଉଦ୍ଧବ ।

ଧୀର ସ୍ୱରରେ ପଚାରନ୍ତି ରାଜାଙ୍କ କାନରେ, "ମଣିମା ଓଡ଼ିଶା ଅଧିକୃତ କର୍ଣ୍ଣାଟର ଗଡ଼ଗୁଡିକ କଅଣ ବିପଦରେ ?"

ମାତ୍ର ନିରବ ରହିଲେ ଗଜପତି । ମୁଖମଣ୍ଡଳରେ କିଛି ନବୁଝିପାରିବା ଆବେଗ ଆଉ ହତାଶା ଭାବ ଦେଖିପାରୁଥିଲେ ବୈରୀଗଞ୍ଜନ ।

କେତେ ସମୟ ପରେ ଗଜପତି ବିତସ୍ତହ ହେବା ଢଙ୍ଗରେ କହିଲେ, "ମୋର ମନର ସମସ୍ତ ଗଡ଼ ଭାଙ୍ଗି ଚୁରମାର ହୋଇଯାଇଛି । ନିଜ ମନର ଗଡ଼ ସିନା ଶକ୍ତ ରହିଲେ ବାହାର କୋଉ ଗଡ଼ର କଥା ଉଠିବ !"

ଅନ୍ତରଙ୍ଗ ଆଶ୍ୱାସନା ଦେଇ କହିଲେ, "ମଣିମା, ଆପଣଙ୍କୁ ମୁଁ କଅଣ ବୁଝାଇବି ? ମଣିମା କାହାକୁ ମନ୍ତ୍ରଣା ନକରି ନିଜ ବିବେକ ଅନୁସାରେ ନିଷ୍ପତ୍ତି ନିଅନ୍ତି । ଆଜି ଦିନରେ ଆପଣଙ୍କ ନିଷ୍ପତ୍ତି ଯଥାର୍ଥ । ସମୟ ଏହାକୁ ପ୍ରମାଣ କରିବ । ଆପଣ ମନ ଊଣା କରନ୍ତୁ ନାହିଁ !"

ଗଜପତି ତତ୍କ୍ଷଣାତ୍ ନାହିଁ ନାହିଁ ବୋଲି ମୁଣ୍ଡ ହଲାଇ ସୂଚିତ କଲେ ଏବଂ କହିଲେ, "ସବୁବେଳେ କଅଣ ମଣିଷ ବିବେକବାନ୍ ହୋଇପାରେ ?"

ଶୁଣୁଛନ୍ତି ଉଦ୍ଧବ ।

"କଅଣ ଦଶରଥଙ୍କ କାମନାରେ ରାମଚନ୍ଦ୍ର ସିଂହାସନରେ ବସିପାରିଲେ ?"

ଉଦ୍ଧବ ଉତ୍ତର ଦେଲେ, "ଠାକୁର ଯେତେବେଳେ ମନ୍ଥରା ପରି ମାନସିକତାକୁ ପ୍ରଶ୍ରୟ ଦିଅନ୍ତି, ମଣିଷର କାମନା କିପରି ପଥଭ୍ରଷ୍ଟ ନ ହେବ ?"

ଗଜପତିଙ୍କ ମନ ଛୁଇଁଲା ।

କହିଲେ, "ସତେ ତ ! ଅନ୍ତରଙ୍ଗ ତୁମର ନିର୍ଣ୍ଣୟ ଆପାତତଃ ସତ । ମୋ ନବରରେ କିଏ ଜଣେ ନିଶ୍ଚିତ ମନ୍ଥରା ରହିଛି । ନଚେତ୍ ମୁଁ ଚାହୁଁଥିବା ମୋର ଦକ୍ଷ ଜ୍ୟେଷ୍ଠ ସନ୍ତାନଙ୍କୁ ଆଡ଼େଇ ସାତ ସାନ ପୁରୁଷୋଉତମକୁ କାହିଁକି ରାଜଗାଦି ଦେବାର ସ୍ୱର ଉଠାଇଥାଆନ୍ତି ?"

ବୈରୀଗଞ୍ଜନ କିଛି କହିବାକୁ ଚାହୁଁଥିଲେ। ସେଇ ମର୍ମର କଥା ଗଜପତିଙ୍କୁ ଯନ୍ତ୍ରଣାଦାୟକ ହେବ ବୋଲି ସିଏ ନିରବ ରହିଗଲେ।

ଗଜପତି କହିଲେ, "ଆଗକୁ ଚାଲ। ରାସ୍ତାରେ ବିଲମ୍ବ କରିବାନି। ଯାହା ତ ଘରେ ହେଲା। ଏବେ ଦକ୍ଷିଣରେ କଣ୍ଟ ସାଧୁଛି ସାଲୁଭା ନରସିଂହ। ବର୍ଷଟାଏ ହେବ ତାହାରି ଉତ୍ପାତରେ ଆମର କୋଣ୍ଡଭିଡୁ ଆଉ ଦକ୍ଷିଣାଞ୍ଚଳର ଉଦୟଗିରି ଓ ଚନ୍ଦ୍ରଗିରିର ଓଡ଼ିଆ ସାର୍ବଭୌମତ୍ୱ ବିପନ୍ନ ହୋଇଛି।"

ଅନ୍ତରଙ୍ଗ ମହାପାତ୍ର ଅନୁଭବ କରୁଛନ୍ତି, ଥାଟ ଚିଲିକା ପାର ହୋଇଗଲାଣି। ବେଳ ରତ ରତ ହେଲାଣି। ଶୀତଦିନ। ଆଉ ବେଶୀ ଦୂର ଯାଇହେବନି। ସନ୍ଧ୍ୟା ପୂର୍ବରୁ ଯେମିତି ହେଲେ ଛତ୍ରଗଡ଼ ଛୁଇଁବାକୁ ହେବ। ନହେଲେ ଗଜପତିଙ୍କୁ କେଉଁଠାରେ ଚଲାଇ ହେବନି।

ଧୀର ମିଞ୍ଜାସରେ ଅନ୍ତରଙ୍ଗ ମହାପାତ୍ର ଘୋଡ଼ା ସଇସକୁ କହିଲେ, "ତୁମର ଦାୟିତ୍ୱ ସନ୍ଧ୍ୟା ପୂର୍ବରୁ ଆମକୁ ଛତ୍ରଗଡ଼ ଗଜପତି ନିବାସରେ ପହଞ୍ଚିବାକୁ ହେବ।"

ଘୋଡ଼ା ସଇସ ପଶ୍ଚିମ ଦିଗରେ ସୂର୍ଯ୍ୟଦେବଙ୍କ ସ୍ଥିତି ଲକ୍ଷ୍ୟକରି ନିଜର ଗତି ଟିକିଏ ଦ୍ରୁତ କରିଦେଇ କହିଲା, "ଆମେ ପହଞ୍ଚିଯିବା। ଗଜପତିଙ୍କର ଏହି ଥାଟ ତାଙ୍କ ଆଦରର। ଜୀବନରେ କେତେ ଅସମୟରେ ତାଙ୍କୁ ସମର ପ୍ରାଙ୍ଗଣରେ ପଦସ୍ଥାପନ କରିବାକୁ ସୁଯୋଗ ଦେଇଛି। କେବେ ବା ସୁଦୂର କଲବର୍ଗା ବା ବାହାମନି ରାଜ୍ୟରୁ ବଙ୍ଗ ସୀମାର ମାଦାରନ୍ ଦୁର୍ଗକୁ ଫେରି ବଙ୍ଗନବାବଙ୍କୁ ପ୍ରତ୍ୟୁତ୍ତର ଦେବାକୁ ଧାଇଁ ଆସିଛି। ଆଜି ତ ଅଛ କେଇ କୋଶ ବାଟ ଅତିକ୍ରମ କରିବାକୁ ଅଛି। ପୁଣି ପ୍ରତିବର୍ଷ ଆରମ୍ଭରେ ଅକ୍ଷୟ ତୃତୀୟା ଦିନ ଗଜପତି ନିଜ ଆଦରର ଏହି ଥାଟରେ ଓଡ଼ିଶାର ସବୁଠାରୁ ଶକ୍ତିଶାଳୀ ଦୁଇ ଅଶ୍ୱକୁ ବାଛି ନିଯୋଜିତ କରିବାର ପରମ୍ପରା ରଖୁଛନ୍ତି।"

ଅନ୍ତରଙ୍ଗ କିଛି କହିବାକୁ ଯାଉଥିଲେ। ଗଜପତିଙ୍କର ମୁହଁକୁ ଲକ୍ଷ୍ୟକଲେ। ଦେଖିଲେ ସିଏ ଚିନ୍ତାଶୂନ୍ୟ ଭାବରେ ଦୃଷ୍ଟିଚାଳନ କରୁଛନ୍ତି। ସଇସ ଆଡ଼କୁ ଚାହିଁ ଅନ୍ତରଙ୍ଗ ମହାପାତ୍ର କହିଲେ, ପ୍ରତିଟି କାର୍ଯ୍ୟ ସମ୍ପାଦନରେ କିପରି କୌଣସି ବାଧା ନଆସିବ, ଗଜପତି ସେଇଭଳି ସାମର୍ଥ୍ୟ ଉପନ୍ନ କରିବାର ମସୁଧା କରନ୍ତି। ସେଇ କାରଣରୁ ଯେତିକି ବିଶାଳ ଓଡ଼ିଆ ସମର ବାହିନୀ ଜୀବନକାଳରେ ଉଜ୍ଜୀବିତ କରି ରଖୁଛନ୍ତି, ତାଙ୍କର ସମ୍ପୃକ୍ତି ସେତିକି ସାମରିକତାରେ ହିଁ କଟିଛି। ଦୀର୍ଘଦିନର ପ୍ରତ୍ୟକ୍ଷ ତତ୍ତ୍ୱାବଧାନରେ ନିଜର ସାମରିକ ଶକ୍ତିର ସଂଗଠନ କରି ପାରିଛନ୍ତି। ବିଶାଳ ଗଜବାହିନୀର ଦୂରଦୃଷ୍ଟି ସହ ପରିଚାଳନା ଚାତୁରୀ ବିଶ୍ୱର କେବଳ ଜଣଙ୍କ ପାଖରେ ସନ୍ନିବେଶିତ। ସେଇ ସମରଦକ୍ଷତା ଗତବର୍ଷ ସୁଦ୍ଧା ଅପରିକଳ୍ପନୀୟ ହୋଇ ରହିଥିଲା,

ଆଜି କିଛିଟା ଅନ୍ତର୍ନିହିତ କାରଣରୁ ବିଜୟନଗରର ନବୀନ ନୃପତି ସାଲଭା ନରସିଂହ ପାଇଁ ଛିଦ୍ର ସୃଷ୍ଟି କରିପାରିଛି । ଗଜପତି ଦିନ କେଇଟା ଘରଚିନ୍ତାରେ ଘାରି ହେଉଥିବା ସମୟରେ ଗୁପ୍ତଚରମାନଙ୍କର ସତର୍କବାଣୀକୁ ଗୁରୁତ୍ୱ ଦେଇପାରି ନାହାନ୍ତି ବୋଲି ବାଘ ଘରେ ମିରିଗିନାଟ ଚାଲିଛି ।

ସଇସ ସବୁ ଶୁଣି ତାକୁ କିଛି ନୂଆ ଲାଗୁ ନଥିଲେ ବି ଚକିତ ହେଉଥିଲା । ସିଏ ଜୀବନରେ ବହୁ ସମୟ ଗଜପତିଙ୍କ ସାନ୍ନିଧ୍ୟରେ ରହିବାର ସୁଯୋଗ ପାଇଛି । ଏତେ ବଡ଼ ପ୍ରତାପୀ ରାଜା ଯେ ତା ପାଖରେ ଦୀର୍ଘ ତେତିଶ ବର୍ଷ ଅଛନ୍ତି, ସେ ନିଜକୁ ଧନ୍ୟ ମାନେ କରୁଥିଲା । ସ୍ୱୟଂ ଗଜପତିଙ୍କର ଦୃଷ୍ଟିର ସମୀପରେ ସେ ଅଶ୍ୱଚାଳନାରେ ବ୍ୟସ୍ତ । ଯାହା ବି ଆସୁଛି, ଅନ୍ତରଙ୍ଗ ମହାଶୟଙ୍କୁ ପାଟି ଖୋଲି କହିବାକୁ, ପାଟି ଖୋଲୁନାହିଁ ।

ସୂର୍ଯ୍ୟଦେବ ତଳକୁ ଖସୁଛନ୍ତି । ଛତ୍ରଗଡ଼ ପାଖେଇ ଆସିଲାଣି । ଛତ୍ରଗଡ଼ ପୂର୍ବରୁ ଯେଉଁ ନଦୀଟି ଆସେ ତା ଧାର ବି ପତଳା ହୋଇଯାଇଛି । ଏହିବାଟରେ ଯା' ଆସ କରି କରି ସଇସର ନଦୀ ପାଣିର ଗଭୀରତା ଉପରେ ଅଭିଜ୍ଞତା ଆସିଯାଇଛି । ବର୍ଷାଦିନେ ନଦୀ ପାର ହେବାପାଇଁ ଏକ କାଠର ପୋଲଗଡ଼ା ହୋଇଛି । କାର୍ତ୍ତିକ ମାସ ସରି ମାର୍ଗଶିର ଆରମ୍ଭ ହୋଇଛି, ପାଣି ଖସି ଆସିଲାଣି । ଯାନଟି ଅଳ୍ପ ପାଣିରେ ନଈପାରି ହେବାରେ କୌଣସି ଅସୁବିଧା ହେବନି ।

ନଦୀ ପାର ହେବାରେ କୌଣସି ଅସୁବିଧା ହେଲାନି । ନଦୀ ପାର ହୋଇ ସଇସ ଆଶାବାନ ହୋଇଛି, ସେମାନେ ସଫଳ ଅନତିଦୂରରେ ଛତ୍ରଗଡ଼ ଗଜପତି ନିବାସରେ ପହଞ୍ଚିଯିବେ । ସତକୁ ସତ ମୁହଁ ଅନ୍ଧାର ହେବା ପୂର୍ବରୁ ସେମାନେ ନିବାସରେ ପହଞ୍ଚିଯାଇଛନ୍ତି ଆଉ ମହାରାଜାଙ୍କୁ ଅପେକ୍ଷମାଣ ରାଜକର୍ମଚାରୀମାନେ ସ୍ୱାଗତ ସମ୍ବର୍ଦ୍ଧନା ସହିତ ତାଙ୍କର ବିଶ୍ରାମକକ୍ଷକୁ ଘେନି ଯାଇଛନ୍ତି ।

ସମସ୍ତ ମହାପାତ୍ରମାନେ ଛତ୍ରଗଡ ନିବାସରେ ପହଞ୍ଚିଗଲେଣି । ଅନ୍ତରଙ୍ଗ ମହାପାତ୍ର ସମସ୍ତଙ୍କର ରାତ୍ରୀଯାପନ ବ୍ୟବସ୍ଥା ବୁଝାଇଦେବା ପରେ ସମସ୍ତେ ଗଜପତିଙ୍କୁ ଭେଟିଛନ୍ତି । ଗଜପତି ପୂର୍ବବତ୍ ସେତିକି ବ୍ୟସ୍ତ ବିବ୍ରତ ଦେଖାଯାଉଛନ୍ତି । ମୁହଁରୁ ତାଙ୍କର ହସ ଲିଭିଯାଇଛି । ପାଟିରୁ କଥା ବାହାରୁନାହିଁ ।

ଏହି ସମୟରେ ଉତ୍ତର ସୀମାରୁ ଜଣେ ଡଗରା ତାଙ୍କୁ ଦେଖାକରିବାକୁ ଆସିଛି । ମଣିମାଙ୍କର ଅନୁମତି ନେଇ ବଙ୍ଗଳା ସୀମାନ୍ତର ମନ୍ଦାରନ୍ ଦୁର୍ଗର କିଛି ଖବର ପ୍ରକାଶ କରିବାକୁ ଟିକିଏ ଦୋଦୋପାଞ୍ଚ ହେଉଛି । ଅନ୍ତରଙ୍ଗ ମହାପାତ୍ର ଏହାର କାରଣ ବୁଝିପାରି ସ୍ୱସ୍ତ କରିଦେଲେ, "ଏଠାରେ ଗଜପତିଙ୍କ ସହିତ ତାଙ୍କର ବିଶ୍ୱସ୍ତ ଛଅଜଣ ମହାପାତ୍ର ଅଛନ୍ତି । କିଛି ଦ୍ୱିଧା ନକରି ସମସ୍ତ ବୃତ୍ତାନ୍ତ କହିଦିଅ ।"

ଡଗରା କହିଲା, ‘‘ମୋର ନାଁ ଧରଣୀ ଉତ୍ତରକବାଟ। ଗଜପତି ମଣିମା ମୋତେ ଗୁପ୍ତଚାକିରି ପାଇଁ ଶପଥ କରାଇଥିଲେ, ଦେଶ ସ୍ୱାର୍ଥରେ ମୁଁ କାମ କରିବି ଆଉ ବିଶ୍ୱସ୍ତ ହୋଇରହିବି। ସେଇ ଦୃଷ୍ଟିରୁ ଅନୁଭବ କଲି, ପ୍ରକୃତ ଗୁମ୍ଫର ଓଡ଼ିଶାର ଉତ୍ତର ସୀମାନ୍ତ ମାନ୍ଦାରନ୍‌ରେ କଅଣ ହେଉଛି, ତାହା ତାଙ୍କୁ ଅଗୋଚର। ମାନ୍ଦାରନ୍‌ ଠାରେ ଆମ ଓଡ଼ିଆ ପାଇକମାନେ ଶତ୍ରୁପକ୍ଷ ଆଜିକାର ବଙ୍ଗ ସୁଲତାନ ରୁକ୍‌ନୁଦ୍ଦିନ୍‌ ବାରବାକ୍‌ଙ୍କର ସେନାଠାରୁ ବହୁ ବଳବାନ୍‌। ତା ସତ୍ତ୍ୱେ ଆମକୁ ପଛଘୁଞ୍ଚା ଦେବାକୁ ପଡ଼ିଲା। ଏହାର କାରଣ ଆସ୍ତେ ଆସ୍ତେ ପ୍ରଘଟ ହେଉଛି। ଆଜିର ଗଜପତିଙ୍କର ଉତ୍ତର ସୀମାର ମୁଖ୍ୟ ସେନାନାୟକ ଶତ୍ରୁପକ୍ଷ ସେନା ଆଉ ସ୍ୱୟଂ ରୁକ୍‌ନୁଦ୍ଦିନ୍‌ଙ୍କର ସେନାପତିର ମିତ୍ର ହୋଇଛି। କିଛିଟା ଭିତିରି କାରବାର ହୋଇଥିବା ଅସମ୍ଭବ ନୁହେଁ। ଆମର ସମରବାହିନୀ ବିନା ଯୁଦ୍ଧରେ ବିନା ପ୍ରତିରୋଧରେ ବିଗତ କୋଡ଼ିଏ ବର୍ଷର ଦଖଲ ଗୌଡ଼ରାଜ୍ୟର ଅଂଶରୁ ଛତ୍ରଭଙ୍ଗଦେଇ ପଛକୁ ଫେରିଆସିବା ରହସ୍ୟମୟ ମନେହେଉଛି। ଆମ ନିଜପକ୍ଷର ଅବିଶ୍ୱାସୀ ତଥା ଅର୍ଥଲୋଭୀ ପିପାସୁ ମାନଙ୍କଦ୍ୱାରା ଏପରି ଜଘନ୍ୟ କାର୍ଯ୍ୟ ସମ୍ପାଦିତ ହୋଇଛି।’’

ଏତିକି ଶୁଣିବାକ୍ଷଣି ଗଜପତି କ୍ରୋଧରେ ଥରିବାକୁ ଲାଗିଲେ। କିଛି ସମୟ ନିରବ ରହିବାପରେ କହିବାକୁ ଆରମ୍ଭକଲେ, ‘‘ମୁଁ ଗୋଟିଏ ଗୁମ୍ଫର ଓଡ଼ିଶା ସମରବାହିନୀ ଗଠନ କରିବାର ପରିକଳ୍ପନା ନେଇଥିଲି। ବିଶ୍ୱାସ ବଳରେ ସେନାବାହିନୀର ଆନୁଗତ୍ୟ ମୋର ପ୍ରାଥମିକତା। ଏହାର ସୁଫଳ ଯାହା ଫଳିଛି, ଓଡ଼ିଶାର ସମୃଦ୍ଧି ଓ ପରାକ୍ରମ କେବଳ ଭାରତ ଦେଶରେ ନୁହେଁ, ସମଗ୍ର ଜଗତରେ ପ୍ରତିପାଦିତ କରେ।

‘‘ମୋର ପରିବାରର ଆଭ୍ୟନ୍ତରୀଣ କନ୍ଦଳରେ ମୁଁ କିଞ୍ଚିକାଳ ଜଡ଼ିତ ହୋଇ ନିରବ ରହିବାର ଫଳ ହେଲା। ଓଡ଼ିଶାର ଉତ୍ତର କବାଟ ଭାଙ୍ଗିପଡ଼ିଲା। ଯବନ ମାନ୍ଦାରନ୍‌ ଦୁର୍ଗ ଦଖଲ କଲେ। ଯେପର୍ଯ୍ୟନ୍ତ ମାନ୍ଦାରନ୍‌ ଆମ ହାତରେ ଥିଲା, ଏହା ଯବନ ଶତ୍ରୁମାନଙ୍କୁ ଦୂରେଇ ରଖିଥିଲା। ଏଠାରେ ଓଡ଼ିଆ ସୀମାରକ୍ଷୀମାନେ ବିଗତ କୋଡ଼ିଏ ବର୍ଷ ଯବନଙ୍କୁ ରନ୍‌ଭଣ୍ଡାର ଲୁଣ୍ଠନ କଅଣ ଓଡ଼ିଶାରେ ପଶିବାକୁ ଦେଇନାହାନ୍ତି। ଯବନ ଭୟ ଯାହା ଆଗରୁ ସୀମାନ୍ତ ଓଡ଼ିଶା ଲୋକ ଆଶଙ୍କା କରୁଥିଲେ, ତାହା ଦୂରୀଭୂତ ହୋଇଯାଇଥିଲା। ଆମେ ଏହି ଭୟ ପାସୋରି ପକାଇଛୁ। ଜଗନ୍ନାଥଙ୍କର ସୁନାବେଶ ବଡ଼ଦାଣ୍ଡରେ ସମସ୍ତଙ୍କର ସାମନାରେ ପ୍ରଦର୍ଶନ କରିବା ଏହି ନିର୍ଭୟର ନମୁନା ଥିଲା। କିନ୍ତୁ ଆଜି ଆଉ ସେ ପରିବେଶ ରହିବନାହିଁ କି ଆମେ ନିଃଶଙ୍କ ଭାବରେ ସୁନାବେଶ ପରିଚାଳନା କରି ପାରିବାନାହିଁ।

ଗଜପତିଙ୍କ କାନରେ ପଡ଼ିଗଲା ଗୁଢ଼ ରହସ୍ୟ। ଉତ୍ତର ସୀମାରେ ଶକ୍ତି ଅନୁପାତରେ କେବେ ଯେ ରୁକ୍‌ନୁଦ୍ଦିନ ବାରବାକ୍‌ କଅଣ, ଦିଲ୍ଲୀ ବାଦ୍‌ସାହ ସୈନ୍ୟବଳ

ଆସିଥିଲା, ଅନ୍ତତଃ ଦଶ ପନ୍ଦରଦିନ ଯୁଦ୍ଧ କରିବାକୁ ଶକ୍ତି ଓଡ଼ିଶା ହାତରେ ରହିଛି ବାରବାକ୍ କିଛି ନକରି ଓଡ଼ିଶାର ଅଭିଜ୍ଞ ସ୍ଥାନିତ ସୈନ୍ୟବାହିନୀ ପଛଘୁଞ୍ଚାଦେଲା। ଏ ବିଷୟ ଗଜପତି କେବେ ଚିନ୍ତା ବି କରି ନଥିଲେ। ନିଜେ ମୁହଁ ଆଡ଼େଇଲେ ଏଣେ ଘର ଢିଙ୍କି କୁମ୍ଭୀର ହୋଇଯାଉଛି, ନିଜ ସେନାପତି ବିଶ୍ୱାସଘାତକ ହୋଇଯାଉଛି। ସବୁଠାରେ ସବୁବେଳେ ସତର୍କଦୃଷ୍ଟିର ଆବଶ୍ୟକତା ରହିଛି।

ଏହି ସମୟରେ ପୁରୋହିତ ମହାପାତ୍ର ଛତ୍ରଗଡ଼ର ସଂଲଗ୍ନ ଜଗନ୍ନାଥ ମନ୍ଦିରରେ ସମସ୍ତ ଆରତି ବ୍ୟବସ୍ଥା ଯୋଗାଡ଼କରି ଛାମୁରେ ପ୍ରାର୍ଥନା କଲେ ମନ୍ଦିର ଗମନ କରିବାପାଇଁ।

ସେଠିକିରେ ଛାମୁଙ୍କର କ୍ରୋଧର ଅବସାନ ଘଟିଲା। ଜଗନ୍ନାଥଙ୍କ ନାମରେ ଗଜପତି କପିଲେନ୍ଦ୍ର ନିଜର ସମସ୍ତ ଦୁଃଖ ପାସୋରିପକାନ୍ତି। ଏହି ଚାରି ଅକ୍ଷରର ଶବ୍ଦରେ ସିଏ ନିଜର ଚେତନାକୁ ସମ୍ପୂର୍ଣ୍ଣ ଧୌତ କରିଦିଅନ୍ତି। ସେଇ ଠାକୁର ସବୁ ଦେଇଛନ୍ତି ବୋଲି ତାଙ୍କର କୋମଳମନ ଆହୁରି ତରଳିଯାଏ, ସିଏ ଜଗନ୍ନାଥଙ୍କୁ ପ୍ରଣାମ କରିବା ସହିତ ନିଜ ମନକୁ ତାଙ୍କ ପଦାରବିନ୍ଦରେ ଜଳପରି ଢାଳିଦିଅନ୍ତି। ଜଗନ୍ନାଥଙ୍କ ନାମ ଉଚ୍ଚାରଣକଲେ, ଗଜପତିଙ୍କର ଧର୍ମପ୍ରବଣତାର ଆଲୋକ ଉଦ୍‌ଭାସିତ ହୋଇଯାଏ।

ବହୁକାଳ ପରେ ଗଜପତି ଛତ୍ରଗଡ଼ ନିବାସରେ ରାତ୍ରୀଯାପନ କରୁଛନ୍ତି। କେଇବର୍ଷ ହେବ ସିଏ ଏହି କ୍ଷୁଦ୍ର ଗଡ଼ଟିରେ ପାଦ ଦେଇ ପାରିନାହାନ୍ତି। ଜୀବନଟା ସମର ସମସ୍ୟାରେ କଟିଯାଇଛି ତାଙ୍କର। ପିତାମହ ଥିଲେ ଉତ୍କଳର ଜଣେ ସେନାନାୟକ। ପିତା ବି ଜୀବନରେ ଉତ୍କଳୀୟ ସୁରକ୍ଷା କାର୍ଯ୍ୟ ପାଇଁ ସଂକଳ୍ପବଦ୍ଧ ଥିଲେ। ନିଜ ସୁସ୍ଥ ଶରୀରଗଠନ ଆଉ ଉଚ୍ଚତା ପାଇଁ ସିଏ ନିଜେ ସେନାବାହିନୀର ଜଣେ ଉଚ୍ଚାକାଂକ୍ଷୀ ସେନା ଭାବରେ କମ୍ ବୟସରୁ ନିଯୁକ୍ତ ହୋଇପାରିଲେ। ନିଜର ଶୃଙ୍ଖଳା ଆଉ ଆଚରଣରୁ ସିଏ ଜଣେ ବିଶିଷ୍ଟ ଅଶ୍ୱାରୋହୀ ଆଉ ଯୋଦ୍ଧା ଭାବରେ ନିଜକୁ ପ୍ରତିଷ୍ଠିତ କରିପାରିଥିଲେ। ଆକର୍ଷକ ଚେହେରା ଆଉ ଆଚରଣ ତାଙ୍କୁ ଗଙ୍ଗରାଜ ଚତୁର୍ଥ ଭାନୁଦେବଙ୍କ ପାଖରେ ପହଞ୍ଚାଇଥିଲା।

ଗଙ୍ଗରାଜ ଭାନୁଦେବଙ୍କ ସହ ବ୍ୟକ୍ତିଗତ ପରିଚୟ ନିଶ୍ଚୟ ଜଗନ୍ନାଥଙ୍କ କରୁଣା। ସେହି ପରିଚିତିରୁ ସେ ତାଙ୍କୁ ତାଙ୍କର ଜଣେ ସମ୍ପର୍କୀୟ ଭାବରେ ବିଶ୍ୱାସଭାଜନ ହେଲେ ଓ ସାମରିକ ନିରାପତ୍ତା ରକ୍ଷୀ ଭାବରେ ସ୍ଥାନିତ କଲେ। ସିଏ ଏକଧାରାରେ ରାଜନଥର ଏବଂ ସମର ବାହିନୀର ଦାୟିତ୍ୱ ତୁଲାଇଲେ ? ଏମିତିକି କୌଣସି ସୀମାନ୍ତ ରାଜାମାନଙ୍କସହ କିଛି ଗୁପ୍ତ କୂଟନୈତିକ ଶଳାସୂତ୍ରରା ବା ସାମରିକ ପରାମର୍ଶ ଦରକାର ପଡ଼ିଲେ ସେଠାରେ ବାର୍ତ୍ତାବାହକ ବା ମଧ୍ୟସ୍ଥ ଭାବରେ କାର୍ଯ୍ୟ ସମ୍ପାଦନ କରିବାକୁ

ପଡୁଥିଲା। ଗଙ୍ଗାରାଜଙ୍କର ସାମରିକ ଓ କୂଟନୈତିକ ମୁଖ୍ୟ ଭାବରେ କାର୍ଯ୍ୟସମ୍ପାଦନା କରିବା ଆସ୍ତେ ଆସ୍ତେ ତାଙ୍କର ଦୈନନ୍ଦିନ କାର୍ଯ୍ୟ ହୋଇଗଲା। ଜଣେ ପ୍ରତିପଦିଶାଳୀ ରାଜାଙ୍କର ଏ ସବୁ କାର୍ଯ୍ୟ କରିବା ସରଳ ଆଉ ସହଜ ହୋଇପାରେ, ମାତ୍ର ଜଣେ ଅନାଗ୍ରହୀ ରାଜାଙ୍କର ଏହି କାର୍ଯ୍ୟ କରିବା ଆଦୌ ସରଳ ଦାୟିତ୍ୱ ନୁହେଁ। ଏଥିପାଇଁ ଅନେକ ସମୟରେ ପଡ଼ୋଶୀ ରାଜାଙ୍କ ପାଖରେ କପିଲେନ୍ଦ୍ରଙ୍କୁ ଲାଞ୍ଛିତ ହେବାକୁ ପଡ଼ିଛି। ଗଙ୍ଗାରାଜଙ୍କର ଉତ୍ତରହୀନତା ଏବଂ ନରମ ଶଢ଼ ପଡ଼ୋଶୀ ରାଜାଙ୍କୁ ତାଙ୍କ ଦୁର୍ବଳତାର ପ୍ରଶ୍ରୟ ଦିଏ। ଏହି ଭଳି ଆଗ୍ରହହୀନ ଘଟଣା ଦଶବର୍ଷ ଧରି ସେ ଦେଖ୍ ଆସୁଥିଲେ ବରାଣସୀ କଟକରେ। ଏଗଡ଼ିକରେ ତାଙ୍କ ବିବେକରେ ଅନେକ ଶାଣିତ ବୁଦ୍ଧିବିଦ୍ୟାର ଅଙ୍କୁରୋଦ୍ଗମ ହୋଇଛି, ସମୟ ଓ ସୁଯୋଗ ଅପେକ୍ଷାରେ ରହିଛି।

ଗଜପତି ଚିନ୍ତିତ ରହିଲେ। ସିଏ ବିଶ୍ୱାସ ବଳରେ ନିଜର ପରାକ୍ରମୀ ଗଜପତି ସେନା ଗଠନ କରିଥିବାର ସ୍ମରଣ କଲେ, ଏହି ବିଶ୍ୱାସକୁ ନେଇ ବିଶାଳ ପାଇକବାହିନୀ ନିଜର ଆନୁଗତ୍ୟ ସ୍ୱୀକାର କରିଥିଲା ଏବଂ ରକ୍ତ ବଦଲରେ ସ୍ୱାଧୀନତା ଏବଂ ଦିଗ୍‌ବିଜୟ ବଜାୟ ରଖ୍‌ଥିଲା। ପରିବାର କନ୍ଦଳରେ କେଇ ବର୍ଷ ଜଡ଼ିତ ରହିବାର ସୁଯୋଗ ନେଇ ରାଜ୍ୟର ଉତ୍ତରକବାଟ ଅବିଶ୍ୱାସୀ ହୋଇ ଗଜପତିଙ୍କ ବିରୁଦ୍ଧରେ ଗଲା। ଏଥିରେ ବା ଗୌଡ଼ ରାଜ୍ୟର ବା ରୁକ୍‌ନୁଦ୍ଦିନ୍‌ର ଭୁଲ୍ କେଉଁଠି? ଆପଣା ସୁନା ତ ଭେଣ୍ଡି!

ଏହାକୁ ନିଜର ଅସାମର୍ଥ୍ୟ ବୋଲି ସ୍ୱୀକାର କଲେ; ଦିନେ ବିଚ୍ଛିନ୍ନ ହୋଇଯାଉଥିବା ଉତ୍କଳକୁ ଯୋଡ଼ି ସଶକ୍ତ ଓଡ଼ିଶା ଗଠନ କରିଥିବା କପିଲ ରାଉତରାୟ ଆଜି ଗଜପତି ଶକ୍ତି ସନ୍ନିହିତ ଥିବା ସମୟରେ ଯଦି ବିଶ୍ୱାସଘାତକତା କାରଣରୁ ସୀମା ହରାଉଛି, ଏହା ପରିଚାଳନାଗତ ପ୍ରମାଦ ନୁହେଁ ତ ଆଉ କ'ଣ? ଅବଶ୍ୟ ଜୀବନଟା ତାଙ୍କର ଶେଷ ସମୟରେ ଶାନ୍ତିରେ ନ କଟି ଚିନ୍ତାଦକରେ କଟୁଛି। ନିଜର ନିର୍ଣ୍ଣୟ ଠିକ୍ କି ଭୁଲ୍ ଏହା ସେ ଜାଣିବାକୁ ଅକ୍ଷମ। ପ୍ରଭୁ ସମସ୍ତ ନିଷ୍ପତ୍ତି କରିବେ। ପ୍ରଭୁଙ୍କ ଇଚ୍ଛା ସହିତ ସନ୍ନିହିତ ସମସ୍ତ ଘଟଣାକୁ ସିଏ ସମ୍ମାନ ଦେଇ କାର୍ଯ୍ୟ କରନ୍ତି।

ମନକୁ ମନ ଚିନ୍ତାରେ ମଗ୍ନ ଗଜପତି, ସେ ଭାବୁଛନ୍ତି, "ମୁଁ ତ ନିଜେ ସ୍ୱପ୍ନ ଦେଖ୍‌ନି। ତଥାପି ପାର୍ବତୀ ମୋତେ ମିଛ କହିବେ ନାହିଁ। ପୁଣି ପ୍ରଭୁ ଜଗନ୍ନାଥଙ୍କ ନାମରେ। ଥରେ ନୁହେଁ ସିଏ ଅନେକଥର ସ୍ୱପ୍ନ ଦେଖ୍‌ଛନ୍ତି, ଜଗନ୍ନାଥ ତାଙ୍କୁ ବାରମ୍ବାର ଚେତାଇ ଦେଉଛନ୍ତି, ପୁରୁଷୋତ୍ତମ ହିଁ ସିଂହାସନର ହକ୍‌ଦାର। ଅବଶ୍ୟ ମୋର ପ୍ରଭୁ ଯାହା କର୍ତ୍ତୃକ ବି ମୋ ପରି ଭକ୍ତକୁ ଇଙ୍ଗିତ ଦିଅନ୍ତୁ ତାଙ୍କ ଆଦେଶ ଅନୁଯାୟୀ ମୁଁ ଦାୟାଦ ବାଛିବି। ଏହା ମୋର ଶିରୋଧାର୍ଯ୍ୟ। ମାତ୍ର ଏହାକୁ ସମସ୍ତେ ବିରୋଧ କରୁଛନ୍ତି। ଏହା ଦିନେ କି ଦୁଇଦିନର କଥା ନୁହେଁ, ଦଶବର୍ଷ ହେବ ବାରବାଟୀ ରାଜପ୍ରାସାଦରେ

ଅଶାନ୍ତି ପ୍ରଶମିତ ହୋଇନାହିଁ । ସେହି ଗୃହଯୁଦ୍ଧରୁ ନିବର୍ତ୍ତି ଗଜପତି ବାହିନୀର ଅଖଣ୍ଡତା ରକ୍ଷା କରିବା ମୋ ପକ୍ଷରେ ଦୁରୂହ ହୋଇପଡ଼ିଛି ।

“ଯାହା ପ୍ରଭୁ ଜଗନ୍ନାଥ ଚାହିବେ, ତାହା ହିଁ ଘଟୁଛି । ସେଥିରେ ମୋର ସାମର୍ଥ୍ୟ ବା ବିଫଳତାର ପ୍ରଶ୍ନ କେଉଁଠୁ ଉଠୁଛି ? ସବୁ ସମୟରେ ଚାତକ ପରାୟ ମୁଁ ତାଙ୍କର ସ୍ୱପ୍ନବାଣୀକୁ ଚାହିଁ ବସିଛି । ସିଏ କପିଲେନ୍ଦ୍ରକୁ ନିର୍ଦ୍ଦେଶ ଦେବେ । ଯଦି ତାଙ୍କର ଇଚ୍ଛା ପ୍ରକଟ କରିଥାଆନ୍ତେ, ବଡ଼ ପୁଅ ହମ୍ବୀରାକୁ ଉତ୍ତରାଧିକାରୀ ଭାବରେ ଚୟନ କରିବାକୁ, ସିଏ ନିଜେ କିମ୍ବା ପାଟରାଣୀ ସ୍ୱପ୍ନାଦେଶ ପାଇଥାଆନ୍ତେ । ତେବେ ତାହା ନହୋଇ କେବଳ ପାର୍ବତୀ ଦେବୀଙ୍କୁ କାହିଁକି ସ୍ୱପ୍ନାଦେଶ ହେଲା ? ଦୁନିଆ ପଛକେ ଲେଉଟିଯାଉ, ଦେଶ ଉଜଡ଼ିଯାଉ, ଧରାପୃଷ୍ଠର ସମସ୍ତ ବିବେକବାନ୍ ଲୋକ ମୋତେ ବିରୋଧ କରନ୍ତୁ, ଜଗନ୍ନାଥଙ୍କ ଆଜ୍ଞା ମୋ ପାଇଁ ଶିରୋଧାର୍ଯ୍ୟ । ଏହି ଅଟୁଟ ବିଶ୍ୱାସ ବଳରେ କାଲିର ମାମୁଲି କପିଲ ଆଜି ସ୍ୱୟଂ ଜଗନ୍ନାଥଙ୍କର ରାଉତ ସାଜିଛି । ସାଧ ମୋର ନିଜର ନୁହେଁ, ପ୍ରଭୁ ଜଗନ୍ନାଥଙ୍କର । ସକଳ ଶକ୍ତି ଓ ଚେତନା ବଳରେ ଓଡ଼ିଶାକୁ ତେତିଶ ବର୍ଷରେ ନୂତନ ରୂପରେ ଗଠନ କରିଛି । ଏଇଟା ବଡ଼ଠାକୁରଙ୍କ କୃତି ।”

ଉପସ୍ଥିତ ଡଗରା ଅପେକ୍ଷା କରିଥିଲା ଗଜପତିଙ୍କ କ୍ରୋଧ ଓ ଗର୍ଜନ ଶୁଣିବାକୁ ପାଇବ । ମାତ୍ର ଏ ସବୁ କଅଣ କହୁଛନ୍ତି ? ସବୁ ଜଗନ୍ନାଥଙ୍କ ନାମରେ ଦୋଷତ୍ରୁଟିର ବି ମାର୍ଜନା କରିଦେଲେ । ସିଏ କଅଣ ଆଉ ଉତ୍ତର ସୀମାର ଉଦ୍ଧାର ପାଇଁ କିଛି ବି ଚିନ୍ତା ବ୍ୟକ୍ତ କଲେନାହିଁ ! ମହାପାତ୍ରମାନେ ବି ଗଜପତିଙ୍କର ବିଚାର ଶୁଣି ସ୍ତବ୍ଧ ହୋଇଗଲେ । ସେମାନେ ପ୍ରତ୍ୟେକ ତାଙ୍କର ଆତ୍ମୀୟ ପରି । ଗଜପତିଙ୍କର ବିଚାରଧାରା ଜାଣନ୍ତି । କ୍ଷଣକୋପା ଗଜପତି ଯେ ତାଙ୍କ ଜୀବନର ଗୋଟିଏ କୃତିତ୍ୱର ଅବସାନକୁ ଏମିତି ପ୍ରଭୁଙ୍କ ନାମରେ ଗ୍ରହଣ କରିନେବେ, ସେଇଟା ଆଚମ୍ବିତ କଥା ।

ଗଜପତି କପିଲେନ୍ଦ୍ର ଦେବ । ଦେଖିବାକୁ ଉଚ୍ଚ ସ୍ୱାସ୍ଥ୍ୟବାନ । ସହାସ୍ୟ ବଦନ । କିନ୍ତୁ ଆଚାର ବ୍ୟବହାରରେ କାଉଁରିଆ କାଠି ପରି ନମନୀୟ ନୁହଁନ୍ତି । ଭାଙ୍ଗିଯିବ ପଛେ ନୁଆଁଇ ହେବନି । ଆଜି ଦୁନିଆ ବିଚିତ୍ର ମତିଗତି ଦେଖୁଛି ସେଇ ଗଜପତିଙ୍କର । ମାନ୍ଦାରନ୍ ଦୁର୍ଗକୁ ଓଡ଼ିଶା ରାଷ୍ଟ୍ରର ବିପଦସଙ୍କୁଳ ଗିରିପଥ ମନେକରିଥିଲେ । ଏଥିରେ ଶକ୍ତ ପ୍ରହରୀ ମୁତୟନ କରି ଦୁଇ ଦଶନ୍ଧିକାଳ ଦାକ୍ଷିଣାତ୍ୟ ଦିଗ୍ବିଜୟରେ ଲିପ୍ତ ରହିଥିଲେ ।

ଆଜିଦିନ ତାଙ୍କ ଜୀବନରେ ଓଡ଼ିଆ ଆତରେ ବିଶ୍ୱାସଘାତକତାର ସୂଚନା ପାଇବା ହିଁ ପ୍ରଥମ । ତାକୁ ଗଜପତି ଗାମ୍ଭୀରତାର ସହ ବିଚାର ନକରି ଏପରି ଯାହା ହାଲୁକା ଭାବରେ ନେଲେ, ତାହା ଗଜପତି ଶାସନର ବିଧ୍ନୁହେଁ ବରଂ କପିଲେନ୍ଦ୍ରଙ୍କର ଚାରିତ୍ରିକ

ପରିବର୍ତ୍ତନ। ସମୟର ଖେଳ। ଆଜି ସିଏ ସମର ପ୍ରାଙ୍ଗଣରେ ଦେଖୁଛନ୍ତି ଫାଟ।

ଆଉଥରେ ପୁରୋହିତ ମହାପାତ୍ରଙ୍କ ଇଙ୍ଗିତରେ ଅନ୍ତରଙ୍ଗ ରାଜାଙ୍କୁ ଅନୁରୋଧ କଲେ। ଆମ ନିବାସ ଜଗନ୍ନାଥ ମନ୍ଦିରରେ ସଂଧ୍ୟା ଆଳତି ଚାଲିଛି। ମଣିମାଙ୍କର ଯୋଗଦାନ ପାଇଁ ସମସ୍ତେ ଚାହିଁ ବସିଛନ୍ତି।

ଗଜପତିଙ୍କର ଆଳତିରେ ଯୋଗଦାନ ଏବଂ ଦେବାର୍ଚ୍ଚନା ସମାପ୍ତ ହେଲା। ସବୁ ମହାପାତ୍ରମାନଙ୍କ

କପିଲେନ୍ଦ୍ର

ସହିତ ଗଜପତି କିଛି ଆଲୋଚନାରେ ଲିପ୍ତ ରହିଲେ। ସେମାନେ ଦକ୍ଷିଣ ସୀମାରେ କେତେ ଶୀଘ୍ର ପହଞ୍ଚିପାରିବେ ସେ ନେଇ ହିସାବ ଆରମ୍ଭ କଲେ ରାଜଗୁରୁ ମହାପାତ୍ର। ବେଗ-ଜନିତ ଶାରୀରିକ ପୀଡ଼ା ହେତୁ ନିଶ୍ଚୟ ରାସ୍ତାରେ ବିଶ୍ରାମ ନେଇ ଧୀରେ ସୁସ୍ଥେ ସେମାନେ ଗତି କରିବେ। ଅତି ତରବରରେ ଗଲେ ଅନେକ ଅସୁସ୍ଥ ହୋଇପଡ଼ିବେ। ଗଜପତି ଏହି ପାରମ୍ପରିକ କଟକ ରାଜମହେନ୍ଦ୍ରୀ ଗତିପଥରେ ବହୁବାର ଯାତାୟାତ କରିଥିଲେ ମଧ୍ୟ ଏବେ ବୟସ ତାଙ୍କର ବଇରୀ ହୋଇଛି। ସେ ସାମରିକ ଘୋଡ଼ାଚଢ଼ା ଜୀବନ ଆଉ ନାହିଁ।

ପ୍ରତିବାଦ କଲେ ଗଜପତି। କହିଲେ, "ଆମର ଅତି ଶୀଘ୍ର ଦକ୍ଷିଣ ସୀମାରେ ପହଞ୍ଚିବା ଆବଶ୍ୟକ। ମୋର ଶ୍ରାନ୍ତି ନିମନ୍ତେ କ୍ଷିପ୍ର ଗତିକୁ ହ୍ରାସ କରନାହିଁ। ଏହି ଶରୀର ବିଗତ ସମର କାଳରେ ପଥର ପାଲଟି ଯାଇଛି। ଆମକୁ ଯଥାଶୀଘ୍ର ସୀମାନ୍ତରେ ପହଞ୍ଚିଗଲେ, ଶତ୍ରୁର ସମସ୍ତ ପରିକଳ୍ପନା ପାଣି ଫାଟିଯିବ।"

ଅନ୍ତରଙ୍ଗ ମହାପାତ୍ର ସମେତ ସମସ୍ତେ ଗଜପତିଙ୍କୁ ଅନୁରୋଧ କଲେ, ଶରୀରକୁ ପୀଡ଼ା ଦେଇ ଏପରି ଦୂର ସ୍ଥାନକୁ ଗଲେ ବିପଦ ପଡ଼ିବ। ବୟସର ଚାପରେ ଶରୀର ଯାହା କ୍ଲେଶ ପାଇବ, ଯଥା ସମ୍ଭବ ଦ୍ରୁତଗତିରେ ହିଁ ଗସ୍ତ କରିବା ବିଧେୟ।

ଗଜପତି କହିଲେ, "ତ୍ୱରିତ କାର୍ଯ୍ୟାନୁଷ୍ଠାନରୁ କଅଣ ଫଳମିଳେ, ତାହା ତୁମେ ଭଲଭାବରେ ଜାଣିଛ ଆଉ ଦେଖୁଛ। ଏହା ଘଟିଛି ତେଲେଙ୍ଗାନାର ଦେବରକୋଣ୍ଡାରେ।

ଆଠବର୍ଷ ତଳେ ବାହାମନି ସୁଲତାନ ହୁମାୟୁନ ଖାଁ ଦେବରକୋଣ୍ଠାର ମୁଖ୍ୟ ଭେଲାମା ମଦିୟ। ଲିଙ୍ଗାକୁ ନିପାତ କରିବାକୁ ବାହାମନି ସେନାସାମନ୍ତ ପଠାଇ ଘେରାଉ କରିବା ବେଳକୁ ଭେଲାମା ଶରଣ ରଖ୍ ଓଡ଼ିଆ ଥାଟ ଆଖ୍ ପିଛୁଲାକେ ଦେବରକୋଣ୍ଠାରେ ହାଜର। ଏହି ଦ୍ରୁତଗତି ଏମିତି ପରିବେଶ ସୃଷ୍ଟିକଲା, ବାହାମନି ଆମ୍ହତ୍ୟା କରିବା ପରି ହେଲା। ସେମାନେ କଦାପି କଳ୍ପନା କରି ନଥ୍ଲେ ଗଜପତି ଦଳ ଆଖ୍ ପିଛୁଲାକେ ଲିଙ୍ଗାକୁ ସହାୟ ହେବେ।"

ମହାପାତ୍ରମାନେ ଏହି ସମର ଅଭିଜ୍ଞତାରୁ ଯାହା ଶିଖ୍ଲେ, ଭବିଷ୍ୟତରେ ଆଉ ଗଜପତିଙ୍କ ସମ୍ମୁଖରେ କୌଣସି ପ୍ରସ୍ତାବ ରଖ୍ବାକୁ ସାହସ ହରାଇଲେ। ସେମାନେ ପରଦିନ ସଅଳ କଳିଙ୍ଗାପାଟଣା ବାହାରିଯିବାକୁ ସ୍ଥିର କରି ବିଶ୍ରାମ ନେଲେ।

କଳିଙ୍ଗପାଟଣା

ଛତ୍ରଗଡ଼ରୁ ବିଦାୟ ନେଇ କପିଲେନ୍ଦ୍ରଙ୍କର ଦକ୍ଷିଣାୟନ ସମୂହ କଳିଙ୍ଗପାଟଣା ଅଗ୍ରସର ହେଲା। ଗଜପତି ବାର୍ଦ୍ଧକ୍ୟରେ ଉପନୀତ ହେଲେ ହେଁ ଆଦୌ ଯାତ୍ରାଜନିତ କ୍ଲାନ୍ତି ଅନୁଭବ କରୁ ନଥିଲେ। ଅନୁଭବ କରୁଥିଲେ ସମଗ୍ର ବିସ୍ତାରିତ ଓଡ଼ିଶା ତାଙ୍କର ହାତମୁଠି ଭିତରେ ରହିଛି। କିଏ କୁଆଡ଼େ ଟାଣି ନେଇଯିବେ, ସେହିଭଳି ତାଙ୍କର ଆଶଙ୍କା ରହିଛି। ତାଙ୍କର ଶାସନ କୋହଳ ହୋଇଯାଇଛି। ଏହାରି ସୁଯୋଗରେ ଶତ୍ରୁମାନେ ଦାଉ ସାଧିବାକୁ ସୁଯୋଗ ପାଇବେ। ତେଣୁ ତାଙ୍କ ମନରେ ଆତୁରତା ଭରି ରହିଛି। ବର୍ଷେକାଳ ଅତିବାହିତ ହୋଇଗଲାଣି, ସାଲୁଭା ନରସିଂହ ଧୀରେ ଧୀରେ ଉଦୟଗିରି ଚନ୍ଦ୍ରଗିରି ସନ୍ନିକଟ କାବେରୀନଦୀ ପାର୍ଶ୍ୱରୁ ଓଡ଼ିଆ ଦଖଲ ହଟାଇ କୋଣ୍ଡଭିଡ଼ୁ ଦୁର୍ଗ ଉପରେ ଆଖି ପକାଇଲାଣି। ସେଇ କାରଣରୁ ମନରେ ତାଙ୍କର ଚଞ୍ଚଳତା ଭରି ଉଠୁଛି। ସେଠାରେ ପହଞ୍ଚିଗଲେ, ନିଶ୍ଚୟ ଓଡ଼ିଆ ପାଇକମାନେ ପୁନର୍ଜୀବିତ ହୋଇ ଉଠିବେ। ପୁନରାୟ ଶକ୍ତି ସଞ୍ଚୟ କରି ପ୍ରତିରୋଧ କରିବେ। ଅନେକ କିଛି ବି ଆଶା କରାଯାଏ।

ଗଜପତି ଅନ୍ତରଙ୍ଗ ମହାପାତ୍ରଙ୍କୁ ଡାକି ଆଦେଶ ଦେଲେ, ''ଆମେ ସଠିକ୍ କଳିଙ୍ଗପାଟଣାରେ ପହଞ୍ଚିଗଲେ ସୁବିଧା ହେବ। ସେଠାରେ ଦିନେ ଓଲିଏ ଟିକିଏ ବିଶ୍ରାମ କରି ବାହାରିପଡ଼ିବା। ଘଡ଼ିକେ ଘୋଡ଼ା ଛୁଟୁଛି। ଆଜି ସୁଦ୍ଧା ଜୀବନ୍ତ ଥିବା ଦୁର୍ଗଗୁଡ଼ିକର ସୁରକ୍ଷା ପାଇଁ ଅବିଳମ୍ବେ ସେଠାକୁ ଯିବାକୁ ପଡ଼ିବ। ମୋତେ ପ୍ରତୀୟମାନ ହେଉଛି, ମୋର ଆଖି ଆଢ଼ୁଆଲରୁ ଚାଲିଗଲେ ଆମ ସାମରିକ ଶକ୍ତିର ପରାକ୍ରମ ହ୍ରାସ ପାଇଯାଉଛି। ଓଡ଼ିଶାର ଦୂରସ୍ଥ ଦୁର୍ଗଗୁଡ଼ିକରେ ସେନାସାମନ୍ତ କଅଣ ନିଜର

ଭିଟାମାଟିରୁ ଦୂରରେ ରହି ଦୁଃଖ ଅନୁଭବ କରୁଛନ୍ତି ? ଏମିତି ଭାବିବା ମୋ ପକ୍ଷରେ ଅମୂଳକ, କାରଣ ଏହି ଓଡ଼ିଆମାନେ ତ ପୁଣି ବର୍ଷ ବର୍ଷ ଧରି ବୋଇତ ବାହି ଦୂରଦେଶକୁ ଯାଉଥିଲେ । ଦୂରତ୍ୱ ଓଡ଼ିଆଜାତି ପାଇଁ ଦୁର୍ବିସହ ନୁହେଁ, ମାତ୍ର ଗଜପତିଙ୍କ ସାନ୍ନିଧ୍ୟ ସେମାନଙ୍କର ମାନସିକ ଶକ୍ତିକୁ ବର୍ଦ୍ଧନକରେ, ପ୍ରବଳ ଉତ୍ସାହ ଦେଇଥାଏ ।''

ଘୋଡ଼ାର ସଇସ ଅନ୍ତରଙ୍ଗ ମହାପାତ୍ରଙ୍କୁ ବୁଝାଇଦେଇଛି, ଗୋଟିଏ ଦିନରେ ଗଜପତିଙ୍କର ଘୋଡ଼ାସବାର ଯାନ କଳିଙ୍ଗପାଟଣାରେ ପହଞ୍ଚିବା ସମ୍ଭବପର ନୁହେଁ । ଅନ୍ୟୂନ ପଚାଶ କୋଶ ଦୂରତା ଏବଂ ଦୁଇଟି ନଦୀପାର ହେବାକୁ ଅଛି । ଦୁଇଦିନ ଲାଗିଯିବ । ରାସ୍ତାରେ ଇଚ୍ଛାପୁର କି ଆଉ କେଉଁ ସାମରିକ ବିଶ୍ରାମାଗାରରେ ଗୋଟିଏ ରାତ୍ରିଯାପନ କରିବାକୁ ପଡ଼ିବ ।

ଅନ୍ତରଙ୍ଗ ବୈରୀଗଞ୍ଜନ ଧୀରେ ଧୀରେ ସଇସକୁ କହିଲେ, ଗଜପତି ଏଇ ରାସ୍ତାରେ କେତେଥର ଯାଇଛନ୍ତି, ତାହା ହିସାବ କରିହେବନି । ଆମର ଏହି ଆକସ୍ମିକ ଏବଂ ଜରୁରୀ ଗସ୍ତ ବିଷୟ ସମସ୍ତ ସେନାବାହିନୀକୁ ଗୋଚର । ସଂଧ୍ୟା ହେବାର ଅବ୍ୟବହିତ ପୂର୍ବରୁ ଆମେ ନିଶ୍ଚୟ ପାଖ ବିଶ୍ରାମାଗାରରେ ପହଞ୍ଚିଯିବା । ତୁମେ କିନ୍ତୁ ସବାରର ଗତି ଯଥାସମ୍ଭବ ଦ୍ରୁତ କରିଦିଅ ।

ରାସ୍ତାରେ ଗତିର ଦ୍ରୁତତା ବଢ଼ାଇ ସମୟ ଥାଉ ଥାଉ ଗଜପତି କଳିଙ୍ଗପାଟଣା ଗଡ଼ରେ ପହଞ୍ଚିଗଲେଣି । ଏହି କଳିଙ୍ଗପାଟଣା ଗଡ଼ଟି ଉତ୍କଳୀୟ ଗଙ୍ଗବଂଶର ବହୁ ପୂର୍ବରୁ ହିଁ ପ୍ରତିଷ୍ଠିତ । ଚୋଡ଼ଗଙ୍ଗଙ୍କର ପୂର୍ବପୁରୁଷମାନେ ଯେତେବେଳେ ବଂଶଧାରା ଉତ୍ତରକୂଳରେ ମୁଖଲିଙ୍ଗମ୍‍ ନଗରକୁ ରାଜ୍ୟର ରାଜଧାନୀର ମାନ୍ୟତା ଦେଇଥିଲେ, ଏହି କଳିଙ୍ଗପାଟଣା ବଂଶଧାରାନଦୀର ସାଗର ପ୍ରବେଶ ସ୍ଥଳରେ ଅବସ୍ଥିତ ନଗର; ଏହାର ନୌବାଣିଜ୍ୟ ବିଶେଷତ୍ୱ ହୋଇ ରହିଆସିଥିଲା । ଏହା ଇତିହାସ ପ୍ରସିଦ୍ଧ ପୂର୍ବ ଏସିଆ ଯଥା ଜାଭା, ସୁମାତ୍ରା ଓ ଅନ୍ୟାନ୍ୟ ପୂର୍ବ ଭାରତୀୟ ଦ୍ୱୀପପୁଞ୍ଜ ସହିତ ବାଣିଜ୍ୟିକ ସମ୍ପର୍କ ଆବହମାନ କାଳରୁ କଳିଙ୍ଗର ସମୃଦ୍ଧି କନ୍ଦେ ତିଷ୍ଠି ରହିଛି । କଳିଙ୍ଗ ସାଗର କୂଳର ସବୁ ପୋତାଶ୍ରୟ ପରି ଏହାର ବ୍ୟବସାୟିକ ପରିସର ବି ଜନବସତିକୁ ଚଳଚଞ୍ଚଳ କରି ରଖିଛି ।

ସେଇ ବଂଶଧାରା କୂଳରେ ଯେଉଁ କ୍ଷୁଦ୍ର ବସତିଟି ଥିଲା, ଲାଙ୍ଗୁଡ଼ା ନରସିଂହଙ୍କର ବାରମ୍ବାର ଦକ୍ଷିଣକୁ ସୈନ୍ୟଚାଳନା ଫଳରେ ଗୋଟିଏ ଆବଶ୍ୟକ ଦୁର୍ଗରେ ପରିଣତ ହୋଇଗଲା ଏବଂ ସେଠାରେ କିଛି ଆବାସିକ ସାମରିକତା ନ୍ୟସ୍ତ କରାଗଲା । ସେଠାରେ ଗୋଟିଏ କ୍ଷୁଦ୍ର କଳିଙ୍ଗ ସେନାବସତି ସୃଷ୍ଟିହେଲା, କିଛି ସୈନ୍ୟସାମନ୍ତ, ଅଶ୍ୱାରୋହୀ ଓ ଯୁଦ୍ଧ ହସ୍ତୀ ରହିଲେ । ଗଜପତି କିୟା ସାମନ୍ତରାଜାମାନଙ୍କ ଦକ୍ଷିଣ ଗସ୍ତ ପାଇଁ ଏହା

ଗୋଟିଏ ଆବାସସ୍ଥଳରେ ପରିଣତ ହେଲା। ଗଜପତି ଓ ରାଜନ୍ୟବର୍ଗଙ୍କ ନିମନ୍ତେ କେତୋଟି ନିବାସ ଏବଂ ଅନ୍ୟାନ୍ୟ ଅଧିକାରୀ ମାନଙ୍କ ନିମନ୍ତେ ଗୋଟିଏ ଦପ୍ତର ପ୍ରସ୍ତୁତ ହୋଇରହିଲା। ଉତ୍କଳୀୟ ପରମ୍ପରାରେ ଏହି କଳିଙ୍ଗପାଟଣା ଗଡ଼ରେ ଗୋଟିଏ ଜଗନ୍ନାଥ ମନ୍ଦିର ରହିଛି। କଳିଙ୍ଗ ସାଗର ତଟରେ କଳିଙ୍ଗପାଟଣା ରାଜ୍ୟର ଗୋଟିଏ ବିଶାଳ ଦୁର୍ଗ। ଦକ୍ଷିଣକୁ ସବଳ କରିବାର ଗଡ଼।

ଗଜପତି କପିଲେନ୍ଦ୍ରଙ୍କର ଥାଟ ଆସି କଳିଙ୍ଗପାଟଣାରେ ପହଞ୍ଚିଗଲା। ସେଠିକାର ସୁରକ୍ଷାକର୍ମୀମାନେ ପ୍ରସ୍ତୁତ ହୋଇ ରହିଥିଲେ। ଗଜପତିଙ୍କୁ ସସମ୍ମାନେ ସ୍ୱାଗତ କଲେ।

ଗଜପତି ଆଦେଶ କଲେ, "ମହାପାତ୍ରମାନଙ୍କୁ ଖବର ଦେଇଦିଅ, ନିତ୍ୟକର୍ମ ସାରି ସମସ୍ତେ ଏଠିକାର ସଭାକକ୍ଷରେ ଆସି ପହଞ୍ଚିଯିବେ। ସଭା ସମାପ୍ତ ହେବାପରେ ସମସ୍ତେ ଜଗନ୍ନାଥ ମନ୍ଦିରରେ ପୂଜାର୍ଚ୍ଚନାରେ ଯୋଗଦାନ କରିବେ।"

କଳିଙ୍ଗପାଟଣା ସଭାକକ୍ଷର ବହୁ ଗୁରୁତ୍ୱ ରହିଛି। ସବୁବେଳେ ଦକ୍ଷିଣ ସାମନ୍ତରାଜ୍ୟ ଆଉ ପରିଚ୍ଛାମାନଙ୍କ ସହିତ ଏହି କକ୍ଷରେ ସମ୍ମିଳନୀ ଅନୁଷ୍ଠିତ ହୁଏ ଏବଂ କୌଣସି ସାମରିକ ନିଷ୍ପତ୍ତି ଗୁପ୍ତରେ ନିଆଯାଇଥାଏ। ଏହା ଗଜପତି ସାମରିକ ବାହିନୀର ସଞ୍ଚାରର ପ୍ରଧାନ ପଥ। ଦଳ ଦଳ ପଦାତିକ, ଅଶ୍ୱାରୋହୀ ଏବଂ ଗଜାରୋହୀ ସେନା ମାନଙ୍କର ଗତିର ନିର୍ଣ୍ଣାୟକ ଏବଂ ଗତିପଥ।

ତାହା ହିଁ ହେଲା। ଗଜପତି ଏବଂ ମହାପାତ୍ରମାନେ ପହଞ୍ଚିବାର ଅଳ୍ପ ସମୟ ମଧ୍ୟରେ ବୈଠକ ବସିଲା। ଗଜପତି ଆରମ୍ଭ କଲେ, "ଆଜି ଆମେ ଯେଉଁ ସ୍ଥାନରେ ପଦାର୍ପଣ କରିଛେ, ଏଠାରେ ପହଞ୍ଚିଲେ ସକଳ କାର୍ଯ୍ୟ ସିଦ୍ଧିହୁଏ। ଜୀବନରେ ମୋର ଏହି ଅଭିଜ୍ଞତା ରହିଛି। ଏହି ବାଟରେ ଯେତେଥର ଗସ୍ତ କରିଛି ଆଉ ଏଠାରେ ରହିଛି, ମୋର ସମସ୍ତ କାର୍ଯ୍ୟ ସଫଳ ହୋଇଛି। ପ୍ରଥମ ଅଭିଯାନରେ ଛତ୍ରଗଡ଼ରେ ରହି ଖେମୁଣ୍ଡି ଗଙ୍ଗବଂଶଧରଙ୍କୁ ଓଡ଼ିଶାର ଶାସନଧାରାକୁ ଆସିବାକୁ ଦୀର୍ଘ ଆଠବର୍ଷ ସମୟ ଅତିବାହିତ ହୋଇଗଲା। ସେମାନେ ଶେଷ ଗଙ୍ଗରାଜ ମଉଭାନୁଦେବଙ୍କର ନିଜ ସମ୍ପର୍କୀୟ। ଓଡ଼ିଶା ଶାସନ ଯେବେ ଶତ୍ରୁ କବଳରୁ ରକ୍ଷା କରିବା ପାଇଁ ମୋ ଉପରେ ନ୍ୟସ୍ତ କରାଗଲା, ସେତେବେଳେ ମଉଭାନୁଦେବ ମାସମାସ ଧରି ତାଙ୍କ ବନ୍ଧୁଘରେ ରହି ଓଡ଼ିଶାର ଦକ୍ଷିଣ ସୀମାରେ ରେଡ଼ିବଂଶ ଠାରୁ ରାଜମହେନ୍ଦ୍ରୀ ଉଦ୍ଧାର କରିବାରେ ବ୍ୟସ୍ତଥିଲେ ବୋଲି ପ୍ରଚାର ହେଉଥିଲା। ସେଇ ଭାନୁଦେବଙ୍କର ସତର୍କତାଶୂନ୍ୟ ସାମରିକ ନିଷ୍କ୍ରିୟତାର ଫଳସ୍ୱରୂପ ରେଡ଼ି ଶାସକବଂଶ ପ୍ରତିବର୍ଷ ଶହ ଶହ ଓଡ଼ିଶା ଶାସନାଧୀନ ଗାଁ ଆୟତାଧୀନ କରୁଥିଲେ ଏବଂ ଓଡ଼ିଶାର ସୀମା ଦ୍ରୁତଗତିରେ ଭିତରକୁ ଅନୁପ୍ରବେଶ ହୋଇ ସଂକୁଚିତ ହେଉଥିଲା। ସତରେ ଓଡ଼ିଶାରେ ଅରାଜକତା

ସୃଷ୍ଟି ହେଲାଣି ବୋଲି ଅନୁଭବ କରି ବେଙ୍ଗନବାବ ନାସିରୁଦ୍ଦିନ ଓ ଜଉନପୁର ନବାବ ଓଡ଼ିଶା ଦଖଲ କରିନେବାର ପୂର୍ବାଭାସ ଆସିଲା।

ଓଡ଼ିଶାର ପାତ୍ରମନ୍ତ୍ରୀ ସବୁ ଅଥୟ ହୋଇପଡ଼ିଲେ; ପାତ୍ରମନ୍ତ୍ରୀ ବାରମ୍ବାର ଖବର ନେଇ ଗଙ୍ଗରାଜଙ୍କୁ ଫେରାଇ ଆଣିବା ଉଦ୍ୟମ ବ୍ୟର୍ଥହେଲା। ଜଣେ ସେନାଧ୍ୟକ୍ଷ ହିସାବରେ ମୋର ରାଜ୍ୟର ସୁରକ୍ଷା ଓ ମନ୍ଦିର ସୁରକ୍ଷା ବ୍ୟତୀତ ମୁଁ ବା କଅଣ ଅଧିକ କରିପାରିଥାଆନ୍ତି ? ସେତେବେଳକୁ ଓଡ଼ିଶାର ଅନେକ ସାମନ୍ତରାଜା ଓଡ଼ିଶା ଗଜପତି ପ୍ରଶାସନ ପ୍ରତି ବିମୁଖ ହୋଇପଡ଼ିଥାଆନ୍ତି।

ଗଙ୍ଗରାଜ ଭାନୁଦେବ ସାମନ୍ତରାଜାମାନଙ୍କ ସହିତ କୌଣସି ସମ୍ପର୍କ ବି ରଖି ନଥାନ୍ତି। ତାଙ୍କର ବା ସମୟ କାହିଁ ? ସିଏ ଅନେକ ନିଶାଦ୍ରବ୍ୟରେ ମାତିରହନ୍ତି, ଏହା ତୁମମାନଙ୍କ ପରି ମହାପାତ୍ରମାନଙ୍କୁ ଅଗୋଚର ହୋଇ ନଥିବ। ସିଏ ପୁଣି ଅତ୍ୟଧିକ ସ୍ତ୍ରୈଣ। ଦିନର ସମସ୍ତ ସମୟ ତାଙ୍କର ନିଶା ଅବା ଅନ୍ତଃପୁରର ଆନନ୍ଦ ନେବାରେ ଅତିବାହିତ ହୋଇଯାଏ। ଏହି ଘଟଣା ରାଜଦରବାରରୁ ଯାଇ ପ୍ରଜାମାନଙ୍କ ମଧ୍ୟରେ ରାଷ୍ଟ୍ର ହୋଇଯାଇଛି। 'ମଉ' ଶବ୍ଦଟି ତାଙ୍କ ନାମ ସହିତ ଯୋଡ଼ି ହୋଇଯାଇଛି।

ଏହି ପରିସ୍ଥିତିରେ ଓଡ଼ିଶା ରାଜ୍ୟରେ କଅଣ ଘୋଟିବାକୁ ଯାଉଛି, କିଏ କହିବ ? ନାସିରୁଦ୍ଦିନର ବଙ୍ଗଳାରେ ମିଶିଯିବ ବୋଲି ଜନରବ ଶୁଭିଲାଣି; ଇୟାଡ଼େ ଜଗନ୍ନାଥ ଧାମରେ କୋକୁଆ ଭୟ ସୃଷ୍ଟି ହେଲାଣି। ନାସିରୁଦ୍ଦିନ ଆଉ ତାର ସେନ୍ୟସାମନ୍ତମାନେ ଜଗନ୍ନାଥଙ୍କୁ ଆଉ ରନ୍ଭଣ୍ଡାରକୁ ଘେନିଯିବେ ବୋଲି ଶ୍ରୀମନ୍ଦିର ପୂଜକମାନେ କାତର ପାଲଟି ଗଲେଣି। ଭାରତବର୍ଷରେ ଯୁଗଯୁଗ ଧରି ଯବନମାନଙ୍କୁ ପ୍ରତିରୋଧ କରୁଥିବା ଉତ୍କଳୀୟ ସେନା ଟଳିପଡ଼ିବେ ଏବଂ ରାଜ୍ୟରେ ଧର୍ମାନ୍ତରୀକରଣ ଦେଖାଦେବ !

ସତରେ କଅଣ ଭାନୁଦେବ ରାଜମହେନ୍ଦ୍ରୀ ରେଡ଼ି ସହିତ ଯୁଦ୍ଧରତ ? ନା ତାଙ୍କର ବନ୍ଧୁଘରେ ଓଡ଼ାଡ଼ି ଚାଲୁକ୍ୟଙ୍କ ପାଖରେ ଲୁଚି ରହି ଜୀବନ ଉପଭୋଗ କରିବାରେ ମଜ୍ଜି ରହିଛନ୍ତି ! ଓଡ଼ିଶାରୁ ତ କୌଣସି ସାମରିକ ଶକ୍ତି ପଠାଇବାକୁ ବାର୍ଭାବହ ଉଗାର ଆସି ପହଞ୍ଚିନାହିଁ ! ତା ହେଲେ ଦକ୍ଷିଣରେ କି ସମରରେ ଗଙ୍ଗରାଜ ବ୍ୟସ୍ତ ? ଏମିତି ଅନେକ କଥା ସେନାବାହିନୀରୁ ଆରମ୍ଭ କରି ମନ୍ଦିର ଆଉ ଉତ୍କଳବାସୀ କୁହାକୁହି ହେଉଛନ୍ତି। ପୁରୀର ଜଗନ୍ନାଥଙ୍କ ପୂଜକମାନେ ଅତ୍ୟଧିକ ସଂକ୍ରସ୍ତ ଥିବାବେଳେ କଟକର କାର୍ଯତଦାରମାନେ କିଛି ବିକଳ୍ପ ବ୍ୟବସ୍ଥା ଗ୍ରହଣ କରିବାକୁ ଏକଜୁଟ ହେଲେଣି। କଟକବାସୀଙ୍କ ମଧ୍ୟରେ ମୁଖ୍ୟ ବ୍ୟକ୍ତି ହେଉଛନ୍ତି ଗୋପୀନାଥ ମହାପାତ୍ର ଏବଂ ତାଙ୍କର ଗୋଷ୍ଠୀ। ଗୋପୀନାଥ ମଧ୍ୟ ଜଣେ ସେନାନାୟକ, ତାଙ୍କର ଜଉନପୁର ବିଷୟରେ

ବେଶ୍ ଅଭିଜ୍ଞତା ରହିଛି । ସେଇ ଶକ୍ତିଶାଳୀ ଗୋଷ୍ଠୀ କହିବାକୁ ଲାଗିଲେଣି, ମଉଭାନୁ ଶତ୍ରୁ ଭୟରେ ଲୁଚିଗଲେଣି । ଅନ୍ୟ କେହି ଓଡ଼ିଶାର ରାଜଗାଦିରେ ନବସିଲେ, ଓଡ଼ିଶା ନିଜତ୍ୱ ହରାଇବ ।

ଦିନକର କଥା । କଟକ ବାରବାଟୀ ସାମରିକ ଛାଉଣିରେ ରାତି ଅଧରେ ବହୁ ଅଧିବାସୀ ଗୋପୀନାଥଙ୍କ ନେତୃତ୍ୱରେ ମୋତେ ବୁଝାଇବାକୁ ଆସିଥିଲେ । ସେମାନେ କହିଲେ, "ତୁମେ ଓଡ଼ିଶାର ଗଜପତି ହୋଇଯାଅ । ମଉଭାନୁ ତ କୁଆଡ଼େ ମୁହଁ ଲୁଚେଇଲେଣି । ତାଙ୍କ କଥା ଆଉ ନୁହେଁ । ମାତୃଭୂମିର ସୁରକ୍ଷା ପାଇଁ ଆମେ ଦୃଢ଼ ଭାବରେ ଦାବି ଜଣାଉଛୁ । ସମୟ ଥାଉ କାମ ନକଲେ ସବୁ ବ୍ୟର୍ଥ ହୋଇଯିବ ।"

"ଏହି ଦାବିରେ ମୁଁ ହତଚକିତ ହୋଇପଡ଼ିଲି । ମୁଁ ମଉଭାନୁଙ୍କର ପ୍ରଧାନ ଭରସା । ତାଙ୍କୁ ବିଶ୍ୱାସଘାତକତା କରି ମୁଁ ଏସବୁ କରିପାରିବି ନାହିଁ । ସିଏ ଦକ୍ଷିଣରୁ ଫେରିବା ପର୍ଯ୍ୟନ୍ତ ମୁଁ ଓଡ଼ିଶାର ସୀମା ସମ୍ଭାଳି ନେବି ବୋଲି ପ୍ରତିଶ୍ରୁତି ଦେଲି । ସେହି ଲୋକମାନେ କିଛି ଚିନ୍ତାକଲେ । ପରେ ଏକଜୁଟ ହୋଇ କହିଲେ, 'ନା, ସେଇଟା ତୁମର ବ୍ୟକ୍ତିଗତ ଆନୁଗତ୍ୟ । ଏବେ ମଉଭାନୁଦେବଙ୍କର ଆଉ ଦିନଟିଏ ଗାଦିରେ ବସିବାର ଅଧିକାର ନାହିଁ । ଏପଟେ ରାଜ୍ୟ ବିପଦର ସମ୍ମୁଖୀନ ହେବା ସମୟରେ ସେ ବହୁ ବର୍ଷର ହୃତ ସୀମା ନିମନ୍ତେ ଦୀର୍ଘ ଛଅ ମାସ ରାଜ୍ୟ ରାଜଧାନୀରେ ଅନୁପସ୍ଥିତ ରହି କେବଳ ନିଜର ଦାୟିତ୍ୱହୀନତାର ପରିଚୟ ଦେଉନାହାନ୍ତି, ବରଂ ଶତ୍ରୁମାନଙ୍କୁ ଓଡ଼ିଶା ଆକ୍ରମଣ କରିବାକୁ ନିମନ୍ତ୍ରଣ କରୁଛନ୍ତି ।"

ଆଉ ସେମାନେ ମଧ୍ୟ ସ୍ୱରକଲେ, "ଏହି ଶ୍ରାବଣମାସ ଶୁକ୍ଳ ଦ୍ୱିତୀୟା ବୁଧବାର ଦିନ (ଅଗଷ୍ଟ, ୧୪୩୪ ମସିହା) ଦିପହରେ ଏକାମ୍ରକ୍ଷେତ୍ର ଭୁବନେଶ୍ୱରରେ କୃତ୍ତିବାସ ମନ୍ଦିରରେ କପିଲେନ୍ଦ୍ରଦେବଙ୍କୁ ଓଡ଼ିଶାର ସିଂହାସନରେ ଅଭିଷେକ କରାଯିବ ଏବଂ ଏହି ଘୋଷଣାନାମା ମନ୍ଦିର ଗାତ୍ରରେ ଲିପିବଦ୍ଧ କରାଯିବ ।"

ଗଜପତି କହିଚାଲିଲେ, "ମୋର କହିବାକୁ ଭାଷା ନଥିଲା । ଗୋଟିଏ ଅନୁରୋଧ ଥିଲା, ପ୍ରଥମେ ମୋର ପ୍ରଭୁ ମହାରାଜା ଭାନୁଦେବ ଫେରି ଆସନ୍ତୁ, ତାଙ୍କ ସମ୍ମୁଖରେ ଏ ସବୁ ରାଜକାର୍ଯ୍ୟ ସମ୍ପାଦିତ ହେବ । ସିଏ ମଧ୍ୟ ଏହି ପ୍ରସ୍ତାବକୁ ପୂର୍ଣ୍ଣପ୍ରାଣରେ ସମର୍ଥନ କରିବେ ବୋଲି ମୋର ସମ୍ପୂର୍ଣ୍ଣ ଆମୂବିଶ୍ୱାସ ରହିଛି । ସନ୍ତାନହୀନ ଗଙ୍ଗରାଜ ଯେତେବେଳେ ମୋତେ ପୁତ୍ର ଭାବରେ ଗ୍ରହଣ କରିଛନ୍ତି, ଆପଣମାନଙ୍କ ପକ୍ଷେ ଏହି ପ୍ରସ୍ତାବ ନିଶ୍ଚୟ ଗ୍ରହଣୀୟ ।"

ଦଳ ମଧ୍ୟରେ ଅନେକ ଯୁକ୍ତି କଲେ, "ତେବେ ସିଏ ଫେରିଲେ ଏହି ଘଟଣାକୁ ଗ୍ରହଣ କରବେ ନାହିଁ ବା କେମିତି ? ସିଏ ଫେରି ଆସିବା ବେଳକୁ ଓଡ଼ିଶା ଯବନ

କବଲକୁ ଯାଇ ନଥିଲେ ସିନା ତାଙ୍କର ଦର୍ଶନ ମିଳିବ! ନିଶ୍ଚିତରେ କଟକରେ ଛଅ ମାସ ଅନୁପସ୍ଥିତ। ଯବନ ପିଆଦା କଅଣ ଏସବୁର ହିସାବ ରଖୁନାହାନ୍ତି? ସେମାନେ ବି ଆଜି ଏହି ନିଷ୍ଠୁରିକୁ କାନ‍ଡେରି ଶୁଣୁଛନ୍ତି।"

ମୁଁ ନିଜର ଅସାମର୍ଥ୍ୟ ପ୍ରକାଶ କଲି। ଦୃଢ଼ ଭାବରେ କହିଲି, "ଗଙ୍ଗରାଜ ନ ଆସିବା ପର୍ଯ୍ୟନ୍ତ ମୁଁ ରାଜଗାଦିରେ ଅଭିଷିକ୍ତ ହେବିନାହିଁ।"

କିନ୍ତୁ ସେମାନେ ରାଜ୍ୟର ସ୍ୱାର୍ଥ ଦୃଷ୍ଟିରୁ ଭାନୁଦେବଙ୍କ ବ୍ୟତୀତ ଯାହାକୁ ବି ରାଜଗାଦିରେ ବସାଇବାକୁ ପଣ କରିଛନ୍ତି। ଏଥିରେ କେବଳ ପାତ୍ର, ମନ୍ତ୍ରୀ ଓ ଅନ୍ୟାନ୍ୟ ପ୍ରଶାସକ ନୁହନ୍ତି, ଓଡ଼ିଶାର ସାମରିକ ବାହିନୀ ମଧ ଗୁପ୍ତରେ ବିକଳ୍ପ ମସୁଧା କରୁଛନ୍ତି। ମୋର ସେନାପତିତ୍ୱାଧୀନ ସମସ୍ତ ସାମରିକ ବ୍ୟକ୍ତି ଆନ୍ତରିକ ଭାବରେ ଇଚ୍ଛା ପ୍ରକଟ କରନ୍ତି, କପିଲେନ୍ଦ୍ର ରାଜଗାଦି ଲାଭ କରନ୍ତୁ। ଜଣେ ସୈନିକ ଉଚ୍ଚ ସ୍ୱରରେ କହୁଥିଲା, "ଓଡ଼ିଶାରେ ପ୍ରତିଟି ମୁହୂର୍ତ୍ତ ବିପଜ୍ଜନକ ହୋଇପଡ଼ିଛି। ରାଜ୍ୟ ସହିତ ଜଗନ୍ନାଥ ସମର ସମୟରେ ବିପଦବରଣ କରିବାର ଆଶଙ୍କା ରହିବା ସ୍ୱାଭାବିକ। ନିଜ ରାଜତ୍ୱରେ ଭାନୁଦେବ ଯାହା କଲେଣି, କେବଳ ଶତ୍ରୁମାନଙ୍କ ଲୋଲୁପଦୃଷ୍ଟି ବଢ଼ାଇଛନ୍ତି। ଲାଙ୍ଗୁଡ଼ା ନରସିଂହଦେବଙ୍କ ପରି ପ୍ରତାପୀ ରାଜାମାନେ ବାରାଣସୀ କଟକରେ ଅବସ୍ଥାନ କଲେ ବି ବଳଶାଳୀ ସୀମାରକ୍ଷୀ ସୀମାନ୍ତରକ୍ଷା କରନ୍ତି। ମାତ୍ର ଭାନୁଦେବ ସକଳ ସମୟ ଇନ୍ଦ୍ରିୟୋପଭୋଗରେ ବ୍ୟସ୍ତରହି ବାହାର ଦୁନିଆ ବିଷୟରେ ଅନ୍ଧ ରହନ୍ତି। ଜୀବନରେ ଯୁଦ୍ଧକରିବା ଶିଖ୍ନାହାନ୍ତି ଓ ସେନାବାହିନୀ ପରିଚାଳନା ତାଙ୍କପକ୍ଷେ ଦୁରୁହ ବ୍ୟାପାର। ତା ସଙ୍ଗେ ସେ ଓଡ଼ିଶାର ସୀମାରକ୍ଷା ପାଇଁ ସେନାପତିମାନଙ୍କୁ କେବେ ବି ପ୍ରବର୍ତ୍ତାଉ ନଥିଲେ।"

ଗୋପୀନାଥ ମହାପାତ୍ର କିନ୍ତୁ ଛାଡ଼ିବା ଲୋକ ନୁହନ୍ତି। ମୋତେ ଦେଶାତ୍ମବୋଧ କଥା ଶୁଣାଇ ମୋର ବକ୍ତବ୍ୟକୁ ଅନାୟାସରେ ବାକ୍‍ରୁଦ୍ଧ କରିଥିଲେ। ମୁଁ ନିରବଦ୍ରଷ୍ଟା ସାଜି ଦେଖୁଥିଲି, ସେମାନେ କି ଉପାୟରେ ନୂତନ ଭାବରେ ନେତୃତ୍ୱ ହସ୍ତାନ୍ତର କରିବେ।

ସେହି ଗୋପୀନାଥ ମହାପାତ୍ର ପରେ ମୋ ଶାସନକାଳରେ କେତେ ଶକ୍ତିଶାଳୀ ବୋଲି ନିଜକୁ ପ୍ରମାଣିତ କଲେ। ସେ ନିଜେ ଗଙ୍ଗଶାସନରେ ଜଣେ ଶକ୍ତିଶାଳୀ ମହାପାତ୍ର ଥିଲେ ଏବଂ ମୋତେ ଏହି ଅଭୟବାଣୀ ଦେଇଥିଲେ, "ଉତ୍କଳ ନୃପତି ମୋତେ ରାଜ୍ୟର ଉତ୍ତର ସୀମାର ସମସ୍ତ ଦାୟିତ୍ୱ ଅର୍ପଣ କରନ୍ତୁ ଏବଂ ନିର୍ଭୟ ରହନ୍ତୁ ସେହି ଦିଗରୁ କୌଣସି ସୀମା ଲଂଘନ ଘଟିବାକୁ ଦିଆଯିବନି।"

ବାସ୍ତବିକ, ଗୋପୀନାଥଙ୍କ ଜୀବଦ୍ଦଶାରେ ମୁଁ ଉତ୍ତର ସୀମାକୁ ସମ୍ପୂର୍ଣ ପାସୋରି ପକାଇଛି। ଏମିତିକି ମୋର ଦୃଷ୍ଟି ଦକ୍ଷିଣରୁ ଫେରାଇ ଉତ୍ତର ଦିଗରେ ବଙ୍ଗ ଅଧିକାର

କରିବାକୁ ଶ୍ରେୟ ମନେକରିନାହିଁ। ସେହି ଗୋପୀନାଥ ମୋର ଜଣେ ଅତି ଶୁଭାକାଂକ୍ଷୀ ଥିଲେ। ତାଙ୍କର ପିତା ଲକ୍ଷ୍ମଣ ମହାପାତ୍ର ଆମର ରାଜପୁରୋହିତ ଏବଂ ଜ୍ୟେଷ୍ଠଭ୍ରାତା ହେଉଛନ୍ତି ସ୍ୱୟଂ ଆମର ଅମାତ୍ୟ ନାରାୟଣ ମହାପାତ୍ର। ଆଜିଦିନରେ ଆପଣମାନେ ସବୁ ଜାଣିଛନ୍ତି ତାଙ୍କ ନିବାସ ବାରବାଟୀରୁ ସାତ କୋଶ ଦୂର ପାଗା ସନ୍ନିକଟ ଗୋପୀନାଥପୁର ଗ୍ରାମରେ। ସେହି ଗ୍ରାମରେ ମହାପାତ୍ର ପରିବାର ଗୋଟିଏ ଜଗନ୍ନାଥ ମନ୍ଦିର ତୋଳିଛନ୍ତି ଏବଂ ଗଜପତି ପ୍ରଶାସନ ସମ୍ପର୍କରେ ଅନେକ ଶିଳାଲିପି ଖୋଦନ କରାଇଛନ୍ତି। ଜାତିରେ ଖାର୍ଷି ବ୍ରାହ୍ମଣ ହେଲେ କଅଣ ହେଲା, ତାଙ୍କ ଶରୀରରେ ଉଷ୍ମ ରୁଧିର ସଞ୍ଚାଳିତ ହେଉଥାଏ। ରାଜ୍ୟର ସ୍ୱାର୍ଥରକ୍ଷା କରିବା ନିମନ୍ତେ ସିଏ ହିଁ ଅଦ୍ୱିତୀୟ ବ୍ୟକ୍ତି। ଶତ୍ରୁର ଅଭେଦ୍ୟ ଓଡ଼ିଶାର ସାମରିକ ଉତ୍ତରବନ୍ଧ।

ନିଶ୍ଚୟ ଦିନେ କାଳର କରାଳଗର୍ଭରେ ଏହି ବିଶାଳ ଆୟତନର ଓଡ଼ିଶା ଲୋକସ୍ମୃତିରୁ କ୍ଷୁଣ୍ଣ ହେବାବେଳକୁ ମୂକସାକ୍ଷୀ ଭାବରେ ଗୋପୀନାଥ ମନ୍ଦିର ଆମ ବୈଭବର ପରିଚୟ ପ୍ରଦାନ କରି ଇତିହାସ ପୃଷ୍ଠାକୁ ସମୃଦ୍ଧ କରିବ।

ଯେତେ ବିଶାଳ ଓଡ଼ିଶା କପିଳାବ୍ଦ ୨୦ (୧୪୬୪ ଖ୍ରୀଷ୍ଟାବ୍ଦ) ବେଳକୁ ସୃଷ୍ଟି ହୋଇଛି, ତାହା ସମ୍ଭବତଃ ଅତୀତରେ କେବେ ଦେଖାଯାଇ ନଥିଲା। ଭବିଷ୍ୟତ କଳନା କରିବା ସମ୍ଭବ ନୁହେଁ ତଥାପି ମନେହୁଏନି କେବେ ବି ଭବିଷ୍ୟତରେ ଏଡେ ଆୟତନର ଓଡ଼ିଶା ସମ୍ଭବ ହୋଇପାରିବ ବୋଲି। ଭବିଷ୍ୟତରେ ଏ ସବୁ ତଥ୍ୟ ଏପରି ଶିଳାଲିଖନରୁ ମିଳିବ।

କଟକର ପାଗା ଗୋପୀନାଥପୁର ମନ୍ଦିର

ଗୋଟିଏ ଦମ୍‌ରେ ଏତେ କଥା କହି ଗଜପତି ଟିକିଏ ବିରାମ ନେଲେ। ସାମୟିକ ଭାବରେ ତାଙ୍କ ବଦନରୁ ଦୁଃଖର ଛିଟା ଅପସରିଗଲା। ଅତୀତର କୃତିତ୍ୱ ବହୁମାତ୍ରାରେ ବର୍ତ୍ତମାନର ମାନସିକ ବେଦନା ଉପଶମ କଲା।

କଳିଙ୍ଗପାଟଣା ଜଗନ୍ନାଥ ମନ୍ଦିର। ଓଡ଼ିଶାର ଦକ୍ଷିଣଦିଗର ପରାକ୍ରମ ନେଇ କଳିଙ୍ଗପାଟଣା ଜଗନ୍ନାଥ ମନ୍ଦିର ଗଢ଼ିଉଠିଛି। ଚୋଳଗଙ୍ଗ ଏବଂ ଲାଙ୍ଗୁଲା ନରସିଂହଙ୍କ ରାଜୁତି କାଳରେ ଦାକ୍ଷିଣାତ୍ୟରେ ଓଡ଼ିଆ ଦର୍ପର ପରିଚୟ ହେଉଛି କଳିଙ୍ଗପାଟଣା। ଆଜି କିନ୍ତୁ ଗଜପତି କପିଲେନ୍ଦ୍ରଙ୍କର ନିଦ ହଜିଯାଇଛି। ନିଜେ ସ୍ୱଚକ୍ଷୁରେ ନିଜର ଅର୍ଜିତ ରାଜ୍ୟର ସୀମା ହରାଉଥିବା ନିଜ କାନରେ ଶୁଣୁଛନ୍ତି। ବିପଦ ଏକାସଙ୍ଗେ ଚାରିଆଡୁ ମାଡ଼ିଆସୁଛି। ସିଏ ଅଧୁଆ ପଡ଼ିଛନ୍ତି ତ୍ରିମୂର୍ତ୍ତି ସାମ୍ନାରେ। ସମ୍ଭବତଃ ନିଦ ଲାଗିଯାଇଛି ଜଗନ୍ନାଥଙ୍କ ମନ୍ଦିର ଚଟାଣରେ। ରାତି ବିତିଯାଉଛି।

ସାହାସ କରିନାହାନ୍ତି ଅନ୍ତରଙ୍ଗ ବୈରୀଗଞ୍ଜନ କି ପୁରୋହିତ ମହାପାତ୍ର ଗଜପତିଙ୍କର ଧ୍ୟାନ ଭାଜନ କରିବାକୁ। ଗଜପତି ସ୍ଥାନକାଳର ସମନ୍ୱୟ ହରାଇଛନ୍ତି। ଅର୍ଦ୍ଧନିଦ୍ରାରେ ବହୁ ଘଟଣା ଦୃଶ୍ୟମାନ ହେଉଛି ତାଙ୍କୁ।

ହମ୍ଭୀରଦେବ ବାପାଙ୍କୁ କୈଫିୟତ୍ ମାଗୁଛି, "ତୁମେ କଅଣ ପାଇଁ ରାଜଗାଦି ମୋଠାରୁ ଛଡ଼ାଇନେଲ ?"

ଛାତି ଥରିଉଠୁଛି କପିଲେନ୍ଦ୍ରଙ୍କର। ଉତ୍ତର ନାହିଁ ତୁଣ୍ଡରେ।

ପୁଣି ହମ୍ଭୀରଦେବ ଗର୍ଜି ଉଠୁଛନ୍ତି, "ମୋତେ କାହିଁକି ରାଜକୁମାର କରି କୋଡ଼ିଏ ବର୍ଷଧରି ରାଜକାର୍ଯ୍ୟରେ ଲିପ୍ତ କରିଥିଲ ? ମୁଁ କି ଅନୈତିକ କାର୍ଯ୍ୟ କରିବସିଲି ଯେ, ତୁମେ ଏମିତି ନିଷ୍ଠୁର ନିଷ୍ପତ୍ତି ନେଲ ?"

କପିଲେନ୍ଦ୍ରଙ୍କ ବିବେକ ବା ଆତ୍ମାରେ କୌଣସି ଉତ୍ତର ନାହିଁ। ବାପପୁଅଙ୍କ ସାମ୍ନାରେ ଜଗନ୍ନାଥ! ସବୁବେଳ ପରି ତାଙ୍କର ମୁରୁକି ହସ।

ଆହୁରି ବି ପଚାରି ଚାଲିଛନ୍ତି ହମ୍ଭୀର କୁମାର, "ତୁମ ମନରେ ଯଦି ଏମିତି କପଟ ବସା ବାନ୍ଧିଥିଲା, ମୋତେ ଗୁରୁଦାୟିତ୍ୱ ଦେଇ ସଫଳତା ପରେ ନିରାଶ କରିବାର କେମିତି ପାଞ୍ଚପାରିଲ। ପ୍ରଭୁ ଜଗନ୍ନାଥ ସତରେ ତୁମକୁ ସ୍ୱପ୍ନାଦେଶ ଦେଇନାହାନ୍ତି। ତୁମେ ଆଉ କାହା ପ୍ରରୋଚନାରେ ମୋ ପ୍ରତି ପକ୍ଷପାତିତା କରୁଅଛ। ଜଗନ୍ନାଥଙ୍କର ପରମ ଭକ୍ତ ହୋଇ ବି ତୁମେ ଏମିତି ନିଷ୍ଠୁର ନିଷ୍ପତ୍ତି ନେଇ ପାରୁଛ ? ଭକ୍ତ ପ୍ରହ୍ଲାଦ ତ ପୁଣି ପ୍ରଭୁଙ୍କ ପାଖରୁ ନ୍ୟାୟ ପାଇଥିଲେ !

"ଦଶରଥ ସତେକି ରାମଚନ୍ଦ୍ରଙ୍କୁ ବନବାସ ଆଦେଶ ଦେଉଛନ୍ତି। ଏହା ପୁରାଣରେ ଏକ ବିରଳ ନକାରାତ୍ମକ ଅଧ୍ୟାୟ। ଅବିକଳ ସେଇ କାଳବେଳ ଆଜି

ଓଡ଼ିଶା ଇତିହାସରେ ଅବତୀର୍ଣ୍ଣ ହୋଇଛି। ଗଜପତିଙ୍କ ମୁଣ୍ଡରେ ଦଶରଥଙ୍କର ଅବଛାୟା ଆଜି ସମସ୍ତ ରାଜତନ୍ତ୍ରକୁ ବିଦୀର୍ଣ୍ଣ କରୁଛି। ଜୀବନରେ କୌଣସି ହିସାବରେ କେଡ଼ାଟିଏ ଭୁଲ କରି ନଥିବା ମୋର ବୃଦ୍ଧ ପିତାଙ୍କର ମତ୍ତୁରାପ୍ରାୟ କେହି ମତିଭ୍ରମ ଘଟାଇଛନ୍ତି। ନିଜ ଉତ୍ତରାଧିକାରୀ ପୁତ୍ରକୁ ତ୍ୟାଜ୍ୟପୁତ୍ର ସମ ଆଚରଣ କରୁଛନ୍ତି। ଶେଷ ଜୀବନରେ ଶାନ୍ତି କୁଆଡୁ ଆସିବ ?"

ଅର୍ଦ୍ଧନିଦ୍ରାର ଏହି ସ୍ୱପ୍ନରେ ବିଚଳିତ ହୋଇପଡ଼ିଛନ୍ତି ରାଜନ୍। ଦୁଃଖାଭିଭୂତ ନିଦ୍ରା କ୍ଷଣପ୍ରାୟ ଗ୍ରାସ କରି ପକାଇଛି। ମନ ଭିତରେ ପ୍ରକାଣ୍ଡ ଝଡ଼ ସୃଷ୍ଟି ହୋଇଛି। ସତେ ନା କଅଣ ତାଙ୍କ ଦକ୍ଷିଣ ସୀମାର ସମସ୍ତ ପରିଛା, ସେନାପତିମାନେ ଗୋଟିଏ ଦିଗରୁ ତାଙ୍କ ଆଡ଼କୁ ମୁହଁକରି ଚାହିଁଛନ୍ତି। ସେମାନେ ଦିଶୁଛନ୍ତି ଜଣେ ଜଣେ ହମ୍ୱୀର କୁମାର ପରି। ସେମିତି ଚାହିଁଛନ୍ତି ବଡ଼ ବଡ଼ ବିସ୍ତାରିତ ନୟନରେ। ପୁଣି ସାଥିରେ ସେମାନଙ୍କର ବାହାମନି ସମ୍ରାଟ ! ବାହାମନି ସମ୍ରାଟ ଉଚ୍ଚସ୍ୱରରେ କହୁଛନ୍ତି, "କପିଲେଶ୍ୱର ଗଜପତି ! ଆଉ କେତେକାଳ ଏମିତି ଲମ୍ୱା ରାଜ୍ୟ ସମ୍ୱାଳିବ ? ଆମକୁ ରାଜମହେନ୍ଦ୍ରୀ ଆଉ ସୀମାଦ୍ରି ଦେଇଦିଅ।"

ହଠାତ୍ ନିଦ ଭାଙ୍ଗିଗଲା ଗଜପତିଙ୍କର। ଚମକି ପଡ଼ିଲେ ସେ। ବଡ଼ପାଟିରେ ଚିତ୍କାର କରି ଉଠିଲେ, "ନାଁ ନାଁ, କଦାପି ସମ୍ଭବ ନୁହେଁ ! ଓଡ଼ିଶାର ଗଜପତି ଏତେ ହୀନବଳ ନୁହେଁ। ଯେଉଁ ଯବନର ରାଜ୍ୟକୁ ଦିନେ ମାତ୍ର ଦଶ ହଜାର ସେନା ନେଇ ବିଧ୍ୱସ୍ତ କରିଥିଲା, ଯାହାର ଗଜବଳ ଦର୍ଶନରେ ତୁମେ ପରାସ୍ତହେବା ସ୍ୱୀକାର କରିଥିଲ, ତୁମେ ସେଇ ବାହାମନି ସମ୍ରାଟ ତ ? ତୁମର କେତେ ଶକ୍ତି ଯେ, କଳିଙ୍ଗର ରାଜମହେନ୍ଦ୍ରୀ ଆଉ ସୀମାଦ୍ରି ନେଇଯିବାର ବୃଥା ଆସ୍ଫାଳନ କରୁଛ ? କପିଲେନ୍ଦ୍ର ଗଜପତି ଥିବା ସମୟରେ କେହି ବିଜିତ ରାଜ୍ୟରୁ ପାଦେ ବି ଜମି ଦଖଲ କରିପାରିବେନି। ବହୁତ ଆସ୍ଫର୍ଦ୍ଦା ! ବାହାମନି ଯବନ ରାଜାର। ଗଜପତି ତାର ବଳ କଷିସାରିଛନ୍ତି। ଆଜିର ବୃଥା ଆସ୍ଫାଳନରେ ଖାତିର କରିବେ କାହିଁକି ?"

ଗଜପତି ଠାକୁରଙ୍କ ଆଗରେ ଗୁହାରି କଲାବେଳେ, ମହାପାତ୍ରମାନେ, ଗଡ଼ର ସେନାପତି ଓ ପରିଚାଳକ ସମସ୍ତେ ତାଙ୍କୁ ପ୍ରତୀକ୍ଷା କରିଥିଲେ। ଗଜପତି ସଜାଗ ହେବା ମାତ୍ରେ ସେମାନେ ଗଜପତିଙ୍କୁ ତାଙ୍କ ପ୍ରାସାଦକୁ ଘେନିଗଲେ।

ପରଦିନ ସକାଳୁ ଗଜପତି ସେଠିକାର ପାଇକସେନାଙ୍କର ପ୍ରାତଃକ୍ରୀଡ଼ା ପରିଦର୍ଶନ ପାଇଁ ମନ ବଳାଇଲେ। ଓଡ଼ିଶାର ବଳ ଆସିବ କୁଆଡୁ ? ପାଇକମାନଙ୍କର କୁସ୍ତି, କସରତ, ତାଲିମ ଆଉ ଅସ୍ତ୍ରଚାଳନାରୁ ହିଁ ଆସିବ। ଏଥିପାଇଁ ତ ରାଜ୍ୟସାରା ଆଖଡ଼ାଘର ରହିବ। ମାତ୍ର ଓଡ଼ିଶା ଯେତିକି ଗଡ଼ ରଖୁଛି, ପ୍ରତି ଗଡ଼ରେ ଜଣେ ସେନାପତି

ଏବଂ ଆପଦକାଳୀନ ସମସ୍ୟାପାଇଁ ଏକହଜାର ପଦାତିକ, ଗଜାରୋହୀ ଓ ଅଶ୍ୱାରୋହୀ ସୈନ୍ୟସାମନ୍ତ ଅଛନ୍ତି ।

କଳିଙ୍ଗପାଟଣା ଆପାତତଃ ଏକ ବୃହତ୍ତର ପରିବେଶ ଏବଂ ସାମରିକତା ଦୃଷ୍ଟିରୁ ଗୁରୁତ୍ୱପୂର୍ଣ୍ଣ ସ୍ଥାନ । ଦକ୍ଷିଣଦିଗରେ ଓଡ଼ିଶାର ଅଗଣିତ ଗଡ଼ଗୁଡ଼ିକୁ ସାମରିକ ଶକ୍ତି କଳିଙ୍ଗପାଟଣା କେନ୍ଦ୍ରରୁ ହିଁ ବିଚ୍ଛୁରିତ ହୁଏ । ଓଡ଼ିଆ ସାମରିକତାର ଜଣେ ପ୍ରୋତ୍ସାହକ ଭାବରେ କପିଲେନ୍ଦ୍ର କଳିଙ୍ଗପାଟଣାର ଆବାସିକ ସେନାଛାଉଣୀର ମାନସିକତା ନିର୍ଣ୍ଣୟ କରୁଛନ୍ତି ।

ମହାରାଜାଙ୍କୁ ସମ୍ମାନ ଜଣାଇବାକୁ ରହିଥିବା ସହସ୍ରାଧିକ ସୈନ୍ୟଙ୍କୁ ମହାରାଜା ଗଜପତି ପ୍ରଶ୍ନ କଲେ, ''ତୁମ ଭିତରୁ ଅନେକ ଦକ୍ଷିଣ ଦୁର୍ଗଗୁଡ଼ିକରୁ ପ୍ରତ୍ୟାବର୍ତ୍ତନ କରୁଛ । ଦାକ୍ଷିଣାତ୍ୟରେ ଓଡ଼ିଆ ପ୍ରଶାସକ ତଥା ଓଡ଼ିଶୀ ଶାସନକୁ ସେଠିକାର ଲୋକମାନେ କିପରି ଦୃଷ୍ଟିରେ ଦେଖନ୍ତି ?''

କେତେଜଣ ଅଶ୍ୱାରୋହୀ ସୈନିକ ବହୁ ସମୟରେ ସାଧାରଣ ଲୋକଙ୍କ ସଂସର୍ଗରେ ଆସିବା କାରଣରୁ ନିଜର ଅଭିଜ୍ଞତା ସ୍ପଷ୍ଟଭାବରେ ବ୍ୟକ୍ତକଲେ । ସେମାନେ ପ୍ରକାଶ କରିଥିବା ମତାମତର ଆଧାର ଥିଲା, ଦାକ୍ଷିଣାତ୍ୟରେ ଲୋକମାନେ ଗଜପତି ଶାସନକୁ ଆଦର କରୁଥିଲେ । ଧର୍ମଗତ କାରଣରୁ ଲୋକମାନେ ଯବନ ପ୍ରଶାସନରେ ରହିବାକୁ ଆଗ୍ରହୀ ନୁହନ୍ତି । ଗଜପତି ଶାସନରେ ବ୍ୟକ୍ତିଗତ ସ୍ୱାଧୀନତା କିୟଦଂଶ ପରିମାଣରେ ବାଧାପ୍ରାପ୍ତ ହୁଏନାହିଁ । ତା ବ୍ୟତୀତ ଶ୍ରୀଜଗନ୍ନାଥଙ୍କର ସେବକ ରାଜା ହିସାବରେ ହିନ୍ଦୁମାନଙ୍କର ପୁରୀ ରାଜା ଭାବରେ ଅସୀମ ଭକ୍ତି ରହିଛି । ସେମାନେ ବି ପୁରୀ ଗଜପତି ରାଜାଙ୍କୁ ଜଗନ୍ନାଥଙ୍କର ଚଳନ୍ତି ପ୍ରତିମା ଭାବରେ ପ୍ରଣିପାତ କରନ୍ତି ।

''ସାବାସ୍ ଓଡ଼ିଆ ପାଇକ । ତୁମର ଯୁଦ୍ଧକ୍ଷେତ୍ର ବାହାରେ ଲୋକମାନଙ୍କ ମତାମତ ବିଷୟରେ ଯେଉଁ ଧାରଣା ଅଛି, ସେ ନେଇ ମୁଁ ମୋର ସନ୍ତୋଷ ବ୍ୟକ୍ତ କରୁଛି । ଦକ୍ଷିଣ ଭାରତରେ କେବଳ ସୀମା ଜୟ କରିବାରେ ଗଜପତି ବାହିନୀ ବ୍ୟସ୍ତ ରହିଲାନାହିଁ, ଲୋକମାନଙ୍କୁ ଯବନ ଯାତନାରୁ ରକ୍ଷାକରିବା ଆମର ପ୍ରାଥମିକ ଲକ୍ଷ୍ୟ ରହିଲା । ଯବନମାନେ ଅନେକ ଘୃଣିତ କାର୍ଯ୍ୟ ସହିତ ସଂପୃକ୍ତ, ସେମାନେ ରାଜ୍ୟର ସାଧାରଣ ବାସିନ୍ଦାଙ୍କୁ ଦେଶ ବାହାରେ କ୍ରୀତଦାସ ଭାବରେ ବିକ୍ରିକରିବା ଘଟଣା ରହିଛି । ଏହାକୁ ଗଜପତି ବାହିନୀ ସହ୍ୟକରିପାରିବ କି ? ସେହି ପ୍ରଜାମାନଙ୍କର ଆର୍ତ୍ତନାଦ ଆମର ଦିଗ୍‌ବିଜୟର ଗୋଟିଏ ଲକ୍ଷ୍ୟ ହୋଇ ରହିଛି । ଏହି କାରଣରୁ ହିଁ ଆମେ ବାହାମନି ରାଜ୍ୟରେ ତୁମୁଳ କାନ୍ଥ ସହିତ ମଣିଷକୁ କ୍ରୀତଦାସ ଭାବରେ ବ୍ୟବସାୟ କରୁଥିବା ସେନାପତିକୁ ସଞ୍ଜିର ଖାଁ ନିମିଉ ବାହାମନିକୁ ଏମିତି ଦଣ୍ଡ ଦେଇଛୁ, ଗଜପତି ସେନା

ଥିବା ପର୍ଯ୍ୟନ୍ତ ସେମାନେ ନିରବ ରହିବାକୁ ବାଧ୍ୟ, ଓଡ଼ିଶା ବିରୁଦ୍ଧରେ ତରବାରି ଉଠାଇବାକୁ ଆସ୍ପାଳନ କରିବେନାହିଁ। ଲୋକମାନେ ବସ୍ତୁତଃ ଏହାର ଗଣ୍ଡପାଇଥିବେ, ଆମର ମାନବିକତାର ଉଦାହରଣ ଭାବରେ ନେଇଥିବେ। ଏଇ ଧର୍ମ ଏବଂ ଭକ୍ତିଗତ କାରଣ ହେଉଛି ମୁଖ୍ୟ। ଓଡ଼ିଶାକୁ ଆଦରିବା ଛଡ଼ା କୌଣସି ଦ୍ୱିତୀୟ ବିକଳ୍ପ ନାହିଁ।

ଓଡ଼ିଆଜାତିର ଗୋଟିଏ ସୁଗୁଣ ଗଜପତିଙ୍କର ବିଜିତ ରାଜ୍ୟଗୁଡ଼ିକରେ ବଳବତ୍ତର ହୋଇ ରହିଛି। ଏହି ଜାତି ସହିତ ସ୍ୱୟଂ ଜଗନ୍ନାଥ ବିଜେ କରନ୍ତି। ସମସ୍ତ ମନ୍ଦିରରେ ଘଣ୍ଟଘଣ୍ଟା ବାଜିଉଠେ। ମନ୍ଦିର ପ୍ରାଙ୍ଗଣ ପରିଷ୍କାର ହୁଏ, ମନ୍ଦିର ଶୁଭ୍ର ହୋଇଉଠେ। ପ୍ରତି ମନ୍ଦିରର ଦେବାଦେବୀମାନେ ଜଗନ୍ନାଥଙ୍କ ସହିତ ସ୍ଥାନିତ ହୁଅନ୍ତି ଆଉ ଲୋକମାନେ

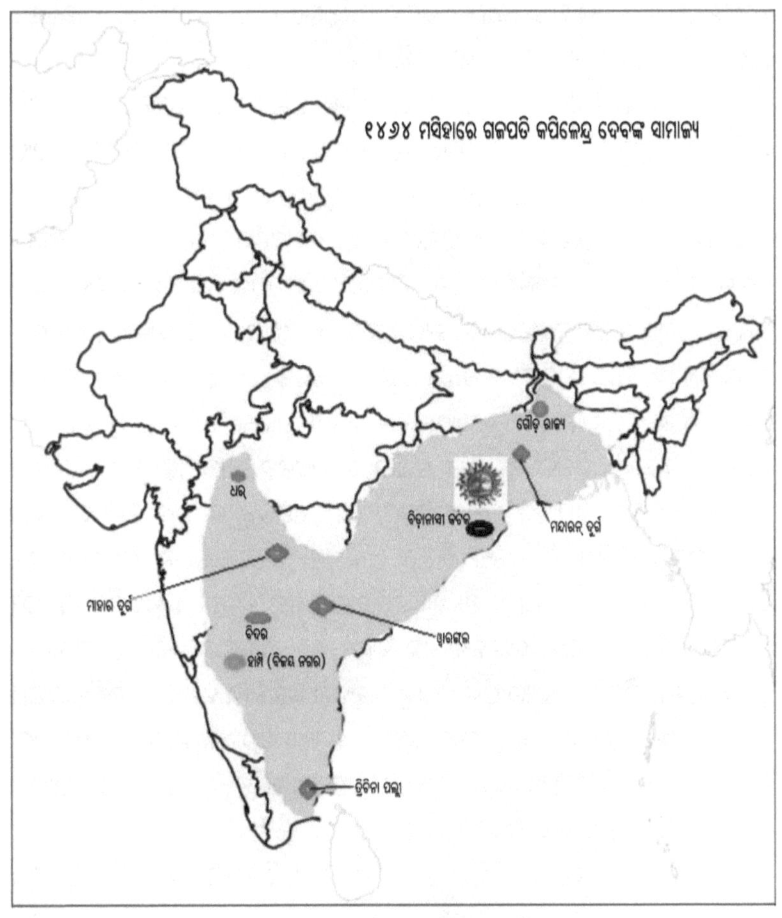

୧୪୬୪ ମସିହାର ବିଶାଳ ଓଡ଼ିଶା

ପୁରୁଷୋତ୍ତମ କ୍ଷେତ୍ରକୁ ଦର୍ଶନାର୍ଥୀ ହୋଇ ଗସ୍ତ କରିବାର ସ୍ୱପ୍ନ ସାକାର ହେବାର ସମ୍ଭାବନା ବଳବତ୍ତର ହୁଏ।

କଳିଙ୍ଗପାଟଣାରେ ତିନିଦିନ ବିତିଗଲା। ସେଠିକାର ଆବାସିକ ବାହିନୀର ତତ୍ପରତା ଓ ଆଗ୍ରହ ଦେଖି ଗଜପତିଙ୍କର ମାନସିକ ଶାନ୍ତି କେତେ ପରିମାଣରେ ଫେରିଆସିଲା। ତାଙ୍କ ଦୁର୍ଦ୍ଦିନରେ ଓଡ଼ିଆ ପାଇକବାହିନୀ ଯେ ଲକ୍ଷ୍ୟଚ୍ୟୁତ ହୋଇନି, ଏହା ତାଙ୍କୁ ଉତ୍ସାହିତ କରୁଥିଲା। ଭାଙ୍ଗିପଡୁଥିବା ମନ ଭିତରେ ତାଙ୍କର ପୁନରାୟ ପୌରୁଷ ଉଦୟ ହେଉଥିଲା। ଅଶୀବର୍ଷ ବୟସରେ ବି ତାଙ୍କର ସମର-ପିପାସା କ୍ଷୁଣ୍ଣ ହୋଇନାହିଁ। ସମଗ୍ର ଓଡ଼ିଶାର ସମରଯୋଗ୍ୟ ମାନବସମ୍ବଳ, ପଶୁସମ୍ବଳ ଓ ପଦାର୍ଥସମ୍ବଳ ଦୀର୍ଘ ଅର୍ଦ୍ଧଶତାବ୍ଦୀ ପର୍ଯ୍ୟନ୍ତ ବିନିଯୋଗ କରି ଯେଉଁ ପାଇକବାହିନୀ ଗଠନ କରିଥିଲେ, ତାହା ସମସାମୟିକ ଭାରତରେ ତଥା ବିଶ୍ୱରେ ଅଦ୍ୱିତୀୟ ରୂପ ଧାରଣ କରିଛି।

ଉତ୍କଳୀୟ ସେନାବାହିନୀର ଜଣେ ବଳିଷ୍ଠ ପରିପୋଷକ ହେଉଛନ୍ତି ଗଜପତି କପିଲେନ୍ଦ୍ର। ଯୁବାବସ୍ଥାରୁ ସେନାବାହିନୀରେ ଯୋଗଦାନ କରି ସେ କେବଳ ତାହାର ବଳ କଷିନାହାନ୍ତି, କେବଳ ମାନବସମ୍ବଳର ସୁପରିଚାଳନା କରିନାହାନ୍ତି, ସାମଗ୍ରିକ ଭାବରେ ଓଡ଼ିଶାର ଯାବତୀୟ ଉପକରଣ କିପରି ସମରକ୍ଷେତ୍ରରେ ଉପଯୋଗ ହୋଇ ବିଜୟ ନିମିତ୍ତ ସୁଗମ ପନ୍ଥ ଆସିବ, ତାହାର ପୁଙ୍ଖାନୁପୁଙ୍ଖ ଗବେଷଣା କରାଇଛନ୍ତି ରାଜ୍ୟର ପ୍ରମୁଖ ଗଡ଼ମାନଙ୍କରେ। ରାଜ୍ୟର ଅଭିଜ୍ଞ ଅବସରପ୍ରାପ୍ତ ଯୋଦ୍ଧାମାନେ ଗୋଟିଏ ସମର-ସମୃଦ୍ଧି ପୀଠ ପ୍ରତିଷ୍ଠା କରିଛନ୍ତି। ତା ନହେଲେ ଓଡ଼ିଶାର ତୃଣମୂଳ କ୍ଷେତ୍ରରୁ କିପରି ବଳିଷ୍ଠ ଯୋଦ୍ଧାମାନେ ପ୍ରଶିକ୍ଷିତ ହୋଇ ଓଡ଼ିଆ ପାଇକ ବାହିନୀକୁ ପୁରୋଭାଗରୁ ସମୃଦ୍ଧ କରିବେ ? କିପରି ଓଡ଼ିଶାର ଲୌହ ଓ ଅସ୍ତ୍ରଶସ୍ତ୍ର କାରଖାନାଗୁଡ଼ିକ ପର୍ଯ୍ୟାପ୍ତ ପରିମାଣର ଯୁଦ୍ଧାସ୍ତ୍ର ଉତ୍ପାଦନ କରି ପ୍ରଶିକ୍ଷଣ ଓ ଯୁଦ୍ଧକ୍ଷେତ୍ରକୁ ପ୍ରେରଣ କରିବେ। ଏହା ସହିତ ସମର କୌଶଳର ନୂତନ ଦିଗନ୍ତ ଆବିଷ୍କାର କରିବା ହେଲା କପିଲେନ୍ଦ୍ରଙ୍କର ବିଶେଷତ୍ୱ। ଆକ୍ରମଣ ଓ ଆତ୍ମରକ୍ଷା ଯୁଦ୍ଧଶୈଳୀରେ ବହୁ ପ୍ରକାରର ପ୍ରଦର୍ଶନ ସମ୍ଭବ। ଓଡ଼ିଶାର ସୈନ୍ୟମାନଙ୍କର ଚାକଚକ୍ୟରେ ବାହ୍ୟ ଶତ୍ରୁ ଆକ୍ରମଣ କରିବାର ସମ୍ଭାବନା ହ୍ରାସ ପାଇଲା; କିପରି ରାଜ୍ୟର ତିନି ଦିଗକୁ ଆକ୍ରମଣ କରିବାର ସମ୍ଭାବନା ବୃଦ୍ଧିପାଇଲା। ସମର-ସମୃଦ୍ଧି ପୀଠ ମଧ୍ୟ ଛଦ୍ମବେଶୀ ଗୁପ୍ତଚର ମାଧ୍ୟମରେ ଶତ୍ରୁପକ୍ଷର ବଳ କଳନା କରୁଥିଲେ। ଏଗୁଡ଼ିକ ଅବିଳମ୍ବେ ଯୁଦ୍ଧ ସୂତ୍ରରେ ପ୍ରବର୍ତ୍ତିତ ହୋଇ ଓଡ଼ିଆ ପାଇକ ଠିକଣା ସମୟରେ ଜବାବ ଦେଉଥିଲେ।

ଗଜପତି କପିଲେନ୍ଦ୍ର ନିଜ ଜୀବନଯାକର ଅଭିଜ୍ଞତାରୁ ଅନୁଭବ କରୁଥିଲେ ସମୟ ଓ ସୁଯୋଗ ଯୁଦ୍ଧ ଓ ଯୋଦ୍ଧାପାଇଁ ସମୟାନୁକୂଳ ହେଲେ ହିଁ ବିଜୟ ସମ୍ଭବ।

ସେଥିପାଇଁ ଅପେକ୍ଷା କରିବାକୁ ପଡ଼ିବ ଏବଂ ଉପଯୁକ୍ତ ମୁହୂର୍ତ୍ତରେ ଶତ୍ରୁକୁ ପ୍ରହାର କରିବା ହିଁ ବିଜୟଯାତ୍ରା ।

ଗଜପତିଙ୍କର କାହିଁକି କେଜାଣି କଳିଙ୍ଗନଗର ପୋତାଶ୍ରୟ ବୁଲିଯିବାର ଅଦମ୍ୟ ଆକାଂକ୍ଷା ଯାହା ପୂର୍ବରୁ ବଳବତ୍ତର ଥିଲା, ତାଙ୍କୁ ବୋଧ ହେଲା ଏହି ପୋତାଶ୍ରୟଟି ନଦେଖିଲେ ତାହା ଜୀବନରେ ଅବସୋସ ହୋଇ ରହିଯିବ ବୋଲି ଧାରଣା ସୃଷ୍ଟି ହେଲା । ଏହି ଧାରଣାକୁ କୃତାର୍ଥ କରିବାକୁ ସିଏ ଦୁର୍ଗ ପରିଚାଳକଙ୍କୁ ନିର୍ଦ୍ଦେଶ ଦେଲେ ତାଙ୍କୁ ମହାପାତ୍ର ମାନଙ୍କ ସହିତ କଳିଙ୍ଗପାଟଣା ପୋତାଶ୍ରୟ ପରିଭ୍ରମଣ ପାଇଁ ଆୟୋଜନ କରାଯାଉ ।

ଅବିଲମ୍ବେ ଗଜପତିଙ୍କ ପାଇଁ ଅଶ୍ୱଚାଳିତ ଟାଙ୍ଗା ପ୍ରସ୍ତୁତ ହୋଇଗଲା, ଛଅ ଜଣଯାକ ମହାପାତ୍ର ଅଶ୍ୱାରୋହଣ କରି ତାଙ୍କର ଅନୁଧାବନ କଲେ । ସେମାନେ କଳିଙ୍ଗନଗର ପୋତାଶ୍ରୟର ମୁଖ୍ୟ ଦପ୍ତରରେ ପ୍ରବେଶ କଲେ । ସେଠାରେ ପୋତାଧ୍ୟକ୍ଷ ବିରୂପାକ୍ଷ ଗଜେନ୍ଦ୍ର ଉପସ୍ଥିତ ଥିଲେ ।

ଦିନେ ଏହି ପୋତାଶ୍ରୟ କଳିଙ୍ଗର ନୌବହର ନିମିତ୍ତ ଉଦ୍ଦିଷ୍ଟ ଥିଲା । ଇତିହାସରେ ଦନ୍ତପୁର, ମୁଖଲିଙ୍ଗମ୍, କଳିଙ୍ଗନଗର, ବିଶାଖାପାଟଣା, ମଛଲିପଟନମ ବା ପିଥୁଣ୍ଡା ନାମରେ ଯେତେ ସାମୁଦ୍ରିକ ବନ୍ଦର ଥିଲା ସବୁଗୁଡ଼ିକର ସାମୁଦ୍ରିକ ଗଭୀରତା ଏବଂ ସ୍ଥଳଭାଗର ଅବସ୍ଥିତି ନେଇ ତିଷ୍ଠି ରହିଥିଲା । ଯେ କେହି ଲକ୍ଷ୍ୟ କରିବେ, ଇତିହାସରେ ଅସଂଖ୍ୟ ବନ୍ଦର କଳିଙ୍ଗ-ଉତ୍କଳ-ଓଡ଼ିଶାର ଉପକୂଳ ମହୋଦଧିରେ ଆବିର୍ଭାବ ହୋଇ ଅନେକ କାରଣରୁ ବ୍ୟବହାର-ଯୋଗ୍ୟ ହୋଇ ରହିନାହାନ୍ତି । ନଦୀଗୁଡ଼ିକ ଅବବାହିକାକୁ ବୋହି ନେଉଥିବା ପଟୁମାଟି ସମୁଦ୍ର ପୋତିବାର ସମସ୍ୟା ସୃଷ୍ଟି କରୁଛି । ଫଳତଃ କାର୍ଯ୍ୟକାରୀ ପୋତାଶ୍ରୟ ଅଚଳ ହୋଇପଡ଼ୁଛି । ସାଦା ଚଳନ୍ତି ଭାଷାରେ କହିଲେ, କଳିଙ୍ଗର ସାହାସିକଃ ନିଜ ଘର ସନ୍ନିକଟ ସମୁଦ୍ରରୁ ହିଁ ଜଳଯାତ୍ରା ଆରମ୍ଭ କରୁଥିଲେ । ସ୍ୱଳ୍ପ ବ୍ୟବଧାନରେ ବନ୍ଦର ଗୁଡ଼ିକ ତିଷ୍ଠି ରହିଥିଲା ।

କଳିଙ୍ଗପାଟଣା ବନ୍ଦର ନଗରୀକୁ ଗଜପତି ପ୍ରବେଶ କରିବା ପରେ ତାଙ୍କର ମହୋଦଧି ପ୍ରେମ ବଢ଼ିଯାଇଛି । ସେ ଅନ୍ତରଙ୍ଗ ମହାପାତ୍ର ବୈରୀଗଞ୍ଜନଙ୍କୁ ଡାକି ପଚାରୁଛନ୍ତି, "ମହାପାତ୍ରେ ଆମ ଓଡ଼ିଶାର ଆଜିକାଲି ନୌବାଣିଜ୍ୟ ପରିସ୍ଥିତି କିପରି ଅଛି ?"

ଅନ୍ତରଙ୍ଗ ମହାପାତ୍ର ଜଣାଇଲେ, "ଛାମୁ, ଆପଣ ଏହି ପ୍ରଶ୍ନ ଅଧୀନକୁ ବାରମ୍ବାର ପଚାରିଛନ୍ତି ଏବଂ ମୋର ଉତ୍ତର ଶୁଣି ବି ମଣିମାଙ୍କର ବିସ୍ମରଣ ହେଉଛି । ଆପଣ ଦିନେ ପୁରୁଷୋତ୍ତମରେ କେତେ ବଡ଼ ମନ୍ଦିର କପିଲେନ୍ଦ୍ର ତୋଳିବା ସମ୍ଭାବନାର ଉତ୍ତର

ଦେଇ ଓଡ଼ିଶା ରାଜକୀୟ ସୂତ୍ର ଉଦ୍ଧାର କରି କହିଥିଲେ, 'ଏକାମ୍ର, ପୁରୀ ଆଉ କୋଣାର୍କ ମନ୍ଦିର ସବୁ ଗୁଡ଼ିକର ଆମ ପୂର୍ବପୁରୁଷ ମାନଙ୍କର ସାମୁଦ୍ରିକ ବ୍ୟାପାରର ଅନୁଦାନରେ ହିଁ ଭିତ୍ତିପ୍ରସ୍ତର ସ୍ଥାପିତ ହୋଇଛି। ସାମନ୍ତରାଜା ମାନେ ମନ୍ଦିର ନିର୍ମାଣର ଉପକରଣ ଓ ମାନବସମ୍ବଳ ପ୍ରଦାନ କରିଛନ୍ତି। ସମସ୍ତ କୃତୀ ଶିଳ୍ପୀ ଏବଂ କାରିଗରମାନେ ଏକାଠି ଅଣ୍ଡାଭିତ୍ତି ମନ୍ଦିର ନିର୍ମାଣରେ ଲାଗିପଡ଼ନ୍ତି। ଏମିତି ଗଢ଼ିଉଠିଛି ଆମର ଭୁବନେଶ୍ୱର କୃତ୍ତିବାସ ମନ୍ଦିର, ଏଠିକାର ଶ୍ରୀମନ୍ଦିର ଏବଂ ପୂର୍ବ କୋଣର କୋଣାର୍କ। ମୋ ପକ୍ଷରେ ମନ୍ଦିର ତୋଳିବା ଦୁରୂହ ବ୍ୟାପାର, ରାଜ୍ୟର ସୀମା ବଢ଼ିବା ସଙ୍ଗେ ସଙ୍ଗେ ଏହାର ସୀମା ସୁରକ୍ଷାରେ ମୋର ସମସ୍ତ ସମୟ ବିନିଯୋଗ ହେଉଛି।'

"ଛାମୁଙ୍କର ଜୀବନବ୍ୟାପୀ ଦିଗ୍‌ବିଜୟ ପାଇଁ ଯେତିକି ସମୟ ରାଜ୍ୟ ବାହାରେ କଟିଛି, ଅନୁରୂପ ସମୟ ରାଜ୍ୟ ଭିତରେ ସାମରିକ ପ୍ରସ୍ତୁତି ଓ ପରିକଳ୍ପନାରେ ବ୍ୟୟ ହୋଇଛି। ଛାମୁ ସମୟ ପାଆନ୍ତିନି ପରିବାର ପାଇଁ। ଆଉ ଓଡ଼ିଶାର ଲୁପ୍ତପ୍ରାୟ ନୌବାଣିଜ୍ୟ ବିଷୟ ଆଡକୁ ଦୃଷ୍ଟି ଦେବାକୁ ତର କାହିଁ ଛାମୁଙ୍କର? ତଥାପି ଛାମୁ ଜାଣନ୍ତି ଦୁଇ ତିନି ଶତାବ୍ଦୀ ହେବ କେବଳ ଓଡ଼ିଶା ନୁହେଁ ସମଗ୍ର ମହୋଦଧିର ପୂର୍ବତଟ ରାଜ୍ୟ ଗୁଡ଼ିକରେ ସାଧବମାନେ ନୌବାଣିଜ୍ୟରୁ ନିଜକୁ ଓହରାଇ ଆଣୁଛନ୍ତି। ଗଭୀର ସମୁଦ୍ର ବକ୍ଷରେ ଜଳଦସ୍ୟୁ ସେମାନଙ୍କର ଜୀବନ ଓ ସମ୍ପତ୍ତିକୁ ବିପନ୍ନ କରିଛନ୍ତି।

"ଲାଙ୍ଗୁଡ଼ା ନରସିଂହଦେବଙ୍କ ପୂର୍ବରୁ ବି ଏହି ବିଷୟରେ ଅନେକ ରାଜକୀୟ ନିଷ୍ପତ୍ତି ନିଆଗଲେ ହେଁ ମଧ୍ୟ ସମୁଦ୍ରକୁ ଜଳଦସ୍ୟୁଙ୍କ କବଳରୁ ମୁକ୍ତ କରିବା ସମ୍ଭବପର ହୋଇ ପାରିଲାନି। ମୂଳ ସାଧବମାନେ ବ୍ୟବସାୟ ବାନ୍ଧିଦେଲେଣି, ଖାଲି ଖଣ୍ଡେ ଖଣ୍ଡେ ଯାତ୍ରୀବାହୀ ପୋତ ଜାଭା ସୁମାତ୍ରା କି ବାଲି ଯାଉଛି। ଦସ୍ୟୁଗିରି ଦରିଆ ବକ୍ଷରେ ଏକ ବୃତ୍ତି ପାଲଟି ଯାଇଛି। ଆରବ ଦେଶର ଜଳଦସ୍ୟୁ ମାନେ ଦିନେ ଯେ କେବଳ ଓଡ଼ିଶା କାହିଁକି ସମଗ୍ର ପୂର୍ବ ଉପକୂଳର ନୌବାଣିଜ୍ୟ ରଦ୍ଦ କରିଦେବେ, ଏଥିରେ ତିଳେମାତ୍ର ସନ୍ଦେହ ନାହିଁ।" ଏତିକି କହି ଅନ୍ତରଙ୍ଗ ମହାପାତ୍ର ଗଜପତିଙ୍କ ଉପରେ ଏହାର ପ୍ରଭାବ ଜାଣିବାକୁ ତାଙ୍କ ମୁହାଁକୁ ଟିକିଏ ଚାହିଁଲେ ଏବଂ ନିଜର ବକ୍ତବ୍ୟରେ ବିରତି ଦେଲେ। ଗଜପତିଙ୍କର ମୁଖମଣ୍ଡଳରେ ଦୁଃଖ ଏବଂ ଦୁଃଖମିଶ୍ରିତ କ୍ରୋଧରେ ଲାଲ ପଡ଼ିଗଲା।

ଗଜପତି ଉଚ୍ଚ ସ୍ୱରରେ କହି ଉଠିଲେ, "ଛାଡ଼ ମହାପାତ୍ର, ଛାଡ଼। ସେ କଥା ଛାଡ଼। ଯେଉଁ ଦିଗରୁ କିଛି ଫଳ ନମିଳିବ, ସେଥିରେ ମୁଣ୍ଡ ପୁରାଇ କଣ୍ଛି ଲାଭ ନାହିଁ। ଏ ବିଷୟରେ ମୁଁ ଅନେକ ଥର ଚିନ୍ତା କରିଛି। ଆମ ସାଂସ୍କୃତିକ ମହାପାତ୍ର (ସଂସ୍କୃତି ମନ୍ତ୍ରୀ) ଏ ବିଷୟରେ ମୋତେ ସବିଶେଷ ବିବରଣୀ ଦେଇଛନ୍ତି। ଲାଙ୍ଗୁଡ଼ା ନରସିଂହଙ୍କ

ସହିତ ଅନେକ ଗଙ୍ଗରାଜ ସାଧବ ସମାଜର ହିତୈଷୀ ଭାବରେ କଲ୍ୟାଣ କରିବାକୁ ଆଗ୍ରହ ପ୍ରକାଶ କରିଥିଲେ। ସମବେତ ଭାବରେ ଜାଭା, ବାଲି, ତାମ୍ରପର୍ଣ୍ଣୀ ଶାସକ ରାଜାଙ୍କ ପାଖକୁ ସନ୍ଦେଶ ପ୍ରେରଣ କରାଯାଇଥିଲା। ଶକ୍ତିମୁତାବକ ସବୁ ରାଜା ସମବେତ ଭାବରେ ଜଳଦସ୍ୟୁଙ୍କୁ ନିବାରଣ କରିପାରିବା ଭଲି ପଦକ୍ଷେପ ନିଆଯାଇଛି। ମାତ୍ର ସୁଫଳ କିଛି ମିଳିଲା ନାହିଁ। ବିଶାଳ ଦରିଆ ବକ୍ଷରେ ଜଳଦସ୍ୟୁମାନେ ଆମ୍ଗୋପନ କରିବା ଯେତିକି ସହଜ, ଗୃହ-ଫେରନ୍ତା ସାଧବ ବୋଇତକୁ ସୁରକ୍ଷାଦେବା ସେତିକି ଦୁରୂହ।

        “ସତରେ ଅନ୍ତରଙ୍ଗ ମହାପାତ୍ର, ତୁମକୁ କହିଲେ ତୁମେ ବୁଝିପାରିବ ଏହି ଆରବୀୟ ଲୋକମାନେ ଯେବେ କମ୍ପାସ ଧରି ସମୁଦ୍ର ପଥରେ ପୂର୍ବ-ପ୍ରାଚ୍ୟ ଦେଶ ଗୁଡିକୁ ବ୍ୟବସାୟ କରି ବାହାରିଲେ, ସେତେବେଳକୁ ଆମ ରାଜ୍ୟର ନୌବାଣିଜ୍ୟ ଚରମ ସୀମାରେ ଉପନୀତ ହୋଇଥିଲା। ସେମାନେ ଖାଲି ପ୍ରତିଦ୍ୱନ୍ଦ୍ୱିତା କଲେନି, ତାଙ୍କ ଦେଶର କ୍ରୀତଦାସ ବ୍ୟବସାୟୀମାନଙ୍କୁ ବି ସଂଶ୍ଳିଷ୍ଟ କରାଇ ଆମ ସାଧବପୁଅ ଏବଂ ନୌବାହକମାନଙ୍କୁ ଧରିନେଇ ବିଦେଶରେ ବିକ୍ରି କରୁଛନ୍ତି। ଯେପରି ଆମର ବାହାମନି ରାଜ୍ୟର କେତେଜଣ ଉଚ୍ଚପଦସ୍ଥ ସାମରିକ କର୍ମଚାରୀ ଏଭଲି ଘୃଣ୍ୟ କର୍ମରେ ଲିପ୍ତ ବୋଲି ତେଲେଙ୍ଗାନାରେ ଜନରବ ଶୁଭୁଛି। ସେଥିପାଇଁ ବାହାମନି ରାଜ୍ୟ ଯୁଦ୍ଧର ସମ୍ମୁଖୀନ ହୋଇଛି, ଆମେ ଜନତା ସପକ୍ଷରେ ଲଢୁଛୁ। ସ୍ଥଳ ପଥରେ ସଞ୍ଜର ଖାଁ ନାମକ ପଦସ୍ଥ ସେନାପତି ଅଣସାମରିକ ଲୋକମାନଙ୍କୁ ବିଦେଶ ପଠାଉଛି କ୍ରୀତଦାସ ଭାବରେ। ମଣିଷ ମୁଣ୍ଡକୁ ନେଇ ବେପାର। ଘୃଣ୍ୟ ସେହି ନରାଧମ, ପାମର।

        “ନୌବାଣିଜ୍ୟ ଆମ କଳିଙ୍ଗ ଉତ୍କଳର କୌଳିକ ବୃତ୍ତି ହୋଇଯାଇଥିଲା। ଏବେ ସେହି ଜୁଆରଟା ଭଟ୍ଟାରେ ପରିଣତ ହେବାକୁ ବସିଲାଣି। ସମୁଦାୟ ସୁବର୍ଣ୍ଣ ଦ୍ୱୀପରେ କେତେ ସଂଖ୍ୟାରେ ଆମ ଓଡ଼ିଆ ଲୋକ ବସାବାନ୍ଧି ବର୍ଦ୍ଧମାନ ମହାବୀର ଏବଂ ବୁଦ୍ଧଙ୍କ ଆବିର୍ଭାବର ସହସ୍ରାବ୍ଦ ଆଗରୁ ରହିଯାଇଛନ୍ତି। କେତେ କେତେ କଳିଙ୍ଗ ବଂଶଜ ସେହି ଦ୍ୱୀପଗୁଡିକରେ ଶାସନ ଦାୟିତ୍ୱରେ ଅଛନ୍ତି। ସେଠାରେ ବି ଆମ ଓଡ଼ିଶା ପରି ଜଗନ୍ନାଥ ମନ୍ଦିର, ବୌଦ୍ଧମନ୍ଦିର ଓ କାର୍ତ୍ତିରାଜି ରହିଛି। ଆମରି ଶିଳାଶିଳ୍ପୀମାନେ ବି ସେଇଠି ଅଛନ୍ତି ଆଉ ଆମରି ସ୍ଥାପତ୍ୟର ସେଠାକୁ ପ୍ରସାର ଘଟିଛି। ସେହି ଓଡ଼ିଆ ଉପନିବେଶଗୁଡ଼ିକ କହିବାକୁ ଗଲେ, ମୂଳଦେଶ ଓଡ଼ିଶା ଠାରୁ ବିଚ୍ଛିନ୍ନ ହୋଇଗଲା।

        “ଏବେ ଆମେ ସମସ୍ୟା ଘେରରେ ରହିଛୁ ଆମେ ସେହି ଓଡ଼ିଆ ଉପନିବେଶଗୁଡ଼ିକ ସହିତ ଯୋଗାଯୋଗ ଆଉ ସମ୍ଭବ ହେବନାହିଁ। ଏହି ଆଫଗାନ ତୁର୍କ ଆରବ ଲୋକମାନେ ଆମ ସଂସ୍କୃତି ଉପରେ ଶକ୍ତ ପ୍ରହାର କରିବାରେ ଲାଗିଛନ୍ତି।

ସେମାନେ ନୌପଥରେ ଗମନାଗମନର ଯତେ ବିକାଶ ଘଟାଇଲେ ବି ମାନବିକତା ହରାଇ ଧର୍ମ ପ୍ରଚାର, ଦସ୍ୟୁଗିରି, କ୍ରୀତଦାସ ବ୍ୟବସାୟ ପରି ଅମାନବିକ କୁସ୍ଥିତ କର୍ମ କରି ସମୁଦ୍ର ପରି ଧର୍ମପଥକୁ ନଷ୍ଟ କରିବାରେ ଲାଗିଛନ୍ତି ।"

ଆଉ ନୌବାଣିଜ୍ୟ ବିଷୟରେ ଆଲୋଚନା କରିବାକୁ ବେଶୀ କିଛି ବାକି ନଥିଲା । ତଥାପି ପରଦିନ ସଅଳ କଳିଙ୍ଗପାଟଣା ଛାଡ଼ି ସୀମାଦ୍ରି ଅଭିମୁଖେ ଗମନ କରିବାକୁ ଥିବାରୁ ସମସ୍ତେ ପୋତାଶ୍ରୟରୁ ବିଦାୟ ନେଲେ ।

କଂସା କବାଟର ସୀମାଦ୍ରି ଦୁର୍ଗ

କଳିଙ୍ଗ ପାଟଣାରୁ ଦକ୍ଷିଣାୟନ ବିଳମ୍ବ ଘଟିଲାନି । ମାତ୍ର ତିନିଦିନ ରହଣି ପରେ ଗଜପତି ପଲଟଣ ଆଗକୁ ଅଗ୍ରସର ହେବାପାଇଁ ବ୍ୟଗ୍ର ହୋଇ ଉଠିଲେ ।

ଗତ ରାତିରେ ଗଜପତି କି ସ୍ୱପ୍ନ ଦେଖିଲେ କେଜାଣି ପାହାନ୍ତାରୁ ନିଦ୍ରା ତ୍ୟାଗ କରି ଗୋଟିଏ ତକ୍ତା ଉପରେ ବସି କଅଣ ଚିନ୍ତାକରିବାକୁ ଲାଗିଲେ । ସକାଳ ହେବାକୁ ଯେମିତି ବର୍ଷଟାଏ ଲାଗିଗଲା । ବଡ଼ି ଭୋରରୁ ତାଙ୍କର ପାଟି ଶୁଭିଲା । ଉଚ୍ଚ ସ୍ୱରରେ ଘୋଷଣା କରିଦେଲେ, "ସମସ୍ତେ ପ୍ରସ୍ତୁତ ହୁଅ, ଆଜି ପୂର୍ବାହ୍ନରେ ନିତ୍ୟକର୍ମ ଏବଂ ପ୍ରାତଃ ଭୋଜନ ସରିବା ମାତ୍ରେ କଳିଙ୍ଗପାଟଣାରୁ ଦକ୍ଷିଣକୁ ଅଗ୍ରସର ହେବା ।"

ଗଜପତିଙ୍କ ଏପରି ଅକସ୍ମାତ ନିଷ୍ପତ୍ତି କାହିଁକି ଓ କେଉଁଥିପାଇଁ ଘଟିଛି, କାହାକୁ ଅବିଦିତ ରହିଲାନି । ନିଶ୍ଚୟ ଗଜପତି କୌଣସି ସ୍ୱପ୍ନ ଦେଖି ଭୀତତ୍ରସ୍ତ ହୋଇପଡ଼ିଛନ୍ତି, ଏଥିରେ ତିଳେମାତ୍ର ସନ୍ଦେହ ରହିଲାନି । ନିଶ୍ଚୟ ହମ୍ବୀରଦେବ କିମ୍ବା ବିଜୟନଗର ଦିଗରୁ ଆକ୍ରମଣ ତାଙ୍କୁ ବ୍ୟଥିତ କରୁଥିଲା । ନିଜେ ଏବେ ଅନେକ କିଛି ସନ୍ଦେହ କରୁଥିଲେ । ଉତ୍ତର ଦିଗରେ ଯେମିତି ମାଦାରନ୍ ଦୁର୍ଗ ଲଗାମଛଡ଼ା ହୋଇଯାଇଛି, ଆଉ କୋଣ୍ଠାଭିତୁ କଅଣ ତାଙ୍କ ହାତରୁ ଖସିଯିବକି ? ସନ୍ଦେହଟା କିନ୍ତୁ ନିଜ ଘରେ ରହିଛି । ବଡ଼ପୁଅ ଅରାଜି ହୋଇ ଘର ଛାଡ଼ି ଦାକ୍ଷିଣାତ୍ୟରେ ନିଜର ଶକ୍ତି ଠୁଲ କରିବାରେ ଲାଗିଛି । କେଜାଣି, କେତେବେଳେ କାହା ସହ ମିଶି କଅଣ ବା ନକରିବ ?

ଅଶୀବର୍ଷ ବୟସରେ ବି ଗଜପତି କପିଲେନ୍ଦ୍ରଙ୍କର ସମର-ପିପାସା ତୁଟିନି । ଦୀର୍ଘ ପଚାଶ ବର୍ଷ ସମର ପ୍ରାଙ୍ଗଣ ସମାପରେ ତାଙ୍କର ଯୁଦ୍ଧଖୋର ମନୋଭାବ ମେଣ୍ଟିନି,

ଜୀବନ ଯାକର ଅର୍ଜିତ ଭୂସମ୍ପଦରୁ ଆଙ୍ଗୁଲେମାତ୍ର ହରାଇବାକୁ ଚାହାଁନ୍ତିନି । ଏବେ ଦକ୍ଷିଣ ସୀମାକୁ ଧାଇଁ ଚାଲୁଛନ୍ତି କାଲେ ବିଜୟନଗର ସୀମା ଲଙ୍ଘୁଥିବ ।

ସୀମାଦ୍ରି ଦୁର୍ଗ କଲିଙ୍ଗପାଟଣାରୁ ଦୁଇଦିନର ରାସ୍ତା । ସକାଳ ପହରୁ ବାହାରିଗଲେ ପରଦିନ ସୂର୍ଯ୍ୟାସ୍ତ ପୂର୍ବରୁ ସେଠାରେ ପହଞ୍ଚିପାରିବା ସମ୍ଭବ । ଏମିତିକି ମାସରେ ଅନେକଥର ଏହି ଦୁଇଟି ଓଡ଼ିଶା ଦୁର୍ଗ ମଧ୍ୟରେ ପାଇକସେନାଙ୍କର ଗତାଗତ ଲାଗି ରହିଛି । ଓଡ଼ିଶାରୁ ଦକ୍ଷିଣକୁ ଯାତାୟତ କଲାବେଳେ ସୀମାଦ୍ରି ପାଖଦେଇ ଯିବାକୁ ହୁଏ ଏବଂ ଏହା ଗଙ୍ଗବଂଶର ଗୋଟିଏ ଦକ୍ଷିଣ ପ୍ରଶାସନ କେନ୍ଦ୍ର କହିଲେ ଚଲେ । ଏହା ପୂର୍ବଘାଟ ପର୍ବତମାଳାରେ ସମୁଦ୍ରଠାରୁ ଅନତିଦୂରରେ ଅନେକ ଉଚ୍ଚରେ ଅବସ୍ଥିତ ।

ରାସ୍ତାରେ ଅଶ୍ୱଚାଲିତ ଯାନରେ ଏକାକୀ ଗଜପତି କପିଲେନ୍ଦ୍ର ସୀମାଦ୍ରି ଅଭିମୁଖେ ଗତିଶୀଳ । ଯୁଦ୍ଧକ୍ଷେତ୍ରର ଆଗୁଆଣି ଥାଟ ପରି ଗୋଟିଏ ସୁରକ୍ଷା ବାହିନୀ ବଳିଷ୍ଠ ଅଶ୍ୱାରୋହୀ ପାଇକ ଏବଂ ଦୁଇଗୁଣା ଧନୁର୍ଦ୍ଧାରୀ ଅଶ୍ୱାରୋହୀ ସହିତ ଧାବମାନ ହେଉଛନ୍ତି । କପିଲେନ୍ଦ୍ର ପ୍ରତିଥର ଏହି ଦୁର୍ଗମ ରାସ୍ତାରେ ଯିବେବେଲେ ଯେବେ ସମୁଦ୍ରକୂଳ ସମତଳ ଅଞ୍ଚଳରୁ ପୂର୍ବଘାଟ ପର୍ବତମାଳାର ଘଞ୍ଚ ବନରାଜିରେ ପ୍ରବେଶ କରନ୍ତି, ତାଙ୍କୁ ନିଜର ଶକ୍ତି ଉପରେ ପ୍ରବଳ ବିଶ୍ୱାସ ଆସେ ଏବଂ ଆମୂଗର୍ବରେ ଉତ୍ଫୁଲ୍ଲିତ ହୋଇପଡ଼ନ୍ତି । ଦିନ ଥିଲା ସିଏ ଗଜପତି ଆସନଲାଭ କଲାପରେ ଏହି ସୀମାଦ୍ରି ଆସିବାରେ ପ୍ରତିବନ୍ଧକ ରହିଥିଲା ।

ବାସ୍ତବରେ ସୀମାଦ୍ରି ଗଙ୍ଗବଂଶକୃତ ଓଡ଼ିଶାର ଦକ୍ଷିଣ ଭାଗରେ ପ୍ରତିଷ୍ଠିତ ଗୋଟିଏ ସାମରିକ ଓ ପ୍ରଶାସନିକ କେନ୍ଦ୍ର । ଏହା ସୀମାଦ୍ରିର ଦକ୍ଷିଣ-ପଶ୍ଚିମ ଦିଗରେ ଥିବା ଉତ୍କଳର ଓଡ଼ାଢ଼ି ସାମନ୍ତ ରାଜା ଏବଂ ତତ୍ସଲଗ୍ନ ଉତ୍କଳୀୟ ଅଞ୍ଚଳ ପାଇଁ ଜଣେ ପ୍ରଶାସକ କଲିଙ୍ଗ ନୃପତିଙ୍କ ତରଫରୁ ସ୍ଥାନିତ ହୁଅନ୍ତି । କଟକ ଏବଂ ଉତ୍କଳର ଦୂରାନ୍ତ ଅଞ୍ଚଳ ହୋଇଥିବାରୁ ଏହାର ସୁରକ୍ଷା ପାଇଁ ସାମରିକ ଶକ୍ତିର ପ୍ରୟୋଜନ ନିତାନ୍ତ ପ୍ରୟୋଜନ । ଗଙ୍ଗବଂଶର ଅନେକ ନୃପତି ଏହି ଓଡ଼ାଢ଼ି ଏବଂ ସନ୍ନିକଟ ତେଲେଙ୍ଗାନା ଅଞ୍ଚଳକୁ ନିଜ ସୀମାଧୀନ କରି ରଖିବାକୁ ଆପ୍ରାଣ ପ୍ରୟାସ କରିଛନ୍ତି । ସତରେ ଏହି ଅଞ୍ଚଳରେ ଲୋକମାନେ ହିନ୍ଦୁ ଭାବରେ ଚତୁଃସ୍ୱାର୍ଶ୍ବରେ ବର୍ଦ୍ଧିତ ମୁସଲମାନ ଶକ୍ତିରୁ ଦୂରେଇ ରହିବାକୁ ଉତ୍କଳର ଛତ୍ରଛାୟାତଲେ ରହିବାକୁ ପସଯ କରନ୍ତି ।

ଓଡ଼ାଢ଼ି ବିଷୟ ମନକୁ ଆସିଲେ ଅଭିଜ୍ଞ କପିଲେନ୍ଦ୍ର ହସି ପକାନ୍ତି । ଏଥର ଚିନ୍ତାକଲେ, ସୀମାଦ୍ରିରେ ପହଞ୍ଚିଗଲେ ସବୁ ମହାପାତ୍ର ମାନଙ୍କୁ ବସାଇ ତାଙ୍କର ପଚିଶ ସାଲ ତଲର ଘଟଣା ବତାଇବେ । ଦିନକର ଗସ୍ତ ସମାପ୍ତ ହୋଇ ଦ୍ୱିତୀୟ ଦିନରେ ଚାଲିଛି ।

ଦିନ ନଈଁ ଆସିଲାଣି। ସୀମାଦ୍ରି କାହିଁ କେତେ ଦୂରରେ ରହିଛି। ଏମାନେ ଦିନ ଥାଉ ଥାଉ ପହଞ୍ଚିଯିବା ଆବଶ୍ୟକ। ପୂର୍ବଘାଟ ପର୍ବତମାଳାର ଘଞ୍ଚ ଜଙ୍ଗଲ। ଯେତେ ସାମରିକ ଶକ୍ତି ବା ଅଶ୍ୱାରୋହୀ ଧନୁର୍ଦ୍ଧାରୀ ପାଇକ ଥିଲେ ବି ଜଙ୍ଗଲଟା ରାତିରେ ହିଂସ୍ରଜନ୍ତୁ ମାନଙ୍କର। ଅବଶ୍ୟ ସୀମାଦ୍ରି ପ୍ରଶାସକ ଗଜପତିଙ୍କ ଆଗମନ ବାର୍ତ୍ତା ପାଇ ଦୁଇଶହ ପାଇକ ବିଶିଷ୍ଟ ପାଇକ ବାହିନୀ ଅଧାରାସ୍ତାକୁ ପ୍ରେରଣ କରିଛନ୍ତି। ସାୟଂକାଳ ହେଲେ ବି ଭୟ ଅନେକାଂଶରେ ଏଡ଼ାଇଦେଇ ହେବ। ନିଜେ ଗଜପତିଙ୍କ ମନରେ ନପଶୁ ପଛେ, ତାଙ୍କର ସୁରକ୍ଷାବାହିନୀ ଆଉ ଗୋଟିଏ ମହାବଳ ଶକ୍ତିର ଆଶଙ୍କା କରନ୍ତି। ହତାଶ ହୋଇଥିବା ଯୁବରାଜ ହମ୍ଭୀର କୁମାର ଦକ୍ଷିଣ ଦେଶରେ ଘୁରିବୁଲୁଛନ୍ତି।

ଯାହାହେଉ ବାଜା ମଶାଲ କିଛି ଦରକାର ପଡ଼ିଲାନି। ସୂର୍ଯ୍ୟଦେବ ଅସ୍ତଗାମୀ ହେବାର ଘଡ଼ିଏ ଆଗରୁ ଗଜପତିଙ୍କର ରାଜକୀୟ ଦଳ ସୀମାଦ୍ରିରେ ଉପନୀତ ହେଲେ। ସେଠିକାର ପ୍ରଶାସକ ସ୍ୱୟଂ ସୁଦର୍ଶନ ଦକ୍ଷିଣକବାଟ ଗଜପତିଙ୍କୁ ପାଛୋଟି ଆଣିବାକୁ ଅନେକ ଦୂର ଯାଇ ଅପେକ୍ଷା କରି ଡେରା ପକାଇଥିଲେ। ଗଜପତି ଅପରାହ୍ନରେ ପହଞ୍ଚିବା ପରେ ତାଙ୍କୁ ପାଛୋଟି ଆଣିଲେ।

ସଂଧ୍ୟାକାଳୀନ ଜଗନ୍ନାଥଙ୍କ ପୂଜା ଏବଂ ଧୂପଦାନ ପରେ ସୁଦର୍ଶନ ଦକ୍ଷିଣକବାଟ ଗୋଟିଏ ଗୋପନ ସଭା ଆହୂତ କରିଥିଲେ। ଏହିଛୋଟ ସଭାରେ ଏକତ୍ରିତ ମହାପାତ୍ର, ଚମ୍ପତି(ସାମରିକ ମୁଖ୍ୟ ଛାମୁପତି) ଏବଂ ବାହିନୀପତି (ବାହିନୀ ଗୁଡ଼ିକର ମୁଖ୍ୟମାନେ) ପ୍ରଶାସକ ସୁଦର୍ଶନଙ୍କ ନିର୍ଦ୍ଦେଶମତେ ଗଜପତିଙ୍କ ମନୋବଳ ବୃଦ୍ଧିକରିବାକୁ ସଂହତି ସକଚ୍ଛ ନେବାକୁ ପରିକଳ୍ପନା ରହିଥିଲା। ଓଡ଼ିଶା ପ୍ରଶାସନରେ ଏବେ ଅନେକମାତ୍ରାରେ ହଟଚମଟ ଆରମ୍ଭ ହୋଇଯାଇଛି। ରାଜପରିବାରରେ ଲାଗିଥିବା ଉଭରାଧିକାରୀ ଚୟନରେ ଅନେକ ଯୁବରାଜ ହମ୍ଭୀରାଦେବଙ୍କର ସମର୍ଥକ। ଜଣେ ସମର୍ଥ ଯୋଦ୍ଧା ଭାବରେ ସାମରିକ ବାହିନୀର ପ୍ରତିଟି ବିଭାଗରେ ଅନେକ ସୈନିକ ଓ ସେନାପତି ଯୁବରାଜଙ୍କ ପକ୍ଷରେ। ତେଣୁ ସାମରିକ ବାହିନୀରେ ଗୁପ୍ତରେ ଫାଟ ସୃଷ୍ଟି ହେବାର ଅବକାଶ ଆସିଛି। ଏ କଥା ସମସ୍ତେ ଜାଣିଲେ ବି କେହି ମୁହଁ ଖୋଲି କହୁନାହାନ୍ତି।

ସଂଧ୍ୟା ହେବାର ଦି'ଘଡ଼ି ପରର ସୀମାଦ୍ରି ଦୁର୍ଗ। ଗଡ଼ର ଚାରିପଟେ ମଶାଲ ଆଲୋକରେ ସବୁଜ ବନାନୀ ସୁନିଦ୍ରାରେ ସ୍ୱପ୍ନବିଭୋର। ସୁରକ୍ଷାବାହିନୀର ଜଗୁଆଲମାନେ ହାତରେ ତୀକ୍ଷ୍ଣ କୁନ୍ତ ଧରି ପହରା ଦେଉଛନ୍ତି। ଏହି ସୁରକ୍ଷା ବଳୟ ବି ପ୍ରଶାସକ ଦକ୍ଷିଣକବାଟଙ୍କୁ ପର୍ଯ୍ୟାପ୍ତ ନୁହେଁ। ସିଏ ସଭାକକ୍ଷର ଦ୍ୱାରଦେଶକୁ ଏବଂ ସମସ୍ତ ଗବାକ୍ଷକୁ ରୁଦ୍ଧ କରିବାକୁ ନିର୍ଦ୍ଦେଶ ଦେଲେ ଗୃହରକ୍ଷୀକୁ। ଦୁଇଜଣ ଗୃହରକ୍ଷୀ ସଭାକକ୍ଷର ଦ୍ୱାର ଖୋଲା କାନ୍ତୁ ଜଗିବସିବେ ଯେମିତି କକ୍ଷର କୌଣସି ଆଲୋଚନା

କେହି ଶୁଣିପାରିବେନି।

     ବାସ୍ତବରେ ସୁଦର୍ଶନ ଦକ୍ଷିଣକବାଟ କୌଣସି ସୂତ୍ରରେ ଗଜପତିଙ୍କର ସମ୍ପର୍କୀୟ। ଗଜପତି ନିଜର ଶାସନକାଳର ଦଶବର୍ଷ ପର୍ଯ୍ୟନ୍ତ ହିଁ ସୀମାଦ୍ରିକୁ ଆସିପାରି ନଥିଲେ। ସୀମାଦ୍ରି ଦୁର୍ଗରେ ରହି ମଉ ଭାନୁଦେବ ଯାହା କିଛିକାଳ କଟାଉଥିଲେ ଏବଂ ରାଜମହେନ୍ଦ୍ରୀ ରେଡି ଉପକୂଳ ଅଞ୍ଚଳ ବିଜୟନଗର ଅଧିକାରଭୁକ୍ତ କରିବାକୁ ଦେଇ ସୀମାଦ୍ରି ଦୁର୍ଗ ଦଖଲ କରିନେଲା। ଯିବେ କୁଆଡେ ଗଙ୍ଗରାଜ? ପଞ୍ଚଗୁଣ୍ଠା ଦେଲେ ଓଡ଼ିଶା ଅଭ୍ୟନ୍ତରକୁ।

     ଯେତେବେଳେ କପିଲେନ୍ଦ୍ରଦେବ ଶାସନଦଣ୍ଡ ଧରିଲେ, ମଉଭାନୁଦେବ ସିନା ଗୁଡ଼ାରି କଟକରେ ଆତ୍ମଗୋପନ କଲେ, କିନ୍ତୁ କପିଲେନ୍ଦ୍ରଦେବ ଅନ୍ତଃବିପ୍ଳବ ପରି ଏକ ସମସ୍ୟାର ସମ୍ମୁଖୀନ ହେଲେ, ଯହିଁରେ ଓଡ଼ାଡ଼ିର ଶାସକ ପରିବାର ସାମିଲ ହୋଇ ଓଡ଼ିଶାକୁ ବଶ୍ୟତା ସ୍ୱୀକାର କଲେ ନାହିଁ କି ରାଜସ୍ୱ ଦେଲେନାହିଁ। ଦୀର୍ଘ ଆଠବର୍ଷ କପିଲେନ୍ଦ୍ରଙ୍କ ପ୍ରଚେଷ୍ଟା ଏବଂ ଧମକପୂର୍ଣ୍ଣ ବ୍ୟାଜ୍ୟାପ୍ତି ଘୋଷଣା ବଳରେ ପୁନରାୟ ସମସ୍ତ ଅଞ୍ଚଳ ଅକ୍ତିଆର କରିପାରିଲେ। ଓଡ଼ିଶାର ଅନ୍ତର୍ଦ୍ୱନ୍ଦ୍ୱ ସମାଧାନ କରିପାରିଲେ। କପିଲେନ୍ଦ୍ର ଅନୁଭବ କଲେ, ଶାସନ ପ୍ରଶାସନରେ ଆତ୍ମୀୟ ବା ରକ୍ତ-ସମ୍ପର୍କୀୟ ଲୋକ ଅତ୍ୟାବଶ୍ୟକ। ଏଥିପାଇଁ ଖେମୁଣ୍ଡି ହେଉ କି ରାଜମହେନ୍ଦ୍ରୀ, ସୀମାଦ୍ରି ହେଉ କି କୋଣ୍ଡଭିଡୁ ସବୁଠାରେ ନିଜର ଲୋକ ହିଁ ରହିଲେ ଆଉ ବିଶ୍ୱାସ ଭାଜନ ହେବନି, ରାଜ୍ୟର ଅଖଣ୍ଡତା ବଜାୟ ରହିବ। କୃତଘ୍ନତାର ଅବକାଶ ରହିବନାହିଁ। କୌଣସି ବାହ୍ୟ ଶକ୍ତି ଗୁପ୍ତରେ ଓଡ଼ିଶାର ଦୁର୍ଗକୁ ଭେଦ କରିପାରିବ ନାହିଁ।

     ଏବେ ଗଜପତି ଏବଂ ସମସ୍ତ ପାତ୍ର, ମହାପାତ୍ର, ବାହିନୀପତି, ଚମ୍ପତିଙ୍କ ଉପସ୍ଥିତିରେ ସୁଦର୍ଶନ ଦକ୍ଷିଣକବାଟ ନିଜର ସ୍ୱାଗତ ଭାଷଣ ଆରମ୍ଭ କଲେ।

     "ଗଜପତି ଗୌଡ଼େଶ୍ୱର ନବକୋଟି କର୍ଣ୍ଣାଟ କଳବର୍ଗେଶ୍ୱର ବୀରାଧିବୀରବର ଶ୍ରୀଶ୍ରୀଶ୍ରୀ କପିଲେନ୍ଦ୍ରଦେବଙ୍କୁ ଆଜିର ଏହି ମନ୍ତ୍ରଣା କକ୍ଷକୁ ସ୍ୱାଗତ ଜଣାଉଛି। ଉତ୍ଥାନ ଓ ପତନ ମଧ୍ୟରେ ଶେଷ ଗଙ୍ଗଶାସନ ଧରାଶାୟୀ ହେବାକୁ ଗଲାବେଳକୁ ଶୁଭମୁହୂର୍ତ୍ତରେ ଛାମୁଙ୍କର ଶାସନଭାର ଗ୍ରହଣ ଏବଂ ସାରା ଜୀବନବ୍ୟାପୀ ଦିଗ୍ବିଜୟ ଆଜିର ବର୍ଦ୍ଧିତ ଓଡ଼ିଶା ରୂପ ନେଇଛି। ରାଜ୍ୟର ପ୍ରତିଟି ପାଦ ଜମି ହିଁ ଛାମୁ ଓଡ଼ିଆ ରକ୍ତ ବିନିମୟରେ ହାସଲ କରିପାରିଛନ୍ତି, ତାହା ଓଡ଼ିଶାର ଭାଗ୍ୟ ଲିଖନ। ଜୀବନଟା ସାରା ଯୁଦ୍ଧ ପଡ଼ିଆରେ କଟାଇ ଛାମୁ ଆଜି ପାରିବାରିକ କାରଣରୁ ଅଶାନ୍ତିରେ ସମୟ କଟାଉଛନ୍ତି। ଏହି ଘଡ଼ିସନ୍ଧିରେ କେବଳ ଏହି ସୀମାଦ୍ରି ଦୁର୍ଗ କାହିଁକି ଓଡ଼ିଶାର ସମସ୍ତ ଅଞ୍ଚଳର ପ୍ରଜା,

ରାଜକର୍ମଚାରୀ ଏବଂ ସାମରିକ ବାହିନୀ ତାଙ୍କୁ ସମର୍ଥନ ଓ ସହାନୁଭୂତି ଜ୍ଞାପନ କରି ଜଗନ୍ନାଥଙ୍କ କୃପାରୁ ସମସ୍ତ ବିପଦ ଭଞ୍ଜନ ହେଉ ବୋଲି ପ୍ରାର୍ଥନା କରୁଅଛୁ।"

ଗଜପତିଙ୍କର ବ୍ୟଥିତ ମୁଖମଣ୍ଡଳ କିୟତ୍ ଉଜ୍ଜ୍ୱଳିମାରେ ଆଲୋକିତ ହେଲା ପରି ବୋଧହେଲା। ସେ ନିଜ ସୀମାଦ୍ରି ସିଂହାସନରେ ବସି କହିବା ଆରମ୍ଭ କଲେ।

"ଓଡ଼ିଶାର ସମସ୍ତ କର୍ମୀବୃନ୍ଦ, ପାଇକବାହିନୀ

"ଆଜି ମୁଁ ଅନୁଭବ କରୁଛି, ଏହି ସୀମାଦ୍ରି ହିଁ ଓଡ଼ିଶା ରାଜ୍ୟର ଦକ୍ଷିଣ ରାଜଧାନୀ। ଓଡ଼ିଶାର ପାଇକମାନଙ୍କ ଗଜ, ଅଶ୍ୱ, ଧନୁର୍ଦ୍ଧର ବଳ ଏହି ସାମରିକ କ୍ଷେତ୍ରର ପ୍ରଶିକ୍ଷଣଲବ୍ଧ ଫଳ। ଆଜି ଏହି କେନ୍ଦ୍ରରୁ ରାଜ୍ୟର ବର୍ଦ୍ଧିତ ଦକ୍ଷିଣ ସୀମା ଏଠାରୁ କଟକ ଦୂରତ୍ୱ ସହ ପ୍ରାୟ ସମାନ। ଦିନ ଆସିଥିଲା, ଆମ ସୀମା ବାହାରକୁ ଚାଲିଯାଇଥିଲା ସୀମାଦ୍ରି। ଏବେ ସୀମାଦ୍ରି ଚପି ଆହୁରି ଗୋଟିଏ ନୂତନ ଓଡ଼ିଶା ଆୟତନ ଆମକୁ ମିଳିପାରିଛି। ହୁଁକାର ମାରିଲେ ଆମର ଶକ୍ତିଶାଳୀ ଗଜବାହିନୀ ରାତି ପାହିଲେ କେଉଁଠାରେ ବି ପହଞ୍ଚିପାରିବେ। ସୀମାଦ୍ରି ପରି ସାମରିକ କେନ୍ଦ୍ରଟିଏ ଥିଲେ ଶତ୍ରୁ ପକ୍ଷକୁ କୌଣସି ଭୟ ନାହିଁ।

"ଆଜି ମୁଁ ଉଲ୍ଲସିତ ଗୋଟିଏ କାରଣ ପାଇଁ। ବିପଦ ଏହି ସୀମାଦ୍ରିକୁ ଆସେ ଆଉ ଯୁଗେଯୁଗେ ଉତ୍କଳ ନୃପତି ଏଠାକୁ ଧାଇଁ ଆସନ୍ତି। ଏଠାରୁ ଚାଲେ ଦକ୍ଷିଣ ଅଭିଯାନ। ଅନେକ ସାମରିକ ବାହିନୀ ଏଠିକାର ନେତୃତ୍ୱ ନିଅନ୍ତି। ଆଗୁଆଣି ଥାଟରେ ଡିଆଁବାଘ ଭୂମିକା ନିଅନ୍ତି। ସେ ଜ୍ଞାନ ଅନୁସାରେ ନରସିଂହ ଏଠାକୁ ଆସି ଗଡ଼ର ଗଠନ ମଜବୁତ କରିଥିଲେ ଏବଂ ତାଙ୍କ ପୂର୍ବରୁ ଚୋଡ଼ଗଙ୍ଗ ବି କୁଆଡ଼େ ତାଙ୍କ ଗଙ୍ଗାରୁ ଗୋଦାବରୀ ରାଇଜ ପରିଦର୍ଶନରେ ବି ଏଠାକୁ ଆସୁଥିଲେ।

"ଦିଗବିଜୟୀ ନରସିଂହଙ୍କର ଦାକ୍ଷିଣାତ୍ୟ ଉପରେ ଅଖଣ୍ଡ ଚାପ ରହିଥିଲା ଏବଂ ସେ ସୀମାଦ୍ରି ଦୁର୍ଗରେ ଅବସ୍ଥାନ କରି ସୁଦୂର ବିଜୟବାହୁଡ଼ା (ବିଜୟୱାଡ଼ା) ସନ୍ନିକଟ ଗଜପତି ଦୁର୍ଗକୁ ଯାଉଥିଲେ ଏବଂ ଆହୁରି ଦକ୍ଷିଣକୁ ବି ଆଖି ପକାଇଛନ୍ତି। କୋଣାର୍କ ମନ୍ଦିର ତୋଲା ଅବଧିରେ ଏହି ସୀମାଦ୍ରିର ଲକ୍ଷ୍ମୀ ନୃସିଂହ ମନ୍ଦିର ନିର୍ମାଣ କରି ଉତ୍କଳର ସମୃଦ୍ଧି ବାଞ୍ଛା କରିଥିଲେ।

"କିନ୍ତୁ ବିପର୍ଯ୍ୟୟ ଘଟିଯାଇଥିଲା ମଉଭାନୁଦେବଙ୍କ ଅମଲରେ। ଗଙ୍ଗାରାଜ ରାଜ୍ୟର ସୀମା ପ୍ରତି ଆଖିବୁଜି ଦେଇଥିବା ବେଳେ ବିଜୟନଗର ସମ୍ରାଟ ଦେବରାୟ ସମୁଦ୍ର ଉପକୂଳ ଛିନ୍ନ କରିଥିଲେ, କିନ୍ତୁ ସୀମାଦ୍ରି ଅକ୍ତିଆର କରି ନଥିଲେ। ଗଙ୍ଗାରାଜ ଏଠି ବସି କିପରି ମୂଳ କଳିଙ୍ଗର ରାଜମହେନ୍ଦ୍ରୀ ପର୍ଯ୍ୟନ୍ତ ରହିଥିବା କଳିଙ୍ଗ ଦଣ୍ଡପାଟ ଉଦ୍ଧାର କରିବେ ଚିନ୍ତାଗ୍ରସ୍ତ ଥିଲେ। ଶେଷକୁ ଆସିଲେ ରାଜମହେନ୍ଦ୍ରୀର ଶାସକ ଅଲେୟା ଭେମା ରେଡ଼ି ଏବଂ ସୀମାଦ୍ରି ଦଖଲ କରି ସେ ଗଙ୍ଗାରାଜଙ୍କୁ ପାରଲାଖେମୁଣ୍ଡିର

ବାରାଣସୀ ଗୁଡ଼ାରି କଟକକୁ ବିତାଡ଼ିତ କରିଦେଲେ । ସେଇଠୁ ଗଙ୍ଗାରାଜ ଆଉ କଟକ ରାଜଧାନୀକୁ ଆଉ ଫେରିଲେ ନାହିଁ, ଏକେତ ଲୋକ ଲଜ୍ଜା, ତା ପରେ ଅରାଜକତାରେ ମୋତେ ରାଜ୍ୟ ପ୍ରଶାସନ ଗାଦିସୀନ କରିସାରିଛି ।

"ଗଙ୍ଗରାଜୁତି ଦୀର୍ଘ ଦିନର । ପ୍ରାୟ ଚାରିଶହ ବର୍ଷର । ଶେଷ ଗଙ୍ଗାରାଜା ମାନଙ୍କର ଦୂରଦୃଷ୍ଟି ଅଭାବରୁ ରାଜ୍ୟ ଦକ୍ଷିଣ ସୀମା ହରାଇ ସାରିଥିବା ସମୟରେ ମୋ ପକ୍ଷରେ ସୀମାଦ୍ରି ପରି ସାମରିକ କେନ୍ଦ୍ର ଦଖଲ କରିବାକୁ ବହୁ ବୁଦ୍ଧି ଖଟାଇବାକୁ ପଡ଼ିଛି । ଶତ୍ରୁ କେବଳ ରାଜମହେନ୍ଦ୍ରୀରେ ନଥିଲା, ଏହାର ଶକ୍ତିର ବେଣ୍ଟ ବିଜୟନଗର ଦେବରାୟଙ୍କ ପର୍ଯ୍ୟନ୍ତ ଲମ୍ବିଥିଲା । ଏହାକୁ ଆମେ ଅନାୟାସରେ ଦଖଲ କରିବା ପରେ ଦଇବ ଆମକୁ ସହାୟକ ହେଲା ରାଜମହେନ୍ଦ୍ରୀ ବିଜୟ ନିମନ୍ତେ । ଦେବରାୟଙ୍କ ଶକ୍ତିର ଅବସାନ ଘଟିବା ପରେ ହିଁ ଆମକୁ ସମୟ ଶୁଭଦାୟକ ହୋଇପାରିଥିଲା ।

"ଆଉ ବିଗତ କେଇ ବର୍ଷରେ ଆମର ତେଲେଙ୍ଗାନା ଅଞ୍ଚଳରେ ମାଲିକାନା ବଢ଼ିଗଲା । ଅନେକ ଗଡ଼ ଆମ ଦଖଲକୁ ଆସିଲା ଯାହା ସୀମାଦ୍ରି ପ୍ରଶାସନ ଭିତରେ ରହିଛି । ଏହି ବର୍ଦ୍ଧିତ ପରିସୀମା କେବଳ ଆମର ଆୟ ବହୁଗୁଣିତ କରିନି, ସାମରିକ ନିୟନ୍ତ୍ରଣ ଏବଂ ଆମର ପ୍ରଶାସନିକ କାର୍ଯ୍ୟଭାର ଅନେକ ଗୁଣ ବଢ଼ାଇଦେଲା । ବହୁତ ବଡ଼ ସାମରିକ ବାହିନୀଟିଏ ଏଠାରେ ସ୍ଥାପନ କରିବା ସହ ଏଠିକାର ଘର, କବାଟ ଝରକା ଏବଂ ପ୍ରାଚୀର ବଳିଷ୍ଠ କରିବାକୁ ପଡ଼ିଲା ।

"କିନ୍ତୁ ଏଇଠି ବିଜାତୀୟ ଆକ୍ରମଣ ଏବଂ ବିଜୟନଗରର ଦୃଷ୍ଟି କେନ୍ଦ୍ରୀଭୂତ ହୋଇ ରହିଲା । ଆମ ଦକ୍ଷିଣର ଗଚ୍ଛିତ କୋଷାଗାର ସହିତ ପ୍ରତ୍ୟେକ ବଖରାକୁ ଶତ୍ରୁ କବଳରୁ ରକ୍ଷା କରିବାପାଇଁ ମୋ ମନକୁ ଗୋଟିଏ ଶକ୍ତ ଧାରଣା ଆସିଲା । ଘରର ସବୁଠାରୁ ଦୁର୍ବଳ ଉପାଦାନ ହେଉଛି କବାଟ । ଏହାକୁ ଯଦି କଂସା ଧାତୁରେ ନିର୍ମାଣ କରିଦିଆଯିବ, ତେବେ କୌଣସି ଶକ୍ତି ନାହିଁ ଯିଏ କୌଣସି ଅସ୍ତ୍ରରେ ଏହାକୁ ଭାଙ୍ଗିଦେଇ ପାରିବେ । ଏହି କଂସାକବାଟରେ ଧୂସର ରଙ୍ଗର ଆବରଣ ରହିଲେ, ତାହା ଧାତୁ ନିର୍ମିତ ବୋଲି ବାହାରକୁ ପ୍ରତୀୟମାନ ହେବନାହିଁ ।

"ଓଡ଼ିଶାର ଏହି ଦକ୍ଷିଣ ସାମରିକ ରାଜଧାନୀଟି ଦ୍ୱିତୀୟ କଟକ କହିଲେ ଅତ୍ୟୁକ୍ତି ହେବନି । ବର୍ଦ୍ଧିତ ମୁସଲମାନ ଆକ୍ରମଣ ଏବଂ ପରାକ୍ରମୀ ବିଜୟନଗର ସମ୍ମୁଖରେ ସୀମାରକ୍ଷା ଓଡ଼ିଶା ପରି ସୁଦୀର୍ଘ ରାଜ୍ୟରେ ଅସମ୍ବ ମନେହୁଏ । ଯଦି ବିଜୟନଗର ଦକ୍ଷିଣ ସୀମା ଆକ୍ରମଣ କରିଦିଏ, ଓଡ଼ିଶାର ଯେତେ ସୈନ୍ୟବଳ ଥାଉନା କାହିଁକି କଟକରୁ ନିର୍ଗତହୋଇ ସୀମାଦ୍ରିର ଦକ୍ଷିଣାଞ୍ଚଳରେ ପହଞ୍ଚିବାକୁ ସାତଦିନରୁ କମ୍ ଲାଗିବନାହିଁ । ସେତେବେଳକୁ ସୀମା ପଡ଼ୋଶୀ ଦ୍ୱାରା ଅଧିକୃତ ହୋଇସାରିଥିବ ।"

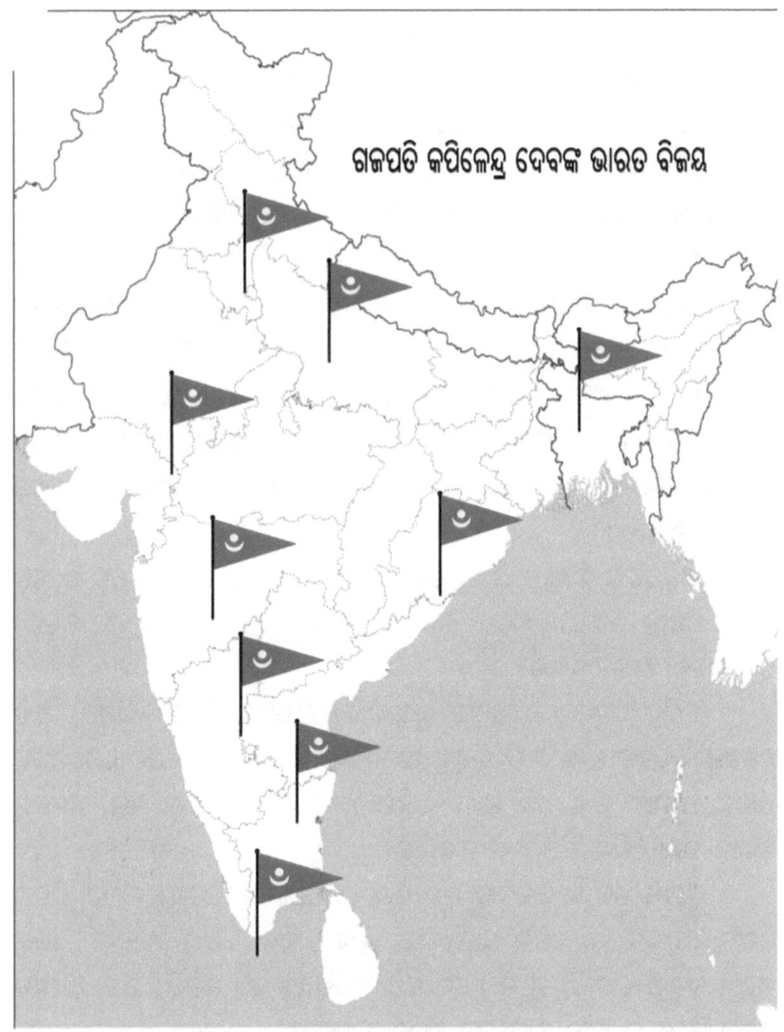

କପିଲେନ୍ଦ୍ରଙ୍କ ଭାରତ ବିଜୟ

ଗଜପତି ନିଜ ବକ୍ତବ୍ୟ ମଧ୍ୟରେ ଟିକିଏ ବିରତି ନେଲେ।

ଅନ୍ତରଙ୍ଗ ମହାପାତ୍ର ଗଜପତିଙ୍କ ବିଷୟରେ ବହୁତ ଅତୀତ କଥା ଭାବୁଥିଲେ। ସତରେ ଦିନେ ସେ ଏହି ଦୁର୍ଗ ଭେଦ କରିବାକୁ ଅସମର୍ଥ ଥିଲେ। ନିଜକୁ କିପରି ପ୍ରତିଷ୍ଠିତ କରିବେ, ତାଙ୍କ ପାଇଁ ଏକ ଆହ୍ୱାନ ଥିଲା। ଅନେକ ଗୁଡ଼ିଏ ସାମନ୍ତରାଜା ଯେତେବେଲେ ନୂଆ ଗଜପତିଙ୍କ ସହ ଅମେଲ ହେଲେ, ପୂର୍ବତନ ଗଙ୍ଗରାଜଙ୍କ

ଆମ୍ଭେମାନେ ବା କିପରି ତାଙ୍କୁ ସହଯୋଗ କରିବେ ? ବହୁ ଚିନ୍ତାକରି କପିଲେନ୍ଦ୍ର ଗୋଟିଏ ଉପାୟ ସ୍ଥିର କଲେ । ନିଜର ଶକ୍ତି ବୃଦ୍ଧିକଲେ, ଏହି ଆଭ୍ୟନ୍ତରୀଣ ସାମନ୍ତରାଜାମାନେ କାହିଁକି, ବହୁ ପଡ଼ୋଶୀ ରାଜ୍ୟଗୁଡ଼ିକୁ ବି କରଗତ କରିପାରିବେ । ଏହି ସାମରିକତା ହିଁ କପିଲେନ୍ଦ୍ରଙ୍କ ଏକମାତ୍ର ଉପାୟ ଥିଲା । ଏହା ସମସ୍ତେ ଭଲରେ ଜାଣନ୍ତି, କିନ୍ତୁ ଏହା କରିବା ସହଜ ନୁହେଁ । ନିଜର ଧୈର୍ଯ୍ୟବଳରେ ସମସ୍ତ ସମୟ ଖଟାଇ ପ୍ରତିଟି ସାମନ୍ତରାଜ୍ୟ, ସେନା ମନୋବୃତ୍ତି ଥିବା ପାର୍ବତ୍ୟାଞ୍ଚଳ ତଥା ଗାଆଁ ଗାଆଁ ବୁଲି ସୁସ୍ଥ ବଳବାନ ଯବାନମାନଙ୍କୁ ସେନାବାହିନୀ ପାଇଁ ନିଯୁକ୍ତି ଦେଉଥିଲେ । ଏହାକୁ ନିଜର ଶାସନରେ ପ୍ରାଥମିକତା ଦେଇଥିଲେ । ନିଜର ସୈନ୍ୟବଳ ବଢ଼ିଯିବା ପରେ ହିଁ ସେ ରାଜ୍ୟରେ ବିଶୃଙ୍ଖଳା ରଚୁଥିବା ବିକେନ୍ଦ୍ରିତ ସାମନ୍ତରାଜା ମାନଙ୍କୁ ସତର୍କ କରିଦେଇଥିଲେ । ସେହି ଭୟରେ ଦିନେ ଓଡ଼ାଢ଼ି ଶାସକ ଆତ୍ମସମର୍ପଣ କଲେ । ତାପର ଠାରୁ ଗଜପତି କପିଲେନ୍ଦ୍ର ଏହି ସୀମାଦ୍ରି ଗଡ଼କୁ ନିଜର ଦ୍ୱିତୀୟ ସାମରିକ ଘାଟିରେ ପରିଣତ କରିଛନ୍ତି ।"

ଗଜପତିଙ୍କ ଭାଷା କଠିନରୁ କୋମଳ ହେବାକୁ ଲାଗିଲା । ଥର ଥର ଓଠରେ ନିଜର ଅତୀତ ବଖାଣିବା ପରେ ଏବେ କିଛି ଅନ୍ତରର ବେଦନା ଅନୁଭବ କଲେ । ପୁଣି କହିବା ଆରମ୍ଭ କଲେ ।

"ଦିନ ସବୁବେଳେ ସମାନ ରହେନାହିଁ । ଯାହା ମୁଁ ଦିନେ କରିଥିଲି, ଆଜି ଦେଖିଲା ବେଳକୁ ମୋତେ ବି ବିଶ୍ୱାସ ଆସୁନି । କଂସା କବାଟ ? କିପରି ମୋ ମନକୁ ଆସିଲା ? ମାଟି ହାଣ୍ଡି ପରି କାଠ ଭାଙ୍ଗିଯାଏ, ତୁଟିଯାଏ । କଂସା ଶକ୍ତ, ସେଇଠୁ ବରାଦ ଗଲା ଓଡ଼ିଶା ତିଆରି କଂସାକବାଟ ।

"ଆଜି ସେ କଂସାକବାଟ ତୁଟି ଗଲା ମୋ ଘର କନ୍ଦଳରେ । କାଠ଼ା ଭିତରୁ ପୋଲା ହୋଇଗଲେ, ବଲେ ଭାଙ୍ଗିପଡିବ, କିଏ ଭାଙ୍ଗିବା କଅଣ ଦରକାର ? ଯାହା ପ୍ରଭୁ ଜଗନ୍ନାଥ ଚାହାନ୍ତି, ମୁଁ କିଏ ସେ କଥା ନରଖି ଅନ୍ୟଥା କରିବି । ଯାହା ଅସମ୍ଭବ ଘଟିବ ନିଜେ ମହାପ୍ରଭୁ ତାର ଯନ ଅବଶ୍ୟ ନେବେ ।"

ଏତିକି କହି ଗଜପତି ପୁନରାୟ ଜଗନ୍ନାଥଙ୍କ ପାଖକୁ ମନ୍ଦିରକୁ ଚାଲିଲେ । ତାଙ୍କ ପଛେ ପଛେ ସମସ୍ତେ ପୁନରାୟ ମନ୍ଦିରକୁ ଗଲେ । ସାଷ୍ଟାଙ୍ଗ ପ୍ରଣାମ କରି କିଛି ଗୁହାରି କରିବାର ପ୍ରତୀୟମାନ ହେଲା ।

ଏତିକିବେଳେ ପୁରୋହିତ ମହାପାତ୍ର ଆସି ଗଜପତିଙ୍କ ପାଖରେ ଠିଆହେଲେ । ଆଶ୍ୱାସନା ଦେଇ କହିଲେ, ପ୍ରଭୁ ଯାହା ଚାହାନ୍ତି ତାହା କରିବା ଦରକାର । ସେଇ ଠାକୁରଙ୍କର ଆବଶ୍ୟକତା କେବଳ ସ୍ୱପ୍ନ ମାଧମରେ ପ୍ରକଟିତ ହୁଏ ।

କିଛି ସମୟ ଚିନ୍ତା କରିବା ପରେ ଗଜପତିଙ୍କ ମୁଖରେ ହସର ଆଭାସ ଦେଖିବାକୁ ମିଳିଲା । ପ୍ରଭୁ ଜଗନ୍ନାଥଙ୍କର ସମର୍ଥନ ! ନିଜେ ପ୍ରଭୁ ନକହିଲେ ବି ତାଙ୍କର ପୁରୋହିତ ମହାପାତ୍ରଙ୍କ ମୁଖସ୍ଫୁରିତ ବଚନ । ସେ ଜଗନ୍ନାଥଙ୍କ ସ୍ୱପ୍ନାଦେଶକୁ ମାନି ତାଙ୍କର ଉତ୍ତରାଧିକାରୀ ନିର୍ଣ୍ଣୟ କରିଛନ୍ତି । ସମସ୍ତଙ୍କର ବିଶ୍ୱାସଭାଜନ ହେଉନାହିଁ । ପ୍ରଭୁଙ୍କର ପ୍ରସ୍ତାବ ତାଙ୍କର ସେବାରେ ନିଯୁକ୍ତ ଏହି ମହାପାତ୍ରଙ୍କ ଜିହ୍ୱାରୁ ନିର୍ଗତ ହୋଇପାରୁଛି ।

ଆଉ ଥରେ ଭୂମିଷ୍ଟ ପ୍ରଣିପାତ କଲେ ଜଗନ୍ନାଥଙ୍କୁ ।

ଏଇଟା ପ୍ରଭୁଙ୍କର ଆଉ ଗୋଟିଏ କ୍ଷେତ୍ର ପୁରୁଷୋତ୍ତମ ପରି । ଜଗନ୍ନାଥ ଏଠାରୁ ଦକ୍ଷିଣକୁ ଦେଖନ୍ତି । ଦକ୍ଷିଣର ଅଧିବାସୀମାନେ ଏହି ସୀମାଦ୍ରି ଦୁର୍ଗକୁ ଜଗନ୍ନାଥଙ୍କ ଶକ୍ତି ବୋଲି ବିବେଚନା କରନ୍ତି । ଏଇଠାରେ ଯେଉଁ ଶକ୍ତି ଅଛି, ତାହା ଯବନଶକ୍ତିର ଅପଚୟ ଘଟାଇ ଦକ୍ଷିଣ ଭାରତରେ ଧର୍ମସଂକଟ ଏଡ଼ାଇ ପାରୁଛି ।

ଆତ୍ମସମୀକ୍ଷା କରୁଛନ୍ତି କପିଲେନ୍ଦ୍ର, ଦକ୍ଷିଣର ହିନ୍ଦୁ ରାଜ୍ୟରେ ଲୋକମାନଙ୍କର ଆଦର କାହାକୁ, ଗଜପତିଙ୍କ ଶକ୍ତିକୁ ନା ପ୍ରଭୁ ଜଗନ୍ନାଥଙ୍କର ଆଧ୍ୟାତ୍ମିକତାକୁ ? ସେ ତ ନିଜକୁ ପ୍ରଭୁଙ୍କର ରାଉତ ବୋଲି ଆଗରୁ ଘୋଷଣା କରି ସାରିଛନ୍ତି । ପୁଣି ଗଜପତିଙ୍କର ଓଡ଼ିଆ ବାହିନୀର ସମସ୍ତ ଶକ୍ତି ସେଇ ପ୍ରଭୁ ଜଗନ୍ନାଥଙ୍କର । ପ୍ରଭୁ ହିଁ ସମସ୍ତଙ୍କ ମନ କିଣି ନେଇଛନ୍ତି ଆଉ ଲୋକମାନଙ୍କୁ ପରୋକ୍ଷ ଭାବରେ ସାହାଯ୍ୟ କରୁଛନ୍ତି ।

ସେଇ ପ୍ରଭୁଙ୍କର ଯଶକୀର୍ତ୍ତିର ଉଦ୍ଧାର ପାଇଁ କପିଲେନ୍ଦ୍ର ନିଜକୁ ଜଣେ ସେବକ ବୋଲି ଆଖ୍ୟାୟିତ କରନ୍ତି । ପ୍ରଭୁଙ୍କ କୃପାରୁ ସିଏ ଗଜପତି ହୋଇଛନ୍ତି ଏବଂ ପୁରୀ ତଥା ଶ୍ରୀମନ୍ଦିରର ସର୍ବାଙ୍ଗୀନ ଉନ୍ନତି ତାଙ୍କ ଜୀବନର ପରମ ଲକ୍ଷ୍ୟ । ବିଗତ ସାତ ବର୍ଷ ତଳେ ୧୪୬୦ ମସିହାରେ ମନେ ପଡ଼େ ତାଙ୍କର ଆନନ୍ଦ ବିହ୍ୱଳ ତେଲେଙ୍ଗାନା ବିଜୟଧାରାରେ ଦେଶ ମାତୃକାର ତ୍ରିମୂର୍ତ୍ତି ଯେମିତି ତାଙ୍କୁ ଦୁର୍ଗପରେ ଦୁର୍ଗ ଜିତାଇ ନେଉଛନ୍ତି । ପର୍ଯ୍ୟାପ୍ତ ସୁନାରୂପା ଭେଟି ଆଉ ପ୍ରାପ୍ତ ଧନ ଗଡ଼ ଦାୟିତ୍ୱ ନେଉଥିବା ପରିଧାନ ମାନେ ଠୁଲ କଲେଣି ଏବଂ ସୀମାଦ୍ରି ଦୁର୍ଗକୁ ପ୍ରେରଣ କଲେଣି ।

ମନର ସାତତାଳ ପାଣି ଭିତରେ ବିଭୋଳ ଗଜପତି । ସେ ବିଜୟଧାରାର ଆନନ୍ଦ କ୍ୱଚିତ୍ କାହା ଭାଗ୍ୟରେ ଦେଖାଯାଏ । ଡେଇଁ ଚାଲିଛନ୍ତି ତେଲେଙ୍ଗାନା ଅନ୍ତର୍ଦେଶରେ । ଗଡ଼ ପରେ ଗଡ଼ । ସାମନ୍ତ ରାଜାମାନେ ଆତ୍ମ ସମର୍ପଣ କରି ସମସ୍ତ ସମ୍ପଦ ଅଜାଡ଼ି ଦେଉଛନ୍ତି କଳିଙ୍ଗ ପଲଟଣ ଆଗରେ । ପରିଧାନମାନେ ସେ ସବୁ ଓଡ଼ିଶା ତହବିଲଦାରଙ୍କ ନିମନ୍ତେ ଗଜ ପିଠିରେ ସୀମାଦ୍ରି ପ୍ରେରଣ କରନ୍ତି ।

ବିନା ମୃତାହତରେ ଅଚଳାଚଳ ସମ୍ପତ୍ତି । ଚିନ୍ତା କରିପାରନ୍ତିନି କପିଲେନ୍ଦ୍ର । ସିଏ ନିଜକୁ ତୁଳନା କରନ୍ତି ଅତୀତ ସଙ୍ଗେ । ନୁହନ୍ତି ସେ ନରହନ୍ତା ଗ୍ରୀକ୍ ସିକନ୍ଦର ।

ଗର୍ବ ଆଉ ଔଦ୍ଧତ୍ୟର ଚରମ ସୀମାରେ ବିଶ୍ୱବିଜୟର ସ୍ୱପ୍ନନେଇ ମୁଣ୍ଡ ଗଡ଼େଇ ଚାଲିଥିଲେ ପାରସ୍ୟ ଆଉ ମଧ୍ୟପ୍ରାଚ୍ୟରେ। ସିଏ ନୁହନ୍ତି ସୁଲତାନ ମାମୁଦ, ଯିଏ ବାରମ୍ବାର ସୋମନାଥ ମନ୍ଦିର ଲୁଣ୍ଠନ କରି ପର୍ଯ୍ୟାପ୍ତ ଧନରାଶି ବୋହି ନେଉଥିଲେ ନିଜ ମାଟିକୁ। ଅବଶ୍ୟ ଅତି ବେଶୀ ନଜାଣି ବି ମାନନ୍ତି ଏକାମ୍ର କୁମରୀଗିରିର ସେଇ ନାୟକଙ୍କୁ, ଯିଏ ଗଜବଳରେ ଧର୍ମ ଆଚରଣରେ ଭାରତବର୍ଷ ସାରା ପଲଟଣ କରି ଗଢ଼ିପାରିଥିଲେ ସମୃଦ୍ଧ ବିଶାଳ କଳିଙ୍ଗ। ଉତ୍କଳୀୟ ନୃପତି ସର୍ବଦା ଗଜଶକ୍ତିରେ ବଳବାନ। ଯୁଦ୍ଧରେ ବିଜୟୀ ସୁନିଶ୍ଚିତ କିନ୍ତୁ ନରସଂହାର ବିମୁକ୍ତ। ଅଶୋକ ବର୍ଦ୍ଧନ ମୌର୍ଯ୍ୟଙ୍କର ପରି ଅପରିଣାମଦର୍ଶୀ ହେବେ ବା କାହିଁକି ?

ଆଜିର ମାଘ ମାସର ଅପରାହ୍ନରେ ଏକ ପ୍ରସ୍ତରରେ ଖଚିତ ଡ୍ୱାରାଙ୍ଗଲ୍ ତାଙ୍କର ବଶ୍ୟ ହୋଇଛି। ଦୁଇ ହଜାର ଗଜ ପଟୁଆରକୁ କିଏ ବା ପ୍ରତିରୋଧ କରିବ ? ଗଜପତି କପିଲେନ୍ଦ୍ର ଦର୍ଶନ କରନ୍ତି ଅଧ୍ୟୁଷିତ ସ୍ୱୟମ୍ଭୁ ଶିବଙ୍କୁ, ରାମପା ମନ୍ଦିରର ଶ୍ରୀରାମଙ୍କୁ। ବିଗତ ତିନି ମାସରେ ଭୁଲି ଯାଇନାହାନ୍ତି ନିଜେ ଯନ୍ତ୍ରବାନ ହୋଇ ଗଢ଼ି ତୋଳୁଥିବା ଏକାମ୍ର କପିଲେଶ୍ୱର କପିଲନାଥ ମହାଦେବଙ୍କୁ। ଗହନ ମନର ଅନ୍ତରୁ ଉଚ୍ଛ୍ୱାସ ପ୍ରଦାନ କରୁଥିବା ଜଗନ୍ନାଥ ଭକ୍ତି ତାଙ୍କର ଶ୍ରୀରାମଙ୍କ ବୈଷ୍ଣବ ପ୍ରତିଭାରେ ଉଜ୍ଜ୍ୱଳିତ ହେଲା।

ଆଖି ସାମନାରେ ପ୍ରସନ୍ନ ହେଲେ ତ୍ରିମୂର୍ତ୍ତି। ଜଗନ୍ନାଥ ବଳଭଦ୍ର ଆଉ ସୁଭଦ୍ରା।

ସତରେ ଜଗନ୍ନାଥ ଗୋଟିଏ ହୃଦୟଭେଦୀ ପ୍ରଶ୍ନ ପଚାରନ୍ତି କପିଲେନ୍ଦ୍ରଙ୍କୁ –

"ଅଜସ୍ର ଧନ ନେଇ ଓଡ଼ିଶାରେ କେଉଁଠି ରଖିବ ଗଜପତି ? ତୁମ କୋଷାଗାରରେ ସ୍ଥାନ ଅଛି ତ ?"

ଡ୍ୱାରାଙ୍ଗଲ୍ ଦୁର୍ଗ

ମୋହ ଭଙ୍ଗ ହେଲା ଗଜପତିଙ୍କର। ଆଉ ଥରେ ଶ୍ରୀରାମଙ୍କ ମୁହଁକୁ ଚାହିଁଲେ। ସେ ତ ନିର୍ବାକ୍। ତେବେ କିଏ ତାଙ୍କୁ ଏମିତି ସମସ୍ୟା ବୁଝାଇଲା ?

"ସତରେ ଆମ କଟକ କୋଷାଗାର ଅପୂର୍ଣ୍ଣ ନାହିଁ। ମୋର ଦିଗବିଜୟୀ ମନ କୋଷାଗାର କ୍ଷୟ ମନବୋଧ କରିବାର ଅଭିପ୍ରାୟର ନୁହେଁ। ଦିଗ୍‌ବିଜୟ ଚାଲୁ ରହିବ। ଏହି ଧନ ମୋ ଓଡ଼ିଆ ସମରବାହିନୀର ଆୟ। କିନ୍ତୁ ସୋମବଂଶୀ ରାଜାମାନଙ୍କ ପରି କୃତ୍ତିବାସ ମନ୍ଦିର କି ଏକାମ୍ର ସହସ୍ର ମନ୍ଦିର ତୋଳିବାକୁ ମୋର ସମୟ କାହିଁ ? ଚତୁର୍ଦିଗର ରାଜା ଓ ଦୁର୍ବଳ ସାମରିକତାକୁ ପ୍ରହାର କରିବା ମୋର ଦିଗ୍‌ବିଜୟର ଲକ୍ଷ୍ୟ। ଏହା ମୋର ବଂଶଗତ ପ୍ରବୃତ୍ତି କହିଲେ ଚଳେ। ପିତାମହ ମୋର ଗଙ୍ଗ ସମରବାହିନୀରେ ଥିଲେ ସେନାନାୟକ। ନେତୃତ୍ୱ ତାଙ୍କର ବଳିଷ୍ଠ। ପିତା ମୋର ଗଜାରୋହୀ ଦଳପତି। ସେମାନଙ୍କର ବଳିଷ୍ଠ ମନୋଭାବ ମୋ ମନରେ ଉଭା ହୋଇ ସଦାସର୍ବଦା ପ୍ରକାଶୋନ୍ମୁଖୀ। ଏହି ସାମରିକତାରେ ଖେଳ ଖେଳିବ ଏ କପିଲେନ୍ଦ୍ର।" ଏମିତି ଭାବନାରେ ଲିପ୍ତ ଗଜପତି।

"କପିଲେନ୍ଦ୍ର କଦାଚନ ହାର ମାନିବନି। ପରିସ୍ଥିତି ଅନୁକୂଳ ହେବାକୁ ଅବଶ୍ୟ ଅପେକ୍ଷା କରିବ। ସମୟ ସୁଯୋଗ ଦିଏ, ସେଇ ସୁଯୋଗର ଉପଯୋଗ କଲେ ଉଦ୍‌ଯୋଗୀ ନିଶ୍ଚିତ ସଫଳ ହୁଏ। ଥରେ ନୁହେଁ ବହୁବାର ଘଟିଛି ମୋ ଜୀବନରେ। ରାଜମହେନ୍ଦ୍ରୀ ରେଡ଼ି ହେଉ କି ବାହାମନୀ ସୁଲତାନ, ବିଜୟନଗର କି ବଙ୍ଗ ସୁଲତାନ। ସମସ୍ତେ କାବୁ ହୋଇଛନ୍ତି ସମୟ ଓ ସୁଯୋଗର ଉପଯୋଗରେ।

"ପ୍ରଭୁ ଜଗନ୍ନାଥ, ତୁମର ଦାସ ମୁଁ। ତୁମକୁ ଉତ୍ତର ନଦେଇ ନିଜର ବାଃ ବାଃ ମଣୁଛି। ସକଳ ବିଜୟ ତୁମରି କାମନାରେ। ଓଡ଼ିଶାର ଗଜପତି ଯେବେ ଦକ୍ଷିଣ ଗସ୍ତ କରେ, ତୁମର ଆଶୀର୍ବାଦ ନିଏ। ତୁମକୁ ନିମନ୍ତ୍ରଣ କରେ। ସତେ ତୁମେ ଶତ ସିଂହ ବଳକୁ ଗଜବାହିନୀର ଶୃଙ୍ଖଳାରେ ସନ୍ନିବେଶିତ କରିଛ। ପ୍ରତ୍ୟେକ ବିଜୟରେ ତୁମ ଚକ୍ଷୁଦ୍ୱୟର ଅପଲକ ଦୃଷ୍ଟି ଭରି ରହିଛି।

"ତୁମର ଦିବ୍ୟ ରୂପ ମୋର ସାହସର ବହୁଗୁଣ ବୃଦ୍ଧିକାରକ। ତୁମ ଦିବ୍ୟ ରୂପର କିୟତ୍ ଅଳଙ୍କାର ଭୂଷିତ କରି ମୋ ମାନସପଟରେ ଧରି ରଖିବି। ସ୍ୱର୍ଣ୍ଣାଳଙ୍କାର ଶୋଭିତ ତ୍ରିମୂର୍ତ୍ତି। ଏହି ବିଜୟଯାତ୍ରାରୁ ପ୍ରତ୍ୟାବର୍ତ୍ତନ ସମୟରେ ମୁଁ ଶ୍ରୀମୁଖ ଦର୍ଶନାଭିଳାଷୀ। ମୋର ସୀମାଦ୍ରି କୋଷାଧ୍ୟକ୍ଷ ତୁମପାଇଁ ସ୍ୱତନ୍ତ ରୂପେ କିଛି ଧାତବ ଆଭୂଷଣ ପୃଥକ୍ କରୁଛନ୍ତି। ସେଗୁଡ଼ିକ ଅନ୍ୟୂନ ଆଠ ଯୋଡ଼ା ହାତୀ ପିଠିରେ ରତ୍ନଭଣ୍ଡାର ନିମିତ୍ତ ପ୍ରେରଣ ହେବ ବୋଲି ଧାର୍ଯ୍ୟ ହୋଇଛି।"

ଏତିକି ବେଳେ ପୁରୋହିତ ମହାପାତ୍ର ଭାବବିହ୍ୱଳ ଗଜପତିଙ୍କୁ ଚାହିଁଲେ।

ଗଜପତିଙ୍କର ଦିବାସ୍ୱପ୍ନ ସେତିକିରେ ରହିଗଲା। ଅକସ୍ମାତ୍ ତାଙ୍କ ପାଟିରୁ ବାହାରି ପଡ଼ିଲା, "ଜୟଦୁର୍ଗାଙ୍କ କୃପାରୁ ମଣିମା ଆପଣ ଯେଉଁ ଷୋଳ ଯୁଦ୍ଧହାତୀ ପୂର୍ଣ୍ଣସବାରେ ସ୍ୱର୍ଣ୍ଣ ଅଳଙ୍କାର ଧରି ଶ୍ରୀମନ୍ଦିରରେ ଉସ୍ସର୍ଗ କରିଥିଲେ, ସମସ୍ତେ ଆପଣଙ୍କ ଭାବବିହ୍ୱଳ ମନୋଭାବ ଜାଣିପାରିଲେ। ଜଗନ୍ନାଥଙ୍କୁ ସୁନାରେ ଛାଉଣି କରି ମଣିମାଙ୍କର ଭକ୍ତିପୂତ ପ୍ରାଣ ସାର୍ଥକ ହେବ। କିନ୍ତୁ ଆପଣଙ୍କ ଆଗ୍ରହ ଦେଖି ବଡ଼ତଡ଼ାଉ ସେବକ ଶ୍ରୀଛାମୁରେ ଜଣାଇଲେ ରନ୍ସିଂହାସନ ଉପର ସକଳ ବେଶ ଦେଶର ସବୁ ବର୍ଗର ଜନତାଙ୍କ ପାଇଁ ଦର୍ଶନ ସୁଯୋଗ ମିଳିବ ନାହିଁ। ତେଣୁ ରଥଯାତ୍ରାର ଅନ୍ତିମ ପର୍ଯ୍ୟାୟରେ ରଥ ଉପରେ ମହାପ୍ରଭୁଙ୍କୁ ସବୁରି ସମ୍ମୁଖରେ ସୁନାବେଶରେ ସଜ୍ଜିତ କରିବା ପାଇଁ ଅନୁରୋଧ କରିଥିଲେ।

"ତା ପରଠାରୁ ଛାମୁ ୧୩୮ ପ୍ରକାର ରନ୍ଖଚିତ ସ୍ୱର୍ଣ୍ଣ ଅଳଙ୍କାର ନିର୍ମାଣ କରି ପ୍ରଥମେ ରଥ ଉପରେ ଶ୍ରୀବିଗ୍ରହମାନଙ୍କୁ ମନୋମୁଗ୍ଧକର ବେଶରେ ବଡ଼ ଏକାଦଶୀ ଦିନ ଅଲଙ୍କୃତ କରାଇଥିଲେ। ଛାମୁ କେବଳ ପୁରୁଷୋଉମ ଜଗନ୍ନାଥଙ୍କର ତତ୍ତ୍ୱାବଧାରକ ନୁହଁନ୍ତି, ଆପଣଙ୍କ ହୃଦୟରେ ଯେପରି ପ୍ରଭୁ ବିଜେ କରନ୍ତି, ସେମିତି ଆପଣ ନୀଳାଚଲ ଧାମକୁ ଶକ୍ତ ସୁନ୍ଦର କରି ଗଢ଼ି ତୋଳିଛନ୍ତି। ମନ୍ଦିରର ମେଘନାଦ ପାଚେରି ଓ କୁରୁମ ପାଚେରି ଛାମୁଙ୍କ ପରିକଳ୍ପନା। ଜୀଉଙ୍କର ଚନ୍ଦନଯାତ୍ରା ଆଉ ଚାପଖେଲ ଆଗରୁ ନଥିଲା। ସେଗୁଡ଼ିକ ସବୁ ମଣିମାଙ୍କର କରିସ୍ମା। ଆହୁରି ଅନେକ ସାଂସ୍କୃତିକ ଚଳଣି ବି ଗଜପତି କପିଲେନ୍ଦ୍ରଙ୍କ ଅବଦାନ। ସିଏ ହେରା ପଞ୍ଚମୀରେ ଲକ୍ଷ୍ମୀଙ୍କର ମାଉସୀମା ମନ୍ଦିର ସାମନାକୁ ଯାଇ ବିମାନର କେତୋଟି କାଠ ଛେଡ଼େଇ ଦେଇ ପୁନରାୟ ମନ୍ଦିରକୁ ଫେରି ଆସନ୍ତି।

"ସେତିକିରେ ଆପଣଙ୍କର ରହସ୍ୟ ସରିଯାଇନାହିଁ। ଆପଣ ତ ଜଣେ ଭାବୁକ, କବି ଓ ଲେଖକ। ଆପଣଙ୍କ ଦରଦୀ ପ୍ରାଣ ମା ଲକ୍ଷ୍ମୀଙ୍କ ପାଇଁ ବିହ୍ୱଳିତ ହୋଇପଡ଼ିଲା ଯେତେବେଳେ ଜଗନ୍ନାଥ ଆଉ ବଳଭଦ୍ର ରଥଯାତ୍ରାରେ ଲକ୍ଷ୍ମୀଙ୍କୁ ଘର ଜଗାଇଦେଇ ମାଉସୀ ମା'ଙ୍କ ଘରକୁ ଗମନ କଲେ। ହେରା ପଞ୍ଚମୀରେ ଯେଉଁ ଜୀବନ୍ତ ଲୀଳା ଦୃଷ୍ଟି ଗୋଚର ହୁଏ ତାହାର ସୂତ୍ରଧର ଭାବରେ ମଣିମାଙ୍କ ପ୍ରଦତ୍ତ ସୁବର୍ଣ୍ଣ ପ୍ରତିମା ବହୁ ତଥ୍ୟ ଅବଲୋକନ କରିବାର ସୁଯୋଗ ଦିଏ। ମଣିମାଙ୍କ ପରିବାର ସମଗ୍ର ପୁରୁଷୋଉମ। ପୂର୍ବରୁ ବଂଶର 'ମଲିକା ପରିସା' ଜିଣି ଜଗନ୍ନାଥଙ୍କୁ 'ପୁଣ୍ଡରିକା ଗୋପ' ଶାଢ଼ି ପ୍ରଦାନ କରିଥିଲେ। ଛାମୁଙ୍କର ସାମରିକ ବିଜୟରେ ପୁରୁଷୋଉମ ଏବଂ ଶ୍ରୀମନ୍ଦିର ଉଲ୍ଲସିତ ହୋଇ ଉଠେ। ସତେକି ଆଦିମ ସେଇ ତିନି ଦେବତା ଗଜପତିଙ୍କ ସମର ପ୍ରାଙ୍ଗଣର ଅଂଶୀଦାର !"

ଗଜପତିଙ୍କ ମୁଖମଣ୍ଡଲରେ ଟିକିଏ ହସର କ୍ଷୁଦ୍ର ଲହରିଟିଏ ଭାସି ଆସିବାର

ପ୍ରତୀୟମାନ ହେଲା। ତିନି ତୁଣ୍ଡରେ ଛେଲି କୁକୁର ପରି ସିଏ ଯାହା ଜଗନ୍ନାଥଙ୍କ ସ୍ୱପ୍ନରେ କାହାକୁ ଉତ୍ତରାଧିକାରୀ କରିବେ ବୋଲି ସୂଚନା ପାଇଥିଲେ, ତାହା ଅନେକ ହାସରେ ଉଡାଇ ଦେଇଛନ୍ତି କି ତାଚ୍ଛଲ୍ୟ ପ୍ରକାଶ କରିଛନ୍ତି। କିନ୍ତୁ ଜଗନ୍ନାଥ ନିଜେ ଜାଣନ୍ତି କେଉଁ ଅର୍ଥରେ ସିଏ ଏମିତି ଗତାନୁଗତିକ ପନ୍ଥାରେ ନଯାଇ ଆଶା ନଥିବା ପାତ୍ରକୁ ବାଛିଛନ୍ତି। ବାପା ହିସାବରେ ହେଉ କି ଯୁଦ୍ଧ କ୍ଷେତ୍ର ସେନାପତି ଭାବରେ ହେଉ, ସେ ତାଙ୍କର ପ୍ରତ୍ୟେକ କାମରେ ପ୍ରଭୁଙ୍କୁ ଅଗ୍ରାଧିକାର ଦିଅନ୍ତି। ପ୍ରଭୁ ଯାହା ସୂଚାଇଛନ୍ତି, ତାହା ତାଙ୍କ ପକ୍ଷେ ଗ୍ରହଣୀୟ ହୋଇଛି।

ସେ ଦିନ ରାତି ପ୍ରଥମ ପ୍ରହର ସମାପ୍ତ ହେବାକୁ ଯିବା ବେଳକୁ ଗଜପତି ନିଜ କକ୍ଷକୁ ବିଶ୍ରାମ ନିମନ୍ତେ ଚାଲିଲେ, ମହାପାତ୍ର ମାନେ ନିଜ ନିଜ କକ୍ଷକୁ ଗମନ କଲେ। ଦିନକର ଗସ୍ତଜନିତ ବାଧାରେ ଆଉ ଅଧିକ ସମୟ ଉଜାଗର ରହିବା ଅସମ୍ଭବ ଥିଲା।

ପରଦିନ ସକାଳେ ସୀମାଦ୍ରି ସାମରିକ ବାହିନୀର ଅଭିବାଦନ ଗ୍ରହଣ କରିବାର ପରିକଳ୍ପନା ଆଗରୁ କରାଯାଇଥିଲା। ଗଜପତି କପିଲେନ୍ଦ୍ରଦେବ ଜଣେ ସାମରିକ ବ୍ୟକ୍ତିତ୍ୱ। ଯେତେ ବ୍ୟତିକ୍ରମ ହେଉ ପଛେ ସିଏ ପ୍ରତିଟି ଦୁର୍ଗରେ ଆବାସୀ ସୈନିକମାନଙ୍କର ନିଶ୍ଚୟ ପରିଚୟ ନେବେ। ସୀମାଦ୍ରି ଗଡ଼ରେ ସାମରିକ ମୁଖ୍ୟ ରଣାକର ପାହାଡ଼ସିଂହ ଗଜପତିଙ୍କ ଆଗମନ ପାଇଁ ଗୋଟିଏ ସାମରିକ ନାଟିକା ପ୍ରସ୍ତୁତ କରିଛନ୍ତି।

ମାର୍ଗଶିର ମାସ ସକାଳ। ଶୀତ ପ୍ରକୋପ ଥମି ନଥାଏ। ଗଜପତିଙ୍କର ସାମରିକ ଜୀବନର ଅଭ୍ୟାସ ପ୍ରତ୍ୟୁଷରେ ସୂର୍ଯ୍ୟୋଦୟ ଅଳ୍ପକ୍ଷଣ ପୂର୍ବରୁ ନିଜର ସାମୟିକ ବ୍ୟାୟାମ ଆଉ କିଛିଟା କ୍ଷିପ୍ର ପ୍ରାତଃ ଭ୍ରମଣ। କିନ୍ତୁ ସାମରିକ ଅଭିବାଦନ ଦିନ ତାଙ୍କୁ ସିଧା ସୀମାଦ୍ରି ପ୍ରଶିକ୍ଷଣ ପରିସରକୁ ଯିବାକୁ ସାମରିକ ମୁଖ୍ୟ ରଣାକର ପାହାଡ଼ସିଂହ ପାଞ୍ଚୋଟି ନେଲେ। ଅନ୍ତରଙ୍ଗ ମହାପାତ୍ର ବି ଗଜପତିଙ୍କ ସହଗମନ କଲେ। ଅନ୍ୟ ମହାପାତ୍ରମାନେ ମଧ୍ୟ ଗଜପତିଙ୍କର ଅନୁଗମନ କଲେ।

ଅଳ୍ପ ସମୟରେ ଆୟୋଜିତ ହୋଇଥିବା ପ୍ରକାଣ୍ଡ ପଡ଼ିଆରେ ସୁସଜ୍ଜିତ ପାଇକବାହିନୀ ଯୁଦ୍ଧ ବେଶରେ ଜମା ହୋଇ ଓଡ଼ିଶା ରଣତୂରୀର ତାନେ ତାନେ ନିଜ ରକ୍ତର ଉଷ୍ଣତାରେ ମାତି ଉଠୁଥିଲେ। ରଣତୂରୀ ସହିତ ଭେରି, ଟିମ୍କା, ବିଜିଘୋଷ, ରଣସିଂହ ଯୁଦ୍ଧ ପଡ଼ିଆର କର୍କଶ ଉତ୍ତେଜନାମ୍ୟକ ସ୍ୱର ତୋଳୁଥିଲେ।

ଏହି ଯୁଦ୍ଧୋନ୍ମାଦକ ପରିବେଶରେ ଗଜପତି ନିଜର ଈଷତ୍ ପୀତବର୍ଣ୍ଣର ଅଶ୍ୱରେ ସମବେତ ସାମରିକ ବାହିନୀର ଅଭିବାଦନ ଗ୍ରହଣ କଲେ।

ଏହି ସମୟରେ ରଣତୂରୀର ପଟ ପରିବର୍ତ୍ତିତ ହେଲା। ଗଜପତି ମଞ୍ଚାସୀନ

ହେଲେ ଏବଂ ସମର ବାହିନୀ ନିଜର ଚତୁର ସେନା-ବିନ୍ୟାସ ଆରମ୍ଭ କରିଦେଲା । ରଣଭୂମିର ସାଜସଜ୍ଜା ପରି ଦୁଇ ଦଳର ସେନା ସାମନା ସାମନି ହୋଇ ଯୁଦ୍ଧାସ୍ତ୍ର ସହିତ ପରସ୍ପରକୁ ଚାହିଁ ରହିଲେ ।

ରଣ କ୍ଷେତ୍ରର ଉଷ୍ଣ ପରିବେଶ ସୃଷ୍ଟିକରି ରଣବାଦ୍ୟର ସ୍ୱର ଥମି ଆସିଲା । ଏତିକି ବେଳେ ସାମରିକ ମୁଖ୍ୟ ପାହାଡ଼ସିଂହ ନିଜର ବକ୍ତବ୍ୟ ରଖିଲେ । ସେ କହିବାକୁ ଆରମ୍ଭ କଲେ, "ଆଜି ଆମମାନଙ୍କ ମଧ୍ୟରେ ଉପସ୍ଥିତ ମଞ୍ଚାସୀନ ଶ୍ରୀ ଶ୍ରୀ ଶ୍ରୀ...ଗଜପତି ଗୌଡ଼େଶ୍ୱର ନବକୋଟି କର୍ଣ୍ଣାଟ କଳବର୍ଗେଶ୍ୱର ବିରାଧିବୀରବର କପିଲେନ୍ଦ୍ରଦେବଙ୍କୁ ସାଷ୍ଟାଙ୍ଗ ପ୍ରଣିପାତ । ଛାମୁ ଆମର ଓଡ଼ିଆ ପାଇକ ରକ୍ତର ଉଷ୍ଣତା ବୃଦ୍ଧିକରି ନିଜ ଜୀବନକାଳରେ ଓଡ଼ିଆ ସାମରିକତା ସୃଷ୍ଟିର ଜନକ । ଅତୀତରେ ଓଡ଼ିଆ ସାମରିକତା ବିଷୟରେ କୌଣସି କିମ୍ବଦନ୍ତି ନଥିଲେ ବି ଆମ ସେନାବାହିନୀର ଯୁଦ୍ଧାସ୍ତ୍ର, ଆମ ରାଜ୍ୟର କୃଷ୍ଣକାୟ ହସ୍ତୀ, ଉନ୍ନତ ଯୁଦ୍ଧ ପାଇଁ ଉପଯୁକ୍ତ ଅଶ୍ୱ ଏବଂ ସବୁରି ମୂଳରେ ଆମ ପାଇକପୁଅର ଜୀବନମୂର୍ଚ୍ଛା ସଂଗ୍ରାମ ପ୍ରମାଣ କରେ ଆମର ସାମରିକ ଐତିହ୍ୟ ।

ଓଡ଼ିଶା ଏକ ସମୟରେ ଉତ୍ତର ଓ ଦକ୍ଷିଣ ଦିଗରୁ ଦୁଇ ବିଜାତୀୟ ଶାସକମାନଙ୍କ ଦ୍ୱାରା ଅଧିକୃତ ହେବାକୁ ଯାଉଥିବା ସମୟରେ ଏକାମ୍ର କୃତ୍ତିବାସ ମନ୍ଦିରରୁ ଉଦ୍‌ଗତ ହେଲେ ଗଜପତି କପିଲେନ୍ଦ୍ର । ଅରାଜକତା ଘେର ମଧ୍ୟରେ ଶେଷ ଗଙ୍ଗରାଜ ମଉ ଭାନୁଦେବ ଏହାକୁ ଅବଶ୍ୟ ସ୍ୱାଗତ କରିଥିଲେ । ଗଙ୍ଗରାଜ ଜୀବଦ୍ଦଶାରେ ଗୁଡ଼ାରି କଟକରୁ ରାଜ୍ୟର ସକଳ ବିକାଶ ନିଶ୍ଚୟ ଅନୁଭବ କରିପାରିଥିବେ । ଏହିପରି ଏକ ଘଡ଼ିସନ୍ଧିରେ ଓଡ଼ିଆ ଥାଟ ଗଠନର ଅବକାଶରେ ଗଜପତି ଗୌଡ଼େଶ୍ୱର ତୋଳି ପାରିଥିଲେ ଓଡ଼ିଶା ରାଷ୍ଟ୍ର, ଓଡ଼ିଆ ଭାଷା ଏବଂ ଓଡ଼ିଆ ସଂସ୍କୃତି ।

ରାଜ୍ୟ ଶାସନର ପ୍ରତିଟି ଦିଗରେ ଆଜିର ଓଡ଼ିଶା ସାରା ଦେଶରେ ଅଗ୍ରଣୀ ରାଜ୍ୟ ଭାବରେ ସମ୍ମାନିତ । ଏହାର କାରଣ ଗୋଟିଏ । ତାହା ଓଡ଼ିଆ ରକ୍ତର ଉଷ୍ଣତା ।

ଓଡ଼ିଆ ରକ୍ତ ଆଜି ଉଷ୍ଣ, ଓଡ଼ିଆ ପାଇକ ଆଜି ଯୁଦ୍ଧାସ୍ତ୍ରରେ ସୁସଜ୍ଜିତ । ଓଡ଼ିଆ ମାନସିକତା ଆଜି ସମ୍ମାନ ଓ ସ୍ୱାଭିମାନ ସପକ୍ଷରେ । ଦିନ ଥିଲା ଆମ ମଥା ଉପରେ ବିଦେଶୀ ରାଜ୍ୟଗୁଡ଼ିକ ପାଦ ଦେଇ ଚାଲିବାକୁ ଉଦ୍ୟମ କରିଛନ୍ତି । ଲୋଲୁପ ଦୃଷ୍ଟି ରହିଛି ଆମ ସ୍ପନ୍ଦିତ ହୃଦୟ ମହାପ୍ରଭୁ ଜଗନ୍ନାଥ ଆଉ ତାଙ୍କ ରତ୍ନଭଣ୍ଡାର ଉପରେ । ଆମର ରକ୍ତ ଶିଥିଳ ହୋଇଗଲେ ଆମେ ସବୁ ହରାଇଦେବୁ । ଏହି ଘଡ଼ିସନ୍ଧିରେ ଆମ ଦେଶମାତୃକା ଜନ୍ମ ଦେଇଛନ୍ତି ବୀରାଧିବୀରବର ଭ୍ରମରବର ଆମର ଗଜପତିଙ୍କୁ ।

ଦି'ପଦ କହିବି, ଆମ ଛାମୁଙ୍କ ଚାରିତ୍ରିକ ଆଦର୍ଶ କିଏ ? ଜାଣିଛନ୍ତି କି ଗଜପତି କପିଲେନ୍ଦ୍ରଙ୍କ ଆଦର୍ଶ କଅଣ ?

ସିଏ ଦୁଇଟି ଚରିତ୍ର ଦ୍ୱାରା ପ୍ରଭାବିତ। ତନ୍ମଧ୍ୟରୁ ଗୋଟିଏ ହେଉଛି ଗଙ୍ଗବଂଶର ଶକ୍ତିଶାଳୀ ଲାଙ୍ଗୁଳା ନରସିଂହଦେବ। ନରସିଂହ ହେଉଛନ୍ତି ସତରେ ନରବେଶୀ ସିଂହ। କେତେ ଓଡ଼ିଶା ନୃପତି ଯବନକୁ ପ୍ରତିରୋଧ କରୁଥିଲେ, ନରସିଂହ କିନ୍ତୁ ବଙ୍ଗାଳା ବିଜାତୀୟ ନୃପତିଙ୍କୁ ଆକ୍ରମଣ କରି ହଟାଇଥିଲେ। ଗଜଶକ୍ତି ଆଧାରରେ ଶକ୍ତିମାନ ସେଇ ଲାଙ୍ଗୁଡ଼ା ନରସିଂହ ନିଜକୁ 'ଗଜପତି' ବୋଲି କପିଳାସ ଶିଳାଲେଖରେ ଲିପିବଦ୍ଧ କରିଛନ୍ତି। କପିଲେନ୍ଦ୍ର ଆକର୍ଷିତ ହୋଇଛନ୍ତି ଗଜପତି ପଦଟିରେ। ନିଜକୁ ସଫଳତମ ଗଜପତି ଭାବରେ ଗଢ଼ିତୋଳିଛନ୍ତି। ଏବଂ ଆଦରି ନେଇଛନ୍ତି ସେଇ ଉପାଧ୍ୟ। ତା ସହିତ ଓଡ଼ିଶା ହାତୀର ଯୁଦ୍ଧକ୍ଷେତ୍ରରେ ସଫଳ ବିନିଯୋଗ କରି ଦୁଃସାଧ୍ୟ ସାଧନ କରିପାରିଛନ୍ତି। ନିଜେ ନିଜ ବଂଶର ନାମକରଣର ଯଥାର୍ଥ ପ୍ରତିପାଦନ କରିଛନ୍ତି ଗଜପତି ବଂଶ ଭାବରେ। ଏହି ବଂଶର ଭବିଷ୍ୟତ ଯେ ସୂର୍ଯ୍ୟପରି ସମୁଜ୍ଜ୍ୱଳ ଏହା ଆଜି ବି ଅନୁଭୂତ ହେଉଛି।

ଦ୍ୱିତୀୟ ପ୍ରନ୍ତାତ୍ତ୍ୱିକ ଚରିତ୍ର ଯାହା ତାଙ୍କ ମନରେ ବୌଦ୍ଧିକ ଦୃଢ଼ ସୃଷ୍ଟି କରେ ସିଏ ହେଉଛନ୍ତି ଏକାମ୍ର କୁମାରୀଗିରିର ଅତୀତ ଦିଗବିଜୟୀ କଳିଙ୍ଗାଧିପତି। ଯାହା ପ୍ରତୀୟମାନ ହୁଏ ଶିଳା ଭାସ୍କର୍ଯ୍ୟରୁ ସୂଚିତ ଜଣେ ଭାରତବର୍ଷ ବିଜୟୀ ଆମ ମାଟିର ସମ୍ରାଟ। ଅଗଣିତ ଗଜ, ହୟ ଏବଂ ରଥ ନେଇ କଳିଙ୍ଗର ଦିଗ୍‌ବିଜୟଧାରାର ଶିଳାନ୍ୟାସ କରି ବିଜୟର ଗୌରବ ମଣ୍ଡନ କରିଥିଲେ। ବିଶ୍ୱ ସମ୍ମୁଖରେ ପ୍ରତିପାଦନ କରିଥିଲେ ଯେ କଳିଙ୍ଗ ହେଉଛି ବୀରତ୍ୱର ପରିଭାଷା। ଏହି ମର୍ମର ପ୍ରତିପାଦନ ପ୍ରତି କଳିଙ୍ଗବାସୀର ଲକ୍ଷ୍ୟ।

ସାମରିକ ପରିବାରର ସୁଯୋଗ୍ୟ ସନ୍ତାନ ଆମର ମଣିମା। ସମର ତାଙ୍କର ବଂଶଗତ ପେଶା। ଜୀବନଟା ତାଙ୍କର ଯୁଦ୍ଧକ୍ଷେତ୍ରରେ କଟିଯାଇଛି। ମହାଭାରତ ସମର ତ ମାତ୍ର ଅଠର ଦିନରୁ କିୟଦଂଶ ଊଣା। ଆମ ଗଜପତିଙ୍କର ସମର କାଳ ଦୀର୍ଘ ୩୬ ବର୍ଷରୁ ଊର୍ଦ୍ଧ୍ୱ। ଧନ୍ୟ ତାଙ୍କର ମନୋଭାବ, ଧନ୍ୟ ତାଙ୍କର କରାମତି। ପରିଣତ ବୟସରେ ବି ରକ୍ତ ତାଙ୍କର ତାଜା, ଶରୀରରେ ସର୍ବଦା ତପ୍ତ ରୁଧିର ପ୍ରବାହିତ। ସେ ଉଚ୍ଚମନା, ଉଚ୍ଚାଭିଳାଷୀ ଏବଂ ନିଜ ପରି ରାଜ୍ୟକୁ କରିଛନ୍ତି 'ଓଡ଼ିଶା ରାଷ୍ଟ୍ର', ଆଦରିଛନ୍ତି ମାତୃଭାଷାକୁ 'ଓଡ଼ିଆ ଭାଷା' ଆଉ ପ୍ରଚଳନ କରିଛନ୍ତି ଓଡ଼ିଆ ସ୍ୱର୍ଣ୍ଣମୁଦ୍ରା 'ପାଗୋଡ଼ା'।

ଦେଶର ବର୍ଦ୍ଧିତ ଆଫଗାନ-ତୁର୍କ ଆକ୍ରମଣ ପରିସ୍ଥିତିରେ ଓଡ଼ିଶା ବିଗତ ଦୁଇଶହ ବର୍ଷ ହେବ ଲାଙ୍ଗୁଳା ନରସିଂହଦେବଙ୍କ ପରଠାରୁ ସାମରିକତାରେ ସ୍ଥାଣୁ ହୋଇଯାଇଛି। ଏହା ସୃଷ୍ଟି କରିଥିଲା ଏକ ବିପଜ୍ଜନକ ସମୟ। ବାରବାଟୀରେ ଓଡ଼ିଶା ନୃପତି ଯିଏ

ହୁଅନ୍ତୁ ନା। କାହିଁକି ଦକ୍ଷିଣମୁହାଁ ହେଲେ ବଙ୍ଗଳା ନବାବଙ୍କ ଆକ୍ରମଣ, ଉତ୍ତରମୁହାଁ ହେଲେ ବାହାମନି କି ବିଜୟନଗର ଦେବରାୟଙ୍କ ସୀମାଲଙ୍ଘନ ଦୈନନ୍ଦିନର ଘଟଣା ହୋଇଥିଲା। ଏମିତିକି ସୁଦୂର ପ୍ରୟାଗ ସନ୍ନିକଟ ଜଉନପୁରର ମୁସଲମାନ ନବାବ ଓଡ଼ିଶାକୁ ଟାଙ୍କି ବସିଥିଲା।

ନିଜେ ମଣିମା ଗାଦିସୀନ ହେବା ମାତ୍ରେ ଆଭ୍ୟନ୍ତରୀଣ କନ୍ଦଲ ବିଶାଲ ଆକାର ଧାରଣ କରିଛି, ତା ସତ୍ତ୍ୱେ ସେ ଖୋଜି ବୁଲିଛନ୍ତି ସାମରିକ ଭିତ୍ତିଭୂମି। ନିଜେ ଅନେକ ଚିନ୍ତା କରି କେତେ ନିୟାମକ ଖୋଜିଛନ୍ତି। ଗଜପତିଙ୍କର ସାମରିକ ବାହିନୀ, ତାର ଅସ୍ତ୍ରଶସ୍ତ୍ର, ହାତୀ, ଘୋଡ଼ା ଯାବତୀୟ ସମରୋପକରଣ ସହିତ ବୀରବାଦ୍ୟ। ସେମିତି ପ୍ରତି ସାମନ୍ତରାଜା ଶକ୍ତି ଓ ସାମର୍ଥ୍ୟ ଅନୁସାରେ ସାମରିକ ପ୍ରଥା ଆଦରିବେ ଏବଂ ରାଜ୍ୟର ପ୍ରତିରକ୍ଷା କିମ୍ବା ଦିଗ୍‌ବିଜୟ ସମୟରେ ଆନୁମାନିକ କେତେ ପରିମାଣରେ ଗଜପତିଙ୍କୁ ସହଯୋଗ କରିବେ ତାହାର ସେ ଅଂଶ ନିର୍ଣ୍ଣୟ କରିଦେଲେ। ଫଳତଃ ଓଡ଼ିଶା ଏକ ସାମରିକ ରାଜ୍ୟ ଭାବରେ ଉଭୁରି ଉଠିଲା। ଓଡ଼ିଶା ନିଜର ଗୁଇନ୍ଦା ଶକ୍ତି ବୃଦ୍ଧିକରି ସୁଯୋଗ ଅପେକ୍ଷାରେ ରହିଲା। ଭାଗ୍ୟ ଓ ସୁଯୋଗ ଗଜପତିଙ୍କର ପକ୍ଷ ନେଲେ। ଗଜପତି ମଉଡ଼ମଣି ନିଜର ପରାକ୍ରମ ସମାହିତ କଲେ।

ନିଜର ପୂର୍ବ ଅଭିକ୍ଷତାରୁ ଗଢ଼ି ତୋଳିଲେ ଓଡ଼ିଶା ପାଇକ ବାହିନୀ, ଯାହାର କର୍ମପନ୍ଥା ଦେଶର ଅନ୍ୟ ଅଞ୍ଚଳ ଠାରୁ ଭିନ୍ନ ରହିଲା। ଦେଶପ୍ରେମର ଉଷ୍ମତା, ମାଦକତା ସହିତ ଶ୍ରୀଜଗନ୍ନାଥଙ୍କ ଭକ୍ତି ଓ ସମର୍ପଣଭାବ ଉଦ୍‌ବୁଦ୍ଧ ପାଇକ ବାହିନୀ ଓଡ଼ିଆ ଥାଚକୁ ବଳବନ୍ତ କଲା। ନୂତନ ବିନ୍ୟାସ ଧାରାରେ ଓଡ଼ିଆ ଥାଚ ପରିଦୃଷ୍ଟ ହେଲା। ସତେଇଶ ଜଣ ପାଇକଙ୍କୁ ନେଇ ଦଳ ଗଠିତ ହେବ। ତାର ମୁଖ୍ୟ ଦଳବେହେରା। ସେମିତି ଜଣେ ଦକ୍ଷ ପାଇକରାୟ ସତୁରି ଜଣ ପାଇକଙ୍କୁ ନେଇ ଗୋଟିଏ ଭୂୟାଁ ଗଠନ କରା ଯାଇପାରିବ। ଅନେକ ସଂଖ୍ୟାର ଭୂୟାଁ ସଂଗଠିତ ହୋଇ ଜଣେ ବାହିନୀପତିଙ୍କ ଅଧୀନରେ ବାହିନୀ ଗଢ଼ନ୍ତି। ସମୁଦାୟ ବାହିନୀଗୁଡିକ ମିଶିଗଲେ ହୁଅନ୍ତି ଛାମୁ, ଯାହାର ମୁଖ୍ୟ ଅଟନ୍ତି ଛାମୁପତି ବା ଚମ୍ପତି। ସାଧାରଣରେ ଅଶ୍ୱାରୋହୀମାନେ ରାଉତ ଏବଂ ତାଙ୍କର ମୁଖ୍ୟ ରାଉତରାୟ। ସେମିତି ଗଜବାହିନୀର ମୁଖ୍ୟ ହେଉଛନ୍ତି ସାହାଣୀ। ଓଡ଼ିଶାର ଅସୁମାରି ଯୋଦ୍ଧା ଥାଚଭୁକ୍ତ ହୋଇ କେବଳ ଓଡ଼ିଶା ଭୂଇଁକୁ ନୁହେଁ ସମଗ୍ର ଭାରତ ଭୂଖଣ୍ଡକୁ ଚଲଚଞ୍ଚଳ କରି ରଖିଲେ।

କୌଣସି ସାମରିକ ଅଭିଯାନରେ ସ୍ତର ସ୍ତର ହୋଇ କର୍ମ ସମ୍ପାଦନ ହୁଏ, ସେମିତି ଛାମୁ ବାଣ୍ଟି ହୋଇଯାଏ, ବାଟ ସୃଷ୍ଟି କରିବା ହନ୍ତାକାରୁ ଦଳ, ତା ପରେ ଆଗୁଆଣି ଥାଚ, ପ୍ରଧାନ ବଳ, ପଛୁଆଣି ଥାଚ, ରାଜା ଓ ସେନାପତିଙ୍କ ଅଙ୍ଗବଳ,

ଜୟ କରିଥିବା ଗଡ଼ ଦାୟିତ୍ୱରେ ରହିବା ପାଇଁ ପରିଧାନ ଦଳ। ଏହିପରି ସାମରିକ ଦଳ ଗୋଟିଏ କିମ୍ବା ଏକଦିଗଗାମୀ ସମରବାହିନୀ ଭାବରେ ଉପଯୋଗ କରାଯାଇ ନଥିଲା। ଗଜପତି ଏକସମୟରେ ଦାକ୍ଷିଣାତ୍ୟ ଅଭିଯାନ ସମ୍ପାଦନ କରୁଥିବା ସମୟରେ ବି ସୁଦୂର ଉତ୍ତର ସୀମାରେ ବିଜାତୀୟଙ୍କୁ ବିତାଡ଼ିତ କରୁଥିବାର ଅନେକ ଉଦାହରଣ ରହିଛି। ଗଜପତିଙ୍କ ସମୟରୁ ମନ୍ଦାରନ୍ ଆଉ କୁରୁମବେଢ଼ା ଦୁର୍ଗ ଓଡ଼ିଶାର ଢାଲ ସଦୃଶ ପ୍ରସ୍ତୁତ ହୋଇରହିଥିଲା।

ଗୁଣ ଚିହ୍ନେ ଗୁଣିଆ। ନିଜର ମାଟିର ଯେଉଁ ଅଞ୍ଚଳ ସେନା ମନୋବୃତ୍ତିକୁ ସମର୍ଥନ କରନ୍ତି ଆଉ ଓଡ଼ିଆ ସାମରିକ ସଂଗଠନରେ ବହୁଳ ସଂଖ୍ୟାରେ ଅଂଶଗ୍ରହଣ କରିଛନ୍ତି, କପିଲେନ୍ଦ୍ର ସେହି ଅଞ୍ଚଳ ଠାବକରି ସେଠାରୁ ସୂକ୍ଷ୍ମାତିସୂକ୍ଷ୍ମ ପଦ୍ଧତିରେ ସୈନ୍ୟ ସଂଗ୍ରହର ପରିକଳ୍ପନା କରିଥିଲେ। ସେହି ଅଞ୍ଚଳରେ ଦକ୍ଷ ସୈନିକ, ଅଶ୍ୱାରୋହୀ, ଗଜାରୋହୀ, ସମର ପ୍ରାଙ୍ଗଣରେ ଅପୂର୍ବ କୌଶଳ ପ୍ରଦର୍ଶନକାରୀଙ୍କୁ ଗାଆଁ ଗାଆଁ ବୁଲି ଦଣ୍ଡସେନା, ଦଣ୍ଡପାଟ, ଦଣ୍ଡନାୟକ, ପଶ୍ଚିମ କବାଟ, ଦକ୍ଷିଣ କବାଟ, ସାମନ୍ତରାୟ, ବିଦ୍ୟାଧର, ବଳିୟାରସିଂହ, ପାହାଡ଼ସିଂହ, ଗଡ଼ନାୟକ, ଜେନା, ବଡ଼ଜେନା, ପରିଚ୍ଛା, ପରିଜା, ପ୍ରତିହାରି, ଦଣ୍ଡପାଣି, ସାମଲ, ନାୟକ, ପ୍ରଧାନ ଆଦି ଉପାଧ୍ୟ ପ୍ରଦାନ କରି ପାଇକମାନଙ୍କ ମନରେ ଜାଗରଣ ସୃଷ୍ଟି କରିଥିଲେ।

ପାହାଡ଼ସିଂହ ସୀମାଦ୍ରିର ସାମରିକ କେନ୍ଦ୍ରରେ ନିଜର ଦୂରଦୃଷ୍ଟି ଖେଳାଇ

ଅନୁମାନ ଲଗାଇ କହିଲେ, ଆଜିର ଦୁନିଆରେ ଆମ ଓଡ଼ିଶାର ସାମରିକତା ଯେ ବିଶ୍ୱରେ ମହତ୍ତ୍ୱପୂର୍ଣ ଏହା କହିବା ବାହୁଲ୍ୟ । ପ୍ରତି ଘରେ ଘରେ ସମରାର୍ଥୀ ପାଇଁ ଆଗ୍ରହ ସହିତ ଗ୍ରାମେ ଗ୍ରାମେ ଉତ୍ସାହଜନକ ସମ୍ବର୍ଦ୍ଧନା ପାଇକ ବାହିନୀ ଏବଂ ଓଡ଼ିଆ ସାମରିକତାକୁ ସମ୍ପ୍ରସାରିତ କରୁଛି । ଏହି ସମର ଶକ୍ତି ତେଜୀୟାନ ହୋଇ ନିଜର ପରାକ୍ରମ ପ୍ରତିପାଦିତ କରୁଛି । ସତରେ ପୃଥ୍ୱୀ ବକ୍ଷରେ ଯେତିକି ସାହସ ଆଉ ବୀରତ୍ୱର ଉଦାହରଣ ରହିଛି, ଆଜିର ଓଡ଼ିଆ ପାଇକ ତାହା ବହନ କରେ ।

ଏମିତି ଓଡ଼ିଆ ସାମରିକତାର ମୌଲିକ ବିବରଣୀ ଦେବା ପରେ ପାହାଡ଼ସିଂହ ଟିକିଏ ଗଜପତିଙ୍କୁ ଚାହିଁଲେ । ଗଜପତିଙ୍କର ପେଟପୂରା ହସ ତାଙ୍କୁ ପରବର୍ତ୍ତୀ କାର୍ଯ୍ୟକ୍ରମକୁ ଉତ୍ସାହିତ କଲା ।

କହିଲେ, ଆଜି ଦିନରେ ତ ବାହାମନି ଆଉ ମାଲଣ୍ଡା ଫସରଫାଟି ଗଲେଣି । ବଙ୍ଗ ଓ ଜଉନପୁର ନବାବ ପାନେ ପାନେ ସମରାଘାତରେ ନିଷ୍ଫଳ ହୋଇଗଲେ । ଏହି ବିଜାତୀୟମାନେ କେବେ ବି ସାହସ ବାନ୍ଧିବେ ନାହିଁ ଆଉ ଓଡ଼ିଶାକୁ ଚାହିଁବାକୁ କି ରତ୍ନଭଣ୍ଡାର ଲୁଟିବାକୁ । ଅଛନ୍ତି କେବଳ ବିଜୟନଗର ।

ତେବେ ଆମ ଗଜପତି ଦଳ ଉତ୍ତରୁ କିପରି ଦକ୍ଷିଣରେ ସ୍ଥାନିତ ସାଲୁଭା ନରସିଂହ ବିଜୟନଗର ଦଳ ଉପରେ କୁଦି ପଡ଼ୁଛି ଆସନ୍ତୁ ଦେଖିବା ।

ସତରେ ଗୋଟିଏ ଅପ୍ରକୃତ ଛାୟା ଯୁଦ୍ଧ ଦେଖିବାକୁ ମିଳିଲା ।

ଗଜପତି ଶାନ୍ତିରେ ତାହା ଉପଭୋଗ କଲେ । ଓଡ଼ିଶା ଯେତେବେଳେ କୋଣ୍ଡଭିଡୁ ଶିଖରରେ ବସିଗଲାଣି, ଆଉ ବିଜୟନଗର କ'ଣ ବା କରିବ ?

ସତରେ ଗଜପତି ଅନୁଭବ କଲେ, ଓଡ଼ିଆ ପାଇକ ନିଜର ମୌଲିକତା ବଜାୟ ରଖିଛି । ଏହା ହିଁ ଶତ୍ରୁକୁ ଦୂରେଇ ଦେବାର ସାମର୍ଥ୍ୟ । ଜୀବନରେ ଯଦି ସେ କିଛି ଓଡ଼ିଶା ପାଇଁ କରିଥାନ୍ତି, ତାହା ଏହି ସାମରିକତା ଆଉ ଗାଆଁ ଗାଆଁରେ ଶକ୍ତିର ବିନ୍ୟାସ । ଓଡ଼ିଆ ଅସ୍ମିତା ଆଉ ସ୍ୱାଭିମାନ ପାଇଁ ସମସ୍ତ ପଦ୍ଧତିର ପୁନରୁଦ୍ଧାର କରିଛନ୍ତି ଗଜପତି ।

ସମର ପ୍ରଶିକ୍ଷଣ ଶିବିରରୁ ଦୁର୍ଗକୁ ଫେରିଲେ । କାମନା ତାଙ୍କର ଚରିତାର୍ଥ ହେଲା । ସମର ସାମର୍ଥ୍ୟ ତାଙ୍କର ଜୀବନ, ପାରଙ୍ଗମତା ତାଙ୍କର ଶ୍ୱାସ ପ୍ରଶ୍ୱାସ । ଯୁବାବସ୍ଥାରେ ଓଡ଼ିଶା ରାଷ୍ଟ୍ର । ତାଙ୍କୁ ଉଜ୍ୱଳ ଭବିଷ୍ୟତ ପ୍ରତିଭାତ ହେଲା ।

ଅନ୍ତତଃ ଦୁଇଦିନ ସମୟ ସୀମାଦ୍ରି ଗଡ଼ରେ ବିଶ୍ରାମ ଆକାରରେ କଟିଗଲାଣି । ଗଜପତି ଅନୁଭବ କରନ୍ତି ତାଙ୍କୁ ଜରୁରୀ କାର୍ଯ୍ୟରେ କୋଣ୍ଡାପାଲି ଯିବାର ଅଛି । ଯେତେ ଶୀଘ୍ର ସେଠାରେ ପହଞ୍ଚିବେ, ଭଲ ହେବ ।

ନିର୍ଣ୍ଣୟ ନେଲେ ପରଦିନ ପ୍ରଭାତରେ ସୀମାଦ୍ରି ଛାଡ଼ି ରାଜମହେନ୍ଦ୍ରୀ ମୁହାଁଇବେ ।

ଅନେକପଲ୍ଲୀ ଗଡ଼

(ଆଜିର ଅନକାପାଲି)

ସୀମାଦ୍ରି ଗଡ଼ରୁ ରାଜମହେନ୍ଦ୍ରୀ ଅନେକ ଦୂର, କିନ୍ତୁ ଓଡ଼ିଆ ସାମରିକ ଦୁର୍ଗ ଏବଂ ରାଜକୀୟ ବିଶ୍ରାମାଗାରଗୁଡ଼ିକ ଏମିତି ଦୂରତାରେ ଅବସ୍ଥିତ, ଦିନକର ଯାତ୍ରାପରେ ଅନାୟାସରେ ସୂର୍ଯ୍ୟାସ୍ତ ପୂର୍ବରୁ ବିଶ୍ରାମ ନିମନ୍ତେ ଉପଯୋଗ କରା ଯାଇପାରିବ। ଏହା ଗତାନୁଗତିକ କଟକ–ରାଜମହେନ୍ଦ୍ରୀ ଗମନାଗମନ ରାସ୍ତା, କେଇ କୋଶ ରାସ୍ତା ଅତିକ୍ରମ କଲେ ଗଡ଼ ବା ନିବାସଗୁଡ଼ିକ ଉପଲବ୍ଧ ହୁଏ।

ପୁଣି ସ୍ୱୟଂ ଗଜପତି କପିଲେନ୍ଦ୍ର କୌଣସି ଜରୁରୀ ରାଜକାର୍ଯ୍ୟରେ ଦାକ୍ଷିଣାତ୍ୟ ଗସ୍ତ କରୁଛନ୍ତି। ଓଡ଼ିଆ ସାମରିକ ବାହିନୀ ରାସ୍ତାରେ ଜାଗଟିଆର ହୋଇ ରହିଛନ୍ତି।

ସୀମାଦ୍ରିରୁ ଛଅ କୋଶ ରାସ୍ତା ଅତିକ୍ରମ କଲାପରେ ଗଜପତି ରାସ୍ତାରେ ବିଶାଖାପାଟଣାରେ କିଛି ସମୟ ଜଳଯୋଗ ପାଇଁ ରହିଥିଲେ। ତାପରେ ମାତ୍ର ଦି ଘଡ଼ିରେ ପହଞ୍ଚିଲେ ଅନେକପଲ୍ଲୀ ଗଡରେ। ସୀମାଦ୍ରି ଗଡ଼ରୁ ମାତ୍ର ଦଶ କୋଶ ଦୂରର ଓଡ଼ିଆ ଆବସିକ ଗଡ଼।

"ଏଇଠି ଆଜି ରାତ୍ରିଯାପନ କରିବା", ମୁହଁ ଖୋଲିଲେ ଗଜପତି। "ଏଇ ଅନେକପଲ୍ଲୀ ଗଡ଼ ଗଜପତି ରାଜକୁଳ ପାଇଁ ଗୋଟିଏ ସମ୍ମାନଜନକ ଗଡ଼।"

ଗଡ଼ର ପରିଚାଳକ ଗଜପତି ଓ ମହାପାତ୍ରମାନଙ୍କୁ ପାଛୋଟି ନେଲେ ଗଡ଼ ଭିତରକୁ। ସନ୍ଧ୍ୟା ପୂର୍ବରୁ ଦକ୍ଷିଣାୟନ ଗଜପତି ପହଞ୍ଚ ଯାଇଛନ୍ତି। ଦିନ ସରି ଆସିଲା ପରେ ଏଠାରୁ ରାଜମହେନ୍ଦ୍ରୀ ଦଣ୍ଡପାଟ ଗସ୍ତ ଆରାମଦାୟକ ହେବନି। ଅନ୍ଧାର ରାତିକୁ ନଇନାଳ ଗତିରୋଧ କରିବ। ଏଠାରୁ ସଅଳ ସଅଳ ସକାଳୁ ବାହାରିଗଲେ ସୁବିଧାଜନକ।

ବଡ଼ ଆନନ୍ଦରେ ଗଜପତି ଏବଂ ତାଙ୍କର ସାଥିରେ ଆସିଥିବା ମହାପାତ୍ରମାନେ ସେଠିକାର ବିଶ୍ରାମାଗାରରେ ରାତ୍ରୀଯାପନ ପାଇଁ ଆଶ୍ରୟ ନେଲେ। ଅନ୍ତରଙ୍ଗ ମହାପାତ୍ର ଗଜପତିଙ୍କୁ କହିଲେ, "ମଣିମା ଆମର ଗତି କିୟତ୍ ପରିମାଣରେ ରାସ୍ତାରେ କ୍ଷୁଣ୍ଣ ହେଉଛି ଏବଂ କିଏ ଯେପରି ଆମର ଗତିରୋଧ କରିବା ପରି ବୋଧ ହେଉଛି।"

ଗଜପତି ମୁହଁ ଖୋଲିଲେ, "ଅନ୍ତରଙ୍ଗ ତୁମେ ତ ଅନେକଥର ମୋ ସହିତ ଏହି ରାସ୍ତାରେ ଗମନ କରିଛ। କହିପାରିବ, କେବେ ଆମେ ଏହି ଅନେକପଲ୍ଲୀ ଗଡ଼ ଏଡ଼ାଇଦେଇ ଚାଲିଯାଇଛେ ? ଆମର ଯେତେ ଜରୁରୀ କାମରେ ଦକ୍ଷିଣକୁ କି ଉତ୍ତର ଦିଗକୁ ଗତିପଥ ଥିଲେ ବି ଆମକୁ ଏଠାରେ ରହିବାକୁ ହୁଏ। ଏହି ଜାଗାଟିର ଗୋଟିଏ ସ୍ୱତନ୍ତ୍ର ଆକର୍ଷଣ ରହିଛି।"

ସବୁ ମହାପାତ୍ରମାନେ ଏକ ସମୟରେ ପ୍ରଶ୍ନ କଲେ, "ଏଇ ଗଡ଼ଟି ତ ଅନ୍ୟ ଗଡ଼ଗୁଡ଼ିକ ଠାରୁ ପୃଥକ୍। ଏଠାରେ ନା ଅଛି ଗଡ଼ର ପାଚେରି ନା ପରିସୀମା। ଏହା ସମ୍ପୂର୍ଣ୍ଣ ଖୋଲା ଏବଂ ଗାଆଁ ପରି ଦିଶୁଛି। ଏହାର କଅଣ ବିଶେଷତ୍ୱ ରହିଛି, ଗଜପତିଙ୍କୁ ଖୋଲାରେ ରହିବାକୁ ପଡ଼ୁଛି ?"

ଅନ୍ତରଙ୍ଗ ମହାପାତ୍ର କହିଲେ, "ଏବେ ସନ୍ଧ୍ୟା ହେବାକୁ ବସିଲାଣି। ଆଗ ଜଗନ୍ନାଥଙ୍କ ପାଖରେ ଆଳତି କରିସାରିବା ପରେ ବୈଠକଖାନାରେ ବସି କିଛିଟା ଆଲୋଚନା କରିବା।"

"ଏଇଟା ଲୋକ ସମ୍ପର୍କ ରଖିବାର ଗୋଟିଏ କ୍ଷେତ୍ର, କାରଣ ଏଇଠି ପାଖ ପାଖରେ ଅନେକଗୁଡ଼ିଏ ଗାଆଁ ଅଛି। ସେ ସବୁ ଗାଆଁର ଲୋକମାନେ ଗଜପତି ଆସୁଛନ୍ତି ବୋଲି ହୁରି ପକେଇବେ, ବହୁତ ଲୋକ ଆମ ଚାରିପଟେ ଆସି ଜମା ହୋଇଯିବେ। ସେମାନେ ଗଜପତିଙ୍କୁ ନିଜ ଗାଆଁର ଅଧିବାସୀ ବୋଲି ମଣନ୍ତି। ଗଜପତିଙ୍କର ବିଜୟ ସେମାନଙ୍କୁ ଅପୂର୍ବ ଆନନ୍ଦ ଦିଏ।"

ସତକୁ ସତ ଜଗନ୍ନାଥଙ୍କ ଆରତି ସାରି ପୁରୋହିତ ମହାପାତ୍ର, ଗଜପତି ଓ ଅନ୍ୟ ମହାପାତ୍ରମାନେ ବୈଠକଖାନାକୁ ଆସି ପହଞ୍ଚିବା ବେଳକୁ ଅନେକପଲ୍ଲୀର ଗଡ଼ ଦ୍ୱାରପାଲ ମଣିମାଙ୍କୁ ଜଣାଇଲା, ପଲ୍ଲୀବାସୀ ମାନେ ଗଜପତିଙ୍କୁ ଭେଟିବାକୁ ଆସିଛନ୍ତି। ସେମାନେ ଅନ୍ତତଃ ଦୁଇଶହ ଲୋକ ଥିଲେ ହେଁ ସେମାନଙ୍କର ଗାଆଁ ମୁଖ୍ୟ ସାତଜଣ ପଲ୍ଲୀ ନାୟକ ଅଛନ୍ତି।

ଏତିକି ବେଳେ ଅନ୍ତରଙ୍ଗ ମହାପାତ୍ର ଗଜପତିଙ୍କ ସୁରକ୍ଷା ନେଇ ଦ୍ୱାରପାଲଙ୍କ ସହିତ କିଛି ଗୁପ୍ତରେ କଥା ହେଲେ। ସେ ଆଶ୍ୱସ୍ତ ହେଲେ ଏବଂ ଗଜପତିଙ୍କ ଅଚାନକ

ଗଡ଼ରେ ବି ଓଡ଼ିଶା ସାମରିକ ବାହିନୀର ସମସ୍ତଙ୍କ ଅଜ୍ଞାତସାରରେ ଏମିତି ସୁରକ୍ଷା ପ୍ରସ୍ତୁତି ରହିଛି, ତାହା ଆଶ୍ଚର୍ଯ୍ୟର ଅନ୍ତରଙ୍ଗ ବୈରୀଗଞ୍ଜେନଙ୍କୁ ଚକିତ କରୁଥିଲା।

ଏହି ସମୟରେ ସନ୍ଧିବିଗ୍ରହ ମହାପାତ୍ର ମଣିମାଙ୍କ ପାଖକୁ ଆସି ଅନୁଚ ସ୍ୱରରେ ପ୍ରାର୍ଥନା କଲେ, "ଛାମୁ ସେ ସାତଜଣ ଅନେକପଲ୍ଲୀ ନାୟକମାନେ ଆପଣଙ୍କର ଦର୍ଶନପ୍ରାର୍ଥୀ। ସେମାନଙ୍କ ସହିତ ସମବେତ ଜନତା ମଧ୍ୟ ଚାହାନ୍ତି ଟିକିଏ ପ୍ରଭୁ ଜଗନ୍ନାଥଙ୍କର ପ୍ରତିନିଧି ଗଜପତିଙ୍କୁ ଦୁଇପଲକ ମାତ୍ର ଅବଲୋକନ କରିବେ।"

ଗଜପତି ଏହି ଅନେକପଲ୍ଲୀ ସହିତ ଜୀବନସାରା ପରିଚିତ। ସିଏ ଗଜପତି ମୁକୁଟ ପରିଧାନ କରିବାର ଅନ୍ତତଃ ଦଶବର୍ଷ ପୂର୍ବରୁ ବି ଅନେକପଲ୍ଲୀ ସହିତ ପରିଚିତ। ପାଖ ସାତପଲ୍ଲୀର ସାତ ନାୟକ ତାଙ୍କର ନିଜ ସମ୍ପର୍କୀୟ ଭାବରେ ତାଙ୍କ ଯିବା ଆସିବା ସମୟରେ ଏହି ବୈଠକଖାନାରେ ବସି କିଛି ଗୁହାରି କରନ୍ତି।

ମୁଁହ ଅନ୍ଧାର ହେଲେ ବି ଗଡ଼ ଫାଟକ ପାଖରେ ଖୋଲା ସ୍ଥାନଟି ଅନେକ ଗୁଡ଼ିଏ ମଶାଲ ଆଲୋକରେ ଆଲୋକିତ। ଅପେକ୍ଷାରତ ଜନତାଙ୍କ ମଧ୍ୟକୁ ଦୀପଲକ ଦର୍ଶନ ଦେବାକୁ ବୃଦ୍ଧ ଗଜପତି ବିଜେକଲେ। ସମସ୍ତଙ୍କ ପ୍ରଣିପାତ ଯେମିତି ଜଗନ୍ନାଥଙ୍କ ପାଦସ୍ପର୍ଶ କରୁଛି। ପୁରୁଷୋତ୍ତମରେ ବସି ବି ଜଗନ୍ନାଥ ଜୀବନ୍ତ ଭାବରେ ଗଜପତିଙ୍କ ସହିତ ସନ୍ନିବେଶିତ ହୋଇଛନ୍ତି। ସ୍ୱୟଂ ଚଲନ୍ତି ଜଗନ୍ନାଥ। ଓଡ଼ିଆ ଜାତିର ପ୍ରତ୍ୟକ୍ଷ ଦେବତା। ସମବେତ ଜନତା ଭୂମିଷ୍ଠ ପ୍ରଣାମ କରି ଗଜପତିଙ୍କର ଆଶୀର୍ବାଦ ଭିକ୍ଷାକଲେ।

ଗଜପତି କହିଲେ, "ତୁମେ ସବୁ ଅନେକପଲ୍ଲୀବାସୀ ମୋତେ ତୁମର ପଲ୍ଲୀବାସୀ ମନେକରି ନିଜର ବୋଲି ଭାବୁଛ, ସେଇଟା ମୋର ଭାଗ୍ୟ। ମୋର ଏହି ବୟସରେ ଆଦୌ ସ୍ମୃତିବିଭ୍ରାଟ ଘଟିନି, ଯାହା ମନେପଡ଼ୁଛି ଚାଳିଶ ପଞ୍ଚାଳିଶ ବର୍ଷ ତଲେ ମୋତେ ଗୋଟିଏ ଦିନ ଆଉ ଗୋଟିଏ ରାତି ଏହି ପଲ୍ଲୀରେ କଟାଇବାକୁ ପଡ଼ିଛି। ମୋର ଗୋଟିଏ ଅତି ଜରୁରୀ ଡାକରା ପଡ଼ିଥିଲା ରାଜମହେନ୍ଦ୍ରୀ ଗଡ଼ରୁ। ସେଇଠି ଓଡ଼ିଶା ଆଉ ଭେଙ୍ଗୀରାଜ୍ୟ ସୀମା ସଂକ୍ରାନ୍ତରେ କଥାଭାଷା ହେବାକୁ ମୋତେ ଗଜପତି ଭାନୁଦେବ କଟକରୁ ପ୍ରେରଣ କରିଥିଲେ। ଦୂରର ନବାବ ସେଠାରେ ମୋତେ ଅପେକ୍ଷାକରି ବସିଥିଲେ। କିନ୍ତୁ ବର୍ଷାର ପ୍ରକୋପରେ ଅଶ୍ୱାରୋହଣ କରି ଏହି ଅନେକପଲ୍ଲୀ ଆଗକୁ ଅଗ୍ରସର ହେବା ଦୁରୁହ ଥିଲା। ପାର୍ଶ୍ୱସ୍ଥ ସାରଦା ନଦୀ ହେମନ୍ତ ରତୁରେ ଅଦିନିଆ ବର୍ଷାରେ ଜଳ ପରିପୂର୍ଣ ହୋଇ କୂଳପ୍ଲାବନର ଭୟ ସୃଷ୍ଟି କରିଥିଲା। ଆମର ପଚାଶ ଜଣ ଅଶ୍ୱାରୋହୀ ସେନାକୁ ଦେଖ ଗ୍ରାମବାସୀ ପ୍ରଥମେ ଆତଙ୍କିତ ହୋଇପଡ଼ିଥିଲେ, ମାତ୍ର ଆମର ଓଡ଼ିଆ ପତାକା ଦେଖ ଆମମାନଙ୍କର ଆସ୍ଥାନର ବ୍ୟବସ୍ଥା କରିଥିଲେ। ସେହି ରାତିଟିକୁ ମୁଁ ଭୁଲିପାରିବି ନାହିଁ। ସେଥିରେ ରହିଥିଲା ତୁମମାନଙ୍କର

ଅଯାଚିତ ସେବା ମନୋବୃଭି। ତୁମେମାନେ ସୃଷ୍ଟି କରି ବସିଲ ହୃଦୟର ସମ୍ପର୍କ। ତୁମ ଅନେକପଲ୍ଲୀର ମାୟା ମୋତେ ଗୋଟିଏ ଦୈବୀ ଆଶ୍ୱାପରି ବୋଧହୁଏ। କାରଣ ରାତି ପାହିଲା ବେଳକୁ ସାରଦା ନଦୀ ଶୁଷ୍କ ହୋଇଗଲା ଏବଂ ଆମେ ନବାବର କଣ୍ଠ ସମୟ ଭିତରେ ରାଜମହେନ୍ଦ୍ରୀରେ ପହଞ୍ଚି ସରଳରେ ସୀମାବିବାଦ ଏଡ଼ାଇ ପାରିଥିଲୁ।"

ତା ପରେ ସନ୍ଧିବିଗ୍ରହ ମହାପାତ୍ର କହିଲେ, "ତୁମର ଏହି ପଲ୍ଲୀ ଓଡ଼ିଶାର ଅବିଚ୍ଛେଦ୍ୟ ଅଙ୍ଗ ହୋଇ ରହିଛି। ଏହାର ଐତିହ୍ୟ ଅତି ପୁରାତନ। ଏଇଟା ବି ଦେଢ଼ ହଜାର ବର୍ଷ ତଳର ଚେଦିରାଜଙ୍କ ଶାସନାଧୀନ ଥିବାର ଲୋକକଥା ଏବଂ ଶିଳାନୈପୁଣ୍ୟ ରହିଛି। ଏବେ ସାତପଲ୍ଲୀର ସାତ ନାୟକ ଆମ ବୈଠକଖାନାକୁ ଆସନ୍ତୁ, ଗଜପତିଙ୍କ ସହ ଦି'ପଦ ଆଳାପ କରିବ।"

ସମବେତ ଅନେକପଲ୍ଲୀ ପ୍ରଜାମାନେ ଗଜପତିଙ୍କ ଅଚାନକ ଦକ୍ଷିଣ ଗସ୍ତକୁ ନିଜ ଭାଗ୍ୟ ଆଉ ତାଙ୍କୁ ପାଖରେ ପାଇବାର ସୌଭାଗ୍ୟ ବୋଲି କୃତକୃତ୍ୟ ମନେକରୁଥିଲେ। କେତେଜଣ ବୟସ୍କ ଧବଳକେଶ ପଲ୍ଲୀ ନାୟକ ମନରେ ହେଜି ପାରୁଥିଲେ ପଇଁଚାଳିଶ ବର୍ଷ ପୂର୍ବେ ଦିନେ ଦଳପତି କପିଳ ରାଉତଙ୍କୁ ସେମାନେ ରାଜଅତିଥି ଭାବରେ ସକ୍ରାର କରିଥିଲେ। ସେହି ଦଳପତି ଏତେ ଭାଗ୍ୟବାନ ଆଉ ଏତେ କର୍ମଯୋଗୀ ନିଜେ ଅଖଣ୍ଡ ଓଡ଼ିଶାର ସ୍ରଷ୍ଟା ଆଉ ଶକ୍ତିଶାଳୀ ଗଜପତି। ତାଙ୍କର ପ୍ରତିଟି ବିଜୟରେ ଏହି ଅନେକପଲ୍ଲୀ ଯେତିକି ପୁଲକିତ ତାଙ୍କର ପ୍ରତିଟି ପ୍ରୟାସରେ ସେତିକି ସ୍ପନ୍ଦିତ। ସିଏ ଅନେକପଲ୍ଲୀକୁ ପ୍ରଥମ ଅଭିକ୍ଷତାରୁ ଶୁଭପ୍ରଦ ବୋଲି ବିବେଚନା କରନ୍ତି ସତ, କିନ୍ତୁ ପ୍ରତିଟି ଦକ୍ଷିଣ ଗସ୍ତରେ ଏଇଠି ଲୋକମାନଙ୍କୁ ଟିକିଏ ବି ଚାହିଁ ଦେଇଯାଆନ୍ତି ଆଉ ପ୍ରସ୍ଥାନକାଳୀନ ତାଙ୍କର ବିଜୟମଣ୍ଡିତ ବାନା ଫରଫର ହୋଇ ଉଡ଼ି ଅନେକପଲ୍ଲୀରେ ଉନ୍ମାଦନା ସୃଷ୍ଟି କରିଦିଏ, "ଓଡ଼ିଆ ପୁଅ ଜିତିଛି। ଗଡ଼ ଜିଣିଛି। ଓଡ଼ିଶା ମାଆର ସୀମା ବୃଦ୍ଧି କରିଛି।"

ଜୀବନମୁକ୍ତିରେ ଏମିତି ଦୁଃସାହାସିକ କାର୍ଯ୍ୟ ସବୁ କାହାପାଇଁ? ନିଜ ପାଇଁ ତ କଦାପି ନୁହେଁ। ଯେଉଁ ବଂଶରେ ତାଙ୍କର ଜନ୍ମ ସେଠି ବଞ୍ଚିବାକୁ ତାହାର କୌଣସି ସମ୍ପଦର ଆବଶ୍ୟକତା କରନ୍ତି ନାହିଁ। ନିଜ ଜୀବନ ବିପନ୍ନ କରି ଦୁର୍ଦ୍ଦାନ୍ତ ଶତ୍ରୁକୁ ସାମନା କରିବା ପାଇଁ ହଜାର ହଜାର ମଣିଷ, ହାତୀଘୋଡ଼ା ଜୀବଜନ୍ତୁଗୁଡ଼ିକୁ ଉତ୍ସର୍ଗ କରିପାରିବାର ମାନସିକତା କଅଣ ନିଜର ଭୋଗ ପାଇଁ? ନିଜ ଅନ୍ତରର ମାତୃଦେବୀଙ୍କର ଆରାଧନା ପାଇଁ ନିଜର କରାମତିକୁ ସାକାର ରୂପ ଦେବାକୁ ଯେଉଁ ଉତ୍ସୁକତା ଏହି କପିଳ ରାଉତ ଦଳପତିଙ୍କର ଥିଲା ତାହା ଜୀବନରେ ସେ ସାର୍ଥକ କରିଛନ୍ତି। ସେ ଅନେକପଲ୍ଲୀର ବାସିନ୍ଦା ନୁହନ୍ତି, କିନ୍ତୁ ଅନେକପଲ୍ଲୀ ବାସିନ୍ଦାମାନେ ଧାରଣା କରନ୍ତି ସିଏ ଅନେକପଲ୍ଲୀର। ସେମାନଙ୍କର କେବଳ ଦୃଢ଼ତା ନାହିଁ, ସେମାନେ ବି ଅନେକ ସମୟରେ ଗଜପତିଙ୍କୁ କଟକ ଯାଇ ଦର୍ଶନ କରିଆସନ୍ତି ଏବଂ ତାଙ୍କର ଆଦର ପାଇଥାଆନ୍ତି।

ଅନେକପଲ୍ଲୀ ପାଇଁ ଗଜପତି ଅକୁଣ୍ଠ ସାହାଯ୍ୟ କରନ୍ତି । ଏକାମ୍ର କପିଲେଶ୍ବର କପିଲନାଥ ଶୈବ କ୍ଷେତ୍ର ମନ୍ଦିର ତୋଲା ସମୟରେ ବି ଈଶ୍ବରଙ୍କ କୃପାରୁ ଏହି ଅନେକପଲ୍ଲୀରେ ଅନେକ ଈଶ୍ବରଙ୍କର ମନ୍ଦିର ତୋଲା ଯାଇଛି । ଅନେକ ପାତାଲଫୁଟା ଲିଙ୍ଗ ଏଠାରୁ ମିଳିଛି । ସେହି ଇସାରାରେ ଗଢ଼ାଯାଇଛି ଅନେକ ଶିବ ମନ୍ଦିର । ଆଉ ଖନନ କରାଯାଇଛି ଅନେକ ପୁଷ୍କରିଣୀ । ଅନେକ ସୁଶୀତଲ ତଡ଼ାଗ ।

ସାରଦା ନଦୀର ବିପତ୍ତି ପାଇଁ ତାଙ୍କୁ ଖବର ପାଇଲେ, ସବୁମନ୍ତେ ସହାୟ ହୁଅନ୍ତି ଗଜପତି କପିଲେନ୍ଦ୍ର । ବନ୍ଧ ମରାମତିରୁ ଆରମ୍ଭ କରି ଲୋକମାନଙ୍କର ଥଇଥାନ ନିମନ୍ତେ ।

ଏବେ ସନ୍ଧିବିଗ୍ରହ ମହାପାତ୍ର ଜଣାଇଲେ, "ତୁମେମାନେ ଗଜପତିଙ୍କ ଦର୍ଶନ ଲାଭକଲ । ଗଜପତି ଆହୁରି ଚାହାନ୍ତି ତୁମ ସାତନାୟକଙ୍କ ସହିତ କିଛି କଥାଭାଷା ହେବେ, ତୁମ ଗାଆଁ ବିଷୟରେ ଆଲୋଚନା କରିବେ । ତୁମର ନିଜ ଲୋକ ବୋଲି ଯେମିତି ତୁମେ ଧାରଣା ରଖିଛ ସିଏ ବି ନିଜକୁ ସେମିତି ଭାବନ୍ତି ।"

ଗଜପତିଙ୍କ ସମ୍ମୁଖରେ ଅନେକପଲ୍ଲୀର ନାୟକମାନେ ନିଜର କୃତଜ୍ଞତା ପ୍ରକଟ କରି କହିଲେ, "ମଣିମା ଆପଣ ଆମର ଗୁହାରି ଶୁଣି ଆମ ପାତାଲଫୁଟା ଲିଙ୍ଗ ନିମନ୍ତେ ଯାହା ଅନୁଦାନ ଦେଲେ, ଆମର ଶିବ ମନ୍ଦିର ସମ୍ପୂର୍ଣ୍ଣ ହୋଇ ଏବେ ପୂଜାର୍ଚ୍ଚନା ଚାଲିଛି । ଏ ଭିତରେ ପାଞ୍ଚବର୍ଷ ବିତିଯାଇଛି, କିନ୍ତୁ ମଣିମା ଆଉ ଦକ୍ଷିଣକୁ ଗସ୍ତ କରୁନାହାନ୍ତି କି ! ଅନେକପଲ୍ଲୀରେ ପାଦ ପଡ଼ିନି ।"

କପିଲେଶ୍ବର ମହାଦେବ ମନ୍ଦିର

“ନାଁ, ଗୃହ ବ୍ୟାପାରରେ ବ୍ୟସ୍ତ ରହି ମୋର ଦକ୍ଷିଣାଗସ୍ତ ବହୁତ ହ୍ରାସ ପାଇଛି । ନହେଲେ ଏଇଟା ତ ମୋର ଯିବାଆସିବା ବାଟ ଆଉ ବିଶ୍ରାମାଗାର । ଏହି ବାଟ ଏଡ଼ାଇ ମୁଁ ଅନ୍ୟ ପଥରେ ଗତି କରେନାହିଁ । ଗଲାବେଳେ ସଂଧ୍ୟା ଆଉ ଫେରିଲାବେଳେ ସଂଧ୍ୟା ହୁଏ, ଯେଉଁଥି ପାଇଁ ମୁଁ ଏଠାରେ ରହିବାକୁ ପସନ୍ଦ କରେ । ଏଇ ଅନେକପଲ୍ଲୀ ମୋର ଅତିପ୍ରିୟ ସ୍ଥାନ ।”

ପାହାଡ଼ ସାହିର ଶମ୍ଭୁ ନାୟକ ଟିକିଏ କୁହାଲିଆ ଆଉ ସବୁ ନାୟକମାନଙ୍କ ଭିତରେ ଅଭିଜ୍ଞ । ସେ ସାହସ ବାନ୍ଧି ଗଜପତି କପିଲେନ୍ଦ୍ରଙ୍କ ସମ୍ମୁଖରେ କହିଲା, “ଆମେ ଅନେକପଲ୍ଲୀବାସୀ ଗଜପତିଙ୍କର ଦାକ୍ଷିଣାତ୍ୟ ବିଜୟରେ ଉଲ୍ଲସିତ ହେଉଛୁ । ଆଉ କେହି ବାଦ୍ ପଡ଼ିଲେନି କନ୍ୟାକୁମାରୀ ପର୍ଯ୍ୟନ୍ତ । ଭଗବାନ ଆପଣଙ୍କୁ ଦୀର୍ଘାୟୁ କରନ୍ତୁ ଆମ ଦେବାଳୟକୁ ଘାତକ କବଳରୁ ରକ୍ଷା କରୁଛନ୍ତି । ଗଜପତିଙ୍କର ହାତୀପଲ ଦାକ୍ଷିଣାତ୍ୟରେ ଘୁରିବୁଲୁଛନ୍ତି । ଯେଉଁଠି ଅନ୍ୟାୟ ଅତ୍ୟାଚାର ସେଇଠି ବଳପ୍ରୟୋଗ କରି ରୂପ ଦେଖାଉଛନ୍ତି । ଏଇଟା ଗଜପତି ରାଜାଙ୍କର ଧର୍ମ ଆଉ ପ୍ରଭୁ ଶ୍ରୀଜଗନ୍ନାଥଙ୍କ ମହିମା ।”

ଗଜପତି ପ୍ରିୟମାଣ ହୋଇ ଶମ୍ଭୁ ନାୟକ କଥା ମନଦେଇ ଶୁଣୁଛନ୍ତି ।

ପୁଣି କହି ଉଠିଲା ଶମ୍ଭୁ । ଛାମୁଙ୍କର ଅନୁପସ୍ଥିତିରେ ବି ତାଙ୍କର ଗଜପତିଶକ୍ତି ଦକ୍ଷିଣରେ ଅଣ୍ଢା ଭିଡ଼ିଛି । ପୁଅ ଗଜପତି ହମ୍ବୀର କୁମାର ମହାପାତ୍ର ଶକ୍ତିରେ ଅପରାଜେୟ । ଶତ ଦନ୍ତାହାତୀର ସାହସୀ ହମ୍ବୀର ମଣିମାଙ୍କର । ଆମେ ପାଞ୍ଚବର୍ଷ ତଲେ ଦେଖ୍ଲୁ ବାହାମନିଙ୍କର ବିଦର ଆକ୍ରମଣ ବେଳେ ବାପା ଯେତେବେଳେ ଆମ ବାଟ ଦେଇ ଉତ୍ତର ସୀମାକୁ ଜଉନପୁର ନବାବକୁ ପ୍ରତିହତ କରିବାକୁ ଲେଉଟିଗଲେ, କୁମାର କଅଣ ଅଟକି ବସିଲେ କି ? ସିଏ ନିଜ ଶକ୍ତି ଓ ସାହସର ପରିଚୟ ଦେଇ ରାଜ୍ୟ ପରେ ରାଜ୍ୟ ଜୟକରି ଚାଲିଲେ । ଧନ୍ୟ ସେ ବାପା ଯିଏ ଏଭଳି ସୁପୁତ୍ରକୁ ଜନ୍ମ ଦେଇଛି । ସମଗ୍ର ଦାକ୍ଷିଣାତ୍ୟକୁ ବଶୀଭୂତ କରି ଦେଇପାରିଲେ । ସବୁଠି ଓଡ଼ିଆ ପତାକା ।

କାଲେ ଆଉ ଅଧିକ କହି ପକାଇବ, ଖରଡ଼ା ପକାଇଦେଲେ ସନ୍ଧିବିଗ୍ରହ ମହାପାତ୍ର । ସେମାନଙ୍କୁ ବୁଝାଇ କହିଲେ, ଆପଣମାନଙ୍କର ଯଦି ଗଜପତିଙ୍କ ପାଖରେ କିଛି ମିନତି ଅଛି ପ୍ରକାଶ କରନ୍ତୁ । ଆମର କାଲି ବଡ଼ି ଭୋରରୁ ରାଜମହେନ୍ଦ୍ରୀ ଗମନ କରିବାର ଅଛି ।

କିନ୍ତୁ ନାୟକ ମାନେ କିଛି ମିନତି ନକରି ନତମସ୍ତକ ହୋଇ ବିଦାୟ ନେଲେ। ଗଜପତି ହମଭୀର କୁମାରଙ୍କ ନାମ ଉଚ୍ଚାରଣ ସହ୍ୟ କରିବା ଅବସ୍ଥାରେ ନଥିଲେ। ମୁଖ ତାଙ୍କର ବିଷଣ୍ଣ ହୋଇଗଲା। ଅନ୍ୟମନସ୍କ ହେବାପରି ବୋଧହେଲା। ସେ ଏବେ ହମଭୀରଙ୍କ କଥା ଶୁଣିଲେ ବିରକ୍ତିବୋଧ କରନ୍ତି। ମନରେ ସଦେହ ରହିଛି, ଏଇ ହମଭୀର କଦାପି ସରଳ ହୋଇ ନପାରେ। ଗଜପତି ବଂଶଜ ହୋଇ ଦିନେ ନା ଦିନେ ବାହାମନି ବା କୌଣସି ବିଜାତୀୟ ଶାସକ ସହିତ ମିଶି ଅନେକ ଓଡ଼ିଶା ରାଷ୍ଟ୍ରଦ୍ରୋହୀ କାର୍ଯ୍ୟ ଯେ ନକରିବ, ଓଡ଼ିଶା ରାଇଜର ଅଂଶ ବି କ୍ଷୁଣ୍ଣ ହୋଇପାରେ। କିଏ କହିବ। ଏ ବିଷୟରେ ଗଜପତି ସନ୍ଦିହାନ।

ଗଜପତି କପିଲେନ୍ଦ୍ର ଟିକିଏ ଚିନ୍ତିତ ହୋଇପଡ଼ନ୍ତି ହମଭୀରା ରାଜକୁମାର ପ୍ରସଙ୍ଗ ଆସିଲେ। ସିଏ ଜ୍ୟାଜ୍ୟପୁତ୍ର ନୁହେଁ, ସିଏ ଜଣେ ସମରକୁଶଳୀ ସନ୍ତାନ। ତା'ର ଅସାଧାରଣ ବୀରତ୍ୱ ରହିଛି। ସେ ଏତେ ଚିନ୍ତା କରିବା ଆବଶ୍ୟକ ନାହିଁ। ଦାକ୍ଷିଣାତ୍ୟ ସମଗ୍ରର ପ୍ରଶାସକ ସାଜି ଓଡ଼ିଶାର ଦକ୍ଷିଣାର୍ଦ୍ଧକୁ ସମ୍ଭାଳିଲେ ଚଳିବ। ଏମିତି ଗଜପତି ହେବାର ନିଶା ରଖିଲେ ଅସୁବିଧାଜନକ।

ରାଜମହେନ୍ଦ୍ରୀ ଯିବା ରାସ୍ତାରେ ଇଲୋ-ମଝିଲି

ସୀମାଦ୍ରି ଗଡ଼ରୁ କୋଣ୍ଡାପଲ୍ଲୀ ବହୁତ ଦୂର, ଗଜପତି ସ୍ୱଚ୍ଛନ୍ଦରେ କଟକରୁ ବାହାରି କିପରି କୋଣ୍ଡାପଲ୍ଲୀରେ ପହଞ୍ଚିବେ ତାଙ୍କ ସାଥୀରେ ଥିବା ମହାପାତ୍ରମାନେ ସମସ୍ତ ଯନ୍ ନେଉଥିଲେ। ତଥାପି ବୟସ୍କ ଗଜପତି ଥକା ଅନୁଭବ ଯେ ନକରୁଥିବେ, ଏଇଟା କିଏ ପ୍ରକାଶ୍ୟରେ କହିପାରିବ ? ଏଇଟା ବି ସତ କଥା, ଗଜପତି ଏହି ରାସ୍ତାରେ ଯେତେଥର ଗତାଗତ ହୋଇଛନ୍ତି, ତାହାର ହିସାବ ନାହିଁ। ଦିଗ୍‌ବିଜୟୀ ଗଜପତିଙ୍କର ଦକ୍ଷିଣ ଗସ୍ତ ଏବଂ ଦକ୍ଷିଣାତ୍ୟ ଅଭିଯାନ ସମୟରେ ଉତ୍ତରୁ ଜଉନାବାଦ ନବାବଙ୍କ ଆକ୍ରମଣ ପ୍ରସ୍ତୁତି, ବଙ୍ଗ ନବାବଙ୍କ ମନ୍ଦାରନ୍ ଦୁର୍ଗ ଆକ୍ରମଣ ପୁନରାୟ ଯୁଦ୍ଧ କ୍ଷେତ୍ରରୁ ଓଡ଼ିଶାର ଉତ୍ତର ସୀମାକୁ ଫେରିଆସିବାକୁ ବାଧ୍ୟ କରେ। ଏମିତି ତେତିଶ ବର୍ଷ ରାଜଗାଦିରେ ରହି ସିଏ କେତେଥର ଦକ୍ଷିଣକୁ ଗସ୍ତ କରିଛନ୍ତି, ତାହାର କଳନା ନାହିଁ। ସେମିତି ତାଙ୍କର ଦିବା ବା ରାତ୍ରି ନିମନ୍ତେ କେଉଁ ଆଶ୍ରୟସ୍ଥଳରେ ବିଶ୍ରାମ ନେବେ, ତାହା ଓଡ଼ିଆ ସାମରିକ ବାହିନୀ ଦ୍ୱାରା ନିର୍ଣ୍ଣୀତ ହୋଇଥାଏ।

ଏଥର ଜରୁରୀ ସାମରିକ ଓ ପ୍ରଶାସନିକ କାରଣରୁ ସେ ଛଅଜଣ ମହାପାତ୍ରଙ୍କ ସହିତ ଗସ୍ତ କରୁଥିବାରୁ ବିନା ତନ୍ଦ୍ରାରେ ଅଶ୍ୱ ପୃଷ୍ଠରେ ଗତିଶୀଳ। କେଉଁଠାରେ ଦିବା ଭୋଜନ ଓ କେଉଁଠାରେ ରାତ୍ରିଯାପନ ସେଥିରେ ନିର୍ଦ୍ଦିଷ୍ଟ ଗଜପତିଙ୍କର ପସନ୍ଦ ଅପସନ୍ଦ ବି ରହିଛି। ଏଇଟା ଜଣାଶୁଣା କଥା।

ଦୁଇଟା ଦିନରେ ଗଜପତିଙ୍କ ଆଟ ଆସି ପହଞ୍ଚିଲା ଇଲୋ-ମଝିଲି ଗ୍ରାମରେ। କୌଣସି କାରଣରୁ ଏଇଟି ବି ଗଜପତି କପିଲେନ୍ଦ୍ରଙ୍କର ଗୋଟିଏ ପସନ୍ଦଯୋଗ୍ୟ ସ୍ଥାନ।

ତାଙ୍କର ସେଠାରେ ଗୋଟିଏ ଗଜପତି ନିବାସ ରହିଛି। ସେଠାରେ ବି ଅନେକପଲ୍ଲୀ ପରି ଅନେକ ଚିହ୍ନାଜଣା ମୁଖିଆ ଅଛନ୍ତି। ସନ୍ଧ୍ୟା ହେବା ପୂର୍ବରୁ ଦି'ଘଡ଼ି ବାକିଥିବ, ସୂର୍ଯ୍ୟ ପଶ୍ଚିମ ଦିଗ୍‌ବଳୟ ଧରିବା ଅନେକ ପୂର୍ବରୁ ସେମାନେ ଏଇ ମଞ୍ଝିଲା ଗାଆଁରେ ପହଞ୍ଚିଗଲେ।

ଗଜପତି ଚିହ୍ନିଲେ, ଅନେକ ମୁଖିଆଙ୍କୁ ସେ ଅନ୍ୟୂନ ଦୁଇ ଦଶନ୍ଧି କାଳରୁ ଜାଣନ୍ତି। ଏହି ଗାଆଁଟି ଗୋଟିଏ ବିରାଟ ଗାଆଁ ଯାହାକି ଯୁଗ ଯୁଗରୁ ଖଜଣା ଦେଇ ଦେଇ ହତାଶ ହୋଇ ପଡ଼ିଲେଣି। ପ୍ରଥମ ଥରରୁ ସେମାନେ ଗଜପତି କପିଲେନ୍ଦ୍ରଙ୍କୁ ଫେରାଦ୍‌ ହୋଇଥିଲେ। ସେତେବେଳେ କପିଲେନ୍ଦ୍ର ସମସ୍ତ ଶକ୍ତି ଠୁଲ କରି ରାଜମହେନ୍ଦ୍ରୀରୁ ରେଡ଼ି ପରିବାରକୁ ହଟାଇବାକୁ ଯାଉଥିଲେ। ଶେଷ ଗଙ୍ଗରାଜ ଭାନୁଦେବ ଯେଉଥିପାଇଁ ତାଙ୍କ ଗାଦି ହରାଇଲେ, ସତକୁ ସତ କପିଲେନ୍ଦ୍ର ଗାଦି ଧରିବାର ଚଉଦବର୍ଷ ପରେ ରାଜମହେନ୍ଦ୍ରୀ ଅକ୍ତିଆର କଲେ। ନୂତନ ଗଜପତି କପିଲେନ୍ଦ୍ର ଅନେକ ନୂଆ ହାତୀପାଲ ଧରି ଯାହା ଦକ୍ଷିଣାୟନ କରିଥିଲେ, ରେଡ଼ି ରାଜାକୁ ହଟାଇ ଦେଇଛନ୍ତି, ଶୁଣି ସେତେବେଳେ ମଞ୍ଝିଲା ଗାଁ ଲୋକଙ୍କ ଆନନ୍ଦ କହିଲେ ନସରେ। ଶାନ୍ତିରେ ନିଶ୍ୱାସ ନେଲେ।

ଗଜପତି ଫେରିବା ରାସ୍ତାରେ ସେମାନଙ୍କୁ କିଞ୍ଚିତା ରିହାତି ଦେଲେ, ଯଦ୍ୱାରା ସେମାନେ ଗଜପତିଙ୍କ ପାଖରେ କୃତଜ୍ଞତା ଜ୍ଞାପନ କଲେ। ଲୋକମାନେ ଗଜପତିଙ୍କୁ ଦୁଃଖ ଶୁଣାଇ କହିଲେ, "ଆମେ ମଣିମା, ବହୁ ସମୟରେ ମଞ୍ଝିରେ ରହି ବହୁ ଦହଗଞ୍ଜି ହେଉଛୁ। ପ୍ରକୃତରେ ଆମେ କଳିଙ୍ଗ ଦଣ୍ଡପାଟ ବା ଓଡ଼ିଶାର ଅଟୁ। ଓଡ଼ିଶା ସାମରିକତାରେ ଉଣା ଘଟିଲେ ଦକ୍ଷିଣୀ ଶକ୍ତି ଆମକୁ ଅକ୍ତିଆର କରେ ଏବଂ ଅନେକ ସମୟରେ ଆମରି ମଞ୍ଝିଲି ଗାଁ ହିଁ ଦୁଇ ଶକ୍ତିର ସୀମାରେ ରହେ। ତେଣୁ ଦୁଇ ପକ୍ଷରୁ ଆମ ଉପରେ ଖଜଣା ଦାବି ହୁଏ। ଏହି ତଥ୍ୟ ବିଚାରକୁ ନେଇ ଗଜପତି ନିଶ୍ଚୟ କିଛି ନିର୍ଣ୍ଣୟ ନେବେ ବୋଲି ଆମେ ଅନୁରୋଧ କରୁଛୁ। ଏଇଟା ତ ବହୁବର୍ଷ ତଳର ପୁରୁଣା କଥା।

ଏବେ ଗଜପତି କିଛି କହିବା ପୂର୍ବରୁ ସନ୍ଧିବିଗ୍ରହ ମହାପାତ୍ର କହିଲେ, "ଶୁଣନ୍ତୁ ମଞ୍ଝି ଗାଁର ପ୍ରଜା ଆଉ ମୁଖ୍ୟ ଲୋକମାନେ। ଆପଣମାନେ ତ କଳିଙ୍ଗର ସୀମା ଭଲ ଭାବରେ ଜାଣିଛନ୍ତି। ଉତ୍ତରରେ ଭାଗିରଥୀ ଗଙ୍ଗା, ଦକ୍ଷିଣରେ ପୁଣ୍ୟତୋୟା ଗୋଦାବରୀ, ପୂର୍ବରେ କଳିଙ୍ଗ ସାଗର ତଥା ମହୋଦଧ୍ ଏବଂ ପଶ୍ଚିମ ଦିଗରେ ଅମରକଣ୍ଟକ। ଏହି ସୀମା ସର୍ବଦା ସମସ୍ତେ ମାନିଆସିଛନ୍ତି। କଳିଙ୍ଗ ବା ଆଜିର ଓଡ଼ିଶାରେ ଶକ୍ତିର ତେଜ ବଢ଼ିଛି ଚେଦିବଂଶ ବା ମହାମେଘବାହନ ଖାରବେଲଙ୍କର ଶାସନକାଳରେ, ପୁଣି ଗଙ୍ଗରାଜ ଚୋଡ଼ଗଙ୍ଗଦେବ ଓ ଲାଙ୍ଗୁଲା ନରସିଂହଦେବଙ୍କ ଆମଲରେ। ଯାହା ଟିକେ ଗୃହକନ୍ଦଳରୁ ବାହ୍ୟଶକ୍ତି ଜଣାପଡ଼ୁନାହିଁ, ଯେବେ ବାହ୍ୟ

ସାମରିକତା ହ୍ରାସ ହେବାପରି ପ୍ରତୀୟମାନ ହୁଏ ଦକ୍ଷିଣର ପଡ଼ୋଶୀ ଶକ୍ତିମାନେ ସୀମା ଲଂଘି ଏଠାକୁ ପଶିଆସନ୍ତି, ଫଳରେ ମଞ୍ଚି ଗାଆଁ ଦୁଃଖରେ ବଢ଼େ ।"

ଗଜପତି ଏବେ ସେମାନଙ୍କୁ ନିର୍ଭର ପ୍ରତିଶ୍ରୁତି ଦେଲେ, ଆଉ କୌଣସି ବାହ୍ୟ ଶକ୍ତି ସେମାନକୁ ହନ୍ତସନ୍ତ କରିବନାହିଁ । ତଥାପି ଓଡ଼ିଶା ସେମାନଙ୍କର ରକ୍ଷାକର୍ତ୍ତା ଭାବରେ ଶତ୍ରୁମୁଖରୁ ପ୍ରତିରକ୍ଷା କରିବ । ତଥାପି ପ୍ରତିକାର ସ୍ୱରୂପ ଏହି ଅଞ୍ଚଳକୁ ସମ୍ପୂର୍ଣ୍ଣ ଖଜଣାମୁକ୍ତ କରାଗଲା ।

ଆଜକୁ ସତର ବର୍ଷ ତଳର ଗଜପତିଙ୍କର ଏପରି ଆଶ୍ୱାସନା ।

ଏବେ ସେହି ମଞ୍ଚିଲି ଗାଆଁର ଲୋକମାନେ ଜମା ହୋଇଛନ୍ତି ଗଜପତିଙ୍କ ଗସ୍ତକୁ ସ୍ୱାଗତ କରିବାକୁ । ଆଜି ସେଦିନର କପିଲେନ୍ଦ୍ରଦେବ ହୋଇ ସେ ରହିନାହାନ୍ତି, ସେ ଏବେ ବିଶାଳ ଓଡ଼ଶା ରାଇଜର ସମ୍ରାଟ । ସୀମା ଆଜି ବହୁ ସୁଦୂରପ୍ରସାରିତ । ମଞ୍ଚିଲା ଗାଆଁର ସ୍ଥିତି ଆଉ ଆଗପରି ଓଡ଼ିଶା କି ଆନ୍ଧ୍ର ସୀମାରେ ନାହିଁ, ଏହା ଓଡ଼ିଶାର ଅଭ୍ୟନ୍ତର ହୋଇଯାଇଛି । ଓଡ଼ିଶା ଲମ୍ବିଛି ଦକ୍ଷିଣକୁ କନ୍ୟାକୁମାରୀ ପର୍ଯ୍ୟନ୍ତ । କନ୍ୟାକୁମାରୀ ତାର ଦକ୍ଷିଣ ସୀମା ।

ଗଜପତିଙ୍କ ଦକ୍ଷିଣାୟନ ଦଳ ଠିକ୍ ସମୟରେ ଏଲି-ମଞ୍ଚିଲି ଗାଁଆ ପାଖରେ ପହଞ୍ଚିଲା । ଦିନ ଦିପହର । ଗଜପତି ଓ ମହାପାତ୍ରମାନେ କିଛିକ୍ଷଣ ସେଠାରେ ବିରାମ କଲେ । ଏହି ସମୟରେ ଉପସ୍ଥିତ ଜନତା ଗଜପତିଙ୍କୁ ଫୁଲମାଲରେ ଭୂଷିତ କରି ହରିବୋଲ ହୁଲହୁଲିରେ ଗଗନପବନ ମୁଖରିତ କଲେ ।

ସେଇ ଗାଆଁର କେତେଜଣ ମୁଖ୍ୟଲୋକ ଗଜପତିଙ୍କ କିଛି ସମୟର ଅବସର ପରେ ଭେଟିଲେ । ଗାଆଁ ଉପରେ ଓଡ଼ିଶାର ଗଜପତି ଶାସନ ନିମନ୍ତେ କୃତଜ୍ଞତା ଜଣାଇ କହିଲେ, "ମଣିମା ଛାମୁଙ୍କର ଶକ୍ତି ପାଖରେ ବିଜାତୀୟ ଶକ୍ତି ଯେ ହାର ମାନିଛି, ସେତିକି ନୁହେଁ । ଆମ ଦେଶର ପ୍ରଥା ବିରୁଦ୍ଧରେ ଅନେକ ଦୁଷ୍କର୍ମ କରୁଥିବା ଶକ୍ତି ଯେ ବସା ବାନ୍ଧିବାକୁ ଯାଉଥିଲା, ତାହା ଆଜି ଗଜପତିଙ୍କ ଗଜଶକ୍ତି ଦ୍ୱାରା ପ୍ରତିହତ । ପୁଣି ଯେତେବେଳେ କେଉଁ ଶକ୍ତି ଗଜପତିଙ୍କୁ ଆକ୍ରମଣ କରିଥାଏ, କେବଳ ଏହି ମଞ୍ଚିଲି ଗାଆଁ ନୁହେଁ ସମଗ୍ର ଦାକ୍ଷିଣାତ୍ୟ ବିଷଣ୍ଣ ହୋଇପଡ଼େ । ଗଜପତି ସ୍ୱୟଂ ପ୍ରଭୁ ଜଗନ୍ନାଥଙ୍କର ଚଳନ୍ତି ସ୍ୱରୂପ । ଧର୍ମନିଷ୍ଠାର ଓଡ଼ିଶା ପ୍ରଶାସନ । ପ୍ରଜାମାନଙ୍କ ପାଇଁ ସହାନୁଭୂତିଶୀଳ ।

"ଓଡ଼ିଶାର ଶାସନକୁ ଆସିଗଲେ, ଦାକ୍ଷିଣାତ୍ୟରେ ବର୍ଦ୍ଧିଷ୍ଣୁ ବାହାମନି ଶକ୍ତିର ଅମାନବିକ ଶାସନବିଧ୍ରୁ ମୁକ୍ତ ହେବ ବୋଲି କୌଣସି ଆକ୍ରମଣ କାଳରେ ଲୋକମାନେ ଜଗନ୍ନାଥଙ୍କୁ ଶରଣ ଭିକ୍ଷା କରି ଗଜପତିଙ୍କର ବିଜୟଲାଭ ହେଉ ବୋଲି ମନାସି ଥାଆନ୍ତି । ସତରେ ଓଡ଼ିଆ ସେନାମାନେ ଖୁବ୍ ନୈଷ୍ଠିକ ଏବଂ ଧାର୍ମିକ । ସେମାନେ

ଅନ୍ୟାୟ ଓ ଅତ୍ୟାଚାର ବିରୁଦ୍ଧରେ କାର୍ଯ୍ୟକରନ୍ତି। ମାନବିକତା ଆଧାରରେ ସେମାନେ କାର୍ଯ୍ୟ କରନ୍ତି।

“ବହୁଦିନ ପରେ ଗଜପତିଙ୍କର ଦକ୍ଷିଣ ଗସ୍ତ। ସବୁ ଗଡ଼ ତ ଗଜପତି ଶାସନକୁ ଚାଲି ଆସିଲା। ଦକ୍ଷିଣରେ ସୁପୁତ୍ର ମଣିମା ହମଭୀରଦେବ ବିଜେ କରନ୍ତି। ଗଜପତିଙ୍କ ପୁତ୍ର ଭାବରେ ସେ ଯେତିକି ସମ୍ମାନ ପାଆନ୍ତି, ନିଜର ଶକ୍ତି, ସାହସ ଓ ସେନାପତିତ୍ୱ ପାଇଁ ସିଏ ଦାକ୍ଷିଣାତ୍ୟର ପ୍ରତିଟି ଲୋକ ମନରେ ଏମିତି ଆକର୍ଷଣ ସୃଷ୍ଟି କରିଛନ୍ତି ତାହା ଅବିଶ୍ୱାସ୍ୟ। ହମଭୀର ଯୁବରାଜ ଆସୁଛନ୍ତି ବୋଲି ଶୁଣିଲେ, ଶତ୍ରୁପକ୍ଷ ଛତ୍ରଭଙ୍ଗ ଦେଇ ଆମ୍ଗୋପନ କରେ। ଲୋକଙ୍କ ମଧ୍ୟରେ ଆନନ୍ଦର ଢେଉ ଖେଳିଯାଏ। ସମଗ୍ର ଇଲାକା ଦୁଲୁକି ଉଠେ।

“ଏତଦ୍ବ୍ୟତୀତ ଗଜପତିଙ୍କ ତୃତୀୟ ପୁରୁଷ ହମଭୀର କୁମାରଙ୍କର ସୁପୁତ୍ର କପିଲେଶ୍ୱର କୁମାର କୋଣ୍ଡାଭିଡ଼୍ର ପରିଦ୍ଧା। ଏହା ଗଜପତି ଶକ୍ତିର ପ୍ରସାର ଏବଂ ଜଗନ୍ନାଥ ଦର୍ଶନର ପ୍ରଚାର କହିଲେ ହେବ। ସ୍ୱୟଂ ଶ୍ରୀ ଜଗନ୍ନାଥ ଯେ ଏବେ ସମଗ୍ର ଦକ୍ଷିଣ ଭାରତରେ ବିସ୍ତାରିତ ହେବାକୁ ଲାଗିଛନ୍ତି, ଏମିତି ଲୋକମାନଙ୍କର ଧାରଣା ଆସୁଛି।”

ଯୁବରାଜଙ୍କ ଏତେ ପ୍ରଶଂସା ଗଜପତିଙ୍କୁ ମର୍ମାହତ କଲା। ସିଏ ନିରବ ରହିଲେ। ତାଙ୍କର ହମଭୀର କୁମାରଙ୍କର ସମସ୍ତ କୃତିତ୍ୱ ପ୍ରତି ସମର୍ଥନ ରହିଥିଲା। କିନ୍ତୁ ହମଭୀର ଯୁବରାଜଙ୍କ ବିଷୟରେ ପଦଟିଏ ପାଟି ଖୋଲି କହିବେ, ତାଙ୍କ ପକ୍ଷରେ ସମ୍ଭବ ନୁହେଁ। ସେ ଚାହାନ୍ତି କୌଣସିମତେ ପୁରୁଷୋତ୍ତମ ଦେବଙ୍କୁ ଉତ୍ତରାଧିକାରୀ ଭାବରେ ଗାଦିସୀନ କରାଇ ନିଜେ ଓଡ଼ିଶା ଶାସନରୁ ଅବ୍ୟାହତି ନେବେ। ଏଇଟା ପ୍ରଭୁ ଜଗନ୍ନାଥ ଚାହାନ୍ତି ଏବଂ ଜଗନ୍ନାଥଙ୍କର ଜଣେ ସେବକ ଭାବରେ ସିଏ କିପରି ଅନ୍ୟଥା ହେବେ!

ଯେତେ ଶକ୍ତି ହମଭୀର କୁମାର ଅର୍ଜନ କରିଥାନ୍ତୁ ବା ବିଶ୍ୱବିଜୟ କରନ୍ତୁ, ତାଙ୍କୁ ଗଜପତି କରିବା ଯେ ପର୍ଯ୍ୟନ୍ତ ପ୍ରଭୁ ଚାହିଁନାହାନ୍ତି, ତାହା କପିଲେନ୍ଦ୍ର ପକ୍ଷରେ ସମ୍ଭବପର ନୁହେଁ। ନିଜ ଶକ୍ତିମତେ ଏହି ସୁପୁତ୍ରକୁ ଦକ୍ଷିଣ ଭାରତ ଶାସନଭାର ଦେବାକୁ ଅମଙ୍ଗ ନୁହଁନ୍ତି।

ଦୀର୍ଘ ନିଶ୍ୱାସ ଛାଡ଼ି ଅନ୍ୟମନସ୍କ ଭାବରେ ଗଜପତି କହିଲେ, “ଯାତ୍ରାରେ ବିଳମ୍ବ କରିବାନି।”

ଏହି ସମୟରେ ସନ୍ଧିବିଗ୍ରହ ମହାପାତ୍ର କହିଲେ, “ମଣିମା, ଏହି ଅଞ୍ଚଲଗୁଡ଼ିକ ତ ପୂର୍ବରୁ ଓଡ଼ିଶା ଅଧୀନରେ ଥିଲା। ଶେଷ ଗଙ୍ଗଶାସନରେ ବିଚ୍ଛିନ୍ନ ହୋଇଗଲେ ବି ଲୋକମାନଙ୍କର ଗଜପତିଙ୍କ ପ୍ରତି ଶ୍ରଦ୍ଧା ଓ ସମ୍ମାନ ବଳବତ୍ତର ହୋଇଛି। ଓଡ଼ିଶାରେ ଗଜପତିଙ୍କର ଅଭ୍ୟୁଦୟ ସେମାନଙ୍କ ଅଧିକ ଆଶାବାନ କରିଛି ଯବନ ଆକ୍ରମଣ ଓ

ଧର୍ମଛତ୍ରା ଆଚରଣରୁ ମୁକ୍ତି ମିଳିବ। ଗଜପତିଙ୍କ ସହିତ ପ୍ରଭୁ ଜଗନ୍ନାଥ ବି ପୁରୀରୁ ବାହାରି ଯାହା ସୀମିତ ସଙ୍କୁଚିତ ଓଡ଼ିଶା ଭିତରେ ରହୁଥିଲେ, ଏବେ ପ୍ରଶସ୍ତ ଓଡ଼ିଶାରେ ବିଜେ କରିବେ। ପୁରୁଷୋତ୍ତମ ପୁରୀ ଏବେ ସମସ୍ତଙ୍କୁ ନିକଟତର ହୋଇଯିବ।

ରାଜମହେନ୍ଦ୍ରୀ ଗଡ଼

ଗଜପତି ରାଜମହେନ୍ଦ୍ରୀରେ ପହଞ୍ଚିବାକୁ ବେଶୀ ସମୟ ଡେରି ହେଲାନାହିଁ। ଏମାନେ ଅନତିଦୂରରେ ପୀଠାପୁର ପାଖରେ ପହଞ୍ଚିସାରିଲେଣି। କୌତୂହଳବଶତଃ ଗଜପତି ନିଜ ମହାପାତ୍ରମାନଙ୍କୁ ପଚାରିଲେ, "ଏହି ପୀଠାପୁର ନାମରୁ ତୁମେମାନେ ଆମ ଓଡ଼ିଆ ଭାଷାର କିଛି ପ୍ରଭାବ ଲକ୍ଷ୍ୟ କରୁଛ?"

ଅନ୍ତରଙ୍ଗ ମହାପାତ୍ର କହିଲେ, "ଛାମୁ ଏହି ପୀଠାପୁର ଶବ୍ଦଟି ତେଲୁଗୁ କି ସଂସ୍କୃତ ଶବ୍ଦ ପରି ବୋଧ ନହୋଇ ଓଡ଼ିଆ ଶବ୍ଦ ପରି ବୋଧ ହେଉଛି। ଏହା ହୋଇପାରେ ଆମେ ଓଡ଼ିଆମାନେ ଏମିତି ନାମରେ ନାମିତ କରୁଛେ କିମ୍ବା ସ୍ଥାନୀୟ ଅଧିବାସୀମାନେ ଏପରି ଶବ୍ଦ ବ୍ୟବହାର ନକରି ପୀଠାପୁରମ୍ ବା ପୁରାତନ ନାମ ପୀଠିକାପୁରମ୍ ନାମ ବ୍ୟବହାର କରିପାରୁଥାନ୍ତି।"

ସନ୍ଧିବିଗ୍ରହ ମହାପାତ୍ର ଯିଏ ବାହାର ବିଷୟରେ ବେଶୀ ଅଭିଜ୍ଞ, କହିବା ଆରମ୍ଭ କଲେ, "ଏହି ପୀଠାପୁର ଗୋଟିଏ ଈଶ୍ୱର ଏବଂ ଶକ୍ତିପୀଠ। ଏହି ଶୈବପୀଠର ଦେବତା ହେଉଛନ୍ତି ପ୍ରଭୁ କୁକୁଟେଶ୍ୱର ସ୍ୱାମୀ। ଏହି ପୀଠରେ ମା' ପାର୍ବତୀଙ୍କର ବାମ ହାତରୁ ଉଦ୍ଭବ ବୋଲି କିମ୍ବଦନ୍ତି ରହିଛି। ଯାହାହେଉ, ଏହି ପୀଠଟି ଅତି ପୁରାତନ ଶକ୍ତିପୀଠ ଏବଂ ଅନ୍ତତଃ ଏକ ସହସ୍ର ବର୍ଷ ହେବ ଦକ୍ଷିଣ କାଶୀ ଭାବରେ ପରିଚିତ। ଆମ ଓଡ଼ିଶାର ଅଂଶ ବିଶେଷ ହୋଇଥିବାରୁ ଏହାର ଯାହା ତେଲୁଗୁ ନାମକରଣ ରହିଛି, ଆମେ ନିଜ ଭାଷାରେ ପୀଠାପୁର ବୋଲି ନାମିତ କରିବା ସମ୍ଭବ ହୋଇଥିବ ବୋଲି ପ୍ରତୀୟମାନ ହୁଏ। ଯୁଗେ ଯୁଗେ ତ ଆମ କଳିଙ୍ଗ ଅବା ଓଡ଼ିଶାର ସୀମାରେ ଗୋଦାବରୀ

ତଟ। ଏହା ଆମର ଦକ୍ଷିଣ ସୀମା ବୋଲି ଜାଣ। ଆମର ଗଙ୍ଗନୃପତି ଯଥା ଚୋଡ଼ଗଙ୍ଗ ଏବଂ ଲାଙ୍ଗୁଲା ନରସିଂହ ତତ୍ତ୍ୱାବଧାରକ ଭାବରେ ଏହି ଅଞ୍ଚଳରେ ଓଡ଼ିଆ ଭାଷାର ପ୍ରଭାବ ବଳବତ୍ତର ରହିଥିବା ଅନୁମାନ।"

ଗଜପତି ଅନୁଭବ କଲେ, ବହୁ ଲୋକ ତାଙ୍କୁ ପୀଠାପୁର ଠାରେ ଅପେକ୍ଷା କରିଛନ୍ତି। ସତକୁ ସତ ରାଜମହେନ୍ଦ୍ରୀ ମାତ୍ର ପାଞ୍ଚକୋଶ ଦୂର ଏବଂ ସେଠିକାର ଓଡ଼ିଆ ପରିଛା। ନିଜେ ଗଜପତିଙ୍କୁ ପାଛୋଟି ନେବାକୁ ଆସିଛନ୍ତି। ତାଙ୍କ ସହିତ ଅନେକ ଅନୁଚର ଏବଂ ଓଡ଼ିଆ ଅଶ୍ୱାରୋହୀ ପାଇକ ରହିଛନ୍ତି।

ପରିଛା ଗଜପତିଙ୍କୁ ସାଷ୍ଟାଙ୍ଗ ପ୍ରଣିପାତ ହୋଇ ନିଜର କୃତଜ୍ଞତା ଏବଂ ସମ୍ମାନ ଜଣାଇଲେ। ପରିଛା ଆଉ କେହି ନୁହନ୍ତି, ସିଏ ଗଜପତିଙ୍କର ପୁତୁରା, ସାନ ଭାଇ ପର୍ଶୁରାମ ହରିଚନ୍ଦନଙ୍କର ପୁଅ। ରଘୁଦେବ ନରେନ୍ଦ୍ର ମହାପାତ୍ର।

"ବଡ଼ବାପା ଏତେ ଦିନ ପରେ କଟକରୁ ଗୋଡ଼ କାଢ଼ି ଦକ୍ଷିଣକୁ ଆସିଲେ, ଆମେ ଅପେକ୍ଷା କରିଥିଲୁ।।" ପ୍ରସନ୍ନ ଚିଉରେ ପଚାରିଲେ ରଘୁଦେବ।

"ଚାଲ, ଗଡ଼ରେ ପ୍ରବେଶ କରି କଥାବାର୍ତା ହେବା।" ଉତ୍ତର ମିଳିଲା ଗଜପତିଙ୍କ ମୁଖରୁ। ପାଞ୍ଚକୋଶ ଦୂରତା ଘଡ଼ିଏ ସମୟରେ ଅତିକ୍ରମ କରି ସେମାନେ ରାଜମହେନ୍ଦ୍ରୀ ଗଡ଼ରେ ପହଞ୍ଚିଗଲେ।

କଟକରୁ ଆସିଥିବା ସମସ୍ତ ମହାପାତ୍ର, ସହାୟକ ମାନେ ଗଡ଼ରେ ନିଜ ନିଜ ଆବାସ ବାଛି ନେଲେ। ଗଜପତିଙ୍କ ପାଇଁ ଉଦ୍ଦିଷ୍ଟ କକ୍ଷରେ ଗଜପତିଙ୍କୁ ସ୍ୱୟଂ ରଘୁଦେବ କେତେଜଣ ସହାୟକଙ୍କ ସହିତ ସେବା ଆରମ୍ଭ କରିଦେଲେ।

"ରଘୁ, ତୁମକୁ ଏଠାରେ ପରିଛା କରିବାକୁ ମୋତେ ସ୍ୱୟଂ ଜଗନ୍ନାଥ ବୁଦ୍ଧି ଦେଇଛନ୍ତି, ଦେଖୁଛ ତ ତୁମେ ସେଟିକି ପାରିବାପଣର ବୋଲି ସିନା ମୋତେ ସେମିତି ଆଭାସ ମିଳିଛି, କହୁନା ସତ କି ନା ?" ପଚାରିଲେ ଗଜପତି।

"ଆପଣ ହିଁ ସ୍ୱୟଂ ଜଗନ୍ନାଥଙ୍କର ପ୍ରକୃତ ଶକ୍ତି। ସେହି ଶକ୍ତି ଅସାଧ୍ୟ ସାଧନ କରିପାରେ। ତାହାର ରୂପ ଏବେ ଜଗତ ଦେଖୁଛି। ଆପଣଙ୍କର ଦୂରଦୃଷ୍ଟି ପ୍ରଭୁ ଜଗନ୍ନାଥ ହିଁ ପ୍ରଦାନ କରିଛନ୍ତି।" ଏହା ଥିଲା ରଘୁଦେବଙ୍କ ଉତ୍ତର।

ଗଜପତିଙ୍କର ଅନ୍ତରରୁ ଆନନ୍ଦର ଏକ ଉଚ୍ଛ୍ୱାସ ମୁଖମଣ୍ଡଳରେ ଉଦ୍ଭାସିତ ହେବାକୁ ଲାଗିଲା। ସାରା ଓଡ଼ିଶା ରାଜ୍ୟରେ ସିଏ ଯେତେବେଳେ ଅନୁଭବ କଲେ, ଖୁବ୍ କମ ଲୋକ ତାଙ୍କ କଥାକୁ ବିଶ୍ୱାସ କରୁନାହାନ୍ତି, ଜଗନ୍ନାଥଙ୍କ ସ୍ୱପ୍ନକୁ ଏଡ଼ାଇ ଯାଉଛନ୍ତି, ତେବେ ତାଥାରୁ ଦୁର୍ଭାଗ୍ୟ କଅଣ ହୋଇପାରେ ? ଏଠି ରଘୁ ମୋର ଠିକ୍ ବୁଝିଛି। ନିଜେ କୃଷ୍ଣରୂପୀ ଜଗନ୍ନାଥ ହିଁ କହନ୍ତି, 'କରି କରାଉ ଥାଏ ମୁହିଁ, ମୋ ବିନୁ ଅନ୍ୟ ଗତି

ନାହିଁ।' ସେ ସ୍କୁଲରେ ମୋତେ ପ୍ରତିବାଦ କରିବା ମାନେ ଜଗନ୍ନାଥଙ୍କୁ ଅସମ୍ମାନ କରିବା। ଜୀବନଟା ସେହି ଓଡ଼ିଶା ଗଠନ, ଓଡ଼ିଶାକୁ ଶକ୍ତିଶାଳୀ କରିବା ଲକ୍ଷ୍ୟ ମୁଁ ଅନେକାଂଶରେ ପୂରଣ କରିଛି, କିନ୍ତୁ ଗୋଟିଏ ମାମୁଲି କାରଣରୁ ମୁଁ ଲୋକଚକ୍ଷୁରେ ବିପରୀତ ଭାବରେ ଚିତ୍ରଣ କରାଯାଉଛି। ସେଇଟା ମୋର ଦୁର୍ଭାଗ୍ୟ ନୁହେଁତ ଆଉ କ'ଣ?

ଦିନ ଆସିବ, ସେଇ ଓଡ଼ିଶା ମାନିବ, ଓଡ଼ିଶାର କୁହାଲିଆ ସେଇ ଲୋକମାନେ କହୁଥିବେ, ସବୁ ଯୁଦ୍ଧର ସମୟନିର୍ଘଣ୍ଟ ପରି ଉତ୍ତରାଧିକାରୀ ନିର୍ଣ୍ଣୟ କରିବାରେ କପିଲେନ୍ଦ୍ରଦେବ କିଛି ଅନ୍ୟାୟ କରିନାହାନ୍ତି। ଜଗନ୍ନାଥ ଯାହା ସ୍ୱପ୍ନାଦେଶ ଦେଲେ ତାହା ତାଙ୍କର ଶିରୋଧାର୍ଯ୍ୟ ହୋଇଛି।

ଭାବନା ତାଙ୍କର ଅଳିଆ ସୂତାରେ ଅଟକିଗଲା ଯେତେବେଳେ ରଘୁଦେବ କିଛି କହିବାକୁ ଲାଗିଲେ।

"ବଡ଼ବାପା, ତୁମେ ବହୁତ ଚିନ୍ତିତ ଦିଶୁଛ। ଚିନ୍ତାରେ ବାର୍ଦ୍ଧକ୍ୟ ମାଡ଼ି ଆସେ ବୋଲି ଲୋକ କହନ୍ତି। ତୁମେ ନିଜର ଶରୀରର ବି ଯତ୍ନ ନେଉନ। ତୁମର ଚେହେରା ଭାଙ୍ଗି ପଡ଼ୁଛି। ତୁମର ସେଇ ଲକ୍ଷ୍ୟଭେଦୀ ଚକ୍ଷୁଯୁଗଳ ଏବେ ଉଦାସୀନ ଦିଶୁଛି। ମୁହଁରୁ ସମ୍ପୂର୍ଣ୍ଣ ରୂପେ ହସ ବିଦାୟ ନେଇଯାଇଅଛି। ମୋତେ ଲାଗୁଛି ତୁମେ ବଡ଼ ଅଶାନ୍ତିରେ କାଳାତିପାତ କରୁଅଛ।"

ବିନା ଉତ୍ତରରେ ଗଜପତି ରଘୁଙ୍କ ମୁହଁକୁ ଚାହିଁ ରହିଲେ। ମନେମନେ ଭାବିଲେ ସତରେ ସିଏ ଆଉ ଗୋଟିଏ ଦୁନିଆରେ ବଞ୍ଚୁଛନ୍ତି। ଏତେ ବଡ଼ ରାଜ୍ୟ ସୃଷ୍ଟି କଲେ, ଏତେ ବଡ଼ ଶାସନକଳ ତାପାଇଁ କାମ କରୁଛି ଆଉ ସବୁରି ମୂଳରେ ରହିଛି ଅକାତକାତ ପାଣି ପରି ଓଡ଼ିଶା ରାଷ୍ଟ୍ରର ଅମାପ ସାମରିକ ବାହିନୀ ଯାହାର ପ୍ରାଣକେନ୍ଦ୍ର ସିଏ ନିଜେ, ନିଜେ ଏହାର ମହାସେନାପତି। ସେଗୁଡ଼ିକୁ ପାସୋରି ସେ ଆଉ ଗୋଟିଏ ଦୁନିଆରେ ବଞ୍ଚିବାକୁ କିଏ ତାଙ୍କୁ ବାଧ୍ୟକରୁଛି। ଖାଲି ସେ ବିଶାଳ ପରିବେଶରୁ ନିଜ ସ୍ୱାଧୀନ ମନକୁ ସଙ୍କୁଚିତ କରିନାହାନ୍ତି, ନିଜ ପରିବାରରୁ ବି ଖସି ପଳାଇ କେବଳ ନିଜର ବ୍ୟକ୍ତିଗତ ମତ ମଧରେ ଆବଦ୍ଧ ହୋଇଛନ୍ତି। ତା ଭିତରେ କେତେ କେତେ ଦକ୍ଷ ସେନାପତି, ସୈନିକ ଓ ପ୍ରଶାସକ ମୁହଁ ଆଡ଼େଇ ନେଲେଣି। ଘରେ ବି ଫାଟି ଯାଇଛି ବ୍ୟକ୍ତିଗତ ସମ୍ପର୍କ। ନିଜର ପୁଅମାନେ ବି ନିରବ ଆଉ ଅସହଯୋଗୀ। ଯେଉଁ ଓଦାବାଲିର ବାଲୁଙ୍କା ସିଏ ଗଢ଼ିଛନ୍ତି, ତାହା ଖସିବା ଆରମ୍ଭ ହୋଇଗଲାଣି। ପରିବାର ଛାରଖାର ହୋଇ ଗଲାଣି। ଗଜପତି ପରିବାର ଭିତରେ ଅନ୍ତର୍ଯୁଦ୍ଧ ଅବଶ୍ୟାମ୍ଭାବୀ। ପାଦତଳର ମେଦିନୀ ତାଙ୍କର ଦୋହଲିବାକୁ ଲାଗିଲାଣି। ଏସବୁ ରଘୁକୁ ସମ୍ଭବତଃ ଜଣାନାହିଁ। ତାଙ୍କୁ ସବୁ ଖୋଲି କହିବାର କିଛି ପ୍ରୟୋଜନ ନାହିଁ।

"ନାଁ ସମିତି କିଛି ମୋ ମନରେ ନାହିଁ। ତୁମେ ରଘୁ ମୋତେ ଦେଖୁଥିବ। ମୋର ଜଗନ୍ନାଥ ଭକ୍ତି କେତେ କିନ୍ନା କରୁଥିବ। ସେଇ ଠାକୁରଙ୍କୁ ସାମନାରେ ରଖି ମୁଁ ମୋର ଜୀବନ ଚଳାଇଛି। ସେଇ ଜଗନ୍ନାଥ ସ୍ଥିର କଲେ, ସେନାପତି କପିଲେନ୍ଦ୍ର ଗଜପତି ହେଲା। ଜଗନ୍ନାଥ ଚାହିଁଲେ, ସମଗ୍ର ଭାରତବର୍ଷକୁ ବ୍ୟାପିବେ, ତାହା ତାଙ୍କ କୃପାରୁ ସମ୍ଭବ ହେଲା। ଏଇଟା କିଏ ଯଦି ଭାବେ ଗଜପତି କପିଲେନ୍ଦ୍ର ସମ୍ଭବ କରିଛି, ସେ ଜଗନ୍ନାଥ ଭକ୍ତ ନୁହେଁ। ପ୍ରତିକ୍ଷଣରେ ଜଗନ୍ନାଥ ମୋତେ ସହାୟ ହୋଇଛନ୍ତି। ନହେଲେ, ମୁଁ ସେମିତି ସୁଯୋଗ ପାଇପାରି ନଥାନ୍ତି କି ବହୁ ବିଜୟ ହାସଲ କରି ପାରି ନଥା'ନ୍ତି। ସବୁ ସତ୍ତ୍ୱେ ମୁଁ କହିବି ଅନେକ ଜଗନ୍ନାଥଙ୍କୁ ଅସ୍ୱୀକାର କରୁଥିବା ପରିବାରବର୍ଗ ଏବଂ ସହକର୍ମୀମାନଙ୍କ ପାଖରେ ମୁଁ ସନ୍ଦିହାନ ହୋଇପଡ଼ିଛି।" ଏତିକି କହି ଗଜପତି ମୂକବତ୍ ରୂପ ରହିଲେ।

ରଘୁଦେବ ଜାଣିଲେ ଆଉ ସିଏ ନିଜେ ଜେଠୁତାଙ୍କର ନିଷ୍ଠୁରି ତଥା ହମଭୀରା ଆଉ ପୁରୁଷୋତ୍ତମ ଭାଇ ଦୁହିଙ୍କର ବିବାଦ ବିଷୟରେ ପାଟି ଖୋଲିବା ବହୁ ବ୍ୟଥା ଦେବ ତାଙ୍କ ମନରେ। ସେ ବିଷୟ ଉତ୍ଥାପନ ନକରି ଅନ୍ୟ ପ୍ରସଙ୍ଗରେ କଥା ବୁଲେଇନେଲେ ଭଲ ହେବ।

କହିବାକୁ ଆରମ୍ଭ କଲେ ରଘୁ, "ସତରେ ବଡ଼ବାପା, ଆପଣଙ୍କୁ ଜଗନ୍ନାଥ ଶୁଭଦୃଷ୍ଟିରେ ଦେଖି ନଥିଲେ ଯାହା ସାଧାରଣ ଲୋକ କଥାରେ ହାତୀ ଆପଣଙ୍କ ମୁଣ୍ଡରେ ସୁନାକଳସ ଢାଳି ନଥାନ୍ତା। ସତରେ ଆପଣଙ୍କ ସେତିକି କପାଳିଆ ଆଉ ଜଗନ୍ନାଥ ତୁମକୁ ଅପଲକ ନୟନରେ ଚାହିଁ ରହିଥାନ୍ତି ବୋଲି ସିନା ସିଏ କରୁଣା କଲେ। ଯାହା କୁହନ୍ତୁ ମୋତେ, ଅନେକ ଜାଣିଲା ଶୁଣିଲା ଲୋକ ବି କହନ୍ତି ସତରେ କଅଣ ତୁମ ଜେଠାଙ୍କ ମୁଣ୍ଡରେ ଗଜପତି ହେବା ପୂର୍ବରୁ ନାଗସାପ ଫଣା ଟେକି ସଂକେତ ଦେଇଥିଲା ସିଏ ଗଜପତି ହେବେ ବୋଲି!

"ସତରେ ଜେଠା, ମୁଁ ଏହାର ଏକ ସ୍ଥାୟୀ ପ୍ରତ୍ୟୁତ୍ତର ରଖିଛି। ଆପଣଙ୍କୁ ଭାଗ୍ୟବାନ୍ କହିବା ସ୍ୱାଗତଯୋଗ୍ୟ, ତା ବୋଲି କଅଣ ଗରିବ ବ୍ରାହ୍ମଣ ଆଉ ଗୋରୁ ଜଗୁଥିବା କପିଲା ବୋଲି ଲୋକକଥା ମନକୁ ମନ ଗଢ଼ି ପ୍ରଚାର କରିବେ ? ସେମାନେ ଆମ ଘରର ବୁନିଆଦିକୁ ବୁଡ଼ାଇଦେବେ। ସେଥିପାଇଁ ଆମ ଗଜପତି ପରିବାରର ତାମ୍ରପତ୍ର ଲିଖନ ସମ୍ପୂର୍ଣ୍ଣ କରି ଏହି ରାଜମହେନ୍ଦ୍ରୀର ଆଠ କୋଶ ଉତ୍ତରର ନୂତନ ଭାବରେ ପ୍ରତିଷ୍ଠିତ ରଘୁଦେବପୁର ବସତିରେ ସ୍ଥାପନ କରିଛି, ଯେଉଁଥିରେ ଆମ ସମ୍ଭ୍ରାନ୍ତ ରାଉତ ପରିବାରର ଠାକୁ ଜେଜେବାପାଙ୍କ ଅମଲରୁ ରହିଥିବା ପ୍ରତିଷ୍ଠାକୁ ଆମୂଳଚୂଲ ସ୍ଥାନିତ କରିଛି। ଆଉ ବାଟ ଅଛିକି କିଏ ଆମ ବଂଶ ଆଉ ଗୋତ୍ରର ଅବମାନନା

କରିବ ? ଏହି ଧାତବ ଫଳକ ଦିନେ ଆମ ବଂଶ ପରିଚୟ ପ୍ରଦାନ କରି ତୁଣ୍ଡବାଇଦକୁ ପ୍ରହାର କରିବ। ଯେଉଁ ପରିବାରରେ ନାମ ଗୁଡ଼ିକ ଓଡ଼ିଆ ନାମାନୁସାରେ, ଯେଉଁଠି ଭାଇମାନଙ୍କ ନାମାଙ୍କନ ପାଇକମାଲର ନରେନ୍ଦ୍ର ଓ ହରିଚନ୍ଦନ ପରି ସଂଜ୍ଞା ଏବଂ ନିଜ ବଂଶଜ ମୁଁ ରଘୁଦେବ କି ଗଣଦେବ (ସବୁ ପରିଚ୍ଛାମାନେ) ରାଉତରାୟ ପରି ଉପାଧ୍ୟ ସାର୍ଥକ କରନ୍ତି ସେହି ପରିବାର ହିଁ ଓଡ଼ିଆ ପାଇକର ବଂଶାବଳୀ।

"କଅଣ ଲେଖାଅଛି, କହିଦେଉଛି ଜେଠା। ଗଙ୍ଗ ସାମରିକ ବାହିନୀର ସେନାପତି ଶ୍ରୀ କପିଲେଶ୍ୱର ନାୟକ, ଯାହାଙ୍କର ସୁପୁତ୍ର ଶ୍ରୀ ଜଗେଶ୍ୱର ରାଉତ ଯିଏ କି ଅନେକ ସେନାବାହିନୀ ହାତୀ ଦାୟିତ୍ୱରେ ରହିଥିଲେ। ତାଙ୍କର ତିନି ପୁଅ, ଜ୍ୟେଷ୍ଠ –ବଲରାମ, ମଧ୍ୟମ – କପିଲେନ୍ଦ୍ର ଏବଂ କନିଷ୍ଠ – ପର୍ଶୁରାମ ହରିଚନ୍ଦନ। ଏଥିରେ ବି ଏହି ତାମ୍ରଫଳକର ପ୍ରତିଷ୍ଠାତା ଭାବରେ ମୋର ନାମ ରଘୁଦେବ ନରେନ୍ଦ୍ର, ପର୍ଶୁରାମ ହରିଚନ୍ଦନଙ୍କ ପୁତ୍ର ଭାବରେ ଉଲ୍ଲିଖିତ ।"

"ସତରେ ପୁଅ, ତୁ ଗୋଟେ ସାବାସି କାମଟିଏ କରିଛୁ। ଆମର ପରିଚୟ ତାମ୍ରପତ୍ରଟିଏ ପ୍ରସ୍ତୁତ କରି ନିଜ ନାମରେ ପ୍ରତିଷ୍ଠିତ ଗାଆଁରେ ସ୍ଥାପିତ କରିବା ବିଜ୍ଞତମ କାର୍ଯ୍ୟ। ମୋତେ ଠଙ୍ଗା ଲାଗେ ଓଡ଼ିଆ ଗମାଡ଼ିଆ କାଶିଆ–କପିଲା ଗପ। ଅନେକ ତ ତାକୁ ବିଶ୍ୱାସ କରୁଥିବେ, ସେମାନେ ଏପରି ଗୋଟିଏ ଫଳକ ଦେଖିଲେ ନିସ୍ତବ୍ଧ ହୋଇଯିବେ। ଖୁବ୍ ସୁନ୍ଦର ପ୍ରୟାସ ତୁମର ରଘୁଦେବ, ତୁମେ ପ୍ରଶଂସାର୍ହ।

"ଖୁସିର କଥା ରଘୁ, ମୋର ଏ ଦିଗକୁ ମନ ନଥାଏ। ଲୋକକଥାରେ ମୋର ନିଗା ନଥାଏ। କିଏ କେତେ ଏମିତି ମୋତେ ପଚାରିଛନ୍ତି, ମୁଁ ଏ କାନରେ ଶୁଣି ସେ କାନରେ ବାହାର କରିଦିଏ। ତୁ ତ ମୋ ଆଗରେ ସାତ ପିଲା। ଯେଉଁ ଦିନ ମୁଁ ରାଜମହେନ୍ଦ୍ରୀ ଗଡ଼ ଜିଣିଲି, ସେଇଟା ପ୍ରାୟ ଗାଦି ପାଇବାର ଯୁଗଟିଏ ବା ବାର ବରଷ ପଛର କଥା। ମୋର ତ ଧାରଣା ରହିଛି ଗଙ୍ଗାରୁ ଗୋଦାବରୀର କଳିଙ୍ଗ ଦେଶ। ରାଜମହେନ୍ଦ୍ରୀ କଅଣ ଗୋଦାବରୀ ପରର କି ? ଏହି କଳିଙ୍ଗସୀମା ରେଡ଼ି ପରିବାର କିପରି ତିନି ପୁରୁଷ ମାଡ଼ିବସିବ ? ସେଇମାନଙ୍କୁ ଘଉଡ଼ାଇବାକୁ ଶେଷ ଗଙ୍ଗାରାଜମାନେ ସମର୍ଥ ହେଲେନି। ମାସ ମାସ ସୀମାଦ୍ରିରେ ବସି ବସି ଗଙ୍ଗାରାଜ ମଉ ଭାନୁଦେବ ଗୁଡ଼ାରିକୁ ପଛାଇଲେ, ଗାଦି ହାରିଲେ। ସମୟ ଆସିଲା। ମୁଁ ବି ରାଜ୍ୟର ସମସ୍ତ ଆଉ ସାମନ୍ତରାଜାମାନଙ୍କର ଯଥା ସମ୍ଭବ ସମରଶକ୍ତି ଠୁଳକରି ମୁଁ ରାଜମହେନ୍ଦ୍ରୀ ସୀମାରେ ପହଞ୍ଚିଲି।

"କଅଣ ହେଲା ରଘୁ ତୁମେ ଜାଣିଛ କି ?" ପଚାରିଲେ ଗଜପତି କପିଲେନ୍ଦ୍ର।
"କିଛିଟା ଶୁଣିଛି, କିନ୍ତୁ ମଞ୍ଜିକଥା ଜାଣିପାରିନି," ଉତ୍ତର ରଘୁଦେବଙ୍କର।

"ଶୁଣିନ ଯଦି ଆଜି ଶୁଣ। କିଏ ଆମର ସହାୟ ହୋଇଛନ୍ତି। ସେତେବେଳେ ବୀରଭଦ୍ର ହେଉଛନ୍ତି ରାଜମହେନ୍ଦ୍ରୀର ରେଡ଼ି ଶାସକ। ବୁଝିବାକୁ ଗଲେ, ଆମ ଓଡ଼ିଶାର ଦକ୍ଷିଣ ସୀମାରେ ଉତ୍ପାତ କରି ରେଡ଼ିବଂଶ ଦୀର୍ଘ ତିରିଶ ବର୍ଷ କି ଊର୍ଦ୍ଧ୍ୱ ହେବ ରାଜମହେନ୍ଦ୍ରୀ ଓ ପରେ ପରେ ସୀମାଦ୍ରି ସହିତ ଆଖପାଖ ଅଞ୍ଚଳ ଦଖଲ କରିଥିଲେ। ଏହା ଓଡ଼ିଶାରେ ଘୋର ଅଶାନ୍ତି ସୃଷ୍ଟି କରିଥିଲା। ମଉଭାନୁଦେବ ସେହି ରେଡ଼ି ସହିତ ସାଲିସ କରିବାରେ ବି ଅସମର୍ଥ ଥିଲେ। ଆମ ରାଜମହେନ୍ଦ୍ରୀ ଅଭିଯାନ ସଫଳ ହେବାର ଆଶା ଯାହା କରୁଥିଲୁ, ରେଡ଼ି ସପକ୍ଷରେ ଗୋଟିଏ ଦୁଇଟି ବିରାଟ ଶକ୍ତି ଗୁପ୍ତ ଭାବରେ କାମ କରୁଥିଲା ବୋଲି ଆମେ ଜାଣିବାକୁ ପାଇଲୁ। ବିଜୟନଗର ନୃପତି ଦେବରାୟଙ୍କର ସମସ୍ତ ଶକ୍ତି ଓ କୌଶଳ ତାଙ୍କର ଦକ୍ଷ ସେନାପତି ମାଲାପା ଭୋଦେୟାର ହାତରେ ନ୍ୟସ୍ତ କରି ରେଡ଼ି ସପକ୍ଷରେ ରହି କାର୍ଯ୍ୟ କରୁଥିଲା।

"ଭାଗ୍ୟକୁ ଆମେ ସେ ଆକ୍ରମଣରୁ ଓହରି ଆସିଲୁ, କାରଣ ଠିକ୍ ସେହି ସମୟରେ ଜଉନପୁରର ମାହମୁଦ ସାହା ଉତ୍ତର ଦିଗରୁ ଓଡ଼ିଶା ଆକ୍ରମଣ କରିବାର ମସୁଧା କରୁଥିଲା। ଦୁଇବର୍ଷ ପରେ ଆମପାଇଁ ଗୋଟିଏ ନୂତନ ସୁଯୋଗ ଆସି ପହଞ୍ଚିଗଲା। ଶକ୍ତିଶାଳୀ ଦେବରାୟ ଇହଧାମରୁ ବିଦାୟନେଲେ ଏବଂ ତାଙ୍କ ଦାୟାଦ ମଲ୍ଲିକାର୍ଜୁନ ଗୋଟିଏ ଦୁର୍ବଳ ଚରିତ୍ର ରାଜା ଥିଲେ। ବୀରଭଦ୍ର ରେଡ଼ି ସମ୍ପୂର୍ଣ୍ଣ ବିଜୟନଗର ସହାୟତା ହରାଇବସିଲା। ଏହି ସମୟରେ ଆମର ବିରାଟ ସୈନ୍ୟବାହିନୀ ହମ୍ବୀର ସେନାପତିତ୍ୱରେ ପଠାଇଲି। ତଦ୍ଦ୍ୱାରା ବୀରଭଦ୍ରଙ୍କର ପତନ ଘଟିଲା ଏବଂ ସେ ରାଜମହେନ୍ଦ୍ରୀରୁ ସମ୍ପୂର୍ଣ୍ଣରୂପେ ଦୂର ହୋଇଗଲା। ମାତ୍ର ଦେବରାୟଙ୍କ ଜୀବିତାବସ୍ଥାରେ ଆମେ ରାଜମହେନ୍ଦ୍ରୀ ଓ ଗୋଦାବରୀ ଦଖଲର ତିନିବର୍ଷ ପୂର୍ବରୁ ବିଶାଖାପାଟଣା ହାସଲ କରିନେଇଥିଲୁ।

"ସେ ସମୟରେ କାହାକୁ ପରୀକ୍ଷା କରାଯିବ, ତାହା ମୋ ମୁଣ୍ଡରେ ବୋଝ ହୋଇଗଲା। ମୋର ଆଖି ପଡ଼ିଲା ମୋର ଦିବଂଗତ ଭାଇ ପର୍ଶୁରାମ ପରିବାର ଉପରେ ଏବଂ ତାର ଦାୟାଦ ହେତୁ ତୁମକୁ ମୁଁ ଏଠାକୁ ପଠାଇଲି, ଯହିଁରେ ମୋର ବିଶ୍ୱାସ ଦିନକୁ ଦିନ ଦୃଢ଼ୀଭୂତ ହେବାରେ ଲାଗିଛି। ବାସ୍ତବରେ ଏଗୁଡ଼ିକ ନିଜ ରକ୍ତ ସମ୍ପର୍କୀୟ ନରହିଲେ, ବିଶ୍ୱାସଘାତକ ସୃଷ୍ଟି କରିଥାଏ। ପ୍ରତିଟି ସାମନ୍ତ ବା ଅଧିକୃତ ରାଜ୍ୟରେ ନିଜର ରକ୍ତ ସମ୍ପର୍କୀୟମାନେ ଅବସ୍ଥାପିତ ହେଲେ ହିଁ ସୁସଂଗଠିତ ସାମ୍ରାଜ୍ୟ ସୃଷ୍ଟି ହୋଇପାରିବ। ଏବେ ଆମର ବିଗତ ଦିଦଶନ୍ଧି ହେବ ରାଜମହେନ୍ଦ୍ରୀ ଓଡ଼ିଶାର ଅବିଚ୍ଛିନ୍ନ ଅଙ୍ଗ ଭାବରେ କାର୍ଯ୍ୟ ସମ୍ପାଦନ କରୁଛି। ଏଇଟା ମୋ ସାମ୍ରାଜ୍ୟର ଆଦର୍ଶ ଏବଂ ଅନୁକରଣୀୟ ଅଂଶ।"

ରାଜମହେନ୍ଦ୍ରୀ ଗଡ଼

"ବଡ଼ବାପା, ଏହି ରାଜମହେନ୍ଦ୍ରୀ ତୁମକୁ କେତେ ଭଲଲାଗେ ?" ପରିଛା ରଘୁଦେବ କୌତୂହଳୀ ପ୍ରଶ୍ନଟିଏ କରନ୍ତି ଗଜପତି କପିଲେନ୍ଦ୍ରଙ୍କୁ ।

କିଛି ସମୟ ଚିନ୍ତା କରି ଗଜପତି କହିଲେ, "ମୋତେ ଆମ କଟକ ପରି ଗୋଟିଏ ପୁରାତନ ସହର ଭାବରେ ଅନୁଭବ ଆସେ । ଏହି ରାଜମହେନ୍ଦ୍ରୀ ଆମ ବିଶାଳ ଓଡ଼ିଶାର ତେଲୁଗୁ ସଂସ୍କୃତିର ପେଣ୍ଠସ୍ଥଳ ବୋଲି ସମସ୍ତେ କହନ୍ତି । ସତରେ ଏହିଠାରେ କେତେ ଶତାଧୀ ତଳୁ ତେଲୁଗୁ ଆଦିକବି ନାନାୟ୍ୟ ସଂସ୍କୃତ ମହାଭାରତର ଏକ ତୃତୀୟାଂଶ ତେଲୁଗୁ ମହାଭାରତକୁ ଅନୁବାଦ କରି ବ୍ୟାକରଣ ଓ ଲିପିର ଉଦାହରଣ ସୃଷ୍ଟି କରିଛନ୍ତି । ତାଙ୍କ ସହ ଟିକାନ୍ନା ଓ ୟେରାନ୍ନା ମିଶି ତେଲୁଗୁ ମହାଭାରତଟିକୁ ସମ୍ପୂର୍ଣ୍ଣ କରିଛନ୍ତି । ଏହି ନାନାୟ୍ୟାଙ୍କର ଉଦାହରଣ ଆମ ଓଡ଼ିଆ ସମର ବାହିନୀରେ ବହୁ ଆଲୋଚନା ହୁଏ କାରଣ ଆମର ଅନେକ ତେଲୁଗୁଭାଷୀ ସାମରିକ ବ୍ୟକ୍ତିମାନେ ନିଜ ଭାଷାରେ ମହାଭାରତ ପଢୁଥିବାର ଦେଖି ଆମ ଓଡ଼ିଆଭାଷୀ ଶିକ୍ଷିତ ସେନାମାନେ ଉଦ୍‌ବୁଦ୍ଧ ହୋଇପଡ଼ିଛନ୍ତି ।"

"ଜେଠା, ଆମ 'ଓଡ଼ିଆ ମହାଭାରତ' ତ ରଚିତ ହୋଇ ଆପଣଙ୍କ (ମଣିମା ଗଜପତିଙ୍କ) କରକମଳରେ ଉତ୍ସର୍ଗୀକୃତ । ଏକାକୀ ସାରଳା ଦାସ ଏଇଟିକୁ ସମ୍ପୂର୍ଣ୍ଣ କରିଛନ୍ତି । ଆପଣଙ୍କୁ ମୁଁ ଅବୋଧ ବା କଅଣ କହିବି, ଆପଣ ନିଜେ ଜଣେ ଲେଖକ ଓ ନାଟ୍ୟକାର । ଆପଣଙ୍କ ରଚିତ ସଂସ୍କୃତ ନାଟକ 'ପର୍ଶୁରାମ ବିଜୟ' କିଏ ନଜାଣେ ?

ଏହା ପୁଣି ଏକ ସ୍ୱତନ୍ତ୍ର ଉତ୍ସବରେ ପ୍ରଭୁ ଜଗନ୍ନାଥଙ୍କ ସମ୍ମୁଖରେ ପରିବେଷଣ କରାଯାଇଛି । ଏହି ନାଟକରେ ରହିଛି ବିଷ୍ଣୁ, ଶିବ ଓ ଶ୍ରୀଜଗନ୍ନାଥଙ୍କ ବର୍ଣ୍ଣନା । ପର୍ଶୁରାମଙ୍କର କାର୍ତ୍ତିବୀର୍ଯ୍ୟାର୍ଜୁନକୁ ବଧ ଏବଂ ରାଣୀ ଚନ୍ଦ୍ରବଦନାଙ୍କ ବିଷୟ । ଆପଣଙ୍କର ସଂସ୍କୃତ ଏବଂ ଓଡ଼ିଆ ଭାଷାର ଗଭୀର ଜ୍ଞାନ ରହିଛି । ଆପଣ ସେଗୁଡ଼ିକ ଲେଖକ ହିସାବରେ ପ୍ରତିପାଦିତ କରିଛନ୍ତି ।

“କେବଳ ସେତିକି ନୁହେଁ, ତୁମର ‘କପିଳ ସଂହିତା’ ଲେଖକ ଭାବରେ ତୁମର ଜ୍ଞାନଗାରିମା ପ୍ରତିଷ୍ଠିତ କରିଛି । ତୁମର ଉଚ୍ଚ କପାଳ ଆଉ ନିଜର ଆତ୍ମମର୍ଯ୍ୟାଦା ଦର୍ଶାଇଛ ଏହି ‘କପିଳ ସଂହିତା’ ଗ୍ରନ୍ଥରେ । ତୁମର କାଳଜୟୀ ଉଲ୍ଲେଖ ରହିଛି ଏଥିରେ ।

ବର୍ଷାଣାଂ ଭାରତବର୍ଷଃ, ଦେଶାନାଂ ଉତ୍କଳ ଶ୍ରୁତଃ

ଉତ୍କଳସ୍ୟ ସମଦେଶଃ, ଦେଶନାସ୍ତି ମହୀତଳେ ।”

ସତରେ ଜେଠା, ତୁମର ଜନ୍ମଭୂମି ପ୍ରେମ ଏବଂ ସ୍ୱଦେଶାନୁରାଗ ଅତୁଳନୀୟ । ଏସବୁ ଭିତିରି ଓଡ଼ିଶା ଖବର ଆମେ ଉପାନ୍ତ ଓଡ଼ିଶାରେ ଶୁଣି ବିମୁଗ୍ଧ ହୋଇପଡ଼ୁ” ଏତିକି କହି ରଘୁଦେବ ଗଜପତିଙ୍କ ମୁହଁକୁ ଚାହିଁ ରହିଲେ ।

ଗଜପତି ଏହି କଥା ଏତିକିରେ ସାରିବାକୁ ଦେଲେନାହିଁ । କହିଲେ, “ଏହି ଓଡ଼ିଆ ମହାଭାରତ ସମ୍ପୂର୍ଣ୍ଣ ଭାବରେ ଜଣେ ଲେଖକଙ୍କ ଦ୍ୱାରା ଲିଖିତ, ଠିଙ୍କଡ଼ ସାରଳା ଅନୁଗ୍ରହ ପ୍ରାପ୍ତ ସିଦ୍ଧେଶ୍ୱର ପରିଡ଼ା । ମୁଁ ସେହି ଲେଖକଙ୍କୁ ବ୍ୟକ୍ତିଗତ ଭାବରେ ଜାଣି ନଥିଲେ ବି ମୋର ମୁଖ୍ୟ ମହାପାତ୍ର କାଶୀନାଥ ମହାପାତ୍ରଙ୍କ ଠାରୁ ଶୁଣିଛି, ସେ ଆମ ଓଡ଼ିଆ ସମର ବାହିନୀରେ ଜଣେ ସଶସ୍ତ୍ର ସୈନିକ ଥିଲେ । ଏମିତି ସାଙ୍ଗମେଳରେ ମହାଭାରତ ରଚନା କରିବାକୁ ଚାକିରିରୁ ଅବସର ନେଇ ଠାକୁରାଣୀଙ୍କ କୃପାରୁ ତରବାରି ତ୍ୟାଗ କରି କରଣୀ ଧରିଥିଲେ । ଅଧବସାୟ କଅଣ ନକରିପାରେ, ତାହା ନିଜେ ସାରଳା ଦାସ ସିଦ୍ଧେଶ୍ୱର ପ୍ରମାଣ କରିଦେଇଛନ୍ତି । ମୂଳ ସଂସ୍କୃତ ମହାଭାରତକୁ କେବଳ ନିଚ୍ଛକ ଓଡ଼ିଆ ଅନୁବାଦ କରିନାହାନ୍ତି, ଏଥିରେ ସନ୍ନିବେଶୀତ କରିଛନ୍ତି ଓଡ଼ିଆ ଭିତିଭୂମି, ଓଡ଼ିଶା ଭୂଗୋଳ ଏବ ଭୌଗୋଳିକ ଉପାଖ୍ୟାନ । ଓଡ଼ିଶାର କପିଳାସ, ବିରଜା କ୍ଷେତ୍ର ଆଉ ଗନ୍ଧମାର୍ଦ୍ଦନ ସବୁ ଓଡ଼ିଆ ନିଜସ୍ୱର ପ୍ରମାଣ ଦିଏ । ସତରେ ଜଣେ ପୁରାଣକାର କିପରି ଗୋଟିଏ ସ୍ୱତନ୍ତ୍ର ରାଷ୍ଟ୍ର ସୃଷ୍ଟି କରିପାରେ, ତାହାର ଉଦାହରଣ ହିଁ ସାରଳା ଦାସ ।

“ଓଡ଼ିଆ ଭାଷାର ଐତିହ୍ୟ ଏତେ ପୁରୁଣା, ଏହାକୁ ଅନେକ ବାହାର ଲୋକ ବୁଝିପାରନ୍ତି ନାହିଁ । ସେଇଟା ହିଁ ଭାଷାର ମୌଳିକତା । ଲୋକ କଥାରୁ ସୃଷ୍ଟ ଭାଷା । ମୋ ରାଜସଭାରେ ଅନେକ ପଣ୍ଡିତ ଥିଲେ । ଅନେକ ସଂସ୍କୃତରେ ଅସାଧ ଜ୍ଞାନର

ଭଣ୍ଡାର। ମାତ୍ର ସେମାନେ ମାଟିର ଭାଷା ମୂଳ ଓଡ଼ିଆ ପ୍ରତି ଏତେଟା ଅନୁରକ୍ତ ନୁହନ୍ତି। ଏହି ମୃତ୍ତିକାର ଭାରପ୍ରାପ୍ତ ସନ୍ତାନ ଭାବରେ ମୁଁ ଚାହେଁ ଓଡ଼ିଆ ଭାଷା ସଂସ୍କୃତର ପ୍ରଭାବ ଓ ପ୍ରାଧାନ୍ୟରୁ ମୁକ୍ତ ହେଉ। ଲୋକାଦୃତ ଭାଷା ହିଁ ଶାସନପାଇଁ ଉପଯୁକ୍ତ। ଏଥିପାଇଁ ସ୍ୱତନ୍ତ୍ର ମଞ୍ଚ ଗଠନ କରିବାକୁ ମୁଁ ନିର୍ଦ୍ଦେଶ ଦେଇଛି। ଭାଷା ଏବଂ ଅଭିଲେଖ ସଂସ୍କୃତ ଯଦି ରହିବ, ତାହା ମୁଷ୍ଟିମେୟ ଶିକ୍ଷିତ ଲୋକଙ୍କ ମଧ୍ୟରେ ଆବଦ୍ଧ ହୋଇ ରହିବ। ଲୋକ କଥିତ ଭାଷା ରାଜଦରବାର ଓ ମନ୍ଦିରରେ ବ୍ୟବହାର ହେଲେ, ତାହାର ସୁଦୂରପ୍ରସାରୀ ଫଳ ଉପଲବ୍ଧ ହେବ।

"ସେହି ଓଡ଼ିଆ ମହାଭାରତ ରଚୟିତା ସାରଳା ଦାସ ସଂସ୍କୃତରେ ଛନ୍ଦୋବଦ୍ଧ ଭାବରେ ନଲେଖି ଓଡ଼ିଶା ରାଜ୍ୟର କଥିତ ଭାଷାରେ ସାଧାରଣ ଚଳନ୍ତି ଚରିତ୍ର ଆଧାରରେ ମାତୃଭୂମି ଓଡ଼ିଶାକୁ ବ୍ୟାସ ମହାଭାରତର ହିମାଳୟ, ଗଙ୍ଗାନଦୀ ଆଦିକୁ କପିଳାସ, ବୈତରଣୀ ଭାବରେ ରୂପାନ୍ତରିତ କରିଛନ୍ତି। ଜଗନ୍ନାଥ ମନ୍ଦିରର ପୂଜନ ଓ ପରମ୍ପରା ସହିତ ଓଡ଼ିଆ ସାମରିକତା, ଓଡ଼ିଆ ପାଇକବାହିନୀର ରଣକୌଶଳ ତାଙ୍କର ସୃଜନଶୀଳତା ଦର୍ଶାଏ। ମହାଭାରତ କାବ୍ୟକୁ ଲୋକାଦୃତ କରିବାର ମାନସିକତା ତଥା ଓଡ଼ିଆ ଭାଷାର ମୌଳିକତା ପ୍ରତିପାଦନ କରିବା ଲକ୍ଷ୍ୟ ସିଦ୍ଧ କରିଛନ୍ତି ଲେଖକ। ସେହି ଉପାଦେୟ ଶୂଦ୍ରମୁନି ସାରଳା ଦାସ କୃତ ଓଡ଼ିଆ ମହାଭାରତ ଏହି ଗଜପତି ରାଜ୍ୟର ଏକ ବିଶାଳ ସମ୍ପଦ। ଆଜି ଦିନ ସରିଯାଉନାହିଁ, ଦୀର୍ଘ ଭବିଷ୍ୟତରେ ତାଙ୍କର କୃତି ଦିନେ ଓଡ଼ିଆ ଭାଷାର ଉଜ୍ଜ୍ୱଳ ଧ୍ରୁବତାରାବତ୍ ଜାଜୁଲ୍ୟମାନ ହୋଇ ଦିଗଦର୍ଶିକ ସାଜିବ, ଏଥିରେ ତିଳେମାତ୍ର ସନ୍ଦେହ ନାହିଁ।"

ଗଜପତି ତାଙ୍କ କଥାରେ ଟିକିଏ ବିରତି ନେଇଛନ୍ତି, ଏଟିକିବେଳେ ରଘୁଦେବ ପଚାରିଛନ୍ତି, "ବଡ଼ବାପା, ଆପଣ ଜଣେ ଯୁଗାନ୍ତକାରୀ ସମ୍ରାଟ। ଗୋଟିଏ ନୁହେଁ ଅନେକ ଗଡ଼ିଏ ମୌଳିକତାକୁ ଆପଣ ଆଦରି ନେଇଛନ୍ତି। ନିଜ ରାଜ୍ୟର ନାମକରଣ କରିଛନ୍ତି 'ଓଡ଼ିଶା ରାଷ୍ଟ୍ର'। କଳିଙ୍ଗ, ଉତ୍କଳ କୁଆଡ଼େ ପ୍ରାଚୀନ ଭାବରେ ରହିଗଲେ। ସେହି ନୂତନ ଓଡ଼ିଶା ରାଷ୍ଟ୍ରର ଭାଷା ହେଲା 'ଓଡ଼ିଆ ଭାଷା'। ପ୍ରତିଟି ଦପ୍ତରରେ କରଣୀ ପ୍ରତିଟି ଶବ୍ଦ କେବଳ ଓଡ଼ିଆ ଲିପିରେ ଓଡ଼ିଆ ଭାଷାରେ ନଲେଖିଲେ ଦଣ୍ଡ ବିଧାନ ବ୍ୟବସ୍ଥା ଖଞ୍ଜିଥିବାରୁ ସ୍ୱଳ୍ପକାଳରେ ଓଡ଼ିଶା ଓଡ଼ିଆ ମାଧ୍ୟମରେ ଗତିଶୀଳ ହୋଇପାରିଛି। ଏହା ଇତିହାସରେ ଲିପିବଦ୍ଧ ହୋଇ ରହିବ, ଏପରି ମାଧ୍ୟମ କିପରି ପ୍ରଶାସନ ସୃଷ୍ଟି କରିପାରେ। ଧନ୍ୟ ତୁମର ଆଦର୍ଶ ଏବଂ କାର୍ଯ୍ୟକ୍ଷେଶୀଳା।"

ରଘୁଦେବ କହିଚାଲିଛନ୍ତି, "ବଡ଼ବାପା, ଆପଣଙ୍କ ମୌଳିକତା ମୁଁ କାହାଠାରେ ଦେଖିବାକୁ ପାଇନି। ଆପଣ ପରମ ସ୍ୱାଭିମାନୀ। ଆପଣ ସବୁଠାରୁ ଶାରୀରିକ ଆଉ

ମାନସିକ ଭାବରେ ବଳଶାଳୀ ବୋଲି ଆଜିର ଦୁନିଆ ଜାଣେ। କିଏ ଏମିତି ଜଗତରେ ସମ୍ରାଟ ଅଛନ୍ତି ଯାହାର ଆପଣଙ୍କ ପରି ଉଚ୍ଚମନ, ଉଚ୍ଚପ୍ରାଣ ଆଉ ଦେବୋପମ ଅଭିପ୍ରାୟ ସହ ମୌଳିକତା ରହିଛି ? ଆପଣ ରାଜନୀତି ପରିବେଶରେ ନିଜକୁ ରାଜଶକ୍ତିର ଉର୍ଦ୍ଧ୍ୱକୁ ନେଇ ରାଜ୍ୟର ନାମକରଣ କଲେ। ଆପଣଙ୍କ ଧୀଶକ୍ତି ଏତେ ଉନ୍ନତ ଆଉ ମାର୍ଜିତ ଆପଣ ଯୁଗ ଯୁଗର ପୁରୁଷୋତ୍ତମଙ୍କୁ ଶ୍ରୀଜଗନ୍ନାଥ ଭାବରେ ଜଗତରେ ବିଖ୍ୟାତ କରାଇ ପାରିଲେ ! ସେହି ଜଗନ୍ନାଥ ଆଜି ଆପଣଙ୍କୁ ଏହି ବିଶାଳ ଓଡ଼ିଶା ପାଇଁ ଆଧ୍ୟାମ୍ନିକ ମେରୁଦଣ୍ଡ ଭାବରେ ସହାୟକ ହୋଇଛନ୍ତି। ସେ ହିଁ ଆପଣଙ୍କର ଜୀବନର ନିର୍ଣ୍ଣାୟକ ସାଜିଛନ୍ତି। ଆପଣ ସୁବର୍ଣ୍ଣ ଓଡ଼ିଶାର ଭିତ୍ତି ପ୍ରସ୍ତର ସ୍ଥାପନ କରିଛନ୍ତି। ଶ୍ରୀଜଗନ୍ନାଥଙ୍କୁ ସୁନାରେ ଛାଉଣି କରିଦେଇଛନ୍ତି। ଆପଣ 'ଗଜପତିକୃତ ପାଗୋଡ଼ା' ସ୍ୱର୍ଣ୍ଣ ମୁଦ୍ରାର ଜନକ। ଏହା ଭବିଷ୍ୟତରେ ଓଡ଼ିଶାର ସମୃଦ୍ଧି ଓ ସ୍ୱାଭିମାନର ଉଦାହରଣ ହୋଇ ରହିଥିବ।"

ଆପଣ ପୁରୁଷୋଉମ କ୍ଷେତ୍ରର ନରେନ୍ଦ୍ର ପୁଷ୍କରିଣୀର ନାମକରଣ କରିଛନ୍ତି ମୋ ଦିବଂଗତ ପିତାଙ୍କ ନାମରେ ଆଉ ଚଉଦଟି ଘାଟକୁ ମୋ ସହିତ ତୁମର ଅନ୍ୟ ଚଉଦଜଣ ପୁତୁରାଙ୍କର ନାମକରଣ କରିଛନ୍ତି। କେବଳ ସେତିକି ନୁହେଁ, ମହାପ୍ରଭୁଙ୍କର ଚନ୍ଦନଯାତ୍ର ବିଧ୍ୱ ସୃଷ୍ଟିକରି ଯାଇଛନ୍ତି ଚିରକାଳକୁ।

ଏତେ ବିଷୟ ଯେ ଘଟିଛି ଆଉ ସମୟଚକ୍ରରେ ନିଜେ ଏସବୁ କରିଛନ୍ତି ସବୁ ପାସୋରି ପକାଇଥିଲେ ଗଜପତି। ବିଗତ କେତେ ବର୍ଷର ଗୃହକନ୍ଦଳ ତାଙ୍କ ବିସ୍ମରଣର କାରଣ ହୋଇଛି। ଆଜି ରଘୁଦେବ ଯାହାସବୁ କହିଗଲେ, ସବୁ ହିଁ ତାଙ୍କ ରାଷ୍ଟ୍ରପ୍ରେମ, ଭାଷାପ୍ରେମ ଆଉ ଶ୍ରୀଜଗନ୍ନାଥ ଭକ୍ତି କର୍ତ୍ତୃକ ଘଟିଛି। ପ୍ରକୃତିସ୍ଥ ହେଲେ ଗଜପତି।

ପୁରୀ ନରେନ୍ଦ୍ର ପୁଷ୍କରିଣୀ

ସାମରିକ ଦୃଷ୍ଟିରୁ ରାଜନୈତିକ ଓ ପ୍ରଶାସନିକ ଦିଗରେ ତାଙ୍କର ମାନବିକତା ଆଜିର ଘର କନ୍ଦଳରେ ହଜିଯାଇଛି।

ରଘୁଦେବ ହେଜେଇଦେଲେ ଗଜପତିଙ୍କୁ। ଆପଣଙ୍କର ନିହାତି ରାଜମହେନ୍ଦ୍ରୀସ୍ଥିତ ଓଡ଼ିଆ ପାଇକ ବାହିନୀ ପରିଦର୍ଶନ କରିବା ପ୍ରାର୍ଥନୀୟ। ସାମରିକ କାର୍ଯ୍ୟରେ ଆପଣ ତିଳେମାତ୍ର ଅବହେଳା କରନ୍ତି ନାହିଁ। ସବୁଆଡ଼େ ସେମାନଙ୍କ ସହ ସମ୍ପୃକ୍ତ ରହିବାଦ୍ୱାରା ସାମରିକ ବାହିନୀ ସଦାସର୍ବଦା ସତର୍କ ରହିପାରିବ। କେବେ ବି ଆମର ଗଜପତି ସେନା ଦୁର୍ବଳତାର ଧାର ସ୍ପର୍ଶ କରିବେନି। ତା ନହୋଇଥିଲେ ଆଜିର ସଙ୍କଟମୟ ସାମରିକ ପରିବେଶରେ ଯେପରି ଘଡ଼ିକେ ଘୋଡ଼ା ଛୁଟୁଛି, ଏତେ ବଡ଼ ଗଜପତି ସାମ୍ରାଜ୍ୟ କିପରି ଅକ୍ଷୁଣ୍ଣ ରହିପାରନ୍ତା? ସେହି ସାମରିକ ବାହିନୀ ପୁଣି ଅତ୍ୟାଚାରୀ ନୁହନ୍ତି। ଗଜପତିଙ୍କ ସମ୍ମାନ ଟିକିଏ ବି ତଳେ ପଡ଼ିବାକୁ ଦେବେନି। ସାରା ଭାରତରେ ଯେତେବେଳେ ବିଜାତୀୟ ଶତ୍ରୁ ଅସତ୍ ଉପାୟରେ ରାଜ୍ୟ ଜୟ କରିବାକୁ ଅଗ୍ରସର, ଗଜପତି ରାଜା ଶ୍ରୀଜଗନ୍ନାଥଙ୍କ ସାକ୍ଷାତ ଅବତାର ଭାବରେ କୌଣସି ଅଞ୍ଚଳକୁ ରକ୍ଷାକରନ୍ତି ବୋଲି ପ୍ରଜାମାନେ ଆଶାବାଦୀ ଥାଆନ୍ତି, ଗଜପତି ଶାସନାଧୀନ ହେଲେ ସେମାନେ ଜଗନ୍ନାଥଙ୍କର ଶୁଭଦୃଷ୍ଟିରେ ରହିପାରିବେ। ଧର୍ମ ଅକ୍ଷୁଣ୍ଣ ରହିବ, ମାନବିକତା ଏବଂ ସହାନୁଭୂତି ଉପଲବ୍ଧ ହେବ।

ଗଜପତି ପ୍ରାପ୍ତ ବୟସରେ ବି ଓଡ଼ିଆ ପାଇକ ବାହିନୀର ରାଜମହେନ୍ଦ୍ରୀ ଶାଖାର ଅଭିବାଦନ ଗ୍ରହଣ କରି ସେମାନଙ୍କର ଗଜ, ଅଶ୍ୱ ଏବଂ ପଦାତିକ ବିଭାଗଗୁଡ଼ିକୁ ତନ୍ନ ତନ୍ନ କରି ମାର୍ଜନା ପ୍ରସ୍ତାବ ଦେଲେ। ଉଚ୍ଚ ସ୍ୱରରେ କହିଲେ, "ସତରେ ଗଙ୍ଗାରୁ ଗୋଦାବରୀ ମୂଳ ଓଡ଼ିଶାର ରାଜମହେନ୍ଦ୍ରୀ ଥିଲା ଦକ୍ଷିଣ ସୀମାନ୍ତ। ଏଠାରେ ଶକ୍ତ ସୈନ୍ୟବଳ ରହିବାର ଆବଶ୍ୟକତା ରହିଛି। କେବଳ ସୀମାନ୍ତ ରକ୍ଷାପାଇଁ ନୁହେଁ ଏହି ଦକ୍ଷିଣ ସୀମାରୁ ୬୦ କୋଶ ଦୂର କୋଣ୍ଡାପଲ୍ଲୀ ଦୁର୍ଗ, ୯୦ କୋଶ ଦୂର କୋଣ୍ଡାଭିଡ଼ୁ ଦୁର୍ଗ, ୧୫୦ କୋଶ କର୍ଣ୍ଣାଟକ ଉଦୟଗିରି ଦୁର୍ଗ ଏବଂ ୨୦୦ କୋଶ ଦୂର ଚନ୍ଦ୍ରଗିରି ଦୁର୍ଗ ନୂତନ ଭାବରେ ଓଡ଼ିଶା ରାଷ୍ଟ୍ରର ଦକ୍ଷିଣ ଅତିରିକ୍ତ ସୀମା ପ୍ରସାରିତ ହୋଇଛି। ଏଗୁଡ଼ିକର ସାମରିକ ଆବଶ୍ୟକତା ନିମନ୍ତେ ମଧ୍ୟ ରାଜମହେନ୍ଦ୍ରୀ ବାହିନୀର ଭୂମିକା ଅତ୍ୟନ୍ତ ଗୁରୁତ୍ୱପୂର୍ଣ୍ଣ।"

କେଇ ମୁହୂର୍ତ ଚିନ୍ତାକରି କହିବାକୁ ଲାଗିଲେ, "ମୋର ଅନ୍ତରଙ୍ଗ ମହାପାତ୍ର ମୋତେ ପ୍ରତିଦିନ ଜଣାନ୍ତି କଟକ ରାଜଧାନୀରୁ ଉତ୍ତର ସୀମା ଗଙ୍ଗାକୂଳ ମନ୍ଦାରନ ୧୪୦ କୋଶ ଏବଂ ଦକ୍ଷିଣ ସୀମା ଚନ୍ଦ୍ରଗିରି ୪୨୦ କୋଶ ଦୂର। ଗଙ୍ଗାରୁ ଗୋଦାବରୀ ଓଡ଼ିଶାର ଦକ୍ଷିଣ ସୀମା ରାଜମହେନ୍ଦ୍ରୀ କଟକରୁ ୨୨୦ କୋଶ ଏବଂ ଆମେ ଆହୁରି

୨୦୦ କୋଶ ଦକ୍ଷିଣ ଆର୍କଟ ସନ୍ନିକଟ ନେଲୋର ଏବଂ କନ୍ୟାକୁମାରୀ ପର୍ଯ୍ୟନ୍ତ ଅଧିକାର କରି ତାକୁ ଶାସନାଧୀନ କରି ରଖିଛୁ। ଏହି ବିଶାଳ ଲମ୍ବା ରାଜ୍ୟଟିର ସୀମା ସଂହତି ପାଇଁ ପ୍ରତି ସାମରିକ ଅନୁଷ୍ଠାନର ଗୁରୁ ଦାୟିତ୍ୱ ରହିଛି। ଅନେକ ଆକସ୍ମିକ ଶତ୍ରୁ ଆକ୍ରମଣର ଆଶଙ୍କା ରହିଛି। ସେଥିପାଇଁ ଆମର ପ୍ରତିଟି ବାହିନୀର ଆକାର ଓ କୌଶଳ ବିଷୟରେ ଯେତିକି ଆବଶ୍ୟକ, ତାହା ଆମକୁ ପୂରଣ କରି ରାଜ୍ୟକୁ ଅଖଣ୍ଡ ରଖିବାକୁ ପଡ଼ିବ।"

ସେ ଆହୁରି ଉଚ୍ଚ ସ୍ୱରରେ କହିବାକୁ ଲାଗିଲେ, "ଯେ ପର୍ଯ୍ୟନ୍ତ ଓଡ଼ିଆ ପାଇକ ବାହିନୀର ରକ୍ତରେ ଉଷ୍ମତା ଭରି ରହିଛି, ଓଡ଼ିଶାର ସୀମା ଅଟୁଟ ରହିବ। କୌଣସି ଶତ୍ରୁ ଓଡ଼ିଶା ଆକ୍ରମଣ କରିବାର ସାହସ କରିବେ ନାହିଁ। ଏହା ଆମର ଗୌରବର ବିଷୟ, ଆମ ଦେଶୀ କୃଷ୍ଣକାୟ ଗଜସମ୍ପଦ ଆମର ସାମରିକ ଉତ୍କର୍ଷତାର ପ୍ରାଣକେନ୍ଦ୍ର।"

ରଘୁଦେବ ଆଶ୍ଚର୍ଯ୍ୟ ହେଉଥିଲେ। ଜେଠା ତାଙ୍କର କେବଳ ବଳରେ ଓଡ଼ିଶାର ସୀମା ବୃଦ୍ଧି କରିନାହାନ୍ତି, ପ୍ରତି ପାଦଜମିର ହିସାବ ତାଙ୍କ ଜିହ୍ୱାଗ୍ରରେ ରହିଛି। କେବଳ ରାଜ୍ୟର ସୀମା ନୁହେଁ, ଭାଷା, ସଂସ୍କୃତି ଆଉ ସମ୍ମାନରେ ଆଜିର ବିଶ୍ୱରେ କୌଣସି ନୃପତି ତାଙ୍କ ତୁଲ୍ୟ ମନୋଭାବ ପୋଷଣ କରୁଥିବେ, ଏହା ଅସମ୍ଭବ। ଗଭୀର ଆତ୍ମସଂଜ୍ଞାନରେ ଜାଗରିତ ମାନସିକତା ନେଇ ସିଏ ନିଜକୁ 'ଗଜପତି' ବୋଲି ଉତ୍ଫୁଲ୍ଲିତ ସ୍ୱରରେ ଉଚ୍ଚାରଣ କରନ୍ତି। ଦୈନିକ ସିଂହାସନ ଆରୋହଣ କଲାବେଳେ କିମ୍ବା ଅଭିବାଦନ ପ୍ରଦାନ ସମୟରେ ତାଙ୍କ ମାନ୍ୟାର୍ଥେ ୧୦୮ ଥର ଶ୍ରୀ ଶ୍ରୀ ଉଚ୍ଚାରଣ କରିବା। ପରେ 'ଗଜପତି ଗୌଡ଼େଶ୍ୱର ନବକୋଟି କର୍ଣ୍ଣାଟ କଳବର୍ଗେଶ୍ୱର ବୀରାଧିବୀରବର' ବୋଲି ଘୋଷକ ପାଠ କରିଥାଆନ୍ତି। ଭାଷା କ୍ଷେତ୍ରରେ ଓଡ଼ିଆ ଭାଷା ପ୍ରତି ପ୍ରବଳ ଅନୁରକ୍ତ। ନିଜ ବେଶପୋଷାକ ଅତି ମାର୍ଜିତ ଏବଂ ସାମରିକ ଶୈଳୀ ଅନ୍ୟମାନଙ୍କ ପାଇଁ ଉଦାହରଣ। ଓଡ଼ିଆ ସମର ବାହିନୀର ରଣଦୁନ୍ଦୁଭୀ ସ୍ୱତନ୍ତ୍ର, ଗଜପତି ବାହିନୀର ସନ୍ତକ ଏବଂ ସ୍ମାରକ ୫ଣ୍ଠ ସ୍ୱାଭିମାନର ଉଦାହରଣ। ସାମରିକତା ଏବଂ ଅତର୍କିତ ଆକ୍ରମଣର ସ୍ୱଭାବ ବଳେ ଫୁଟି ଉଠିବ।

ଏତିକିବେଳେ ଅନ୍ତରଙ୍ଗ ମହାପାତ୍ରଙ୍କୁ କିଛି ସଙ୍କେତ ଦେଲେ। ପୁରୋହିତ ମହାପାତ୍ରଙ୍କୁ ଇଙ୍ଗିତ ଦେଲେ ସମୟ ଆସନ୍ନ। ରାଜମହେନ୍ଦ୍ରୀ ଗଡ଼ ଜଗନ୍ନାଥ ମନ୍ଦିରରେ ଆଲତି ସମୟ ଆସିଗଲାଣି। ମନ୍ଦିରକୁ ଯିବା।

ପୁରୋହିତ ମହାପାତ୍ର ପୂଜାବିଧି ସହିତ ମନ୍ଦିରରେ ଆଲତି ସମ୍ପନ୍ନ କଲେ। ଆଜି ସେ ଖୁବ୍ ଶାନ୍ତି ଅନୁଭବ କରୁଛନ୍ତି। କାରଣ କଟକ ଛାଡ଼ିବା ଅନ୍ୟୂନ ଏକ ପକ୍ଷ ବିତିଗଲାଣି। ଏହି ଅବଧି ମଧ୍ୟରେ ସିଏ କେବେ ଗଜପତିଙ୍କ ମୁହଁରେ ଦୁଃଖ ଓ ଗ୍ଲାନି

ନଥିବା ଦେଖିନାହାନ୍ତି। ଆଜି ନିଜ ପୁତ୍ରସମ ରଘୁଦେବଙ୍କ ପାଖରେ ମନ ଟିକିଏ ବଦଳିଛି। ରାଜମହେନ୍ଦ୍ରୀ ଗଡ଼ ସମ୍ଭବତଃ ଗଜପତି ନିଜର ଦ୍ୱିତୀୟ ଗୃହ ଭାବରେ ଦେଖୁଛନ୍ତି।

ପୁରୋହିତ ମହାପାତ୍ର କହିଲେ, "ମଣିମା, ଆମ ଓଡ଼ିଶାର ସବୁ ଗଡ଼ରେ ଆପଣ ଯେଉଁ ଜଗନ୍ନାଥ ମୂର୍ତ୍ତି ଆଉ ପୂଜାର ବିଧାନ ରଖୁଛନ୍ତି, ଆମ ଆରାଧ୍ୟ ଦେବତାଙ୍କ ପୂଜାଲବ୍ଧ ଆନନ୍ଦ ଆଉ ମାନସିକ ପ୍ରଶାନ୍ତି ପ୍ରତି ପ୍ରବାସୀ ଓଡ଼ିଆ ତଥା ପାଇକମାନଙ୍କୁ ଜାଗରିତ କରିଦିଏ। ଆମେ ସ୍ୱତନ୍ତ୍ର ଏବଂ ଆମେ ଓଡ଼ିଶା ରାଷ୍ଟ୍ରର ପ୍ରଜା। ଦୁଇଟି ପ୍ରକ୍ରିୟାରେ ମଣିମା ଓଡ଼ିଆଙ୍କ ମନପ୍ରାଣକୁ ସକ୍ରିୟ ଭାବରେ ସନ୍ଦିତ କରି ରଖୁଛନ୍ତି, ଶ୍ରୀଜଗନ୍ନାଥଙ୍କ ପ୍ରେରଣାଜନିତ ଆଧ୍ୟାମ୍ନିକ ପରିପୂର୍ଣ୍ଣତା ଆଉ ବିଶାଳ ବର୍ଦ୍ଧିତ ଓଡ଼ିଶାର ଦିଗ୍‌ବିଜୟୀ କପିଲେନ୍ଦ୍ରଙ୍କ ପ୍ରଜା ଭାବରେ। ଏହା ଇତିହାସରେ ନିଶ୍ଚୟ ସ୍ୱର୍ଣ୍ଣାକ୍ଷରରେ ଲିପିବଦ୍ଧ ହୋଇ ରହିଥିବ।"

"ଆଜିର ଭାରତରେ ସର୍ବଶ୍ରେଷ୍ଠ ହିନ୍ଦୁ ରାଜା ଗଜପତି। ବିଶାଳ ହିନ୍ଦୁରାଜ୍ୟର ନୃପତି। ସାରା ଦେଶରେ ବଙ୍ଗ, ରାଜପୁତାନା, ମାଳୱା, ଉତ୍ତର ପ୍ରଦେଶ ଅବା ତେଲେଙ୍ଗାନାରେ ଯବନ ଅତିଷ୍ଠ ହେଲେ, ଅନେକ ହିନ୍ଦୁ ପରିବାର ଓଡ଼ିଶା ରାଷ୍ଟ୍ରକୁ ଘର ଉଠାଇ ଆସୁଥିବାର ବହୁ ଉଦାହରଣ ରହିଛି। ସେହି କାରଣରୁ ସାରା ଭାରତରେ କଟକ ହେଉଛି ତୃତୀୟ ବୃହତ୍ତମ ସହର ଏବଂ ବିଶ୍ୱରେ ଦ୍ୱାଦଶତମ ସୁରକ୍ଷିତ ବାସଯୋଗ୍ୟ ନଗର। ଏ ସବୁ କାହା ପାଇଁ ? ବିଶ୍ୱର ସର୍ବଶ୍ରେଷ୍ଠ ହିନ୍ଦୁରାଜା ସର୍ବଶକ୍ତିମାନ ଗଜପତି କପିଲେନ୍ଦ୍ରଦେବଙ୍କ ନିମିତ୍ତ !"

ପୁରୋହିତ ମହାପାତ୍ରଙ୍କର ଏହି ପରିସଂଖ୍ୟାନ ପରମ ଆନନ୍ଦ ଆଣିଲା ସମସ୍ତଙ୍କ ମନରେ। ପ୍ରତ୍ୟେକ ଗର୍ବିତ ଗଜପତିଙ୍କ କୃତିତ୍ୱରେ। ଓଡ଼ିଶା ହେଉଛି ବିଶ୍ୱର ସର୍ବ ସୁରକ୍ଷିତ ହିନ୍ଦୁ ରାଜ୍ୟ। ବିଗତ ଚାରି ଶତାବ୍ଦୀ ଧରି ସାରା ଭାରତରେ ମନ୍ଦିର ଯେତେବେଳେ ଯବନମାନେ ବିଧ୍ୱଂସ କରୁଛନ୍ତି, କୌଣସି ରାଜା ମନ୍ଦିର ତୋଳିବାକୁ ସାହସ କରୁନାହାନ୍ତି, ଓଡ଼ିଶାର ସୋମବଂଶୀ, ଗଙ୍ଗବଂଶୀ ଏବଂ ଗଜପତି ରାଜା ବେପରୁଆ ଭାବରେ ମନ୍ଦିର ତୋଳି ଚାଲିଛନ୍ତି, ମନ୍ଦିର ଭରଣପୋଷଣ କରି ଚାଲିଛନ୍ତି। ସେହି ଲଖନୌଟି ଯବନରାଜ୍ୟ ଅଧିକାର କରିବା ପରେ ବିଜୟ ସ୍ତମ୍ଭ ସଦୃଶ ଲାଙ୍ଗୁଡ଼ା ନରସିଂହ ଗଢ଼ିତୋଳିଲେ ଅର୍କକ୍ଷେତ୍ର କୋଣାର୍କ। ତା ପୂର୍ବରୁ ମୁଣ୍ଡ ଟେକିଛନ୍ତି ଏକାମ୍ର କୃଭିବାସ ଓ ପୁରୀ ପୁରୁଷୋତ୍ତମଙ୍କର ଅତ୍ୟୁଚ୍ଚ ମନ୍ଦିର ଦ୍ୱୟ। ଏହା ହିନ୍ଦୁ ଧର୍ମର ଧ୍ୱଜା, ଯବନର ବିଧ୍ୱଂସୀ ମନୋଭାବକୁ ବେଖାତିର ଆଉ ଶତ୍ରୁକୁ ହେୟ ମନେକରିବାର ମାନସିକତା। ଯବନ କି ଓଡ଼ିଆ ଜାତିର ମନ୍ଦିର ତୋଳାକୁ ଅଟକାଇ ପାରିବେ ?

ସାନ୍ଧ୍ୟ ଭୋଜନ ନିମନ୍ତେ ଗଜପତି ପ୍ରସ୍ତୁତ ହେଲେ । ଆଜି ସଞ୍ଜରେ ରଘୁଦେବଙ୍କ ନିରାଟ ସତକଥାର ଆବୃତ୍ତି ମଣିମାଙ୍କ ଅନେକ ମାନସିକ କ୍ଲେଶ ଦୂର କରିପାରିଛି । ଆଜି ନିଶ୍ଚୟ ଟିକିଏ ସୁନିଦ୍ରା ହେବ । ବାରବାଟୀ ଛାଡ଼ିବାର ଏକପକ୍ଷ ସମୟ ଅତିବାହିତ ହୋଇଗଲେ ବି କୃଷ୍ଣା ନଦୀ ତଟ ଓଡ଼ିଶା ଗଡ଼ ଆହୁରି ଅନେକ ଦୂରରେ ରହିଛି । ଆଉ ଗୋଟିଏ ସପ୍ତାହରେ ସେଠାରେ ପହଞ୍ଚିପାରିବା ସମ୍ଭବ ।

ଛିଟାଏ ଅବସାଦ ଗଜପତିଙ୍କ ମନରେ ଖଏ ଅଳିଆ ପରି ଝୁଲି ରହିଥିଲା । ସମଗ୍ର ଦାକ୍ଷିଣାତ୍ୟ ଓଡ଼ିଶା ରାଜ୍ୟର କରଦ ରାଜ୍ୟ ସତ । କିନ୍ତୁ ସବୁଠାରୁ ଅମାନିଆ ଆଉ ଜିଦ୍‌ଖୋର ରାଜ୍ୟ ବିଜୟନଗର । ତାହାର ହାମ୍ପି ରାଜଧାନୀ ଆମର ଆକ୍ରମଣର ସମ୍ମୁଖୀନ ହୋଇ କରଦ ହୋଇଛି ସତ ମାତ୍ର ପ୍ରତିଟି ମୁହୂର୍ତ୍ତରେ ଖସିଯିବାର ପ୍ରଚେଷ୍ଟାରେ ମାତି ରହିଛି । ଦେବରାୟଙ୍କ ପରେ ତାଙ୍କ ଉତ୍ତରାଧିକାରୀ ମଲ୍ଲିକାର୍ଜୁନ ଏତେଟା ସମର ସମର୍ଥ ନଥିଲେ, କିନ୍ତୁ ପ୍ରତିନିଧି ସାଲୁଭା ନରସିଂହ ଘଡ଼ି ଘଡ଼ିକେ ଓଡ଼ିଶା ରାଜ୍ୟରେ ଅନ୍ତର୍ଭୁକ୍ତ କରାଯାଇଥିବା ଚନ୍ଦ୍ରଗିରି ଓ ଉଦୟଗିରି ଅଞ୍ଚଳ ଦୁଇଟିକୁ ଅକ୍ତିଆର କରିବା ଅଭିପ୍ରାୟରେ ରହିଛନ୍ତି । କାବେରୀର ଶାଖା ପିନାକିନୀ ନଦୀର ଦକ୍ଷିଣାଞ୍ଚଳ ଛିନ୍ନ କରିବାକୁ ସାଲୁଭା ନିରତିଶୟ ଉଦ୍ୟମ କରୁଛି ।

ଗଜପତି କହିଲେ, "ଆମର ଯେତେ ଶକ୍ତି ସାମର୍ଥ୍ୟ ରହିଥିଲେ ହେଁ କୋଣ୍ଠାଭିତର ପ୍ରତିରକ୍ଷା ବିଧାନ ଆମର ପ୍ରଧାନ କର୍ତ୍ତବ୍ୟ । ଆସନ୍ତାକାଲି ରାଜମହେନ୍ଦ୍ରୀ ଛାଡ଼ିବା ନିଶ୍ଚିତ । ବେଗେ କୋଣ୍ଡାପାଲିରେ ପହଞ୍ଚିଗଲେ ସମସ୍ୟା ବିଷୟରେ ଅବଗତ ହୋଇପାରିବେ ।"

ସନ୍ଧ୍ୟା ଆଲଟି ସରିଗଲାଣି । ମଶାଲ ଆଲୋକରେ ରାଜମହେନ୍ଦ୍ରୀ ଗଡ଼ ଆଲୋକିତ ହୋଇଛି । ଗଜପତି ଚିନ୍ତାମଗ୍ନ । ପାଖରେ ରଘୁଦେବ ନିରବରେ ଗଜପତିଙ୍କୁ ଚାହିଁ ଠିଆ ହୋଇଛନ୍ତି । ସେ ଗଜପତିଙ୍କ ଗଭୀର ଚିନ୍ତାର ବିଷୟବସ୍ତୁ ସମ୍ପୂର୍ଣ୍ଣ ଭାବରେ ଜାଣନ୍ତି । କିନ୍ତୁ ସାହସ ସଞ୍ଚୟ କରି ପଚାରି ପାରୁନାହାନ୍ତି । ନିଜେ ଜେଠା ତାଙ୍କୁ ଘରର ଗୁମର ବିଷୟ ମୁହଁ ଖୋଲି ଯେତେବେଲେ କହୁନାହାନ୍ତି, ସିଏ କିପରି ପଚାରିବେ ? ଆସିବାର ପାଞ୍ଚଦିନ ସରିଲା । କାଲି ଏଠାରୁ ଦୂରକୁ ଗମନ କରୁଛନ୍ତି । ପଦଟିଏ ବି ହମ୍ବୀରା ଭାଇଙ୍କ ପ୍ରସଙ୍ଗ ଉଠାଇଲେନି । ନିରବତା ଅବଲମ୍ବନ କରିବା ଛଡ଼ା ରଘୁଦେବଙ୍କର ଅନ୍ୟଗତି ନଥିଲା ।

ରଘୁବୀର ଗଜପତିଙ୍କ ମୁହଁକୁ ଦେଖିଲେ । ଦୁଇଧାର ଲୁହ ମୁହଁକୁ ସିକ୍ତ କରୁଛି ।

କହିଲେ, "ନାଇଁ ବଡ଼ବାପା, ମୋତେ ବ୍ୟସ୍ତ ହୁଅନ୍ତୁ ନାହିଁ । ଜୀବନଟା ତୁମେ ଯୁଦ୍ଧଭୂମିରେ କଟାଇ ଦିନେ ବି ଚିନ୍ତାକରିନ, ଆସନ୍ତାକାଲିକୁ ଅବସର ନେବ । ଦୀର୍ଘଜୀବନର ଅପରାହ୍ନରେ ତୁମେ ନିଜ ନିଷ୍ଠିକୁ ଦେବଦତ୍ତ ଭାବରେ ଯେପରି ଆଦରି

ବସିଛ, ତାକୁ ବା ପ୍ରତିବାଦ କିଏ କରିପାରିବ?"

ନିଃଶବ୍ଦରେ ଗଜପତିଙ୍କର ଚକ୍ଷୁଯୁଗଳରୁ ଲୋତକଧାର ଗଡ଼ିଚାଲିଲା। ନିଃସ୍ୱାର୍ଥ ଜିତେନ୍ଦ୍ରିୟ ପ୍ରାୟ ମୁଖମଣ୍ଡଳରୁ ଗଭୀର ମନର କିୟତ୍ ଆଭାସ ପାଇବା ସମ୍ଭବ ନୁହେଁ। ସ୍ୱୟଂ ମହାପ୍ରଭୁଙ୍କ ସ୍ୱପ୍ନାଦେଶ ତାଙ୍କର ଶିରୋଧାର୍ଯ୍ୟ। ସାଧାରଣ ପ୍ରଥା ବା ଉତ୍ତରାଧିକାରୀ ସ୍ୱତ୍ତ୍ୱ ଦେବବାଣୀ ସହ ତୁଳନୀୟ ନୁହେଁ। ନିଜ ନିଷ୍ଠୁରୁ ଓହରିବା ଶ୍ରୀଶ୍ରୀଶ୍ରୀ..ଗଜପତିଙ୍କ ପକ୍ଷରେ ସମ୍ଭବନୁହେଁ କି ଶୋଭନୀୟ ନୁହେଁ, ସମଗ୍ର ମେଦିନୀ ପଞ୍ଚକେ ଜଳାର୍ଣ୍ଣବ ହୋଇଯାଉ।

ରଘୁଦେବ କିଛି ବି କହିବାକୁ ଉଚିତ ମଣୁ ନଥିଲେ। ସିଏ କଅଣ ଗଜପତିଙ୍କୁ ବଡ଼ଭାଇ ହମ୍ଭୀରଦେବଙ୍କ ସପକ୍ଷରେ କହିବା ସମୀଚୀନ ହେବ? କଦାପି ନୁହେଁ। ବାପା ଯାହାର ନିଜ ପୁଅ ସହ ଦୀର୍ଘଦିନ ଧରି ଓତପ୍ରୋତ ଭାବରେ ଜଡ଼ିତ, ଦୀର୍ଘ ଦୁଇ ଯୁଗର ସେନାପତିତ୍ୱ ଅର୍ପଣ କରି ବିଜୟର ଫଳ ସଂଗ୍ରହ କରିବାରେ ଆନନ୍ଦିତ, ତା ପ୍ରତି ପକ୍ଷପାତ କରିବା ଗୋଟିଏ ଦିଗ।

ଅନ୍ୟ ଦିଗରୁ କେବଳ ହମ୍ଭୀରଦେବ ନୁହନ୍ତି, ଅନେକ ଗୁଡ଼ିଏ ରାଜପୁତ୍ରମାନଙ୍କ ମଧ୍ୟରୁ ପ୍ରଭୁ ଯଦି ଜଣକୁ ଗଜପତି ଉତ୍ତରାଧିକାରୀ କରିବାର ନିଷ୍ପତ୍ତି ନେଇଛନ୍ତି, ଏହା ଏକ ଅତିମାନବିକ କାର୍ଯ୍ୟ। ଯେଉଁ ବଡ଼ବାପା ସାରା ଜୀବନ ବଡ଼ଠାକୁରଙ୍କ ଇଚ୍ଛାନୁସାରେ ସମର୍ପଣ କରିଛନ୍ତି, ଆଜି କାହିଁକି ଅବଜ୍ଞା କରିବେ। ଏହି ଦୃଷ୍ଟିରୁ ତାଙ୍କ ସମ୍ମୁଖରେ ହମ୍ଭୀର ଭାତୃଦେବଙ୍କର ଭୂୟସୀ ପ୍ରଶଂସା କି ସମଗ୍ର ଦକ୍ଷିଣ ଭାରତର ସ୍ନେହାଦର ବିଷୟ ଉତ୍ଥାପନ କଲେ ଯାହା ଫଳ ହେବ ରଘୁଦେବ କଳନା କଲେ ଏବଂ ହମ୍ଭୀର ଭାଇଙ୍କ ନାମ ଉଚ୍ଚାରଣ ବଡ଼ବାପାଙ୍କ ପକ୍ଷରେ ଦୁଃଖଦ ସାଧିତ ହେବ ବୋଲି ବିବେଚନା କଲେ।

କିନ୍ତୁ ଏହି ବୟସରେ ବଡ଼ବାପା ଯେଉଁ ମାନସିକ ସଂଘର୍ଷ ଦେଇ ଗତି କରୁଛନ୍ତି, ତାଙ୍କ ନିରାମୟ ମାନସିକ ସ୍ୱାସ୍ଥ୍ୟ ପାଇଁ ସମର୍ଥନ ଏବଂ ସହାନୁଭୂତି ଅବଶ୍ୟ ଜରୁରୀ। ରଘୁଦେବ କଅଣ କହିବେ, ସେ "ନ ଯଯୌ ନସ୍ତୁତୌ" ଅବସ୍ଥାରେ ପଦାର୍ପଣ କଲେ। ଯାହା ବି କହିବା ତାଙ୍କ ପକ୍ଷରେ ଭୁଲ୍‌ହେବ। ଏହି ଭାବନାରେ ରଘୁଦେବ କଅଣ କରିବେ ଜାଣିପାରିଲେନି। ମୌନ ରହିବା ସାର ମନେକଲେ। ସମୟ ଗଡ଼ି ଚାଲିଛି। ରାଜମହେନ୍ଦ୍ରୀର ସେଇ ରାତ୍ରିଟି ଯେପରି ମୌନୀ ହେବାର ଦୁର୍ଭାଗ୍ୟ ନେଇ ଆସିଥିଲା।

ଗଜପତି ସେଇ ଲୋତକଭରା ନୟନରେ ସ୍ଖଳିତ ସ୍ୱରରେ କହିଲେ, "ରାତ୍ରି ଅନେକ ହେଲାଣି। ଆମକୁ ଆସନ୍ତାକାଲି ସଅଳ ମେଲାଣି ନେବାର ଅଛି। ଯାହାଟା ଆସନ୍ତା କାଲି କି ଆଗକୁ ଘଟିବାର ଅଛି ତାହା ସେହି ବଡ଼ଠାକୁରଙ୍କ ଇଚ୍ଛା। ମାନବିକ

ଆଶା କି ନିଷ୍ଠୁର ଊର୍ଦ୍ଧ୍ୱରେ। ଆମେ କାହିଁକି ଚିନ୍ତା କରିବା ? ସମୟ ମହୋଦଧିର ତରଙ୍ଗପରି ବହି ଚାଲିଥିବ। ସ୍ୱୟଂଚାଲିତ ଦୈତ୍ୟ ପରି ଅସାଧ୍ୟ ସମସ୍ୟାର ସମାଧାନ କରିଚାଲିଯିବ। ଏକଥା ମନରେ ଗ୍ରହଣ କଲେ, ମାନସିକ ଅଶାନ୍ତି ଦୂରୀଭୂତ ହେବ। ଯାହା ଘଟୁଛି, ସମୟ ଯାହା ଆମ ସମ୍ମୁଖରେ ଉପସ୍ଥାପନ କରୁଛି, ଯଦି ଆମର ସେଥିରେ କିଛି କରିପାରିବାର ନାହିଁ, ସେଇଟା ଭଗବାନଙ୍କର ଇଚ୍ଛା, ଆମକୁ ସାଦରେ ଗ୍ରହଣ କରିବାକୁ ପଡ଼ିବ। ଯଦି ବା ଆମର କିଛି ଭୂମିକା ରହିଛି, ନିଜେ ବିବେକବାନ୍ ହୋଇ ସୁଚାରୁରୂପେ ସମ୍ପାଦନ କରିବା ବିଧେୟ। ସବୁ ସତ୍ତ୍ୱେ ବି ଈଶ୍ୱରଙ୍କ ହାତରେ ସବୁର ଫଳାଫଳ ରହିଛି। ବିଶ୍ୱରେ କୌଣସି ଫଳ ଗାଣିତିକ ନୁହେଁ। "

ରଘୁଦେବ ନିଶ୍ଚିତ ହେଲେ ବଡ଼ବାପା ଜୀବନର ମୂଲ୍ୟାୟନ ବୁଝୁଛନ୍ତି ଏବଂ କଣ କହିବାକୁ ଚାହାନ୍ତି। ତାଙ୍କର ନିରବତା ସବୁ ତାଙ୍କୁ ବତାଇ ଦେଇଛି। ସେ ଯେ ହମଭୀର କୁମାରଙ୍କୁ ବୀର ଭାବରେ ସ୍ୱୀକାର କରନ୍ତି ଏହା ନିଶ୍ଚୟ ତାଙ୍କ ବଡ଼ବାପା ଗ୍ରହଣ କଲେ। କିନ୍ତୁ ହମଭୀରଙ୍କ ସଂକ୍ରାନ୍ତରେ ପ୍ରଭୁଙ୍କର କିଛି ଆଦେଶ ରହିଛି ଯାହାକି ଗଜପତି ଭାବରେ ଶିରୋଧାର୍ଯ୍ୟ।

ନିଜେ ରଘୁଦେବ ସବୁବେଳ ପରି ବଡ଼ବାପାଙ୍କର ପାଦଯୁଗଳ ସ୍ପର୍ଶକରି ଶୁଭରାତ୍ରୀ ଅଭିବ୍ୟକ୍ତ କଲେ।

ପରଦିନ ସକାଳୁ ଗଜପତିଙ୍କ ପଟୁଆର ବାହାରିଲା। ରଘୁଦେବ ବଡ଼ବାପାଙ୍କୁ ଅନେକ ଦୂର ପର୍ଯ୍ୟନ୍ତ ବାଟୋଇ ଦେବାକୁ ଦକ୍ଷିଣ ରାସ୍ତାରେ ସହଗମନ କଲେ। ଅନ୍ତତଃ ଦିପହର ପର୍ଯ୍ୟନ୍ତ ତାଙ୍କ ସହିତ ସମାନ୍ତରାଲ ଭାବରେ ଅଶ୍ୱାରୋହଣ କରି ଚାଲିଥାନ୍ତି। ସେଠିକାର ଗଜପତି ବିଶ୍ରାମାଗାରରେ ପହଞ୍ଚି ଅନ୍ନଭୋଜନର ବ୍ୟବସ୍ଥା ପରେ ଗଜପତି ଆହୁରି ଦକ୍ଷିଣକୁ ବାହାରିବା ପୂର୍ବରୁ ରଘୁଦେବ ତାଙ୍କର ପାଦସ୍ପର୍ଶ କରି ଶେଷଦର୍ଶନ କଲେ। ଏବେ ବି ଗଜପତି ଛଳଛଳ ଚକ୍ଷୁରେ ନିର୍ବାକ୍ ହୋଇ

ରଘୁଦେବଙ୍କୁ ଚାହିଁ ତାଙ୍କୁ ମେଲାଣି ମାଗିଲେ। ଏହି ମେଲାଣିରେ ରଘୁଦେବ ଏକ ସ୍ପର୍ଶକାତର ଦୃଶ୍ୟ ଅବଲୋକନ କଲେ, ବଡ଼ବାପା ଅତି ସରଳ, ସାଧାରଣ ଏବଂ ବାଲ୍ୟୁତ ପରି ଦେଖାଯାଉଥିଲେ। ମୁଣ୍ଡ ଟିକିଏ ଥର ଥର ହେଉଥିଲା। ଦେଖିଲେ ଦୟା ଭାବ ଜାତ ହେବ ଏବଂ ମନରେ ସହାନୁଭୂତିର ଏକ ମୂର୍ତ୍ତି ସୃଷ୍ଟି ହେବ।

ହାତ ଯୋଡ଼ି ବଡ଼ବାପା ବିଦାୟ ମାଗୁଛନ୍ତି। ବୁଝିପାରୁନାହାନ୍ତି ରଘୁଦେବ। ଏ କେଉଁ ପ୍ରଥା ପରମ ପୂଜନୀୟ ଜେଠା ପୁତୁରାକୁ ଯୋଡ଼ହାତରେ ମେଲାଣି ମାଗିବେ? ଅତୀତରେ କେବେ ତ ଏପରି ଘଟିନି।

ସେ ଚାହିଁ ରହିଥିଲେ ସେହି ଛଳଛଳ ଆଖି ଦୃଷ୍ଟିରୁ ଅଦୃଶ ହେବାଯାଏ। ଏହାର ତାପ୍ପର୍ଯ୍ୟ ବୁଝିବାକୁ ତାଙ୍କର ସାମର୍ଥ୍ୟ ନଥିଲା।

କୋଲେରୁ ହ୍ରଦସ୍ଥ ଗଜପତି ଦୁର୍ଗ

ରାଜମହେନ୍ଦ୍ରୀ ଗଡ଼ ଛାଡ଼ିବା ପରରାତ୍ରୀ ଗଜପତି ଯେଉଁ ସାମରିକ ଘାଟିରେ ଆଶ୍ରୟ ନେଲେ, ସମସ୍ତ ସୁବିଧା ସତ୍ତ୍ୱେ ତାଙ୍କ ନିଦ୍ରାରେ ବ୍ୟାଘାତ ଘଟିଲା। ରଘୁଦେବଙ୍କ ସହିତ ପାଞ୍ଚଦିନ ନିଜ ପରିବାରରେ ରହିବାପରି ବୋଧ ହେଉଥିଲା, ନିଜ ଆଶ୍ରୟରେ ଥିବା ପରି ମନବୋଧ ହେଉଥିଲା। ଆସିବା ବେଳର ରଘୁଦେବଙ୍କର ପାଦସ୍ପର୍ଶ ତାଙ୍କୁ ଏମିତି ସମ୍ବେଦନଶୀଳ କରିଦେଲା, ସେ କଥା ମନକୁ ଆସିଲେ ସେ ଲୋତକ ସମ୍ବରଣ କରିପାରୁ ନାହାନ୍ତି। କେଉଁ କାରଣରୁ ସିଏ ରଘୁଦେବଙ୍କୁ ହାତଯୋଡ଼ି ବିଦାୟ ମାଗିଲେ, ତାହା ବି ତାଙ୍କ ଚିନ୍ତିତ ପରିକଳ୍ପନା ନୁହେଁ। ଆଉ ଥରେ ସିଏ ରଘୁଦେବକୁ ଯେ ଦେଖ୍ୱପାରିବେ, ସେ ବିଷୟରେ ସିଏ ସମ୍ପୂର୍ଣ୍ଣ ସନ୍ଦିହାନ। ମନରେ ବି ଚିନ୍ତା କରିପାରୁନାହାନ୍ତି, ସେ ସତରେ ଫେରିପାରିବେ ଏବଂ ଫେରିବା ବାଟରେ ଆଉଥରେ ରଘୁଦେବଙ୍କୁ ଦେଖ୍ୱପାରିବେ !

ସେ ଦିନ ଅନ୍ତରଙ୍ଗ ମହାପାତ୍ର ଗଜପତିଙ୍କୁ କହିଲେ, ଛାମୁ ଆମର ଗସ୍ତ ଟିକିଏ କ୍ଷିପ୍ର ବୋଲି ଆପଣଙ୍କ ଶରୀରରେ କି ଶିରରେ ପୀଡ଼ା ବୋଧ କରୁଛନ୍ତି କି ? ଆପଣ ଚାହିଁଲେ ଆମେ ଧୀରେ ଧୀରେ ଦକ୍ଷିଣାୟନ ଗତି କରିବା। ଏମିତି ଆମକୁ ବେଶୀ ସମୟ ଡେରି ଲାଗିବନି, ଦିନେ ଓଳିଏ ଅଧିକ ଲାଗିଯାଇ ପାରେ।

ଗଜପତି ଟିକିଏ ଚିନ୍ତାକରି କହିଲେ, "ଅନ୍ତରଙ୍ଗ ବୈରୀଗଞ୍ଜନ ମହାପାତ୍ର, ତୁମେ ମୋ ସହିତ କେତେବର୍ଷ କଟାଇଲଣି ? ମୋ ରାଜଗାଦି ପ୍ରାପ୍ତିର ଦ୍ୱିତୀୟ ବର୍ଷରୁ, ଏମିତି ତିରିଶ ବର୍ଷ ବିତିଗଲା ପରେ ମୋତେ ଶରୀରବ୍ୟଥା କି ଶିରୋବ୍ୟଥା କଥା

ପଚାରୁଛ ? କ୍ଷିପ୍ରଗତି ଆମକୁ କେବେ ପ୍ରତିହତ କରିଛି କି ? ଜୀବନରେ ସେଇ ଜଉନପୁର ନବାବଟା ଆମକୁ କେତେ କ୍ଷିପ୍ର ନକରିଛି ?

"କେତେବେଳେ ଆମେ ରାଜମହେନ୍ଦ୍ରୀ ବୀରଭଦ୍ର ରେଡ଼ି ସାମନାରେ ଆମର ମୁଖ୍ୟସେନାକୁ ଠିଆ କଲୁଣି ତ ଓଡ଼ିଶା ଗୁପ୍ତଚର ଯୁଦ୍ଧପ୍ରାଙ୍ଗଣକୁ ଖବର ଧରି ଧାଇଁ ଆସେ ଜଉନପୁର ସମରବାହିନୀ ଓଡ଼ିଶାମୁହାଁ ହେଲାଣି। ପୁଣି ଯୁଦ୍ଧ ଚାଲିଥିବା ବେଳେ ଦେବରକୋଣ୍ଠାରେ ବାହାମନି ସଙ୍ଗେ, ସେମିତି ଆମକୁ ଉତ୍ତର ସୀମାକୁ ଫେରିବାକୁ ବିଳମ୍ବ କରିବାକୁ ପଡ଼େନି। ଆଉ ଆଜି ଆମର ଏହି ଦ୍ରୁତ ଗତି କାହିଁକି ଦେହ ମଜରା କରିବ ?"

ଗଜପତିଙ୍କ ଦକ୍ଷିଣାୟନ ଥାଟ ରାଜମହେନ୍ଦ୍ରୀ ଛାଡ଼ିବାର ତିନିଦିନ ପୂରିଗଲାଣି। ସେମାନେ ଲକ୍ଷ୍ୟ ରଖିଛନ୍ତି ଦ୍ୱୀପସ୍ଥିତ ଗଜପତି ଦୁର୍ଗରେ କିପରି ପହଞ୍ଚି ସେଠିକାର ନୂତନ ପରିବେଶରେ ଦିନଟିଏ ବିଶ୍ରାମ ନେବେ। ସେମାନଙ୍କର ଗସ୍ତ ଚାଲିଛି ମାର୍ଗଶିର ମାସରେ। ଚାରିଆଡ଼େ ଫସଲ ଅମଳ ସମୟ। ଧାନବିଲରେ ଜନଗହଳି। ହେମନ୍ତ ରୁତୁ ପରେ ପରେ ଶୀତର ଆଗମନୀ ଆଭାସ ସହିତ ପ୍ରକୃତିର ସବୁଜିମା ପ୍ରତିଟି ପ୍ରାଣରେ ରଙ୍ଗଭରିଦିଏ। ପ୍ରକୃତିର ହସ ସହିତ ତାଲମିଳାଇ ବନାନୀରୁ ସୃଷ୍ଟି ହୁଏ ଫଲ ପୁଷ୍ପର ଅପୂର୍ବ ସମାହାର। ତା ସହିତ ଜୀବଜଗତରେ ଦୃଶ୍ୟମାନ ହୁଏ ଆନନ୍ଦ ଆଉ ଅନୁଭବର ଇଙ୍ଗିତ ଭାଷା। ଗଜପତିଙ୍କର ଅଶ୍ୱଚାଲିତ ଯାନଟି ମଧମ ବେଗରେ ଗତିଶୀଳ ଏବଂ ତାଙ୍କର ପାଶ୍ଚାତ୍‌ଧାବନ କରନ୍ତି ଛଅଜଣ ମହାପାତ୍ର ପ୍ରତ୍ୟେକ ଅଶ୍ୱାରୋହୀ ଭାବରେ। ଏମାନଙ୍କ ବ୍ୟତୀତ ଅସଂଖ୍ୟ ଓଡ଼ିଆ ଗୁପ୍ତଚର ଓ ସାମରିକ ବାହିନୀ ବ୍ୟସ୍ତ ଅଛନ୍ତି ଗଜପତିଙ୍କର ଗସ୍ତକାଳରେ।

ଚତୁର୍ଥ ଦିନରେ ସେମାନେ ଅପରାହ୍ନରେ କୋଲେରୁ ହ୍ରଦକୂଳରେ ପହଞ୍ଚିଗଲେଣି। ଏତେ ଦୂର ଗମନ କଲା ପରେ ଚିଲିକା ହ୍ରଦ ପରେ ହିଁ ସେମାନେ ଆଉ ଗୋଟିଏ ବିଶାଳ ହ୍ରଦର ସମ୍ମୁଖୀନ ହୋଇଛନ୍ତି। ଏହି ହ୍ରଦଟି ଆକାରରେ ଚିଲିକାଠାରୁ ସାନ ହେଲେ ବି ଏହା ଅଗଭୀର ଏବଂ ଏହା ନଦୀଜଳ ଦ୍ୱାରା ମଧୁର ଜଳ ପରିପୂର୍ଣ୍ଣ ଭଣ୍ଡାର। ଏହି ହ୍ରଦଟିର ପୂର୍ବ ଭାଗର ଗୋଟିଏ ଦ୍ୱୀପାକୃତ ସ୍ଥାନରେ ରହିଛି ଗଜପତି ଦୁର୍ଗ। ଦୁର୍ଗଟି ପାଣି ଘେର ଭିତରେ ରହିଥିବାରୁ ଏହା ରାଜମହେନ୍ଦ୍ରୀ ଓଡ଼ିଶା ସୀମାରୁ ଛତିଶ କୋଶ ଦୂରରେ ଓଡ଼ିଆ ପାଇକ ବାହିନୀର ଗୋଟିଏ ଦୁରାନ୍ତ ଉପଗ୍ରହ ସଦୃଶ ସୁରକ୍ଷା ଦୁର୍ଗ।

ଗଜପତି ସେଠାରେ ଉପନୀତ ହେବାମାତ୍ରେ ସେଠିକାର ନୌବ୍ୟବସ୍ଥାମତେ ତାଙ୍କୁ ସମସ୍ତ ମହାପାତ୍ରମାନଙ୍କ ସହିତ ଦୁର୍ଗ ଭିତରକୁ ନିଆଯାଇ ଯଥା ସକ୍ରାର ସମ୍ପନ୍ନ

କରାଗଲା । ଶତାଧିକ ରକ୍ଷଣାବେକ୍ଷଣା କର୍ମଚାରୀମାନଙ୍କ ବ୍ୟତୀତ ଏଠାରେ ଓଡ଼ିଶା ସାମରିକ ବାହିନୀର ଗୋଟିଏ ବିଭାଗ ଜରୁରୀ ଆବଶ୍ୟକତା ପାଇଁ ଜାଗତିଆର ହୋଇ ରହିଥାଏ । ବିଜୟବାହୁଡ଼ା (ବିଜୟୱାଡ଼ା) ଏଠାରୁ ମାତ୍ର ୨୦ କୋଶ ଦୂର ଏବଂ ଏଲୁରୁ ହେଉଛି ସନ୍ନିକଟ ନଗର ।

ଦୀର୍ଘ ଚାରିଦିନ ଧରି କ୍ରମାଗତ ଅଶ୍ୱାରୋହଣ କରିବା ପରେ ଗଜପତି କୋଲେରୁ ଗଜପତି ଦୁର୍ଗରେ ପହଞ୍ଚ ପାରିଛନ୍ତି । ନିତ୍ୟକର୍ମ ସମ୍ପାଦନ କରିବା ପରେ ହିଁ ସନ୍ଧ୍ୟା ହୋଇ ଆସୁଥାଏ । ହ୍ରଦର ଜଳପରିବେଷ୍ଟିତ ପରିବେଶ ଅସ୍ତଗାମୀ ସୂର୍ଯ୍ୟଦେବଙ୍କର ଲୋହିତ ବର୍ଣ୍ଣ ପ୍ରତିଫଳନରେ ମନକୁ ରକ୍ତାଭ କରି ଦେଉଛି । ମାର୍ଗଶିରର ଦୂରାଗତ ପକ୍ଷୀଗୁଡ଼ିକର କାକଲି ଭୂପୃଷ୍ଠର କୋଲାହଲ ସହିତ ଗଜପତିଙ୍କ ମନରେ ବହୁ ସମରର ଚିତ୍ରପଟ ଆଙ୍କି ଦେଉଛି । ଯୁଦ୍ଧଭୂମିରେ ଯେଉଁ ନୃପତି ଜୀବନର ବହୁଭାଗ କଟାଇଛନ୍ତି, ସମସ୍ତ ଶରର ମାଧୁର୍ଯ୍ୟ ତାଙ୍କ ଅନୁଭବରେ ରଣବାଦ୍ୟର ହୁଙ୍କାର ।

ମନରେ ଦୁଃଖର ଆବରଣ ରହିଥିଲେ ବି ସେ ଗର୍ବିତ ମନରେ ଏହି କୋଲେରୁ ହ୍ରଦର ଗଜପତି ଦୁର୍ଗକୁ ଓଡ଼ିଶାର ଏକ ଦୁଃସାହସିକ ସ୍ତମ୍ଭ ବୋଲି ବିବେଚନା କରନ୍ତି । ସେ ନିଜେ ଏହି ଦୁର୍ଗ ନିର୍ମାଣ କରି ନାହାନ୍ତି ସତ । ଏହା ବହୁ ଶତାଧୀ ପୂର୍ବେ କେଉଁ ଗଙ୍ଗରାଜ କି ତାଙ୍କ ପୂର୍ବର ସିଏ ସଠିକ୍ ଭାବରେ ଜାଣନ୍ତି ନାହିଁ । କିନ୍ତୁ ନିଜେ ଜଣେ ଦକ୍ଷ ଓଡ଼ିଆ ପାଇକବାହିନୀର ସେନାପତି ଥିବା ବେଳେ ଏହି ଗୁପ୍ତ ସାମରିକ ତଥ୍ୟ ଜାଣିଥିଲେ । ଓଡ଼ିଶାର ଦକ୍ଷିଣ ଦିଗରେ ଶତ୍ରୁ ଘେର ମଧରେ ଗୋଟିଏ ଚୋରା ଗଜପତି ଦୁର୍ଗ ରହିଛି । ଏହାକୁ କିପରି ରାଜମହେନ୍ଦ୍ରୀ ସାମରିକ କେନ୍ଦ୍ର ଗୁପ୍ତରେ ପରିଚାଳନା କରେ, ତାହା ସମସ୍ତଙ୍କୁ ଛପା ।

କିଛି ସମୟ ପରେ ଦୁର୍ଗର ପରିଚାଳକ ରନ୍ନାକର ଗୁମାନସିଂହ ଗଜପତିଙ୍କୁ କିଛି କ୍ଷଣ ପ୍ରତୀକ୍ଷା କରିବା ପରେ ଦର୍ଶନ କରିବାର ସୁଯୋଗ ପାଇଲେ । ସଂକ୍ଷିପ୍ତ ବାର୍ତ୍ତାଳାପ ପରେ ପାର୍ଶ୍ୱସ୍ଥ ମନ୍ଦିରରେ ସବୁ ମହାପାତ୍ର ଆଉ ଅନ୍ତେବାସୀମାନେ ଆଳତି ପାଇଁ ଛାମୁଙ୍କୁ ଅପେକ୍ଷା କରିବା ଖବର ଦେଲେ । ଅବିଳମ୍ବେ ଛାମୁ ମନ୍ଦିରକୁ ଯାଇ ସାନ୍ଧ୍ୟଆଳତିରେ ଯୋଗଦେଲେ । ଗଜପତିଙ୍କର ନୟନ ଯୁଗଳ ଜଗନ୍ନାଥଙ୍କର ମୁଖମଣ୍ଡଳରେ ନିବିଷ୍ଟ ହୋଇ ରହିଲା । ପ୍ରାର୍ଥନାର ତାଳେ ତାଳେ ତାଙ୍କ ଭାବନାର ଉଲ୍ଲାସ ବୃଦ୍ଧିପାଇ ତାଙ୍କୁ ସହସା ପୁରୀ ଶ୍ରୀମନ୍ଦିରର ପରିବେଶକୁ ଘେନିଗଲା । ସେ ଜଗନ୍ନାଥଙ୍କୁ ଦର୍ଶନ କରି କୃତାର୍ଥ ଅନୁଭବ କଲେ । କିନ୍ତୁ ଠାକୁରଙ୍କୁ ପଚାରିଲେ, "ପ୍ରଭୁ, ଏଇ ରାଉତ ତୁମ ଦ୍ୱାରା ସୃଷ୍ଟ, ତୁମର ଇଙ୍ଗିତରେ ପରିଚାଳିତ । ତାକୁ ସମାଜରେ ଏପରି ଲାଞ୍ଛିତ କରିବାର କାରଣ କେଉଁ ଦୋଷରୁ ଜାଣିପାରୁ ନାହିଁ । ଯଦି ମୋର ନିଜ ଦୋଷ ମୁଁ ଜାଣିପାରୁନାହିଁ ମୋତେ ବତାଇଦିଅ ।"

ବହୁ ସମୟ ସେମିତି ଠାକୁରଙ୍କୁ ଚାହିଁ ରହିଲେ, ମୂକ ପରି ପାଟିରୁ କିଛି କଥା ବାହାରୁ ନଥିଲା। ସମସ୍ତଙ୍କର ପୂଜା ସରିଗଲାଣି। ସମସ୍ତେ ଅପେକ୍ଷମାଣ, କେବେ ଗଜପତିଙ୍କର ଧ୍ୟାନ ଭାଙ୍ଗିବ। ଅନେକ ସମୟ ପରେ ଲୁହ ସର ସର ଆଖିରେ ଗଜପତି ଧ୍ୟାନ ଭାଙ୍ଗିଲେ।

ଥର ଥର ଶଢରେ କହିଲେ, "ମୁଁ ବି ଏହି ଗଜପତି ଦୁର୍ଗର ପୁନର୍ବିନ୍ୟାସ କରିଥିଲି। ଜଗନ୍ନାଥ ପ୍ରତିଷ୍ଠିତ ହେବା ପରେ ସମ୍ପୂର୍ଣ୍ଣ ପୁରୀ ଢାଞ୍ଚାରେ ଏଠିକାର ଠାକୁରଙ୍କ ପୂଜାବିଧ୍ୟ ପାଳନ କରିବାର ସୁଯୋଗ ସୃଷ୍ଟି କରିଛି। ମୋତେ ବୋଧ ହେଉଛି ଜଗନ୍ନାଥ ଏଇଠି ବିଜେ କରୁଛନ୍ତି।"

ଗଜପତି କହିଲେ, "ମୋ ସକାଶେ ଟିକେ ବିଲମ୍ବ ଘଟିଲା। ଚାଲ ବୈଠକ ପ୍ରକୋଷ୍ଠରେ କିଛି କ୍ଷଣ ନେଇ ଭୋଜନ ପୂର୍ବରୁ ବସିବା।" ସତକୁ ସତ ପରିଚାଳକ ଗୋଟିଏ ବୈଠକର ଆୟୋଜନ କଲେ। ଗଜପତି ଗୋଟିଏ ଚଉକିରେ ବସିଲେ, ଏବଂ ସବୁ ମହାପାତ୍ର ଏବଂ କେତେଜଣ ଦୁର୍ଗ ଅଧିକାରୀ ବି ଚଟାଣରେ ତାଲପତ୍ର ମସିଣା ବିଛାଇ ବସିଗଲେ। ଏବେ ଗଜପତି କହିଲେ, "ଏହି ଦୁର୍ଗଟି ଦେଖିବାକୁ ଯେପରି ଲୁକ୍କାୟିତ ହୋଇ ସ୍ଥାନିତ, ଏହା ବିଷୟରେ ସଠିକ୍ ତଥ୍ୟ କିଏ ଦେଇ ପାରିବ ମୁଁ ବୁଝିପାରୁନି। ଏଠାକୁ ଯେବେ ଆସେ ମୋ ମନରେ ଏହି ପ୍ରସଙ୍ଗ ଉଠେ; କିନ୍ତୁ ସମୟ ତାଲରେ ତାହା ଆଜି ଯାଏ ସମ୍ଭବ ହୋଇପାରିନି। ମୋର କେବଳ ଏଇ ଦୁର୍ଗଟିର ସାମରିକ ଗୁରୁତ୍ୱ ବିଷୟରେ କିଛି ପ୍ରତ୍ୟକ୍ଷ ଜ୍ଞାନ ଅଛି। ଏହି ଦୁର୍ଗରୁ ଆମେ ଥରେ ରାତାରାତ ସୈନ୍ୟ ନେଇ ଦେବରକୋଣ୍ଠାରେ ଅପ୍ରତ୍ୟାଶିତ ଭାବରେ ପହଞ୍ଚ ବାହାମନିକୁ ବୋକା ବନାଇ ହରାଇଥିଲୁ ଏବଂ ତା ପରଠାରୁ ଆମର ତେଲେଙ୍ଗାନାକୁ ବାଟ ଫିଟିଗଲା। ମୋର ଆଜିକା ଦିନରେ ବିସ୍ମରଣ ଘଟିଛି। ଏହି ଗଡ଼ଟିର ବିଶାଲ ଐତିହ୍ୟ ମୁଁ ଟିକିନିକି ମନେରଖ ପାରିନି। ତଥାପି ଆମର ପରିଚାଳକ କି ସନ୍ଧିବିଗ୍ରହ ଏ ବିଷୟରେ ସବିଶେଷ ତଥ୍ୟ ଦେଇ ପାରିବେ। ଆମେ ଚାହିଁ ବସିଛୁ, ଯିଏ ଜାଣିଛ ଆମକୁ ଏହି ବିଷୟରେ ଏବେ ତଥ୍ୟ ପ୍ରଦାନ କର।

ଦୁର୍ଗ ପରିଚାଳକ ଗୁମାନସିଂହ ଠିଆ ହୋଇ କିଛି କହିବାକୁ ଗଜପତିଙ୍କର ଅନୁମତି ଭିକ୍ଷାକଲେ। ଗଜପତି କହିଲେ, "ମୁଁ ଆହ୍ୱାନ ଦେଇଛି, ତୁମେ କି ସନ୍ଧିବିଗ୍ରହ ମହାପାତ୍ର ଯିଏ ଜାଣିଛ ଆମକୁ ଜଣାଇଦିଅ। ଏମାନଙ୍କ ବ୍ୟତୀତ ଆଉ ଯଦି କେହି କିଛି ଜାଣିଥାଆନ୍ତି, ତେବେ ସ୍ୱତଃ ପ୍ରକାଶ କର।"

ଗୁମାନସିଂହ କହିଲେ, "ଯେତିକି ଆମେ ସମସ୍ତେ ଏହି ଦୁର୍ଗର ଅନ୍ତେବାସୀ ଜାଣିଛୁ, ଏହି ଦୁର୍ଗଟି ବହୁ ପୂର୍ବରୁ ଜଣେ ଓଡ଼ିଆ ନୃପତି ନିର୍ମାଣ କରିଥିଲେ। କଅଣ

ପାଇଁ ଏଇଟି ଗଢ଼ା ହୋଇଛି, ବୋଧଗମ୍ୟ ହେଉନାହିଁ, ତଥାପି ସାମରିକ କାରଣ ସହିତ ସୁରକ୍ଷା ଏବଂ ଗୁପ୍ତଚର ସଂକ୍ରାନ୍ତ ଥାଇପାରେ। ଏହା ଏତେ ପୁରୁଣା ଯେ, ଦୁଇଶହ ବର୍ଷ ପୂର୍ବରୁ ଏହି କିମ୍ବଦନ୍ତିଟି ବି ଲାଙ୍ଗୁଲା ନରସିଂହଦେବ ବି କାନରେ ପଡ଼ିଛି। ସମ୍ଭବତଃ ଦକ୍ଷିଣକୁ ମୁସଲମାନ ଶକ୍ତି ଆସିବା ପୂର୍ବରୁ ଏଇଟି ଗୁପ୍ତରେ ହ୍ରଦର ଗଭୀର ଜଳ ମଧ୍ୟରେ ଥିବା ଦ୍ୱୀପରେ ନିର୍ମିତ ହୋଇଛି।"

ସନ୍ଧିବିଗ୍ରହ ମହାପାତ୍ର ଗୁମାନସିଂହଙ୍କର କଥା ସରିବା ପରେ ମଣିମାଙ୍କର ଅନୁମତି ଭିକ୍ଷାକରି କହିବା ଆରମ୍ଭ କଲେ, "ସତରେ ଗଜପତି ଦୁର୍ଗର ଅର୍ଥ ଏଇଟା ଲାଙ୍ଗୁଲା ନରସିଂହଦେବଙ୍କ ନାମରେ ନାମିତ। ଗଙ୍ଗବଂଶର ସେଇ ହିଁ ନିଜକୁ ଗଜପତି ବୋଲି ଘୋଷଣା କରିଥିବାର ପ୍ରମାଣ କପିଲାସରେ ଲିପିବଦ୍ଧ ହୋଇ ରହିଛି। ସିଏ ଉତ୍ତରରେ ବଙ୍ଗୀୟ ମୁସଲମାନ ରାଜ୍ୟ ଆକ୍ରମଣ କରୁଥିଲେ, ସେଇ ହିଁ ଦକ୍ଷିଣକୁ ରାଜମହେନ୍ଦ୍ରୀ ସୀମା ଟପି କଳିଙ୍ଗ ଦଣ୍ଡପାଟର କଳେବର ବୃଦ୍ଧି କରିବାର ଅଭିପ୍ରାୟ ରଖି ଗଜପତି ଦୁର୍ଗ ସ୍ଥାପନ କରିଥିବା ମନେହୁଏ।"

ସନ୍ଧିବିଗ୍ରହ କହିଚାଲିଲେ, "ଏମିତି ଗୋଟିଏ ଲାଙ୍ଗୁଲାଙ୍କ ସମୟର କିମ୍ବଦନ୍ତି ରହିଛି ଏହି କୋଲେରୁ ହ୍ରଦକୂଳ ଗାଆଁମାନଙ୍କରେ। ଏହି ପାଖରେ ହ୍ରଦର ଉପକୂଳରେ ଚିଗୁରୁକୋଟାରେ ଶତ୍ରୁପକ୍ଷର ମହମ୍ମଦିନ୍ ଅବସ୍ଥାନ କରି ଗନ୍ଧ ପାଇଲେ କି ଗୋଟିଏ ଗୁପ୍ତ ଦୁର୍ଗ ରହିଛି କଳିଙ୍ଗ ଗଜପତିଙ୍କର। ସେଇ ଦୁର୍ଗ ଏହି ହ୍ରଦର ଗଭୀରତମ ଜଳଭାଗର ମଧ୍ୟଭାଗରେ ଏମିତି ରହିଛି, ସେଠାରେ ପହଞ୍ଚିବା ସହଜସାଧ୍ୟ ନୁହେଁ। ଅନେକ ସ୍ଥାନୀୟ ଅଧିବାସୀଙ୍କୁ ଜୁଟାଇ କିପରି ସେହି ଦୁର୍ଗ ଆକ୍ରମଣ କରାଯାଇପାରିବ ସେ ବିଷୟରେ ବୁଦ୍ଧି ଖଟାଇ ମହମ୍ମଦିନ୍ ସ୍ଥିର କଲା କି ସେଇ ଗଭୀର ଜଳରାଶି ଗୋଟିଏ ନାଲ ଖୋଲି ପାଣି ଖଲାସ କରାଯାଇ ପାରିବ, ଯଦ୍ୱାରା ଦୁର୍ଗଟିରେ ବହୁ ସଂଖ୍ୟାରେ ସୈନ୍ୟ ଅକ୍ଲେଶରେ ପହଞ୍ଚ ପାରିବେ। ଦିନେ ଉପୁଟେରୁ ଠାରେ ଗାତ ଖୋଲାଗଲା, ରାତି ପାହିଲେ ପାଣି ସୁଅରେ ସବୁ ନିଷ୍କାସିତ ହୋଇ ସେନାଙ୍କ ପହଞ୍ଚବାକୁ ସହଜ ହୋଇଯିବ ଓ ସକାଳୁ ଗଜପତି ଦୁର୍ଗ ଶତ୍ରୁ ଦ୍ୱାରା କବଲିତ ହୋଇଯିବ।

"ମାତ୍ର ଏକଥା ଗଜପତି ଦୁର୍ଗର ସେନାପତିଙ୍କ ଝିଅ ଶୁଣିପାରି ରାତିସାରା ସେଇ ଗାତ ମୁହଁରେ ଶୋଇ ଜଳସ୍ରୋତକୁ ପ୍ରତିରୋଧ କରି ଦୁର୍ଗର ଚତୁଷ୍ପାର୍ଶ୍ୱ ଜଳରାଶିକୁ ନିଷ୍କାସନ କରିବାକୁ ଦେଇ ନଥିଲେ। ଝିଅକୁ ଖୋଜି ଖୋଜି ସେନାପତି ଝିଅର ସାରାରାତିର ଅକ୍ଲାନ୍ତ ପରିଶ୍ରମ ହେତୁ ମୃତ୍ୟୁ ଘଟିଥିବାର ଚାକ୍ଷୁସ ପ୍ରମାଣ ପାଇଥିଲେ ଯେ ସେ ହିଁ ଦୁର୍ଗକୁ ଶତ୍ରୁ କବଲରୁ ରକ୍ଷା କରିପାରିଥିଲେ। ଏଥିରେ ଶତ୍ରୁ ପକ୍ଷର ଚକ୍ରାନ୍ତ ପଣ୍ଡ ହୋଇଥିଲା ଏବଂ ସେନାପତିଙ୍କର କନ୍ୟାର ଜୀବନ ପ୍ରତିବଦଲରେ ଗଜପତି

ଦୁର୍ଗ ରକ୍ଷା ହୋଇପାରିଥିଲା । ସମଗ୍ର କୋଲେରୁ ହୃଦକୂଳ ଅଧିବାସୀମାନେ ତ ଗଜପତିଙ୍କ ସମର୍ଥକ ଏବଂ ଏହି ଦୁର୍ଗ ସପକ୍ଷରେ, ସେମାନେ ଏପରି ଦୁଃସାହୋସିକ କାର୍ଯ୍ୟରେ ନିଜ ଅଞ୍ଚଳର ତଥା ନାରୀଜାତିର ସାହସିକତାରେ ଗର୍ବ ଅନୁଭବ କରନ୍ତି ।

ସନ୍ଧିବିଗ୍ରହ ମହାପାତ୍ରଙ୍କ ଜ୍ଞାନର ଗଭୀରତା ଅନୁଭବ କରିବା ସହିତ ଏହି ସାହସିକତାର ଉଦାହରଣ ସମସ୍ତ ଶ୍ରୋତାମାନଙ୍କୁ ସମ୍ବେଦନଶୀଳ କରି ପକାଇଲା । କାହା କାହା ଆଖି ଲୁହରେ ଭରି ଆସିଲା । କିନ୍ତୁ ବୟସ୍କ ଗଜପତି ଗଭୀର ଚିନ୍ତାରେ ଯାହା ଶୁଣୁଥିଲେ, ତାଙ୍କର ପ୍ରକାଶ୍ୟ ଭାବରେ ଦୁଇଧାର ଲୁହ ଗଡି ଆସିଲା । ସେ ଡାହାଣ ହାତ ପାପୁଲି କାନ ଉପରେ ରଖି ଚିନ୍ତାମଗ୍ନ ହୋଇଗଲେ । ଆଜିକାଲି ତାଙ୍କର ସମ୍ବେଦନା ମନର ଥଳକୂଳ ଭାଙ୍ଗୁଛି ।

ଏହି ଗମ୍ଭୀର ପରିବେଶରେ ନିଜ ଆଖିରୁ ଲୁହ ପୋଛି ସନ୍ଧିବିଗ୍ରହ କହିବାକୁ ଲାଗିଲେ, "ସେହି ଓଡ଼ିଆ ସେନାପତିଙ୍କ କନ୍ୟାଙ୍କ ନାଁ ହେଉଛି ପେଦେନ୍ତିଲାମା । ତାଙ୍କ ସ୍ମୃତିରେ ଅନତିଦୂରରେ କୋଲେଟିକୋଟ୍ଟ ଠାରେ 'ପେଦେନ୍ତିଲାମା ମନ୍ଦିର' ନିର୍ମିତ ହୋଇଛି । ଆମେ କାଲି ସେହି ପାର୍ଶ୍ୱଦେଇ କୋଣ୍ଟାପାଲି ଯିବା ସମୟରେ ସେଠାରେ କେଇ ମୁହୂର୍ତ୍ତ ଦେବୀ ଦର୍ଶନ କରିପାରିବା ।"

ଗଜପତି ଏଥର ଥର ଥର କଣ୍ଠରେ କହିବା ଆରମ୍ଭ କଲେ, "ଆମ ଓଡ଼ିଆ ସମାଜ ଜଗନ୍ନାଥ ଧର୍ମ ପରି ପ୍ରାକୃତିକ ଭାବଧାରାରେ ଉଦ୍‌ବୁଦ୍ଧ । ଜଣେ ପ୍ରତ୍ୟକ୍ଷ ଦେବତା ଆମ ଚକ୍ଷୁ ସାମନାରେ ଦୈନନ୍ଦିନର ନୀତି ସମ୍ପାଦନ କରନ୍ତି, ସମସ୍ତ ପୌରାଣିକ ଆଉ ଐତିହାସିକ ଧାର୍ମିକ ପ୍ରବନ୍ଧଗୁଡିକର ଲୀଳା ପ୍ରଦର୍ଶନ କରନ୍ତି । ଏହି ଆଦର୍ଶ ଚରିତ୍ର କେବଳ ଆମ ଜାତିର ପାରିବାରିକ ଓ ସାମାଜିକ ଦୂରଦୃଷ୍ଟି ପରିମାର୍ଜିତ କରେନି, ଏହା ମଧ୍ୟ ମାନବିକତାର ସବୁଜ ସ୍ପର୍ଶ ଦେଇଥାଏ ଆମ ବିବେକ ଗଠନରେ ।"

କଥାର ଦିଗ ପରିବର୍ତ୍ତନ କରି ପୁନରାୟ ସେ କହିଲେ, "ଆଜି ମହୀୟସୀ ପେଦେନ୍ତିଲାମା ଆମ ମାନଙ୍କର ପ୍ରଣିପାତର ଦେବୀ ଭାବରେ ଯେଉଁ ମନ୍ଦିରରେ ପ୍ରତିଷ୍ଠିତ, ସେ ମନ୍ଦିରକୁ ତ ଆମେ କାଲି ନିଶ୍ଚୟ ଦର୍ଶନ କରିବା । କିନ୍ତୁ ଆଜି ତାଙ୍କର ଏହି ଜୀବନୋସର୍ଗ ବ୍ୟକ୍ତିଗତ ଭାବରେ ମୋ ପାଇଁ ଏବଂ ସ୍ଥୂଳ ବିଶେଷରେ ଓଡ଼ିଶା ରାଷ୍ଟ୍ର ପାଇଁ ଜୀବନ ଓ ସମୟ ଉସର୍ଗ କରିଥିବା ଅଗଣିତ ବୀର, ସାଧୁ, ଯୁଦ୍ଧକ୍ଷେତ୍ରରେ ପ୍ରାଣମୂର୍ଚ୍ଛିତଥିବା ଓଡ଼ିଶା ରାଷ୍ଟ୍ରର ସେନାପତି ଓ ସୈନିକଗଣ କୃତଜ୍ଞତାର ପାତ୍ର ଭାବରେ ମୋ ମାନସପଟରେ ଆବିର୍ଭୂତ ହେଉଛନ୍ତି । ବ୍ୟକ୍ତିଗତ ଭାବରେ ମୁଁ ଜଣ ଜଣ କରି ସେମାନଙ୍କର ମହନୀୟତା ଗାନ କରିବାକୁ ଚାହୁଁଛି ।

ଦିଗବିଜୟୀ କଳିଙ୍ଗ ରାଷ୍ଟ୍ର ଭାବରେ ଅସଂଖ୍ୟ ସୈନିକ, ସେନାପତି, ବାହିନୀପତି

ଏବଂ ଚମ୍ପତି ମାନଙ୍କ ସହିତ ଅନେକ ଗଜ, ଅଶ୍ୱ ନିଜ ଜୀବନ ବିନିମୟରେ ଆମମାନଙ୍କ ପାଇଁ ବିଜୟ ତୋଳି ଆଣିଛନ୍ତି । ପ୍ରତିଟି ପ୍ରାଣ ପେଦେଣ୍ତିଲାମାଙ୍କ ପରି ପରିସ୍ଥିତିରେ ହିଁ ଯାଇଥିବ ଏଥିରେ ତିଳେମାତ୍ର ସନ୍ଦେହ ନାହିଁ । ଆମ ଅଜାଣତରେ ଓଡ଼ିଶା ରାଷ୍ଟ୍ରର ଅସଂଖ୍ୟ ଗୁପ୍ତଚର ଏବଂ ସୁରକ୍ଷାକର୍ମୀ କିଭଳି ପରିସ୍ଥିତିର ମୁକାବିଲା କରିବାକୁ ଯାଇ ଆମମାନଙ୍କଠାରୁ ଚିରବିଦାୟ ନେଇଛନ୍ତି, ତାହାର ହିସାବ କେହି ସମ୍ପୂର୍ଣ୍ଣ କରିପାରିବେ ନାହିଁ । ସେମାନେ ଆମର ନମସ୍ୟ । ଚିର ନମସ୍ୟ ।

ଗଜପତି ସାମ୍ରାଜ୍ୟର ସୀମା ବୃଦ୍ଧି କରିବାରେ ଅନେକ ବୀରପୁରୁଷଙ୍କର ସକ୍ରିୟ ଅବଦାନ ରହିଛି । ଅନେକ ଜଣାଶୁଣା ଆଉ ଜୀବିତ ଏବଂ ନିଜ ନିଜ ଆସ୍ଥାନରେ ପ୍ରତିଷ୍ଠିତ ଅଛନ୍ତି । ମୁଁ ସେମାନଙ୍କୁ ଓଡ଼ିଶା ରାଷ୍ଟ୍ର ତରଫରୁ ଅଭିବାଦନ ଏବଂ ନିଜ ପକ୍ଷରୁ ସାଧୁବାଦ ଜ୍ଞାପନ କରୁଛି । ବ୍ୟକ୍ତିଗତ ଭାବରେ ଜଣ ଜଣ କରି କହିବାକୁ ଗଲେ, ସେମାନେ ଘଡ଼ିସନ୍ଧି ସମୟରେ ଏତେ ସହାୟକ ହୋଇଛନ୍ତି, ତାହା ଆମ ଓଡ଼ିଶା ରାଷ୍ଟ୍ରର ସୌଭାଗ୍ୟ ।

ଓଡ଼ିଶା ରାଷ୍ଟ୍ର ବାହାରର ଦୁଇଜଣ ପ୍ରମୁଖ ବ୍ୟକ୍ତିତ୍ୱ ଦାକ୍ଷିଣାତ୍ୟରେ ଆମର ପ୍ରାଧାନ୍ୟ ବିସ୍ତାର କରିବାରେ ବିପୁଳ ସମର୍ଥନ କରିଛନ୍ତି । ତେଲେଙ୍ଗାନାର ତୁମା ଭୂପାଳ ଦିନେ ଓଡ଼ିଶାର ଅଣ ଓଡ଼ିଆ ସେନାପତି ହିସାବରେ ଗତ ଛଅ ବର୍ଷ ତଳେ ସାଲୁଭା ନରସିଂହଙ୍କ

ଉଦୟଗିରି

ଠାରୁ ଉଦୟଗିରି ଛିନ୍ନ କରିଥିଲେ ଏବଂ ସେଥିପାଇଁ ଉଦୟଗିରିର ପରିଛା ହିସାବରେ ତାଙ୍କର ପୁତ୍ର ବାସବ ଭୂପାଳ ଦାୟିତ୍ୱ ନେଇଛନ୍ତି ।

ଆଉ ଦେବରକୋଣ୍ଡାର ହିନ୍ଦୁ ଭେଲାମା ମୁଖ୍ୟ ମଦାୟ। ଲିଙ୍ଗା ଆମର ପ୍ରଶଂସାର ପାତ୍ର । ସେମାନେ ଉପଯୁକ୍ତ ସମୟରେ ଆମକୁ ଇସାରା ଦେଇ ଶତୃକୁ ପ୍ରହାର କରିବାରେ ସହାୟକ ହୋଇଛନ୍ତି । ଅଧିକୃତ ରାଜ୍ୟ ପରିଚାଳନାରେ ହାତ ବଢ଼ାଇଛନ୍ତି । ଆଖ୍ ପିଛୁଲାକେ ବାହାମନି ସାମ୍ରାଜ୍ୟ ଧୂଳିସାତ୍ ହୋଇଛି । ଯବନଶକ୍ତିକୁ ଏମିତି ଶକ୍ତ ପ୍ରହାର ଲାଗିଛି, ତାହା ଆଉ ରଣଭୂମିକୁ ଓହ୍ଲାଇବାକୁ ଚାହିଁବନାହିଁ ।

ଆମର ସ୍ୱନାମଧନ୍ୟ ମନ୍ତ୍ରୀ ଗୋପୀନାଥ ମହାପାତ୍ର ଆଜିର ଓଡ଼ିଶା ରାଷ୍ଟ୍ର ଉତ୍ତରମେରୁ ବୋଲି କହିଲେ ଅତ୍ୟୁକ୍ତି ହେବନାହିଁ । ସେ ହିଁ ଶାସନର ଅୟମାରମ୍ଭରେ ମୋର ଦୃଢ଼ ସମର୍ଥକ ଏବଂ ତାଙ୍କରି ବୁଦ୍ଧି ବଳରେ ଜଉନପୁର ଓ ବଂଗାଲାର ବିଦେଶୀ ଶାସକଙ୍କ ସହିତ ଯୁଦ୍ଧ ଭୟରୁ ତ୍ରାହି କରିଥିଲେ । ଉତ୍ତର ସୀମା ଅଟୁଟ ଥିଲା ।

ଆମ ଉତ୍ତର ସୀମା ବେଶ୍ ନିୟନ୍ତ୍ରିତ ଥିଲେ ବି ଜଉନପୁର ନବାବ କେତେଥର ଧମକ ଦେଇଛନ୍ତି । ଆମକୁ ଯୁଦ୍ଧକ୍ଷେତ୍ରୁ ଟାଣି ଆଣିଛନ୍ତି ଉତ୍ତରସୀମାକୁ । କିନ୍ତୁ ଶାସନର ପ୍ରଥମ ଦଶକରେ ମୁଁ ଗୌଡ଼ରାଜ୍ୟ ଜୟକରି ଗଙ୍ଗାରେ ବୁଡ଼ି ପକାଇ ତୁଳସୀପୁର ଗ୍ରାମଟି ଦାନ କରିଥିଲି । ଗୌଡ଼ ରାଜ୍ୟରେ ଜଲେଶ୍ୱର ନରେନ୍ଦ୍ର ମହାପାତ୍ରଙ୍କୁ ପରିଛା ଭାବରେ ଦାୟିତ୍ୱ ଅର୍ପଣ କରିଥିଲି ।

ଘର କଥା ବା କଅଣ କହିବି ? ନକହିଲେ ମୋର ବ୍ୟକ୍ତିଗତ କୃତଜ୍ଞତା ପ୍ରକାଶିତ ହୋଇପାରିବନି । ମୋର ନାତି, ମୋ ପୁତ୍ର ହମ୍ଭୀର କୁମାରର ପୁତ୍ର କୁମାର ଦକ୍ଷିଣେଶ୍ୱର

ପାଗା ଜଗନ୍ନାଥ ମନ୍ଦିର

ମହାପାତ୍ର କୋଣ୍ଡାପାଲି ପରି ଦୁର୍ଗର ଦାୟିତ୍ୱରେ ରହିବା କିଛି ସାଧାରଣ ଘଟଣା ନୁହେଁ। ସେମିତି ଆମର ସ୍ଥିତି ସେତେ ପ୍ରତିଷ୍ଠିତ ନଥିବା ବେଳେ ମୋର ଅଭୁଆ ରାଜମହେନ୍ଦ୍ରୀର ରଘୁଦେବ ନରେନ୍ଦ୍ର ମହାପାତ୍ର ରାଜମହେନ୍ଦ୍ରୀ ପରିଚ୍ଛା ଭାବରେ ପରିଚାଳନା କରିବା ତା' ପକ୍ଷରେ ଅସାଧାରଣ କାର୍ଯ୍ୟ। ପରିଶେଷରେ ମୋର ପ୍ରତ୍ୟକ୍ଷ ପ୍ରତିନିଧି ମୋର ସୁପୁତ୍ର ହମ୍ବୀରଦେବ ମହାପାତ୍ର ମୋ ସ୍ଥାନ ନେଇ ଅପରାଜେୟ ସେନାପତି ଭାବରେ ସମଗ୍ର ଓଡ଼ିଶା ରାଷ୍ଟ୍ରର କଲେବର ବୃଦ୍ଧି କରିପାରିଛନ୍ତି। କପିଲେନ୍ଦ୍ରଦେବଙ୍କର ସମସ୍ତ ଗୌରବ ଓ ସମ୍ମାନର ସିଏ ହିଁ ନେପଥ୍ୟ ସାଧକ।

କୋଣ୍ଡାଭିଡୁ ଦୁର୍ଗ

ଏହା କହି ସାରିବା ପରେ ଗଜପତି ଟିକିଏ ପ୍ରକୃତିସ୍ଥ ହେବା ପରି ଜଣାଗଲା। ମନ ଭିତରେ ତାଙ୍କର ଯାହା ଗୁପ୍ତ ଭାବରେ ଅପ୍ରକାଶିତ ହୋଇ ରହିଥିଲା ଆଜି ଏହି ଗଜପତି ଦୁର୍ଗରେ ତାହା ପ୍ରଘଟ ହେବା ଦ୍ୱାରା ତାଙ୍କୁ ବହୁତ ହାଲୁକା ବୋଧହେଲା।

ଏହି ସମୟରେ କିନ୍ତୁ ଅନ୍ତରଙ୍ଗ ମହାପାତ୍ରଙ୍କ ଚିନ୍ତାଧାରା ବିକ୍ଷିପ୍ତ ହୋଇପଡ଼ିଲା। ସେ ଆଶ୍ଚର୍ଯ୍ୟ ହେଉଥିଲେ ଗଜପତି ନିଜ ସୁପୁତ୍ର ହମ୍ବୀରଦେବଙ୍କୁ ଏତେ ପ୍ରଶଂସା କରିବେ ବୋଲି। ଆଜି ତ ଗଜପତି ପରିବର୍ତ୍ତିତ ହୋଇପଡ଼ିଛନ୍ତି। ସତରେ ଗଜପତିଙ୍କର କଅଣ ପରିବର୍ତ୍ତନ ଘଟିଛି! ସିଏ ତ ଗୋଟିଏ ବାଜିଗର ପରି ଭେଳିକି ଦେଖାଇ ପାରନ୍ତି। ନିଜେ ଗଜପତି ପଦ ପାଇବା ବେଳେ ଏମିତି ଅନେକ କଥା ଲୋକ

କହୁଥିଲେ। ସେଥିପାଇଁ ଆଜି ଯାଏ ଯେଉଁ ଜିଦ୍ ଧରିଛନ୍ତି ତାଙ୍କର ଉତ୍ତରାଧିକାରୀ ପ୍ରଭୁ ଶ୍ରୀଜଗନ୍ନାଥ ତାହା ଯଦି ସତରେ ଆଜି ବଦଳାଇବେ, ମୋତେ ତାଙ୍କର କାର୍ଯ୍ୟବିଧିକୁ ସତରେ ବାଜିଗରି ବୋଲି ବିବେଚନା କରିବାକୁ ହେବ। ଏଇଥିରୁ ସେ ସତରେ ଶ୍ରୀଜଗନ୍ନାଥଙ୍କର ଭକ୍ତ ନା ବାଜିଗର ତାହା ଜଣାପଡ଼ିଯିବ।

ଗଜପତି ଜଲଦି କୋଣ୍ଡାପାଲି ବାହାରି ପଡ଼ିବାକୁ ନିର୍ଦ୍ଦେଶ ଦେଲେଣି। ଦକ୍ଷିଣାୟନ ଯାତ୍ରାରମ୍ଭ ପନ୍ଦର ଦିନ ସମୟ ଗତ ହେଲାଣି। କୋଣ୍ଡାଭିଡ଼ୁ ଦକ୍ଷିଣାଞ୍ଚଳଗୁଡ଼ିକର ପରିଚାଳନା ନିତାନ୍ତ ଆବଶ୍ୟକ। ଦୁଇ ବର୍ଷର ଅଧିକୃତ ରାଜ୍ୟ। ଖାଲି ଦଖଲ କରିଦେଲେ ହେବନି, ପ୍ରଶାସନିକ ଉଦ୍ୟମ ସର୍ବାଦୃତ ହେବା ଦରକାର।

ସେମାନଙ୍କର ହୃଦରୁ ବାହାରିବା ବାଟରେ ପେଦେନ୍ତିଲାମା ମନ୍ଦିର ଦର୍ଶନ ସରିଗଲାଣି। ଏବେ ଘୋଡ଼ାଗାଡ଼ି ପ୍ରସ୍ତୁତ ହୋଇଗଲେ, ଗଜପତି ଏବଂ ସମସ୍ତ ମହାପାତ୍ର କୋଣ୍ଡାପାଲି ଦୁର୍ଗ ଆଡ଼କୁ ମୁହାଁଇଲେଣି।

ହାମ୍ପି, ବିଜୟନଗର

କୋଣ୍ଠାପାଲି ଦୁର୍ଗ

କୋଲେରୁ ହ୍ରଦସ୍ଥ ଗଜପତି ଦୁର୍ଗ ଗଜପତି କପିଲେନ୍ଦ୍ରଙ୍କ ମନରେ ବହୁତ ଆଶାର ସଞ୍ଚାର କରେ । ଏଇଟି ହିଁ ଓଡ଼ିଆ ଜାତିର ଦିଗ୍‌ବିଜୟୀ ସ୍ୱଭାବର ପ୍ରତୀକ । ଇତିହାସରେ ଓଡ଼ିଶା ଭୂଖଣ୍ଡ ବହୁବାର ଶତ୍ରୁମାନଙ୍କ ଦ୍ୱାରା ଆକ୍ରାନ୍ତ ହୋଇଛି । ଚତୁଃସ୍ୱାର୍ଶ୍ୱରୁ ଶତ୍ରୁମାନେ ଆକ୍ରମଣ କରିଛନ୍ତି । କିନ୍ତୁ ମୁଷ୍ଟିମେୟ କଳିଙ୍ଗ ବା ଓଡ଼ିଶା ନୃପତି ନିଜର ସାମରିକ ଥାଟ

କପିଲେନ୍ଦ୍ର (ଦକ୍ଷିଣମୁହାଁ)

ସଜାଇଛନ୍ତି ଓଡ଼ିଶାର ସୀମାବୃଦ୍ଧି କରିବାକୁ। ଅନ୍ତତଃ ଦୁଇ ଶତାବ୍ଦୀ ଧରି କୋଲେରୁ ହ୍ରଦର ଗଜପତି ଦୁର୍ଗ ଓଡ଼ିଆ ପାଇକ ରକ୍ତର ଉଷ୍ଣତା ସୂଚାଇଦିଏ।

ଗଜପତି କପିଲେନ୍ଦ୍ର ଯେ ପ୍ରଥମ ଥର ପାଇଁ କୋଣ୍ଡାପାଲି ଆସୁଛନ୍ତି, ତା ନୁହେଁ। ସେ ଅନେକଥର ଏଠି ରହିଛନ୍ତି। ଭଲକରି ଜାଣନ୍ତି ଏଠାରେ ତାଙ୍କର ନାମକୁ ମାତ୍ର ସମ୍ମାନ ଅଛି। ତାହା ବି ହମ୍ଭୀରଦେବ ପରି ପୁତ୍ରର ବାପା ହିସାବରେ। ଏହି ବିଷୟ ତାଙ୍କ ବିବେଚନା ଶକ୍ତିକୁ ଦଂଶନ କରୁଛି। ପୂର୍ବରୁ ଯାହା ସେ ଏହି ଧାରଣାକୁ ଏଡ଼େଇ ଯାଉଥିଲେ, ପାରିବାରିକ ତିକ୍ତତା ତାଙ୍କୁ ଗଭୀର ଭାବରେ ଅନୁଶୀଳନ କରାଉଛି ହମ୍ଭୀର କଅଣ ନିଜ କର୍ତ୍ତୃତ୍ୱରେ କୋଣ୍ଡାଭିଡ଼ୁ ଜୟ କରିଛି? ଏହି କପିଲେନ୍ଦ୍ର ଆଦେଶ ଦେଇ ନଥିଲେ, ବିଶାଳ ଓଡ଼ିଆ ସମରବାହିନୀ ପଠାଇ ନଥିଲେ ରାଜପୁତ୍ର କଅଣ ଏକା ସିଂହରେ ବିଜୟନଗର ଅନୁଗତ ଏହି ଦକ୍ଷିଣାଞ୍ଚଳ ଜୟଲାଭ କରି ପାରିଥାଆନ୍ତା?

ଗଜପତି କୋଣ୍ଡାପାଲିରେ ପରଦିନ ମଧ୍ୟାହ୍ନ ବେଳକୁ ପହଞ୍ଚି ଗଲେ। ଅନତି ଦୂରରେ ଅପେକ୍ଷା କରିଥିଲେ କୋଣ୍ଡାପାଲିର ପରିଚ୍ଛା କପିଲେଶ୍ୱର ମହାପାତ୍ର, ଲୋକମାନେ ବି ତାଙ୍କୁ କହନ୍ତି ଦକ୍ଷିଣେଶ୍ୱର ମହାପାତ୍ର। ଦକ୍ଷିଣେଶ୍ୱର ସ୍ୱୟଂ ହମ୍ଭୀରଦେବଙ୍କ ପୁତ୍ର ଏବଂ କପିଲେନ୍ଦ୍ରଦେବଙ୍କ ନାତି। ସ୍ୱୟଂ ଜେଜେବାପା ହୋଇଥିଲେ ମଧ୍ୟ ଦକ୍ଷିଣେଶ୍ୱର ଗଜପତିଙ୍କ ଆଗମନକୁ ଘରୋଇ ବିଷୟ ନଭାବି ରାଜକୀୟ ଠାଣିରେ ତାଙ୍କୁ ପାଛୋଟି ଆଣିଛନ୍ତି।

ଦକ୍ଷିଣେଶ୍ୱର ଜେଜେବାପାଙ୍କୁ ସାଷ୍ଟାଙ୍ଗ ପ୍ରଣିପାତ କରିଛନ୍ତି। ଆବଶ୍ୟକ ସମୟରେ ପିତାମହ କୋଣ୍ଡାପାଲିରେ ପହଞ୍ଚ୍ୟାଇ ଥିବାରୁ ତାଙ୍କୁ ନିଜର କୃତଜ୍ଞତା ଜଣାଇଛି। ଜେଜେଙ୍କର ରାସ୍ତାଜନିତ କ୍ଲାନ୍ତି ବିଷୟରେ ପଚାରି ବୁଝି ସନ୍ତୁଷ୍ଟ ହୋଇଛନ୍ତି। ଏହି ବୟସରେ ପଥଶ୍ରାନ୍ତ ଜେଜେବାପାଙ୍କୁ ଗଜପତି କକ୍ଷକୁ ନେଇଯାଇ ଦକ୍ଷିଣେଶ୍ୱର ଟିକିଏ ଆରାମ କରିବାକୁ ଅନୁରୋଧ କରିଛି। ଗଜପତିଙ୍କ କକ୍ଷ ସନ୍ନିକଟ ପରିଚ୍ଛା କକ୍ଷରେ ରହନ୍ତି ଦକ୍ଷିଣେଶ୍ୱର।

ଟିକିଏ ହସି ଦକ୍ଷିଣେଶ୍ୱର କୁମାର କହିଲେ, "ଜେଜେ ତୁମେ କଟକ ବାରବାଟୀରେ କାହିଁକି ଜେଜେବାପା ପରି ଦିଶ ଆଉ ଏଇ କୋଣ୍ଡାପାଲିରେ ଜଣେ ଦିଗବିଜୟୀ ବୀର ପରି ଦେଖାଯାଅ? କାହିଁକି ଜେଜେ ମୋର ଏମିତି ଧାରଣା ଆସେ?"

ମାତ୍ର ଚବିଶ ବର୍ଷ ବୟସର ଗଜପତି ପରିବାରର କୁମାର। ହମ୍ଭୀରଦେବଙ୍କ ପୁତ୍ର। ସୁନ୍ଦର ଚେହେରା, ହସ ହସ ମୁହଁ ଆଉ ଗୋରା ତକ ତକ ଦେହ। ସବୁ ବିଦ୍ୟାରେ ପାରଙ୍ଗମ ଦକ୍ଷିଣେଶ୍ୱର। କୌଳିକ ନାମ ହିସାବରେ ଜେଜେବାପାଙ୍କ ନାମରେ କପିଲେଶ୍ୱର ବୋଲି ଅନେକ ଡାକନ୍ତି। ଜେଜେଙ୍କ ସହିତ ବହୁତ

ସମୟରେ ସିଏ ମିଶି ତାଙ୍କ ଠାରୁ ଯୁଦ୍ଧ ବିଷୟରେ ଶୁଣନ୍ତି । ଜେଜଙ୍କର ରଚିତ ନାଟକ 'ପର୍ଶୁରାମ ବିଜୟ' ଦେଖ୍ ଦିନେ ପଚାରିଲେ, "ଜେଜେ, ତୁମେ ଖୁବ୍ ବଡ଼ ଜଣେ ଯୋଦ୍ଧା । ପୁରାଣରେ ଦେଖ୍ଲ ସବୁଠାରୁ ଯୋଦ୍ଧା ହେଉଛନ୍ତି ପର୍ଶୁରାମ । ତାଙ୍କ ବିଷୟରେ ହିଁ ନାଟକଟିଏ ରଚନା କଲ । ଏଇଟା ତୁମର ଦୃଷ୍ଟିଭଙ୍ଗୀ । ଦୁନିଆରେ ଆଜି ମୋ ଜେଜ ସବୁଠାରୁ ବଲବାନ୍ । ସିଏ ନିଜେ ଆଜିର ପର୍ଶୁରାମ । ପର୍ଶୁରାମ ଦୁନିଆକୁ ନିକ୍ଷତ୍ରୀ କରିଦେଇଥିଲେ, କିନ୍ତୁ ପିତାମହ ମୋର ଭାରତକୁ ଯବନମୁକ୍ତ କରିଦେବେ ।"

ମନରେ ଭାବନ୍ତି ଦକ୍ଷିଣେଶ୍ୱର, "ଆଜି ସିନା ଜେଜେଙ୍କୁ ଅଶୀ ବର୍ଷ ହେଲାଣି । ମୋର ହେତୁ ଆସିବା ଦିନରୁ ମୁଁ ଜେଜେଙ୍କୁ ବଳିଷ୍ଠ ଶରୀର ଆଉ ଉତ୍ସାହିତ ମଣିଷ ଭାବରେ ଦେଖ୍ ଆସିଛି । ଦୁନିଆରେ କୌଣସି ଅସମ୍ଭବ ନାହିଁ ମୋ ଜେଜେଙ୍କ ପାଖରେ । ସବୁ କାମରେ ମୁଣ୍ଡପୂରାନ୍ତି ଆଉ କୃତକାର୍ଯ୍ୟ ବି ହୁଅନ୍ତି ।"

ଦିନେ ପଚାରିଲି, "ଜେଜେ ତୁମେ କାହାକୁ ସବୁଠାରୁ ଭଲପାଅ ?"

ଜେଜେ କହିଲେ, "ସବୁ ଲୋକଙ୍କୁ ଯେଉଁମାନେ ନିଜକୁ ଆଉ ନିଜ ଦେଶକୁ ଭଲ ପାଆନ୍ତି । ଯେଉଁମାନେ ଖଣ୍ଡାଧରି ଯୁଦ୍ଧ କରି ଶିଖନ୍ତି ଆଉ ଜନ୍ମମାଟି ପାଇଁ ସମର କରିବାକୁ ଆଗଭର । ମଉଆ ଆଉ କର୍ମକୋଢ଼୍ୟ ଲୋକମାନଙ୍କୁ ମୁଁ ନିନ୍ଦା କରେ ।"

"ସତରେ ଜେଜେ ମୋ ପାଇଁ ଓଡ଼ିଆ ଭାଷାରେ ପଢ଼ିବାକୁ କେତେଜଣ ଶିକ୍ଷକ ନିଯୁକ୍ତ କରିଥିଲେ । କିନ୍ତୁ ଆଉ ଗୋଟିଏ ଦିଗରୁ ଘୋଡ଼ାଚଢ଼ା, ଭାଲ ତରବାରି ଧରି ପାଇକ ଯୁଦ୍ଧ ତଥା ବଲବାନ୍ ଶତ୍ରୁପକ୍ଷଠାରୁ କିପରି ପ୍ରତିରକ୍ଷା ଅବଲମ୍ବନ କରି ରକ୍ଷା ପାଇବ, ସେ କୌଶଲ ଶିଖାଇବାକୁ ମୋ ପାଇଁ ଦଲେ ପ୍ରଶିକ୍ଷକ ନିଯୁକ୍ତ କରିଥିଲେ । ମୋର ପାଠପଢ଼ା ଆଉ ସମରକୌଶଲ ଶିକ୍ଷା ଠିକ୍ ସରିଛି ତ ମୋତେ ଚନ୍ଦ୍ରଗିରିର ପରିକ୍ଷା କରିଦେଲେ ।"

ଏମିତି ଗୋଟିଏ ଦୃଷ୍ଟିଭଙ୍ଗୀରେ କହୁଥିଲେ ଗଜପତି କୁମାର । ସିଏ କିନ୍ତୁ ଜାଣନ୍ତି ଜେଜେ କେତେ ମଜାଦାର ଲୋକ । ବହୁତ ସ୍ନେହରେ ଡାକନ୍ତି, 'ତୃତୀୟ' । ତୃତୀୟ ତାଙ୍କର ନାତି । ସି ନିଜେ ଦ୍ୱିତୀୟ ଆଉ ତାଙ୍କ ଜେଜେବାପା ପ୍ରଥମ । ସମସ୍ତେ କପିଲ, କପିଲେଶ୍ୱର । ପାଇକମାଲ ଖୋରଧା ପ୍ରତିପଦ୍ଧିଶୀଲ ପାଇକ କୁଳରେ ଏମିତି ନାମକରଣ ରହିଛି ।

ଗଜପତିଙ୍କର ସମାନ୍ତରାଲ ଚିନ୍ତାଧାରା ବି ମନରେ ଗଡ଼ିଚାଲିଛି ଝରଣାର ଅସରନ୍ତି ସ୍ରୋତ ପରି । ଏହି କପିଲେନ୍ଦୁ ଧାଇଁ ଆସେ ଜେଜେଙ୍କ ପାଖକୁ । ଗଜପତି ବଂଶରେ ଗୋଟିଏ ନୂଆ ପୁରୁଷର ପ୍ରଥମ ପ୍ରାଣ । ଜେଜେଙ୍କର ବିଗତ ଯୁଦ୍ଧ ବିଷୟରେ କଥାଟିଏ

ଶୁଣିବାକୁ ବହୁତ ଆଗ୍ରହୀ। ନୂଆ ବିଜିତ ରାଇଜରେ କଣ ସବୁ ରହିଛି, ତାର ରାଜାରାଣୀ କୁଆଡେ ଗଲେ। ପିଲାଲୋକ, ମୁଣ୍ଡକୁ ଯାହା ଆସେ ପଚାରିବାର ଅସୀମ ଆଗ୍ରହ ରହିଥାଏ।

ଦିନେ ପଚାରି ଦେଇଥିଲା, "ଜେଜେ ମୁଁ କଣ ବଡ଼ହେଲେ ତୁମର ଗଜପତି ମୁକୁଟ ପିନ୍ଧିବି ?"

ଆଜି ସେଇ ପ୍ରଶ୍ନଟି ଆନ୍ଦୋଳିତ ହେଉଛି ଏବଂ ଗଜପତି କପିଲେନ୍ଦ୍ରଙ୍କର ମନଝରଣାର ସ୍ରୋତ ଅଟକିଗଲା।

ସତେ ତ। ତୃତୀୟ ଆଜିର ପରିସ୍ଥିତିରେ ଆଉ ଗଜପତି ବଂଶର ଗୋଟିଏ ପୁରୁଷର ପ୍ରଥମ ସନ୍ତାନ ହେଲେ ବି ତା ଭାଗ୍ୟରେ ମୁକୁଟ ପିନ୍ଧିବାର ଅବକାଶ ନାହିଁ। ଆଗକୁ ଆଉ ଚିନ୍ତା କରିପାରିଲେନି ଗଜପତି। ଦୁଃଖର ଖଅଟା ସମାଧାନ କରି ନପାରି ଶ୍ରୀଜଗନ୍ନାଥଙ୍କୁ ସ୍ମରଣ କରି ଚିନ୍ତିତ ହୋଇପଡ଼ିଲେ। ନିଜେ ରାଜମୁକୁଟ ବଂଶାନୁକ୍ରମେ ପାଇନାହାନ୍ତି, ପ୍ରଭୁ ପ୍ରଦାନ କରିଛନ୍ତି। ତୃତୀୟ ବେଳକୁ ପ୍ରଭୁ ଚାହିଁଲେ, ତାହା ବି ସମ୍ଭବ ହୋଇପାରିବ। ଏତେ ବିଶ୍ୱାସ ଆଉ ନିର୍ଭରଶୀଳତା ରହିଛି ଇଷ୍ଟଦେବ ଶ୍ରୀଜଗନ୍ନାଥଙ୍କ ଉପରେ।

ବକଟେ ପିଲାକୁ ପରିକ୍ଷା କରିବାର ନିଷ୍ପତ୍ତି କିପରି ନେଲେ ନିଜେ ଗଜପତି, ସେଇଟା ଆଜି ସେ ସ୍ମରଣ କରିପାରୁ ନାହାନ୍ତି। ନିଜେ ଅନେକ ଦୂରସମ୍ପର୍କ ଅବା ଅଜଣା ଅଧିକାରୀଙ୍କୁ କୌଣସି ଅଧିକୃତ ରାଜ୍ୟର ପରିକ୍ଷା କରିବାକୁ ଅମଙ୍ଗ। ଏକଥାର ଗୁରୁତ୍ୱ ନିଜେ ଗଜପତି ଅଙ୍ଗେ ନିଭାଇଛନ୍ତି। ସିଏ ସିଂହାସନ ଆରୋହଣ କରିବା ପରେ ଅନେକ ପରିକ୍ଷା ଏବଂ ସାମନ୍ତରାଜା ଓଡ଼ିଶା ରାଜକୋଷ ପ୍ରତି ଆଖି ବୁଜି ଦେଇଥିଲେ। ତେଣୁ ଶାସନଗତ ମାମଲାରେ ଗଜପତି ସବୁଠାରେ ନିଜ ଲୋକଙ୍କୁ ଗାଦିସୀନ କରିବାର ପ୍ରୟାସ ରହିଛି।

ସେଥିପାଇଁ ଯେବେ ବିଜୟନଗର ସୀମାରୁ ଚନ୍ଦ୍ରଗିରି ଦଖଲ କରାଗଲା, ସେତେବେଳକୁ ଦକ୍ଷିଣେଶ୍ୱର କୁମାରଙ୍କର ବୟସ ଚବିଶ ହୋଇସାରିଛି। ବିଦ୍ୟା ଏବଂ ରଣକୌଶଳ ଶିକ୍ଷା ହାସଲ ହୋଇସାରିଛି। ଏଗୁଡ଼ିକର ଦାୟିତ୍ୱ ପରିକ୍ଷା ହିସାବରେ ଦକ୍ଷିଣେଶ୍ୱର କୁମାରଙ୍କୁ ଦିଆଗଲା। ଆସ୍ତେ ଆସ୍ତେ ଅନେକ ଗୁଡ଼ିଏ ସାମନ୍ତରାଜ୍ୟ ଦଖଲ ହେଲା ଏବଂ ସବୁଗୁଡ଼କୁ ଏହି ନୂତନ ପରିକ୍ଷାଙ୍କ ଅଧୀନରେ ରଖାଗଲା। କୋଣ୍ଡାପାଲି, ଅଦାଙ୍କି, ଭିନୁକୋଣ୍ଡା, ପଦାଭିଡୁ, ତିରୁଭାରୁରୁ, ଭାଲୁତୁଲ୍ଲାମ୍ପଟୁ, ସଭାଡି, ତିରୁଚିରାପଲ୍ଲୀ ଆଦି ଦକ୍ଷିଣେଶ୍ୱରଙ୍କ ପ୍ରଶାସନରେ ଅନ୍ତର୍ଭୁକ୍ତ କରାଗଲା।

ଗଜପତି ଅତି ଆନନ୍ଦରେ 'ତୃତୀୟ' ବୋଲି ସମ୍ବୋଧନ କରି ତରୁଣ ପରିଛାଙ୍କୁ ପଚାରିଲେ, "ତୁମ ଇଲାକାରେ କିଛି ସମସ୍ୟା ଦେଖାଦେଇଛି କି ?"

ଦକ୍ଷିଣେଶ୍ୱର ଉତ୍ତର ଦେଲେ, "ଯଦିଚ ମୋ ଇଲାକାରେ କୌଣସି ଅଘଟଣ ଘଟିନାହିଁ, ଉଦୟଗିରି ଅଞ୍ଚଳରେ କାବେରୀ ନଦୀର ଦକ୍ଷିଣରେ ପିନାକିନୀ ନଦୀ କୂଳରେ ସାଲୁଭା ନରସିଂହର ସେନା ତତ୍ପର ହୋଇ ଉଠିଛନ୍ତି ଏବଂ ଆମ ସେନାର ଦାୟିତ୍ୱହୀନତା ହେତୁ ବିଜୟନଗର କିଛି ଅଞ୍ଚଳକୁ ମାଡ଼ି ଆସିଛନ୍ତି ।"

ଗଜପତି ସମାଧାନ କରିବାକୁ ଚାହିଁଲେ, "ସନ୍ଧିବିଗ୍ରହ ମହାପାତ୍ର, ଏବେ ଆମର ସେନାମାନଙ୍କର ସ୍ଥାନିତ ସଂଖ୍ୟା ଏବଂ ନିକଟସ୍ଥ ଛାଉଣୀଗୁଡ଼ିକରେ କେତେ ଅଶ୍ୱାରୋହୀ ମିଳିପାରିବେ, ନିର୍ଣ୍ଣୟ କରିଦିଅ । ଆମକୁ କିଛି ଗୋଟେ ନିଷ୍ପତି ନେବାକୁ ହେବ ।"

ଏହି ଅବସରରେ ପୁରାତନ କୋଣ୍ଡଭିଡ଼ୁ ପରିଛା   ଗଣଦେବ ରାଉତରାୟ ଆସି ପହଞ୍ଚିଗଲେ ।

କୋଣ୍ଡଭିଡ଼ୁ ଦୁର୍ଗଟି ୧୪ ବର୍ଷ ତଳୁ କପିଲାଭ ୧୮ରୁ ଓଡ଼ିଶାର ଦଖଲକୁ ଆସିବା ବେଳକୁ ସେଠାରେ ଓଡ଼ିଶା ଶାସନ ଚାଲିଛି । ଓଡ଼ିଶା ଉପାନ୍ତରେ ପୁଣି ବିଜୟନଗର ସୀମାରେ ଏହି ଗଡ଼ଟି ଅତି ସ୍ୱର୍ଶକାତର ସ୍ଥାନ । ପୂର୍ବରୁ ରେଡ଼ି ଶାସନାଧୀନ ବେଳଠାରୁ ଏହା ବିଜୟନଗରର ଅଧୀନସ୍ଥ କରଦ ରାଜ୍ୟ ଥିଲା । ତେଣୁ ଏହା ଉପରେ ବିଜୟନଗରର ସତତ ଦୃଷ୍ଟି ରହିବା ଅବଶ୍ୟାମ୍ଭାବୀ । ଗଜପତି ଏହି ସବୁ ଗୁରୁତ୍ୱପୂର୍ଣ୍ଣ ଗଡ଼ରେ ନିଜର ରକ୍ତ ସମ୍ପର୍କୀୟ ଅବା ଆପ୍ତୀୟ ମାନକୁ ସ୍ଥାନିତ କରନ୍ତି । ସିଏ ଖୋଜି ଖୋଜି ସ୍ଥିର କରିଥିଲେ ତାଙ୍କର ନିକଟ ସମ୍ପର୍କୀୟ ଗଣଦେବଙ୍କୁ । ସେତେବେଳ ଠାରୁ ପରିଛା ରହି ଆସିଛନ୍ତି ଗଣଦେବ ରାଉତରାୟ । ଗଣଦେବ ଜଣେ ଅଭିଜ୍ଞ ପ୍ରଶାସକ । ଓଡ଼ିଶାର ଦିଗବିଜୟ କ୍ଷେତ୍ରରେ ତାଙ୍କର ବହୁ ଅବଦାନ ରହିଛି ।

ଗଣଦେବ ଆସିଛନ୍ତି ଗଜପତିଙ୍କୁ ଭେଟି ସାମୟିକ ସମସ୍ୟା ଉପରେ କିଛି ପରାମର୍ଶ ନେବାକୁ । ଗଜପତି ତ ଅଛନ୍ତି, ଦକ୍ଷିଣେଶ୍ୱର କୁମାର ବି ଅଛନ୍ତି । ଏହି ତିନିଜଣ ଏକାଠି ବିଜୟନଗର ସୀମାନ୍ତ ଉପରେ ଆଲୋଚନା କରିପାରିବେ । ସାମ୍ପ୍ରତିକ ସାମରିକ ସମ୍ବନ୍ଧରେ କିଛି ନିଷ୍ପତି ନିଆଯିବାର ସମ୍ଭାବନା ରହିଛି ।

ଏବେ ଗଣଦେବ ଗଜପତିଙ୍କୁ ସାକ୍ଷାତକରି ଭୂମିଷ୍ଠ ପ୍ରଣାମ କଲେ । ଗଜପତି ଏକ ଲୟରେ ଗଣପତିଙ୍କୁ ମୁଣ୍ଡରୁ ପାଦ ପର୍ଯ୍ୟନ୍ତ ଚାହିଁଲେ । ବହୁଦିନ ପରେ ଜଣେ ଘନିଷ୍ଠ ପରିଛା ଆଉ ସୁସେନାପତିର ଉପସ୍ଥିତି ତାଙ୍କୁ ଅଶେଷ ଆନନ୍ଦ ଦେଉଥିଲା । ବାଷ୍ପ ଗଦ୍‌ଗଦ୍‌ କଣ୍ଠରେ ଗଜପତି କହିଲେ, "ଗଣଦେବ ବାରବର୍ଷ ତଳର କୋଣ୍ଡଭିଡ଼ୁ ରେଡ଼ିକୁ ତୁମେ ଓଡ଼ିଶାର ପରିଛା ଭାବରେ ହଟାଇଦେଲ !"

କିନ୍ତୁ ଗଜପତିଙ୍କ ମନରେ ସ୍ମୃତିର ଲହରିଟିଏ କେଇ ମୁହୂର୍ତ୍ତ ସକାଶେ ଆତ୍ମପ୍ରକାଶ କରି ରହିଲା। ଗଣଦେବ ତାଙ୍କର ଦୂର ରକ୍ତସମ୍ପର୍କୀୟ ଲୋକ। ପିତାମହ ଚନ୍ଦ୍ରଦେବ ଆଉ ପିତା ତାଙ୍କର ଗୃହଦେବ। ସେ ତାଙ୍କ ଜୀବନକାଳରେ ଦୁଇଜଣ ତୁରୁଷ୍କ ସେନାପତିଙ୍କୁ ପରାଜିତ କରିଛନ୍ତି। ସେହି ଅପୂର୍ବ କୀର୍ତ୍ତିର ଯଶସ୍ୱୀ ହୋଇ ଗଜପତି କପିଲେନ୍ଦ୍ରଙ୍କ ପାଖରୁ 'ରାଉତରାୟ' ଉପାଧି ପାଇଛନ୍ତି।

କିଛି ସମୟ ଉତ୍ତାରୁ ଗଜପତି ଦୁଇଜଣ ପରିଚ୍ଛାଙ୍କ ସହିତ କିଛି ଗୁରୁତର ସମସ୍ୟା ବିଷୟରେ ଆଲୋଚନା କରିବାକୁ ଲାଗିଲେ।

ଆହୁରି ବହୁତ ଗୁଡ଼ିଏ ସାମରିକ ଅଧିକାରୀ ଗଜପତିଙ୍କୁ ଅପେକ୍ଷାକରି ବସିଥିଲେ। ସବୁଗୁଡ଼ିକ ନୂଆ ବିଜିତ ରାଜ୍ୟର କିଛି କିଛି ସମସ୍ୟା ପାଇଁ ଗଜପତିଙ୍କର ନିଷ୍ପତ୍ତି ହିଁ ଆବଶ୍ୟକ ଥିଲା। ଏ ସବୁ କାର୍ଯ୍ୟ ଗଜପତି ସାଥିରେ ଆସିଥିବା ସନ୍ଧିବିଗ୍ରହ ମହାପାତ୍ର ମାନଙ୍କୁ ତନଖ ଦେଖିବାକୁ ନିର୍ଦ୍ଦେଶ ଦେଲେ।

କେତେକ ଘଟଣା ନିଶ୍ଚୟ ଓଡ଼ିଶା ପ୍ରଶାସନିକ କେନ୍ଦ୍ର କୋଣ୍ଡାପାଲି ଦପ୍ତରରେ ଚହଳ ପକାଇ ଦେଇଛି। ଗତ ଚାରି ବର୍ଷରେ ଓଡ଼ିଶାର ଗଜପତି ସେନା ତେଲେଙ୍ଗାନାର ବହୁ ଅଞ୍ଚଳ ହସ୍ତଗତ କରିଛନ୍ତି ସତ, ମାତ୍ର ବିଜୟନଗର ଯଥୋରୋନାସ୍ତି ଚେଷ୍ଟା କରିଆସୁଛି କିପରି କାବେରୀର ଶାଖା ପିନାକିନୀ ନଦୀ କୂଳରୁ ଓଡ଼ିଆ ସେନା ଅପସାରଣ କରିବାରେ ସମର୍ଥ ହେବ।

ପରିଚ୍ଛା ଗଜପତିଙ୍କୁ ଜଣାଇଛନ୍ତି, ବିଜୟନଗର ଶାସକ ସାଲୁଭା ନରସିଂହ

ବହୁ ଚେଷ୍ଟା କରି ଓଡ଼ିଆ ଗଜପତି ବାହିନୀକୁ କାବେରୀ କୂଳରୁ ଉତ୍ତରକୁ ଅପସାରଣ କରିପାରିଛି । ଏଇଟା କିନ୍ତୁ ବିଜୟନଗରର ଶକ୍ତିର ଜୟ ନୁହେଁ । ଆମ ଓଡ଼ିଶା ସାମନାରେ ବିଜୟନଗର ଠିଆ ହୋଇପାରିବ ନାହିଁ । କିନ୍ତୁ କେତେ ସାମନ୍ତ ସେନାପତିଙ୍କର ନିଷ୍କ୍ରିୟତା ବଶତଃ ସେମାନେ ଧୀରେ ଧୀରେ ଅନୁପ୍ରବେଶ କରି ବିଜୟନଗର ଆମ ସେନାକୁ ଅପସାରଣ କରାଇବାରେ ସମର୍ଥ ହୋଇପାରିଛି ।

ଗଜପତି ଏବେ ଚିନ୍ତାଗ୍ରସ୍ତ । ଦିଗବିଜୟ ତାଙ୍କର ସଫଳ ହେଲେ ହେଁ ଓଡ଼ିଶା ରାଷ୍ଟ୍ର ତିନିଗୁଣା ଲମ୍ବ ହୋଇଯିବା ଫଳରେ ଏହାର ସୀମା ବହୁଗୁଣରେ ବୃଦ୍ଧି ପାଇଛି । ପୂର୍ବତଟ କଳିଙ୍ଗ ସାଗର ଛାଡ଼ିଦେଲେ, ଉତ୍ତର ବଙ୍ଗ ଓ ବିହାର ସୀମା ତ କାଲେ କାଲେ ଉଦ୍‌ବେଗଜନକ ହୋଇ ରହି ଆସିଛି । ପଶ୍ଚିମ ଓ ଦକ୍ଷିଣ ସୀମା ନଗଦ ଅଧିକୃତ ହେବା କାରଣରୁ ସମସ୍ୟା ବହୁଳ ହୋଇ ରହିଛି । ପର୍ଯ୍ୟାପ୍ତ ପରିମାଣର ପଦାତିକ, ଅଶ୍ୱ ଓ ଗଜ ବାହିନୀ ସବୁ ଦୁର୍ଗମାନଙ୍କରେ ଅବସ୍ଥାପିତ ହେବା ଆବଶ୍ୟକ ।

ପୁଣି ଓଡ଼ିଶା ତୁଲନାରେ ବିଜୟନଗର ରାଜ୍ୟର ଦୁଇ ଦିଗ ସମୁଦ୍ର ଦ୍ୱାରା ସୁରକ୍ଷିତ ରହିଥିବା ବେଳେ ଗଜପତିଙ୍କୁ ପୂର୍ଣ୍ଣପ୍ରାଣରେ ପ୍ରତିରୋଧ କରିବାର ଶକ୍ତି ଜୁଟାଇବା ନିଶ୍ଚିତ ଆବଶ୍ୟକ କରେ । ସେହି ପରି ବାହାମନିର ଶତ୍ରୁସୀମା ସୀମିତ । କେବଳ ଓଡ଼ିଶା ଗଜପତି ଏହି ଦୁଇ ରାଜ୍ୟର ସୀମାନ୍ତ ବ୍ୟତୀତ ଉତ୍ତର ସୀମାନ୍ତ ଜଉନପୁର ନବାବ ନିମିତ୍ତ ସଦା ସତର୍କ ରହିବାକୁ ପଡୁଛି । ପାଇକବାହିନୀର ଶକ୍ତି ବହୁଗୁଣା ବୃଦ୍ଧି ନକଲେ, ଅଧିକୃତ ରାଜ୍ୟଗଡ଼ିକ କେବଳ ହାତମୁଠାରୁ ଖସି ଯିବେନି, ଓଡ଼ିଶା ସୀମାକୁ ବି ମାଡ଼ିଆସିବେ ।

ନିଜର ଶାସନ କାଲରେ କପିଲେନ୍ଦ୍ରଙ୍କ ଜଉନପୁର ଅଭିଜ୍ଞତା ବହୁତ ଜଟିଲ । ରାଜଧାନୀ କଟକରୁ ତିନିଶହ କୋଶ ଦୂରର ଜଉନପୁର ମୁସଲମାନ ରାଜ୍ୟ । ବିଚକ୍ଷଣ ଗୁପ୍ତଚର ଖଞ୍ଜିଛି ଓଡ଼ିଶା ଗଜପତି ବାହିନୀ ପଛରେ । ଅବଶ୍ୟ ଓଡ଼ିଶା, ବିଜୟନଗର, ବାହାମନି ଗୁପ୍ତଚର ପ୍ରଣାଳୀରେ କେହି କାହାକୁ କମ୍ ନୁହନ୍ତି । କିନ୍ତୁ ସୀମାରେ ନଥାଇ ବି ଜଉନପୁରର ଆଖି ରହିଛି ଓଡ଼ିଶା ଉପରେ । ଓଡ଼ିଶାର ସେନାବଳ ଯେତେବେଲେ ଦକ୍ଷିଣରେ କୌଣସି ଗୁରୁତ୍ୱପୂର୍ଣ୍ଣ ଯୁଦ୍ଧରେ ବ୍ୟସ୍ତ, ଠିକ୍ ସେତିକି ବେଲେ ଠାଉକା ପରି ଆକ୍ରମଣର ଧମକ ଦେଉଛି । ବାରମ୍ବାର ଦାକ୍ଷିଣାତ୍ୟ ଯୁଦ୍ଧକ୍ଷେତ୍ରରୁ ପଦାତିକ, ଅଶ୍ୱାରୋହୀ ଏବଂ ଗଜାରୋହୀ ଧରି ୪୦୦ କୋଶ ରାସ୍ତା ଅତିକ୍ରମ କରି ଜଉନପୁରକୁ ପ୍ରତିରୋଧ କରିବାକୁ ଧାଇଁ ଆସୁଛନ୍ତି ସ୍ୱୟଂ କପିଲେନ୍ଦ୍ର । ଏଇଟା ଓଡ଼ିଶାର ଦୀର୍ଘ ସୀମାନ୍ତର ପରାଭବ ।

ଏମିତି ଅନେକ ଚିନ୍ତା ଭିତରେ ଗଜପତି ଟିକିଏ ଅବସର ନେଇଛନ୍ତି । କୋଣ୍ଡାପାଲି ଦୁର୍ଗକୁ ତାଙ୍କର ଏଇଟା ଦ୍ୱିତୀୟ ଥର ଆଗମନ । ଶୁଣିଛନ୍ତି ଏଇ ଦୁର୍ଗଟି

ସୁରକ୍ଷିତ ଏବଂ ସୁଦୂର ଦକ୍ଷିଣ ସୀମାର ପ୍ରଶାସନିକ କ୍ଷେତ୍ର। ତିନି ବର୍ଷ ହେବ ଏହି ଦୁର୍ଗଟି ଓଡ଼ିଶା ହାତକୁ ଆସିଛି ଏବଂ ଏହି ସ୍ଥାନଟିର ଅବସ୍ଥିତି ସାମରିକ ଗତିବିଧି ଏବଂ ସେନା ବାହିନୀ ନିମନ୍ତେ ଅନୁକୂଳ। ଏଠାରୁ ବିଭିନ୍ନ ବାହିନୀକୁ ଆବଶ୍ୟକ କରୁଥିବା ଦୂର ଦୁର୍ଗକୁ ପ୍ରେରଣ କରାଯାଇପାରିବ।

ଆଖିକୁ ତାଙ୍କର ଦେଖାଯାଉଛି। ତିନିବର୍ଷ ତଳର ସୁବର୍ଣ୍ଣ ସୁଯୋଗ। କପିଲାଜ ୨୮ (୧୪୬୩ ମସିହା) ଘଟଣା। ଓଡ଼ିଶାର ଗଜସେନା ଅନାୟାସରେ କାବେରୀ କୂଳ ପର୍ଯ୍ୟନ୍ତ ତାମିଲ ରାଜ୍ୟ ଦଖଲ କରିପାରିଲେ। ତା ପରଠାରୁ ଦକ୍ଷିଣେଶ୍ୱର ମହାପାତ୍ରଙ୍କୁ ଏଠିକାର ପରିଛା ଭାବରେ ନୂତନ ଅଧିକୃତ ଅଞ୍ଚଳର ଦାୟିତ୍ୱ ଅର୍ପଣ କରାଗଲା। ଓଡ଼ିଆ ସେନାକୁ ବିଭିନ୍ନ ବିଷୟ ନେଇ ବାହାମନି ମୁସଲମାନ ଅଧିକୃତ ରାଜ୍ୟର ରାଜଧାନୀ ବିଦର ଉପରେ ଆଖି।

ସେହିବର୍ଷ ତେଲେଙ୍ଗାନାରେ ସଂପତ୍ତି ବିବାଦ ଦେଖାଦେଇଥିଲା। ବିରାଡ଼ି ପିଠା ବଣ୍ଟା ଗଣ୍ଡଗୋଳ ପରି କଥା। ସିଂହାସନ ଲୋଭ ଦୁଇ ଭାଇଙ୍କର। ଅମର ରାୟ ଏବଂ ମଙ୍ଗଳ ରାୟ। ଅମର ଆଶ୍ରୟ ନେଲେ କପିଲେନ୍ଦ୍ରଦେବଙ୍କ ପାଖରେ। ମଙ୍ଗଳ ଚାଲିଲେ ବାହାମନି ପାଖକୁ। ଏହି ବିଷୟ ନେଇ ଓଡ଼ିଶା ଏବଂ ବାହାମନି ମଧ୍ୟରେ ସନ୍ଧି ସର୍ତ ରହିଥିଲା। ଅମର ରାୟ କପିଲେନ୍ଦ୍ରଙ୍କ ମନରେ ବିଶ୍ୱାସ ଜନ୍ମାଇବାକୁ କୋଣ୍ଡାପାଲି ଦୁର୍ଗକୁ କପିଲେନ୍ଦ୍ରଦେବଙ୍କୁ ଅର୍ପଣ କରିଦେଲେ। ଓଡ଼ିଆ ସେନାବାହିନୀ ବାହାମନି ଉପରେ ଶକ୍ତ ଆକ୍ରମଣ ଜାରି ରଖିଲେ। ଦଶ ହଜାର ପଦାତିକ, ଆଠ ହଜାର ଅଶ୍ୱାରୋହୀ ଏହି ଆକ୍ରମଣ କଲେ। ବହୁ ବାହାମନି ସୈନ୍ୟ ପ୍ରାଣ ହରାଇଲେ। ଅମର ରାୟ ବିଜୟ ଟିକା ପାଇ ଓଡ଼ିଶାର ମିତ୍ର ରାଜା ରୂପେ ରହିଲେ।

ତଥାପି କୋଣ୍ଡାପାଲି କପିଲେନ୍ଦ୍ର ସହଜରେ ପାଇଲେନାହିଁ। ଦୁର୍ଗର ରାଣୀ ବାଧା ଦେଲେ। ସିଏ ଚନ୍ଦ୍ରାଦେଇ, ବୀରବାଳା। ଯୁଦ୍ଧ ଓ ମୃତାହତ ଘଟଣା ପରେ ଚନ୍ଦ୍ରା ଦେଇ ବନ୍ଦିନୀ ହେଲେ। କୋଣ୍ଡାପାଲିରେ କିଛିଦିନ ପରେ ଓଡ଼ିଆ ପତାକା ଉଡ଼ିଲା।

ଏହି କୋଣ୍ଡାପାଲି ଦୁର୍ଗକୁ ଆଗରୁ ଥରେ କପିଲେନ୍ଦ୍ର ଆସିଥିଲେ, ଏଥର ଦ୍ୱିତୀୟ ଥର ପାଇଁ ଆସି ଅନେକ ପରିବର୍ତ୍ତନ ଲକ୍ଷ୍ୟ କରୁଛନ୍ତି। ଓଡ଼ିଆ ସାମରିକ ବାହିନୀ ପାଇଁ ଦୁର୍ଗ ମଧ୍ୟରେ ବିରାଟ ଆୟୋଜନ ହୋଇଛି। ଦକ୍ଷିଣର ବିଭିନ୍ନ ଅଧିକୃତ ଦୁର୍ଗଗୁଡ଼ିକରେ ସେନାମାନଙ୍କର ପ୍ରସ୍ତୁତି ତଥା ସୀମା ରକ୍ଷା ପାଇଁ ଅନେକ ବାହିନୀର ଜରୁରୀ ଆବଶ୍ୟକତା ପାଇଁ ଏଠାରୁ ଦଳ ଦଳ ବିଭିନ୍ନ ଦିଗରେ ମୁତୟନ କରାଯାଆନ୍ତି।

ଓଡ଼ିଆ ପାଇକମାନେ ଧର୍ମପରାୟଣ ଏବଂ ନିଜ ଜନ୍ମମାଟିରୁ ଦୂରରେ ରହିଲେ କେବଳ ଆଧ୍ୟାତ୍ମିକତା ଏବଂ ଜଗନ୍ନାଥ ଭକ୍ତି କେବଳ ସେମାନଙ୍କର ସାହସ, ବୀରତ୍ୱ ଏବଂ ମନୋବଳ ପାଇଁ ନୁହେଁ କୌଣସି ସ୍ଥାନକୁ ବାସସ୍ଥାନ ବୋଲି ବିବେଚନା କରିବାକୁ ସହାୟକ ହୁଏ। ପ୍ରତିଟି ଦୁର୍ଗରେ ପ୍ରଭୁ ଜଗନ୍ନାଥଙ୍କର ମନ୍ଦିର ଏବଂ ପୂଜା ବନ୍ଦୋବସ୍ତ ରହିଛି। କିନ୍ତୁ କେତୋଟି ଦୁର୍ଗରେ ପୂର୍ବରୁ ରହିଥିବା ଦେବାଦେବୀଙ୍କର ପୂଜା ମଧ୍ୟ ଅବ୍ୟାହତ ରହିଛି।

କୋଣ୍ଠାଭଟୁ ଦୁର୍ଗଟି ୧୪ ବର୍ଷ ତଳୁ କପିଲାଭ ୧୮ରୁ ଓଡ଼ିଶାର ଦଖଲକୁ ଆସିବା ବେଳକୁ ସେଠାରେ ଓଡ଼ିଆ ସୈନ୍ୟମାନେ ଜଗନ୍ନାଥଙ୍କୁ ସ୍ଥାପନା କରି ପୂଜାର୍ଚ୍ଚନା କରୁଥିଲେ। କିନ୍ତୁ ତିନି ବର୍ଷ ହେବ ଉଦୟଗିରି ଦୁର୍ଗରେ ବାଳ ଗୋପାଳ ସ୍ଥାପିତ ହୋଇ ପୂଜା ପାଉଛନ୍ତି। ଓଡ଼ିଆ ସାମରିକତା ସହିତ ପ୍ରଭୁ ଜଗନ୍ନାଥ କିମ୍ବା ତାଙ୍କର କୌଣସି ସ୍ୱରୂପ ସମ୍ପର୍କିତ ହେଲେ ସୈନ୍ୟମାନଙ୍କର ମନୋବଳ ଦୃଢ଼ ହୁଏ, ତା ସହିତ ସାମାଜିକତା ଆଉ ମାନବିକତା ଗଢ଼ିଉଠେ। ମନରେ ଭାବନା ଉଦ୍ରେକ ହୁଏ, ଠାକୁର ବି ରଣକ୍ଷେତ୍ରରେ ଦଣ୍ଡାୟମାନ।

ଦକ୍ଷିଣେଶ୍ୱର ଜେଜେଙ୍କର ମନକୁ ଭେଦିବାର କ୍ଷମତା ନଥିଲେ ବି ମୁଖର ଭାବରୁ ଅନୁମାନ କରୁଥିଲେ, ସେ ଅତୀତ ଜଗତରେ ଘୁରିବୁଲୁଛନ୍ତି। ମୁହଁ ଖୋଲିଲେ ଜେଜେଙ୍କ ପାଖରେ।

"ଜେଜେ ତୁମେ ଏତେ କଅଣ ଭାବୁଛ?"

ପ୍ରକୃତିସ୍ଥ ହେଲେ ଗଜପତି କପିଲେନ୍ଦ୍ର।

କହିଲେ, "ନାଇଁ ମୁଁ ଟିକିଏ ଆମ ଦୁର୍ଗଗୁଡ଼ିକରେ ରହିଥିବା ଠାକୁରମାନଙ୍କ କଥା ଚିନ୍ତା କରୁଥିଲି। ଶ୍ରୀ ଜଗନ୍ନାଥଙ୍କ ମନ୍ଦିର ଓ ବିଗ୍ରହ ସେନା ଓ ଗଡ଼ଲୋକଙ୍କ ପାଇଁ କେତେ ଶାରୀରିକ ଓ ମାନସିକ ସନ୍ତୁଳନ ଆଣନ୍ତି ତୁମେ ଜାଣିଛ? ଗୋଟିଏ ଗଡ଼ରେ ଠାକୁର ନାହାନ୍ତି ମାନେ ସେନାମାନେ ନିଶ୍ଚୟ ନିଃସହାୟ ମନେକରିବେ। ନିଜ ଘରଠାରୁ ଦୂରରେ ରହି ଅଜାଗାରେ ଆପଦରେ ଜୀବନ ବିତାଉଥିବା ଏହି ସେନାମାନଙ୍କ ପାଇଁ ଠାକୁର ହଁ ମାନସିକ ସହାୟ।"

ଏବେ ଦକ୍ଷିଣେଶ୍ୱର କହିଲେ, "ହଁ ଜେଜେ, ଆମ ଓଡ଼ିଆ ଲୋକମାନେ ଏତେ ଭକ୍ତିପୂତ ଜୀବନ ନେଇ ଚଲନ୍ତି, ଠାକୁର ସେମାନଙ୍କର ଆଦର୍ଶ। ପ୍ରଭୁ ଜଗନ୍ନାଥଙ୍କୁ ଆଦର୍ଶ ଭାବରେ ଗ୍ରହଣ କରି ବିପଦ ଆପଦରେ ସହାୟ ହେବାର ଦୃଢ଼ ଆଶା ପୋଷଣ କରନ୍ତି। ଏମିତିକି କୌଣସି ଗଡ଼ ଜିତିବାରେ ଠାକୁର ସହାୟ ହୁଅନ୍ତି ବୋଲି ସମସ୍ତେ ବିଶ୍ୱାସ କରନ୍ତି।

ସେମାନେ ଯେଉଁ ଦେଶରୁ ଆଗତ, ସେଠାରେ ତ ଶ୍ରୀଜଗନ୍ନାଥ ନିଜର ଦୈନନ୍ଦିନ କାର୍ଯ୍ୟକ୍ରମରେ ବ୍ୟସ୍ତ ଥାଆନ୍ତି। ସେ ହିଁ ଲୋକମାନଙ୍କର ଆଦର୍ଶ। ତାଙ୍କରି ସାବଲୀଳ ଜୀବନର ସମସ୍ତ ଚେତନା ଆଉ ଭାବନା ଓଡ଼ିଆ ଦାର୍ଶନିକ ପ୍ରାଣକୁ ପ୍ରଭାବିତ କରିଦିଏ। ସେହି ଓଡ଼ିଆ ପ୍ରାଣ ନିଜ ଘର ବାହାରକୁ ଗଲେ, ନିଜର ସମସ୍ତ ଚୂଡ଼ାନ୍ତ ନିଷ୍ପଭି ନିଏ ସେହି ଜଗନ୍ନାଥ ମନ୍ଦିରର ନିଷ୍ପଭି ପରି।

ବହୁ ସମୟ ହୋଇଯାଇ ଥିବାରୁ ସେଦିନ ଜେଜେ ନାତିଙ୍କର କଥୋପକଥନ ସେତିକିରେ ସମାପ୍ତ ହୋଇଥିଲା।

କୋଣ୍ଟାପାଲିରେ ଚିଉବିଭ୍ରମ

କୋଣ୍ଟାପାଲି ଦୁର୍ଗ ଓଡ଼ିଶା ହାତକୁ ଆସିବା ପରଠାରୁ ଏଠାରେ ଓଡ଼ିଶା ସାମରିକ ଏବଂ ପ୍ରଶାସନିକ ଦପ୍ତର ଠିକ୍ ଭାବରେ କାର୍ଯ୍ୟ କରୁଛି । କିନ୍ତୁ ନୂତନ ଦୁର୍ଗ ହିସାବରେ ଓଡ଼ିଶାର ବୋଲି କହିବାକୁ ଯେଉଁ ଗୋଟିଏ ସତ୍ତ୍ୱ ଦରକାର, ତାହା ଅନେକ ଅଧିକାରୀ ଅନୁଭବ କଲେଣି ଏବଂ ଗୋଟିଏ ଜଗନ୍ନାଥ ମନ୍ଦିର ନିର୍ମାଣ କରାଯାଇଛି ଏବଂ ଦାରୁ ଅଣାଯାଇ ଜଗନ୍ନାଥ ମୂର୍ତ୍ତି ଗଢ଼ାଯାଇଛି । ଆହୁରି ବାକି ମୂର୍ତ୍ତି ଗଢ଼ା ଚାଲିଛି ।

ଗଜପତି ମନ୍ଦିର ପାଖକୁ ଯାଇ ମନ୍ଦିର ନିର୍ମାଣ କାମରେ ମୂର୍ତ୍ତି ଗଢ଼ା ଦେଖି ଯେତିକି ଆନନ୍ଦିତ ହେଉଛନ୍ତି, ମନକୁ ଆସୁଛି ତାଙ୍କର ମନ୍ଦିର ନିର୍ମାଣ ସମ୍ପୂର୍ଣ୍ଣ ହେଲେ ହିଁ କେବେ ଠାକୁର ପ୍ରତିଷ୍ଠିତ ହେବେ, ଆଖ୍ୟ ପାଉନି । ତାଙ୍କର ମନରେ ଆଉ ଭବିଷ୍ୟତ କଳ୍ପନା କିଛି ମନ ଧରୁନାହିଁ ।

ଆଶ୍ଚର୍ଯ୍ୟ ହେଉଛନ୍ତି ସ୍ୱୟଂ ଗଜପତି କପିଲେନ୍ଦ୍ର ! ଯିଏ ନିଜ ଶକ୍ତିକୁ ଆସୀମ ବୋଲି ଭାବି ଇନ୍ଦ୍ରଙ୍କୁ ବି ବର୍ଷା କରାଇବା ପାଇଁ ପ୍ରାର୍ଥନା କରନ୍ତି ବା ପତ୍ର ଲେଖନ୍ତି ବୋଲି ଜନରବ ରହିଛି, ତାଙ୍କର ଶତ୍ରୁ କଳନା ଏବଂ ପ୍ରତ୍ୟୁତ୍ପନ୍ନମତିତ୍ୱ ସମସ୍ତେ ଅସାଧାରଣ ବୋଲି ମୂଲ୍ୟାୟନ କରନ୍ତି, ଆଜି କଅଣ ହୋଇଛି ସେହି ମସ୍ତିଷ୍କରେ ଯେଉଁଠି କିଛି ବି ଭବିଷ୍ୟତ ଅନୁମାନ ଆସୁନାହିଁ !

ବିଚଳିତ ହୋଇ ପଡ଼ିଲେ ଗଜପତି । ତାଙ୍କର ନିଜର ଏମିତି ସ୍ମୃତିବିଭ୍ରାଟ ଘଟିବ ଏବଂ ସେ ଭବିଷ୍ୟତ ବିଷୟରେ ସମ୍ପୂର୍ଣ୍ଣ ଅନ୍ଧ ହୋଇଯିବେ ଏହା କୌଣସି ଅତିମାନବିକ କ୍ଷତିକାରୀ ପ୍ରଭାବ ବୋଲି ମନରେ ଭୟ ଆସିଲା । ଏହାକୁ ମନେମନେ ବହୁତ ବିଶ୍ଳେଷଣ କରିବାକୁ ଲାଗିଲେ । ସତରେ ତାଙ୍କ ମନରେ କୌଣସି ଭବିଷ୍ୟତ ଦୂରଦୃଷ୍ଟି ଚିନ୍ତାକୁ ଆସୁନାହିଁ । ସିଏ ପୁନରାୟ ଓଡ଼ିଶା ଫେରିବେ ନାହିଁ ବୋଲି ତ ଘୋଷଣା କରି

ଆସିଛନ୍ତି। ଜଗନ୍ନାଥଙ୍କୁ ମାନ କରି ଓଡ଼ିଶା ମାଟିରୁ ବାହାରି ଆସିଛନ୍ତି। କିନ୍ତୁ ଏବେ କଅଣ ହେଲା ?

ଚିନ୍ତାଶକ୍ତି ତାଙ୍କର କୁଆଡ଼େ ଉଭେଇଗଲା ? ସତରେ ପାରିବାରିକ କଳହର ପରିଣାମ ସ୍ୱରୂପ କଅଣ ସିଏ ନିଜ ମନର ଭାବନା ଶକ୍ତି ହରାଇଲେ ? ବିଗତ ପାଞ୍ଚବର୍ଷ ହେବ ସିଏ ବହୁତ କମ୍ ସମୟ ଘରୁ ବାହାରି ଦୂର ସୀମାକୁ ଯାଆନ୍ତି। ପ୍ରାୟ ପଦର ବର୍ଷ ହେବ ସବୁ ସାମରିକ ଦାୟିତ୍ୱ ହମ୍ଭୀରଦେବଙ୍କ ଉପରେ ନ୍ୟସ୍ତ କରୁଥିଲେ। କିନ୍ତୁ ଯେବେଠାରୁ ସ୍ୱପ୍ନାଦେଶ ପାଇଲେ 'ପାର୍ବତୀ ଦେବୀଙ୍କ ଗର୍ଭରୁ ଜାତ ପୁରୁଷୋତ୍ତମ ହିଁ ଉତ୍ତରାଧିକାରୀ ସୂତ୍ରରେ ଗଜପତି ରାଜଗାଦି ଲାଭ କରିବ', ସେଦିନ ଠାରୁ ଆଉ କୌଣସି ଦାୟିତ୍ୱପୂର୍ଣ୍ଣ କାର୍ଯ୍ୟ ହମ୍ଭୀରଦେବଙ୍କୁ ଦେବାକୁ ରାଜି ନୁହନ୍ତି।

ତଥାପି ତ ମନର ଚିନ୍ତାଶକ୍ତି ରହିଥିଲା। ସବୁ ସଙ୍ଗେ ଗଡ଼ ଜିତି ଅକ୍ତିଆର କରିଥିବା କୌଣସି ଭାଗରୁ ପାଦେ ମାପର ଜମି ଓଡ଼ିଶାରୁ ଛାଡ଼ିବେନାହିଁ ବୋଲି ପ୍ରତିଜ୍ଞା ରକ୍ଷାକରିବାକୁ ଗୋଡ଼କାଢ଼ି କୃଷ୍ଣାନଦୀ କୂଳକୁ ଧାଇଁ ଆସିଥିଲେ। ସନ୍ଦେହ ଅବଶ୍ୟ ରହିଛି, ଘରର ଆଭ୍ୟନ୍ତରୀଣ ଗଣ୍ଡଗୋଳ ଓଡ଼ିଶା ସେନାବାହିନୀରୁ ଅନେକ ସେନାପତି, ବାହିନୀପତି, ଚମ୍ପତିମାନଙ୍କୁ ପରାଙ୍ମୁଖ କରି ମନ୍ଦାରନ, ଦାକ୍ଷିଣାତ୍ୟର ଅନେକ ଦୁର୍ଗରେ ପ୍ରତିକୂଳ ପ୍ରଭାବ ପକାଇଛି। ଏଗୁଡ଼ିକ କାହାର କାମ ? ପ୍ରତ୍ୟକ୍ଷଭାବରେ ଗଜପତିଙ୍କର କାର୍ଯ୍ୟ ତ ନୁହେଁ, ହମ୍ଭୀରଦେବଙ୍କର ଏମିତି କିଛି ପ୍ରଭାବ ହୋଇପାରେ କି ? ଗଜପତି ଏବଂ ତାଙ୍କ ଉତ୍ତରାଧିକାରୀ ପଦରୁ ବଞ୍ଚିତ ହେଉଥିବା ପରାକ୍ରମୀ ପୁତ୍ର ମଧ୍ୟରେ ତିକ୍ତତା ନୁହେଁ ବରଂ ପୁତ୍ର ପ୍ରତି ପିତାଙ୍କର ବୈମାତୃକ ମନୋଭାବ ଏହାର କାରଣ ହୋଇପାରେ। ଏ ବିଷୟ ବି ଗଜପତି ଭଲ ଭାବରେ କଳନା କରିଛନ୍ତି। ସନ୍ଦେହ ତାଙ୍କର ଘନୀଭୂତ ହେଉଛି, ଏହି ଅରାଜକତା ସୃଷ୍ଟିକାରୀ କାର୍ଯ୍ୟ ଆଉ କିଏ କରିପାରେ ?

ଗଜପତି ନିଜେ ଦେଖୁଛନ୍ତି, ନିଜର ଗୃହକନ୍ଦଲ ପଦାରେ ପଡ଼ିବା ପରଠାରୁ ତାଙ୍କର ଉତ୍ତର ଏବଂ ଦକ୍ଷିଣ ସୀମାରେ ଅନିଶ୍ଚିତତା ଆତ୍ମପ୍ରକାଶ କଲାଣି। ଓଡ଼ିଆ ବାହିନୀର ଏକାଗ୍ରତା ଏବଂ ସଂହତି ଉପରେ ପ୍ରଶ୍ନବାଚୀ ଠିଆ ହେଲାଣି। ସତ କହିବାକୁ ଗଲେ ଓଡ଼ିଆ ସେନାବାହିନୀ ଅତି କର୍ତ୍ତବ୍ୟନିଷ୍ଠ, ମାତ୍ର ଶତ୍ରୁପକ୍ଷ ଏମିତି ନୀତିଭ୍ରଷ୍ଟ ସେମାନେ ଉତ୍କୋଚ ବଳରେ ବିପକ୍ଷ ସେନାପତି ଆଉ ଦଳପତିଙ୍କୁ କାବୁ କରି ବି ଅନାୟାସରେ ଯୁଦ୍ଧରେ ଜୟଲାଭ କରି ପାରନ୍ତି। ଭାଗ୍ୟକୁ ଏମିତି ଭ୍ରଷ୍ଟାଚାର ଆଇକବାହିନୀକୁ ପଶିନାହିଁ, ଯଦି ବା କେହି ସେନାପତି ଏପରି ନୀତିଭ୍ରଷ୍ଟ ହେବାକୁ ସୁଯୋଗ ପାଇଥିବେ, ତାହା ହାସଲ କରିବାକୁ ନିଶ୍ଚୟ ଗଜପତିଙ୍କ ମୁହଁକୁ ଚାହିଁ ମୁହଁ

ବୁଲାଇ ନେଉଥିବେ। ଏହି ପ୍ରକାର ଆଚରଣ ନିଶ୍ଚିତ ଯେ ଦିନେ ଓଡ଼ିଆ ସେନାବାହିନୀକୁ ଆକ୍ରାନ୍ତ କରିବ, ଏହା ଜଳ ଜଳ ହୋଇ ଦିଶୁଛି। ଗଜପତି ରାଜପରିବାରର ଅନ୍ୟାୟ ନିଶ୍ଚୟ ଅରାଜକତାର କାରଣ ହୋଇ ଠିଆ ହେବ। ଭବିଷ୍ୟତରେ ଗଜପତିଙ୍କ ଜାଣିବା ଅବକାଶରେ ବି ଦଳପତି ଉତ୍କୋଚ ଗ୍ରହଣ କରି ଯୁଦ୍ଧକ୍ଷେତ୍ରରେ ପରାସ୍ତ ହେବାର ଅଭିନୟ କରିବେ। ସେହିଦିନୁ ଇତିହାସ ପୃଷ୍ଠାରେ ଓଡ଼ିଶାର ପତନ ଏବଂ ସ୍ଖଳନ ଆରମ୍ଭ ହେବ।

ଗଜପତି ଆଜି ପର୍ଯ୍ୟନ୍ତ ଯାହା ଶୋଚନା କରି ନଥିଲେ, ଆଜି ସିଏ ଭୟଭୀତ ହୋଇ ପଡ଼ିଛନ୍ତି। ସେ କେବେ ହମ୍ବୀରଦେବଙ୍କ ସ୍ଥାନରେ ରହି ତାଙ୍କର ମନୋଭାବ ଜାଣିବାକୁ ଚେଷ୍ଟା ବି କରିନାହାନ୍ତି। ହମ୍ବୀର ଏହି ମତାମତରେ କେତେ ଖୁସି ବା ଦୁଃଖିତ ତାହା ଗଜପତି କେବେ ତାଙ୍କୁ ପଚାରିନାହାନ୍ତି କିମ୍ବା। ସେ ଜଗନ୍ନାଥଙ୍କ ସ୍ୱପ୍ନାଦେଶକୁ ଗ୍ରହଣ କରିବେ କି ନା, ତାହା ଜଣାପଡ଼ୁନି।

ଆଜି ଚନ୍ଦ୍ରଗିରି ଆଉ ଉଦୟଗିରିରେ ଯାହା ଘଟୁଛି ଏବଂ ଘଟିବାକୁ ଯାଉଛି, ତାହା ବିଜୟନଗର ନିଜ ଅଞ୍ଚଳ ଫେରି ପାଇବା ପାଇଁ ବା ହମ୍ବୀରଙ୍କର କୌଣସି ହାତ ଅଛି କି ସେଥିରେ? ଏ ବିଷୟରେ ଗଜପତି ସନ୍ଦିହାନ। ଯାହା ଅନୁମାନ, ହମ୍ବୀରଦେବଙ୍କର ବାହାମନି ସହିତ କିଛିଟା ସମ୍ପର୍କ ରହିପାରେ କିନ୍ତୁ ବିଜୟନଗର ସହିତ କଦାପି ନୁହେଁ। କିନ୍ତୁ ତାଙ୍କର ଖାପଛଡ଼ା ବ୍ୟବହାର ଆଉ ଓଡ଼ିଆ ସେନାବାହିନୀର ଅନେକ ଅଧିକାରୀଙ୍କର ନିରବତା ଏବଂ ପଦବୀ ଛାଡ଼ିବା କଥଣ ବିନା କାହାର ପ୍ରରୋଚନାରେ ସମ୍ଭବ? ଯାହା ଜୀବନ ସାରା ଘଟିନି, ଆଜି କେମିତି ଘଟିଲା?

ଏମିତି ବିଭିନ୍ନ ଚିନ୍ତାରେ ଗଜପତିଙ୍କର ମାନସିକ ଦୃଢ଼ ତୁଟିବାକୁ ଲାଗିଲା। ସେ ବ୍ୟସ୍ତ ହେବାକୁ ଲାଗିଲେ। ଅଶାନ୍ତିରେ ନିଦ୍ରା ବ୍ୟାଘାତ ଘଟିଲା। ଏତେ ବଡ଼ ସେନାବାହିନୀର ଏକାଗ୍ରତା ବଳରେ ନିଜ ରାଜ୍ୟର କେନ୍ଦ୍ରୁ ଶହ ଶହ କୋଶ ଦୂରରେ ଜୀବନ ବିତାଇବାକୁ ବସିଲା ବେଳକୁ ଯଦି ସେହି ସେନାବାହିନୀର କୌଣସି କାରଣରୁ ବିମୁଖତା ରହିବ, ସେ କାହିଁକି କୌଣସି ନୃପତି ବି ନିରାପଦରେ ରହିବେ ନାହିଁ।

ଦିନେ ସକାଳୁ ସନ୍ଧିବିଗ୍ରହ ମହାପାତ୍ରଙ୍କୁ ଡାକି କହିଲେ, "ଗଲା କାଲି ମୁଁ ଗୋଟିଏ ଦୁଃସ୍ୱପ୍ନ ଦେଖିଲି। ଆମର ଓଡ଼ିଆ ପାଇକମାନେ ପୁନରାୟ ଉଦୟଗିରି ଓ ଚନ୍ଦ୍ରଗିରି ଆମ ଦଖଲକୁ ଆଣିବାକୁ ବୀରଦର୍ପରେ ପ୍ରସ୍ତୁତ ହେବା ବେଳକୁ ସାଲୁଭା ନରସିଂହା ସୈନିକ ମାନେ ରାକ୍ଷସ ପାଲଟି ଗଲେ। ସେ ଭୟରେ ଆମ ସୈନ୍ୟମାନେ ଆତ୍ମଗୋପନ କରିବାକୁ ବାଧ୍ୟହେଲେ।"

ସନ୍ଧିବିଗ୍ରହ ମହାପାତ୍ର ଗଜପତିଙ୍କ କଥା ଶୁଣି ମନେମନେ ଭାବିଲେ, ଗଜପତି

ଆଉ ନିଜ ଚେତନା ଭିତରେ ନାହାନ୍ତି। ଯାହା ଦିନେ ନାହିଁ କି କାଲେ ନାହିଁ ଆଜି କାହିଁକି ଅସମ୍ଭବ ଭାବନାରେ ବୁଡ଼ି ରହିଛନ୍ତି? ଗଜପତିଙ୍କର ରାଜ୍ୟ ଲୋଭ ନା ଜ୍ୟେଷ୍ଠ ପୁତ୍ର ହମ୍ବୀରଦେବଙ୍କୁ ଭୟ? ଆଉ ଗୋଟିଏ କଥା ବି ହୋଇପାରେ। ପ୍ରାପ୍ତ ବୟସରେ ଲୋଭ ଏବଂ ଭୟ ରହିଲେ, ଆଚରଣ ବଦଲି ଯାଇଥାଏ।

ଏବେ ଗଜପତି ବିନା କିଛି ଖବରରେ କହି ବୁଲୁଛନ୍ତି, ଓଡ଼ିଶାର ସୈନ୍ୟମାନେ ନିଜ ବଳରେ ସାରା ଭାରତ ବିଜୟ କରିନେଲେ। ଏଥିରେ ତାଙ୍କ ବଡ଼ପୁଅର କୌଣସି କରାମତି ନାହିଁ। ଓଡ଼ିଶାର ଗଜପତି ହେବାକୁ ତାହାର ଯୋଗ୍ୟତା ନାହିଁ। ଓଡ଼ିଶାର ଗଜପତିଙ୍କୁ କେବଳ ପ୍ରଭୁ ଶ୍ରୀଜଗନ୍ନାଥ ହିଁ ବାଛି ଥାଆନ୍ତି। ସେ ମୁହଁ ଖୋଲି କହୁଛନ୍ତି, "ମୋତେ ସେମିତି ବାଛିଥିଲେ। ମୋ ଉତ୍ତରାଧିକାରୀ କିଏ ତାହା ବଡ଼ଠାକୁର ହିଁ ବାଛିଛନ୍ତି।"

ବିଚରା ସନ୍ଧିବିଗ୍ରହ। ଗଜପତିଙ୍କର ଜଣେ ମହାପାତ୍ର। କଥାଟା ଶୁଣି ମନରେ ରଖିବା ଛଡ଼ା ଆଉ କିଛି କହିବାର ଶକ୍ତି ନାହିଁ। ଏତେ ବଡ଼ ସମ୍ରାଟ, ଏତେ ବିଶାଲ ସେନାବାହିନୀର ସଂଗଠକ, ପରାକ୍ରମୀ ଦିଗବିଜୟୀ ରାଜା। ଜୀବନଚର୍ଯ୍ୟାକ ସତ୍ୟ ଆଉ ଧର୍ମପଥରେ ଆଶ୍ରିତ। ଜଗନ୍ନାଥଙ୍କର ପରମ ଭକ୍ତ। ସେ ଯଦି କଲାକୁ ଧଲା ବୋଲି କହିବେ, କାହାର ଜ୍ୟୁ ଅଛି ତାକୁ ପ୍ରତିବାଦ କରିବ?

ଆଉ ଅନେକ ସମୟରେ ଗଜପତି ସବୁ ମହାପାତ୍ର ମାନଙ୍କୁ ବସାଇ ନିଜକୁ ବୁଝାଇ କହନ୍ତି, ସତରେ କେଉଁ ରାଜ୍ୟ ଏତେ ହାତୀ ଆଉ ଘୋଡ଼ା ସହିତ ଅସୁମାରି ପାଇକ ସୈନ୍ୟ ଜୁଟାଇ ପାରିବ ଯେ ଓଡ଼ିଶାରୁ ଖୋଜେ ଜମି ମାଡ଼ିବସିବ! ଅସମ୍ଭବ। ଆମରି ପାଇକବାହିନୀ ଲାଗି ରହିଛନ୍ତି ମନ୍ଦାରନ୍ ଦୁର୍ଗ ଗଙ୍ଗାନଦୀ ଠାରୁ ଉଦୟଗିରି ଚନ୍ଦ୍ରଗିରି ବିଜୟନଗର ପର୍ଯ୍ୟନ୍ତ। କଲା ହାତୀ ଆମର ପହରା ଦେଉଛନ୍ତି ସମଗ୍ର ଦକ୍ଷିଣ ଭାରତରେ। କାହାର ବଡ଼େଇ ଅଛି ଆମକୁ ମୁକାବିଲା କରିବାକୁ?

ମହାପାତ୍ରମାନେ ସବୁ ଶୁଣି ନିରବ ରହନ୍ତି। ସେମାନେ ଜାଣନ୍ତି, ଗଜପତି ଆମ୍ସନ୍ତୋଷ ଲାଭ କରନ୍ତି ଏମିତି ଅସାମଞ୍ଜସ୍ୟ କଥାଭାଷାରୁ। କେଉଁ ପାଣି କୋଉଠି ପାଇଲାଣି, ନିଜେ ଆମ୍ଗର୍ବରେ ଫୁଲି ଉଠିବା ପ୍ରାସଙ୍ଗିକ ନୁହେଁ। ମନ୍ଦାରନ୍ ଆଉ ପୂର୍ବ ପରି ଏତେ ନିଦା ନାହିଁ। ସେମିତି ବି ଦକ୍ଷିଣ ସୀମାରେ ବିଜୟନଗର ମୁଣ୍ଡଟେକି ଉଠିଲାଣି। ତା ସହିତ ଗଜପତି ଘରର କଲହ ରାଜ୍ୟ କାହିଁକି ଦେଶ ସାରା ପ୍ରଘଟ ହୋଇସାରିଛି। ଗଜପତି ମନରେ ନିଶ୍ଚୟ ସନ୍ଦେହ କରୁଥିବେ, ହମ୍ବୀରଦେବ ଓଡ଼ିଶା ସେନାଙ୍କୁ ଛାଡ଼ି କେଉଁ ଶତ୍ରୁ ସହ ସଲାମତ୍ କରୁଥିବା ସମ୍ଭାବନାକୁ। ଅନ୍ୟ ଦୃଷ୍ଟିରୁ ଦେଖିଲେ, ପରାଜିତ ଆଉ ଅସନ୍ତୁଷ୍ଟ କରଦ ରାଜ୍ୟମାନେ ହମ୍ବୀରଙ୍କୁ ଆଶ୍ରାଦେଇ ନିଜକୁ ଶକ୍ତିବାନ ବୋଲି ପ୍ରମାଣ କରିବାର ସ୍ୱପ୍ନ ବି ଦେଖୁଥିବେ।

କୋଣ୍ଡପାଲିରେ ରହିବା ଏକ ପକ୍ଷ ହୋଇଗଲାଣି । ପ୍ରତିଦିନ ଗଜପତି ଜଗନ୍ନାଥଙ୍କ ସ୍ୱପ୍ନାଦେଶ ବିଷୟ ଦୋହରାଇ ଥାଆନ୍ତି । ସକାଳୁ ଦୁଇଜଣ ପୁରୋହିତ ମହାପାତ୍ରଙ୍କ ଭିତରୁ ଜଣେ ସେହି ଦିନର ପୁରୀ ମନ୍ଦିରର ନୀତି ଏବଂ ଜଗନ୍ନାଥଙ୍କର ବେଶ ସମ୍ବନ୍ଧରେ ବିବରଣୀ ପ୍ରଦାନ କରନ୍ତି । ବହୁ ପ୍ରଫୁଲ୍ଲିତ ହୋଇ ଉଠନ୍ତି ଗଜପତି । ନିଜର ମନ ଶାନ୍ତି କରିବା ସହିତ ପୁରୀ ଠାରେ ଠାକୁରଙ୍କର କି ଲୀଳା ଚାଲିଥିବ ତାହାର ସ୍ମରଣ କରନ୍ତି । କହନ୍ତି, ଯାହାର ମନ ଯେଡ଼େ ତାହାର ପ୍ରଭୁ ସେଡ଼େ । ଆମେ ପୁରୀ ଜଗନ୍ନାଥ ଧାମରେ ଉପସ୍ଥିତ ନାହୁଁ କିନ୍ତୁ ଜଗନ୍ନାଥ ଆମ ମାନସପଟରେ ଚଳପ୍ରଚଳ ହୋଇ ଆମକୁ ସତ୍ମାର୍ଗରେ ଗମନ କରିବାର ପଥ ସୁଗମ କରନ୍ତି ।

ପୁରୋହିତ ମହାପାତ୍ରଙ୍କୁ ଗଜପତି କେତେଥର ପଚାରିଛନ୍ତି ଆଉ ଏବେ ବି କୋଣ୍ଡପାଲି ଦୁର୍ଗରେ ପଚାରୁଛନ୍ତି, “ତୁମେ ମହାପାତ୍ର ପ୍ରଭୁଙ୍କର ଉପସ୍ଥିତି ପ୍ରତ୍ୟକ୍ଷ ଭାବରେ ଅନୁଭବ କରିଛ କି ?”

“ହଁ ଆଜ୍ଞା, ସବୁବେଳେ ସେଇ ଚକାଆଖ୍ ହିଁ ଚାହିଁ ରହିଥିବାର ଅନୁମାନ ଆସେ,” ସଂକ୍ଷେପରେ ଉତ୍ତର ଦେଲେ ପୁରୋହିତ ମହାପାତ୍ର ।

“ଜୀବନରେ ଅନେକ ମୁହୂର୍ତ୍ତରେ ତାଙ୍କରି ଯାଦୁଗିରୀ ପ୍ରଭାବ ମୁଁ ପାଇଛି ଏବଂ ଏପରି ଅତିମାନବିକ ଶକ୍ତି କେଉଁଠାରୁ ଆସୁଛି ଭାବିଲେ, ମୋତେ ସେହି ଚକା ଆଖ୍ ହିଁ ଦେଖାଯାଏ । ମୋତେ ପ୍ରତୀୟମାନ ହୁଏ କେହି ଜଣେ ଏଗୁଡ଼ିକ ସବୁ ମୋର ଦୃଷ୍ଟି ଆଢ଼ୁଆଲରେ ରହି କାମ କରୁଛି । କିନ୍ତୁ ଅନେକ କ୍ଷେତ୍ରରେ ଏମିତି ସମ୍ଭାବନା ସୃଷ୍ଟି ହୁଏ, ମୋତେ ଖୋଜିବାକୁ ପଡ଼େ କିଏ ଏ ସବୁ ସୁବିଧା ଆଉ ସୁଯୋଗ ଏମିତି ଯୋଗଜଣ୍ଟା ଭାବରେ ସୃଷ୍ଟି କରିଚାଲିଛି ।” ଅର୍ଦ୍ଧନିମୀଳିତ ଚକ୍ଷୁରେ କିଞ୍ଚିଟା ଦେଖି ଏମିତି ବର୍ଣ୍ଣନା କରିବା ପରି ଗଜପତି କହି ଚାଲିଛନ୍ତି ।

“ଓଡ଼ିଶାର ଦକ୍ଷିଣ ସୀମା ପାରି ହୋଇ ଆହୁରି ଦକ୍ଷିଣକୁ ବହୁବାର ମୁଁ ଆସିଛି । ଅନେକ ସମୟରେ ବି ଶତ୍ରୁପକ୍ଷର ରାଜ୍ୟ ଭିତର ଦେଇ ପାରି ହୋଇଛି । ଅଶ୍ୱପୃଷ୍ଠରେ ଏକାକୀ ବଣଜଙ୍ଗଲ ଅତିକ୍ରମ କରୁଥିବା ବେଳେ କି ଶତ୍ରୁପକ୍ଷ ସେନା ହାତରେ ପଡ଼ିଯିବାର ସମ୍ଭାବନା ରହିଥିଲେ ବି କେହି ଜଣେ ମୋ ସହିତ ସହଗମନ କରୁଥିବା ପରି ସ୍ୱଷ୍ଟ ଅନୁଭୂତି ମୋର ରହିଛି । ଇଏ କିଏ ତୁମେ କଳ୍ପନା କରିପାରିବ ମହାପାତ୍ର ପୁରୋହିତ ?”

“ନାଇଁ ମଣିମା ମୁଁ ଅନୁମାନ କରିପାରୁନି ।” ସଂକ୍ଷେପରେ କହିଲେ ମହାପାତ୍ର ।

“ତେବେ ସେହି ଅଦୃଶ୍ୟ ସହଚର ଥିବା ସମୟରେ ମୁଁ କିପରି ଦୈବୀଶକ୍ତି ପ୍ରଭାବ ଉପଲବ୍ଧି କରିଥାଏ ଏବଂ ମୋର ସକଳ କାମନା ପରିପୂର୍ଣ୍ଣ ହୁଏ ? ଏହା

କେବଳ ଓଡ଼ିଶା ରାଷ୍ଟ୍ର ଏକମାତ୍ର ସମ୍ମୋହକ ଶକ୍ତି ସେହି ଶ୍ରୀଜଗନ୍ନାଥ ନୁହନ୍ତି ତ ଆଉ କିଏ ହେବ ? ମୋ ମନରେ ଏକ ବିରାଟ ପ୍ରକୋଷ୍ଠରେ ସିଏ ବାସ କରନ୍ତି। ଯେଉଁଟା ତାଙ୍କର ପସନ୍ଦ, ମୁଁ କାହାକୁ ଉତ୍ପ୍ରୋଧ ନକରି ତାଙ୍କ ଦର୍ଶିତ ପଥରେ ଯାଏ। ବିଜୟ ସୁନିଶ୍ଚିତ।"

ସେମିତି ଅର୍ଦ୍ଧମୁଦ୍ରିତ ନୟନରେ କହିଚାଲିଛନ୍ତି ବୟସ୍କ ଗଜପତି।

"ସତରେ ଅନେକ ମାନ୍ୟଗଣ୍ୟ ବ୍ୟକ୍ତି ମୋତେ କପାଳିଆ ବୋଲି କହନ୍ତି। ଏହି କପାଳ ମୋର ଜଣେ ଉଦ୍‌ଯୋଗୀ ଅଶ୍ୱାରୋହୀ ରାଉତ ପଦବୀରୁ ସେହି ଅଦୃଶ୍ୟ କଳାକାରଙ୍କର ସାମର୍ଥ୍ୟରେ ଗଜପତିକୁ ପଦୋନ୍ନତି ହୋଇଛି ? ଏଇଟା ଆମ ରାଇଜର ଇତିହାସ ପୃଷ୍ଠାରେ କେବେ ଦୃଷ୍ଟିଗୋଚର ହୋଇଛି କି ?"

"ନା ମଣିମା, ଏଭଳି ଘଟଣା କେବେ ବି ପୂର୍ବରୁ ଶୁଣା ନଥିଲା," ସମର୍ଥନ କରି ମୁଣ୍ଡ ହଲାଇ ଉତ୍ତର ଦିଅନ୍ତି ମହାପାତ୍ର।

"ଜଣେ ଅଶ୍ୱାରୋହୀ ସୈନିକ ପକ୍ଷରେ ଜଣେ ଆକ୍ରମଣକାରୀ ଯବନ ଶକ୍ତି ସହିତ ଗଙ୍ଗରାଜ ଭାନୁଦେବ ମଣିମାଙ୍କ ପକ୍ଷ ରଖି ରାଜ୍ୟର ଗୁପ୍ତ ଆଲୋଚନା କରିବା କଅଣ ସମ୍ଭବ ହୋଇପାରେ ବୋଲି ତୁମେ ମହାପାତ୍ର ଭାବି ପାରୁଛ ? ସତରେ ଥରେ ଏମିତି ଘଟିଲା, ଯାହା ବଳରେ ଭାନୁଦେବ ମୋତେ ଜଣେ ପରମ ସହାୟକ ଭାବରେ ଗ୍ରହଣ କରିନେଲେ। ମୋତେ ଅଶ୍ୱାରୋହୀ ମୁଖ୍ୟ ଭାବରେ ସାମରିକ ଦାୟିତ୍ୱ ସାମଗ୍ରିକ ଭାବରେ ପ୍ରଦାନ କଲେ। ଏଇଟା ପ୍ରଭୁ ଜଗନ୍ନାଥଙ୍କ କରୁଣା ନୁହେଁ ତ କଅଣ ?

"ପ୍ରତିଟି ଦିଗ୍‌ବିଜୟର ଅୟମାରମ୍ଭରୁ ଅନ୍ତ ପର୍ଯ୍ୟନ୍ତ ସବୁଗୁଡିକ କାର୍ଯ୍ୟ କିପରି ସମାହିତ ହୋଇଯାଏ, ମୋତେ ଜଣାଯାଏନି। ମୋର ସବୁଠାରୁ ବ୍ୟସ୍ତ ସେନାପତିମାନେ ବି ଜାଣି ପାରନ୍ତିନି କିପରି ସବୁଗୁଡିକ ଏତେ ସୂକ୍ଷ୍ମ ଭାବରେ ସମ୍ପାଦିତ ହୋଇପାରୁଛି। ଆମେ ସମସ୍ତେ ଆଶ୍ଚର୍ଯ୍ୟ ହେଉ, କିଏ ଆମକୁ ଅଦୃଶ୍ୟରେ ସାହାଯ୍ୟ କରୁଛି। ସଂସ୍କୃତ ମହାଭାରତ କୁହ କି ଆମ ସାରଳା ଦାସଙ୍କ ଓଡ଼ିଆ ମହାଭାରତ। ମହାଭାରତ ଯୁଦ୍ଧ ଶେଷରେ ବେଲାଳସେନ ଭାଷାରେ ଗୋଟିଏ ଚକ୍ ହିଁ ସମଗ୍ର ଯୁଦ୍ଧକୁ ନିୟନ୍ତ୍ରଣ କରୁଥିଲା। ସେପରି ଆମ ଓଡ଼ିଶା ରାଜ୍ୟର ଦିଗ୍‌ବିଜୟ ଉପରେ ପ୍ରଭୁ ଜଗନ୍ନାଥଙ୍କର ପ୍ରଚ୍ଛନ୍ନ ସହାୟତା ଅଦୃଶ୍ୟ ଭାବରେ ସନ୍ନିବେଶିତ ହୋଇଛି। କେହି ନକହିଲେ ବି ଆମେ ସମସ୍ତେ ଅନୁଭବ କରିଛୁ। ବିଜୟ ଯାତ୍ରାର ଅଗ୍ରଗାମୀ ଦୁଇ ଚକାଆଖି।

"ସେଇ ଜଗନ୍ନାଥଙ୍କର କର୍ମକ୍ଲାନ୍ତ ବିବଶ ବେଶ ମୋତେ କେବେ ସ୍ୱପ୍ନରେ ଦୃଶ୍ୟ ହୁଏନି। ଗତ ରଜନୀରେ ମୁଁ ତାଙ୍କର ସେମିତି ରୂପ ଦେଖିବାକୁ ପାଇଲି।

କୁଆଡ଼େ କଅଣ କରୁଥିଲେ କେଜାଣି, ଦେହ ମୁହଁ ମଳିନ ଦିଶୁଛି, ଆଖି ନିସ୍ତବ୍ଧ ହୋଇଆସିଛି, ସତେକି ଗୁଣ୍ଠିଚା ଯାତ୍ରାର ଦଶ ସେତିକି ବଡ଼ଦାଣ୍ଡ ଯାତ୍ରା। ଅନ୍ତେ ନିଜର କ୍ଲାନ୍ତି ମେଣ୍ଟାଉଛନ୍ତି। ସେଇ ବେଶରେ ଶରୀରରେ ଗୋଟିଏ ବୋଲି ସୁବର୍ଣ୍ଣ ହାର ନାହିଁ, କୌଣସି ଅଳଙ୍କାର ପରିଧାନ କରିନାହାନ୍ତି। ସବୁ ରତ୍ନଭଣ୍ଡାରରେ ଥୋଇଦେଇ ମହାପ୍ରଭୁ ବେକ ଲଙ୍ଗଳା କରି କେଉଁଠାକୁ ଯାଇଛନ୍ତି, ମୁଁ ହେଜି ପାରିଲିନି। ନା, ସେଇଟା ରଥଯାତ ନିଶ୍ଚୟ ହୋଇଥିବ। ଆଉ ତ କୌଣସି ଯାନିଯାତ୍ରା ନାହିଁ ଯେଉଁଠି ପ୍ରଭୁ ଏମିତି ପଥଶ୍ରାନ୍ତ ହୋଇଯିବେ। କିନ୍ତୁ ରଥଯାତରେ ତ ଭଗବାନ ଏକୁଟିଆ ଯାତ୍ରା କରନ୍ତିନି। ସାଥିରେ ଭାଇଭଉଣୀ ହିଁ ଥାଆନ୍ତି। ତେବେ କୁଆଡ଼େ ଯାଇଛନ୍ତି ବୋଲି ସ୍ୱପ୍ନରେ ଦେଖିଲି ?

“କହିଲ ପୁରୋହିତ ମହାପାତ୍ର, ମୁଁ ଗଜପତି ହୋଇ ବି ଜାଣିପାରୁନି ତାଙ୍କର ଏମିତି ଦୂର ଦେଶ ଯାତ୍ରା କେଉଁ ଆଡ଼କୁ? ତୁମେ ତ ଜଗନ୍ନାଥଙ୍କ ସେବକ, ଭକ୍ତିଭାବରେ ବନ୍ଧା। ତୁମେ ହିଁ ମୋତେ ବତାଇଦେଇ ପାରିବ ଜଗନ୍ନାଥ ବିଷଣ୍ଣ କାହିଁକି ? କାହିଁକି ପଥଶ୍ରାନ୍ତ ? କାହିଁକି କଳାଶ୍ରୀ ମୁଖରୁ ସେଇ ସ୍ମିତହାସ ଉଭେଇଯାଇଛି ?” ଏମିତି ଗୋଟିଏ ଅସମ୍ଭବ ସ୍ୱପ୍ନର ଅର୍ଥ ବୁଝାଇବାକୁ ଗଜପତି ମହାପାତ୍ରଙ୍କୁ ପ୍ରଶ୍ନ କରିଛନ୍ତି।

ମହାପାତ୍ର କିଛି ଉତ୍ତର ଦେବା ପୂର୍ବରୁ ଅବିଶ୍ରାନ୍ତ ଭାବରେ କହି ଚାଲିଛନ୍ତି, ଗଜପତି।

“ପ୍ରଭୁ ମୋତେ ଜଳଜଳ କରି ଚାହିଁଛନ୍ତି। ମୁହଁରେ ତାଙ୍କର କରୁଣା। ମୋ ବ୍ୟକ୍ତିଗତ ଗ୍ଲାନିର ଦୂରୀକରଣ ପାଇଁ ସେଇ ଅଧରରୁ କେଞ୍ଚାଏ ସହାନୁଭୂତି ବି ଢାଲି ନଦେଇ ମୋତେ ଏମିତି ବିଷଣ୍ଣ ମୁଖରେ କାହିଁକି ଚାହିଁଛନ୍ତି ? ସତରେ କଅଣ ଧାଇଁ ଆସିଛନ୍ତି କୋଣ୍ଢାପାଲି ନିଜର ମନ୍ଦିର ତୋଲା ଦେଖିବାକୁ ? ନା, ମନ୍ଦିର ତୋଲା ଦେଖିବାକୁ ଆସିଥିଲେ, ଆନନ୍ଦରେ ଆସିଥାଆନ୍ତେ। ଭାଇଭଉଣୀଙ୍କୁ ନେଇ ଆସିଥାଆନ୍ତେ। ଖୁସିମନରେ ନିଜ ମନ୍ଦିରର ନିର୍ମାଣ କ୍ଷେତ୍ରରେ ଆନନ୍ଦ ପ୍ରକଟ କରିଥାଆନ୍ତେ।

“କିଛି ବୁଝାପଡୁନି, ମହାପାତ୍ରେ। ଏକାକୀ ଜଗନ୍ନାଥ, ଦୂରଯାତ୍ରା। ମୋତେ ଅସହ୍ୟବୋଧ ହେଉଛି, ସିଏ ଆଉ ଆମ ପାଖକୁ ଧାଇଁ ଆସିନାହାନ୍ତି ତ ? ଆସିବାର ଗୋଟିଏ କାରଣ ରହିଛି। ନିଜେ ମୁଁ ଆଉ ପ୍ରଭୁ ଜଗନ୍ନାଥଙ୍କ ଭିତରେ ରହିଥିବା ଗୋଟିଏ କଥାରୁ ମୁଁ ଆଜି ନିର୍ବାସିତ ହେଲାପରି ଓଡ଼ିଶା ଛାଡ଼ି ଅପନ୍ତରାରେ ପଡ଼ିଛି। ସେହି ଗୁପ୍ତ କଥାରେ ସମଗ୍ର ଓଡ଼ିଶା ମୋର କର୍ମମୁଖର ଜୀବନର କୃତିତ୍ୱକୁ ଭୁଲିଯାଇ ମୋତେ କାରଣ ପ୍ରଦର୍ଶନ କରିବାକୁ ଇଙ୍ଗିତ କରୁଛି।

"କୁହ ତୁମେ ମହାପାତ୍ର। ପୁରୀରେ ଜଗନ୍ନାଥଙ୍କ ନୀତିକାନ୍ତି ସହ ତୁମେ ଏତେ ଓତପ୍ରୋତ ଭାବରେ ଜଡିତ। ତାଙ୍କର ଦୈନନ୍ଦିନ କର୍ମ ସହିତ ପରିଚିତ। ତାଙ୍କର କଅଣ ଏମିତି ମନ୍ଦିର ଛାଡ଼ି କୋଣ୍ଡପାଲି ଧାଇଁ ଆସିବାର ସ୍ପୃହା ଆସିପାରିବ ? ସେ କିନ୍ତୁ ଭଲ ଭାବରେ ଜାଣନ୍ତି, ଏହି କପିଲେନ୍ଦ୍ର ତାଙ୍କର ରାଉତ। ତାଙ୍କରି ଆଶ୍ରିତ। ତାଙ୍କର ବାକ୍ୟକୁ ଅନ୍ୟଥା କରିବାକୁ ଦିଏନି। ତାଙ୍କର ସମ୍ଭବତଃ କୌଣସି ଦୂରଦୃଷ୍ଟି ସମ୍ପନ୍ନ ନିଷ୍ଠୁରିକୁ ଅନ୍ୟଥା କରିବାକୁ ନଦେଇ ମୁଁ ଦୀର୍ଘ ପାଞ୍ଚବର୍ଷର ପାରିବାରିକ କଷାଘାତ ସହିତ ଶେଷ ନିଶ୍ୱାସ ଯାଏ ଗାଦିସୀନ ହୋଇ ପଡ଼ିରହିଛି। ମୋର ଉତ୍ତରାଧିକାରୀ ସିଏ ହିଁ ନିର୍ଣ୍ଣୟ କରିଛନ୍ତି, କିନ୍ତୁ ତଦ୍‍ଜନିତ ସାମାଜିକ ଅନ୍ତରାୟ ମୋତେ ବିବଶ କରିଦେଲାଣି। ଏହା କଅଣ ମହାପ୍ରଭୁଙ୍କୁ ଜଣାପଡୁଥିବ ?"

"କୁହ ମହାପାତ୍ର କୁହ। ସତରେ କଅଣ ପ୍ରଭୁ ଆମ ପାଖକୁ ଅନୁଗମନ କରିଛନ୍ତି ?" କାକୁତି ମନତି ହୋଇ ବୟସ୍କ ଗଜପତି ମହାପାତ୍ରଙ୍କ ମୁହଁକୁ ଚାହିଁଛନ୍ତି।

ମହାପାତ୍ର କିଛି କ୍ଷଣ ଚିନ୍ତାକରି କହିଲେ, "ମଣିମା ପ୍ରଭୁ ଜଗନ୍ନାଥ ନିଜର ବୋଲି ଗଜପତିଙ୍କୁ ପ୍ରାଧାନ୍ୟ ଦିଅନ୍ତି। କ୍ୱଚିତ ବି ବଡ଼ପୂଜାପଣ୍ଡାକୁ ସ୍ୱପ୍ନାଦେଶ ଦେଇଥାଆନ୍ତି। ତେବେ ଆପଣଙ୍କୁ ସ୍ୱପ୍ନରେ ଦେଖାଦେଇଛନ୍ତି ତ ମୋତେ ସମ୍ପୂର୍ଣ୍ଣ ସ୍ୱପ୍ନର ବିବରଣୀ ଦିଅନ୍ତୁ ଆମେ ବିଶ୍ଳେଷଣ କରି ତାଙ୍କର ମହତ୍‍ ଉଦ୍ଦେଶ୍ୟ ବୁଝିପାରିବା।"

ଗଜପତି କହିଲେ, "ଶ୍ରୀଜଗନ୍ନାଥ ଏକାକୀ ମୋତେ ସ୍ୱପ୍ନରେ କିଛି ଆଭାସ ଦେଇଛନ୍ତି। କିନ୍ତୁ ସେ ବହୁ ବ୍ୟସ୍ତ ବିବ୍ରତ ଦେଖାଯାଉଥିଲେ। ସେ ମୋତେ ଯେଉଁ ଆବାସସ୍ଥଳୀରେ ଦେଖିବାକୁ ପାଇଲେ, ତାହା କୃଷ୍ଣା ନଦୀ ଧାରରେ ବିଜୟବାହୁଡ଼ା ବିଶ୍ରାମାଗାର ବୋଲି ମୁଁ ଠଉରାଇପାରୁଛି। ମୁଁ ଠାକୁରଙ୍କୁ ପ୍ରଣିପାତ ହେଲି, କିନ୍ତୁ ତାଙ୍କ ଅଧରରେ ସେଇ ହସ ଟିକକ ଦେଖିବାକୁ ପାଇଲିନାହିଁ। ଦୁଃଖରେ ମୋର ମନପ୍ରାଣ ଶିହରି ଉଠିଲା।

"ଭାବିଲି ପ୍ରଭୁ ଆମର ସୀମାନ୍ତରେ ଶତ୍ରୁମାନଙ୍କର କୋଲାହଲର କାରଣ ସ୍ୱରୂପ ଅସନ୍ତୋଷ ପ୍ରକାଶ କରିବା ପାଇଁ ମୋ ଆଡ଼କୁ ଏମିତି ଦୃଷ୍ଟିରେ ଚାହିଁ ଥାଇପାରନ୍ତି। କିନ୍ତୁ ନା, ତାଙ୍କର ଏତେ ଦୁଃଖର କାରଣ କଅଣ ମୋ ପକ୍ଷରେ ଦୁର୍ବୋଧ ହେଉଛି। କଅଣ ଗୋଟାଏ ବିରାଟ ବିପତ୍ତିର ସୂଚନା ଦେଖାଯାଉଛି।

"ଜୀବନରେ ଥରେ ପ୍ରଭୁଙ୍କୁ ଅବଜ୍ଞା କରି ସେଥିପାଇଁ ଆଜି ମୁଁ ପାଣ୍ଡାତାପ କରୁଛି। ଦାକ୍ଷିଣାତ୍ୟ ବିଜୟଧାରାରେ ଯେତେବେଳେ ଅତି ଦକ୍ଷିଣ ରାଜ୍ୟ ଆଡ଼କୁ ଆମର ଦିଗବିଜୟ ଧାରା ମାଡ଼ି ଚାଲିଥାଏ, ପ୍ରଭୁ ଇଙ୍ଗିତ ଦେଇଥିଲେ ଉତ୍ତର ପୂର୍ବ ଗଙ୍ଗାକୂଳ ଟପି ବଙ୍ଗଳା ଆଡ଼କୁ ଗତି କରିବାକୁ। ଆଜି ଦକ୍ଷିଣ ଅଧିକୃତ ପାନାର

ଅଞ୍ଚଳରେ ଶତ୍ରୁର ପୁନରୁତ୍ଥାନ ଦେଖିଲେ ମନେହୁଏ ଆମର ଅତିଶୟ ଦକ୍ଷିଣାୟନ ଆମର କାଳ ହେବାକୁ ଯାଉଛି । ତା ସହିତ ସଦ୍ୟ ମାଦାରନ୍‌ରେ ଆମର ଦୁର୍ଦ୍ଦଶା ସୂଚାଇ ଦେଉଛି ଆମର ଉତ୍ତର ସୀମାନ୍ତ ପ୍ରତି ସଚେତନତାର ଅଭାବ । ଯବନ ବିରୋଧ କରି ବାହାମନି, ମାଲଓ୍ବା ଓ ଜଉନପୁର ଦିଗରେ ଆମକୁ ଯେତିକି ଦୁରାନ୍ତ ସଫଳତା ମିଳିଛି, ତାହା ଯଦି ଉତ୍ତର ସୀମାନ୍ତରେ ଘଟି ଥାଆନ୍ତା ଆଉ ବଙ୍ଗଳା ଯବନମୁକ୍ତ ହୋଇଥାଆନ୍ତା ଆଉ ବଙ୍ଗଳା ଓଡ଼ିଶାରେ ମିଶି ଯାଇ ଥାଆନ୍ତା, ତେବେ ଓଡ଼ିଶାର ସୀମା ବହୁକାଳ ପର୍ଯ୍ୟନ୍ତ ଅତୁଟ ରହିପାରିଥାଆନ୍ତା ।

"ଏହି ଚିନ୍ତାରେ ମୋର ମାନସିକ ଦ୍ୱନ୍ଦ୍ୱ ରହିଥିବା ବେଳେ କିନ୍ତୁ ପ୍ରଭୁଙ୍କ ଅନ୍ତରର ଦୁଃଖ କ୍ରମଶଃ ବୃଦ୍ଧି ପାଉଥାଏ । କୌଣସି ସୂଚନା ନ ଦେବାକୁ ସେ ଯେମିତି ସଂକଳ୍ପବଦ୍ଧ ! ଭୂମିଷ୍ଠ ପ୍ରଣାମ କରି ମୋର ଦୋଷ କ୍ଷମା କରି ମୋତେ ତାଙ୍କ ଦୁଃଖରେ ଭାଗୀ କରିବାକୁ ଅନୁରୋଧ କଲି ।

"କଳାଶ୍ରୀ ମୁଖରେ ଏତେ ବିଷଣ୍ଣତା ! କାରଣ କଣ ହୋଇପାରେ ?

"ପ୍ରଭୁଙ୍କର ପାର୍ଥିବ ଜଗତରେ ବିଶ୍ୱାସ ନାହିଁ । ଧନ, ଜନ, ଭୂମି ଆଦିରେ କୌଣସି ଆଗ୍ରହ ନଥାଏ । କିନ୍ତୁ ସିଏ ଆଜି ଏତେ ଦୁଃଖରେ ମ୍ରିୟମାଣ ହୋଇ ଶ୍ରୀମନ୍ଦିର ଛାଡ଼ି ସୁଦୂର ବିଜୟବାହୁଡ଼ା ଧାଇଁ ଆସିଛନ୍ତି । ଅଭୂତପୂର୍ବ ଏ ଘଟଣା ।

"ମନରେ ଭାବିଲି ମୋର ପରିହିତ ରନ୍ ଅଳଙ୍କାର ପ୍ରଭୁଙ୍କ ଦୁଃଖାଭିଭୂତ ପରିବେଶରେ ଶୋଭା ପାଉନି । ମୁଁ ବି ପ୍ରଭୁଙ୍କ ଦୁଃଖରେ ସମଦୁଃଖୀ । ଏ ଅଳଙ୍କାର ମୋର ମୂଲ୍ୟହୀନ । ଏଗୁଡ଼ିକ ମୁଁ ପ୍ରଭୁଙ୍କୁ ଉତ୍ସର୍ଗ କରିଦେବି । ଆଜି ଏଠାରେ ଏହା ସମ୍ଭବ ନୁହେଁ । ମୋର ଛଅଜଣ ମହାପାତ୍ର ଏଗୁଡ଼ିକୁ ନେଇ ଶ୍ରୀମନ୍ଦିରରେ ପ୍ରଭୁଙ୍କ ନିମନ୍ତେ ପଇଠ କରିବେ ।

"ଆରେ, ଏ କଣ ଏମିତି ସେମିତି ଗୁଡ଼େ ଭାବି ଚାଲିଛି ? ମୁଁ କଣ ନିଜେ ମୋର ବ୍ୟକ୍ତିଗତ ସ୍ୱର୍ଣ୍ଣ ଅଳଙ୍କାର ଅର୍ପଣ କରିପାରିବିନି ଯେ, ମହାପାତ୍ର ମାନଙ୍କୁ ଏ ଦାୟିତ୍ୱ ନ୍ୟସ୍ତ କରିବି ?

"ମୋ ସ୍ୱପ୍ନରେ ଉଲ୍କାପାତ ହେବା ପରି ସ୍ୱପ୍ନ ଭାଙ୍ଗିଗଲା । ମୁଁ ନିଜକୁ ବିଶ୍ୱାସ କରିପାରିଲିନି । ସ୍ୱପ୍ନରେ ମୋର ନିଜତ୍ୱ କୁଆଡ଼େ ମିଳାଇଗଲା ମୁଁ ବୁଝିବାକୁ ଅକ୍ଷମ ହେଲି । ପ୍ରଭୁ ଜାଣନ୍ତି କାହିଁକି ଏପରି ସପନରେ ମୋତେ ଦୂରେଇ ଦେଲେ । ମୋର ଅସ୍ତିତ୍ୱ ବିପନ୍ନ ହେଲା । କୁଆଡ଼େ ଗଲା ମୋର ସ୍ୱରୂପ ? ମୋର ଏତେ ଅଶ୍ୱବଳ ରହିଥିବା ବେଳେ କାହିଁକି ମୋ ରନ୍ ଅଳଙ୍କାର ମୁଁ ନିଜେ ଶ୍ରୀମନ୍ଦିରରେ ଦାନ ନକରି ମହାପାତ୍ରମାନଙ୍କ ହାତରେ ପଠାଇବି ?

"ପ୍ରଭୁ ସେମିତି ରିକ୍ତ ହସ୍ତରେ ଫେରିଗଲେ ।

"ଦୁର୍ବୋଧ ଏହି ସ୍ୱପ୍ନଟି ମୋ ମାନସିକତାକୁ ଘନ ଅନ୍ଧକାର ମଧ୍ୟକୁ ଟାଣିନେଲା । କିଛିଟା ଗୁରୁତର ଘଟଣା ଘଟିବାକୁ ଯାଉଛି । ପ୍ରଭୁଙ୍କ ବିଷାଦରୁ ଏହା ସ୍ପଷ୍ଟ ପ୍ରତୀୟମାନ ହେଉଛି । କଅଣ ହୋଇପାରେ ସେ ବିପତ୍ତି ? କାଲି ସକାଳୁ କି ବିପତ୍ତି ଅଛି ମୋ ପାଇଁ ? ମୋର ନିଜ ଜୀବନ ବିପନ୍ନ ହେଲେ ବି ମୁଁ ତାକୁ ଖାତିର କରେନାହିଁ । କିନ୍ତୁ ଓଡ଼ିଶା ରାଜ୍ୟ ପାଇଁ ମୁଁ ପାଦେ ବି ଅଧିକୃତ ଜମି କାହାକୁ ଅଧିକାର କରିବାକୁ ଦେବିନି ।

"ଏହି ମାନସିକ ନିର୍ଣ୍ଣୟ ନେଇଥିବା ସମୟରେ ପୁନରାୟ ସେହି ସ୍ୱପ୍ନର ଆବିର୍ଭାବ ଘଟିଲା । ପ୍ରଭୁ ମୋତେ ଛାଡ଼ି ଚାଲିଯାଇ ନାହାନ୍ତି । ସେମିତି ବିଶ୍ରାମାଗାରର ମୋ କକ୍ଷରେ ଅପେକ୍ଷମାଣ ।

ମୁହଁ ଖୋଲି ପଚାରିଲି, "ପ୍ରଭୁ ମୋର ଦୋଷତ୍ରୁଟି ମାର୍ଜନା କର । ମୋତେ ବତାଇ ଦିଅ କେଉଁ କାରଣରୁ ମହାପ୍ରଭୁ ଦୁଃଖରେ ମ୍ରିୟମାଣ ? ଏହି ଗଜପତିର ଓଡ଼ିଶା ରାଜ୍ୟର ସମସ୍ତ ଶକ୍ତିରେ ମୁଁ କିଛି ପ୍ରତିକାର କରିବାର ଚେଷ୍ଟା କରିବି ।"

ଉତ୍ତରହୀନ ପ୍ରଭୁ । ଆଜି ଚିରାଚରିତ ଆଚରଣରୁ ବିରତ । ଦୁଃଖରେ ଶୋକାଭିଭୂତ । ଚକା ଆଖି କାହିଁକି ଲୋତକପୂର୍ଣ୍ଣ ? କାହିଁକି ବଡ଼ଠାକୁର ବିଷାଦଗ୍ରସ୍ତ ? କି ଅସୁବିଧା ଘୋଟିଛି ଆମକୁ ?

ନିଦ ଭାଙ୍ଗିଗଲା । ଭାବିଲି ସ୍ୱୟଂ ଜଗନ୍ନାଥ ଧାଇଁ ଆସିଛନ୍ତି ଗଜପତି ପାଖକୁ । କଅଣ ବିପତ୍ତି ଅଛି ଗଜପତି ମୁଣ୍ଡରେ ! ସେ ଦୁଃଖରେ ଅଭିଭୂତ ହୋଇ ବସି ରହିଛନ୍ତି ଏଠାରେ ।

"ଶୁଣିଲ ତ ସବୁ ମହାପାତ୍ର । କୁହ ମୋତେ ଏ ସ୍ୱପ୍ନ ବୃତ୍ତାନ୍ତ କଅଣ ହୋଇପାରେ ?"

ମହାପାତ୍ରମାନେ ବି ନିରୁତ୍ତର । ଚକ୍ଷୁରେ ଧାର ଧାର ଲୁହ ।

ଗଜପତି ପରାସ୍ତ କଣ୍ଠରେ କହିଲେ, "ଦୁନିଆର ଗତି କୁଆଡ଼େ ? ଏ ଗଜପତିର ଶକ୍ତି ସାମର୍ଥ୍ୟ କୁଆଡ଼େ ଗଲା ? ପରିବେଶ ଆଜି ମୋତେ ଦର୍ଶକ ମଣୁଛି । ପ୍ରଭୁ ଆଜି କିଛି ଅଜଣା ଆତଙ୍କ ପାଇଁ ନିରବ ଦର୍ଶକ । ତାଙ୍କ ନିରବତାର ଅର୍ଥ ବୁଝିପାରି ପୁରୋହିତ ମହାପାତ୍ର ବି କେବଳ ନିରବ ନୁହେଁ, ଦୁଃଖାଭିଭୂତ । ଶୋକାକୁଳରେ ସିକ୍ତ ।

"କଅଣ ହୋଇପାରେ ? ଗଜପତି ମଥାକୁ ବିପତ୍ତି ? କେହି ଥଳକୂଳ ପାଉନାହାନ୍ତି କଅଣ ଅଘଟଣ ଘଟିବାକୁ ଯାଉଛି । ବଡ଼ଠାକୁର ଗଜପତିଙ୍କୁ ସ୍ୱପ୍ନାଦେଶ ଦେଉଛନ୍ତି ମାନେ ତାହା ସତ୍ୟ ।

ପୁରୋହିତ ମହାପାତ୍ର ଗଜପତିଙ୍କୁ ଆଶ୍ୱାସନା ଦେଲେ। ପରାମର୍ଶ ଦେଲେ ଏହି କୋଣ୍ଡାପଲ୍ଲୀ ଛାଡ଼ି କୃଷ୍ଣାନଦୀ ତଟ ବିଜୟବାହୁଡ଼ା ଗଡ଼ରେ ଅବସ୍ଥାନ କରିବାକୁ। ପ୍ରଭୁ ସ୍ୱପ୍ନାଦେଶ ଅନୁସାରେ ସେଠାରେ ହିଁ ଅପେକ୍ଷା କରୁଛନ୍ତି।

ଏହି ସମୟରେ ଦକ୍ଷିଣେଶ୍ୱର କୁମାର ଜେଜେଙ୍କ ପଦଧୂଳି ନେବାକୁ ଆସିଲେ। ସିଏ ଓଡ଼ିଶା ସୀମା ଭିତରେ ଅନଧିକାର ପ୍ରବେଶ ପାଇଁ କୋଣ୍ଡାଭିଡ଼ୁ ବାହାରିଛନ୍ତି। ଜେଜେଙ୍କର କିଛି ମନ୍ତ୍ରଣା ନେଇ ଯିବେ।

ଗଜପତି କହିଲେ, "ତୃତୀୟ ମୋ ମୁଣ୍ଡ କିଛି କାମ କରୁନି। ତୁମେ ସନ୍ଧିବିଗ୍ରହ ସହିତ କଥାଭାଷା ହୋଇ ଉପାୟ ନିର୍ଣ୍ଣୟ କର ଏବଂ ଅବିଲମ୍ବେ କୋଣ୍ଡାଭିଡ଼ୁ ଗସ୍ତ କର।"

ପୁରୋହିତ ମହାପାତ୍ର ଗଜପତିଙ୍କ ସଙ୍ଗତିକ୍ରମେ କୃଷ୍ଣାନଦୀ ତଟ ବିଜୟବାହୁଡ଼ା ବାହାରିଲେ। ସବୁ ମହାପାତ୍ରମାନେ ଅବିଲମ୍ବେ ପ୍ରସ୍ତୁତ ହୋଇଗଲେ ଏବଂ କୋଣ୍ଡାପଲ୍ଲୀରୁ ବିଦାୟ ନେଲେ।

କୃଷ୍ଣାନଦୀ କୂଳ ବିଜୟବାହୁଡ଼ା ଗଡ଼

କୋଣ୍ଡପାଲି ଦୁର୍ଗ ଛାଡ଼ି କୃଷ୍ଣାନଦୀ ତଟ ବିଜୟବାହୁଡ଼ା ଗଡ଼କୁ ଯିବାକୁ ଗଜପତି ଜିଦ୍ ଧରିଛନ୍ତି । ଗଡ଼ିକର ରାସ୍ତା, ମାତ୍ର ପାଞ୍ଚ କୋଶ ଦୂର । ସେଠାରେ ଜଗନ୍ନାଥ ମନ୍ଦିର ରହିଛି । ତାଙ୍କୁ ପ୍ରତୀୟମାନ ହେଉଛି, ପ୍ରଭୁ ଶ୍ରୀଜଗନ୍ନାଥ ସେହିଠାରେ ତାଙ୍କୁ ଅପେକ୍ଷା କରି ବସିରହିଛନ୍ତି । ତେଣୁ କୋଣ୍ଡପାଲିରୁ ବିଦାୟନେଇ ଗଜପତି ଏବଂ ଛଅଜଣ ମହାପାତ୍ର ଅବିଳମ୍ବେ ବିଜୟବାହୁଡ଼ା ଗଡ଼ରେ ପହଞ୍ଚନ୍ତି ।

ଗଜପତିଙ୍କ କକ୍ଷ ସୁନ୍ଦର ରୂପେ ସାଜସଜ୍ଜା ହୋଇଛି । ପ୍ରଭୁ ଜଗନ୍ନାଥଙ୍କର ବିରାଟ ପଟ୍ଟଚିତ୍ର କାନ୍ଥରେ ଶୋଭା ପାଉଛି । କୃଷ୍ଣାନଦୀ କୂଳର ଏହି ଗଡ଼ଟି ଏବେ ଓଡ଼ିଶାର ଗନ୍ତବ୍ୟ ସ୍ଥଳ ଏବଂ ଏକ କେନ୍ଦ୍ର ଭାବରେ ବ୍ୟବହୃତ ହେଉଛି । ଏଠାରେ ସାମରିକ ବାହିନୀ ସ୍ଥାନିତ ହୁଅନ୍ତି ନାହିଁ, ଓଡ଼ିଶାର ପାଇକବାହିନୀ ସନ୍ନିକଟ କୋଣ୍ଡପାଲିରେ ରହିବାର ସୁବିଧା ରହିଛି । ଏହି ଜନାକୀର୍ଣ ବିଜୟବାହୁଡ଼ା ଗଡ଼ଟି ନଗରର ଦକ୍ଷିଣ ଉପାନ୍ତରେ ପୁଣ୍ୟତୋୟା କୃଷ୍ଣା (କୃଷ୍ଣାବେଣୀ) ତଟରେ ନିର୍ମିତ ।

ପୌଷ ମାସର ଶୀତ ପରିବେଶ କୃଷ୍ଣା କୂଳରେ ସବୁଜିମା ସହିତ ଅପୂର୍ବ ଶୋଭା ସୃଷ୍ଟି କରିଥାଏ । ଓଡ଼ିଶାର ଗଡ଼ଟି ପୁଷ୍ପଭରା ଉଦ୍ୟାନରେ ସୁସଜ୍ଜିତ ହୋଇ ଅନେକ ରଙ୍ଗରେ ଉଦ୍ଭାସିତ ହେଉଥାଏ । ଏହି ଗଡ଼ର ସୌନ୍ଦର୍ଯ୍ୟ ଉପଭୋଗ କରିବାକୁ କାହାକୁ ବା ଫୁରୁସତ୍ ଅଛି ନା କିଏ କବି କି ଭାବୁକ ରହିଛି ଯାହା ମାନସିକତା ସେ ଦିଗରେ ଯିବ । ସାମରିକତା, ଯୁଦ୍ଧ ଏବଂ ରାଜ୍ୟ ଜୟ ଯେଉଁଠି ଚାଲିଛି, ସେଠାରେ ବା କିଏ ସୌନ୍ଦର୍ଯ୍ୟର ମୂଲ ଦେବ ।

ଆଜି ଓଡ଼ିଶାର ଗଜପତି ଆଧ୍ୟାମ୍ତାରେ ଆଶ୍ରିତ। ନିଜ ଚିନ୍ତାଧାରାରେ ଆଉ ରାଜ୍ୟ ଜୟର କୌଣସି ଆକାଂକ୍ଷା ନାହିଁ, ରହିଛି ଆରାଧ୍ୟ ଦେବତା ପ୍ରଭୁ ଶ୍ରୀଜଗନ୍ନାଥଙ୍କର ପଦାରବିନ୍ଦରେ ନିଜକୁ ଲୀନ କରିବାର ଅଭିପ୍ରାୟ।

ଗଜପତି ମନେ ମନେ ଖୋଜୁଛନ୍ତି ଚକାଡୋଲା ସେଇ ବଡ଼ଠାକୁରଙ୍କୁ। ଏହି ଗଡ଼ରେ ଉପସ୍ଥିତ ଥିବା ତାଙ୍କୁ ସ୍ୱପ୍ନାବସ୍ତାରେ ଅବଲୋକନ କରିଥିଲେ। ବିଷଣ୍ଣ ବଦନରେ ତାଙ୍କୁ ଚାହିଁ ରହିଥିଲେ। କେଉଁଠ ସିଏ ଅଛନ୍ତି ଏଠାରେ ?

ଏଇ ବଡ଼ଠାକୁର! କପିଲେନ୍ଦ୍ର ପରି ଜଣେ ଅଶ୍ୱାରୋହୀ ସୈନିକକୁ ବି ଦୁନିଆର ଜଣେ ଶକ୍ତିମାନ୍ ଗଜପତି କରି ପାରନ୍ତି! ସିଏ ଦିନେ ସପନରେ ଆସି ତାଙ୍କ ମୁଣ୍ଡରେ ହାତୀ ବେଶରେ ସୁନାକଲସ ଢାଳି ଗାଦି ଦେଇଥିଲେ। ସେଇ ବୁଦ୍ଧି ଦେଇ ଜୀବନ ସାରା ଶତ୍ରୁ ବିରୁଦ୍ଧରେ ବିଜୟୀ କରାଇଥିଲେ। ଆଜି ଏମିତି କିଛି ନୈସର୍ଗିକ କାର୍ଯ୍ୟ ଏଠାରେ ରହିଛି, ପୁରୀ ବଡ଼ଦେଉଳ ଛାଡ଼ି ବିଜୟବାହୁଡ଼ାରେ ଉପସ୍ଥିତ ହୋଇଛନ୍ତି!

ପ୍ରଭୁଙ୍କୁ କକ୍ଷ କକ୍ଷ ବୁଲି ଖୋଜି ବୁଲୁଛନ୍ତି ଗଜପତି। ମହାପାତ୍ରମାନେ ସବୁ ଦେଖି ବି କେବଳ ଚାହିଁ ରହିଛନ୍ତି। ଶେଷକୁ ଡାକ ଛାଡ଼ିଲେ ଗଜପତି,

“ମହାପାତ୍ର, ଆସିଲ ଟିକିଏ ମନ୍ଦିରକୁ ଯିବା। ଠାକୁର ଡାକୁଛନ୍ତି।” କିଛି ସମୟ ପରେ ପୁଣି ମତ ପରିବର୍ତ୍ତନ କଲେ, ପୁନରାୟ ମନ୍ଦିର ଆଡ଼କୁ ନଯାଇ ଆଉ କେତେ କକ୍ଷ ଘୁରିବାକୁ ଗଲେ। ଥକା ଲାଗିବାରୁ ଗୋଟିଏ ଚୌକି ଉପରେ ଥକାମାରି ବସିପଡ଼ିଲେ.

ଗଜପତିଙ୍କ ଆକସ୍ମିକ ବିଜୟବାହୁଡ଼ା ଆଗମନ ଅନେକ ସାମରିକ ଅଧିକାରୀଙ୍କୁ ସେଠାରେ ଠୁଲ କରିଛି। ଅନ୍ତରଙ୍ଗ ମହାପାତ୍ର ସମସ୍ତଙ୍କୁ ଅଟକାଇଛନ୍ତି। କାରଣ ଗଜପତିଙ୍କ ମାନସିକ ସ୍ଥିତି ଠିକ୍ ନାହିଁ। ଗତକାଲି ଗଜପତି କୋଣ୍ଡାପାଲି ଦୁର୍ଗରେ ଅବସ୍ଥାନ କରୁଥିଲେ। ସେମାନେ ଦେଖାକରିବାରେ ବିଳମ୍ବ କରିଦେଲେ। ପରିସ୍ଥିତି ଦେଖି ତାଙ୍କ ସହିତ ଆଲୋଚନା ହୋଇପାରିବ ବୋଲି ସେମାନଙ୍କୁ ବୁଝାଇଦେଲେ। ବାସ୍ତବରେ କୋଣ୍ଡାପାଲି ଦକ୍ଷିଣର ସମସ୍ତ ଦୁର୍ଗ ଗୁଡ଼ିକର ପ୍ରଶାସନିକ କେନ୍ଦ୍ର। ସେଠାରୁ କୃଷ୍ଣାନଦୀ ତଟ ବିଜୟବାହୁଡ଼ା ମାତ୍ର ପାଞ୍ଚକୋଶର ବାଟ, ମାତ୍ର କୋଣ୍ଡଭିଡୁ ୩୦ କୋଶ ଦୂରରେ; ଉଦୟଗିରି କୋଣ୍ଡଭିଡୁ ପାଖରୁ ୮୦ କୋଶ ଏବଂ ଚନ୍ଦ୍ରଗିରି ୧୨୦ କୋଶ ଦୂର। ଚନ୍ଦ୍ରଗିରି ଓ ଉଦୟଗିରି ସଦ୍ୟ ଦୁଇ ତିନି ବର୍ଷ ହେବ ବିଜୟନଗରମ୍ ଅଧୀନସ୍ତ ସାଲୁଭା ନରସିଂହ ଠାରୁ ଛଡ଼େଇ ଆଣିଛନ୍ତି ଓଡ଼ିଆ ଗଜପତି ବାହିନୀ। ସାଲୁଭା ଟିକିଏ ଆଖି ଆଉଥିଲ କଲାବେଲେ ଓଡ଼ିଶା ମାଡ଼ି ବସିଛି।

ସେହି ଅଞ୍ଚଳରେ ଘଣ୍ଟାକୁ ଘୋଡ଼ା ଛୁଟୁଛି । ସେ ନେଇ ଦୂରାନ୍ତ ଚନ୍ଦ୍ରଗିରି ଉଦୟଗିରିରେ ପରିସ୍ଥିତି ଅସମ୍ଭାଳ ମନେହୁଏ ।

ବିଜୟବାହୁଡ଼ାରେ ପହଞ୍ଚିବା ବେଳକୁ ଗଜପତି କୌଣସି ମାନସିକ କାରଣରୁ ଆରାମ ଅନୁଭବ କରୁନାହାନ୍ତି । ଏହି ବିଜିତ ସ୍ଥାନଟି କାହିଁକି ତାଙ୍କୁ ଅସ୍ୱାଚ୍ଛନ୍ଦ୍ୟବୋଧ ହେଉଛି ଅନ୍ତରଙ୍ଗ ମହାପାତ୍ର ଜାଣି ପାରୁନାହାନ୍ତି । ସେହି ସହରରେ ବହୁ ସ୍ଥାନରେ ଦେଖୁଛନ୍ତି ତାଙ୍କ ବିଦ୍ରୋହୀ ପୁତ୍ର ହମ୍ଭୀରଦେବଙ୍କ ଚିତ୍ର ଏବଂ ମୂର୍ତ୍ତି ଯାହାକି ଗଜପତି କୁଳର ବୀରତ୍ୱ ପ୍ରଦର୍ଶନ କରୁଛି । ସାଧାରଣ ଲୋକମାନେ ହମ୍ଭୀରଦେବଙ୍କର ପ୍ରଶଂସକ ଏବଂ ସେମାନେ ଓଡ଼ିଆ ପାଇକମାନଙ୍କର କରାମତିକୁ ଯେତିକି ପ୍ରଶଂସା କରୁଛନ୍ତି, ତାହାର ଶତ ପ୍ରଶଂସା କରୁଛନ୍ତି ଦିଗବିଜୟୀ ହମ୍ଭୀରଦେବଙ୍କୁ ।

ଆହୁରି ଏହି ବିଜିତ ଅଞ୍ଚଳ ଅନ୍ତତଃ ବାର ବର୍ଷ ହେବ ଓଡ଼ିଶାର ଶାସନାଧୀନ ହେଲାଣି । ଏହା ବି ରାଜମହେନ୍ଦ୍ରୀ ଜବର ଦଖଲ କରିଥିବା ବୀରଭଦ୍ର ରେଡ଼ି କରାୟତରେ ରହିଥିଲା । ବାଇଶ ବର୍ଷ ପୂର୍ବେ ରେଡ଼ିକୁ ରାଜମହେନ୍ଦ୍ରୀରୁ ବିତାଡ଼ିତ କରିବା ପରେ ସେ ଯାହା କୋଣ୍ଡଭିଡୁ ଦୁର୍ଗରେ ତିଷ୍ଠି ରହିଥିଲା, ସୁଯୋଗ ପାଇ ଓଡ଼ିଶା ସେଇଟିକୁ ଦଖଲ କରିନେଲା । ରେଡ଼ି ଥିଲା ବିଜୟନଗରର ବୋକଚାବୁହା ଶାସକ । ବିଜୟନଗର ସଙ୍କୁଚିତ ହେବା ପରେ ତା'ର ଦୁର୍ଦ୍ଦିନ ଆସିଗଲା ।

ଚଉକି ଉପରେ ବିଶ୍ରାମ କରୁଥିବା କିଛି କ୍ଷଣ ଗତ ହୋଇଛି କି ନାହିଁ, ଗଜପତି ଚାରିଆଡ଼କୁ ଆଖି ବୁଲାଇ କାହାକୁ ଖୋଜୁଛନ୍ତି । ଆଖିକୁ ନିଦ ଆସୁନାହିଁ । ଗୋଟିଏ ଜିଦ୍‍ରେ କକ୍ଷ କକ୍ଷ ବୁଲି କୁଆଡ଼େ ପ୍ରଭୁ ଜଗନ୍ନାଥ ରହିଛନ୍ତି ବୋଲି ତାଙ୍କୁ ପ୍ରତୀୟମାନ ହେଉଛି । ତାଙ୍କୁ ଖୋଜି ବୁଲୁଛନ୍ତି ।

ମାତ୍ର ଷୋଳଟି କକ୍ଷ ରହିଛି କୃଷ୍ଣାତଟ ନୂତନ ଓଡ଼ିଶା ଗଡ଼ରେ । ମନ୍ଦିରଟି ନଦୀ ଆଡ଼କୁ ଗଡ଼ର ଦକ୍ଷିଣ ଦିଗରେ ଅବସ୍ଥାପିତ । ବହୁ ପୁରୁଣା ମନ୍ଦିର ନଦୀତଟର । ଆଗରୁ ଯାହା ବିଜୟବାହୁଡ଼ାର ଅଧିଷ୍ଠାତା ଦେବତା ପ୍ରତିଷ୍ଠିତ ହୋଇଥିଲେ, ଓଡ଼ିଶାର ଅଧିକାର ପରଠାରୁ ସେଇ ମନ୍ଦିରର ଦକ୍ଷିଣପାର୍ଶ୍ୱରେ ନୂତନ ମନ୍ଦିରଟିଏ ତୋଳାଯାଇ ଜଗନ୍ନାଥଙ୍କୁ ପ୍ରତିଷ୍ଠା କରାଯାଇଛି । ପାଖରେ ଅନେକଗୁଡ଼ିଏ ଫୁଲଗଛ, ଉଇତାରେ ପୁରୁଷେ ଉଚ୍ଚ ହେବ । ଏଗୁଡ଼ିକ ମଣିଷ ଠିଆହୋଇଥିବାର ଭ୍ରମ ସୃଷ୍ଟି କରୁଛି । ମନ୍ଦିରର ଦ୍ୱାର ପୂର୍ବମୁହାଁ ଏବଂ ଦକ୍ଷିଣ ଦିଗରେ ପାଚେରିଟିଏ ଗଡ଼ଠାରୁ ନଦୀ ପଠାକୁ ପୃଥକ୍ କରି ରଖିଛି । ଗୋଟିଏ ଅଣଓସାରିଆ କାଠ କବାଟ ବନ୍ଦଥିବା ଦ୍ୱାର ଦେଇ ନଦୀପଠାକୁ ଯିବାର ରାସ୍ତା ଅଛି, ବାଇଶଟି ଅନୁଚ୍ଚ ପାହାଚ ଓହ୍ଲାଇଲେ ଜଣେ ନଦୀ ପଠାରେ ଜଳଧାର ପାଖରେ ଅକ୍ଲେଶରେ ପହଞ୍ଚୁଯାଇ ପାରିବ ।

ଗଜପତି ଟିକିଏ ପ୍ରକୃତିସ୍ଥ ହେଲେଣି । ଜାଣିଲେଣି ସିଏ ଛଅଜଣ ମହାପାତ୍ରଙ୍କୁ ଏଠାକୁ ଡାକି ଆଣିଛନ୍ତି । ସେ ନିଶ୍ଚିତ ଥିଲେ ଜଗନ୍ନାଥ ଏଇ ଦୁର୍ଗ ଭିତରେ ରହିଛନ୍ତି । ସେମାନଙ୍କୁ କହୁଛନ୍ତି, "ଦେଖ ପ୍ରଭୁ ଏହିଠାରେ ଅଛନ୍ତି । ମୋ ସହିତ ଲୁଚକାଲି ଖେଳୁଛନ୍ତି । ମୋତେ କୋଣ୍ଟାପାଲିଠାରୁ ଡକାଇଆଣିଲେ । ଏଇଠାରେ ବି ମୋତେ ଦେଖି ଲୁଚୁଛନ୍ତି ।"

ଛଅଜଣ ଯାକ ମହାପାତ୍ର ବୈଠକଘରେ ଉପବିଷ୍ଟ ଗଜପତିଙ୍କର ସାମନାରେ ବୃତ୍ତାକାରରେ ଦଣ୍ଡାୟମାନ ହୋଇ ଏକ ଲୟରେ ଚାହିଁ ରହିଥାନ୍ତି ।

"କିନ୍ତୁ ଜଗନ୍ନାଥ କିଛି ବି କହୁନାହାନ୍ତି କି ସାମନାକୁ ଆସୁନାହାନ୍ତି । କିନ୍ତୁ ମୁଁ ଦେଖି ପାରୁଛି ତାଙ୍କ ପାଇଁ ଯେଉଁ ସ୍ୱର୍ଣ୍ଣାଳଙ୍କାର ରହିଛି, ପ୍ରଭୁ ତାହା ବି ପିନ୍ଧିନାହାନ୍ତି । ମୋ ଦେହର ସବୁ ରନ୍ଆଳଙ୍କାର ଆସନ୍ତା କାଲିକୁ ନଥିବ । ଏଗୁଡିକ ତୁମେ ମୋର ଛଅଜଣ ବିଶ୍ୱସ୍ତ ମହାପାତ୍ରମାନେ ଏଗୁଡିକ ପୁରୀରେ ଜଗନ୍ନାଥଙ୍କ ପାଦତଳେ ରଖି ମୋର ଶେଷ ପ୍ରାର୍ଥନା ଜଣାଇବ, 'ତୁମର ରାଉତ କପିଳ ତାର ଶେଷ ସମ୍ପଦ ତୁମକୁ ସମର୍ପି ଦେଇ ଯାଇଛି' ।"

ମହାପାତ୍ରମାନେ ଚମକି ପଡିଲେ । ଗଜପତି କଅଣ ଏମିତି କହୁଛନ୍ତି । ସୁସ୍ଥ ଅଛନ୍ତି, ମନରେ ଜଗନ୍ନାଥ ଭକ୍ତି ଭରି ରହିଛି । ଜଗନ୍ନାଥଙ୍କୁ ଦିବ୍ୟଦୃଷ୍ଟିରେ ଦେଖିପାରୁଛନ୍ତି । ଏମିତି ମୃତ୍ୟୁର ଆଭାସ କାହିଁକି ଦେଉଛନ୍ତି ?

"ନାଇଁ ପ୍ରଭୁ ପୂର୍ବ ଦ୍ୱାର କବାଟ କଡ଼ରେ ଆପଣ ଲୁଚି ଶୁଣୁଛନ୍ତି, ଦେଖୁଛନ୍ତି ମୋତେ । ଟିକିଏ ରହନ୍ତୁ, ମନ ପୂରାଇ ତୁମର ଶ୍ରୀମୁଖ ଦର୍ଶନ କରେ । ଶେଷ ସମୟ ମୋର ଉପଗତ । ତୁମେ ଜାଣିଛ । ତୁମର ଏହି କପିଳ ନାମକ ରାଉତ ସୁଦୂର କୃଷ୍ଣାନଦୀ କୂଳରେ ଶରୀର ତ୍ୟାଗ କରିବାକୁ ଯାଉଛି । ସହିପାରୁନାହଁ ତୁମେ ପୁରୀ ରନ୍ସିଂହାସନରେ ବସି ଏମିତି ସତ୍ୟର ଅପଲାପ ଶୁଣିବାକୁ । ଧାଇଁ ଆସିଛ ମୋତେ ଶେଷଦର୍ଶନ ଦେବାକୁ ।" ବୈଠକଖାନାର ପୂର୍ବ କବାଟ ଆଡ଼କୁ ଚାହିଁ ଗଜପତି କହିଚାଲିଛନ୍ତି ।

ଉଠି ପଡ଼ିଲେ ଗଜପତି କପିଳେନ୍ଦ୍ର । ପୂର୍ବ କବାଟ ଆଡ଼କୁ ଚାହିଁ ଉଚ୍ଚ ସ୍ୱରରେ କହିଲେ, "ଦଣ୍ଡେ ରୁହ ମହାପ୍ରଭୁ ତୁମର ଶ୍ରୀମୁଖ ଦର୍ଶନ ଦିଅ । ଲୁଚି ଯାଆନାହଁ ପ୍ରଭୁ । ତୁମକୁ ନଦେଖିଲେ ଏ ପିଣ୍ଡରୁ ପ୍ରାଣ ଛାଡ଼ିବନାହିଁ ।"

ମହାପାତ୍ରମାନେ ଏବେ ହିଁ ରହସ୍ୟମୟ ଘଟଣାଗୁଡିକୁ ଅନୁମାନ କରିପାରିଲେ । ଗଜପତି ଶେଷ ସମୟରେ ପ୍ରଲାପ କରୁଛନ୍ତି । ଜୀବନର ଏକମାତ୍ର ସାହା ପରମ ଆରାଧ୍ୟ ଜଗନ୍ନାଥ ତାଙ୍କର ଦିବ୍ୟଦୃଷ୍ଟି ସାମନାରେ ଅଛନ୍ତି । ତାଙ୍କୁ ହିଁ ଲକ୍ଷ୍ୟକରି ଧାଇଁ ଆସିଛନ୍ତି

କୃଷ୍ଣା କୂଳକୁ । ନିଜ ଜୀବନର ନିଚ୍ଛକ ସତ୍ୟ ତାଙ୍କ ମୁଖରୁ ସ୍ଖୁରୁଛି । ନିଜର ସମସ୍ତ ରନ୍ତାଳଙ୍କାର ଜଗନ୍ନାଥଙ୍କୁ ସମର୍ପୁଛନ୍ତି । ଆଉ ଗଜପତି ପାର୍ଥିବ ସମ୍ପଦରୁ ମୁହଁ ଆଡ଼େଇ ନେଲେଣି । ଆଉ କେଇ ଘଡ଼ିର ଜୀବନ ତାଙ୍କର । ମଙ୍ଗଳ ରାତି, ବୁଧ ପାହାନ୍ତି ସମୟ ।

ଥମିବା ସ୍ଵରରେ କହିଚାଲିଲେ ଗଜପତି, ଟିକିଏ ଦେଖାଦିଅ ମହାପ୍ରଭୁ! ଏତେ ଦୂର ଧାଇଁ ଆସିଛି ତୁମର ରାଉତକୁ ଦେଖିବାକୁ । ଦେଖାଦେଉ ନାହିଁ କାହିଁକି ? ଶ୍ରୀମୁଖ ଦର୍ଶନ ଟିକିଏ ମିଲୁ । ଆଉ କେତେଟା ଗୋଟିକିଆ ଖର ନିଶ୍ଵାସ ରହିଛି ଏ ପ୍ରାଣରେ ? ଆଉ କି ମୋର ଇନ୍ଦ୍ରିୟମାନେ ସକ୍ଷମ ଅଛନ୍ତି ତୁମର ଚକାଢୋଲା ଦେଖିବାକୁ ତୁମର ଯାଦୁଗରୀ ଦୃଷ୍ଟିକୁ ସମ୍ମୁଖୀନ ହେବାକୁ । ମୋ ସାମ୍ନାକୁ ଆସ ପ୍ରଭୁ ଶେଷ ସମୟରେ ଟିକିଏ ମନବୋଧ କରି ଦର୍ଶନ କରେ । ସ୍ଵର୍ଗକୁ ଧରିଯିବି ତୁମର ଅବୟବ, ତୁମର ଛାୟା ।

ଆଉ ଉଠିପାରିଲେନି ଗଜପତି । ଯେଉ ଗଜପତି ଜୀବନର ଶେଷ ଚଉତିରିଶ ବର୍ଷ ଓଡ଼ିଶା ରାଷ୍ଟ୍ରର ଚତୁଃସୀମାକୁ କ୍ଷିପ୍ରଗତିରେ ଅଶ୍ଵ ଧାବନ କରୁଥିଲେ, ବୈଠକ କକ୍ଷରେ କେଇପାଦ ଚାଲି ପୂର୍ବ କବାଟ ପାଖକୁ ଚାଲିବାକୁ ଶକ୍ତି ନଥିଲା ।

ଅଦୃଶ୍ୟ ପାଦଶଦ ଶୁଭିଲା । କେହି ଯେମିତି ଧାଇଁ ଆସୁଛି ଗଜପତିଙ୍କ ପାଖକୁ ।

“ଧନ୍ୟ ହେଲି ମହାପ୍ରଭୁ । ଧନ୍ୟ ହେଲି । ହାତ ଯୋଡ଼ି ମଥାନତ କଲେ ଗଜପତି ।”

ବିଶ୍ଵର ଏକଦା ସର୍ବଶ୍ରେଷ୍ଠ ମହାନ୍ ଶ୍ରୀଜଗନ୍ନାଥ ଭକ୍ତଙ୍କର ତିରୋଧାନ ଘଟିଲା ।

ମହାପାତ୍ରମାନେ ଧୈର୍ଯ୍ୟ ହରାଇ ଉଚ ସ୍ଵରରେ କ୍ରନ୍ଦନ କରିବାକୁ ଲାଗିଲେ । ଜଗନ୍ନାଥଙ୍କର ପରମଭକ୍ତଙ୍କ ମରଶରୀରକୁ ସଜନେ ସଜାଡ଼ି ଧବଳ ବସ୍ତ୍ର ଆଚ୍ଛାଦିତ କରିବାରେ ଲାଗିପଡ଼ିଲେ ।

ସେଦିନ ବୁଧବାର, ମାଘ ମାସ ଶକାବ୍ଦ ୧୩୮୮; ଫେବ୍ରୁଆରୀ ୧୪୬୭ ମସିହା ।

ମୂର୍ତ୍ତି କପିଲେନ୍ଦ୍ର

୧. ହରେକୃଷ୍ଣ ମହତାବ, *ଓଡ଼ିଶା ଇତିହାସ*, ଡକ୍ଟର ହରେକୃଷ୍ଣ ମହତାବ
    ଫାଉଣ୍ଡେସନ୍, ବିହାରୀବାଗ୍, କଟକ–୨, ୧୯୬୪

୨. ପ୍ରଭାତ କୁମାର ମୁଖାର୍ଜୀ, History of Gajapati Kings of Orissa,
    କିତାବ ମହଲ, ୧୯୮୧

୩. ନବୀନ କୁମାର ସାହୁ, *ଜାତିର ଇତିହାସ*, ୧୯୧୪.

୪. ଆର୍.ଡି. ବାନାର୍ଜୀ, History of Orissa, ଅଭିଜିତ୍ ପବ୍ଲିକେଶନସ୍,
    ନୂଆଦିଲ୍ଲୀ, (୧୯୩୦, ପୁନର୍ମୁଦ୍ରଣ ୨୦୧୬)

୫. ସି. ଭି. ରାମଚନ୍ଦ୍ର ରାଓ, The Suryavamsa Gajapatis of Kalingotkal
    Political History, ମାନସ ପବ୍ଲିକେଶନ୍, ନେଲୋର (୧୯୮୮)

୬. ହରମାନ୍ କୁଲ୍କେ, Kshatriyaization and Social Change : A Study
    in Orissa Setting.

୭. ପତିତ ପାବନ ମିଶ୍ର, "Eastern Ganga and Gajapati Empires,
    Cyclopedia of Empires 2016).

୮. ଅନ୍ନପୂର୍ଣ୍ଣା ଭୂୟାଁ, *କପିଲେନ୍ଦ୍ର ଦେବ ଓ ତାଙ୍କ ଶାସନକାଳ*, ଉତ୍କଳ
    ବିଶ୍ୱବିଦ୍ୟାଳୟ (୧୯୯୯)

୯. ସୁବ୍ରମନିୟମ, ଆର୍, Surya Banshi Gajapati, ଆନ୍ଧ୍ର ବିଶ୍ୱବିଦ୍ୟାଳୟ,
    ଗ୍ୱାଲଟିୟର (୧୯୫୭)

୧୦. କେ.ସି. ସାହୁ, *ମଧ୍ୟଯୁଗୀୟ ଜୀବନଶୈଳୀ ଓ ଭାଷା ସଂସ୍କୃତି।*

୧୧. ଶିଶିର କୁମାର ପଣ୍ଡା, Medieval Orissa's A Socio-Economic Study, ମିଉଲ ପବ୍ଲିକେଶନ, ଦିଲ୍ଲୀ

୧୨. ମହେନ୍ଦ୍ର ପଟ୍ଟନାୟକ, ଉତ୍କଳ ପ୍ରତିଭା (ଗଜପତି କପିଲେନ୍ଦ୍ରଦେବ), ଷ୍ଟୁଡେଣ୍ଟସ୍ ଷ୍ଟୋର, ବ୍ରହ୍ମପୁର (୧୯୪୭)

୧୩. ଗୋଦାବରୀଶ ମହାପାତ୍ର, ଅମର ଚରିତମାଳା, ନିଉ ଷ୍ଟୁଡେଣ୍ଟସ୍ ଷ୍ଟୋର, ବ୍ରହ୍ମପୁର (୧୯୪୯)

୧୪. ଏସ୍. ଏନ୍. ରାଜଗୁରୁ, Inscriptions of Odisha, ଭୁବନେଶ୍ୱର (୧୯୭୦)

୧୫. ଶ୍ରୀନିବାସ ଆଚାର୍ଯ୍ୟ, "ଗଜପତି କପିଲେନ୍ଦ୍ରଦେବ", *ଶ୍ରୀକ୍ଷେତ୍ର-ଶ୍ରୀଜଗନ୍ନାଥ ଶ୍ରୀଗଜପତି ପୁସ୍ତକ*

୧୬. ମାୟାଧର ମାନସିଂହ, *ପ୍ରଭୁ ଜଗନ୍ନାଥଙ୍କ ଦେଶର ପ୍ରଥା*

୧୭. କୁଞ୍ଜ ବିହାରୀ ତ୍ରିପାଠୀ, ଓଡ଼ିଆ ଭାଷା ଓ ଲିପିର ଉଦ୍ଭବ, ଉତ୍କଳ ବିଶ୍ୱବିଦ୍ୟାଳୟ, ୨୧.୦୩.୨୦୨୧

୧୮. ବିଜୟ କେତନ ସାହୁ, *ସୁନାବେଶର ପ୍ରକୃତ ଇତିହାସ*

୧୯. ପୂର୍ଣ୍ଣଚନ୍ଦ୍ର ମିଶ୍ର, Mahari System, ଜୁଲାଇ, (୨୦୧୩)

୨୦. *ମାଦଳା ପାଞ୍ଜି*

୨୧. *ସାରଳା ମହାଭାରତ*

୨୨. Wikipedia, Internet ତଥ୍ୟ — ଗଜପତି ସାମ୍ରାଜ୍ୟ, କପିଲେନ୍ଦ୍ରଦେବ, ଓଡ଼ିଶା-ବିଜୟନଗର ସାତବର୍ଷିଆ ଯୁଦ୍ଧ

୨୩. ତାମ୍ରଫଳକ ଓ ଶିଳାଲିପି (ଭୁବନେଶ୍ୱର ଲିଙ୍ଗରାଜ ମନ୍ଦିର, ପୁରୀ ଜଗନ୍ନାଥ ମନ୍ଦିର, ପାଗା ଗୋପୀନାଥପୁର ଜଗନ୍ନାଥ ମନ୍ଦିର, ରଘୁଦେବପୁର, ରାଜମହେନ୍ଦ୍ରୀ, ଭେଲାଗାନିନୀ, ଶ୍ରୀରଙ୍ଗମ୍ ମନ୍ଦିର, ଓ୍ୱାଲଟିୟର ଇତ୍ୟାଦି)

–୦୦୦–

BLACK EAGLE BOOKS

www.blackeaglebooks.org
info@blackeaglebooks.org

Black Eagle Books, an independent publisher, was founded as a nonprofit organization in April, 2019. It is our mission to connect and engage the Indian diaspora and the world at large with the best of works of world literature published on a collaborative platform, with special emphasis on foregrounding Contemporary Classics and New Writing.